D1723064

Hellmut Lutz

DER KLEINE HERR BWANA NTOTO

DREI KONTINENTE * EIN LEBEN
AFRIKA * EUROPA * ASIEN

DÜNYA VERLAG

DER KLEINE HERR / BWANA NTOTO
Hellmut Lutz
- *Biographie* -

• • •

Bibliografische Information der Deutschen Nationalbibliothek:
Die Deutsche Nationalbibliothek verzeichnet diese Publikation
in der Deutschen Nationalbibliografie; detaillierte bibliografische Daten sind im Internet über http://dnb.dnb.de abrufbar.

• • •

© 2022 DÜNYA-Verlag e. K.
© Alle Rechte vorbehalten. Veröffentlichungen, auch auszugsweise, nur mit Genehmigung des Herausgebers

• • •

Umschlaggestaltung: Mehmet Nazmi Demir
Satz & Layout: Dünya Verlag
Lektorat: Barbara Goetz
Redaktion: Barbara Goetz / Nevin Lutz
Titelbild: Hellmut-Bwana Ntoto 1935, Foto: Lotti Lutz

• • •

Herstellung und Verlag: DÜNYA-Verlag, Köln
Neumarkt 41-43, 50667 KÖLN
Telefon: 0221 4207801 I Fax: 0221 4207802
www.dunya-verlag.de I info@dunya-verlag.de

• • •

1. Auflage: Dezember 2022
ISBN: 978-3-9823877-5-8

INHALTSVERZEICHNIS

„Kein schöner Land in dieser Zeit ..."
Tausend glänzende Flügel
„You are one of us!" „Du bist einer von uns!"
Zuletzt noch 'ne Kreissäge
Ein Rollstuhl – hoch willkommen
Mit dem „Dalladalla" zum Bischof in Moshi
Nashallo – „Back to the roots ..."
Shira – ein besonderer Ort
Jambo in der Shamba
Hai Training Center / HTC und Usa River Rehabilitation
Training Center / URRTC / Ausbildungszentren der ELCT
Abschied und Rückblick
Tansania – Reise mit Tom Engin – 2013

HONNEF
Ach, dieser Rachmaninow!
Loch im Kopf
„Kreuznacher Nächte ..."
„Quax, der Bruchpilot"
Fliegende Festungen
Endlich Entwarnung
Meine heimliche Sehnsucht
Nikolausabend damals
Gern hätte ich gewusst ...
Grieß im Pott, Kräuter im Sack
„Deutschland, Deutschland ..." – doch kein „garstig Lied"!
Von Ulm nach Honnef – keine einfache Fahrt
Frikadelli
Tante Clara Dissmann
Von Kaninchen und Lämmern
„Pack' die Badetücher ein ..."
„... und eh der Morgen noch erwacht ..."
Das waren Zeiten! Da gab's noch Schnee!
Das Honnefer Kirschfest
Bomben auf den Rhein
Mutproben im Rhein
„An meiner Ziege, da hab' ich Freude ..."

„Kling, Glöckchen ..." – Weihnachten bei uns
Feiern bei Oma Friedchen und Opa Carl
„... unser tägliches Brot gib uns heute ..."
Einfach eben mal so nach Honnef ...

„Ich hab' da mal 'ne Frage … "
Das war knapp!!!
Mensch, war das 'ne Rennerei!
Der leckerste Kirschsaft meines Lebens!
Schinéll schämmen!!!
Kadıköy Evlenme İşleri Memurluğu 31 Ağustos 1973
Standesamt Kadıköy 31. August 1973
Mal eben zum Paulinenhof
Eine Wild-West-Nacht in den Rila-Bergen
„Aa, bunlar Türkçe konuşuyor!"
„Na, so was, die sprechen ja hier Türkisch!"
Durchs wilde Montenegro nach Dubrovnik
Split – Abendplausch im Kaiserpalast
Hajoo, mer Schwoobe kennet elles, bloos koi Hochdeitsch!

GELEITWORT

SO FING ALLES AN ...

Der Kleine Herr (Bwana Ntoto) ist die wahre Geschichte des Lebens von Hellmut Lutz auf den drei Kontinenten Afrika, Europa und Asien. Es ist keine alltägliche Autobiografie, keine Lebensgeschichte, wie man sie gewöhnlicherweise findet.

Meines Erachtens handelt es sich beim Buch *Der Kleine Herr* um eine mikrohistorisch angelegte Dokumentation oder um ein spezielles Werk in teilweise romanähnlicher Form.

Es ist sehr schwierig, wenn sich jemand daran macht, sein eigenes Leben in der „Ich-Form" zu erzählen. Dann ist der/die SchriftstellerIn daran gebunden, seine/ihre Angaben zu Zeit und Ort so anzugeben, dass sie mit den historischen Tatsachen und Belegen übereinstimmen.

Der Verfasser Hellmut Lutz meistert diese schwere Aufgabe unter der Beachtung ästhetischer Kriterien und gemäß den Regeln der mikrohistorisch-dokumentarischen Darstellungsweise. Er stützt sich auf sein breites literarisches, historisches und philosophisches Wissen. Deshalb stellt *Der Kleine Herr* einen großen Beitrag zur deutschen und zur Weltliteratur dar.

Zu den Grundvoraussetzungen menschlichen Daseins gehören Liebe, Treue und Hoffnung. *Der Kleine Herr* ist Seite für Seite ein echtes Beispiel für wahre Liebe, für echte, lebendige Treue und für Hoffnung selbst in Zeiten der Hoffnungslosigkeit. Bei denen, die dieses Buch lesen, werden das Selbstvertrauen, die Freude aufs Leben und die eigene Stärke wachsen, sie werden die Menschen und diese Welt noch mehr lieben. Wegen seiner Besonderheit bereichert das Werk *Der Kleine Herr* in seiner Kategorie die deutsche und die Weltliteratur.

Hellmut Lutz kam im Jahre 1934 in Tansania zur Welt. In den ersten fünf Jahren seiner Kindheit wurde der Grundstein seiner Persönlichkeit gelegt. In diesem Buch wird die frühe Lebenszeit in

Tansania und die Vertreibung von dort historisch genau belegt geschildert. 1939 wurde die ganze Familie nach Deutschland repatriiert. Seine Kindheit verbrachte Hellmut Lutz im Feuer des Zweiten Weltkriegs.

Er studierte in Deutschland und in Großbritannien und arbeitete als Lehrer für die deutsche und englische Sprache. Der Wind des Lebens wehte ihn in viele Länder der Erde.

Hellmut Lutz arbeitete von 1971 bis 1973 in Ankara als Dozent in der Deutschen Abteilung des Gazi Eğitim Enstitüsü (Gazi Pädagogische Hochschule). In Ankara eignete er sich die türkische Sprache an.

Er lernte in dieser Zeit Nevin Kiper kennen. 1973 heirateten sie in Istanbul. Diese Ehe wurde reicher und schöner durch die Verbindung der deutschen und türkischen Kultur.

In diesem Buch vereinen sich zwei Herzen zu einer Seele. Für den Autor Hellmut Lutz war die Begegnung mit Nevin Kiper ein besonderer Glücksfall. Sie spricht die deutsche Sprache sehr gut, hat die türkische und die deutsche Kultur tief in sich aufgenommen und lebt gern in dieser Welt der zwei Kulturen. Gleichermaßen stellte es sich auch für Nevin Lutz als bereichernde Chance heraus, dass Hellmut Lutz Türkisch sehr gut beherrscht und sich in der Welt der deutschen und auch der türkischen Kultur heimisch fühlt.

Seit 36 Jahren kenne ich Hellmut und Nevin sehr gut. Vor 15 Jahren begann ich damit, mich mit der Lebensgeschichte von Hellmut Lutz näher zu beschäftigen. Ich empfand sie als sehr interessant. Im Laufe der Zeit begriff ich aber, dass eigentlich nur Hellmut selbst Hellmuts Leben schreiben konnte. Am 26. Oktober 2019 trafen wir uns in meiner Wohnung in Bochum. Ich schlug Hellmut Lutz vor, die Geschichte seines Lebens aufzuschreiben. Nevin Lutz teilte meine Meinung. Hellmut Lutz erklärte sich zum Schreiben bereit. Zusammen entwickelten wir dann eine chronologisch geordnete „Landkarte" seines Lebens. Hellmut übernahm die Aufgabe des Verfassens. Nevin und ich sagten ihm unsere Hilfe zu, wenn es nötig wäre. Am gleichen Tag fertigten wir ein Protokoll an, in dem wir unsere Entscheidung und die voraussichtliche Dauer der Niederschrift festhielten.

„Landkarte" des Buches „Der Kleine Herr * Bwana Ntoto" - Hellmut Lutz, Nevin Lutz,
Bochum 26.10.2019, Foto: Kemal Yalçın

Die mentale Vorbereitung, die Anordnung der Erinnerungen,
die Recherchen für das Buch nahmen etwa 15 Jahre in Anspruch.
Die eigentliche Niederschrift des Buches erfolgte in den von uns
eingeschätzten drei Jahren. Die Sprache des Buches *Der Kleine
Herr* zeugt von Anfang bis Ende von größter Sensibilität. Der Autor
vermeidet jegliche rassistische, diskriminierende, nationalistische
oder fremdenfeindliche Denkweisen und Ausdrücke.

Die LeserInnen dieses Buches werden sich darüber freuen, auf
ein meisterlich geschriebenes Buch eines Autors zu treffen, der in
klassischer deutscher, anthropologischer und historischer Philosophie, in der Mythologie und im Reichtum der deutschen Literatur
zu Hause ist.

Lieber Hellmut, gesprochenes Wort verweht, Geschriebenes
besteht. Du überlässt uns, den Menschen, etwas Bleibendes. Von
jetzt an wird dein Leben unser Leben bereichern. Vor allem die LeserInnen der jungen Generation werden erstaunt sein über das von
dir Erzählte und werden die für sie nötigen Folgerungen daraus ziehen.

Ich spreche der lieben Nevin Lutz, die so viel zur Entstehung dieses Buches beigetragen hat, meine große Anerkennung und meinen herzlichen Dank aus.

Ich danke Şakir Bilgin und seinem Dünya-Verlag für die sorgsa-
me Veröffentlichung des Buches „Der Kleine Herr * Bwana Ntoto".

15

Ich wünsche dir, meinem lieben deutschen Freund, Gesundheit und Glück für deine Feder, dein Herz und dein Hirn!
Mit euch ist Deutschland und die Welt noch schöner!
Wie gut, dass es euch gibt!

Bochum, 18. März 2022, Kemal Yalçın
Aus dem Türkischen übersetzt von Hellmut Lutz

VORWORT

WIE SAG' ICH'S NUR ?

Viele Male bin ich schon darauf angesprochen worden, Ereignisse und Erinnerungen aus meinem Leben zu Papier zu bringen. Lange Zeit sagte ich mir, dass das, was ich erlebte und was ich aus gut achtzig Lebensjahren erinnerte, kaum des Aufschreibens wert ist, verglichen mit den wahrhaft bedeutenden Geschehnissen auf Erden während dieser Zeit.

Dennoch - es ist in meiner Lebenszeit – und mir selbst – sehr vieles passiert, was auf seine Weise wirklich einzigartig ist. Dazu gehört sicherlich, dass ich in der damaligen Kolonie Deutsch-Ostafrika, dem heutigen Tansania, das Licht der Welt erblickte.

Zu meinem großen Bedauern gab es von den Generationen meiner Vorfahren keinen Menschen mehr, den ich befragen konnte zu der Welt, die ihn umgab; zu den Ereignissen und Bedingungen, die seine Lebensgeschichte bestimmten.

Als die großen Familien unserer Großeltern, unsere Eltern und die Familienmitglieder ihrer Generation noch lebten, haben wir so gut wie nie mit ihnen gesprochen über unser familiäres „Erbe". Dabei hätte ich von meinen Großeltern, Onkeln und Tanten, Vettern und Cousinen, vor allem aber von meinen Eltern, viel erfahren können!

Bei meinen Recherchen bin ich auf manch Erstaunliches und viel Wissenswertes über die Geschichte unserer eigenen Familien gestoßen. Eine Menge von Namen, Personen, eigenen Erlebnissen und Erfahrungen, verbürgten Tatsachen, amtlichen Eintragungen, glaubhaft überlieferten Ereignissen, Briefen, Notizen, Fotos, Bildern, mündlichen Erzählungen und hier und da auch Vermutungen bilden das Grundmaterial meines Buches. Was also war aus dieser Fülle berichtenswert? Wo und warum spielten bestimmte Menschen, Sprachen oder Länder der Welt eine Rolle? Was von diesem Angebot war echte Dokumentation, was wahrheitsgemäße

Darstellung, welche Urteile, aber auch welche Vorurteile hatte ich im Kopf? Welche Vorstellungen, und Zielsetzungen bestimmten die Auswahl und die Darstellung des Stoffs?

Ich enttäusche die, welche aus meiner Hand eine mehr oder weniger umfangreiche Darstellung über meine Familie, Verwandtschaft und Freunde erwarten. Ich habe auf die Darstellung mancher Phasen und Aspekte meiner Lebensgeschichte und der meiner Familie schweren Herzens verzichtet. Wegen der Menge dessen, was es zu erzählen gab, war es mir in vielen Fällen nur möglich, gleichsam wie das Licht eines Leuchtturms Menschen und Geschehnisse um mich herum einzig für Augenblicke mit einem Strahl der Erwähnung zu streifen. Von vielen Menschen, die ich zu meinen Freunden zähle, habe ich nur wenig gesprochen. Manche erscheinen im Buch sogar weder in Wort noch in Bild, auch wenn sie mir in dieser oder jener Weise nahestanden oder immer noch wichtig sind und zu meinem Leben ihren wesentlichen Teil beigetragen haben.

Mir war sehr viel daran gelegen, meine Geschichte(n) möglichst in sinnstiftende Zusammenhänge einzubetten. Nach über sieben Jahrzehnten ohne Krieg in Deutschland fällt es uns Heutigen schwer, das unruhige, kriegerische 20. Jahrhundert überhaupt zu begreifen. Viele Menschen, vor allem die jüngeren unter uns, können sich heutzutage vieles von dem, was ich erzähle, nur noch schwer vorstellen, gar für wahr und tatsächlich geschehen halten. Man möge bitte großzügig diese meine geraffte, eigen-sinnige Auswahl der Ereignisse und Personen hinnehmen. Es ist für mich bedeutend, dass ich mir in *meinen Erinnerungen* selber noch klarer darüber geworden bin, „woher" ich stamme, was mein „familiäres Erbe" ist und wer und was in meinem Leben wesentlich dazu beigetragen hat, mich zu dem zu machen, der *ich heute bin*. Zwar habe ich manches Unsinnige getan und gewiss auch viel Unfug geredet, aber doch wohl auch Nützliches und Bleibendes vollbracht.

Große Reden schwinge ich am liebsten gar nicht! Sechsunddreißig Jahre war ich im staatlichen Bildungswesen tätig und habe in meinem Beruf Rede und Antwort gestanden. Als einer von den „Weißen Jahrgängen" habe ich keinen Wehrdienst abgeleistet und weder das Strammstehen noch das Schießen gelernt. Dafür habe ich aber versucht, den mir anvertrauten jungen Menschen brauchbares Wissen und Können zu vermitteln und ihnen den aufrechten

Gang zu zeigen, vielleicht sogar vorzuleben.

Ich habe keine Revolution angeführt und auch keine Regierung gestürzt, mich aber darum bemüht, in der Türkei, einem damals politisch sehr unruhigen Land, in jungen Frauen und Männern die Fähigkeit und das Bewusstsein zu erwecken oder weiterzuentwickeln, sich im Beruf und im gesellschaftlichen Leben ihres Könnens, ihrer guten Sache und ihrer selbst sicher zu werden.

Im ersten Teil des Buches berichte ich von der Geschichte meiner Familien. Das Hauptgewicht meiner Aufzeichnungen liegt auf den fünf Jahrzehnten von 1920 bis 1970. Dieser Zeitraum war für alle in meiner Familie, insbesondere für meine Eltern, entscheidend für die jeweilige Lebensgeschichte.

Der zweite Teil des Buchs beleuchtet im ersten Kapitel in einem Überblick die Kolonialgeschichte des Wilhelminischen Kaiserreichs, besonders in der ehemaligen Kolonie Deutsch-Ostafrika. Es ist *mein Versuch*, mich mit diesem dunklen Teil *unserer nationalen* Vergangenheit und der so eng damit verbundenen Geschichte *meiner eigenen Familie* auseinanderzusetzen.

Das zweite Kapitel geht vom 20. Jahrhundert bis in die Gegenwart.

Im dritten Teil meines Buches stelle ich die jüngere Vergangenheit meiner Familie und meines Lebens in Abschnitten mit besonders herausragenden Ereignissen dar. Natürlich hatten wir auch in unserer jüngsten Familiengeschichte sowohl gute, fröhliche, erfolgreiche, festliche Zeiten als auch schlimme Tage mit Krankheiten, Schmerzen, Depressionen, Verzweiflung, Lebenskrisen und Verlusten. Über diese schwierigen Perioden konnten wir dank unserer gegenseitigen Liebe und Hilfe und dank der Unterstützung unserer guten Verwandten und treuen Freunde und Freundinnen immer wieder hinwegkommen.

Ich hoffe, in meiner Geschichte nicht allzu verkürzt, einseitig oder gar verletzend von den Menschen, deren Namen ich nannte, gesprochen und ihre Lebensumstände richtig verstanden und wiedergegeben zu haben. Ich wünsche mir also, denen gerecht geworden zu sein, an die ich in meinen Berichten gedacht, über die ich in meinen Erinnerungen erzählt habe.

Meine Geschichten sind *authentisch – so habe ich als lebender Zeuge* die Geschichte meiner Familie und der Welt erlebt! Ich gebe denen, die den Spuren meines Lebens folgen wollen, gern die freundliche Weisheit mit auf den Weg, die Johann Wolfgang von Goethe uns vor 222 Jahren in seinem „West-Östlichen Divan"[6] hinterließ. Diese Erkenntnis wurde für mich zum Ereignis, das den längeren Teil meines Lebens bestimmte und grundlegend daran mitwirkte, dass ich heute der bin, der aus diesen *Erinnerungen* spricht.

„Wer sich selbst und andre kennt, wird auch hier erkennen:
Orient und Okzident sind nicht mehr zu trennen!"

Liebe Leserin, lieber Leser,
wo ich von meinen Eltern spreche, bezeichne ich sie als
Eugen, mein Vater / unser Vater
Lotti, meine Mutter / unsere Mutter / Mutter Lotti / meine leibliche Mutter
Hilde, meine Mutter / unsere Mutter / Mutter Hilde / meine zweite Mutter

SCHWABENLAND * BERGISCHES LAND * RHEINLAND

MEINE FAMILIEN

Wenn ich von meinen Familien spreche, ist einerseits der offene, um Aufklärung und volle Einsicht bemühte Blick auf unsere Vergangenheit, der ehrliche, nicht beschönigende Umgang mit geschichtlichen Tatsachen und der Respekt vor den Opfern eben dieser Geschichte (in Tansania, aber nicht nur da) wichtig und geboten. Emotionale Rücksicht fordert aber ihren Platz im Widerspruch oder zur Ergänzung rationaler Ansprüche.

So muss ich andererseits, der gerechten Beurteilung wegen, auch über die Motive, Lebensumstände und Leistungen meiner Eltern Eugen, Lotti und Hilde (und auch der Großeltern) sprechen. Es gilt festzuhalten, welche gesellschaftlichen Weltbilder vorherrschend und welche politischen Stimmungen maßgebend waren, von welchen ökonomischen Bedingungen und Erwartungen sie ausgingen, unter welchen emotionalen Voraussetzungen und Annahmen sie damals handelten.

Meine Großeltern

Meine Großeltern haben die Katastrophen zweier Kriege überlebt. Großvater Gustav musste nie als Soldat kämpfen. Ob die Großväter Carl und Eugen im Ersten Weltkrieg zum Kämpfen eingesetzt waren, weiß ich nicht. Ich gehe davon aus, dass Opa Eugen mindestens in der Reserve gedient hat. Mir ist (mit einiger Bestimmtheit) berichtet worden, er sei Mitglied im „Stahlhelm" (Vereinigung von Veteranen des 1. Weltkriegs) gewesen.

Unser Opa Carl bekam 1915 einmal an der Front per Feldpost ein Foto seiner drei Kinder. Zum Glück waren meine Großväter im Zweiten Weltkrieg schon so alt, dass sie nicht mehr eingezogen wurden zum letzten Aufgebot, dem Volkssturm, der aus waffenfähigen Jungen und Männern von 16 bis 60 Jahren bestand! Von meinen Großeltern sage ich an dieser Stelle dankbar und gerne: Sie waren, neben meinen Eltern (und der Familie Becker in Shira), für mich und meine vier Geschwister die Menschen, die uns in unserer Kindheit und Jugend am nächsten standen.

Unsere Großeltern boten „uns Lutzens" – sowohl den Eltern wie den Enkelkindern – sicheren Unterschlupf und liebevollen Schutz, materielle Unterstützung und finanzielle Hilfe, moralische Orientierung und seelische Zuwendung in Zeiten besonderer Not und Bedrohung. Ich denke an den Aufbau unserer Pflanzung „Nashallo" in Afrika, die Krankheit und den Tod meiner leiblichen Mutter Lotti, unsere Repatriierung* aus Afrika, die Kriegs- und Nachkriegszeit in Honnef und Ulm, den Umzug auf den Hunsrück, unseren Neubeginn auf dem Paulinenhof, die Ausbildung von uns fünf Geschwistern und vieles mehr.

Die Großeltern Lutz in Ulm

In Altingen im Kreis Tübingen gibt es auch heute noch das „Rössle", ein liebevoll restauriertes Haus, das seit mindestens dem Anfang des 19. Jahrhunderts diesen Namen trägt. Unser Ururgroßvater Johann Friedrich Lutz besaß darin eine Schenke und wurde 1843 als Dorfwirt bezeichnet. Seine Frau hieß Christine Friederike, geborene Kapler.

Unser Urgroßvater Jakob Lutz kam am 15. April 1843 in Altingen zur Welt und starb dort am 23. Oktober 1880. Er war seit dem 21. Juli 1870 verheiratet mit Karoline Lutz, geborene Rau, die am 9. März 1849 in Hasloch das Licht der Welt erblickte und in Altingen am 2. Juli 1894 starb. Unser Urgroßvater war amtlich als Bauer und Dorfwirt registriert.

Unser Großvater Karl Eugen war das vierte Kind von Jakob und Karoline Lutz. Er wurde am 27. November 1878 in Altingen geboren und starb am 1. Juni 1960 in Ulm. Er hatte noch sieben Geschwister, die wir aber nie kennenlernten.

Gegen Ende des 19. Jahrhunderts ging es dem Kaiserreich in einem Wettlauf mit den führenden Mächten Europas und den aufstrebenden Vereinigten Staaten von Amerika darum, welches dieser Länder seine Industrieproduktion am schnellsten entwickelte, in welchem Land es die besten Forscher und Erfinder gab, welches

---

* Repatriierung erfolgt meist unter Zwang und gegen den Willen derer, die in ihr sogenanntes Herkunftsland (Vaterland) zurückgeführt werden.

Land die meisten Nobelpreisträger hervorbrachte, welcher Staat die größten Armeen und Flotten und die meisten Kolonien hatte.

Für diesen Wettkampf brauchte man Menschen, die in neuen Berufen ausgebildet waren. Auf dem Gebiet der Entwicklung neuer Maschinen und Möglichkeiten zur Anwendung elektrischen Stroms gehörte Deutschland zu den führenden Nationen. Namen wie AEG, Siemens & Halske oder Bosch hatten weltweit einen ausgezeichneten Ruf. Der Beruf des Elektrikers war also gefragt und bot gute Chancen für die Zukunft. Unser Großvater Eugen erlernte den Beruf des Elektrotechnikers.

Um 1903/04 lernte er unsere Großmutter Anna Margarethe Schwenk kennen, die am 25. Juli 1881 in Münsingen geboren wurde. Sie starb am 23. Juli 1964 in Ulm.

Am 16. August 1904 heirateten Opa Eugen und Oma Anna in Reutlingen. Aus ihrer Ehe gingen sechs Kinder hervor. Bis 1909 arbeitete Opa als Angestellter in einer Elektrofirma in Ebingen. Dort kamen noch die beiden ältesten Kinder auf die Welt. Mein Vater Eugen Friedrich Otto wurde am 15. März 1906 als erstes Kind der Eheleute Eugen und Anna geboren. Der 1908 geborene Sohn Paul Reinhold verstarb schon ein Jahr später. 1909 zogen unsere Großeltern nach Ulm, wo Eugens vier jüngere Geschwister geboren wurden.

Die Kinder Trudel (Gertrud 1911) und Walter Helmut Adolf (1912) erreichten, wie ihr älterer Bruder Eugen, ein hohes Alter. 1930 verloren meine Großeltern ihr jüngstes, 1919 geborenes Kind Helmut Gerhard. Eugens mittlerer Bruder Siegfried Reinhold, geboren 1916, fiel schon 1942 in Barki in der Ukraine dem Wahnsinn des 2. Weltkriegs zum Opfer.

In Ulm gründeten Omas Bruder Gottlob Schwenk und Opa Eugen Lutz 1909 die 1. Ulmer Dampfwaschanstalt (später Großwäscherei) Schwenk & Lutz in der Wielandstraße. Gottlob war für die finanzielle, Eugen für die technische Führung des Betriebes zuständig. Die wohlhabenden Bürgerinnen Ulms ließen ihre Wäsche (Bettlaken, Bezüge, Handtücher, Hemden und Leibwäsche) bei Schwenk & Lutz waschen und schrankfertig mangeln, falten oder bügeln.

Ich selbst kann mich noch gut an die großen Mangeln mit ihren heißen Filztrommeln erinnern, durch die man das Bettzeug und die Handtücher schob und dann faltete. Zahllose Frauen standen an

Bügeltischen und plätteten mit ihren dampfbeheizten, schweren Bügeleisen sorgfältig die Hemden der anspruchsvollen Bürger. Die beiden Männer arbeiteten sehr gut zusammen, die Firma entwickelte sich bald zu einem der namhaften Betriebe Ulms und warf so viel Gewinn ab, dass sich Gottlob Schwenk ein großes Haus bei der Wäscherei in der Wielandstraße und Eugen Lutz ein Haus in der Steinhövelstraße leisten konnten.

Aus Opa, dem Sohn eines kleinen Bauern und Dorfgastwirts im Landstädtchen Altingen war innerhalb weniger Jahrzehnte ein wohlhabender großstädtischer Unternehmer geworden: Opa Lutz hatte – getragen von der Welle der Industrialisierung und Modernisierung, die damals ganz Deutschland erfasst hatte – in der kaiserlichen Klassengesellschaft den Aufstieg aus der breiten Masse der armen schwäbischen Landbewohner in die vermögende Schicht des Besitzbürgertums geschafft.

Das Haus unseres Großvaters war eine für damalige Verhältnisse sehr großzügige und architektonisch moderne Villa. Unser Vater Eugen und seine Geschwister wuchsen in ihren Jugendjahren unter, wie man so sagt, gut bürgerlichen Verhältnissen in diesem schönen Haus in einem der besseren Viertel Ulms auf.

Familie Eugen Lutz: (v.l.n.r.) Trudl, Eugen sn., Eugen jr., Anna, Helmut, Walter, Siegfried, Ulm ca.1930

Vater Eugen, Sohn Eugen, Mutter Anna, Eugens
Abschied, Ulm, 19.6.1932

Von Mitte 1944 bis zur Mitte 1945 (außer einer kurzen Zwischenzeit in Biberach) diente „uns Lutzens" aus dem Rheinland das geräu-
mige großväterliche Haus in Ulm als Zufluchtsort vor dem Bombenkrieg in Westdeutschland. Aber es gab auch in Ulm immer häufiger
Luftangriffe. Der Schulunterricht fiel vom Herbst 1944 an völlig aus.
Ich kann mich jedenfalls nicht erinnern, jemals in meiner Schule in
der Friedrichsau die Schulbank gedrückt zu haben.

So hatten wir Jungs viel Zeit, uns an der Donau oder in der Stadt
rumzutreiben. Gerne nutzte ich auch die viele Zeit, um mich in der
Wäscherei umzutun. Ich habe 1944 öfters in Ulm kleinere Wäsche-
pakete transportiert, die sich noch gut tragen ließen. Ich brachte sie
in die Häuser von Bürgern, die sich bis Dezember 1944 den Luxus des
Wäsche-waschen-lassens immer noch leisten konnten. So habe ich
mir ein paar Pfennige oder auch mal einen Groschen Taschengeld
verdient.

Nach dem Großangriff auf Ulm am 17. Dezember 1944 gab es
diese Möglichkeit für mich nicht mehr, weil das Gebäude von Opas
Wäscherei in der Nagelstraße und so viele Häuser zerstört worden
waren und man kleine Jungen nicht gerne allein durch die Trümmer
laufen oder darin spielen lassen wollte.

Mir war nach der Feuernacht im Dezember gar nicht richtig klar geworden, dass den Ulmer Familien Lutz und Schwenk mit dem einzigen Schlag einer Luftmine und dem nachfolgenden Hagel von Brandbomben ihr Lebenswerk und ihre Existenzgrundlage genommen worden war.

Meine Großeltern ließen uns Kindern gegenüber überhaupt niemals erkennen, welch neues, schweres Unglück (nach Reinholds Tod 1909, Helmuts Tod 1919, Lottis Tod 1938, Siegfrieds Tod 1942 und dem Verlust von „Nashallo" 1939) zum sechsten Mal über sie hereingebrochen war. Opa war sowieso ein wortkarger Mann, der gewissenhaft und fleißig – eben wie ein guter Schwabe der alten Schule – seinem Tagewerk nachging. Oma möchte ich bezeichnen als eine Frau, die angesichts von so viel Leid nur noch tapfer auf die Zähne biss, sich nichts anmerken ließ, ergeben-fromm ihr Schicksal ertrug und sich mit wachem, praktischem Sinn um das Wohl der großen Familie kümmerte. Ihr gelang es in bewundernswerter Weise, immer wieder dafür zu sorgen, dass trotz aller Knappheit an Lebensmitteln es für uns nimmersatte Enkelkinder auch in schlimmer Zeit etwas zu essen gab.

Für die kummerbeladenen und schwer geprüften Großeltern waren die quirligen und ewig hungrigen Enkel wohl eher eine tägliche Belastung als eine Quelle reiner Freude.

1944 waren wir eigens aus dem Rheinland in den Süden gezogen, um den alliierten Luftangriffen zu entfliehen. Es ist bitterste Ironie, dass wir ausgerechnet in der für die Rüstungsindustrie wichtigen Stadt Ulm bei einer Reihe schwerer Bombenangriffe in Bunkern und Kellern Schutz suchen mussten! Speziell bei dem Luftangriff auf die kleine und für Bombardements strategisch unwichtige Stadt Biberach kamen wir so gerade eben noch einmal mit dem Leben davon.

Die Situation wurde noch schwieriger für die beiden Großeltern, nachdem Opa uns aus Biberach zurückgeholt hatte: Unsere Mutter lag im Krankenhaus und die Großeltern waren ganz allein für uns verantwortlich.

Erst, nachdem Eugen aus Krieg und Gefangenschaft heil zurückgekommen war, wurden Oma und Opa von dieser Sorge entlastet und konnte unser Vater sich um seine Frau Hilde und seine Kinder sowie um seine Eltern kümmern.

Onkel Walter, Eugens Bruder, ließ die alte Wäscherei nach dem Krieg mit den noch verwendbaren Maschinen und den Ersatzteilen, die der damalige Markt hergab, wieder aufbauen. Die Firma florierte aber nicht mehr richtig, weil – besonders nach der Währungsreform 1948 – das beginnende Zeitalter der Heimwaschmaschinen sowie der elektrischen Trockner und der bügelfreien Stoffe solche Wäschereien und Heißmangeln alten Typs überflüssig machte.

Die Firma Schwenk & Lutz wurde 1972 aufgelöst und aus dem Amtsregister gestrichen.

Nach unserer Rückkehr 1945 aus Süddeutschland haben wir Geschwister unsere Ulmer Großeltern nur noch gelegentlich besucht. Unser Lebensmittelpunkt war wieder Honnef geworden.

Gerne und von Herzen danke ich meinen Ulmer Großeltern an dieser Stelle für ihre Unterstützung und Liebe, mit der sie in den 1930er-Jahren Eugen und Lotti und 1944/45 Hilde zur Seite standen sowie für den Unterschlupf und den Schutz, die Geduld und Fürsorge, die sie uns allen in jenen schweren Zeiten in „Nashallo", Ulm und Biberach schenkten!

Die Großeltern Fudickar in Vohwinkel

Am 1. Juli 1818 wurden in Neviges (im Bergischen Land nahe bei Düsseldorf) unser Urgroßvater, der Ackerer Heinrich Wilhelm Fudickar, am 7. Dezember 1818 unsere Urgroßmutter Christine Loos geboren. Sie heirateten am 7. Dezember 1838. Aus ihrer Ehe gingen fünf Jungen und vier Mädchen hervor.

Das jüngste Kind war unser Großvater Gustav Fudickar. Er kam am 6. Februar 1864 im Ortsteil Hardenberg der Gemeinde Neviges zur Welt und starb 87-jährig am 6. November 1951 in Vohwinkel, einem Stadtteil von Wuppertal.

Unsere Großmutter Emilie Fudickar, geborene Kirberg, wurde am 24. November 1867 geboren. Sie starb mit 85 Jahren am 23. September 1952 in Vohwinkel. Gustav und Emilie heirateten am 24. November 1887.

Unsere Großeltern mütterlicherseits hatten die vier Söhne Wilhelm, Ernst, Gustav und Alfred sowie die fünf Töchter Martha, Elisabeth (Lisa), Emilie (Millie), Christine (Tine) und als jüngste unsere Mutter Charlotte, zeitlebens Lotti genannt.

Großeltern Gustav und Emilie Fudickar in Vohwinkel, 1927

Als jüngstem Sohn war es damals für Opa Gustav nicht in Frage gekommen, das Erbe des väterlichen Hofs Thielenhäuschen anzutreten. Er erlernte das Sattlerhandwerk, einen Beruf, der auch in der zweiten Hälfte des 19. Jahrhunderts seinen Mann gut ernährte.

Nahezu alle Sitzmöbel, Betten und Matratzen wurden damals noch von Hand gemacht. Auf den Straßen wurden alle schweren Güter noch mit Pferdewagen transportiert. Die Bauern brauchten Geschirre und Riemen für ihre Arbeitstiere (Pferde, Ochsen, Kühe, Esel, Hunde). Die betuchten Herrschaften und das Militär benötigten Stiefel und Schürzen, Zaumzeug und Sättel für ihre Reittiere. Pferde dienten in allen Kriegen, so auch im 1., ja, sogar noch im 2. Weltkrieg, zu Millionen als Reit- und Zugpferde.

Unser Opa Gustav schien als junger Mann schon ein weitsichtiger Mensch gewesen zu sein. Er hatte erkannt, dass im Zuge der rasant fortschreitenden Industrialisierung immer mehr Menschen besser verdienten und dass sich der allgemeine Lebensstandard hob. Mehr Familien konnten sich jetzt Polstermöbel und Matratzen für ihre Betten leisten.

Mit 21 Jahren gründete Gustav deshalb 1885 in Merscheid im Bergischen Land eine Polstermöbelfabrik. Das Unternehmen war so erfolgreich, dass Opa den Betrieb nach ein paar Jahren erweitern musste. Er konnte sich schon 1904 in der Rubensstraße 14 seine

„Vohwinkeler Matratzen- und Bettenfabrik" (später „Schlafwohl") und sein eigenes Wohnhaus errichten lassen. Der Sattlermeister hatte sich durch Fleiß und Tüchtigkeit zu einem wohlhabenden Mitglied der bürgerlichen Schicht emporgearbeitet, blieb aber dennoch sein ganzes Leben ein aufrechter, bescheidener Mann. Weil er zudem ein gottesfürchtiger Mensch war, ließ er sein Haus mit dem frommen Leitspruch „Die Welt vergeht, wer glaubt besteht" versehen. Man kann diesen Satz auch heute noch (nach mehr als hundert Jahren) an der alten Stelle auf der Hauswand lesen.

Die Firma überstand beide Weltkriege ohne Schaden. Nach Opas Tod führte sein Sohn Ernst die Firma erfolgreich weiter. Sie florierte hervorragend nach der Währungsreform und war an der Grundausstattung für das Gebäude des ersten Deutschen Bundestages in Bonn beteiligt. Onkel Ernst wiederum übergab nach seinem Eintritt in den Ruhestand die Leitung an seine Söhne Kurt und Ernst weiter. In den Zeiten des sogenannten Wirtschaftswunders profitierte der Betrieb viele Jahre vom allgemeinen wirtschaftlichen Aufschwung. Aber die Konkurrenz wurde so groß, dass unsere beiden Vettern trotz Verlagerung des Betriebs nach Rheinland-Pfalz und staatlicher Förderung die Firma „Schlafwohl" achtzig Jahre nach ihrer Gründung schließen mussten.

Das Leben unserer Vohwinkeler Familie drehte sich aber nicht nur um die Firma.

In unserer Familiengeschichte nimmt das Jahr 1937 einen ganz besonderen Platz ein. In diesem Jahr reisten Eugen und Lotti mit ihren beiden Kindern Hellmut und Harald aus Afrika an, um die Goldene Hochzeit von Opa und Oma am 24. November 1937 mitzufeiern. Lotti war in diesem Sommer hochschwanger und gebar am 26. August 1937 in Elberfeld unseren Bruder Siegfried.

Nicht einmal ein Jahr danach kam am 13. Juli 1938 Anne in Sanya Yuu in Tansania zur Welt. Wenige Tage später, am 1. August 1938, erlag Lotti ihrem unheilbaren Asthmaleiden.

Unsere Familie Fudickar hatte im Zweiten Weltkrieg ein anderes schweres Leid zu ertragen. Die beiden Söhne Wilfried und Herbert wurden Onkel Wilhelm und Tante Martha Berns durch den Irrsinn des Weltkriegs entrissen!

Goldene Hochzeit von Gustav und Emilie Fudickar, Vohwinkel 24.11.1937

Am 24. November 1947 gab es wieder ein herausragendes Ereignis in der Rubensstraße 14, die Diamantene Hochzeit der Großeltern Fudickar (60 Jahre zusammen in Freud und Leid!).

Der 2. Weltkrieg war seit zwei Jahren zu Ende, und das Leben begann sich wieder zu normalisieren.

Im November 1947, ein halbes Jahr vor der Währungsreform, konnte man sogar schon wieder manches kaufen, vor allem, wenn man Beziehungen hatte. Über die verfügten die Fudickars zum Glück dank der Firma und der brüderlichen Unterstützung durch die Freie Evangelische Gemeinde, der sie angehörten. (Erst 1950 wurden die berühmt-berüchtigten Lebensmittelkarten abgeschafft; im damaligen Westdeutschland als erstem Land im Nachkriegs-Europa.) Tante Martha war die gute Seele im Haus und sorgte umsichtig für das Gelingen des Festes, das über hundert Gäste aus der Verwandtschaft mitfeierten.

So kam an diesem glänzenden Hochzeitstag die wahrlich große Familie Fudickar – übrigens zum letzten Mal in dieser Gesamtheit – zusammen: Die Großeltern, ihre Kinder mit Ehepartnern und all ihren vielen Kindern und noch andere nahe Verwandte. Für alle gab es echten Bohnenkaffee und unvorstellbar viel Kuchen! Das war für viele einfach unfassbar: Ich sehe noch die vielen Kaffee- und Milchkannen, die Schüsseln mit Schlagsahne und die Teller voller Kuchen vor meinen Augen. Ich weiß noch gut, dass ich es nicht glauben konnte – trotzdem, es war wirklich so: Jedes von uns Kindern und Jugendlichen durfte nach Herzenslust, wie es so schön heißt, essen und trinken.

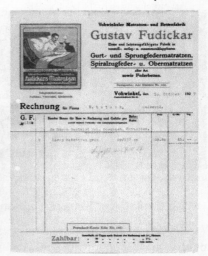

Eugen, Lotti, Hellmut, Harald,
Siegfried, Vohwinkel 13.1.1938

Rechnung der Firma Schlafwohl,
Fudickar, Vohwinkel 1927

Die bis dahin sorgsam geübten und beachteten Regeln (nie
mehr als ein Stück auf dem Teller, kein Berg Sahne auf das Torten-
stück, mit Besteck essen, die Suppe nicht schlürfen, langsam essen
und gut kauen, beim Essen nicht mit vollem Mund reden, und was
es da noch so gab!) waren für einen Tag so gut wie aufgehoben: Wir
luden zwar immer nur ein Stück Kuchen auf unseren Teller und aßen
am Tisch die Leckereien gesittet mit Löffel oder Gabel. Das (eigentlich) Unerhörte war aber, dass wir jungen Leute uns eben, so oft wie
wir wollten, etwas auf den Teller tun durften und deswegen keine
vorwurfsvollen Worte hörten und auch keine strafenden Blicke sahen, sondern aufmunterndes Lächeln bekamen!

Wir haben diese einmalige, ja, diese erstmalige Gelegenheit
unseres Lebens, unseren „Hunger" nach einem großartigen Erlebnis im Schlaraffenland der Torten zu stillen, auch nicht ungenutzt
vorbeigehen lassen. An einer anderen Stelle dieses Buchs schreibe
ich von der bedeutenden Rolle, welche die Fudickars, besonders
unser Opa Gustav, im Leben von „uns Lutzens" spielten. An dieser
Stelle hier sage ich ihnen noch einmal Dank für ihre jahrzehntelan-
ge Fürsorge und Liebe.

Gustav und Emilie Fudickar,Diamantene Hochzeit 1947

Die Großeltern Dissmann in Honnef

Die Geschichte der Familie Dissmann ist mir genauso wichtig wie die Geschichten der Familien Fudickar und Lutz. Wenn auch erst ab dem August 1938, so spielten doch auch und gerade die Honnefer Verwandten, insbesondere die Großeltern Carl und Friedchen und ihre Tochter Hilde Dissmann, eine sehr bedeutende Rolle im Leben von „uns Lutzens".

Unser Urgroßvater Wilhelm Dissmann wurde am 22. Januar 1838 in Kehlinghausen (Ortsteil von Wiehl im Oberbergischen) geboren und starb am 4. April 1905 in Honnef. Er war von Beruf Schweinehändler. Verheiratet war er mit unserer Urgroßmutter Caroline Dreibholz aus Wiehl.

In Siegburg stellte Wilhelm am 28. Februar 1888 den Bauantrag für sein Haus in der Linzer Straße 9. Dies zeigt, dass unser Urgroßvater ein sehr erfolgreicher Kaufmann war und dass er, vor allem im Westerwald, unter den Bauern einen großen Abnehmerkreis für seine Ferkel hatte.

Ihr Sohn (K)Carl (Wilhelm), unser Großvater, kam am 2. September 1881 in Honnef zur Welt und starb dort am 2. Juni 1970. Opa war in erster Ehe verheiratet mit Luise Wilhelmine Ohm, genannt Lilli, die am 29. Mai 1888 das Licht der Welt erblickte und schon am 14. November 1918 als Dreißigjährige an der Spanischen Grippe verstarb. So stand Opa Carl plötzlich allein da mit seinen drei Kindern Hilde, Wilhelm und Fritz. Für sie alle war der unerwartete Tod von ihrer Mutter Lilli ein Verlust, den sie zeitlebens nicht verwinden konnten.

32

Familie Dissmann – Lutz
v.l. hinten: Eugen L., Hellmut L., Marlene Sg., Hilde D., Wilhelm D., Doris Sg.,
Itte D., Fritz D. Mitte: Hilde L., Clara D., Friedchen D., Gabi D., Carl D., Hermine
Sn. vorne: Siegfried L., Jochen L., Horst D., Wolfgang D., Anne L.
Honnef, ca. 1951; D = Dissmann, L = Lutz, Sg = Schmülling, Sn = Schlingermann

In zweiter Ehe war Opa verheiratet mit Frieda Alberts. Sie kam
am 24. Juli 1885 in Wiehl zur Welt und starb am 8. Februar 1959 in
Honnef. Aus dieser Ehe gingen keine Kinder mehr hervor. Uns Kindern war Frieda immer nur als Oma Friedchen bekannt.

Opa Dissmann führte das Geschäft seines Vaters sehr erfolgreich
weiter. Er bekleidete von 1931 bis 1956 unter den schwierigen Bedingungen der Naziherrschaft und des Wiederaufbaus nach dem 2.
Weltkrieg das Amt des Kirchmeisters (Vorsitzender des Kirchenrats)
der evangelischen Gemeinde und war in Honnef ein hoch angese-
hener Bürger. Er war bekannt für seine protestantisch-christliche
Grundüberzeugung und seine moralische Integrität und politische
Aufrichtigkeit.

Carls Tochter Hilde brachte viel von diesem vorbildlichen Erbe
ihres Vaters mit in unsere Familie und prägte auch uns dadurch.
Wir verspürten während all der Jahre, die wir in Honnef lebten,
immer wieder die stützende und schützende Hand unserer Großeltern. Sei es nun, dass sie sofort die Absicht Hildes unterstützten,
nach Afrika zu reisen, so dass sie schon im Dezember 1938 „Nashallo" erreichte, sei es, dass wir in den gefährlichen, schweren Jah-

ren des Zweiten Weltkriegs und den harten, knappen Zeiten nach dem Krieg in jeder Hinsicht Hilfe von ihnen erfuhren oder sei es, dass zum Beispiel Anne und ich während unseres Studiums an der Bonner Universität in der Linzer Straße 9 wohnen konnten.

Über viele Jahrzehnte war die „Linzer Straße Nummer neun" Treffpunkt der Familien des Dissmann-Clans. Und zwar nicht nur an den großen Geburtstagsfeiern und zur Weihnachts- oder Osterzeit; nein, wir waren dort immer willkommen!

Mit großer Dankbarkeit denke ich an unsere Großeltern und die ganze Honnefer Familie zurück.

Meine Eltern Eugen, Lotti und Hilde Lutz

Wer waren meine Eltern Eugen, Lotti und Hilde? Eine Frage und viele Antworten!

Sagt die bloße Nennung von Tatsachen und Ereignissen schon Bezeichnendes, Wesentliches und Wahres aus über jemanden, können wir uns den ganzen, wirklichen Menschen dahinter vorstellen? Wir wissen, dass wir selbst dann einen Menschen kaum befriedigend und gerecht beschreiben können, wenn wir ihn gut kennen und er uns selber zu seiner Person und seinem Leben vieles mitteilt. Diese Betrachtungen über meine Eltern können kaum mehr sein als unvollständige Annäherungen.

Es sind *Versuche*, Bilder meiner Eltern und ihres Tuns zu schaffen, welche charakteristische Züge ihrer Persönlichkeit darstellen und die bemerkenswerte Vielfältigkeit ihres Lebens und Wirkens erkennen lassen.

Eugen (Friedrich Otto) Lutz

In Afrika kämpften die sogenannten Schutztruppen seit 1904 in zwei der vier dortigen Kolonien des Deutschen Reiches. Sie setzten alles daran, in den heutigen Ländern Namibia und Tansania die dort angestammten Völker endgültig zu unterwerfen oder zu vernichten. (In Togo und Kamerun fanden zu der Zeit keine Kolonialkriege mehr statt.) Vier Jahre dauerte der Völkermord an den Nama und Herero in Namibia. Er endete 1908 wie auch der Maji-Maji-Aufstand in Deutsch-Ostafrika mit dem Sieg der kaiserlichen Truppen.

Als das Kaiserreich begann, die erworbenen Kolonien für sich zu „erschließen", brauchte man ausgebildetes Personal. Schon 1888 wurde in Witzenhausen die deutsche Kolonialschule gegründet. 1900 folgte in Hamburg das Institut für Schiffs- und Tropenkrankheiten.

Der letzte Krieg gegen die überseeischen Untertanen des Reiches war noch nicht ganz zu Ende, als 1907 in Berlin das Reichskolonialamt gegründet wurde, das alle Aktivitäten in den Schutzgebieten steuern sollte.

Im Jahr 1927 fand die Gründung der Kolonialen Frauenschule in Rendsburg statt, 1931 kam das Fürstliche Institut für ausländische und koloniale Forstwirtschaft hinzu. Von 1920 an erhielten kolonial tätige Einrichtungen staatliche Darlehen, 1924 begann der Rückkauf ehemals deutscher Pflanzungen in Kamerun.

Im Jahr 1906 ereigneten sich bemerkenswerte, zu der Zeit bahnbrechende, politisch herausragende oder auch auf ihre Weise kuriose Dinge, von denen ich ein wenig erzählen möchte:

In Frankreich wurde 1906 der Hauptmann Dreyfus (jüdischen Glaubens) nach zwölf Jahren gerichtlicher Auseinandersetzungen endlich rehabilitiert. Nicht zuletzt durch Emile Zolas mutiges Eintreten mit seinem offenen Brief „J'accuse" („Ich klage an!") an den Präsidenten der Französischen Republik kamen die Richter zu dieser Entscheidung.

1906 diagnostizierte der deutsche Arzt Alzheimer zum ersten Mal erfolgreich die nach ihm benannte Krankheit, an der (auch in unseren Tagen) viele Menschen leiden und für deren Vorbeugung oder Heilung es immer noch keine wirksamen Mittel gibt.

1906 gelangen zum ersten Mal in Europa erfolgreiche Flüge mit Motorflugzeugen. Erst 116 Jahre sind seit dieser Pioniertat vergangen. Heute gibt es Flugzeuge, die mehrere hundert Tonnen Eigengewicht haben. Sie können dazu noch einige hundert Tonnen Ladung (Treibstoff, Passagiere, Gepäck, Industrieerzeugnisse, etc.) transportieren und Strecken von 20.000 km ohne Zwischenlandung hinter sich bringen!

Und dann passierte 1906 folgende Geschichte – sie war damals und ist auch heute kaum zu glauben. Man darf bei diesem Ereignis nur nicht vergessen, dass der Held nicht Hans im Glück hieß, sondern der vom Leben schwer gebeutelte Schuhmacher Wilhelm Voigt war. Am 16. Oktober 1906 besetzte er, gekleidet in eine ausgeliehene Hauptmannsuniform, mit einer Handvoll Soldaten das Rathaus von Berlin-Köpenick. Er legte die Stadtverwaltung lahm, stellte die amtliche, ja, die kaiserliche Autorität in Frage und machte das wachhabende Militär lächerlich. Es brauchte aber immer noch der Höllen des Ersten und des Zweiten Weltkriegs, bis sich bei uns aus dem Sterben von Millionen von Menschen, aus den Trümmern der Städte, den furchtbaren Erfahrungen der Geschichte unsere heutige friedfertige Gesellschaft erheben konnte.

In eben diesem Jahr 1906 kam mein Vater Eugen Friedrich Otto am 15. März als erstes Kind der Eheleute Eugen und Anna Lutz in Ebingen auf der Schwäbischen Alb zur Welt. Von 1909 an lebte er mit seinen Eltern in Ulm, wo alle seine Geschwister (außer Reinhold) geboren wurden.

Mein Vater begann seine Schülerlaufbahn zu Zeiten Kaiser Wilhelms II. Er erlebte während seiner mittleren Schuljahre den 1. Weltkrieg und den Untergang des Kaiserreichs. 1924 machte er zur Zeit der Weimarer Republik an der Oberrealschule in Ulm sein Abitur.

Eugen als Obersekundaner (11. Klasse), Ulm ca. 1921/22

Eugen war als Heranwachsender unausweichlich dem geistigen Klima und seinen Wandlungen in jenen Zeiten ausgesetzt. Er spürte bestimmt, welche Reaktionen 1918 die Niederlage Deutschlands und der Versailler Friedensvertrag von 1919 bei seinen Eltern und seiner Verwandtschaft, bei seinen Freunden und Bekannten auslösten. Als Oberstufenschüler ist ihm vermutlich bewusst geworden, in welchen geradezu chaotischen Wirren sich Deutschland in den 1920er-Jahren befand. Auf das Ende der Herrschaft des Adels und die Auflösung der überkommenen Klassengesellschaft folgten die Besetzung des Rheinlandes (durch ausländische Truppen), ökonomischer Zusammenbruch sowie totales finanzielles Chaos, wachsende Arbeitslosigkeit und politische Radikalisierung der Republik.

Die junge Demokratie kämpfte in den sehr schweren innenpolitischen Auseinandersetzungen zwischen den extremen, rechts-konservativen, teilweise ständisch organisierten, völkisch orientierten und nationalistisch eingestellten Gruppierungen und den linken, gewerkschaftsnahen, sozialdemokratischen, sozialistischen, kommunistischen und anarchistischen Bündnissen um ihr Überleben. Es war nicht absehbar, welche Kräfte die Oberhand erlangen konnten.

Mein Vater erlebte die Not des Volkes, welche der verlorene Krieg und die Inflation des Jahres 1923 mit sich brachten. Demokratische, nationale, sozialistische und kommunistische Parteien, Gewerkschaften und (Landes)Regierungen konnten trotz aller Anstrengungen die riesengroße Schicht der verarmten werktätigen Bevölkerung nicht wirksam vor den Auswirkungen dieser Krisenzeit schützen. Der gesellschaftliche Zusammenhalt, der wirtschaftliche Wiederaufbau und die Aussichten auf beruflichen Erfolg waren in Frage gestellt. Hitler fand ab 1933 in einem Heer von sechs Millionen Arbeitsuchenden genügend Menschen, die seiner verführerischen Ideologie erlagen und sich in den Dienst der Nazis begaben.

Auch in unseren Tagen ist immer wieder von den Gefahren globaler Inflationen und von Bankzusammenbrüchen die Rede. Aber es ist für uns Heutige kaum vorstellbar, dass 1923 Banknoten mit Wertangaben von bis zu 100 Milliarden* Mark pro Schein im Umlauf waren oder man für ein Brötchen eine Million Mark hinblättern musste.

Erst eine grundlegende Reform machte 1924 dieser Geldentwertung ein Ende. Eugen machte als 17-jähriger, so erzählte er mir

* 100 Mrd. = 100 + neun Nullen

einmal, eine drastische Erfahrung mit Inflationsgeld: Seine Mutter schickte ihn mit einem Wäschekorb voller Banknoten zum Bäcker, und er kam mit ein paar lächerlichen Kipfle (Brotlaibe) in den Händen nach Hause.

Im Inflationsjahr 1923 machte Eugen eine Reise nach Düsseldorf und von da einen Abstecher nach Vohwinkel. Ich nehme an, dass der Besuch damit zusammenhing, dass Eugens Eltern auch Mitglieder der Freien Evangelischen Gemeinde waren und es Beziehungen zwischen den Ulmer und Vohwinkeler Gemeinden gab.

Bei diesem Besuch muss es passiert sein! Der 17jährige Jungmann war hingerissen vom Liebreiz der jüngsten, 17 Jahre alten Tochter der Fudickars, dem schönen, blassen, dunkelhaarigen Mädchen mit den großen, leuchtenden Augen. Und auch sie konnte ihre Blicke nicht mehr von diesem jungen, gutaussehenden, burschikosen Mann lassen, der vor Leben, Selbstbewusstsein und Energie strotzte.

Sie verliebten sich und wussten beide in ihrem tiefsten Inneren, dass dies die große, die einzigartige, die unvergessliche, die niemals auslöschbare Liebe ihres Lebens sein würde.

Besser betuchte Familien, zu denen auch unsere Großeltern zählten, pflegten ihre Urlaube oder Kuren in damals renommierten Feriengebieten wie dem Sauerland, dem Taunus oder dem Schwarzwald zu verbringen. Die Familien Lutz und Fudickar verbrachten 1924 einen gemeinsamen Urlaub im Hotel Doniswald in Königsfeld im Schwarzwald.

Wie immer die Situation auch im Einzelnen gewesen sein mag: sie sahen sich wieder, der 18jährige Eugen und die 18jährige Lotti! Trotz aller örtlichen und zeitlichen Hindernisse und trotz aller doch immerhin vorstellbarer Bedenken um Anstand und Sittlichkeit fanden die Beiden Mittel und Wege, sich durch geschmuggelte Briefchen und andere Zeichen ihrer gegenseitigen Liebe zu vergewissern.

Unser Vetter Alfred Kattwinkel erzählte einmal von den Begebenheiten, an denen er als Siebenjähriger im Feriendomizil in Königsfeld beteiligt war. Alfred hatte ein besonders inniges Verhältnis zu seiner Tante Lotti, mit der er sehr gern schmuste und die ihm so herrliche Geschichten erzählen konnte. Wegen dieser großen Vertraulichkeit durfte Alfred als „Briefträger" Botschaften austauschen zwischen Eugen und Lotti, die – wie es sich gehörte – getrennt voneinander an den Enden des Hotelflurs wohnten. Wegen seiner großen praktischen Veranlagung schwebte Eugen der Beruf eines Ingenieurs vor. Nach dem Abitur absolvierte er deswegen 1924 und 1925 technische Praktika bei den Firmen Magirus und Eberhard in Ulm und dem Unternehmen Wagner in Reutlingen. Ab dem Herbst 1925 begann Eugen das Studium der Ingenieurwissenschaften an der TH München.

Mit dem Ende des 1. Weltkriegs musste Deutschland seine Kolonien abgeben; sie wurden vom Völkerbund zu Mandatsgebieten der Siegermächte erklärt. So fiel unter anderem der größte Teil Deutsch-Ost-Afrikas unter die Verwaltung Großbritanniens und wurde fortan Tanganyika Territory genannt. Die letzten deutschen Bewohner (Missionare) wurden 1920 ausgewiesen. Interessant ist, dass sich schon 1924 der britische Gouverneur von Tanganyika Territory, Sir Henry A. Byatt, in London für eine Rückkehr der deutschen (Leipziger) Missionare aussprach. Sie durften dann tatsächlich schon 1925 ihre religiöse Arbeit in Ostafrika wieder aufnehmen.[1]

Das Deutsche Reich wurde erst 1926 nach sehr zähen Verhandlungen wieder in den Völkerbund aufgenommen. Das Vereinigte Königreich erlaubte ab dann deutschen Volksangehörigen generell, wieder auf ihre Besitzungen in den ehemaligen Kolonien zurückzukehren oder sich als Neusiedler dort Land zu kaufen und sich niederzulassen.

Ich kann mir gut vorstellen, dass für meinen Vater auf Grund dieser veränderten Situation die Idee, in die Kolonie Ostafrika auszuwandern, im Studium konkrete Form annahm. Spätestens um 1926 herum muss sich also in seiner Betrachtung der Welt die entscheidende Wende zugetragen haben. Er hatte sich dazu entschieden, nicht Ingenieur zu werden, sondern einen landwirtschaftlichen Beruf zu erlernen und sich auf ein Leben als Pflanzer in Ostafrika vorzubereiten.

Worin lagen für Eugen die klaren Vorteile einer Auswanderung?

Eugen war nicht mehr den politischen Unruhen, den ökonomischen Zwängen, den beruflichen Unsicherheiten und den engen Verhältnissen seiner Heimat ausgesetzt.

Die mögliche Leitung der Wäscherei in Ulm war für ihn offenbar nicht verlockend.

Angesichts der katastrophalen Lage im damaligen Deutschland muss diese Chance auf ein Leben im weiten, freien Afrika, diese Herausforderung, aus eigener Kraft seines Glückes Schmied sein zu können, für Eugen unwiderstehlich geworden sein. Er konnte seinen Tatendrang ungehindert und ganz auf sich und sein Können gestellt ausleben, angetrieben durch seine Abenteuerlust, seine sportliche Kondition, seinen Arbeitseifer und sein starkes Selbstbewusstsein.

Er brach sein Studium an der TH München ab. Eugen leistete stattdessen 1926 und 1927 landwirtschaftliche Praktika auf dem Schafhof ab und studierte anschließend an der Landwirtschaftlichen Hochschule in Stuttgart-Hohenheim, wo er 1929 auch sein Staatsexamen als Diplomlandwirt ablegte. Die Lehr- und Forschungsangebote dieser Universität, zumal auf den Fachgebieten des Landbaus und der Viehzucht in tropischen und subtropischen Zonen der Erde, genossen – auch schon damals – in ganz Deutschland einen sehr guten Ruf. Mein Vater hatte sich diese Hochschule sicher deswegen ausgewählt, weil er sich dort die beste Ausbildung zum Kaffeeanbauer in den Tropen erhoffte!

Der Wechsel in der angestrebten Laufbahn vom Ingenieur zum Landwirt hat allem Anschein nach aber die Liebesbeziehung zwischen Eugen und Lotti auf eine harte Probe gestellt. Er bedeutete, dass beide sich darüber einig werden mussten, ihre gesamte Planung auf ein gemeinsames Leben in der Landwirtschaft auszulegen. 1926 schrieb Lotti an ihren geliebten Eugen (in einem Brief, der erhalten ist), wie schwer es ihr falle, seine berufliche Wende (dass er „Bauer werden wolle") zu akzeptieren, und dass sie deswegen auch „keine roten Backen" mehr habe – welch liebevolle Umschreibung des Kummers, den sie litt.

Die technisch und landwirtschaftlich geprägten Praktika bildeten einen Teil der notwendigen handwerklichen und praxisnahen, das Studium in Hohenheim den wissenschaftlichen auf Afrika abgestellten Teil der Vorbereitungen auf das Leben als Pflanzer. Mit diesen fundierten Kenntnissen war Eugen in der Tat gut vorbereitet.

Von 1930 bis 1932 arbeitete Eugen im väterlichen Betrieb und in der Firma „Schwenk & Sohn" in Reutlingen. In dieser Zeit verdiente Eugen vermutlich einen Teil seines Startkapitals. Er hat auch, dessen bin ich sicher, sehr sorgfältig und lang vorausschauend die vielen praktischen Vorbereitungen zum Kauf von Land, Werkzeug, Maschinen, Baumaterialien (z. B. für das Wohnhaus) und Saatgut, etc. getroffen. Es war gewiss äußerst schwierig, in diesen international schon so angespannten Zeiten die notwendigen politischen, bürokratischen, finanziellen und formalen Bedingungen, zum Beispiel die Erlaubnis zur Einreise nach Afrika, die Berechtigung zum Siedeln in Tanganyika Territory, zum Erwerb von Boden am Kilimanjaro, u.a. zu besorgen.

Wir wissen kaum etwas davon, wie Eugens und Lottis Eltern und Familien die damaligen Zeitläufte politisch erlebten und einschätzten. Meine Großeltern hatten ihre Sozialisierung und ihre politische Bewusstseinsbildung in den konservativen, nationalistischen, alten Ordnungen der damaligen deutschen Königreiche oder des eben ausgerufenen Kaiserreichs erfahren.

Betrachteten Eugens und Lottis Eltern die expansionslüsterne Großmacht- und Kolonialpolitik des Kaisers und seiner Regierung wohlwollend? Wussten sie, dass erst 1908 nach vielen Jahren Vernichtungskrieg die eingesessenen Völker der sogenannten Schutzgebiete in Afrika völlig niedergerungen und ihre Länder endgültig zu deutschen Herrschaftsgebieten gemacht worden waren?

Welche Vorstellungen hatten Eugens und Lottis Familien davon, wie es generell um die internationale Mandatspolitik des Völkerbundes und wie im Besonderen um die deutsche Kolonialpolitik bezüglich der afrikanischen Gebiete stand?

Aller Wahrscheinlichkeit nach waren sie – wie meine Eltern auch – völlig überzeugt von der herrschenden Welt-Anschauung der ersten Hälfte des 20. Jahrhunderts, in der nicht viele Menschen in Europa Skrupel hatten oder gar empört waren bei dem Gedanken, dass in den Kolonien den eigentlichen Besitzern dieses Land in der Vergangenheit gestohlen worden war. Das Bild der Welt war weitgehend verzerrt durch Betrachtungsweisen, die durch historische Vorurteile total national und europazentriert waren.

Wie erlebten die Ulmer und die Vohwinkeler Eltern das Ende des 1. Weltkriegs, den Zusammenbruch der alten Ordnung, den Abgang Kaiser Wilhelms II. und wie standen sie zur jungen Weimarer Republik? Begrüßten sie die neue demokratische Verfassung

Deutschlands? Erkannten sie, welche politische Gefahr der immer stärker werdende totalitäre Faschismus für die bisherige Grundordnung Europas darstellte? Begriffen sie die bedrohliche Entwicklung, stellten sie sich gegen die wachsende Herrschaft dieser Kräfte oder unterstützten sie in stillschweigender Sympathie oder gehorsamem Patriotismus (Gebt dem Kaiser, was des Kaisers und gebt Gott, was Gottes ist!) den sich anbahnenden Faschismus?

Hatten die Vohwinkeler und Ulmer Familien die Auswanderungspläne Eugens und Lottis begrüßt, gefördert oder doch nur hingenommen? Wie weit hatten ihre Einstellungen und Vorstellungen Einfluss gehabt auf die Planungen und Weltanschauungen ihrer Kinder? Welche Erwartungen oder Hoffnungen verbanden sie mit einer Auswanderung ihrer Kinder nach Afrika?

Wir dürfen annehmen, dass Eugen und Lotti ihr Vorhaben nicht auf Biegen oder Brechen durchzusetzen vorhatten, sondern großen Wert darauflegten, von Beginn an die Zustimmung und Hilfe ihrer Eltern zu haben. Wir können heute mit einiger Sicherheit davon ausgehen, dass die Ulmer und die Vohwinkeler Eltern von der Tatkraft und dem Mut, der Ernsthaftigkeit und Entschlossenheit ihrer Kinder überzeugt, mit Eugens und Lottis Auszugsplänen ins Gelobte Land einverstanden gewesen waren und sie materiell und moralisch unterstützt haben. Welch ein bemerkenswertes Leben hatten Eugen und Lotti bis dahin geführt! Schauen wir einmal etwas genauer hin: Mit 17 Jahren hatten sie die erste große Liebe erlebt; als 20-Jährige hatten sie die Gewissheit, *die* Liebe fürs Leben gefunden zu haben.

Lotti war eine ungewöhnliche Frau, die ihre ausgeprägte Begabung gewiss in Deutschland hätte entfalten können. Sie hatte es aber vorgezogen, bedingungslos dem Liebesschwur, den sie zehn Jahre zuvor getan hatte, treu zu bleiben, alles auf die eine große Karte der Herausforderung in Afrika zu setzen und mit ihrem über alles geliebten Eugen dort eine Kaffeepflanzung und eine große Familie aufzubauen. Mit unerschütterlicher, hoffnungsvoller Geduld hatten die beiden Verlobten sich sechs Jahre lang auf den Tag vorbereitet, an dem sie tatsächlich das entscheidende Wagnis ihres Lebens beginnen konnten: Im neuen Land eine Pflanzung und eine Familie zu gründen.

Aber, *wie* Eugen und Lotti vorgingen, war für damalige Verhältnisse dennoch eher selten und sehr ungewöhnlich. Obwohl aus dem gutbürgerlichen Milieu der wohlsituierten Ulmer und Vohwinkeler Eltern stammend, waren für das junge Paar die Ansichten der hergebrachten Etikette nur bedingt gültig. Bestimmt hätten Eugen und Lotti auch in Deutschland heiraten können. Aber sie besaßen ihre eigenen Vorstellungen und Maßstäbe, die sie ehrbar und konsequent befolgten.

Lotti ließ Eugen vorausfahren, um die Pflanzung und das Haus vorzubereiten, in dem sie gemeinsam leben wollten. Sie wusste, dass sie ihren geliebten, tüchtigen Eugen dort wiedersehen würde und dass sie in ein schönes Land käme. (In einem Brief verglich Eugen einmal die Landschaft mit Bayern.) Eugen war sicher, seine geliebte Lotti würde die Kraft, die Standhaftigkeit und den Mut aufbringen, allein nach Afrika zu reisen.

In der Rückschau erkennen wir, wie alle Schritte der beiden, aufs Beste auf einander abgestimmt, ganz klare Sinnbilder dafür sind, wie weitgehend ihre Vorausschau, wie groß ihre Entschlossenheit und wie klar ihre Lebensplanung waren: Einzeln brachen sie, zu verschiedenen Zeiten und auf jeweils anderen Routen, aus dem zu engen, alten Europa aus, um ihr gemeinsames Glück im für sie neuen, weiten Afrika zu finden. Eugens offizielle Abmeldung aus Ulm für die große Reise ist auf den 20. Juni 1932 datiert. Im Frühsommer 1933 reiste auch Lotti nach Afrika. Am 5. Juni des Jahres lagen sich Eugen und Lotti in Dar-Es-Salaam endlich in den Armen. Die 450 km von dort bis zur Pflanzung „Nashallo"– eine Riesenstrapaze in jenen Tagen – scheinen sie fast geflogen zu sein.

Die erste Zeit wohnten Eugen und Lotti bei der Missionarsfamilie Becker in Shira oder in einer Grashütte auf dem Boden ihrer Pflanzung.

Zum krönenden Abschluss ihrer Verlobungszeit heirateten Lotti und Eugen am 18. Juni 1933, ganz genau ein Jahr nach Eugens Ausreise, auf der Missionsstation Shira. Damals tat dort das Ehepaar Hermann und Elisabeth Becker seine Missionsarbeit. Hermann, ein überzeugter und auch überzeugender Vertreter der Guten Botschaft, traute das junge Paar. Nur vier Jahre später nahm Frau Becker, die liebe Tante Elisabeth, nach Lottis plötzlichem Tod uns vier Geschwister unter ihre schützenden Fittiche.

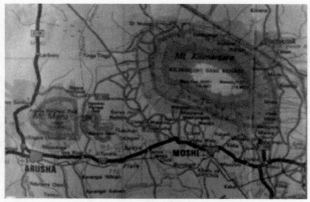

Karte von Nordtansania, District Sanya Yuu [2]

Mein Vater erwarb wenige Wochen nach seiner Ankunft am südlichen Hang des Kilimanjaro 900 Morgen Land, das zum größeren Teil noch gerodet und urbar gemacht werden musste.

Aus seinem Kontobuch der (The) Standard Bank of South Africa Ltd. Moshi[3] geht hervor, dass Eugen am 18. November 1932 einen Kredit aufnahm. K. Späth, einer unserer Nachbarn in Afrika, stellte eine Summe von 10.666,36 sh (vermutlich East African Shilling) zur Verfügung. Davon sind 8.206,25 sh als disbursement (Barauszahlung) und purchase price (Kaufpreis) verbucht; vermutlich der (Gesamt)Preis für die 225 Hektar.

Ob Eugen das Land 1932 von einem privaten Besitzer oder der britischen Mandatsverwaltung erwarb, ist nicht mehr festzustellen. Im vorgenannten Kontobuch wird ein M. Thompson als Empfänger der Zahlung vom 18. November 1932 genannt.

Lageplan der Pflanzungen in Sanya Yuu, Tansania 1932

Auszug Bank of South Africa, Tansania 1932

Mein Vater nannte seine Pflanzung „Nashallo". Wir haben unsere Eltern nie so recht gefragt und aus ihrem Munde auch nie erfahren, was dieser Name bedeutet. Alle Befragten in Machame konnten uns während unserer Reise 2004 das Wort auch nicht erklären.

Wenn man von Machame aus Richtung Sanya Yuu fährt, durchquert man Farmland, das früher von weißen Siedlern bewohnt war. An einer bestimmten Straßenkreuzung steht ein Schild mit der Aufschrift „Nashallo Estate". Ganz vergessen ist die alte Pflanzung also noch nicht, obgleich sie nur noch „beaufsichtigt" wird. Die alten Kaffeebäume, die zu sehen sind, tragen kaum noch Früchte. Ob mein Vater sie einst pflanzte?

Die Grashütte, Nashallo 1933

Lotti Fudickar, ca.1932

Das Brautpaar

Missionskirche in Shira 2004

Eugen und Lotti Lutz nach der Trauung, Shira 18.6.1933

Wir Heutigen können uns kaum eine Vorstellung machen, was es bedeutet haben muss, gleichsam aus dem Nichts im noch wenig erschlossenen afrikanischen Busch eine Farm anzulegen. Haben wir Fantasie genug, um zu ermessen, was es hieß, auf dem eben urbar gemachtem Boden an den Urwaldhängen des Kilimanjaro einen landwirtschaftlichen Betrieb mit Scharen von Federvieh, weit über hundert großen und kleinen Nutztieren, großflächigem Anbau von Bohnen und Mais und Tausenden von Kaffeebäumen zu schaffen?

Meinen eigenen Kenntnissen vom Leben auf der Kaffeepflanzung „Nashallo" meiner Eltern lasse ich die vielsagende Schilderung der Arbeit eines deutschen Pflanzers in Ostafrika vorangehen.

1938 veröffentlichte nämlich der Korvettenkapitän a. D. Paul H. Kuntze in seinem „Volksbuch unserer Kolonien" einen Artikel von Hans Bretschneider.

Dieser Text bringt seinen LeserInnen in der Heimat unterhaltsam und nahegehend die rührenden Bilder, liebgewonnenen Phrasen und gängigen Klischeevorstellungen über „unser Afrika" vor Augen. Ich zitiere Bretschneider auszugsweise:

„Als Pflanzer in Deutsch-Ostafrika

Ganz anders als zu Hause (in Deutschland/A.d.V.) verläuft der Arbeitstag des Farmers.

Wenn morgens gegen 6 Uhr die Sonne hinter den Bergen heraufkommt, bringt der schwarze Boy den üblichen Tee an das Bett, der schnell getrunken wird. Dann werden die Neger zur Arbeit angestellt und dem Karani (Vorarbeiter) wird die Tagesarbeit bekannt gegeben. Nach einfachem, aber kräftigem Frühstück begibt sich der

Farmer meist zum Kontrollieren in die Farm. Der erste Gang führt meist zu den Ställen, weil die Behandlung des Viehs durch die Neger oft nicht mit der nötigen Sorgfalt geschieht. In der Pflanzung oder auf den Feldern hält sich der Farmer mehrere Stunden täglich auf. Körperliche Arbeit verrichtet er im Allgemeinen nur dann, wenn diese der Neger nicht auszuführen versteht. Bei anständiger und gerechter Behandlung der Schwarzen erhält man aber bald einen Stab von Leuten, der fast alle vorkommenden Arbeiten selbständig erledigen lernt. Gearbeitet wird von früh 7 Uhr bis nachmittags 4 Uhr ohne jede Pause, und in dieser Zeit nimmt der Schwarze auch keinerlei Nahrung zu sich, ganz gleich, welche Arbeit er auch verrichtet. Einige Hände voll Mais, morgens und abends genossen, genügen ihm auch bei allergrößter Anstrengung. Dieser wird in vielen Fällen zusätzlich zum Lohn gezahlt, weswegen auf allen Pflanzungen Mais angebaut wird. Wenn dann die Arbeit für die Leute beendet ist, trifft der Pflanzer die Vorbereitungen für den nächsten Tag und freut sich des Feierabends. Mit der Erledigung schriftlicher Arbeiten oder dem Lesen eines Buches oder heimatlicher Zeitschriften verbringt er am prasselnden Kaminfeuer den Rest des Tages.

Den Kontakt mit der Heimat pflegt in erster Linie die NSDAP (Nationalsozialistische deutsche Arbeiterpartei/A.d.V.), so dass auch das kulturelle Leben eine wesentliche Bereicherung erfahren hat. So geht eine Welle neuen Glaubens durch das Land und allen scheint die Erfüllung der jahrelang genährten Hoffnung auf Rückkehr der Kolonie an Deutschland in greifbare Nähe gerückt.

Die monatlichen Zusammenkünfte zu den Schulungstagen der Partei stellen neben den offiziellen Feiern bei Festen der Heimat oder des Wohnlandes die einzigen geselligen Ereignisse dar, bei denen die Verbindung mit der Heimat gepflegt, Erfahrungen ausgetauscht und Pläne geschmiedet werden."[4]

Mindestens Zweifel dürften wohl angebracht sein, wenn man Bretschneiders Bericht über das Wohlleben der deutschen Siedler „da draußen" liest!

Wir haben zwar jetzt durch diese Schilderung erfahren, wie es in Deutsch-Ostafrika auf den deutschen Pflanzungen zuging. Mir kommt Bretschneiders Darstellung aber vor wie der Werbetext für einen KdF-Urlaub (Kraft-durch-Freude) oder für ein Siedlerprojekt. Ende der 1930er-Jahre waren Hitlers Vorbereitungen des geplanten

Krieges schon weit fortgeschritten. In diesem Rahmen gab es bei ihm und seinen Beratern schon recht deutliche und großmäulige Vorstellungen darüber, welche Rolle der Wehr- und Nährstand in den alten Kolonien und auf hinzugewonnener deutscher Scholle spielen sollte. Auf dem „alten" Besitztum, besonders aber in den noch zu erobernden Gebieten Polens und der Ukraine sollte neuer Lebensraum für das „Volk ohne Raum" geschaffen werden.

Zur Verbreitung solcher Siedlerromantik waren Texte wie der von Bretschneider in Kuntzes Volksbuch mit ihrer Mischung von Tatsächlichem und Ideologie vorzüglich geeignet. Welches Bild der Menschen, die dort arbeiten mussten, wurde vermittelt? „Gearbeitet wird von früh 7 Uhr bis nachmittags 4 Uhr ohne jede Pause, und in dieser Zeit nimmt der Schwarze auch keinerlei Nahrung zu sich, ganz gleich, welche Arbeit er auch verrichtet." Bretschneider redet von afrikanischen Arbeitern, die hier im Einsatz sind. Sie müssen sich sogar ihr Essen selber kochen. Der europäische Arbeitgeber bietet den Afrikanern nichts zu essen an, schon gar nicht die Kost, die ihnen schmeckt und an die sie gewöhnt sind. Es ist auch keine Pause zum Essen und zum Erholen vorgesehen. Da Kochen viel Zeit in Anspruch nimmt, können die Afrikaner es nur nach ihrer neunstündigen (!) schweren körperlichen Arbeitszeit tun. Bretschneider beschreibt da in der Sprache der kolonialen Eroberer als völlig normal und selbstverständlich, wie in der täglichen kolonialen Wirklichkeit das Arbeits- und damit das Abhängigkeitsverhältnis, die Ausbeutung der Geknechteten durch die Herrschenden aussieht.

Als Bretschneider diesen Artikel schrieb, hatte im Dritten Reich schon die schrecklichste Verwirklichung dieses Umgangs mit unterworfenen Menschen in den KZs begonnen!

Ich füge hier der Darstellung Bretschneiders nur einige „Ergänzungen" hinzu. Sie mögen zeigen, was Lotti und Eugen mit ihren Arbeitern vom Aufgang der Sonne bis zu ihrem Untergang jeden Tag leisteten, wofür sie Leute des Chagga-Volkes auf „Nashallo" anstellten, welche Aufgaben sie sich selbst für ihr eigenes Leben gestellt hatten. Meine Eltern arbeiteten ohne Zweifel jeden Tag hart und lang, und ich bin sicher, dass sie für ausreichende Ernährung für ihre Angestellten (auch während der Arbeitszeit) und deren Familien sorgten.

Was waren also die ersten, dringendsten Schritte unter den dortigen Voraussetzungen, um ein Unternehmen in Gang zu setzen, das von Anfang an darauf angelegt sein musste, zwei Bedingungen zu erfüllen? Zum einen sollte die Farm aus einem Bauernhof zur Deckung des umfangreichen Grundbedarfs an Tierfutter, Wasser und Nahrungsmitteln bestehen. Zum anderen sollte auf 225 ha (1 ha hat etwa die Fläche eines großen Fußballfeldes) eine Kaffeepflanzung heranwachsen.

Auf einem weiten, leicht ansteigenden Gelände, von wo aus man damals die gesamte Südwestflanke des Kilimanjaro-Gebirges mit der gletscherbedeckten Kibo-Spitze wundervoll erblicken konnte, begann mein Vater nicht lange nach seiner Ankunft mit dem Bau des – natürlich – von ihm entworfenen Wohnhauses. Weil mein Vater seinerzeit das Baumaterial gegen Insektenfraß und Klimaeinwirkung sachgerecht präparierte, haben bis heute Termiten die Holzbalken und -decken und der Regen das Fundament und die Wände nicht zerstört! Mein Vater brauchte mit seiner schwäbischen Effizienz nur wenige Monate, bis er und Lotti das Haus mit Wohnzimmer, Schlafzimmer, Kinderzimmer, Bad, Küche, Vorratsraum und Barassa (Veranda) beziehen konnten! Noch heute verraten die Türbeschläge und manch andere Details dem kundigen Blick, wer es einst erbaute. Das Weihnachtsfest 1933 und den Jahreswechsel feierten meine Eltern in Shira im Missionshaus bei Beckers und auch schon im neuen Heim auf „Nashallo"!

Nashallo Baubeginn, 1932

Weihnachten, Nashallo 1933   Nashallo halbfertig, 1933

Ich nehme an, dass mein Vater ab Mitte 1932 als Allererstes auf frisch vorbereitetem, nutzbarem Ackerboden Bohnen und Mais anpflanzte. Sie vor allem bildeten den Grundstock der Ernährung für die Arbeiter meines Vaters, die ihren Lohn teils bar in sh. (Schilling), teils als Naturalien erhielten. Zu diesem Deputat kam noch frisches Fleisch hinzu. Den Bedarf dafür deckte mein Vater, indem er für seine Angestellten anfangs Wasserböcke und anderes Wild jagte. Später dienten selbstgezogene Ziegen als Fleischlieferanten.

Auf die Erstanlage der Gemüsefelder folgten – noch vor verstärkter Viehzucht – die Waldrodung und die Sicherung der Wasserversorgung. (Die Arbeiten am Bau des Wohnhauses gingen parallel auch weiter.) Um immer Trinkwasser für Mensch und Tier zu haben, ließ Eugen tiefe Brunnen ausheben, aus denen mit Eimern das Grundwasser geschöpft wurde. Zudem sorgte er dafür, dass das kostbare Regenwasser in großen Fässern aufgefangen wurde. Für die Aufzucht und das Bewässern der jung angepflanzten Kaffeebäume dienten eigens gebaute große Behälter. Später wurden Bassins nötig, in denen die Kaffeebohnen aus ihren Hüllen herausgewaschen wurden, ehe man sie auf dem Boden zum Trocknen ausbreitete.

Schon 1935 baute Eugen vor dem Wohnhaus ein unterirdisches Bassin, in dem er das Regenwasser auffing. Lotti berichtet an einer Stelle ihres Tagebuchs, welchen Spaß ich gehabt hätte, mit ihr in der Badewanne (!) planschen zu dürfen!

Eugen benötigte nicht nur die Bohnen und den Mais als materiellen Anteil des Lohns seiner Arbeiter und als cash crop (jederzeit vorrätiges „Kleingeld" in Form von Naturalien). Er brauchte vor allem gute Ernten des allerbesten Kaffees als verlässliche Haupteinnahmequelle. Schließlich war er ja zum Kilimanjaro ausgewandert, um seinen Arabica-Hochland-Kaffee in die westliche Welt zu exportieren. Das aber hieß im Klartext, so viel Land urbar zu machen, wie es die Oberflächenverhältnisse des Bodens und das Wetter, die Kräfte der Arbeiter und Tiere und Eugens eigene Gesundheit zuließen. Und es bedeutete, Abertausende von Kaffeepflänzchen zu kaufen und/oder selber zu ziehen und dann in das dafür angelegte Land zu setzen, zu bewässern und vor der Zerstörung durch Pflanzenkrankheiten, schädliche Insekten und wilde Tiere zu schützen. Vor allem Affen, Wildschweine und Elefanten durchwühlten des Nachts immer wieder die Felder und plünderten alles Fressbare. Das endete meist mit dem totalen Verlust der Bepflanzung und machte Neuansaaten oder -bepflanzungen nötig.

Unterhalb, auf einer etwas größeren freien Fläche in der Nähe des Wohnhauses, baute Eugen die Shamba, das heißt die Tierställe und Lagerräume. Hinter diesen Gebäuden war ein Bananengarten angelegt worden. Ich entsinne mich, dass wir Brüder (zwei, drei Jahre alt), Harald und ich, eines Tages dorthin zum Spielen gegangen waren. Von den Stauden hingen, für uns bedrohlich nah, die schweren Bananenbüschel herunter; die riesigen Blätter der Bäume schafften über uns ein Halbdunkel, aus dem heraus es immer wieder unheimlich laut knackte. Und dann standen sie plötzlich vor uns: ein paar Zebukühe, die im Unterholz der Bananenstauden weideten. Noch nie in unserem Leben waren uns – so völlig ohne jede Vorwarnung – solch unheimlich große Tiere mit ihren mahlenden Mäulern und riesigen Augen so nahe gekommen! Wir beiden stolperten entsetzt von diesem Ort des Schreckens weg ins Freie und fühlten uns gerettet. Dieses Erlebnis bewirkte tiefgehende Angstgefühle bei mir, wie sonst könnte ich diese Szene noch so klar vor Augen haben? Dennoch, wie umgänglich und harmlos wie „lieb" sie doch eigentlich sind, diese kleinen, friedlichen Zebus mit ihren dunklen, sanften Augen und mit ihren weichen Mäulern ganz und gar ohne Reißzähne!

Lastkarren mit sechs Ochsen, Nashallo 1933

Eugen beim Eggen mit acht Ochsen, Nashallo 1933

Die Zeburinder waren aber längst nicht alles, was es da auf „Nashallo" gab: geradezu ein ganzer Zoo an Haus- und Nutztieren wurde herangezogen und vermehrt, versorgt und verwertet.

Ein bedeutender Schritt bei der Anlage der Kaffeepflanzung war der frühe Erwerb von leistungsstarken Zebu-Ochsen als Zugtiere. Bei seinen Kaufverhandlungen nützte es Eugen sicher viel, Kisuaheli sprechen zu können, welches er während der Überfahrt nach Ostafrika gelernt hatte.

Ein Dutzend oder mehr Zebu-Ochsen brauchte Eugen, um Bäume zu räumen, Stubben und Wurzelwerk aus dem Boden zu reißen, Felder zu pflügen und zu eggen sowie Baumaterialien, Dünger und Erntegut auf großen Lastkarren zu transportieren. Diese Rinder waren kleinwüchsig und zäh, genügsam und dem Klima angepasst und man konnte gut mit ihnen arbeiten. Man musste nur, weil sie längst nicht so stark waren wie deutsche Ochsen, je nach Arbeit drei oder vier Joche, das heißt sechs oder acht Tiere vor einen Wagen oder einen Pflug spannen. Beim Pflügen wurden die Ochsen von Treibern geführt; den Pflug (sicher eins der Qualitätsprodukte der Ulmer Firma Eberhardt) hatte Eugen natürlich selbst in seinen Händen. Traktoren gab es damals auch schon, aber sie waren teuer in der Anschaffung sowie im Betrieb und sehr störanfällig. Für eine Pflanzung, die gerade im Aufbau war, kam ein Trecker finanziell nicht in Frage.

Etwa um 1890 hatten Missionare den Kaffeeanbau im Kilimanjaro-Gebiet eingeführt. Er wurde zu einer neuen Einkommensquelle für die dort ansässigen Chagga-Bauern. Unter der britischen Mandatsverwaltung wurde die Produktion deutlich gesteigert. Kaffee-Kooperativen regulierten und kontrollierten am Kilimanjaro den Anbau und den Handel mit Kaffee.[5] „Die Chagga gründeten bereits 1925 den Vorläufer der KNCO (Kilimanjaro Native Co-operative Union), die 1927 schon rund 11.000 Mitglieder hatte."[6]

Im folgenden Jahrzehnt stieg die Produktion der Kleinanbauer von Kaffee ungefähr auf das Doppelte. Für die deutschen Pflanzer verschärfte sich dadurch der Wettbewerb mit den lokalen afrikanischen „kleinen" Kaffeeproduzenten.

Um 1937 gab es zudem wegen der neuen, sehr starken Konkurrenz aus Brasilien ein erheblich größeres Angebot an Kaffee. Die erzielbaren Preise fielen zeitweise auf die Hälfte und erholten sich nur teilweise wieder.[7]

Kaffeebohnenernte[8 1]

Im Verlauf der 1930er-Jahre nahmen weltweit die politischen und ökonomischen Spannungen zu. Auf den ostafrikanischen Markt wirkte sich dies so aus: Importwaren aus Europa wurden zunehmend teurer, bei den Exportgütern wurden im internationalen Verdrängungswettbewerb die Preise immer stärker manipuliert und die Gewinne wegen wachsender Konkurrenz stetig geringer. Die Ausfuhr von Kaffeebohnen deutscher Pflanzer nach Deutschland wurde erheblich schwieriger. Auch daran zeigte sich genauso wie schon an vielen anderen finanziellen und wirtschaftlichen Stellen das Anwachsen internationaler Spannungen, selbst als sie diplomatisch immer noch schöngeredet wurden. Am 30. September 1938 verkündete Neville Chamberlain nach der Münchener Konferenz daher noch triumphierend „Peace for our time!" („Gegenwärtig ist der Frieden gesichert!") Kein Jahr später, am 1. September 1939, begann der 2. Weltkrieg.

Der Erfolg beim Aufbau von „Nashallo" hing bei den Bohnen, dem Mais und dem Kaffee immer sehr stark ab von beispielsweise den äußeren Bedingungen wie Intensität von Sonne und Wind, Niederschlag und Dürre, Regelmäßigkeit und Dauer der Trocken- und der Regenzeiten, Pflanzenkrankheiten und Schädlingsbefall, Zerstörung durch wilde Tiere, Zustand des Bodens, Gesundheit der Arbeitskräfte und den lokalen und internationalen Marktbedingungen.

Es gibt Stellen in Briefen aus „Nashallo", die darauf schließen lassen, dass Eugen und Lotti sich dieser für den Bestand und die Entwicklung der Pflanzung stets bedrohlichen Situation bewusst waren. Sie machten wohl auch beim Anbau und im Handel mit Mais und Bohnen zeitweise schlechte Erfahrungen und konnten nur für eine geringe Menge Kaffee eine Genehmigung für den direkten Export (ohne Zwischenhandel) nach Deutschland bekommen. Verluste konnte Eugen kaum noch (anders als zu Beginn) ausgleichen.

Im Januar 1939 berichtet Eugen: „Die Bohnen zwischen dem jungen Kaffee versprechen eine gute Ernte und der Kaffee selbst sieht jetzt mit seinem frischen Laub sehr gut aus. Hoffentlich gibt es wieder eine gute Blüte, denn ich muss unbedingt wieder eine gute Ernte kriegen, sonst wird es mit meinen Finanzen kritisch. Ich muss nun doch gleich die ganze Freikaufsumme bezahlen, da sonst eine 2e (zweite/A.d.V.) Hypothek auf die Pflanzung eingetragen werden muss ... Diese Summe von Sh. 2.600.- geht dann auch vom Betriebskapital ab, so muss ich schon gut jonglieren, um dieses Jahr nochmal durchzukommen. ... Nur sind die Leute etwas nervös infolge der unsicheren politischen Lage."

Von welchen Leuten spricht hier mein Vater? Was versteht man bei der NSDAP in Moshi, was auf „Nashallo" unter „etwas nervös..."? Ist die beschönigend-vorsichtige Kommentierung der Entwicklungen in Europa als „unsichere politische Situation" nur politisch naiv oder etwa als eine Vorsichtsmaßnahme nötig, weil der Inhalt der Briefe aus Afrika vor ihrer Zustellung von der Reichspost kontrolliert wird?

Wir haben im Kreis der Familie nie darüber gesprochen, wie Eugen an seine Angestellten kam, ob es etwa Vermittler gab für Arbeitsuchende, ob die Missionsstationen den Siedlern und Unternehmern ihre Zöglinge empfahlen oder ob sich die Einheimischen selbst bei den europäischen Farmern als arme und landlose, (daher notgedrungen als billige und) willige Arbeitsuchende anboten.

Die Angestellten meines Vaters wohnten zum Teil in der Nähe von „Nashallo" in ihren Dörfern; andere durften an geeigneten Stellen Wohnhütten auf dem Farmgelände bauen (nahe bei der Shamba). Deswegen konnte (und durfte) ich dorthin gehen, mit den Kindern der Chagga spielen – und so auch spielend nebenher Kisuaheli sprechen lernen.

Ich gehe davon aus, dass mein Vater und meine Mutter aus ihren Elternhäusern ein Menschenbild mit nach Afrika nahmen, dem gemäß sie ihre Angestellten für ihre Arbeit fair bezahlten, ausreichend für die Ernährung der Familien sorgten, gerecht und würdig mit ihnen umgingen, ihnen vertrauten und ihre Lebensweise gelten ließen, sie als ihre christlichen Mitmenschen (an)erkannten. Einiges spricht dafür, dass diese Annahme zutrifft. Sonst ist zurückblickend heute kaum zu begreifen, wie meine Eltern ihre Teilnahme am Fest der Goldenen Hochzeit der Großeltern in Vohwinkel verwirklichen konnten. Im Frühjahr 1937 fuhr zuerst Lotti mit Harald und mir nach Deutschland; ein paar Monate später (Oktober oder November) folgte Eugen. Meine Eltern konnten offenbar dank der verlässlichen Unterstützung durch Freunde sowie Nachbarn und wegen der dauerhaft ehrlichen Loyalität der afrikanischen Angestellten die Pflanzung für viele Monate (etwa bis Januar oder gar Februar 1938) allein lassen. Sie konnten trotz dieses unerhörten Risikos einigermaßen sicher sein, dass der ganze Tier- und Pflanzenbestand versorgt wurde und alles in Haus und Hof bei ihrer Rückkehr in Ordnung war. Zumindest war in unserer Familie nie die Rede davon, dass das Vertrauen meiner Eltern enttäuscht wurde. Ich führe dies auch darauf zurück, dass meine Eltern von ihren Angestellten nicht als europäische Unterdrücker und Ausbeuter angesehen wurden, sondern eher als Menschen, die ihnen Arbeit gaben, für Nahrung sorgten und sich für ihre Leute verantwortlich fühlten.

Lotti hat den afrikanischen Menschen, die sich auf „Na-shallo" um den Haushalt und das Kleinvieh kümmerten, gewiss vieles beibringen können. Von Eugen haben „seine" Männer in manch praktischer Hinsicht sicher viel lernen können; man nannte meinen Vater bestimmt nicht ohne Grund Bwana fundi, den Meister, der alles kann (und selber! macht).

Karen C. von Blixen-Finecke war 17 Jahre in Kenia eine Kaffeepflanzerin. Sie schrieb über ihr Leben dort unter anderem 1937 den autobiografischen Roman „Den afrikanske farm"[8] („Afrika, dunkel lockende Welt"). Unter dem Titel „Out of Africa" wurde das Buch 1985 verfilmt. In diesem Film spielen die Probleme der Enteignung, Umsiedlung und Umerziehung der eingesessenen Bevölkerung ein wichtige Rolle. Karen Blixen konnte sich von ihren Freunden und afrikanischen Hausangestellten verabschieden, als sie 1930 endgültig in ihre Heimat Dänemark zurückkehrte.

Unser Vater, der am 3. oder 4. September 1939 über Nacht von britischen Offizieren abgeholt wurde, hatte vermutlich keine Gelegenheit, von irgendeinem seiner afrikanischen Angestellten Abschied zu nehmen.

Alle auf unserer Pflanzung „Nashallo" Beschäftigten verloren in den ersten Tagen des Septembers 1939 vom einen Tag auf den anderen ersatzlos ihren berechenbaren, festen Lebensunterhalt. Weder ihr Arbeitgeber Eugen Lutz noch sie selber hatten sich auf diesen Schlag vorbereiten können.

Ihre Vorfahren hatten den Raub ihres Landes durch die europäischen Kolonialisten ertragen müssen. Die Chagga, welche in Eugens Diensten gestanden hatten, mussten (erneut) ein ähnliches Schicksal wie ihre Eltern hinnehmen, die Familien waren wieder ohne Einkommen und ohne Arbeit – und aufs Neue ging das Unheil von Europa aus!

Was im Juni 1933 in Shira so hoffnungsfroh begonnen hatte, fand am 1.8.1938 ein jähes Ende. An diesem Tag starb meine Mutter Lotti, sie wurde in Shira beerdigt. Ich berichte davon an anderer Stelle im Buch. Hier sei zum Verständnis des Textes nur so viel gesagt: Schon am 15.12.1938 kam Hilde Dissmann auf die Pflanzung

„Nashallo", um meinen Vater in seiner schwierigen Lage zu unterstützen, von der sie im September 1938 in Velbert gehört hatte.

H. und E. Becker, Familie Lutz, Shira ca.1939

Wir vier auf der Barassa, Nashallo 1939

Die Internierung der deutschen Siedler brachte es mit sich, dass am 15. September 1939 Eugen und Hilde im Lager in Tanga heirateten. Auch von diesem Ereignis berichte ich anderen Orts im Buch.

Mandatsgebiet von Tanganjika
Eheschließungsverordnung 1921
Nr. 31743
HEIRATSURKUNDE

Die Eheschließung erfolgte im Standesamt zu Moshi im Mandatsgebiet von Tanganjika

Datum der Eheschließung	Vor- und Familiennamen	Voll-/minderjährig	Familienstand	Dienstgrad oder Beruf	Wohnort z.Z. der Eheschließung	Vor- und Familienname des Vaters	Dienstgrad oder Beruf des Vaters
15. September	Eugen Lutz	volljährig	verwitwet	Landwirt	Sanyo Jun Bezirk Moshi	Eugen Lutz	Wäschereibesitzer
1939	Hilde Dissmann	volljährig	ledig	-	Sanyo Jun Bezirk Moshi	Karl Dissmann	Kaufmann

TANGANYIKA TERRITORY.   THE MARRIAGE ORDINANCE, 1921.

Nº 31743   **CERTIFICATE OF MARRIAGE.**

Marriage solemnized in the _Registrar's Office_ at _Moshi_ in the Tanganyika Territory.

When Married	Names and Surnames	Full age or Minor	Condition	Rank or Profession	Residence at time of marriage	Father's Name and Surname	Occupation Rank or Profession of the Father
15th 1939	Eugen Lutz	Full age	Widower	Farmer	Mango Jun Moshi district	Eugen Lutz	Laundry owner
	Hilde Dissmann	Full age	Spinster	—	Mango Jun Moshi district	Karl Dissmann	Shopkeeper

MARRIED at _The Registrar's Office at Moshi_ before ME

This marriage was solemnized between us | Eugen Lutz, von Hilde Lutz

In the presence of us |

Registrar

Witnesses

Heiratsurkunde Eugen und Hilde, Moshi /Tanga 15.9.1939

Eugen und Hilde, Bonn-Oberkassel 1980 (Vom 15.9.1939 gibt es
kein Foto.)

Hellmut und Harald, Nashallo 1939

Hellmuts Zeichnung (als14-jähriger) aus dem Gedächtnis, Honnef
15.3.1948

35 Jahre später kam es zu der erschütternden, denkwürdigen, letztlich aus einem Zufall entstandenen Begegnung, von der ich im Folgenden berichten will.

Nach langer innerer Vorbereitung und unter sachkundiger Beratung durch unseren einstmaligen unmittelbaren Nachbarn Hellmut Schultz in Bonn hatten Eugen und Hilde eine Reise nach Kenia und Tansania geplant.

Im Juni 1974 begannen meine Eltern mit einem gemieteten VW-Campingbus (einfachste Ausstattung) zusammen mit meinen jüngeren Geschwistern Anne und Jochen von Nairobi aus ihre Safari. Die vier kamen dabei natürlich auch in den District Sanya-Yuu, in welchem, ich formuliere das mit etwas Zögern, ihre „alte Heimat Nashallo" lag.

Keiner von ihnen hatte, so glaube ich, ernsthaft mit dem Ereignis gerechnet, welches sie auf der alten Pflanzung erlebten. In Eugens Tagebuch heißt es dazu: „Von Sanja Juu bringt uns ein Mann von ‚Sabuko' (Pflanzung der Nachbarn Schultz/A.d.V.) zu Kagelers (frühere Nachbarn auf ‚Kilingi'/A.d.V.) und ‚Nashallo'." Was mögen Eugen und Hilde empfunden haben, als sie sich von Sanya Yuu der Gegend näherten, in der die Pflanzung einst lag? An was mögen sie erinnert worden sein, als sie bei Kagelers und bei Schultz vorbeikamen? Was mag durch ihr Fühlen und Denken gegangen sein, als sie nach all diesen Jahren wieder den Fuß auf ihren einstigen Boden setzten?

Als meine Lieben im Juni 1974 vor dem Wohnhaus standen, ließ mein Vater, gleichsam aus der Eingebung eines Augenblicks heraus, durch Kinder im Dorf bei der ehemaligen Shamba nachfragen, ob noch jemand lebe von denen, die seinerzeit bei ihm auf der Pflanzung gearbeitet hatten.

Wenige Minuten später, so erzählte mir meiner Schwester Anne, sei die Kinderschar – entgegen aller Wahrscheinlichkeit und Erwartung – mit einem alten Mann in ihrer Mitte meinen Eltern und Geschwistern entgegengelaufen. Eugen habe den Mann sofort an seinem Gang wiedererkannt: Es war Mkosi.

Und so fanden sie sich wieder! In stummem Leid umarmten sie sich beim herzergreifenden Wiedersehen: zwei alte Männer, die der Krieg 1939 ohne Abschiednehmen getrennt hatte, Eugen, der Bwana Fundi (der Meister) jener Zeit, und der damalige Karani (Vorarbeiter) Mkosi. Er habe sehr alt, gebrechlich und armselig ausgesehen. Eigentlich habe er, nur mit einem Hemd und einem Mantel bekleidet, dringlich Ernährung, Pflege und Versorgung nötig gehabt. Eine äußerst kärgliche Hütte mit nur einer Schlafecke und einer Feuerstelle (aus drei, vier Steinen) am Boden und ein paar Haken an der Wand seien sein erbärmliches Zuhause gewesen, erfuhr ich von meinen Geschwistern.

Anne erzählte mir auch, einmal habe sich Mkosi beim Fotografieren zwei, drei Schritte gegenüber den Eltern hingestellt und dann sorgfältig, bedacht und deutlich gesagt „Helli, Harald, Siegfried und Ntoto." Mit Ntoto (= das Kind/die Kleine) meinte er Anne, (die da vor ihm stand), von deren Geburt er wusste, die er aber nie gesehen hatte, weil sie gleich nach Lottis Tod von Elisabeth Becker in Shira betreut wurde.

Eugen und Mkosi, Nashallo 20. Juni 1974

Anne, Hilde, Mkosi, Eugen, junger Begleiter,
Nashallo 20. Juni 1974

Nach dieser „Rückkehr" fuhren die vier von „Nashallo" aus zur
alten Missionsstation in Shira. Dort versuchten sie, Lottis Grab zu

finden. Der alte Friedhof war aber seinerzeit so zugewachsen, dass sie keine Grabstätte entdecken konnten. Verzweifelt, traurig, und frustriert fuhren sie zum Übernachten abends nach Moshi zurück. Eugen erwähnt in seinem Kurztagebuch jenen 20. Juni 1974 nur mit dem Eintrag: „Nashallo Treffe Mkosi." Der Besuch in Shira ist nicht festgehalten!!! Wieviel Lebenszeit, wieviel Hoffnung und Glück, wieviel Enttäuschung, Trauer und Verlust, sind in diesen nur drei Worten zusammengedrängt! Am 19. Juni 1932 begann Eugen seine Reise nach Afrika. Bis auf einen Tag genau ein Jahr später, am 18. Juni 1933, heirateten Eugen und Lotti in Shira. Diese drei Daten im Juni liegen (so will es mir fast erscheinen) nicht zufällig so dicht bei einander!

Am folgenden Tag fuhren meine Eltern und Geschwister noch einmal nach „Nashallo" und begegneten dort erneut Mkosi (dieses Mal auf Verabredung, vermute ich). Es geschah erneut Unvorhersehbares! Mkosi, diese gute Seele, hielt in seinen Händen ein Ei, einen Maiskolben und ein paar Bohnen, die ihm wahrscheinlich seine Nachbarn geschenkt hatten. Kaum vorstellbar! Dies waren genau die Naturalien, mit denen mein Vater damals einen Teil des Lohns seiner Arbeiter zahlte! Mein Vater wurde durch diese unfassbar wunderbare, so von Herzen kommende Geste Mkosis derart berührt, dass er überwältigt zusammenbrach.

Diese enorme physische, emotionale und psychische Herausforderung verlangte von meinen Eltern das Äußerste an Beherrschung und Kraft. Es tut gut, sagen zu können, dass mein Vater es für sich selbst und für die anderen zulassen konnte, seinem Schmerz offen Ausdruck zu geben!

Ich kann, auch wenn das für mich schwer zu (er)tragen ist, sehr wohl verstehen, warum Eugens und Hildes Wiedersehen 1974 mit der Pflanzung, in die sie so viele Erwartungen ihres Lebens gesteckt, wo sie so viele Hoffnungen für ihre Zukunft verloren hatten, sich jeglicher Erzählung in Worten entzogen hat; warum meine Eltern mit keinem von uns Geschwistern je über diese Begegnung gesprochen haben.

Ich hoffe, bei dieser Fahrt durch Tansania und Kenia waren meine Geschwister für meine Eltern auch etwas Hilfe und Trost, so dass sie auf diesem so bedeutenden Abschnitt ihres bewegten Lebens das schmerzvolle Wiedersehen mit „Na-shallo" und „Shira" nicht ganz allein ertragen mussten. Mehr aber will und kann ich an dieser Stelle nicht schreiben über das wahrlich leidvolle Wiedersehen mit „Nashallo".

Wir alle nehmen, wenn wir aus dieser Welt scheiden, unseren verborgenen Schmerz mit. Das Ungesagte, das Mit-anderen-Nicht-Teilbare, das Unsagbare geht mit uns.

Nach dem unfassbaren Tod Lottis am 1. August 1938 stellte der 1. September 1939 im Dasein unserer Familie einen erneuten ungeheuren Wendepunkt dar.

Hitler stürzte an diesem Tag die ganze Welt mit seiner Wehrmacht in den Krieg. Ob die deutschen Siedler in Afrika im District Sanya Yuu am 1. September 1939 über den Beginn des Krieges in Kenntnis gesetzt wurden, lässt sich heute nicht mehr feststellen. Aber es gab tägliche Nachrichtensendungen, Vor-Ort-Rundfunkübertragungen (live) und verlässlich funktionierende Telegrafie-Verbindungen zwischen dem Reich und der Kolonie.[9]

Mindestens seit 1934 befand sich in Moshi auch schon ein recht aktiver Landesverband der NSDAP, der die deutschen Auswanderer (zugleich auch VolksgenossInnen) zum gemeinsamen Hören von Sendungen und zum Erleben von Übertragungen „aus der fernen Heimat" einlud.

Denkbar ist also, dass durch diesen Landesverband und seine lokalen Untergruppierungen (beispielsweise "Deutscher Bund" in Distrikten wie Machame und Sanya Yuu) die deutschen Siedler über den Beginn des Krieges informiert wurden und demzufolge vielleicht erste Vorkehrungen gegen zu erwartende Maßnahmen seitens der Mandatsverwaltung treffen konnten. Genauso ist aber auch vorstellbar, dass die deutschen Pflanzer und ihre Familien vor Ort ganz und gar unvorbereitet von den Ereignissen betroffen wurden. Außer Radioempfang, Funk und Telefon (Wer aber von den Pflanzern verfügte schon über ein Radio- oder Funkgerät oder Telefon?) gab es ja keine fernmündlichen Verbindungen zwischen den Pflanzungen.

An dieser Stelle sei nur gesagt, dass meine ganze Familie schon in den ersten Tagen des Septembers 1939 „Nashallo" verlassen musste und sich wiederfand im Sammellager in Tanga. Keiner der Deutschen (von uns) wusste, was mit ihnen (uns) geschehen würde.

Ich berichte darüber ausführlicher im Kapitel, wo ich von unserer Mutter Hilde spreche.

„Wir (sechs) Lutzens" wurden letzten Endes denen zugeteilt, die ins Deutsche Reich "repatriiert" werden sollten. Andere Deutsche wurden von der Mandatsverwaltung nach Rhodesien (heute Simbabwe) abgeschoben. Nach welchen Maßstäben man die Auswahl traf, ist mir nicht bekannt. Unsere Nachbarsfamilie Osthus beispielsweise verbrachte die Kriegszeit in einem Lager in Simbabwe. Ihre Kinder blieben in Afrika und sind heute Bürger der Republik Südafrika; Hedi Osthus kehrte nach dem Krieg nach Deutschland zurück und verbrachte, wie meine Eltern, ihren Lebensabend in Oberkassel.

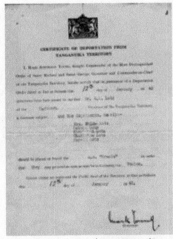

Ausreiseanordnung / Transitvisa für Italien, Dar-Es-Salaam 12.1 1940

Reisepapiere für Italien, Familie Lutz, Dar-Es-Salaam 12.1 1940

Hätten Eugen und Hilde sich nicht noch am 15. September 1939 im Lager in Tanga das Ja-Wort gegeben, hätte Hilde nur als Familienhelferin oder gar als zeitweilige Kinderbetreuerin gegolten.

Nur mein Vater hätte dann das Sorgerecht und die Sorgepflicht für uns Kinder gehabt. Als eingezogener Wehrpflichtiger hätte er sich aber nicht unmittelbar um unser Wohl kümmern können. Man hätte uns mit aller Wahrscheinlichkeit nicht in die Obhut von Verwandten etwa in Ulm, Vohwinkel oder Honnef gegeben, sondern eher (möglicherweise aus ideologischen Gründen) zu fremden Pflegeltern oder in Kinderheime „überstellt". Das wurde vermieden, da

Eugen und Hilde sich noch im Lager ihr Jawort geben konnten. Darüber, ob das der einzige Grund für die Heirat war, will ich nicht spekulieren.

„Wir Lutzens" kamen am 9. Februar 1940 in Italien als eine vollständige Familie an.

Von Triest aus wurden wir nach Garmisch-Partenkirchen gebracht. Nach einem kurzen Übergang dort schlupften wir für etwa vier Wochen in Ulm bei unseren Großeltern unter.

MS „Urania " Rückreise nach Deutschland, Mittelmeer Februar 1940
Der Junge auf der linken Seite mit den Händen vorm Gesicht ist Hellmut.

Für den 2. April 1940 verzeichnet das Standesamt Honnef unseren Zuzug. Von da an bis zum Sommer 1944 wohnten wir in der Hauptstraße 25. In diesen schweren Zeiten waren uns „Lutzens" die Familien der Großeltern in Ulm, Vohwinkel und Honnef mit ihrer von Herzen kommenden Unterstützung eine durch nichts ersetzbare Hilfe!

Mein Vater wurde im April 1940, unmittelbar nach unserer Rückkehr aus Afrika, zum Wehrdienst eingezogen. Er hatte zwar eine Berufsausbildung als Diplomlandwirt, aber keine Arbeitsstelle im Reich, er galt aber als kv (kriegsdienstverwendbar) und besonders qualifiziert.

Am 13. April 1940 war er in Berlin in der Waldmannstraße Waldmannstraße 1[10] als wohnhaft gemeldet.

Eugen wurde dort bis Ende Dezember 1941 als wissenschaftliche

Hilfskraft im Institut für Vorratspflege an der Landwirtschaftlichen Hochschule registriert. Nachdem die deutschen Truppen Dänemark und Norwegen unterworfen und sich im Verladebahnhof Narvik den Zugang zum schwedischen Erz gesichert hatten, war Eugen in Oslo als Sachbearbeiter für das Nachschubwesen eingesetzt.

Ab dem 8. Februar 1942 wurde er in Spandau im Infanterie-Ersatzbataillon 203 der 1. Kompanie stationiert; er hatte die Erkennnungsmarke 5731 – 1./I.E.B. 203.

Von dort aus wurde mein Vater während des Afrika-Feldzuges nach Neapel versetzt, wo er als Kriegsverwaltungsrat im Auftrag der Landwirtschaftlichen Hochschule Berlin arbeitete. Seine Erkennungsmarke war 24–Verpfl.Amt 2L V. Neapel.[11] Wegen seiner speziellen Ausbildung und Erfahrungen in Ostafrika und in Norwegen arbeitete er dort wohl als Experte, um das Verpflegungswesen für den Nachschub der Truppen in Nordafrika mit zu organisieren.

Von Neapel hatte er einmal auf einem Urlaub ein paar Geschenke für uns Kinder mitgebracht. Zu unserem Erstaunen waren es „nur" Felsstücke. Sie waren aber ganz bunt in Farben, die wir bei Steinen nicht kannten. Einer der Brocken war, wie ich mich erinnere, leicht und durch und durch gelb. Es war reiner Schwefel, der Stoff, den es in der Hölle gab und den man am Kraterrand des Vesuvs, gleichsam am Tor zu Satans Reich, finden konnte, wie man mir weismachte.

Einmal, als mein Vater Urlaub hatte, blieb er viel länger als sonst im Bett, um mit uns Kindern zu spielen. Am liebsten sangen wir damals mit ihm das Liedchen „Auf dem Dache, auf dem Turm dreht das Fähnchen sich im Sturm ... und fuchtelten die jüngeren Geschwister auf alle nur erdenkliche Weise mit den Händen in der Luft.

Ich vermute, dass mein Vater am 13. Mai 1943 nach der deutschen Niederlage im Afrikafeldzug oder nach der Befreiung von Neapel am 30. September 1943 zur Offiziersausbildung an die Kriegsschule in Spandau[11] abkommandiert wurde. Für den 7. Oktober 1944 melden die Unterlagen des BArch (Bundesarchiv), dass mein Vater dem Grenadier-Regiment 270 der 7. Kompanie[12] angehörte. Am 30. Oktober 1944 war er Unteroffizier in der 93. Infanterie-Division und hatte einen Lazarettaufenthalt wegen einer Verwundung im Oberschenkel durch ein Artilleriegeschoss. Wir erfahren, dass Eugen am 2.12.1944[12] zur sogenannten Frontbewährung in den Einsatzraum Kurland, heute ein Teil Lettlands, geschickt worden war.

Von dort, der sogenannten Ostfront, bekam ich damals eine Postkarte von ihm.

Gemeinhin waren solche Bewährungseinsätze besonders gefährlich und galten als Strafe für Soldaten, die nicht gehorchen wollten oder die dem Naziregime kritisch gegenüberstanden. Bei meinem Vater lässt sich aber eher vermuten, dass er vor seiner Überstellung als Offiziersanwärter an die Fahnenjunkerschule Spandau Anfang 1945 noch Kampferfahrung sammeln sollte.

Mein Vater erzählte einmal, dass er einen angreifenden sowjetischen Soldaten hätte töten müssen.

Sein Bericht über dies Ereignis spricht dafür, dass Eugen tatsächlich im Rahmen seiner Ausbildung für kurze Zeit an die schwer umkämpfte Ostfront abkommandiert worden ist. Es war auch eines der wenigen Male, an denen mein Vater überhaupt über seine Kriegserlebnisse etwas mitteilte!

Es ist, von heute aus betrachtet, fast unbegreiflich, wie sich die Oberste Heeresleitung noch im März 1945 verhielt. Nur noch wenige Wochen vor dem absolut sicheren, unmittelbar bevorstehenden totalen Zusammenbruch des Dritten Reiches ließ sie in besonders dazu eingerichteten Kasernen noch Offiziere ausbilden. Dies geschah für eine Wehrmacht ohne genügend Soldaten und ohne genug Waffen für einen Krieg, der ohnehin schon verloren gewesen war, bevor Hitler und sein Generalstab ihn sich ausgedacht hatten! Die unfassbar irrationalen, ja, idiotischen Vorstellungen über die Dimensionen der Schlachtfelder, die Lage und Erreichbarkeit der Kampfgebiete, die Versorgung der kämpfenden Truppe und der Verwundeten, die Kontrolle der eroberten Gebiete und ihrer Bewohner, die ungeheuren Verluste an Menschen und Material können bei Hitler und seinem willigen Gefolge nur aus einem kollektiven Wahnsinn entstanden sein. Ihrem Wesen und Anspruch gemäß war die völlig unzulängliche Beurteilung der industriellen Produktionsmöglichkeiten, der logistischen Schwierigkeiten, der geografischen und klimatischen Bedingungen und der Kampfkraft und des Siegeswillens der Gegner in einem Vielfrontenkrieg durch die politische und militärische Führung des Dritten Reiches irr-sinnig. Es gibt (für mich) nur eine Erklärung: Die Macht der Nazi-Ideologie verhinderte von Anfang an jegliche realistische Einschätzung der tatsächlichen Gegebenheiten und der militärisch leistbaren Möglichkeiten.

Für einen derartig bürokratisch organisierten, funktionierenden Irrsinn der politischen Klasse des Reiches, für die buchstäblich starrsinnige Blindheit der militärischen Führung in ihren Bunkern, für die absolut perverse Ergebenheit für den Führer in der Reichshauptstadt kann es keine rationalen Erklärungen oder gar Begründungen geben. In ihrer Verantwortungslosigkeit verweigerten die politischen und militärischen Führer in ihren Bunkern die Anerkennung der realen Kriegswirklichkeit im ganzen Reichsgebiet selbst dann noch, als die Kämpfe auf Berliner Boden buchstäblich über ihren Köpfen stattfanden!

Charlie Chaplin stellte schon 1940 in seinem Film „Der große Diktator" in der Spielerei mit dem Ballon-Globus die reale Sachlage weitsichtig, völlig richtig, erkennbar und nachvollziehbar dar.

Das chaotisch-blutige Ende der Terrorherrschaft war schon in der zu Grunde liegenden absolut verblendeten Zielsetzung Hitlers unvermeidlich enthalten. Ein einziger Blick auf einen einfachen Globus hätte Hitler und seinen Chargen schon genügen müssen, um zu verstehen, dass er, sein Heer und sein Reich der Vernichtung nie und nimmer hätten entgehen können.

Auf einer Postkarte vom 26. März 1945 aus einem „Waldlager ... witz" (Ich kann von der Ortsangabe nur diesen Teil entziffern.) in der Nähe von Prag berichtet Eugen einiges vom alltäglichen Verlauf seiner Ausbildung und von einem zweistündigen Angriff alliierter Bomber auf Prag, den er und seine Kameraden von ihrem Lager aus mitverfolgen konnten.

Die Reichspost, das Räderwerk der riesigen Verwaltungsmaschinerie des Regimes, funktionierte also damals immer noch im Reichsgebiet. Aber wichtige Maschinisten fehlten schon: die staatliche Kontrolle der Briefpost, das Mitlesen, war schon zusammengebrochen, sonst wäre diese Karte nie bei uns angekommen.

Ich nehme an, mein Vater hatte spätestens während dieser Schulung im März 1945 erkannt, dass der Zusammenbruch des Dritten Reiches unmittelbar bevorstand. Die geografische Lage des Waldlagers bot eine reale Chance, das vorhersehbare Chaos auszunutzen, einem Fronteinsatz zuvorzukommen und sich abzusetzen. Wenn ich die wenigen Andeutungen richtig zusammenfüge, tüftelten sich mein Vater und ein Ulmer Kamerad in den letzten Wochen des Krieges, unter Umständen sogar von jenem besagten Waldlager aus, einen Fluchtweg aus: Sie hatten den „Befehl", zur Dienstaufnahme den Anschluss an ihre Einheit zu suchen. Mit ihren selbst gemachten, offenbar aber perfekten Marschbefehlen gelang es ihnen, alle Kontrollen unterwegs zu überstehen. Entlang vieler Schleichpfade gelangten sie über die Tschechoslowakei (heute Tschechien) heil nach Österreich. Gerade in den Tagen des Zusammenbruchs des Nazireichs war es ein absolut todesmutiges Unterfangen, sich mit solchen Papieren durch die Linien zu begeben. Hätten die sogenannten „Kettenhunde" der Wehrmacht (Militärpolizei) oder die Feldjäger der SS auch nur den mindesten Zweifel gehabt, sie durchschaut und die Fälschungen erkannt, wären Eugen und sein Kamerad als Fahnenflüchtige ohne jedes Federlesen auf der Stelle erschossen oder aufgehängt worden. Aber es ging (in diesem einen Fall) gut aus!

In Salzburg wurde Eugen am 1. Mai 1945 beim letzten alliierten Luftangriff auf Hitlers Alpenfestung durch Bombensplitter leicht verwundet; er konnte aber weiterlaufen. Dank ihrer guten geografischen Kenntnisse fiel es den beiden Kameraden nicht schwer, ihr Ziel, Ulm, zu erreichen.

Mein Vater muss um den 8. Mai 1945, den Tag der Kapitulation Deutschlands und seiner Befreiung von der Naziherrschaft, wieder zu Hause gewesen sein. Er begab sich sofort, wie man mir erzählte, freiwillig in amerikanische Kriegsgefangenschaft nach Urach auf der Schwäbischen Alb. Er hatte dort unglaubliches Glück und musste im Lager keine Schikanen und Entbehrungen ertragen.

Er erhielt am 13. Mai 1945, nach nur einer Woche in Gefangenschaft, einen kleinen Zettel (etwa 5 x 20 cm, auf einer Schreibmaschine getippt), der ihm auf Englisch und auf Deutsch erlaubte, als freier Mann das Camp zu verlassen. Die Angehörigen der ehemaligen Wehrmacht mussten (eigentlich) ordentliche, offizielle Entlassungspapiere vorweisen können, um nicht als ehemalige Angehörige der SS oder als Nazifunktionäre verdächtigt zu werden. Aus praktischen Gründen sahen das die Amerikaner in Urach offenbar nicht ganz so eng! Ihnen genügten diese Zettelchen. So hatte Eugens Soldatenzeit nach fünf Jahren Krieg und nur wenigen Tagen Gefangenschaft ein glückliches Ende gefunden!

Über die Jahre, die Eugen in der deutschen Wehrmacht verbrachte, hat sich mein Vater so gut wie nie in unserer Familie geäußert.

Entlassungsschein (etwa Originalgröße) aus dem Kriegsgefangenenlager Urach, 13. Mai 1945

Die Jahre in Honnef am Hölterhoff-Stift und später bei der LHG (Landwirtschaftlichen Hauptgenossenschaft) in Koblenz waren für uns alle sehr entbehrungsreich. Im Laufe des Jahres 1952 zeichnete sich ab, dass unsere Eltern vom Hunsrück, wohin wir 1949 gezogen waren, ins Bergische Land, in die Nähe von Leichlingen zum Oberbüscherhof umziehen würden. Damals liefen nämlich die Verhandlungen zur Übernahme des Paulinenhofs. Eugen und Hilde, mutig und risikobereit wie eh, hatten sich entschlossen, zusammen dieses sogenannte Obstgut, das zum Schluss von seinem Besitzer jahrelang vernachlässigt worden war, wieder aufzubauen und florieren zu lassen. Zuerst pachteten Eugen und Hilde das Anwesen, später kauften sie es. Auf einem Stück Land unmittelbar am Hofgelände ließen unsere Eltern ab Frühjahr 1953 unser neues Zuhause erbauen. Bei der Pachtung des Hofes – mit dem Ziel eines späteren Kaufs der ganzen Anlage – mussten 1953 unsere Eltern, wie man so zu sagen pflegt, einen großen Haufen Geld in die Hand nehmen. Viel eher trifft zu, dass sie mit hohem Risiko viel Geld aus ihren Händen geben und in den Hof investieren mussten. Aber es hat sich – langfristig betrachtet – sehr gelohnt.

Da galt es, bei den zuständigen Ämtern der Landesregierung Nordrhein-Westfalens (NRW) Kredite aus den Fördermitteln für die heimische Landwirtschaft zu beantragen. Den Eltern stand auch eine finanzielle Entschädigung zu aus den Fonds (zum Beispiel dem Lastenausgleichsgesetz/LAG von 1952), die eigens für Heimatvertriebene und Flüchtlinge eingerichtet worden waren. Aber der Nachweis, *was* alles die Eltern in Afrika investiert und verloren hatten, war sehr schwer zu erbringen. Es war viel Hin und Her erforderlich, bis sich die Nachbarn aus Afrika, die den Krieg überlebt hatten und in alle Winde verstreut worden waren, wiedergefunden hatten und für einander als Zeugen aussagen konnten.

Die Pacht- bzw. Kaufverhandlungen für den Paulinenhof wickelte unser Vater zum größten Teil über die Volksbank in Leichlingen ab. Es wurde sehr bald klar, dass man in Herrn Lutz einen sehr honorigen, vertrauenswürdigen Geschäftspartner hatte, der zudem beträchtliche Expertise und Kenntnis in allen landwirtschaftlichen Belangen besaß und mit Geld gut umzugehen verstand. Eugen hatte seine Pflanzung „Nashallo" am Anfang ja auch mit Krediten und Vorschüssen seiner Nachbarn finanziert und wusste aus seiner eigenen Berufspraxis, wie der Hase lief.

Politisch und ökonomisch sehr interessiert und reich an praktischer Lebenserfahrung konnte er in Leichlingen und der Umgebung als ein Zugewanderter viele Belange der Region unvoreingenommen betrachten und so der Entwicklung der Blütenstadt viele Impulse geben.

Existenz und Arbeitsweise der Volksbank beruhen auf dem genossenschaftlichen Prinzip. Mein Vater war also nicht nur Kunde der Volksbank, sondern war als Teilhaber auch an ihrem Gewinn und Risiko beteiligt. Wegen der guten geschäftlichen Zusammenarbeit wurde unserem Vater schon sehr bald ein Sitz im Aufsichtsrat der Volksbank angeboten.

Von Manipulationen, Boni, Aufwandsentschädigungen, Vorzugsaktien und Sonderbezugsrechten in Millionenhöhe, von denen wir heute so viel hören, war damals nie die Rede. Mein Vater war also am Ende seines Arbeitslebens kein Millionär! Er hatte es vielmehr mit dem gutmütigen Fiddler on the roof" (Fiedler auf dem Dach) gehalten, der von sich sagte: „If I were a rich man I'd build a big, tall house..." („Wenn ich denn ganz reich wär', *würde* ich ein Haus mir *bau'n,* ganz groß und mächtig...") Aber, anders als Anatevka, *baute* Eugen für unsere Familie *tatsächlich* ein Haus und hinterließ Hilde den Paulinenhof.

Unsere Eltern zogen sich 1974 aufs wahrhaft wohl verdiente Altenteil nach Oberkassel am Rhein zurück. Sie übergaben den Paulinenhof in die tüchtigen Hände meines Bruders Siegfried und seiner Frau Barbara. Siegfried starb im Mai 2020. Heute wohnen auf dem Paulinenhof Barbara, ihr Sohn Raschad mit seiner Frau Katrin und den Kindern Felix und Paulina.

Wir Geschwister sind mit unseren Familien auch gerne auf dem Paulinenhof! In schönster Weise ist er eine Art Sammelpunkt für

die Familie, wie es früher über Jahrzehnte die Häuser unserer Großeltern in der Linzer Straße 9 in Honnef und in der Rubensstraße 14
in Vohwinkel gewesen waren.

Bis 1996 konnte Eugen sich in Oberkassel noch in seinem Garten
an den schönen Blumen und den vielen Vögeln erfreuen. Die wussten, wo in der Hartwig-Hüser-Straße 15 für sie immer ein wohlge-
füllter Futterteller stand. Die beiden Vogeltränken am Rande der
Blumenbeete und eine Wasserschale, wo die Tierchen baden konnten, wollten gesäubert und wieder aufgefüllt sein. Unvergesslich ist
mir, wie die kleinen Sänger immer am Rand der Schüssel entlanglie-
fen, ein Bad nahmen, ihre nassen Flügel schlugen und die Tropfen
aus ihrem aufgeplusterten Gefieder schüttelten.

Ganz oft, wenn wir damals bei unseren Eltern zu Besuch kamen,
konnten wir Eugen im Garten antreffen. Für ihn gab es da immer
etwas zu tun. Entweder häckelte er hier oder harkte er da zwischen
den Pflanzen herum. Der Rasen musste gesprengt oder von uner-
wünschten Kräutern – Unkräuter gab es nicht mehr – gereinigt und
dann gemäht werden. Im Frühjahr warteten Gladiolen, Ranunkeln
und Stiefmütterchen, Geranien, Petunien und Fuchsien darauf, in
die Beete und Blumenkästen eingepflanzt zu werden. Mal mussten die Dahlienknollen eingesetzt oder ausgegraben werden, mal
galt es, diesen oder jenen Hochstammbusch zu beschneiden. Dann
wieder waren die Himbeeren dran, die Früchte mussten gepflückt
oder die Ruten vereinzelt werden. Im Herbst gehörte dazu, die ab-
geblühten einjährigen Pflanzen auszureißen und die mehrjährigen
winterfest zu machen.

Und dann die Rosen!
Am hinteren Ende des Gartens ragte eine hohe Mauer empor,
vor der einige Tannen standen. Dort hatte Eugen Jahre zuvor eine
Kletterrose gepflanzt, die sich in den Ästen und an der Mauer mehrere Meter hochgerankt hatte und die grünen Tannen überreich
mit ihren roten Blüten schmückte. Auch da musste hin und wieder
nachgesehen werden, ob die Ranken noch festen Halt hatten und
ob nicht hier und da ein trockener Zweig herauszuschneiden war.

Vor dem Wohnzimmerfenster hatte mein Vater ein mehrere
Quadratmeter großes, von weiß-schwarz geäderten Quarzsteinen
eingefasstes Beet mit rosa blühenden Strauchrosen angelegt. Mit

besonderer Hingabe kümmerte er sich um diese Rosen, weil man sie immer sehen konnte, sowohl, wenn man im Wohnzimmer aus dem Fenster blickte als auch, wenn man unter dem überhängenden Balkon auf der windgeschützten Terrasse saß.

Als Eugen sein Ende nahen fühlte, schlug er uns vor, diese Rosen auszugraben, wenn die Wohnung aufgegeben würde. 1996 war diese Zeit gekommen, und wir nahmen dann auch die Rosen mit, um ihnen in unseren Gärten den gebührenden Platz zu geben. Jedes Jahr ab dem Frühsommer entfalten sie ihre Knospen. Und dann erinnern ihre rosaroten Blüten uns monatelang an Oberkassel und die Eltern, insbesondere aber an unseren Vater, den unermüdlichen Gärtner.

Nachdem Nevin, Tom Engin und ich im Sommer 1978 in den Rohbau unseres Okal-Fertighauses in Oyten eingezogen waren, half unser Vater uns wochenlang unermüdlich beim Innenausbau. Wir verlegten im Erdgeschoss die Fußböden samt Isolation, setzten die Türen ein, strichen die Decken, tapezierten die Wände und hängten die Lampen auf. Nach dem Einzug in die untere Etage isolierten wir das gesamte Dach von innen und bauten im Obergeschoss die Rahmenkonstruktion für die Wände der Zimmer und des Bades. Wir zogen im großen oberen Studio-Wohnzimmer vom Boden bis zum Giebel mit extra bestellten, fünf Meter (!) langen, neun Zentimeter breiten Kiefernbrettern die Deckenvertäfelung ein. An einem Tag fielen wir beide von unseren Leitern, die wohl etwas wackelig standen, mit einem dieser wirklich langen Dinger in unseren Händen, von oben runter. Da gab's zuerst mächtiges Gepolter. Danach, auf unseren Hinterteilen sitzend, ein tiefes Luftholen, dann ein Abtasten auf Knochenbrüche. Schließlich – uns war nichts passiert – erleichtertes Lachen und ungläubiges Kopfschütteln, auch von Nevin, die inzwischen bei uns oben erschienen war! Na ja, und dann ging's weiter. Die Decke ist heute noch schön! Wir denken oft dankbar an unseren Vater, dessen Hände in unserem Haus so viele Spuren hinterlassen haben.

Als in der zweiten Woche des November 1996 Eugens Tod nahte, waren wir alle in Oberkassel um ihn; wir wussten, dass er bald von uns gehen musste. Am Mittwoch, dem 13. November 1996, lief ich zu seiner Apotheke, um eine Medizin für ihn abzuholen. Nichts hatte auf einen so plötzlichen Tod hingedeutet. Aber als ich von diesem kurzen Gang zurückkam, war mein Vater schon gestorben. Welches (zufällige) Aufeinandertreffen ähnlicher Umstände: So wenig, wie Eugen in Lottis letzten Momenten bei ihr sein und sich von ihr verabschieden konnte, so wenig war ich nah bei ihm, um ihn noch einmal zu streicheln und meinem so einzigartigen Vater noch ein letztes Mal zu danken, ehe er von uns ging. Noch heute bin ich darüber traurig.

Seine Eltern hatten ihm mit seinem Namen Eugen, „der Wohlgeborene aus edlem Geschlecht", viel in die Wiege gelegt. Ihm, dem Charakterstarken, gab das Leben seine ganze Fülle an Leiden und Freuden mit auf den Weg; Eugen machte seinem Namen alle Ehre!

Wir schätzen uns glücklich und sind dankbar dafür, diesen so ungewöhnlichen Menschen als Vater gehabt zu haben!

Eugen ruht neben Hilde auf dem Friedhof in Honnef. 2004 verstreuten wir auf ihrem Grab Erde von Lottis Ruhestätte in Shira. Auf dem Grabstein erinnern uns die Namen von Vater Eugen, Mutter Lotti, Mutter Hilde und von Harald an unsere Lieben, die uns vorausgegangen sind.

Lotti (Charlotte) Lutz, geb. Fudickar

„Jede Mutter ist die schönste aller Mütter, du, die Allerschönste der Schönen ..."

So erinnert der große türkische Dichter Aziz Nesin in einem Gedicht an seine junge Mutter, die mit 26 Jahren starb, als er noch ein Kind war.

Dieses Kapitel schreibe ich im besonderen Gedenken an meine Mutter Lotti; sie starb mit 32 Jahren in Moshi, ehe ich, ihr erstes Kind, sie recht kennen lernen konnte.

Als jüngstes Kind unserer Großeltern Fudickar kam Charlotte, unsere Mutter Lotti, in Vohwinkel am 26. Oktober 1906 zur Welt zu der Zeit, als in Deutschland noch ein Kaiser herrschte.

Ihre Eltern waren vom guten Schlag des Bergischen Landes und beschenkten ihre Tochter reich mit vielerlei Begabung. Oma Emilie vererbte Lotti die schlanke, zarte Statur und das mutige Wesen; so oft von Krankheit belastet und doch zugleich so lebensbejahend und stark. Von Opa Gustav erhielt sie den tiefen, klugen Blick, mit dem sie in ihren so schönen Bildern ihren Lebensgefühlen Ausdruck und Gestalt verlieh. Auch heute noch erfreuen ihre Blumenbilder und Bänder, ihre Scherenschnitte und gemalten lieben Worte unser Herz, wenn wir sie voller Entzücken bewundern.

Vor mir auf dem Tisch liegt ein hübsch gebundenes Heft. Auf wenigen Seiten verrät Lottis Büchlein, was zur Rosenzeit 1926 ihr Herz empfand, als sie mit geschickter Hand für ihren Eugen die Blätter schmückte mit Gedichten und Bildern, mit Noten und Liedern. Was hätte sie uns noch alles hinterlassen, wenn das Leben ihr Zeit zur Vollendung ihrer Werke gegeben hätte?

Oskar von Redwitz schrieb das folgende von Franz Liszt vertonte Gedicht, welches, in nur vier Zeilen gefasst, zeigt, was Lotti zeitlebens bewegte:

„Es muss ein Wunderbares sein
um's Lieben zweier Seelen,
Sich schließen ganz einander ein, sich nie
ein Wort verhehlen,
Und Freud und Leid und Glück und Not so
mit einander tragen,
Vom ersten Kuss bis in den Tod sich nur
von Liebe sagen."

Diese vier Zeilen, von Lotti für Eugen 1926 aufgeschrieben, haben etwas Beschwörendes an sich. Der Vers klingt wie die Besiegelung eines Entschlusses, der einen Neuanfang bedeutet.

Eugen hatte sich entschlossen, nach Afrika auszuwandern und Pflanzer zu werden. Lotti und Eugen hatten mit sich und ihrer Liebe gerungen und waren zu der grundsätzlich neuen Festlegung für ihr weiteres Leben gekommen, ein für alle Mal den gemeinsamen Lebensweg in Afrika fortzusetzen.

Es muss sehr schwer für Lotti gewesen sein, Abschied zu nehmen von den bis dahin entwickelten Vorstellungen eines gemeinsamen Lebens in Deutschland an der Seite eines vielversprechenden Ingenieurs aus Ulm, die sie bis dahin gehegt hatte.

Ein Brief von ihr, geschrieben am 26. November 1926, lässt uns dies spüren. Als habe sie fast schon geahnt, wie tief sie der Wechsel von Eugens Studiengang betraf, welche Opfer an Seele und Leib das Leben in Afrika von ihr fordern würde, fragt sie ihren Eugen in einem Brief, „wie ihm das Gedicht vom armen Buur gefallen habe.

Sie habe lachen müssen, als es ihr vor Augen kam, und bös habe sie es auch nicht gemeint, als sie es ihm zum Lesen gab." So baute sie schwache Verteidigungswälle zu ihrem inneren Schutz auf, bevor sie Eugen wissen ließ, wie's in ihr aussah. Nur zu gut aber verstehen wir, was in ihr vorging, als sie ihrem heiß geliebten Eugen schrieb: „Als du dich damals entschlossen hattest, Bauer zu werden, habe ich zuerst mich nicht so recht darüber freuen können, und manchmal hatte ich deshalb keine roten Backen mehr." Welch zurückhaltende, liebevolle, zartfühlende Umschreibung ihres großen Seelenleids ist dies! Mir ist auch noch folgender psychologischer Gesichtspunkt wichtig: Zwischen der erneuten Aufnahme Deutschlands in den Völkerbund (1926) und Lottis Brief waren noch keine drei Monate vergangen, und Lotti spricht bei Eugens Entscheidung von "damals". Es scheint mir, als verdränge Lotti die Erinnerung an diese Entscheidung in eine ferne Vergangenheit, um ihren inneren Frieden wiederzufinden. Diese sprachliche Distanzierung ist wie eine abschließende, emotionale Entsagung, um mit Eugen den Neuanfang wagen zu können.

Schließlich aber, allen Bedenken zum Trotz – hätte es denn je anders sein können – siegte die Liebe! Beide hielten daran fest: Die Erfüllung ihrer Träume geschieht auf Afrikas Boden!

1932 reiste Eugen aus, und beachtlicherweise schrieb schon im August 1932 Lotti in einem Brief an ihre Schwester Milli: „Eugen hat nun Land gekauft und bald fängt er an zu schlagen und zu brennen und zu pflügen, zu pflanzen, zu säen und zu bauen." Lotti fügt dann hinzu, Eugen gehe es gut und es gefalle ihm sehr gut... „Die Neger seien wie Kinder, willig, gehorsam, aber langsam ..." Wahrscheinlich hat Lotti diese Zeilen, stolz auf ihren so tüchtigen Eugen, ohne Hintergedanken und im Überschwang ihrer Gefühle formuliert. Sie klingen, von jener Zeit aus gesehen, ganz selbstverständlich nach der damals üblichen alldeutschen Afrika-Romantik und Aufbruchsrhetorik der 1920/1930er-Jahre. Für mich, den Leser von heute, erklingen da schon die verlogenen völkischen Blut-und-Boden-Phrasen der späten 1930er-Jahre vom stark propagierten, neu entstehenden Stande der wehrenden und nährenden, der schützenden und mehrenden Bauernschaft des Dritten Reiches.

Beim alltäglichen Gebrauch des Wortes „Neger" dachte in jenen Jahren des Kolonialismus niemand an eine Diskriminierung von

Menschen. Die niedliche Figur des kleinen Negers, der nach dem Gottesdienst am Ausgang der Kirche auf eine Spende für Afrika wartete, nickte zudem auch so artig, wenn das Geld durch einen Schlitz zu seinen Füßen in die Dose fiel. Man sang auch noch ganz gedankenlos (und naiv?) „Zehn kleine Negerlein …" Ich entsinne mich gut! Und das ist ja auch noch nicht sooo lang her.

Manche Leute unter uns, die bisher nur „Negerküsse" kennen und verzehren, können sich nur schwer an das Wort Schoko-Küsse gewöhnen!

1933, ein Jahr nach Eugen, reiste auch Lotti in das ersehnte Land der lang gehegten Hoffnung – Afrika. Sie nahm, erstaunlicherweise, nicht den östlichen Weg übers Mittelmeer, sondern reiste an der Westküste entlang beinahe um ganz Afrika herum. Sie berichtete ihren Lieben, dass ihr Schiff in Walfishbay (Namibia, früher Deutsch-Südwestafrika) den Anker warf. Es ist durch schriftliche Hinweise so gut wie sicher, dass Lotti einen Abstecher nach Windhoek machte. Vielleicht gab es dort Verbindungen zur Freien Evangelischen Gemeinde in Vohwinkel.

In Windhoek steht seit 1910 die Christuskirche[21] der Deutschen Evangelisch-Lutherischen Kirche (DELK) von Namibia. „Sie galt als Zeichen des Sieges über den Aufstand der afrikanischen Einheimischen, die zwischen 1904 und 1908 gegen ihre Unterdrückung, gegen Landnahme, Prügelstrafen und Vergewaltigungen aufbegehrten. Der für den Bau verantwortliche Pfarrer Wilhelm Anz schrieb seinerzeit, die Kirche solle … „mit der Wucht ihres Baues die vielen bescheidenen Backsteinkirchlein der Mission überdauern und ein Wahrzeichen von der Würde des siegreichen deutschen Reiches sein." Die DELK hält trotz des Schuldbekenntnisses der EKD (zum Völkermord/A.d.V.) „… aus inhaltlicher Überzeugung an ihrer Position fest." Bischof Rudolf Schmid sagt dazu: „der Begriff 'Völkermord' sei 'wie über Nacht' im Lande aufgetaucht."

Erika von Wietersheim fügt dem 2018 hinzu, „… die EKD-Schulderklärung sei für eine Annäherung nicht hilfreich gewesen."[22]

Die Gemeinde der DELK muss sich wohl auf einem unendlich viele Lichtjahre entfernten unerreichbaren Stern unseres Kosmos befinden, sonst wäre die Erleuchtung über den Genozid in Namibia inzwischen in Windhoek angekommen!

Als mein Bruder Siegfried 1987 „Nashallo" besuchte, bot ihm eine jüngere Frau, die offenbar für das Haus zuständig war, Kaffee in einer feinen Porzellantasse an, die vermutlich aus Lottis noch immer vorhandenem Geschirr stammte. Auch in den anderen Räumen seien noch Möbel und andere Einrichtungsgegenstände aus der Zeit unserer Eltern vorhanden gewesen, berichtete Siegfried.

Davon ist heute nichts mehr zu finden. Nur noch Rußspuren am oberen Rand des Kamins zeigen, dass Lotti und Eugen einem wärmenden Kamin mit knackend brennendem Feuer an einem kalten Regenabend schon etwas Schönes, Entspannendes abgewinnen konnten.

Weil gerade vom Wohnen die Rede ist, gebe ich an dieser Stelle wieder den Gewährsmann P. H. Kuntze das Wort. Danach erst berichte ich selbst über Aspekte unseres tatsächlichen Alltagslebens auf „Nashallo". Ich stütze mich dabei auf Lottis Briefe oder lasse meine Mutter authentisch selber erzählen.

Lesen wir einmal zusammen, was Kuntze seinen VolksgenossInnen im fernen Heimatland so Erbauliches zu bieten hatte.

„Koloniale Frauenarbeit

Während der Mann Bäume fällt, das Land urbar macht und fleißig in der Shamba, der Pflanzung, arbeitet, Wassergräben anlegt, sät, Kaffee und Mais pflanzt für die Ernährung der schwarzen Arbeiter, hat die deutsche Hausfrau, meist mit nur einem Negerboy zur Hilfe für die grobe Arbeit, viel zu tun. Alles ist noch sehr primitiv, kein elektrisches Licht, keine Wasserleitung, die Dächer mit Stroh bedeckt, der Fußboden oft nur von Lehm oder Kalkmasse, so dass in der Regenzeit in den Räumen 30 cm hoch das Wasser steht, und sie mit nassem Holz auf dem Steinherd versuchen muss, für ihre stets durchnässten, draußen arbeitenden Männer eine warme Mahlzeit zu bereiten und deren Kleidung zu trocknen. Bei schönem Wetter, in den übrigen 9–10 Monaten des Jahres, ist es desto angenehmer, immer bei offenen Fenstern und Türen oder im Freien auf der großen Barassa, der Veranda, zu hausen.

Die Versorgung der Milch und der Gemüsegärten nimmt wohl die meisten Kräfte der Hausfrau in Anspruch.

Mit Anschaffungen für den Haushalt muss stets gespart werden, da alles verfügbare Bargeld für die Löhne und Pflanzungskosten gebraucht wird. (...) Welch köstliche, abwechslungsreiche Mahlzeiten und Getränke sie aus Vorhandenem zu bereiten versteht, um ihren müde von der Arbeit heimkehrenden Männern eine gemütliche Teestunde zu bieten! Daneben näht sie noch alles selbst, und selbst für den Boy Beinkleider, Tücher und die weißen langen Kanzus (langes, hemdartiges Gewand), ohne die kein Boy serviert oder sich vor den Gästen zeigt.

Doch ganz in der Arbeit aufzugehen braucht keine unserer fleißigen Farmersfrauen. Wie schön sind die Abende und Feiertage! Da auch der Mann außer der Shambaarbeit keine anderen Interessen hat, gestaltet sich ihr persönliches Zusammenleben viel herzlicher, viel anregender. Wenn nicht liebe Gäste da sind, lesen Mann und Frau zusammen, spielen Schach, Halma, Kartenspiele, oder im Freien Ring oder Tennis. Ab und zu werden gemeinsame Jagdsafari unternommen oder Besuche auf den Nachbarfarmen gemacht, wo bei Grammophonmusik getanzt und gesungen wird."[23]

Aha, so war das also damals ... Das verführerische Bild der deutschen Frau und ihres erfüllten Daseins als Kolonisatorin hätte man im Propagandaministerium auch nicht schöner zeichnen können: Da möchte doch jedes weibliche Wesen gern als perfekte Frau draußen in Afrika Herrin über Heim und Herd sein. In den Berichten Kuntzes über das Leben der Pflanzer und ihrer Frauen, sind sie immer nur gesund und munter, fleißig und heiter, unermüdlich und sorgenfrei und nur mit leichter Arbeit beschäftigt, weil die schwere Arbeit von den afrikanischen Arbeitern („boys") geleistet wurde?

Ob Herr Kuntze je auf Pflanzungen (wie z. B. „Sabuko", „Kilingi" und „Nashallo") gewesen ist und sich bei den Farmerfamilien (wie etwa Schultz, Kageler und Lutz) erkundigt hat?

Was erzählen die Briefe von Lottis Hand, was teilen die kleinen schwarz-weißen Fotos mit vom Leben auf „Nashallo"?

Einem Brief Lottis (vermutlich vom August 1932) an ihre Schwester Milli entnehmen wir: „Ich muss gleich nach Mo-shi schreiben, weil morgen das Flugzeug fährt. Die letzte Post war vom 4.8." (1932/A.d.V.) Der Luftpostdienst zwischen dem Reich und der Kolonie scheint in den 1930er-Jahren schnell und zuverlässig gewesen zu sein, so dass man sich (mindestens) wöchentlich austauschen konnte. Lotti erzählt weiter: „Eugen hat nun Land gekauft ... Es geht ihm gut und gefällt ihm sehr gut, es ist wie in Oberbayern."

Wir wissen nicht, ob Lotti Eugens Vergleich der Landschaft um „Nashallo" mit Bayern immer noch passend fand, als sie dann selbst auf der Pflanzung wohnte. Aber sie entwickelte offenbar im Lauf der Zeit Gefallen an den natürlichen Gegebenheiten der nahen Umgebung und ließ uns (1936/A.d.V.) wissen: „Ich wollte eigentlich mit Helli (Mein Rufname in meiner Kindheit/A.d.V.) in den Wald, wo Eugen mir Bank und Tisch gemacht hat, da kann man so nett sitzen."

Selbst heute können wir uns als geübte und erfahrene Wanderer und Reisende dieser Welt kaum vor Augen führen, was eine solche Auswanderung wirklich mit sich brachte. Was war aus Lotti, der jungen, zarten Frau aus wohlhabendem städtischem Haus, geworden? Wie ging es der Künstlerin, die mit ihren begabten, feinen Händen solch wunderbare Blumenbilder, solch hauchfeine Scherenschnitte zaubern konnte? Aus ihr, die sich so schwer getan hatte damit, dass ihr Eugen Bauer werden wollte, war selbst eine Bäuerin geworden!

Stellen wir uns einmal vor, was es für Lotti bedeutet haben muss, das Wagnis eines völlig anderen, neuen Lebens in Afrika auf sich zu nehmen. Sie verließ die tägliche Nähe zu ihren Freunden und Bekannten, die Geborgenheit ihrer Familie, die Sicherheit des erprobten, geregelten bürgerlichen Alltags, den Schutz der ihr vertrauten Umgebung, die Möglichkeiten täglicher gesundheitlicher Fürsorge durch ihre Familie, den Arzt oder das Krankenhaus. Dies alles tat sie im unwiderruflichen „Tausch" für das Leben unter den so arbeitsreichen, schwierigen Bedingungen in Afrikas Welt – aber eben an Eugens Seite.

Sie lebte jetzt zwar an den bewaldeten Hängen des Kilimanjaro, empfand sich aber über den Weiten Afrikas alleingelassen wie auf dem sogenannten platten Land und freute sich „über jede Post hier in der Einsamkeit". (April 1935) – Das hört sich doch sehr nach Heimweh an!

Lotti schrieb (daher) oft an ihre Vohwinkler und Ulmer Familien und ließ sie wissen, wie es um die (noch) kleine Familie stand. Am 5.1.35 machte sie (wie sie in ihrem Tagebuch über mich festhielt) zwei Aufnahmen von mir und schickte die eine mit einem kleinen Gedicht zur Oma in Ulm. Dieser so reizende Gruß zum Jahresbeginn 1935 hat alle Zeitläufte bis heute gut überstanden, manchem

Betrachter sicher ein Lächeln entlockt und seinen wohlverdienten Platz in diesem Buch hier gefunden:

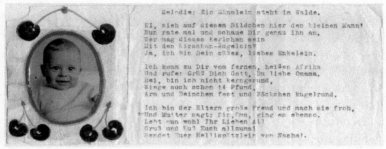

Gruß an Oma in Ulm, 5.1.1935

Die Briefe an die Familien in Deutschland klingen meistens optimistisch, aber wir erfahren dennoch, manchmal fast beiläufig, mit welchen Schwierigkeiten, nicht zuletzt klimatischer Art, Eugen und Lotti täglich zu kämpfen hatten. So heißt es im Brief vom 4. März 1935: „Die Bohnenernte war sehr schlecht, es hätte im Januar statt im Februar regnen müssen."

Am 21. September 1936 erzählt Lotti: „Unsere Kaffee-Ernte ist schon ganz nett dieses Jahr. Bohnen und Mais nur mäßig. Das Getreide wird schwer heimgesucht von Vögeln und jetzt bei Nacht auch noch von Wildschweinen."

Sicher hat sie sich auch oft nachts darüber gefreut, dass ihr Eugen mit seinem Gewehr bei ihr war. „Lange Zeit trieben sich die Elefanten jetzt an unserer Grenze herum. Das klang ganz schauerlich, wenn sie ihr Gedröhn losließen. Nashörner, Wildkatzen, Böcke, Hyänen treiben sich genug herum."

Im Brief erzählt sie dann: „Neulich hat mal nachts ein Löwe oder ein Leopard mit seiner Tatze in den Stall gefasst und hat einer Mutter die Brust aufgerissen und das kleine Tierchen ganz geholt und sicher gefressen. Die Mutterziege haben wir dann wieder zugenäht."

Wir lesen auch in ihren Briefen, wie nah für Eugen und Lotti Erfolg und Genugtuung, Rückschlag und Enttäuschung, Gewinn und Verlust, Anstrengung und Erholung, Freuden und Leiden bei einander lagen, wie sie sich auf der Pflanzung für die Verwirklichung ihres Lebenstraums bis an den Rand ihrer finanziellen und physischen Kräfte anstrengen mussten: „Die ersten grauen Haare habe ich auch schon bekommen nach Haralds Geburt." (Sie war 30 Jahre alt! A.d.V.) „Das waren böse Wochen. Mein lieber Mann hat mich aber ganz rührend versorgt. Kürzlich hatten wir beide wieder Malaria ... Eugen arbeitet zu viel für hiesige Verhältnisse. Sonst geht's uns gut. Arbeit gibt es alle Tage genug." So teilte Lotti ihrer Verwandtschaft lakonisch die Sachlage mit. Die war, genauer besehen, nicht beruhigend, sondern hatte es in sich, wie man so sagt: Wir lesen, welchen Belastungen und Pflichten sie als Ehefrau, Mutter und Hausfrau gegenüberstand.

Lotti spricht in ihren Briefen anschaulich und ausführlich von sich, der Hüterin des ansehnlichen Bestandes an Haustieren und Kleinvieh auf „Nashallo".

Das viele Federvieh machte Lotti besondere Sorge. Ganz klar, da scharrten und gackerten, schnatterten und gurrten zahllose Puten und Hühner, Gänse und Tauben – ein ganzer Stall voll!

Wenn man „nicht aufpasst oder vergisst, den Stall gut zu verschließen, ist das gefährlich hier wegen der Schlangen und Wildkatzen, der Ratten und Raubvögel", welche die Tiere bedrohen, ließ sie uns wissen. Wenn sie ein nicht ganz fest verschlossenes Gitter oder eine offene Tür entdeckten, griffen die wilden Tiere das Federvieh und die kleineren Vierbeiner an und fraßen sie auf. Es genügte aber auch schon ein Loch in einer Stallwand, dass größere Raubtiere einbrechen und sich ihre Beute, Ziegen oder Schweine, holen konnten. Lotti gibt dazu ein Beispiel: „Mit meinen Hühnern und Enten habe ich Pech z. Z. (zurzeit). 50 Tiere wurden geholt, als ich (April 1936/A.d.V) krank in Machame lag." Wir ahnen, mit was allem in Wirklichkeit die junge Familie fertig werden musste!

Im Brief vom September 1936 stellt Lotti der Familie in Vohwinkel ihren beachtlichen Hofstaat vor: Viele der Tiere gehörten so eng zum Haushalt, dass sie beim Namen gerufen wurden. So gab es da die kleine, handzahme Gazelle Pongo, das Schmusekätzchen Pussy und den Kater Peter, die fünf Hunde Stropp und Schlamper, Pollux, Greif und Toll, ca. 80 Ziegen (Die niedlichen Zicklein bekamen auch Namen.), 15 Ochsen, 14 Schweine; dazu noch zwei Kühe und vier Kälber.

Lotti hatte es sich in den Kopf gesetzt, Kuhmilch zu trinken und meinte, „es wäre schön, wenn wir selber buttern könnten." (So sprach und dachte inzwischen Lotti, das Großstadtmädchen aus der Rubensstraße 14.)

Übrigens: In einem ihrer ersten Briefe aus „Nashallo" spricht Lotti davon, dass ich, Helli, Ziegenmilch tränke und Brei aus Ziegenmilch äße. Wegen des strengen Geschmacks, der Ziegenmilch eigen ist, fand Lotti es wohl verwunderlich und mitteilenswert, dass ich die Milch trotzdem trank und den Teller mit Brei leermachte. Aber hatte ich da eine andere Wahl, konnte ich Vergleiche ziehen? 1934 gab es noch keine Kühe in Lottis Stall und keine Kuhmilch auf dem Tisch. Außerdem muss es so etwas wie eine Regel gegeben haben, nach der gegessen wurde, was auf den Tisch kam. Man sagt mir ja bis heute nach, dass ich bisweilen sehr eigene Gedanken verfolge. Vielleicht war die Ziegenmilch mit daran schuld, dass ich etwas bockig wurde und mir das Böckchen auch in späteren Jahren nicht ausgetrieben werden konnte.

Am 4. März 1935 hält Lotti nicht hinter dem Berge zurück: „Manchmal komme ich mir ganz komisch vor hier als einzige weiße Frau zwischen all den schwarzen Kerlen."

Einige afrikanische Angestellte gingen Lotti bei den Arbeiten in Haus und Hof zur Hand. Sie als weiße Farmersfrau war verantwortlich für die Haushaltsführung und das Wohlergehen der Familie.

Natürlich erfahren wir auch viel über das Alltagsgeschäft auf „Nashallo". Da gab es den Waschtag (ohne Waschmaschine, Seifenpulver und klares Wasser sicher schwierig), die Zimmer und Schuhe mussten geputzt und die Brombeeren gewaschen, der Honigkuchen musste gebacken und ums Haus aufgeräumt werden.

Lotti, die ja so intensiv an Freud und Leid ihrer Familie in der Heimat teilnahm, hat mit folgender tollen Nachricht sicher bei vielen ihrer Lieben daheim das Wasser im Munde zusammenlaufen lassen: „Obst haben wir eigentlich das ganze Jahr reichlich. Augenblicklich Papayen, Passiflora (Passsionsfrucht/A.d.V.), Ananas, Brombeeren, Maulbeeren, Himbeeren, Baumtomaten, Rhabarber, Bananen. Ach, ich denke oft, könnte ich euch meinen Überfluss schicken."

Wie verwöhnt wir doch heute sind mit unseren Supermärkten, die immer alles haben!

Wir vier Kinder kamen in der wirklich überraschend kurzen Folge von 47 (!) Monaten auf die Welt. Ich wurde am 20. August 1934 als erstes Kind der jungen Familie in Moshi geboren. Als Helli erfreute ich meine Großeltern, Onkel und Tanten, Vettern und Basen in Vohwinkel und Ulm. Mein Bruder Harald erblickte am 23. April 1936 in Machame das Licht der Welt – schon unter schwierigen gesundheitlichen Bedingungen für Lotti, wie Eintragungen im Tagebuch und Briefe offenbaren. Die Gebäude, in denen wir, Harald und ich, unsere ersten Schreie taten, werden auch heute noch von den Krankenhäusern in Moshi und Machame genutzt.

1937 war ein besonderes Jahr. Im Brief vom 21. September 1936 schreibt Lotti: „So Gott, will, reise ich im April mit den Jungens ab. Eugen kann leider erst im Oktober nachkommen. Wir sprechen fast alle Tage von der Reise und freuen uns." Der Anlass dafür war im November 1937 die Goldene Hochzeit unserer Vohwinkeler Großeltern.

Dies war aber nicht das einzige freudige Fest des Jahres in der Familie. Wir können es fast nicht glauben, wenn wir es lesen: Just zu der Zeit gebar Lotti am 26. August 1937 in Elberfeld Siegfried.

Uns drei Brüder beschenkten unsere Eltern am 13. Juli 1938 in Sanya Yuu mit unserer Schwester Anne (Gerda). Von uns vier Kindern und unserem Leben auf „Nashallo" darf ich wohl sagen, dass wir dort eine – von außen betrachtet – glückliche Zeit hatten und es uns an nichts fehlte. In ihren Briefen spricht Lotti oft voller Freude und Stolz von ihren Kindern und betont immer wieder, wie gut die Kinder sich entwickeln und wie schön die Geschenke, die Spielzeuge und Kleidungsstücke sind, mit denen die Verwandtschaft in Deutschland den Nachwuchs auf „Nashallo" beglückt.

Von Lottis nicht heilbarem, schweren Asthmaleiden haben, so vermute ich, meine Geschwister nichts bemerkt. Wahrscheinlich verdanken wir dies der Tapferkeit und dem Durchhaltewillen, mit denen Lotti sich trotz ihrer Krankheit uns Kindern voller Liebe widmete. Hinzu kommt die Umsicht und Hilfe Eugens, der gewiss, gleichsam aus dem Hintergrund, immer über das Wohl und Wehe von uns allen wachte.

Ich kann keine Mutmaßungen anstellen darüber, ob und wie weit wir Geschwister unbewusst oder bewusst unter der Krankheit, der häufigen Abwesenheit und dem Verlust unserer leiblichen Mutter gelitten oder seelische Schäden davongetragen haben. Ich sage mit Zurückhaltung: meine deutliche Ablehnung von Frau Erhardt (von der Nachbarfarm „Pongo") kann eine Reaktion darauf gewesen sein, dass mir meine Mutter fehlte, dass ich fühlte, sie werde mir „vorenthalten", und dass ich ihre Abwesenheit als Verlust empfand. Man möge mir aber nachsehen, dass ich mich dazu nicht weiter äußere.

Dort, am fernen Kilimanjaro, entstanden unter den Nachbarn freundschaftliche Beziehungen der gegenseitigen Hilfe und Formen von wechselseitigem Vertrauen, die wir uns heute nur noch schwer vorstellen können. Diese guten Menschen kümmerten sich um uns Kinder und auch um meinen Vater, wann immer Lotti auf „Nashallo" krank war oder gar in Moshi oder Machame im Krankenhaus liegen musste.

In solch schweren Zeiten nahmen verschiedene Nachbarsfamilien mich vorübergehend auf; bisweilen wurden aus geplanten Tagen wochenlange Aufenthalte. Dank sei ihnen!

Viel Gutes verdanken wir auch der liebevollen Zuwendung, die wir empfingen von den geduldigen, gutherzigen Männern, die uns Kinder täglich hüteten und auf ihren Schultern zu Beckers nach Shira oder zu anderen Nachbarn trugen.

Eugen wurde auch in den besonders harten Tagen, als Lotti im (Juli und August 1938) todkrank darniederlag und starb, alle nur erdenkliche Hilfe zuteil, die seine solidarischen Pflanzer- und Nachbarsfamilien Föhner, Günthert, Kageler, Pinkert, Schuster, Schultz und Späth ihm geben konnten. Ihnen gilt unser herzlicher Dank!

Vor allen anderen hilfsbereiten Menschen spielte wieder die Familie Becker die größte Rolle. „Unsere Tante Elisabeth" Becker pflegte nach Lottis Tod Siegfried und Anne für viele Wochen, ja, Monate, mit mütterlicher Liebe und hatte gewiss auch immer ein wachsames Auge auf Harald und mich.

Aus den Tagen, als es Lotti so gut ging, dass sie sich auch noch künstlerisch verwirklichen konnte, sind uns zwei Bilder aus ihrer Hand erhalten. Das eine zeigt den schneebedeckten Gipfel des Kilimanjaro, wie wir ihn jeden Tag von der Terrasse unseres Hauses aus so schön klar und nah erblicken konnten. Das andere ist ein hübscher Scherenschnitt. Da springen zwei lustige Kinder, an ihren kurzen Hosen als Jungen erkennbar, und zwei Hunde aufgeregt um einen Baum herum, auf dem, geruhsam auf einem Ast ausgestreckt, eine Katze liegt. Wer anderes könnte das sein als wir, Harald und Hellmut, die Brüder zusammen mit unseren großen Hunden Schlamper und Stropp und unserer Katze Pussy!

Kilimanjaro von Lotti, Nashallo ca. 1936

Scherenschnitt von Lotti, Nashallo ca. 1936

Zu wenig wissen wir von Lottis Leben, zu selten sprachen wir in der Familie von ihr und von dem furchtbaren kräftezehrenden Asthmaleiden, das sie auch in Afrika unablässig plagte. In der überlieferten Geschichte unserer Familie heißt es, Lotti sei es immer – vermutlich stimmt das sogar medizinisch – aus hormonellen Gründen in den Zeiten ihrer Schwangerschaften verhältnismäßig gut gegangen. Möge es so gewesen sein!

Wir vier Geschwister waren noch zu jung, um unsere Mutter Lotti bewusst erleben zu können. Mit all ihrer liebenden Hingabe und wachsamen Teilnahme war sie aber für uns da, wann immer sie dafür genug Kraft hatte. Wir danken ihr für das, was sie uns von ihrer Persönlichkeit vererbt hat, was uns also in unserer Wesensart unser ganzes Leben begleitet hat.

Ich entnehme einer Tagebucheintragung Lottis, dass sie sich schon ab März 1936 um den Haushalt nicht mehr intensiv kümmern konnte, weil sie dazu oft zu schwach war. Am 18. März 1936 ging es ihr so schlecht, dass ich deswegen zu ihrer Entlastung für drei Wochen zu Familie Becker nach Shira ausgelagert wurde. Ich muss Lottis Zustand gefühlt und soll deshalb zu Tante Elisabeth Becker einmal „Arme Mutti!" gesagt haben. Etwa ab Mitte April war ich zurück auf „Nashallo".

Schon kurz darauf, am 18. April 1936, fuhren meine Eltern „mit dem Milchauto über die furchtbaren Straßen" zur Nachbarsfamilie Günthert. Sie ließen mich da zur Pflege zurück, denn Eugen brachte Lotti direkt von dort aus am 20. April 1936 ins Krankenhaus nach Machame.

Für ein paar Zeilen lasse ich jetzt Lotti selbst die Geschichte weitererzählen: „Helli ist es doch schwer, als die Mutti mit dem Auto verschwindet. Er vergisst mich nicht. Am 23. (April 1936/A.d.V.) früh um 0.30 wird das Brüderlein geboren. Nach 9 Tagen kommt der Vati mit dem Helli, um Mutter und Brüderchen zu holen. Wie ist der Helli so selig, als er endlich die verlorene Mutti wiedersieht. Er bricht immer wieder in die Worte aus ‚Da ist die Mutti' und drückt und schmiegt sich an mich und sieht vor lauter Mutti sein Brüderlein kaum an.

Leider musste ich noch krank in M(achame) bleiben und Helli kam wieder zu Güntherts. Als wir bei Güntherts vorfuhren, um Helli zu holen, wich er nicht vom Autotritt weg. So als ob er sagen wollte: das passiert nicht nochmal, dass das Auto meine Mutti ohne mich fortbringt."

Erst am 18. Mai 1936 war Lotti wieder stark genug, um sie nach „Nashallo" zurückholen zu können. Lotti sagte dazu: „Auf „Nashallo" kamen dann böse Krankheitstage, aber ich wollte mich nicht wieder so schnell von Helli trennen." Dort hatte ja vier Wochen lang, während Lotti im Krankenhaus war, Frau Erhardt vertretungsweise den Haushalt geführt. „Als wir von Machame heimgekehrt waren", schrieb Lotti damals, „kam Frau Erhardt dann zu uns. Mit Helli verstand sie's gar nicht. Das Kind schrie und bebte, wenn er Frau E. sah od. hörte. Er kroch aufs Bett und legte sich oben quer auf mein Kopfkissen, nur um geborgen zu sein. Wenn der Vati rein kam ins Haus, fand er Helli immer ganz verstört in irgendeinem Winkel liegen oder schrecklich schreiend. Da musste dann Helli wieder Abschied nehmen. Vati brachte ihn zu Pinkerts. Dort war er gern." (Pinkerts hatten Kinder in meinem Alter. /A.d.V.) „Aber wie war er selig, als er endlich Anfang Juli wieder heim durfte." (Für mich war aus ein paar vorgesehenen Tagen ein Aufenthalt von acht Wochen geworden. /A.d.V.)

Ich erinnere mich, dass ich meine Mutter Lotti ein (einziges!) Mal ganz bewusst, das heißt also unvergesslich, gesehen habe. Es muss kurz vor ihrer letzten Fahrt von unserer Pflanzung nach Moshi ins Krankenhaus gewesen sein. Ich durfte meine Mutter im Schlafzimmer besuchen. Lotti lag im Bett. Mein Vater kam herein und hielt in seiner Hand ein längeres Stück einer enthäuteten Schlange. Wie man mir später erklärte, soll Eugen gefragt haben, ob man Lotti davon eine Suppe kochen solle.

Zum Glück hat sich diese Gesprächssituation, in der ich für wenige Sekunden die Blicke meiner Mutter erhaschen konnte, in meinem Gedächtnis für immer erhalten.

Schauen wir beim Bericht über Lottis Leben zum Schluss noch einmal auf ihre letzten Jahre.

Die Monate vom Frühjahr 1937 bis etwa Ende Januar des Jahres 1938 waren vermutlich trotz der großen Ereignisse insgesamt erholsam für Lotti im vertrauten Kreis ihrer Lieben zu Hause in Vohwinkel. Sie konnte noch einmal (es erwies sich als das letzte Mal) neue Kräfte für ihre vielen schweren Aufgaben in „Nashallo" schöpfen. Als bedingungslos liebende Ehefrau stand sie ihrem Mann aufopfernd und treu zur Seite, aller Krankheit, Belastung und Erschöpfung zum Trotz. Doch etwa um die Mitte des Jahres 1938 war sie endgültig am Ende ihrer Kräfte – erschöpft von vier Schwangerschaften und Geburten, den weiten Reisen, dem ungewohnten

Klima und der Arbeit in Haus und Hof, dem unheilbaren, so verzehrenden Asthmaleiden und der Verantwortung für und der Sorge um „Nashallo" und die Familie.

Am 13. Juli 1938 brachte Lotti unsere Schwester Anne zur Welt. Sie hat – leider – nie von Lotti die Liebe erfahren können, die sie ihr so gewiss gegeben hätte wie sie es tat für ihre Brüder.

Gut zwei Wochen nach Annes Geburt musste Lotti ins Moshi-Hospital verlegt werden, weil sie einen schweren Asthmaanfall erlitten hatte.

Am Montag, dem 1. August 1938, war sie in den letzten Stunden ihres Lebens also dort, wo sie mir fast auf den Tag genau vier Jahre zuvor das Leben geschenkt hatte ...

Eine Dosis Ephetonin mit Morphium machte ihr das Atmen leichter. Sie sagte Eugen noch am frühen Nachmittag, dass sie sich „wohl fühle, keine Schmerzen mehr habe und es ihr gut gehe." Sie schickte Eugen zur Post, um dort Briefe aus der Heimat abzuholen. Als er von dort zurückkam, eröffnete ihm der Arzt, Lotti sei um 16 Uhr ganz sanft entschlafen.

Trennen musste sie sich von Eugen und ihren vier Kindern auf „Nashallo"; von ihren Lieben daheim; von all ihren Entwürfen eines glückerfüllten Lebens und allen damit verbundenen Hoffnungen und Träumen – ach, so früh!

Lotti war die Künstlerin, die uns in den wunderbaren Blumenbildern und Scherenschnitten aus ihren begabten Händen die Empfindungen ihres Herzens hinterließ. Die Blüten ihrer Begabung und Liebe durfte sie nicht voll entfalten in ihrem so kurzen Leben.

Vielleicht, so erscheint es mir, liegt eine gewisse Symbolik darin, dass Rosen Eugens Lieblingsblumen waren. In seinem Garten erlebte er, wie ihre Knospen langsam heranwuchsen, die grünen schützenden Blättchen sich schließlich öffneten, die zarten Blüten sich dem Licht entgegenstreckten, ihre ganze Farbenpracht entfalteten, ihren Duft verströmten und am Ende zum Boden sich neigend vergingen.

Nur 32 Jahre waren Lotti vergönnt, um teilzuhaben an der Fülle des Lebens!

Ihre Bilder, die Welt ihrer Blumen, sprechen noch heute zu uns mit der Stimme ihres Herzens. So auch ein Büchlein, das sie Weihnachten 1926 ihrem über alles geliebten Eugen, zu eigen gemacht

hatte. Dort heißt es in einem alten Liedertext, von ihr (der Zwanzig-
jährigen) ausgewählt, vorausgeahnt fast wie in einem Vermächtnis:

„All' mein Gedanken, die ich hab', die sind bei dir.
Du auserwählter, einziger Trost, bleib stets bei mir!
Du, du sollst an mich gedenken.
Hätt' ich aller Wünsch' Gewalt, von dir wollt ich nicht
wenken!"

Am 2. August 1938 schrieb Eugen aus Moshi an seine Familien
in Deutschland „Unsere geliebte Mutti ist gestern um 16 Uhr hier ...
sanft entschlafen. Was ich und meine lieben Kinderchen an ihr verloren haben, weiß nur Gott allein. Draußen steht das Auto mit dem
Sarg. Heute Mittag um 4 Uhr wird auf dem Shira-Friedhof die Be-
erdigung sein. Es ist uns noch ganz unfasslich, dass Gott uns unsere
Mutter genommen hat."

Wie schwer Eugen am Verlust seiner Lotti trug, erfahren wir
(auch) im Brief vom Januar 1939. Er bedankt sich für Geschenke von
Zuhause und sagt: „Gefreut habe ich mich auch über das Bild von
unserem geliebten Mütterlein, wenn auch wieder sehr schmerzliche
Erinnerungen beim Betrachten wach wurden. Über diesen Verlust
kann ich nicht hinwegkommen, wir hatten uns viel zu lieb und unser
Glück war so kurz."

An jenem Dienstag wurde Lotti in Shira der guten Erde Afrikas
anvertraut.

Lottis Grab mit Girlanden aus Faraja, (Heim für Kinder mit Behinderungen) Shira 2004

Möge Lotti in Shira weiter in Frieden ruhen unter den großen Agaven, gleich neben der Kirche, in der sie und Eugen sich für alle Zeit verbunden hatten. Fünfzehn Jahre großer Liebe hatte ihr das Leben geschenkt – und sie schenkte vier Kindern das Leben! Ach, wie schade, dass ich Lotti nie richtig kennen lernen konnte, dass wir Geschwister ihr nur so kurz begegnen durften – aber in uns lebte sie weiter.

Dank sei ihr von ganzem Herzen, „der Allerschönsten der Mütter auf Erden"!

Geschrieben in Oyten am 18. Juni 2019 (86. Hochzeitstag von Eugen und Lotti)

Hilde (Hildegard Erna Wilhelmine Karoline) Lutz, geb. Dissmann

Für das Jahr 1909 dürfen einige Ereignisse eine erste Stelle für sich beanspruchen: ein Schiff in Seenot setzte den ersten SOS-Ruf aller Zeiten ab; in Deutschland wurde die erste Jugendherberge der Welt eröffnet; im selben Jahr erreichte der (US)Amerikaner R. Peary als erster Mensch den Nordpol; nur ein Jahr nach der blutigen Unterwerfung der Herero und Nama durch die Truppen Kaiser Wilhelms II. wurde 1909 die erste deutsche private Höhere Schule in Windhoek eröffnet.

In eben diesem Jahr wurde am 17. Dezember 1909 Hilde als das erste Kind von Karl und Lilli Dissmann in Honnef am Rhein geboren. Beruflich qualifizierte sich Hilde als Säuglings- und Kinderschwester, Fürsorgerin und Hauswirtschafterin. Sie sollte in unserem Leben noch eine bedeutende Rolle spielen.

Im Sommer 1938 arbeitete Fräulein Hilde Dissmann als Fürsorgerin und Erzieherin in Velbert in einer Einrichtung für verhaltensauffällige Jugendliche. Diese Anstalt hatte wahrscheinlich Verbindungen zur Vohwinkeler Freien Evangelischen Gemeinde.

Es gibt im Leben manchmal Ereignisse, die als Fügung bezeichnet werden. Manche Leute sprechen auch davon, dass solche Geschehnisse dem sogenannten Schicksal oder einem Wunder oder dem Wirken Gottes zu verdanken seien.

Lottis Tod hatte sich sofort in den Freikirchlichen Evangelischen Gemeinden Vohwinkels und der Umgebung herumgesprochen. Die besagte Fügung, so scheint es, bewirkte, dass Hilde von diesem Unglück, welches die Familie Lutz auf „Nashallo" ereilt hatte, Kenntnis erhielt und dass sie ausersehen war, zur Hilfe nach Afrika zu eilen. Eugen hat sich gewiss nicht vorstellen können, dass er am 1. August 1938 seine Frau verlieren, schon ein Jahr später der Frieden in der Welt zu Ende sein, er sein ganzes Hab und Gut, sein „Nashallo" verlieren, ihm und seinen Kindern statt einer glänzenden Zukunft in Afrika die finstere Zeit des 2. Weltkriegs bevorstehen würde.

Für unseren Vater gab es nur eine Rettung in diesen schwersten Wochen seines Lebens: Die Arbeit auf der Pflanzung. Aber für wen mühte er sich jetzt ab? War es noch all die Anstrengung wert, nachdem sein Lebensentwurf, mit Lotti eine Pflanzung zu errichten und eine große Familie heranwachsen zu sehen, so jäh zu einem Ende gekommen war? Lohnte es sich für Eugen, die Kaffeepflanzung um ihrer selbst willen weiter zu betreiben, nur weil er einmal ausgewandert war, um in Afrika Kaffee anzubauen und weil er vier Kinder hatte, für deren Zukunft er verantwortlich war?

Wir älteren Brüder Hellmut und Harald wohnten weiter auf der Pflanzung, die Geschwister Siegfried und Anne wurden auf der Missionsstation Shira von Familie Becker liebevoll versorgt. Offenbar war es Eugen in verhältnismäßig kurzer Zeit geglückt, eine deutsche Haushaltshilfe, Fräulein Micht, zu finden, die sich auf „Nashallo" um uns Jungen und den Haushalt kümmerte. (Wie man mir erzählte, soll sie nicht sonderlich glücklich gewesen sein, als sie erfuhr, dass eine Frau aus Deutschland kommen und an ihre Stelle treten sollte.)

Die Nachricht von Lottis Tod löste bei den Hinterbliebenen in der Heimat größte Trauer und Betroffenheit aus. Die Familien der Großeltern in Ulm und Vohwinkel waren ratlos, wie Eugen und den Kindern zu helfen war und wie es auf der Pflanzung weitergehen sollte.

Wie stellte sich Lottis und Eugens Verwandtschaft Hilfe aus Deutschland vor? Könnte sich eine geeignete neue Frau finden lassen? Könnte eine neue Frau ihre vielfältigen Aufgaben meistern und in Afrika mit dem trauernden Mann und vier fremden Kindern zurechtkommen? Könnte sie eine starke Kraftquelle und eine gute Mutter sein in „Nashallo"? Würde ihr Erscheinen in der Familie für alle in Afrika und Deutschland einen glücklichen Neubeginn bedeuten?

Großvater Gustav hoffte als gläubiger Christ auf Gottes Hilfe. Am 30. August 1938 schrieb Opa an seine Kinder und Enkel „Möge Gott unser Gebet erhören und dem Eugen bald eine passende Person ins Haus bringen."

Er hatte offenbar von Hilde in Velbert gehört und verstand diese Nachricht als eine Aufforderung Gottes an die Familie! Über das fromme Beten hinaus setzte die unerwartete, schwierige Sachlage in Vohwinkel selbst noch viele nützliche Dinge in Bewegung. Der lebenserfahrene Opa, das Oberhaupt der Fudickars, nahm seine irdische Verantwortlichkeit sehr ernst, zog nähere Informationen über das Fräulein ein und gelangte sogar an ein Foto von Hilde. Er ließ sich über die Entwicklung der Angelegenheit immer – vor allem von Lottis ältester Schwester Martha – unterrichten und förderte und forderte den Gang der Dinge sehr nachdrücklich auf seine Weise.

In einem Brief aus Bad Meinberg vom September 1938 (nähere Angaben fehlen) an Martha Berns und Familie schrieb er: „Es ist ja nichts so Einfaches, aber es muss sein. Ohne weiteres kommt für Eugen und die lieben Kinderchens keine Hilfe vom Himmel gefallen. Mögen wir uns recht in Gottes Hand als Werkzeuge gebrauchen lassen. Gott sei Dank, wir suchen ja nichts für uns persönlich, sondern wollen nur nach Gottes Willen handeln. Habe deshalb auch nur keine Angst. Gott wird's machen, dass die Angelegenheit ein gutes Ende nimmt. Weil wir das Fräulein selbst (gemeint ist Hilde/A.d.V.) noch nicht gesehen und auch nicht gesprochen haben, haben kein Urteil, wir verlassen uns auf dich, Heyenbruchs und Schneppers (?). Letztens müssen Lutz (in Ulm /A.d.V.) und Eugen ja selbst wissen und bestimmen, ob Frl. Dissmann nach Afrika kommen soll und dann kann Eugen immer noch machen, was er will. Die Reisekosten müssen riskiert werden. Ob wir Eltern oder die Lutzeltern diese weiter vorstrecken, ist ja gleich. Eugen ist anscheinend noch nicht wieder in der Lage, diese tragen zu können. Wir sind nun doch gespannt, was es für ein Muster ist, wie groß, ob dunkel, ob hell, die Augen blau, braun, schwarz oder grau braun grau. Elisabeth schreibt, ihr beiden wollet das Frl. mal besuchen, das finde ich auch recht; trinkt mal eine Tasse Kaffee mit ihr, werdet mal ein bisschen warm mit ihr. So, alles Weitere findet sich nächste Woche. Ich bin gespannt, wie Eugen über die Sache denkt."

Opas Töchter, vor allem Martha und Elisabeth, stellten wohl in den folgenden Tagen intensiveren Kontakt mit Hilde her. Auch Fotos von ihr machten die Runde. In einem undatierten Brief von

Anfang September 1938 heißt es: „Was soll ich noch bezüglich Frl. Dissmann sagen. Was nützt mir ein hübsch Gesicht, wenn nichts Richtiges dahinter sitzt. Johannes (Schwiegersohn/A.d.V.) meint, das Fräulein sei doch recht ansehnlich. Wenn die Augen auch ein bisschen weit vorstehen ist doch nicht so schlimm als wie dummer Blick, und bei letzterem kann man sich auch noch täuschen. Wie schon im vorigen Brief erwähnt, ist es etwas Großes und vielleicht von Gott Gewirktes, dass ein intelligentes, gläubiges Fräulein sich bereit erklärt, um im fernen Afrika einem verlassenen Mann mit 4 kleinen Kindern eine Stütze zu sein. Anscheinend will sie doch damit dem Herrn dienen, und geht nicht aus anderen Beweggründen, noch weniger aus Abenteurerlust.

Ihr kennt nun schon in etwa das Fräulein; Lutz (s.o./A.d.V.) und wir Eltern müssen es aber auch noch kennen lernen. Gebt Lutz die Adresse von Frl. Dissmann, damit Lutz mal mit ihr korrespondieren können und so ihre Schrift erhalten, um daraus entziffern zu lassen, welchen Charakter oder welche Eigenschaften das Frl. hat.

Man müsste doch eigentlich auch die Eltern des Frl. kennen lernen, etc., etc. Wenn ihr das Frl. noch mal sehen solltet, dann könnt Ihr ihr merken lassen, dass wir in der Hauptsache ihr zugetan seien, sie möge sich gedulden bis nächste Woche, dann möchten wir sie auch gerne kennenlernen etc."

Wie sehr Lottis Tod die Familie getroffen hatte; geht aus einer anderen Stelle dieses Briefes hervor. „Mutter geht es leidlich, (sie) sieht besser aus; nur ihr Herz hat einen Knacks gekriegt, welches nicht so schnell zu heilen ist. Habt ihr Eugen geschrieben und ihm das Frl. empfohlen? Ein besseres wird sich kaum melden, zudem muss man auch annehmen, was der Herr einem zuführt."

Opa, noch immer mit Oma zur Kur in Bad Meinberg, um sich vom Schlag zu erholen, den ihnen der Tod Lottis zugefügt hatte, berichtete am 10. September 1938 seinen „lieben Kindern" Folgendes: „Uns geht es (auch) gut; waren heute Morgen zum letzten Mal beim Arzt, er sagt, wir hätten uns prachtvoll erholt. Wenn wir den Herzdruck noch weiter überwunden hätten, dann würden wir recht gesund. Also, er hat uns tüchtig Mut zugesprochen. Wir wollen dem Herrn auch dankbar sein, dass wir noch so rüstig und jugendlich sind." (Opa war damals 74, Oma 71 Jahre alt – man galt oder betrachtete sich damals selber mit über 70 Jahren schon als sehr alt.)

Trotz seines persönlichen Kummers ließ Opa die Sorge um Eugen und seine vier Kinder keinen Augenblick in Ruh. Also trieb er von Bad Meinberg aus eine möglichst schnelle und auf die Dauer sichere Lösung dieser problematischen Angelegenheit voran. Alle denkbaren positiven und negativen Aspekte ging er an, skeptische Lebenserfahrung und vom festen Glauben an Gottes Hilfe getragene Hoffnung warf er unfehlbar mit in die Waagschale. Seine gewinnende Autorität, sein unverkennbarer Wille und seine väterliche Entschlossenheit gaben ihm Kraft und Ausdauer, für Eugen eine passende Frau und für die Enkelkinder eine liebende Mutter zu suchen. Schon um Mitte September, also nur wenige Wochen nach dem Tod seiner Tochter, gelangte er zu dem Schluss, den Versuch mit Hilde wagen zu sollen.

Opa brachte im oben genannten Brief seine Ansichten so zu Papier: „Nun muss ich mich zur Fotografie von Frl. Dissmann äußern. Wie du, liebe Martha, uns alles geschrieben hast, sieht man auch das Bild entsprechend an. Der Giebel und die Fenster sind reichlich groß ausgefallen und der Blick ist ..., als ob die Person wisse, was sie wolle. Wenn nicht die guten Empfehlungen da wären, dann würde man ‚zögernde' Ansprüche an das Frl. stellen. Aber ihr kennt sie, habt damit gesprochen; jedenfalls ist sie recht schön, wenn man hört, wie und was sie spricht und wie ihr Gemüt und Gesinnung sich offenbart. So hübsche und junge Frauen wie unsere Mutter, Töchter und Schwiegertöchter sind, gibt es auch nicht so viele, aber andere, die weniger hübsch sind, sind ebenso gut und sind deren Männer auch glücklich mit ihnen. Wenn Frl. Dissmann wirklich so gut ist, wie sie empfohlen wird, dann soll Eugen dankbar sein, eine solche Frau und Mutter für die Kinder zu bekommen. Zum anderen gehört doch ein Mut und Opfersinn dazu, sich dafür herzugeben, ins ferne Afrika zu reisen, um in einer solch einsamen Gegend, unter den Negern, den Posten als Hausfrau und (die) Mutter(stelle) zu 4 kleinen Kindern einzunehmen. Ich glaube, es ist ein Geschenk Gottes, dass ein gebildetes, gläubiges Fräulein sich dazu hergibt, und man sollte den Eugen nur aufmuntern, das Fräulein ins Haus zu nehmen. Wenn sie mal da ist und es versteht, ihm das Heim gemütlich zu machen und die Kinder richtig versorgt, dann wird er die nichtigen Schönheitsfehler übersehen und glücklich mit ihr werden. Nun glaube ich auch, dass es eine unglückliche Fotografie ist. Ich möchte empfehlen, sich neu fotografieren zu lassen, nicht allein

Brustbild, sondern die ganze Figur, dann fällt das Gesicht nicht so auf."

Wir können heute nicht mehr sagen, wer Eugen geschrieben hat, dass nach Meinung der Familie Hilde „in Frage komme" und man die notwendigen Schritte für ihre Reise „ins ferne Afrika" vorbereiten werde.

Sicher waren Opa Gustavs engagiertes Handeln sowie seine drängende Haltung maßgeblich dafür, dass dieser Entschluss so schnell gefasst und umgesetzt wurde.

Wir sollten uns in diesem Zusammenhang auch vor Augen führen, dass die Ulmer Eltern in ihrem Leben (bis 1938) schon das Leid des frühen Todes zweier ihrer Söhne erfahren hatten. Ebenso sollten wir nicht vergessen, dass unser Großvater Carl Dissmann 1918 seine Frau Lilli, Mutter seiner drei Kinder, durch die berüchtigte Spanische Grippe verloren hatte.

Drei Familien hatten den Schmerz des Verlustes geliebter, nächster Angehöriger ertragen müssen und wussten, was es an Gutem bedeuten würde, wenn Eugen eine Frau bekäme, die für ihn und seine Kinder sorgen und sie sogar liebgewinnen könnte. (Hilde war neun Jahre alt, als sie und ihre zwei jüngeren Brüder Fritz und Wilhelm ihre Mutter verloren. Sicher hatte sie an diesem Verlust schwer getragen und den Schmerz des Verlassenwerdens und Verlassenseins noch in Erinnerung, als sie von Lottis Tod erfuhr.)

Wie immer es letzten Endes gewesen sein mag, die Lebensbahnen der Familien Lutz, Fudickar und Dissmann wurden im Herbst 1938 zusammengefügt.

Bevor ich davon erzähle, lässt uns einmal mehr P. H. Kuntze „sachkundig" wissen, wie man sich 1938 in der Heimat das Leben vorstellte, welches junge (ledige) Frauen erwartete(n), die in die Kolonien auswanderten. Er sagt (selbstverständlich) auch, wie die Frauen selbst sein sollten.

Unter dem Titel „Berufstätige deutsche Mädchen"[24] berichtet Kuntze, was er (vermutlich) bei einem Besuch in Rendsburg zu sehen und zu hören bekommen hatte. Kuntze malte für seine LeserInnen das schöne Bild vom deutschen Mädchen, wie es so in den 1930er-Jahren wunschgemäß (eher wohl: auftragsgemäß) von der Bunten Presse des Dritten Reiches vorgestellt wurde:

„Dass ein deutsches Mädchen, welches in den deutschen Kolonien eine Tätigkeit sucht, schlechthin alles kennen und können muss, davon zeugt der bewährte Ausbildungsplan unserer vorzüg-lichen Kolonialen Frauenschule.

Es ist ein gesunder, schöner, tüchtiger und selbstsicherer Men-schenschlag, der ernst und gediegen geschult von hier aus in die Welt hinausgeht."

Kuntze vermittelt uns hier mit diesen positiven, schmückenden Adjektiven bei der Beschreibung der auswanderwilligen Frauen eine frohe Botschaft:

Alle diese deutschen Mädels, wie man sie beispielsweise in Rendsburg antreffen konnte, entsprachen genau dem erwünsch-ten Frauentyp der germanischen Rasse, somit dem geltenden Ideal der schönen Seele im gesunden Leib. Auf technisch gut gestalteten Fotos erschienen sie mit glatter, sonnengebräunter Haut und über-zeugend-entschlossenem Blick in die Zukunft. Sowieso hatten sie strahlend blaue Augen, und schon von Natur aus war ihr wehendes Haar hellblond, ihr junges Herz mutig und tapfer, ihr Wesen edel und rein. (Die Jungen standen den Mädchen in ihrer ideal männli-chen, kraftvollen, gesunden Erscheinung, wie Bilder Kuntzes (Tafeln 63-65) zeigen, natürlich in nichts nach!) Die Welt würde dort, wo solche Menschen hinkämen, nur eins tun: am deutschen Wesen sich erfreuen und genesen!

Der Korvettenkapitän a. D. unterhält seine Leserschaft weiter:

„Unter den Berufen, die unsere auswandernden deutschen Mädchen in unseren Kolonien ausüben, steht an der Spitze der der Braut, der kommenden Ehefrau. Zahlenmäßig folgen Haustöchter und Farmgehilfinnen, Hauslehrerinnen und Kindergärtnerinnen, Hotelköchinnen und Hotelangestellte. Selbstverständlich gehen deutsche Mädchen nicht in die Kolonien, um sich dort einen Mann zu suchen. Zum Glück gibt es dort aber genug kluge Männer, die bei dem Kennenlernen dieser hübschen, frischen und tüchtigen Mäd-chen sich beeilen, die nötigen Konsequenzen zu ziehen.

Haustöchter und Hausgehilfinnen erhielten bis jetzt in Ostafrika ungefähr 30 sh. monatlich bei freier Station nebst 20 sh, die zur Heimreise oder Hochzeit gespart werden. Haustöchter und Farm-gehilfinnen müssen zunächst die Überfahrt bezahlen. Deren Kosten betragen in der Touristenklasse nach Ostafrika rund 440.- Mark. Die Mandatsregierungen verlangen die zinslose Hinterlegung einer Geldsumme auf zwei Jahre als Sicherheit für die freie Rückkehr.

Sie beträgt in Deutsch-Ostafrika (Tanganyika Territory) rund1200.-Mark.

Diejenige scheitert *draußen* (!/A.d.V), die keine körperliche Widerstandskraft besitzt, die sich Abenteuer, Vergnügen und Freiheit von Pflichten und Sitte verspricht, die nicht arbeiten kann oder will, die ohne Kino, Theater und Gesellschaft nicht leben will, und die, oberflächlich und egoistisch von Hause aus, dem Manne weder Kameradin noch Helferin sein kann!

Das aber, was nicht in Lohn oder Gehalt ausgedrückt ist, stellt für unsere tapferen Mädchen den eigentlichen Gewinn dar, herauszukommen aus der steten Enge und Bevormundung manchen Elternhauses, fest anpacken und schaffen zu können und in der Weite und Freiheit, aber auch der Härte des Koloniallebens heranzureifen zu einer starken und stolzen deutschen Frau!"[25]

Und auf was bereitete sich Hilde Dissmann vor? Wie stellte sich die Honnefer Familie ihre Zukunft vor?

Vom Schicksal dieses Pflanzers und seiner vier Kinder war Hilde offenbar so betroffen, dass sie sich beinahe auf der Stelle entschloss, nach Afrika zu fahren. Sicherlich erinnerte sie sich daran, wie tief und schmerzlich 1918 für sie der plötzliche Verlust ihrer Mutter durch die Spanische Grippe gewesen war.

Opa und Hilde konnten ermessen, was es bedeuten würde, wenn Eugen die Hilfe einer Frau bekäme, die sich um ihn und seine Kinder kümmern könnte. So unterstützte Opa Carl gewiss nachdrücklich den Wunsch seiner Tochter, sich der Herausforderung in Afrika zu stellen, um dort dem Vater und den Kindern tüchtige, verlässliche, liebevolle Unterstützung und Zuwendung in schwerer Zeit zu geben.

Hilde nahm Kontakt zu unseren Vohwinkeler Verwandten auf und ließ ihnen mitteilen, sie nehme großen Anteil am Schicksal der Familie Lutz in „Nashallo", wolle gerne Näheres darüber erfahren und erwäge, unter Umständen sogar nach Afrika zu reisen.

Wir dürfen vermuten, dass Hildes starke Prägung durch die aus ihrer Familie ererbte christliche Grundeinstellung und ihre ausgeprägten Kompetenzen in verschiedenen „sozialen" Berufen starker Antrieb waren für die Entscheidung, es in „Nashallo" auf das Wagnis ankommen zu lassen, dem schwer geprüften Pflanzer und seinen Kindern beistehen zu wollen.

Es ist aber auch sehr wohl denkbar, dass Hilde die begründete Motivation hatte, sich der politisch immer schwieriger und bedrückender werdenden Lage in Deutschland entziehen und sich zugleich bei dieser Herausforderung in Afrika bewähren zu können. Hilde war genau im Bilde darüber, wie die deutsche Bevölkerung immer spürbarer dem Druck des nationalsozialistischen Regimes ausgesetzt wurde. Ihr war es natürlich längst nicht mehr verborgen geblieben, dass Hitler einen Krieg plante und in großem Maße dafür die kriegswichtige Industrie entwickelte und die Aufrüstung der deutschen Wehrmacht forcierte. Einer der wenigen Wege, um der völligen Gleichschaltung und Unterdrückung durch Nazi-Organisationen wie BDM (Bund deutscher Mädel) und RFS (Reichsfrauenschaft) zu entgehen, war – außer Emigration – eine „Flucht" in die Kolonien. Dort konnte man sich dem Zugriff durch die politischen Arme der Nazis 1938 möglicherweise immer noch besser entziehen als im Reichsgebiet.

Es ist sicher auch leicht vorstellbar, dass der Gedanke für Hilde faszinierend war, eine Zeitlang im Ausland, zumal in einer deutschen Kolonie, zu arbeiten und Erfahrungen zu sammeln, dort eine dauerhafte berufliche Tätigkeit auszuüben, vielleicht sogar einen Partner oder gar den Mann fürs Leben zu finden. (Sie war immerhin schon fast 29 Jahre alt.)

Auch reine Abenteuerlust mag da im Spiel gewesen sein; Hilde war ja eine weltoffene, charakterstarke Frau. Zudem standen im Dritten Reich die berühmten Tore zur Welt den meisten deutschen Menschen Ende 1938 noch offen. Opa Gustavs fromme Ablehnung von Abenteuerlust als ein der damaligen Situation nicht angemessenes, daher unehrenhaftes Motiv nehmen wir gerne zur Kenntnis. Zur Wahrheit, auch in diesem Buch, gehört, dass die deutschen BürgerInnen jüdischen Glaubens seit 1934 im ganzen Reichsgebiet heftig verfolgt wurden und dass praktisch niemand von ihnen mehr ins Ausland flüchten konnte. (Ich nenne hier nur die Stichworte Rassegesetze, KZs, Enteignung und Arisierung des Besitzes, Reichspogromnacht) Die meisten Länder, in die jüdische Menschen sich zu retten versuchten, nahmen, wenn überhaupt, nur sehr wenige Flüchtlinge auf!

Die selbstbewusste, wagemutige junge Hilde folgte entschlossen der Stimme ihres empathischen Gewissens und bereitete in den Herbstmonaten des Jahres 1938 ihre Ausreise vor. Damit, dass sie sich entschloss, nach Afrika zu fahren, tat Hilde Dissmann den ersten Schritt in das Leben unserer Familie Lutz.

Ihr Schiff, die „SM Ussukuma", lief am frühen Montagvormittag des 13. Dezembers 1938 im Hafen von Mombasa ein. Es war aber niemand am Kai, der sie in Empfang nehmen konnte. Das war gewiss beunruhigend und enttäuschend für sie. Auf ihr Glück und eine baldige Nachricht hoffend, zog sich Hilde in ihre Kabine auf dem Schiff zurück, wo man ihr im Laufe des Tages die gute Botschaft brachte, dass Herr Lutz ganz gewiss komme, aber erst später. Kurz vor Mitternacht wurde Hilde die Ankunft Eugens gemeldet. Wegen der Regenzeit waren viele Straßen verschlammt und die Flüsse über die Ufer getreten. Deshalb hatte er schon 21 Stunden Fahrt hinter sich, als er zu guter Letzt doch am Schiff anlangte.

Als Hilde den Kai betrat und sie und Eugen sich von Angesicht zu Angesicht sahen, machte sie damit den zweiten Schritt. Nach der ersten Begegnung trennte man sich wieder. Der dritte Schritt sollte am nächsten Tag erfolgen.

Was mag Hilde in ihrer Kabine auf dem Schiff, was mag Eugen in seinem Hotel in dieser entscheidenden Nacht durch den Kopf gegangen sein?

Am Mittwochmorgen des 14. Dezembers 1938 trafen sich Eugen und Hilde wieder am Schiff, erledigten die Zollformalitäten und machten noch ein paar Einkäufe. Nachmittags begannen sie in einem Ford-Boxbody (vorne ein oder zwei Dreiersitzbänke, hinten eine größere Ladefläche), hoch beladen mit einem Berg von Gepäck und anderer Fracht, die Reise Richtung „Nashallo". Damit hatte Hilde den dritten, endgültigen Schritt in das Leben unserer Familie getan – auf Afrikas Boden.

Hochwasser, Tansania 14. Dez. 1938

Panne, Hildes Ankunft in Tansania 14. Dez. 1938

Am nächsten Tag kamen Eugen und Hilde nach 18 Stunden abenteuerlicher Fahrerei über 300 km verschlammter Straßen in Moshi an. Sie machten eine kurze Schlafpause im Kilimanjaro-Hotel, erledigten die Anmeldeprozedur und nötige Besorgungen und waren dann um 21.30 Uhr auf „Nashallo". Hilde berichtete in einem ersten Brief nach Hause: „Normalerweise dauert die Fahrt" (von Mombasa nach Moshi) „glaube ich, zehn Stunden. Ich hatte Afrika gleich richtig kennengelernt, aber es war ein schönes Erlebnis für mich."

Bei Hildes Ankunft auf „Nashallo" waren Anne und Siegfried noch bei der Missionarsfamilie Becker in Shira in besten Händen.

Dort und (wohl auch) auf „Nashallo" feierte unsere Familie mit Hilde am 17.12.1938 ihren 29. Geburtstag und im Dezember das Weihnachtsfest. (Ein Jahr später begingen wir wegen des Krieges diese Feiertage im Lager von Tanga!)

Hilde schloss Eugen und seine Kinder nicht nur in ihre helfenden Arme, sondern von Anfang an in ihr großes, liebendes Herz.

Eugen und Hilde kamen sich in den ersten Monaten des Jahres 1939, wie die Redensart sagt, „menschlich so nahe", dass sie sich klugerweise im August 1939 verlobten. Angesichts dessen, was sich damals in Europa, für die ganze Welt wahrnehmbar, an Unheil ankündigte, war diese Verlobung als der erste Schritt zur Gründung einer neuen Familie für uns alle von größter Bedeutung.

Am 1.9.1939 eröffnete Hitler den Krieg gegen die ganze Welt. Großbritannien und Frankreich reagierten am 3.9.1939 mit der Kriegserklärung an Deutschland.

Für die deutschen Siedler, welches Gewerbe auch immer sie hatten, und auch ihre Familien in Tanganyika Territory bedeutete der Beginn des Krieges, dass gleich in den ersten Septembertagen alle deutschen Männer von der britischen Mandatsverwaltung festgenommen und in ein Auffanglager nach Tanga gebracht wurden.

Ich erinnere mich gut an jene Septembernacht, als mein Vater abgeholt wurde. Sie unterschied sich von allem, was ich bis dahin erlebt hatte. Wenn man überhaupt in der Stille der Nacht etwas gehört hatte, war es bisher nur das Brüllen wilder Tiere gewesen.

Aber in dieser Nacht hatte mich das Brummen von Automotoren geweckt, und von unserem Kinderzimmer aus beobachtete ich, was auf der Einfahrt direkt vor unserem Haus geschah.

Fremde Gestalten huschten durch das Licht der Autoscheinwerfer, und ich vernahm unbekannte Stimmen und nie gekannte Geräusche. Und so schnell wie dieser unglaubliche nächtliche Spuk aufgetaucht war, so schnell war er auch wieder im schweigenden Dunkel verschwunden.

Am Morgen erklärte mir Hilde das schreckliche Geschehen der vergangenen Nacht – dass „die Engländer" meinen Vater abgeholt hatten!

Die Frauen der deutschen Männer verstanden vom Anfang an sehr genau, dass auch sie mit den Kindern Afrika bald verlassen mussten. Den Müttern wurde nur wenig Zeit erlaubt, um den plötzlichen Weggang von den Pflanzungen zu bewerkstelligen. Ohne die Hilfe und den Schutz ihrer Männer mussten sie alle Vorbereitungen treffen für eine Reise, von der keiner wusste, wann und wo sie beginnen und wohin sie uns führen würde. Und in der Tat, auch die deutschen Frauen und Kinder wurden schon in den ersten Septembertagen 1939 nach Tanga gebracht.

Hilde, die seit Anfang 1939 kaum Zeit gehabt hatte, sich auf „Nashallo" einzuleben und es kennen zu lernen, stand vor der schweren Aufgabe, Hab und Gut der Familie zu sichten und zu entscheiden, was mit auf diese Reise ohne Wiederkehr gehen sollte.

Die Mandatsbehörden genehmigten pro Person 25 kg Gepäck. Mutter Hilde rettete die wichtigsten Erinnerungsstücke, Akten, Briefe und Fotos. Ganz besondere Bücher, Bilder, Scherenschnitte und andere Kostbarkeiten Lottis steckte sie am 17. Januar 1940 (um einem Verlust noch besser vorbeugen zu können) in einem

Umschlag, den sie mit „Please, not to loose!" versah. (Er kam heil an!) Das meiste Gepäck bestand aber dann nur noch – so nehme ich an – aus Kleidung und Wäsche für die Familie und – vielleicht etwas Spielzeug und Verpflegung für uns vier kleine Esser auf der Fahrt von Moshi nach Tanga. In Ostafrika verließen wir unser Heim im September 1939, zu Beginn der wärmsten Jahreszeit. In Europa herrschte im Februar 1940 ein sehr kalter Winter.

In den folgenden Zeilen versuche ich, begreiflich zu machen, was meine Eltern, damals noch Herr Lutz und Fräulein Dissmann, durchmachten, als der Zweite Weltkrieg auch „Nashallo" erreichte.

Ich kann nur ahnen, wie furchtbar es für meinen Vater und für meine Mutter gewesen sein muss, als sie im September 1939 „Nashallo" verließen. Als mein Vater abgeholt wurde, konnte er im Dunkel der Nacht noch einen letzten Blick werfen auf sein Haus, das er mit eigenen Händen erbaut und in dem er so viel Leid und so viel Glück erfahren hatte.

Hilde sorgte an dem Tag, als sie mit uns „Nashallo" verlassen musste, dafür, dass alle Gepäckstücke zusammen und wir vier Kinder für die Reise nach Moshi und Tanga vorbereitet waren. Zum letzten Mal ging sie durch die Zimmer und schloss die Türen und Fenster des Hauses, in das sie erst vor neun Monaten voller Hoffnung gekommen war. Sie übergab, so stelle ich mir das vor, die Schlüssel an den afrikanischen Hausdiener ihres Vertrauens, nahm uns Kinder auf der Terrasse an die Hand und ging mit uns über die Einfahrt zum Auto der Briten. Auch für sie gab es nur noch einen letzten Blick zurück auf „Nashallo".

So wenig wie Eugen wusste Hilde, was sie und uns Kinder erwartete, ob sie jemals „Nashallo" wiedersehen, noch einmal in ihrem Leben den Boden ihrer Pflanzung und ihres Hauses betreten würde. Der Abschied war gewiss für meine Eltern unsagbar schmerzlich; ich versuche, ihn in dem Wort „herzzerreißend" annähernd zutreffend fassen zu können.

An die Zeit nach der Festnahme Eugens bis zu unserer Ankunft im Lager in Tanga kann ich mich kaum erinnern. Ich weiß nur noch, dass wir nachts von Moshi aus mit der Eisenbahn fuhren. Mir ist das unablässige Tok-tok der Räder, wenn sie über die Schienenstöße polterten, noch im Ohr und das tiefe, dumpfe Wummern von Trommeln, das durch die Nacht drang. Ob diese Buschtrommeln meldeten, dass die deutschen Siedler ihre Wohnsitze verlassen hatten und auf dem Weg in ein Lager an der Küste waren?

Wir Kinder waren noch zu klein, um wirklich mitzubekommen oder gar zu verstehen, was sich ereignete – der Sturm des Lebens brauste sozusagen um uns herum und nahm uns mit. Nichts anderes als das oben Geschilderte erinnere ich von unserer Fahrt von „Nashallo" nach Moshi und Tanga. Kein Geruch und kein Geräusch, nicht ein Bild von der „Einrichtung" unserer Koje im Lager ist noch in meinem Gedächtnis.

Die klugen Mütter vermochten es unglaublich gut, diesen auch für uns Kinder völligen Umsturz aller Dinge liebevoll und geduldig von uns fern zu halten – den bitteren, so unausweichlichen Übergang vom vertrauten Zuhause nach Tanga, die Wochen und Monate in der heißen Enge des Lagers, die völlige Fremdartigkeit unseres Lebens dort. Welch eine Leistung aller Eltern im Lager!

Die Internierung der Deutschen, ihre Zusammenführung in einem größeren Lager in der Hafenstadt, war jedenfalls im Verlauf der ersten ein, zwei Wochen des September 1939 abgeschlossen. Es war jedoch nicht abzusehen, wie lange wir interniert sein würden.

Wir waren erst seit wenigen Tagen im Lager, als sich Eugen und Hilde entschlossen, zu heiraten, und so besiegelten sie am 15. September 1939 auf dem Standesamt Moshi vor dem Registrar Hutt den Bund fürs Leben. Meine Eltern wollten es indes nicht bei diesem formellen Akt nur mit Stempel und Unterschriften auf einem Formblatt bewenden lassen. Ein großherziger britischer Offizier gestattete Hilde, das Camp in Tanga kurzzeitig zu verlassen und auf dem Markt ein Huhn zu kaufen. Das konnte sie dann zubereiten als Festessen! Derartig opulente Hochzeitsschmause fanden vermutlich in solchen Zeiten nicht gar zu häufig statt.

An dieses Hochzeitsessen meiner Eltern kann ich mich nicht erinnern – ich schreibe nur auf, was man davon in Deutschland im Familienkreis erzählte.

Hilde wurde durch die Heirat mit Eugen für uns vier Geschwister offiziell das, was sie eigentlich seit ihrer Ankunft auf „Nashallo" am 15. Dezember 1938 eh schon ohne Zweifel gewesen war: unsere Mutter.

An dieser Stelle zitiere ich gern noch einmal meinen Großvater Gustav: „Wenn Frl. Dissmann wirklich so gut ist, wie sie empfohlen wird, dann soll Eugen dankbar sein, eine solche Frau und Mutter zu bekommen." Er war dafür dankbar – und auch wir vier Geschwister.

Es war für die britische Verwaltung offenbar sehr schwierig und dauerte mehrere Monate, bis Mittel und Wege gefunden wurden, die Internierten nach Deutschland zurückzuführen oder in den britischen Kolonien in Südafrika unterzubringen Nach welchen Maßstäben man die Auswahl traf, konnte ich nicht feststellen.

„Wir (sechs) Lutzens" wurden letzten Endes denen zugeteilt, die auf einem italienischen Schiff ins Deutsche Reich repatriiert werden sollten.

Kaum jemand wird damit gerechnet haben, dass wir noch monatelang im Lager auf unser Schiff warten würden. Aber Anfang Februar 1940, fast auf den Tag genau fünf Monate, nachdem man uns von „Nashallo" nach Tanga gebracht hatte, machte unser Schiff „Urania" die Leinen los.

Italien, Japan und Deutschland waren schon seit den 1930er-Jahren durch verschiedene Verträge als die sogenannten Achsenmächte miteinander verbündet. Aber zu Anfang des Krieges konnte unser italienisches Schiff „Urania", offenbar ungehindert und noch nicht von alliierten Kriegsschiffen bedroht, ostafrikanische Häfen bedienen und im Suezkanal und Mittelmeer fahren. Vielleicht hatten die Alliierten auch diese Passage erlaubt, weil es sich dabei klar und deutlich um die Rückführung von Zivilisten handelte und somit kein kriegerischer Akt war. Denn es gab da 1940 schon deutlich ausgeprägte Besitz- und Interessenkonflikte im Mittelmeer. Italien beanspruchte das Mittelmeer als Teil seines „Mare nostrum" („Unser Meer"), Großbritannien hatte seit alters her größtes Interesse (und daher Stützpunkte) an den strategisch so günstig gelegenen Inseln Malta, Kreta und Zypern.

Die Familiensaga will haben, dass uns Tante Martha Berns, Lottis älteste Schwester, in Genua abholte. Gemäß den in Dar-Es-Salaam ausgestellten Ausweisungspapieren war aber angeordnet worden, dass wir in Venedig ankommen sollten. (Der Turn Ostafrika-Nordöstliche Adria mit den Häfen Venedig oder Triest war zudem kürzer als die Passage von Ostafrika in den nordwestlichen Hafen von Genua.)

Ich erinnere in diesem Zusammenhang an den Untergang durch Torpedierung der „Wilhelm Gustloff", bei der im Januar 1945 über

9.000 geflüchtete Menschen in der Deutschen Bucht ertranken.

Am 9. Februar 1940 kamen wir in Triest an (laut Stempel der Hafenbehörde!). Mit Zwischenaufenthalten in Garmisch-Partenkirchen und Ulm erreichten „wir Lutzens" das Rheinland. Das Standesamt Honnef verzeichnet für den 2. April 1940 unseren Zuzug aus Ulm in die Hauptstraße 25. Um im Rheinland den Bombardierungen zu entgehen, zogen wir Mitte 1944 nach Ulm. Mit sehr viel Glück überlebten wir dort und in Biberach zahlreiche Luftangriffe.

Von 1945 bis 1949 lebte unsere Familie wieder in Honnef; danach hatten wir – unterschiedlich lang – unser Zuhause in Kümbdchen. 1954 endete unsere Zeit dort (für Harald schon 1951) und gingen wir Geschwister unsere eigenen (Aus)Bildungswege.

Über die Zeiten, Ereignisse und Entwicklungen von April 1940 an berichte ich ausführlicher in anderen Zusammenhängen in diesem Buch. Nur so viel sei an dieser Stelle gesagt:

Eugen und Hilde standen im Mai 1945 im eigentlichen Sinne des Wortes vor dem Trümmerhaufen ihrer gesamten Lebensplanung, den ihnen der Fluch der Naziherrschaft und der Terror des Krieges hinterlassen hatten. Aber sie nahmen für sich und die Familie (wir Kinder) die Herausforderung des Lebens an. Unser Vater bekam eine Stellung als Hauptgärtner im Hölterhoff-Stift an und versorgte die Einrichtung mit Obst und Gemüse. Da war auch für uns manchmal etwas dabei … (Wie es der Zufall will: Mutter Hilde bereitete 1927 während eines Teils ihrer Ausbildung in eben diesem Stift in den Kochtöpfen das Essen, die Eugen zwanzig Jahre später mit von ihm angebauten Gemüse füllte!)

Insgesamt war die sogenannte Versorgungslage in der ersten Zeit nach dem Krieg für die Bevölkerung wirklich sehr kritisch. Der Marshall-Plan[26] hatte erst angefangen zu funktionieren. In Deutschland bekamen bei Leibe nicht alle Leute Care-Pakete! Über 100 Millionen solcher Lebensmittelpakete wurden zwischen 1948 und 1952 in Westeuropa im Rahmen von US-Hilfsprogrammen verteilt. Immerhin! Zehn Millionen dieser heißbegehrten Pakete kamen nach Deutschland! (Die schwer verwüstete Sowjetunion erhielt keine Marshall-Plan-Hilfe!)

Aber nicht nur der Hunger auf verzehrbare Lebensmittel war riesig bei den Menschen, sondern auch der Bedarf an geistiger Nahrung, einfacher gesagt: der Hunger nach etwas Schönem, das in den düsteren Alltag ein bisschen Licht brachte, war sehr groß. Und es geschah etwas für diese Zeit doch recht Ungewöhnliches: Wenige Wochen nach Kriegsende wurde den BewohnerInnen des Hölterhoff-Stifts und eingeladenen Gästen im Salon ein Musikabend angeboten. Meine Eltern nahmen mich zu diesem Konzert mit, bei dem ein Pianist Stücke von Robert Schumann spielte. Ich erinnere mich auch heute noch gern daran, wie schön, wie fröhlich und lieblich ich damals seine „Kinderszenen" empfand, wie sie mir zu Herzen gingen.

Bis dahin hatte ich nur aus dem Radio die Siegesfanfaren des OKW (Oberkommando der Wehrmacht) und im April 1945 in Ulm die Big-Band-Musik der US-amerikanischen Soldaten gehört. Zum ersten Mal in meinem Leben hatte ich klassische Musik vernommen – für mich war diese Begegnung mit den Wohlklängen des berühmten Komponisten aus Bonn wahrlich ein wundervolles, unvergessliches Schlüsselerlebnis.

Für unsere Mutter war es natürlich sehr anstrengend, den großen Haushalt zu führen, da sie immer noch Schwierigkeiten hatte mit ihrer Prothese und häufig mit Krücken ging. Wie oft musste sie damals nach Koblenz fahren, um sich dort ihr Kunstbein an den Stumpf anpassen zu lassen!

Doch trotz all ihrer enormen körperlichen Belastungen und seelischen Traumata hatte sie den Mut und die Kraft aufgebracht, noch ein Kind, ihr eigenes leibliches Kind, haben zu wollen. Am 30.4.1946 schenkte sie im Honnefer Krankenhaus unserem Bruder Jochen das Leben. Wie stolz und glücklich waren wir alle über ihn und mit ihm! (Jochen starb im Mai 2022.)

Nachdem Eugen eine Anstellung als Reisender im Außendienst bei der LHG bekommen hatte, wurde seine berufliche Lage (damit zum Glück für uns alle) und sein Einkommen ein bisschen besser. Mein Vater musste die Landwirte in der Eifel und auf dem Hunsrück mit modernen Insekten- und Pflanzenschutzpräparaten, ertragreicheren Getreide- und Kartoffelsorten und neuzeitlicheren Anbaumethoden bekannt machen. Er wohnte während der Woche zur Miete in Simmern und war nur am Wochenende zu Hause.

Hilde, Hellmut und Jochen, Honnef 1946

Damit wir wieder zusammen wohnen konnten, beschlossen unsere Eltern, im Frühjahr 1949 nach Kümbdchen bei Simmern auf dem Hunsrück zu ziehen. Das Obergeschoss eines eben erbauten Hauses der Familie Kehrein wurde für die nächsten fünf Jahre unsere neue Heimat.

Unser Vater war mit seiner Arbeit als schlecht bezahlter Vertreter bei der LHG nie richtig glücklich und hielt immer Ausschau nach einem landwirtschaftlichen Anwesen, das er pachten oder gar kaufen konnte.

1952 bot sich eine Chance: im Dorf Oberbüscherhof war das Obstgut Paulinenhof zu pachten. 1953 pachteten Eugen und Hilde den Paulinenhof und kauften das Anwesen ein paar Jahre später. Am Rande des Paulinenhofs ließen sie unser neues Wohnhaus erbauen. Das war der sichtbare Ausdruck dafür, wie fest unsere Eltern sich zum Bleiben entschlossen hatten.

Sie bauten, mutig, unermüdlich und zuversichtlich wie eh und je, den Hof wieder auf. Es gab natürlich damals auf dem gesamten Anwesen, das wegen fehlender Pflege ziemlich heruntergewirtschaftet war, sehr viel zu tun. Aber die Eltern erweckten mit ihrer wagemutigen Risikobereitschaft, ihrem vollen Einsatz aller Kräfte sowie mit ihrer ungeheuren Zähigkeit den Hof zu neuem Leben. Jochen war 1953 mit den Eltern umgezogen und ging in Herscheid zur Schule.

Zum Weihnachtsfest fanden wir uns alle auf dem Paulinenhof zusammen. Die ganze große Familie feierte 1953 den Heiligen Abend zum ersten Mal im neuen Haus.

Nachdem wir Geschwister ins heiratsfähige Alter kamen und unsere Partner in die Familie einbrachten, akzeptierten und liebten Hilde und Eugen offenen Herzens ihre neuen Familienmitglieder ausländischer Herkunft, anderer Hautfarbe, anderer Denkart und anderen Glaubens. Das war in ihrer Generation beileibe nicht häufig anzutreffen.

Opa Gustavs Vorstellungen waren wirklich geworden: Hilde war die gute Frau an Eugens Seite und für uns fünf Geschwister bis zu ihrem Tod wahrlich eine Mutter, wie wir sie uns nicht besser hätten wünschen können!

Im Januar 2000 mussten wir Abschied nehmen von unserer lieben Mutter Hilde. Am vierten Adventssonntag, dem 19. Dezember 1999, hatten wir noch sehr schön ihren 90. Geburtstag in Unkel gefeiert. Dennoch waren wir auch (wegen ihres Alters und trotz ihrer immer noch großen Lebenskraft) innerlich vorbereitet, dass wir sie nicht mehr lange unter uns haben würden. Trotzdem kam ihr Tod für uns zu überraschend. Am Freitagvormittag des 14. Januars 2000 sagte sie Anne noch am Telefon, sie fühle sich nicht wohl. Anne nahm mit Harald und Siegfried Kontakt auf; Jochen konnte erst am Nachmittag benachrichtigt werden. Er fuhr sofort nach Unkel und kam glücklicherweise noch so zeitig an, dass er Hilde auf ihrem Abschied von dieser Welt begleiten konnte.

Ich hätte mich so gern noch von ihr, meiner unvergleichlichen Mutter, verabschiedet und ihr noch einmal – ganz persönlich – gedankt für das besondere Maß an Behüten und Verstehen, an Großmütigkeit und Geduld, an Zuwendung und Liebe, das sie mir, ihrem so schwierigen und eigen-sinnigen Sohn, ihr ganzes Leben lang schenkte.

Ob ihre Eltern geahnt hatten, welche Gabe, welche Begabung sie symbolisch ihrer Tochter auf ihren Lebensweg mitgaben, als sie das Mädchen Hildegard nannten? Ihr Herz und ihr Geist bewiesen ein ganzes Leben lang fürwahr, welch eine tapfere Kämpferin, welch eine verlässliche Beschützerin sie war, diese Frau! Wir alle, die wir mit ihr eine lange Lebensstrecke teilen durften, danken ihr von Herzen für ihren Mut, ihre Tatkraft, ihre Opferbereitschaft und ihre Liebe!

Meine Mutter feierte im Dezember 1999 ihren 90. Geburtstag und verstarb friedlich im Januar 2000. Hilde ruht in ihrer Heimat neben Eugen in Frieden von ihrem bewegten Leben aus.

WAS HABE ICH MIT KOLONIEN ZU TUN?

Etwa um die Mitte des 15. Jahrhunderts begann für die Menschen in Europa eine neue Epoche, die das bisher bekannte und weitgehend anerkannte Bild von der Welt völlig veränderte. Um 1440 erfand Johannes Gutenberg den modernen Buchdruck. 1492 entdeckte Christoph Columbus (zum zweiten Mal nach den Wikingern) den Kontinent Amerika, genauer gesagt, die vorgelagerten Inseln der Karibik. Er erreichte am 12.10.1492 die Bahama-Insel Guanahani, die er San Salvador nannte. Erst im Jahr 1507 wurde das eigentliche Festland des Kontinents wiederentdeckt. Man benannte ihn Amerika nach dem großen Seefahrer Amerigo Vespuci. Im selben Jahr 1492 endete im Verlauf der katholischen Reconquista (Rückeroberung) mit der Aufgabe Granadas die glanzvolle 800jährige Herrschaft der Mauren in Spanien. 1499 entdeckte Vasco da Gama den Seeweg nach Indien. Von 1519 bis 1522 umsegelten Ferdinand Magellan (er starb 1520 auf den Philippinen) und Juan Sebastián Elcano die Welt. Zwei Jahre früher, 1517, schlug Martin Luther seine 95 Thesen an die Tür der Schlosskirche zu Wittenberg. In Istanbul, der Hauptstadt des Osmanischen Reiches, begann um 1540 die Karriere von Yussuf Sinan, einem der originellsten Baumeister aller Zeiten. Mit seinen großartigen Werken, etwa der Süleymaniye-Moschee, prägte er bis zu seinem Tod 1588 einen der bedeutendsten Teile der Architekturgeschichte der Menschheit.

Noch sehr viel wichtiger ist der ungeheure wissenschaftliche Beitrag von Nikolaus Kopernikus aus Thorn (im Königreich Polen). Um 1540 gelangte er auf der Basis seiner Planetenforschungen zu Erkenntnissen, die ein neues, bis heute in seinen Grundzügen gültiges Bild unseres Sonnensystems formten. Das waren wahrhaftig alles umwälzende Ereignisse und weitreichende, alles verändernde Unternehmungen und Erkenntnisse am Anfang der Neuzeit!

Die Kapitäne und Soldaten der frühneuzeitlichen seefahrenden Länder Portugal, Spanien, England, Frankreich, Belgien, Italien und der Niederlande fanden viele bisher den Europäern unbekannte Seewege, Inseln, Landschaften und sogar Kontinente. Die Entdecker erklärten für die europäischen Machthaber, in deren Dienst sie über alle Meere der Erde segelten, die Länder dort zu Besitztümern ihrer Dienstherren.

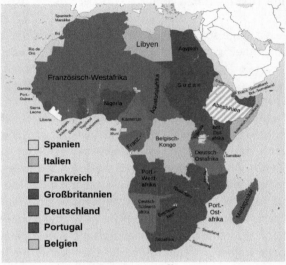

Landkarte der Kolonien in Afrika 1900 [B2]

Der Blick auf unsere Welt, die Ansicht über diese Erde wandelte sich in nur wenigen Jahren unfassbar schnell. Die Kontinente Afrika, Amerika und Asien wurden für Europa machtpolitisch; militärisch-strategisch und zugleich auch ökonomisch immer wichtiger. Die Herrscher Europas teilten die Länder der Welt unter sich auf. Damit es wirklich nach Recht und Gesetz zuging und jede der mitmachenden Mächte den ihr angemessenen Teil der Beute in Südamerika erhielt, machte die Römische Kirche von Anfang an als willige Dienerin, einflussreiche politische Kraft und geschickte Vermittlerin mit und eröffnete für sich gleichzeitig neue Felder für ihre Missionstätigkeit. Nur zwei Jahre nach der Wiederentdeckung Amerikas beteiligte sich Papst Alexander VI. sich im Jahr 1494 im Vertrag von Tordesillas[27] nachdrücklich daran, den östlichen Teil des südamerikanischen Kontinents den Portugiesen, den westlichen Teil den Spaniern zuzuschlagen!

113

Nachdem die Seewege über die Weltmeere einigermaßen bekannt und sicher geworden waren, etablierte sich ab dem 16. Jahrhundert (vor allem) der Gewürzhandel Europas mit Afrika, Amerika und Asien. Mit den Herrschern der überseeischen Länder schloss man, wenn es sich anbot oder unumgänglich war, Verträge ab, um dort Handel treiben, Häfen zu nutzen und sich niederlassen zu dürfen.[28] An dieser Stelle soll der Blick gute vier Jahrhunderte zurück in die Vergangenheit gehen. Am 31. Dezember 1600 wurde die English East India Company als Handelsfirma gegründet. Später hieß sie (British) East India Company / (Britische) Ostindien Kompanie und hatte bis Juni 1874 ihren Sitz in London.[29]

1602 wurde ihre schärfste und erfolgreichste Geschäftsrivalin, die Vereenigde Oostindische Compagnie (Niederländische Ostindien Kompanie) mit (Haupt)Sitz in Amsterdam gegründet. Sie wurde 1799 aufgelöst. Als Konkurrenten im Erwerb von Siedlungsgebieten und Handelssitzen in Übersee traten namentlich die Niederländische Westindien Kompanie, italienische Händler und die Französische Ostindien Kompanie auf den Plan. In wieder anderen Teilen der Welt beanspruchten im 17. Jahrhundert insbesondere Spanien und Portugal Häfen und Landbesitz für ihre Handelsniederlassungen.[30]

Am 1. Januar 1683 gründete „Major O. F. von der Groeben, Anführer der von Kurfürst Friedrich Wilhelm ausgesandten Expedition, an einer Stelle der Westküste Afrikas, die heute Ghana ist, ein Fort." Es wurde Groß-Friedrichsburg genannt. Die Seefahrer tausch(t)en Flinten gegen Gold, verkauf(t)en Branntwein und Tuch ... „Die erste brandenburgische Kolonie auf afrikanischem Boden" bekam rasch ... „Ärger mit den Niederländern, die das Gebiet um die Festung beanspruch(t)en. Auf der ‚Kronprinz' (Schiff der Expedition/A.d.V.) bringt die Besatzung menschliche Fracht in die Warenräume, Sklaven, die man den afrikanischen Handelspartnern abgekauft hat."[31] (Sie sollen in die Karibik befördert werden.)

Ab dem 17. Jahrhundert begannen die herkömmlichen Arten des Handels, der Produktion und des Verbrauchs sich deutlich zu verändern. Im 18. Jahrhundert kam die Industrialisierung in Europa (und Nordamerika) hinzu; im 19. Jahrhundert war sie in der westlichen Welt in vollem Gang.

Wegen der dort zugleich besser werdenden Lebensbedingungen wuchs die Bevölkerung in der nördlichen Hemisphäre drastisch. Der Bedarf an und der Verbrauch von Nahrungsmitteln sowie an Gütern und Dienstleistungen des gehobenen Konsums nahmen in bis dahin nie bekanntem Umfang zu, konnte aber nicht mehr auf europäischem Boden befriedigt werden. Das erforderte überall in Europa (und in den USA) immer mehr Rohstoffimporte aus Übersee für die heimische Produktion, mehr Waren für Tauschgeschäfte und den Handel gegen Geld und mehr Märkte für den überseeischen Absatz der heimischen Produkte.

In Europa änderten sich daher die Beurteilung von vielen Ländern auf den anderen Kontinenten, mit denen bisher in der Hauptsache Warenhandel betrieben worden war, deutlich: Man erkannte immer mehr den Wert der überseeischen Gebiete als Besitztümer, die vor Ort ausbeutbar waren.

Man betrachtete sie (und die dort heimischen Machthaber), die militärisch den europäischen Staaten zumeist völlig unterlegen waren, im Sinne dieser neuen Zielsetzungen als herrenlose Länder, die niemandem gehörten und die man sich leicht aneignen konnte. Die Herrscher mancher Länder Europas zögerten nicht lange, die in außereuropäischen Gebieten eroberten oder durch (wie auch immer zustande gekommene) Verträge erlangten Landflächen zu eigenen, rechtmäßigen Besitztümern (British Crown Colony), überseeischem Staatsgebiet (France d'Outre-Mer) oder gar Gebiet des Kaiserreichs (Schutzgebiet) zu erklären.

Die neuen Herren begannen mit der systematischen Aneignung und Ausnutzung dessen, was diese Länder an Brauchbarem hatten. Sehr bald artete dies aus in ungebremste Ausplünderung. Man betrieb in diesen (jetzt) kolonialen Besitzungen Raubbau an den Bodenschätzen und an der endemischen Tier- und Pflanzenwelt. Je nach Klima und Bodenbeschaffenheit bildeten die neuen Besitztümer die Grundlage für die landwirtschaftliche Erschließung in großem Stil an. Dies bedeutete praktisch, dass man dort Pflanzen anbaute, Tiere hielt, Rohstoffe und Bodenschätze gewann, die in erster Linie für die Märkte der nördlichen Hälfte der Erde bestimmt und von Nutzen waren. In vielen dieser Länder wurden ganze Landschaften völlig verändert zum Zweck der Schaffung oder des Erwerbs von Gütern für die Eroberer und ihre Handelsplätze rund um den Globus. Das ist in weiten Teilen der Welt auch heute noch so – genannt seien hier nur die Produkte Kaffee, Kakao, Tee, Sisal, Kopra, Palmöl, Tabak, Zuckerrohr, Südfrüchte, exotische Gemüse und Gewürze, Edelhölzer, Baumwolle, Fisch, Rinder, Schafe, Erdöl, Diamanten und andere Edelsteine, Uran, seltene Erze, Eisen, Kupfer, Silber und, nicht zuletzt, Gold.

Ein Kapitel für sich ist und bleibt der unermesslich große Raub an Gold, den die unersättlichen Eroberer in den südamerikanischen und afrikanischen Ländern begingen. Weder von der Menge sowie dem Wert noch gar von der handwerklichen Qualität der goldenen Kunstwerke und Kultgegenstände her ist einschätzbar, wieviel Tausende von Tonnen Gold (Silber, Bronze und Edelsteinen) mit den Schiffen nach Europa gelangten und heute Kirchen, Schlösser, Museen und private Paläste schmücken. Wir können uns keine Vorstellung davon machen, wie viele Kisten und Kasten voll mit alleredelsten Kunstwerken mitsamt den Schiffen, den Räubern und den Piraten auf den Boden der Ozeane sanken.

Im Gefolge der internationalen Beutewirtschaft brauchte man Arbeitskräfte zum Abbau der Bodenschätze, zur Abholzung oder Vernichtung der Wälder, zur Viehzucht, zum Fischfang, zur Umgestaltung der Landschaften, zum Plantagen- und Monokulturanbau, zum (Ab)Transport der Erzeugnisse und Schätze, zum Ausbau der für die Eroberer wichtigen Infrastrukturen (Wasser, Strom, Straßen, Kanäle, Eisenbahn, und so weiter).

Waren aber die Menschen, welche die neuen Machthaber in ihren Gebieten vorfanden, ungeeignet für körperliche Arbeit oder militärische Zwecke, starben zu viele oder gab es dort zu wenige für den steigenden Bedarf, so kauften sich weit über drei Jahrhunderte lang die Herrscher der Alten Welt und die Herren der nordamerikanischen Neuen Welt die Arbeitskräfte auf speziellen Märkten. Menschen wurden dort zur Handelsware, zu Sklaven gemacht.
In seinem großen Werk „Das Kapital" bemerkte Karl Marx, dass Afrika sich erweise als „ein Geheg' zur Handelsjagd auf Schwarzhäute..." in der... „Morgenröte der kapitalistischen Produktionsära."[32]
„Schon 1482 (!), zehn Jahre vor der Wiederentdeckung Amerikas, erbauten Portugiesen an der Goldküste (heute Ghana) die erste Festung. Von dort aus wurden Millionen von Menschen aus

ihrer afrikanischen Heimat zur Zwangsarbeit auf die Inseln der Karibik und des Pazifiks oder nach Nord- und Südamerika verfrachtet; (Hunderttausende starben elend auf dem Transport über die Ozeane. / A.d.V.)

Noch keine 40 Jahre nach Columbus' Reise in die Neue Welt beklagte 1526 der Kongo-König Nzinga Mbemba (ca. 1456-1543) in einem Brief nach Lissabon, dass ‚unser Land komplett entvölkert wird.'

Am Ende waren ganze Landstriche hinter dem dreitausend Kilometer langen Küstenbogen vom Senegal bis hinunter nach Angola menschenleer." Kenner der Kolonialgeschichte schätzen, „dass etwa fünfzig Millionen Afrikaner versklavt wurden."[33]

In den Kolonien galten die Eingeborenen sowieso nur als barbarisches Menschenmaterial, über das man frei verfügen und das man ausbeuten konnte, und so wurden die alteingesessenen Völker Opfer von Überheblichkeit, Willkür und Entrechtung. Immer wieder wurden neue Möglichkeiten erfunden, um die Einheimischen unter die Gewalt ihrer Beherrscher zu zwingen.

Herablassend-geringschätzig missachteten die Herrscher der Kolonien die angestammten sozialen Strukturen und Traditionen der unterworfenen Menschen, schrieben ihnen vor, wo sie siedeln mussten, beraubten sie ihres Viehs und vertrieben sie von ihren Feldern. Man führte für sie Dienstmarken, Passkontrollen und Arbeitspflicht ein, man verlangte von ihnen eine Hüttensteuer, vielfach sogar eine Kopfsteuer.

Man hielt sie als Haussklaven, um sie noch abhängiger zu machen, vor allem von der Lohnarbeit, die für sie häufig als ihre einzige Einkommensquelle übriggeblieben war.

Ja, man misshandelte sie durch schwere Körperstrafen oder tötete sie, sogar oft ohne jedes Verfahren, aus reiner Menschenverachtung und Mordlust.[34]

Um die unterworfenen Völker wirksam beherrschen zu können, benötigten die neuen Machthaber Soldaten. Die europäischen Regierungen hatten aber viel zu wenig eigene Menschen, die beim Militär dienen wollten oder konnten.

Die Kolonialmächte besorgten sich also vom 18. bis noch ins frühe 20. Jahrhundert Hundertausende von Männern, woher immer sie welche bekommen konnten. Sie wurden aus beinahe allen

Regionen Afrikas und Asiens angeworben, zwangsrekrutiert oder sogar auf dem Sklavenmarkt gekauft. (Wir leben heute nicht in friedlicheren Zeiten. Auch jetzt verkaufen Tausende von Menschen jeden Tag ihr Leben, um irgendwo zu kämpfen oder werden in den Krieg gezwungen, beispielsweise als Kindersoldaten!) Man erfand auch wohlklingende Bezeichnungen für diese Truppen, etwa La Légion Étrangère Française, die beschönigende Bezeichnung Schutztruppe / Askaris, The King's African Rifles oder The Royal Gurkha Rifles Regiment. Muslimische Landsknechte wurden besonders geschätzt, weil sie keinen Alkohol tranken. Die Hilfssoldaten hatten meist keinerlei Beziehung oder verwandtschaftliche Bande zu den aufständischen Völkern. Das erleichterte die Arbeit des Tötens. Die deutschen Soldaten in den Regimentern der Schutztruppen waren den Aufständischen zahlenmäßig immer noch weit unterlegen. „Bis zu 50.000 afrikanische und asiatische Soldaten dienten (deshalb/A.d.V.) in den deutschen Kolonialarmeen", schätzt man heute. „In Kamerun und Ostafrika bestand die Schutztruppe zu 90 Prozent aus Afrikanern, In der Schlacht bei Tanga (September 1918) fielen auf deutscher Seite 97 Askaris, auf Seiten der Briten über 8.000 Mann, vor allem Söldner aus Indien."[35]

Hier sollte ich auch die Insel Zanzibar in meine Betrachtungen einbeziehen. Sie spielt in der Geschichte und der Legendenbildung des Wilhelminischen Reichs eine bestimmte Rolle. Diese Geschichte kann sehr vereinfacht umrissen werden mit den vier sagenhaften, nationalistisch aufgeheizten Wörtern „Tausch Zanzibars gegen Helgoland". (Der Name der Insel leitet sich ab vom arabischen Wort „zenci" = schwarz, bedeutet also etwa Schwarze Küste.)

Jahrhunderte schon betrieben die arabischstämmigen Sultane auf der Insel intensiven Gewürz-, Gold- und Elfenbeinhandel mit vielen Ländern. Hinzu kam der äußerst gewinnbringende Handel mit versklavten Menschen vom afrikanischen Festland. Die Herrscher der Insel verkauften diese „Ware" über die sogenannte „Ostroute" in die Länder des Nahen und Mittleren Ostens. Bis weit ins 19. Jahrhundert betrieb auch das Osmanische Reich Sklavenhandel. Mit dem zugleich verniedlichenden wie auch erniedrigenden Ausdruck „arap kızı" („arabisches Mädchen" aus dem türkischen Kinderlied) ist also in Wirklichkeit eine Sklavin aus Schwarz-Afrika gemeint.

Ja, in der Tat! Millionen von Menschen aus Asien und Afrika, ganze Völker und Kulturen mitsamt ihren Fähigkeiten als Bauern und Hirten, als Straßen-, Brücken- und Städtebauer, als Gelehrte mit ihren medizinischen, geografischen, mathematischen und astronomischen Kenntnissen, mit ihren Sprachen und Kunstfertigkeiten, mit ihren Religionen, Philosophien und Lebensweisen, wurden in nur wenigen Jahrzehnten vernichtet durch die tödlichen Krankheiten, die grenzenlose Gier, die maßlose Herrschsucht und, nicht zuletzt, die überlegenen Waffen, welche die Eroberer aus Europa mitbrachten. H. Belloc rühmte z. B. das berüchtigte Maxim-Maschinengewehr mit dem Satz „Whatever happens, we have got / the Maxim Gun, and they have not!"[36]

(Was immer passiert, ich sag's ungeniert: Wir hab'n die Maxim-Kanone und die sind ohne! / Ü.d.V.)

Wir müssen uns eingestehen: Diese Epoche hat zwei Gesichter: Einerseits ist sie die so viel gerühmte Geschichte der geografischen Entdeckung der Welt ab dem 15. Jahrhundert und des Versuchs der geistigen Aufklärung und mutigen Erschaffung eines modernen Weltbildes. Andererseits ist sie zugleich die unsäglich düstere und tief beschämende, unendlich schmerzliche Geschichte der Unterwerfung und Ausbeutung, der Entwürdigung und Vernichtung des (schwächeren) Menschen durch den (stärkeren) Menschen.

Auch jetzt, zu Beginn des 21. Jahrhunderts, ist diese Geschichte noch nicht an ihr Ende gekommen. Immer noch findet, namentlich auf Afrika bezogen, der größere Teil der ökonomischen Wertschöpfung außerhalb dieses Kontinents statt. Bis zum heutigen Tag werden Länder annektiert, machen sich Eroberer zu Herren über Teile der Welt, die ihnen nicht gehören, werden Menschen aus ihrer Heimat vertrieben, ihrer materiellen Habe und ihrer geistigen Güter beraubt, werden Völker unterdrückt oder durch Waffengewalt vernichtet. (Wenige Namen mögen hier stellvertretend stehen: Krim, Kurdistan, Myanmar, Syrien, Ukraine.)

Aus dem rasanten Anwachsen der Bevölkerung in Europa (trotz Hungersnöten und Kriegen, Missernten und Massenepidemien) ergab sich im 19. Jahrhundert als unmittelbare Folge die Notwendigkeit, (stark verkürzt formuliert) für immer mehr Menschen Arbeit und Wohnraum zu schaffen. Das wiederum führte auch, unter anderem, zur Auswanderung von Millionen von Menschen aus vielen

Staaten Europas, so auch aus Deutschland. Die Auswanderer nahmen insbesondere den nord-, aber auch den südamerikanischen Kontinent, Australien und Neuseeland und die von Europa beherrschten Gebiete Afrikas und Asiens als ihre neuen Ansiedlungsgebiete, als neue Heimat für sich und ihre Familien in Anspruch. Europa entlastete sich so vom Druck der wachsenden Bevölkerung; die Massenauswanderung erschien scheinbar friedlich und für die aufnehmenden Länder nicht nachteilig zu sein. Für die Masse der einheimischen Menschen in den überseeischen Ländern bedeutete diese Immigration aber nahezu immer, absichtsvoll und schonungslos gegen sie gerichtet, Einengung, Verdrängung, Krankheiten, Erniedrigung, Entrechtung, Versklavung, Gewalt und Krieg (oft bis zur Ausrottung der endogenen Bevölkerung, z. B. „Indianer", „Aborigines").

Im Folgenden soll der Kolonialismus im Wilhelminischen Reich genauer betrachtet werden.

In der Gründung von Handelsniederlassungen und gar dem Erwerb von Kolonien erwies sich Deutschland bis zur ersten Hälfte des 19. Jahrhunderts insgesamt nicht als besonders erfolgreich im Vergleich zu seinen europäischen Nachbarn rundum und gehörte nicht zu den alten Hegemonialmächten.

Im Verlaufe der wichtigen Ereignisse des Wiener Kongresses 1815, des Hambacher Fests 1832 und der (letzten Endes gescheiterten) Paulskirchen-Revolution 1848 wurde aber in beachtlich vielen der Herrschaftsgebiete auf deutschem Boden der Ruf nach einem Ende der Kleinstaaterei, nach politischer Freiheit, nach demokratischer Staatsführung und nach nationaler Einigkeit immer lauter. Dem Sieg Deutschlands über Frankreich im Krieg 1870/71 folgte, vor allem durch den Druck Bismarcks, 1871 die Reichsgründung – ausgerechnet in Versailles!

In Deutschland kam in der zweiten Hälfte des 19. Jahrhunderts ein ökonomisch und finanziell enorm von Kaufleuten geprägtes Interesse an Handelsplätzen außerhalb Europas auf. Es „bildeten sich endgültig jene globalen Ungleichheiten heraus, die nach wie vor die Weltwirtschaft prägen."[36] Insbesondere hanseatische Kaufleute engagierten sich ebenso erfolgreich wie skrupellos im Handel mit und im Erwerb von überseeischen Gebieten und machten gute Geschäfte in Afrika. Allen voran übte das Hamburger Handelshaus des Adolph Woermann maßgeblichen Druck auf die wilhelminische Kolonialpolitik" aus. Er gilt heutzutage ‚als der rigorose Stammvater des Kolonialmerkantilismus'.[38] In einer Denkschrift versuchte Adolph Woermann im Juli 1883 „Bismarck den Erwerb von Kolonien schmackhaft zu machen. Das Innere Central Afrikas, schwärmte der Kaufmann, bietet mit seiner dichten, konsumfähigen Bevölkerung und den von allen Reisenden geschilderten großen Märkten ein besonders günstiges Absatzgebiet für europäische Industrieerzeugnisse. Er sagte auch: Der Branntwein ist der Punkt, wodurch sich die Deutschen überhaupt in den Handel Westafrikas haben hineinbohren können. ...Wer diese Schätze (in Afrika/A.d.V.) zu heben versteht, und es kommt nur auf die richtigen Leute dabei an, wird nicht nur viel Geld verdienen, sondern gleichzeitig eine große Kulturmission erfüllen."[39] Woermann baute sein Unternehmen zur größten privaten Reederei der Welt aus. In diesem Zusammenhang ist auch „Edeka" zu nennen. Seit 1898 gibt es sie noch immer: E.d.K., die Einkaufsgenossenschaft der Kolonialwarenhändler.[40]

Zu Beginn des 20. Jahrhunderts geboten Belgien (30.689 qkm), die Niederlande (41.543 qkm) und Portugal (92.212 qkm) über jeweils 2 Mio. qkm, Frankreich (549.000 qkm) über 6 Mio. qkm und Großbritannien (242.495 qkm) über 22 Mio. qkm Kolonien. (Die Angaben bei Townsend zu den Flächen der Mutterländer stimmen mit den heute gültigen Angaben nicht ganz überein.)[41]

Nach heutigen Maßstäben entsprach die Fläche dieser Kolonien (rund 34 Mio. qkm) etwa einem Viertel der Erdoberfläche und siebeneinhalbmal der Größe der heutigen Europäischen Union (4.476.000 qkm).[42]

Kaiserlicher Schutzbrief, Berlin 1885[B3]

Nach der Gründung des Reiches und der zentralen Ballung der politischen Kräfte meldete auf der Berliner Afrika-Konferenz 1884/85 der Kanzler Bismarck fast schlagartig die Forderung einer veränderten internationalen Rolle des Reiches an.

Die politisch bestimmenden Kräfte verlangten für das Reich im Gefüge der Völker den Platz, der ihm kulturell, politisch, ökonomisch, industriell, finanziell und militärisch „gebührte" (erinnert sei nur an das gewaltige, gezielt gegen Großbritannien gerichtete Flottenbauprogramm der kaiserlichen Marine) und betrieb entsprechende Propaganda.

Vor allem das wirtschaftliche Unternehmertum betrachtete Deutschland als *den* europäischen Staat, der bei der Verteilung der Länder der Welt unter den europäischen Großmächten, also der Errichtung von Kolonien, zu spät gekommen war, aber dennoch ein geradezu naturgegebenes Recht auf Kolonien hatte. Nach dem Motto „Am deutschen Wesen soll die Welt genesen!" war zudem die Auffassung weit verbreitet, dass Deutschland dazu berufen sei, zivilisatorisch und kulturell in der Welt, also auch und gerade in den Kolonien, eine führende Rolle zu spielen.

Die deutsche Regierung behauptete zudem, sie könnte ihre wachsende Bevölkerung nicht mehr ernähren und hätte nicht mehr genügend Arbeitsplätze und Siedlungsraum. Die Parolen „Wir brauchen einen Platz an der Sonne" und „Volk ohne Raum" klangen so verführerisch, dass sie in Deutschland nur zu gern gehört wurden. Es spielte eine bedeutende Rolle, wie dem Geltungsdrang der deutschen Politik Rechnung Genüge getan werden konnte, wenn man den internationalen Rang des Landes maß an der Einwohnerzahl und Fläche des Mutterlandes plus Kolonien!

Das Deutsche Reich (540.858 qkm) eignete sich konsequenterweise rund um den Erdball Kolonien und Häfen in West- und Ostafrika, China und auf vielen Inseln im Pazifik an, die bis dahin von anderen Mächten noch nicht beansprucht worden, also quasi „übriggeblieben" waren.

Es verfügte dann mit etwa 2 Mio. qkm Kolonien („nur") über das 3,7fache der eigenen Fläche, nahm aber dennoch eine Position unter den führenden europäischen Kolonialimperien ein und hatte im Wettlauf mit den anderen Kolonialmächten endgültig sozusagen gleichgezogen.

Die neue Kräfteverteilung unter den Großmächten schlug im Kaiserreich Wilhelms II. unter der Führung Preußens nur zu bald in blanken, aggressiven Nationalismus um. In historischer Dimension gedacht, stand das Zweite Reich am Anfang dessen, was nach zwei Weltkriegen durch den Größenwahn Hitlers in den KZs (Konzentrationslagern), in der Katastrophe von Stalingrad, in der bedingungslosen Kapitulation und dem Untergang des Dritten Reiches endete.

Vorstellungen imperialer Macht gehörten auch zum ständigen Repertoire Frankreichs und Großbritanniens. Beide Länder lieferten sich im Wettlauf um Größe und Bedeutung ihrer Kolonialreiche harte Rennen. „In Faschoda" (heute Kodok am Weißen Nil, etwa 10° nördlicher Breite und 33° östlicher Länge / A.d.V.), „einem kleinen Ort im Sudan, waren Ende des 19. Jahrhunderts die Begehrlichkeiten der stärksten Kolonialmächte aufeinandergeprallt. Die Franzosen planten eine durchgehende Einflusssphäre quer durch Afrika, vom Senegal bis hinüber nach Dschibuti. Die Briten strebten eine geschlossene Herrschaftszone" (einschließlich des Suez-Kanals / A.d.V.) „von Kairo nach Kapstadt an. Der Schnittpunkt der Hegemonialachsen lag in Faschoda. Die Konfrontation am Nil hätte beinahe schon damals den Ersten Weltkrieg ausgelöst, doch die Franzosen gaben klein bei."[43]

Sie zogen sich 1899 aufgrund des sogenannten Sudan-Vertrages zurück. 1904 folgte als eine Art von Entschädigung die Entente Cordiale – die Fronten für den Ersten Weltkrieg waren vorbereitet.

Die Idee einer derartigen durchgehenden Landverbindung von Kolonien wurde in Berlin natürlich auch gehegt und immer weiterentwickelt. „Unser Kolonialbesitz müsste so groß sein, dass er der Eroberung durch andere Mächte nicht ausgesetzt wäre", schrieb der frühere Gouverneur von Ostafrika, Freiherr von Rechenberg."[44] Diese Idee gipfelte in dem phantasiereichen Entwurf (oder war es größenwahnsinnige Phantasterei?) des Kolonialpolitikers A. Zimmermann: „Dieses Reich sollte sich über die früheren deutschen Kolonien plus der britischen, französischen und portugiesischen Besitzungen südlich der Sahara und nördlich des Sambesi-Flusses, einschließlich den der Küste vorgelagerten Inseln wie Madagaskar, die Azoren, Madeira und Cap Verde, erstrecken."[45] Dies mag unglaublich klingen, ist aber dennoch wahr. Der sogenannte Caprivi-Streifen erstreckt sich bis heute (als eine der konkreten Verwirklichungen dieser Idee) im

Nordosten Namibias in west-östlicher Richtung 460 x 30 km von der Küste bis zum Sambesi und erinnert noch heute als (geografischer und politischer) Begriff an die deutsche Kolonialherrschaft und an die Großmannssucht des Reiches (einer durchgehenden Ost-West-Landverbindung quer durch Afrika).

Welche Stimmung in Deutschland mit direktem Bezug auf die Kolonien im Februar 1919 herrschte, soll ein Zitat aus einer Massenversammlung zeigen:

„Das gesamte Volk fordert die Rückgabe seiner Kolonien als sein weltkundiges Recht. Deutschland hat seine Schutzgebiete durchweg auf friedlichem Wege in voller rechtlich unanfechtbarer Weise genommen und mit wachsendem Erfolg ihren wirtschaftlichen und sittlichen Aufstieg gefördert. Deutschland kann den Besitz seiner Kolonien wirtschaftlich nicht entbehren; sie sind bestimmt, in steigendem Maße dem Mutterlande die Versorgung mit dringend notwendigen Rohstoffen, seinem Handel und Gewerbe Absatzmärkte, seinen überschüssigen Volkskräften Siedlungsland, seinem Unternehmungsgeist Wirkungsfelder zu sichern. Deutschland hat als Kulturstaat den Anspruch, an seinem Teil auch weiterhin an der weltgeschichtlichen Aufgabe der friedlichen Erschließung unterentwickelter Länder und der Hebung ihrer Bevölkerung mitzuwirken."[38]

In dem Maße, wie sich Deutschland in den 1920er-Jahren von den Verlusten des 1. Weltkrieges und der Finanz- und Wirtschaftskrisen der (Nach)Inflationszeit erholte, bestimmte immer mehr chauvinistisches Denken das geistige Klima und das politische Handeln der Weimarer Republik.

Immer wieder wurde betont, wie unverzichtbar nötig die Kolonien waren für das gedeihliche Wachsen von Industrie, Handel und Finanzen und für die internationalen Handelsbeziehungen, in einem Wort, für das gesamte Wohl und Wehe des deutschen Volkes.

Schon 1914 hatte das Kaiserreich Schuldscheine (Deutsche Schutzgebietsanteile) verkauft. (Aber in Wirklichkeit waren es staatliche Zwangsanleihen /A.d.V.) 1921 erschienen Briefmarkenserien mit dem Aufdruck „Gebt Deutschland seine Kolonien wieder". Je mehr sich ab 1921/22 die Finanzkrise ausbreitete, desto mehr wurde Notgeld in Umlauf gebracht. Es gab auch Zahlungsmittel mit dem Aufdruck „Gebt uns unsere Kolonien wieder!"

Schuldverschreibung 1914 [85]

Briefmarke Deutsches
Reich, 1921 [86]

General Paul von Lettow-Vorbeck, der sich erst am 25. November 1918 (sieben Tage nach (!) dem offiziellen Waffenstillstand von Compiègne) mit den deutschen Schutztruppen den britischen Streitkräften ergab, verherrlichte 1920 in seinem besonders die Jugend ansprechenden Buch „Heia Safari" die Heldentaten seiner Askaris. Ihnen fielen Zehntausende von Menschen zum Opfer. Lettow-Vorbeck war an der Niederschlagung des Boxer-Aufstands beteiligt. „1919 befehligt er ein Corps der Reichswehr, um die Arbeiterunruhen in Hamburg zu ersticken. Ein Jahr darauf mischt er beim rechtsextremen Kapp-Lüttwitz-Putsch mit. Bei seiner Beisetzung 1964 erhebt ihn der damalige CDU-Verteidigungsminister K.-U. von Hassel zur Leitgestalt der Bundeswehr."[39]

1924 publizierte Heinrich Schnee, der ehemalige Gouverneur von Deutsch-Ost-Afrika, das Buch „Die Koloniale Schuldlüge". Er forderte unverblümt die Rückgabe der Überseegebiete als Gebote des Rechts und der Lebensnotwendigkeit für das deutsche Volk. Dieses Buch wurde schnell zum Standardwerk des Kolonialismus im Deutschen Reich, wurde ins Englische, Französische, Italienische und Spanische übersetzt und fand bis 1940 über 50.000 Käufer!

Hitler sprach sich 1925 in seinem Buch „Mein Kampf" und auch in vielen öffentlichen Äußerungen für die Eroberung und deutsche

Besiedelung osteuropäischer Länder aus, um Lebensraum für das deutsche Volk zu schaffen.

1926 erschien der Erziehungsroman „Volk ohne Raum" von Hans Grimm, der 13 Jahre in Deutsch-Südwest-Afrika gelebt hatte. Grimm lieferte mit seinem fast schon sprichwörtlichen Slogan in Kurzform die Begründung für das Programm der Nazis zur Eroberung von Lebensraum im Osten.

Literarische Erzeugnisse wie die oben genannten verklärten und romantisierten oder aber verschwiegen ebenso wie viele andere Afrika-Romane, Fotobände und Filme der Zeit, was sich in Wirklichkeit in den Schutzgebieten an Unrecht und Verbrechen ereignet hatte. Sie folgten dabei einem bewährten Muster, das immer wieder akzeptable Erklärungen für den Besitz von Kolonien heraufbeschwor.

Die Vorstellungen derer, die im politischen Raum am lautesten für die Erschaffung eines deutschen Kolonialimperiums riefen, verstiegen sich zu so eingängigen Formulierungen wie „Nicht vergessen, sondern immer daran denken!" (an die verlorenen Kolonien) oder „Was deutsch war, muss wieder deutsch werden!" (Der Kilimanjaro wurde zum höchsten Berg Deutschlands erklärt; seinen Gipfel Kibo nannte man Kaiser-Wilhelm-Spitze.) Reichspräsident von Hindenburg, seinerzeit zumindest noch formal die höchste politische Autorität des Reiches, fasste die Probleme auf seine militärisch-simple Art prägnant zusammen: „Ohne Kolonien keine Sicherheit im Bezug von Rohstoffen, ohne Rohstoffe keine Industrie, ohne Industrie kein ausreichender Wohlstand. Darum, Deutsche, müssen wir Kolonien haben!"[40]

Im Buch „Afrika braucht Großdeutschland" von J. und P. Rohrbach tut der Autor Walther von Wiese und Kaiserswaldau, SS-Standartenführer und Gauverbandsleiter im Reichskolonialbund, 1940 (!), im zweiten Jahr des 2. Weltkrieges, folgende Thesen kund: „In Afrika ... sind Kraftfelder entstanden, die ständig wachsen und für die europäischen Nationen eine ihren Lebensnerv unmittelbar angreifende Gefahr sind. ... Es geht also weltpolitisch und weltwirtschaftlich gesehen um das Problem der Sicherung des wirtschaftlichen Vorlandes Afrika für Europa zur Selbsterhaltung der europäischen Nationen und der weißen Rasse."[41] Ergänzend heißt es: „Durch zweckmäßig geleitete Arbeit läßt sich aber auch beim heutigen Bevölkerungsstand aus den Schutzgebieten bedeutend mehr herausholen, als die Mandatsmächte zustande gebracht haben."[42]

Von Wiese und Kaiserswaldau fährt fort:

„Die europäischen Nationen haben sich in der zweiten Hälfte des vorigen Jahrhunderts in Afrika Wirtschafts- und Raumreservoire geschaffen, und zwar im Gedanken an die Sicherung von Rohstoffquellen und Absatzmärkten, zum Teil auch von militärischen Stützpunkten zur Aufrichtung einer weitreichenden Herrschaft und Weltgeltung. Dieser Erkenntnis wird sich unsere europäische Umwelt auf die Dauer nicht entziehen können. Europa wird also im eigenen Interesse sich die Mitwirkung und Mitverantwortung Deutschlands an der Erhaltung Afrikas sichern müssen. Dauerhafter Frieden wird solange nicht gesichert sein, als man dem deutschen Volk als einem der bedeutsamsten Faktoren für die Sicherung Afrikas nicht die Wiederherstellung seiner kolonialen Ehre und die Rückgabe seiner kolonialen Rohstoffgebiete gewährt."[43]

Für das Kaiserreich Wilhelms II. und für die Weimarer Republik erwies sich die Errichtung des riesigen Kolonialimperiums wirtschaftlich und finanziell als eine ungeheure Fehlinvestition. Die landwirtschaftliche Erschließung der Länder, der Abbau und Transport von Rohstoffen, die Anlage von Straßen, Eisenbahnlinien und Häfen und anderer Infrastrukturen, der Aufbau von Verwaltung und Kontrolle der Kolonien und die jahrelangen Unterdrückungsmaßnahmen, Strafexpeditionen und Kriege gegen die eingesessenen Völker verschlangen viele hundert Millionen Mark. Diese Situation hielt auch nach dem Ende der Kolonialkriege an. Das Defizit häufte sich zwischen 1908 und 1913 auf mindestens 290 Millionen Mark an. Das war für damalige Verhältnisse eine unvorstellbare Menge Geld für den deutschen Steuerzahler.[44]

Das Kaiserreich legte zwischen den Jahren 1884 und 1906 für die Kolonien beim deutschen Volk direkt rund 856 Mio. Mark an Anleihen auf. (Damals eine sehr! große Staatsausgabe) „Der Sozialist A. Bebel sagte dazu im Reichstag: „...., daß der Staat seinen Arbeitern in Form von Steuern das Brot aus dem Munde nahm, um damit Kolonien zu erhalten" Die Anlage von Geld machte trotzdem in den Schutzgebieten nur 2 % aller deutschen Kapitalinvestitionen aus. Die „Importe aus den Kolonien machten lediglich 0,5 % der deutschen Gesamteinfuhren aus. Nicht einmal ein Prozent der deutschen Ausfuhren waren für die Schutzgebiete in Afrika und im Pazifik bestimmt.

Bebel wies auch darauf hin, dass nach seinen Kenntnissen „... sich der deutsche Handel mit England im Jahr 1905 auf 2,7 Mrd. Mark"[45] belief.

In allen Kolonien des Kaiserreichs lebten 1914 etwa 25.000 Weiße, zumeist Deutsche.[46] Deutschland hatte zu der Zeit etwa 68 Millionen Einwohner.

Unternehmen, die mit den Kolonien Handel trieben, täuschten die Bevölkerung mit beeindruckenden Berechnungen, Darstellungen über die Bewohner und Ausstellungen mit den Menschen als Schaustücke und exotische Objekte aus den überseeischen Gebieten. Das reiche Warenangebot in den Edeka-Kolonialläden vermittelte ein falsches Bild.

Für das Deutsche Reich erfüllten sich die Hoffnungen auf Gewinne nicht. Das Missverhältnis also zwischen dem pompösen Gerede von der Wichtigkeit der Kolonien und ihrer angeblichen Unverzichtbarkeit und der tatsächlichen ökonomischen und finanziellen Bedeutung der überseeischen Gebiete blieb, trotz aller gegenteiliger Behauptungen, bis zum Ende der Kolonialzeit 1918 geradezu grotesk.

Dieser Zustand zeigt aber in aller Deutlichkeit, worum es dem Wilhelminischen Kaiserreich – nicht anders als den übrigen europäischen Kolonialmächten – eigentlich ging. Die Weltgeltung der Großmächte definierte sich dadurch, über wie viele Länder, über wie viele Menschen in aller Welt jedes dieser europäischen Kolonialimperien herrschte. Wichtig war, in welchem Maß diese Gebiete von politischer und strategisch-militärischer Bedeutung waren auf Grund ihrer geografischen Lage (Erreichbarkeit und Häfen).

1899 waren die letzten WiderstandskämpferInnen der Chagga von den Kolonialtruppen besiegt; das Kaiserreich hatte sich als Kolonialmacht deutlich etabliert. Die endgültige Unterwerfung der Menschen in Deutsch-Ostafrika endete aber erst 1908 mit der Niederschlagung des Maji-Maji-Aufstandes!

Fast gleichzeitig mit den Eroberern aus Europa kamen, quasi in ihrem unmittelbaren Gefolge, die Missionare der führenden christlichen Glaubensgemeinschaften in die eben gewonnenen überseeischen Länder. Sie sahen ihr Tun im Dienst ihrer Kirche(n) gewiss als einen ihnen obliegenden, biblisch legitimierten und kulturell wesentlichen Auftrag. Sie sollten (und wollten) den nicht-christlichen Völkern Amerikas, Asiens und Afrikas das Evangelium bringen und sie zu zivilisierten, arbeitsamen, hoffnungsfrohen und frommen Gläubigen im Reich des christlichen Gottes, der weltlichen Herrscher und des allmächtigen Kapitals machen.[47]

Mit Bezug auf Deutsch-Ostafrika betonte bis 1891 die Leipziger Missionsgesellschaft (LMG) noch ausdrücklich, „daß … sich unsere Mission keineswegs in den Dienst der kolonialen Bewegung stellen und, Geistliches und Weltliches vermengend, etwa statt dem Reiche Gottes dem Deutschen Reiche oder beiden zugleich dienen wolle."[48]

Sie setzte sich aber mit diesem Ziel ihrer Mission in einen unaufhebbaren, direkten Gegensatz zu den politischen und wirtschaftlichen Interessen der Eroberer. In diese Konfliktlage geriet erneut die LMG, als sie 1893 „in der Kolonie Deutsch-Ostafrika von der britischen Church Missionary Society (CMS) das Kilimanjaro-Gebiet übernommen hatte."[49]

Nach einem Führungswechsel in der LMG änderte sich diese grundsätzlich widersprüchliche Einstellung. Auch dort machte sich nationalistisches Denken breit. „Die Unterwerfung der einheimischen Bevölkerung an sich wurde nicht mehr als problematisch angesehen."[50]

Der neue „Direktor von Schwartz" (von der LMG) „zeigte ganz deutlich", dass ihm „chauvinistisches Gedankengut nicht fremd war", als er … „von dem göttliche(n) Weltgesetz sprach, nach dem die Weingärtner, welche die Frucht des Weinberges nicht einbringen, ihr Recht auf seine Verwaltung verwirken…" Und er erklärte: „Wir müssen uns darüber klar sein, dass die Erwerbung der Kolonien an sich in keiner Weise mit einem sittlichen Makel behaftet ist."[51]

Fünf Leipziger Missionare fanden sich bereit, in Deutsch-Ostafrika am Kilimanjaro zu arbeiten und … „gründeten im Oktober 1893 die erste Missionsstation namens Machame."[52] Die Erlaubnis dazu durch die Kolonialverwaltung wurde erst erteilt, nachdem die LMG „gedroht hatte, sich ganz von der Missionierung im Kilimanjaro-Gebiet zurückzuziehen."[53]

Zwar waren „die Wachagga-MissionarInnen" (vor Ort noch) bis etwa zur Jahrhundertwende „vergleichsweise kritisch und zurückhaltend"[54] in ihrem Verhältnis und in ihrer Zusammenarbeit mit der Kolonialmacht.

Im Gegensatz dazu herrschte im Deutschen Reich jedoch verbreitet die Meinung vor, die Missionare sollten die „Seelen der Einwohner in den Kolonien kolonisieren und sie lehren, der neuen Obrigkeit Gehorsam zu leisten."[55] Die Missionare sollten den Einheimischen die Erleuchtung der Frohen Botschaft bringen, sie von Krankheiten heilen, (siehe 1913 – Dr. A. Schweitzer in Lambarene/Gabun und 1902 – Dr. H. Plötze in Machame/Tansania/A.d.V.) „ihnen europäische Werte und Normen vermitteln, Männer und Frauen ... zu ‚kultivieren', gehorsamen und brauchbaren Christen erziehen", letztlich das Menschenbild der westlichen Zivilisation vermitteln: „Männer und Frauen sollten sich... den Regeln industrieller Arbeitsteilung unterwerfen sowie die Tugend der Pünktlichkeit einüben. Auch die sogenannte Erziehung zur Arbeit hatte sich die Mission auf ihre Fahnen geschrieben. Ihre Vertreter teilten die weitverbreitete Meinung, dass es fremden Völkern an Arbeitsmoral mangele und diese erst erlernt werden müsse. Nur so könne man in den Kolonien wirtschaftliche Profite erzielen. „Die Mission macht aus faulen Polygamisten, die von der Arbeit ihrer Weiber leben, fleißige Ackerbauern", versprach die Norddeutsche Mission im Jahr 1903.[56]

„Auch der Großteil des Kollegiums der LMG verhielt sich "... (später) „äußerst loyal gegenüber dem deutschen Kolonialstaat."[57] Die LMG kam sogar 1913 „auf die Idee, parallel zur Einweihung des Völkerschlachtdenkmals eine Werbeveranstaltung für die Kolonialkommission abzuhalten." Anlässlich des 25-jährigen Regierungsjubiläums von Kaiser Wilhelm II. erhielt „auch die LMG einen Teil der fast fünf Millionen Mark, die bis zum November 1923 zusammenkamen"[66], aus der Kaiserspende.

Dies zeigt, auf knappe Weise formuliert, dass „die christliche Mission ... als Bestandteil von kolonialer Herrschaft betrachtet wurde ... und nicht allein Nutznießer der europäischen Kolonialexpansion gewesen ist, sondern gleichzeitig integraler und integrierender Teil der Kolonialbewegung selbst"[67] war.

Die europäischen Hegemonialmächte brauchten überzeugende Argumente, mit denen sie ihre Kolonialpolitik begründen konnten. Die christlichen Missionswerke benötigten für ihre Strategien der

Christianisierung ebenso begründete Argumente. So „gingen Kolonialismus und Mission Hand in Hand. Ohne den Schutz des staatlichen Machtapparats hätten nur wenige Missionare längere Zeit außerhalb Europas überlebt. Und ohne die Verbreitung von Christentum und Zivilisation hätten die ‚Kolonialherren' jedwede Legitimation für ihre Herrschaft verloren."[68]

Die folgende Redewendung, welche B. Grill in Namibia hörte, fasst diese fatale historische Entwicklung im Kampf zwischen friedvoller und humaner Aufklärung und aggressivem imperialistischem Kapitalismus auf sehr anschauliche Weise in Worte: „Am Anfang hatten wir das Land und die Weißen die Bibel, jetzt haben wir die Bibel und die Weißen das Land."[69]

Für Reisende und Forscher, die Träger und landeskundliche Dolmetscher haben mussten; für Unternehmer, die Arbeitskräfte brauchten; für Viehzüchter und Pflanzer, die Landarbeiter benötigten, galten die afrikanischen Menschen immer als in ihrer Entwicklung zurückgeblieben und notorisch faul. Man sah aber trotzdem in ihnen unter stark europäisch orientierten Aspekten der Verwertbarkeit insgesamt sehr gut verwendbare und kostengünstig ausnutzbare Bewohner des Landes. Bei P. H. Kuntze liest sich das 1940 so: „Ist auch die klimatische Beeinträchtigung der Arbeitskraft im Hochland nicht so spürbar und gefährlich wie im feuchtwarmen Tiefland, so bleibt doch der weiße Ansiedler auf die Hilfe schwarzer Arbeitskräfte angewiesen, denen die schwere körperliche Arbeit überlassen bleiben muss. Sie ist bei ihrer Billigkeit auch aus wirtschaftlichen Gründen weißer Arbeitskraft unbedingt vorzuziehen."[70]

Kurz vor dem 1. Weltkrieg zählte man „in Ostafrika 83.000 Schwarze und 600 Weiße"[71,] die auf Pflanzungen arbeiteten. Für die Europäer zählte vor allem die Arbeitsfähigkeit, das heißt die Ausbeutbarkeit der Eingeborenen und ihre faktische Rechtlosigkeit, das bedeutet ihre Unterwerfung unter und ihre Abhängigkeit von den Kolonialherren.

Spätestens vom Ende des 19. Jahrhunderts an diskutierte man in wissenschaftlichen Kreisen heftig unter rassenkundlichen Gesichtspunkten, ob es sich bei den Eingeborenen um naive, unschuldige Naturwesen oder um entwicklungsfähige, edle Wilde oder eher um grundsätzlich unverbesserliche Untermenschen handelte. Angebliche Konstanten der Natur wurden als Maßstab eingesetzt. Man wollte „den zivilisatorischen Unterschied wissenschaftlich messbar und biologisch begründbar machen. Man versuchte, die faktische Ungleichbehandlung der Menschen rassentheoretisch zu rechtfertigen. Der gesamte moderne Rassismus ist nur so, als ideologische Begründung, zu verstehen."[72]

So musste etwa eine vollkommen unsinnig festgelegte Ranghöhe der Hautfarbe bei der Bewertung der Qualität eines Menschen herhalten: weiß = sehr gute Rasse – Europäer, Nordamerikaner mit europäischen Wurzeln / gelb = weniger gute Rasse – Chinesen (Klischee der ‚gelben Gefahr'), andere ostasiatische Menschen / braun = mindere Rasse – Inder, Pazifikbewohner, indigene Bewohner Amerikas / schwarz = minderwertige Rasse – (Schwarz)Afrikaner.

Heute benutzt man in englischsprachigen Ländern den stark diskriminierenden Begriff PoC (person of colour, people of colour (farbige Person, farbige Menschen) für alle nicht-weißen Menschen. (Welchen Ursprungs sind weiße Menschen? Sind weiße Menschen eine besondere Spezies mit dem sogenannten arischen Ursprung?)

Da äußert sich immer noch, obwohl wissenschaftlich längst überholt, die Auffassung, es gebe farblich unterscheidbare Rassen von Menschen auf (deutlich) unterschiedlichen Entwicklungsstufen. Wie wäre es, die Menschen, die sich selber zu den Weißen rechnen, als people-off-colour zu bezeichnen – also als bleiche Menschen, denen schon in ihrer äußeren Erscheinung (Fehlen, Verlust der Hautfarbe) eben die Färbung, die Vielfältigkeit abgeht, denen Nuanciertheit des Intellekts fehlt? Nach den neuen Erkenntnissen der Genforschung hatten alle frühen Ausbildungen der (nur einen!) Rasse des Menschen (des homo sapiens) dunkle (schwarze) Haut. Die Menschen veränderten diese Grundausstattung ihrer Pigmentstruktur mit ihrer fortschreitenden Anpassung an neue Siedlungsräume, Naturgegebenheiten und Lebensformen und wurden zum Teil (sogar) hellhäutig.

Der Begriff People-of-colour bekräftigt systematisch die Vorstellung, dass die Farbigkeit von Menschen einen offenbaren Mangel bedeutet und den Zustand eines Stillstandes, einer noch nicht stattgefundenen Höherentwicklung aufzeigt. Diese Einschätzung fördert maßgeblich die Idee, dass das Loswerden, das Verlieren der Farbigkeit, also die Veränderung, die „Verbesserung" zur Hellhäutigkeit (Hautfarbe des weißen Menschen), der große Fortschritt ist hin zum am höchsten entwickelten, zum rassisch (!) und damit zivilisatorisch-kulturell und geistig überlegenen weißen Menschen. Der Begriff PoC ist keine biologische Bezeichnung! Er spiegelt vielmehr die geschichtliche und auch gegenwärtige Verteilung der ökonomischen und politischen Machtverhältnisse wider und ist damit ein gezielter Ausdruck von Rassismus. Letztlich geht er auf die Sklaverei in den USA zurück. Er verweist auch auf den dort immer noch starken Rassismus der weißen Bevölkerung gegenüber den „Farbigen" (woher auch immer sie stammen mögen) hin. Selbstbezeichnungen wie Person of color oder Slogans wie „Black Lives Matter" (Schwarzes Leben spielt eine Rolle / Auch schwarze Leben zählen / Auf schwarze Leben kommt es an) betrachte ich als den Versuch der Diskriminierten, über das Mittel der Sprache gegen den Rassismus anzugehen. Ich bezweifele, ob derartige Versuche bei der weißen Bevölkerung der USA oder gar der Welt eine Bewusstseinsänderung bewirken. Zwar sind die Weißen (ein anderes Wort als Gegenbegriff zu PoC steht nicht zur Verfügung), also auch wir EuropäerInnen, klar in der Minderheit; das aber als Tatsache anzuerkennen, bedeutet für sie, ihre Macht in der/über die Gesellschaft zu verlieren. Die Ideologen der rassischen Überlegenheit des „Weißen Mannes" kämpfen daher überall gegen den realen Verlust ihrer ökonomischen Vorzugsstellung, ihrer politischen Führerrolle. Aber – sie werden diesen historischen demografischen Wandel nicht verhindern können.

Es gab zahlreiche Reisende, Erforscher oder Abenteurer, die durch die unbekannten Lande der Erde zogen. Und es gab die selbsternannten Eroberer, die dort ihr grausiges Unwesen trieben.

Sie konnten meist völlig ungehindert und unkontrolliert ihre gewaltsamen Herrscherideen, sexistischen Vorstellungen und perversen Gewaltgelüste durchsetzen, oft auch ohne Rücksicht auf oder unter bewusster Umgehung der staatlichen Interessen ihrer Heimatländer.

Unter den grausamen Raubrittern und ausbeuterischen Eroberern aus Europa, die in jenen Ländern oder (späteren) Kolonien ihre Willkürherrschaft ausübten, stammten viele aus Deutschland und waren weit über Afrika hinaus bekannt für ihre Gewaltexzesse!

Es ist vermutlich historisch nicht falsch, wenn ich meine, dass die kaiserliche Regierung keine Kraft und keinen Willen hatte, um tatsächlich wirksamen Einfluss auszuüben und diese Untaten zu verhindern. Vielmehr war es durchaus im Interesse Berlins, wenn diese Männer die schmutzige Arbeit der Eroberung und Unterwerfung betrieben und zeigten, wer der Herr im Lande war (d. h. in den eroberten Kolonien)!

Ich schreibe hier zur mahnenden Erinnerung die Namen derer auf, die in vorderster Reihe wegen ihrer schändlichen Verbrechen zu nennen sind: Dominik, Leist, Lettow-Vorbeck, Peters, von Pietrowski, von Puttkamer (Man sprach von Puttkamerunien, wenn man die Kolonie Kamerun meinte!), Reichard, von Trotha, von Wissmann.

Sie galten teilweise sogar bis in die zweite (!) Hälfte des letzten Jahrhunderts noch als Vorbilder, ja, als Helden. Heute wissen wir, dass sie durch und durch Kriminelle waren und in deutschen Diensten und im deutschen Namen furchtbarste Verbrechen begingen.

Unter diesen ehrlosen Vertretern des Kaiserreiches befand sich auch die Gestalt des ungeheuerlichen Carl Peters (1856–1918). Diese abnorme Person (da kann man nicht mehr von Persönlichkeit sprechen), setzte in seiner geistigen Grundeinstellung und in seiner mörderischen Amtsführung total amoralisch und konsequent um, was die gegen Ende des 19. Jahrhunderts aufkommenden Rassentheorien verkündeten. Er pflegte seine Besucher zu fragen: „Haben Sie heute schon einen Neger geschossen?"[65]

Seine Einstellung wiederum entsprach dem, was der immer stärker wachsende Nationalismus des mächtiger werdenden Kaiserreichs als Grundzüge weiterer Kolonialpolitik postulierte.

Peters verkündete 1884 „Ich hatte es satt, ... unter die Parias gerechnet zu werden und wollte einem Herrenvolk angehören."[66] Im Erwerb von Kolonien sah er „das letzte Mittel, um den schlummernden Nationalstolz unserer Art in seinen Tiefen zu wecken."[67]

An anderer Stelle meinte er, ... „dass mich ein Blick auf die überseeischen Landkarten in den siebziger Jahren (19. Jahrh. / A.d.V.) mit einer Art von Schamgefühl erfüllte. Das kleine Dänemark und Holland füllten Landgebiete über See mit ihren Farben – wo blieb das mächtige deutsche Reich?"[68]

Er gründete mit Gesinnungsgenossen die Gesellschaft für deutsche Kolonisation, aus der später die Deutsch-Ostafrikanische Gesellschaft wurde. Sie erhielt 1885 einen Kaiserlichen Schutzbrief, den Peters nach seinem Gutdünken einsetzte. Mit einigen Gefährten landete er im November 1884 in Ostafrika und begann unverzüglich sein Werk. Er ließ sich leiten von dem Gedanken: Die Kolonialpolitik will nichts Anderes als die Kraftsteigerung und Lebensbereicherung der stärkeren, besseren Rasse auf Kosten der schwächeren, geringeren.[69] 1891 wurde er offiziell zum Reichskommissar für das Kilimanjaro-Gebiet ernannt.

Weil sich in Berlin die Klagen über ihn häuften, bewirkte A. Bebel im Reichstag 1897 die unehrenhafte Entlassung Peters aus dem Dienst des Reiches. 1914 aber schon erhielt er seine Pensionsansprüche zurück.[70] 1937, 19 Jahre nach seinem Tod, rehabilitierte ihn Hitler![71] Die Bavaria-Filmkunst GmbH brachte 1941 im Krieg den Durchhaltefilm (!) „Carl Peters" mit Hans Albers in der Hauptrolle in die Kinos.[72]

Peters, sein bezeichnender Beiname war „Hänge-Peters", ist – welche Ironie der Geschichte – ausgerechnet auf der einst so heiß umstrittenen Insel Helgoland begraben. (Sein vom Denkmal abgeschlagener Kopf liegt auf der Erde des Grabes.) In einer Reihe von Städten erinnern noch immer Denkmäler und Straßennamen an menschenverachtende, mörderische Kolonialisten wie Peters und seinesgleichen. In Bremen scheiterte der Versuch, der nach ihm benannten Straße im Bremer Westen einen anderen Namen zu geben, am Widerstand der Einwohner. Heute erinnert die Straße (als sozialpolitischer Kompromiss zwischen der Stadt Bremen und den Bürgern von HB-Walle) an Karl Peters, den Strafrechtswissenschaftler der Universität Münster.

„In den Schutzgebieten des Kaiserreichs begannen einige Völker schon wenige Jahre nach ihrer Unterwerfung mit Aufständen gegen ihre Beherrscher. Sie wehrten sich gegen die ihnen auferlegte Zwangsarbeit und Besteuerung, gegen die Vertreibung von ihren Feldern und Weidegründen, gegen die Wegnahme ihres Viehs und ihrer Rohstoffe, gegen ihre zwangsweise Umsiedlung, gegen ihre Rechtlosigkeit, gegen ihre körperliche Ausbeutung, Bestrafung, Erniedrigung und Tötung.[73]

Als Reaktion darauf ließ H. von Wissmann, 1895/96 Gouverneur von Deutsch-Ostafrika, Städte und Dörfer ... mit Artillerie beschießen, schickte die Askari mit ihren Bajonetten hinterher und ließ zum Schluss Vorräte plündern, Hütten und Äcker in Brand stecken. So gelangte die Strategie der ‚Verbrannten Erde' ins Repertoire (Grundwortschatz / A.d.V.) der deutschen Kolonialherrschaft"[74] und des deutschen Militärs (siehe Rückzug aus der Sowjetunion im Zweiten Weltkrieg / Krieg in der Ukraine 2022.)

Der furchbare „Hans Dominik ... lässt sich gern die abgeschlagenen Köpfe von Aufständischen vor die Füße legen und befiehlt (befahl/A.d.V.), Kinder zu ertränken."[75]

„Ganz selten nur erhob ein Weißer, ein Angehöriger der Beherrscher der Kolonien, seine Stimme gegen diese Zustände. Der junge Oberleutnant Hans Pasche kämpfte in Ostafrika als Soldat im sogenannten Maji-Maji-Krieg. Er widersetzte sich aus Gewissensgründen militärischen Befehlen und wurde später entlassen. Er schrieb über das, was er dort erlebte: Diese sogenannte Tributarbeit hasst der Neger bis aufs Tiefste, und muss sich derselben doch fügen, sonst wird ihm sein Vieh weggenommen und seine Hütte mit allem, was drin ist, verbrannt. Und über den Kolonialkrieg sagt er: Was hier geschah, war so dumm, so unnütz, so schauderhaft. "[76] Während des 1. Weltkriegs steckte man Pasche wegen Hochverrats ins Gefängnis. Im November 1918 befreiten ihn dort aufständische Matrosen. Am 21. Mai 1920 ermordeten ihn reaktionäre Reichswehrleute auf seinem Hof."[77]

Ehre seinem Andenken!

Das Kaiserreich führte drei größere Kriege gegen die Völker in seinen Kolonien. 1900 beteiligte es sich an der Niederwerfung des sogenannten Boxer-Aufstandes in China. Zwischen 1905 und 1907 wurde der Maji-Maji-Aufstand niedergeschlagen. Von 1904 bis 1908 dauerte der Krieg im heutigen Namibia gegen die Nama und Herero. Es ging zwischen den Einheimischen und den deutschen Siedlern „in unmittelbarer Konkurrenz um Land und Vieh."[78] Man schätzt, dass etwa 60 % der Einheimischen ums Leben kamen, zwischen 20.000 und 85.000 Herero und zwischen 7.000 und 11.000 Nama.[79]

„Generalleutnant von Trotha begriff schon „den Krieg gegen die Herero und Nama als Rassenkampf, der mit krassem Terrorismus und mit Grausamkeit zu führen sei" und erklärte gegenüber Leutwein (Oberst im kaiserlichen Her und Gouverneur in Namibia/A.d.V.): „Ich vernichte die aufständischen Stämme in Strömen von Blut und Strömen von Geld."[88]

In Trothas Brief (den er selbst Erlass nannte und der eigentlich ein Befehl war) heißt es: „Die Hereros sind nicht mehr deutsche Untertanen. Das Volk der Herero muss (jedoch) das Land verlassen. Wenn das Volk dies nicht tut, so werde ich es mit dem Groot Rohr (Kanone/A.d.V.) dazu zwingen."[81]

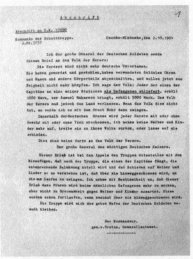

Brief von Trothas an die Hereros, Namibia 1904[84]

Dies ist Trothas Brief, auf einer Feld-Schreibmaschine geschrieben, der die Vernichtung der Nama und der Herero in Namibia bedeutete. Der Krieg wurde so gnadenlos geführt, dass „ausgerechnet die einzige Siedlerkolonie (Deutsch-Südwestafrika/A.d.V.) ... zum Ort eines Genozids"[82] wurde, der auch 2021 von der deutschen Bundesregierung anerkannt worden ist.

POSTKOLONIALE ZEIT   1918 – Gegenwart

Mit dem Kaiserreich endete 1919 auch das Zeitalter der deutschen Kolonien. Bei der Betrachtung der kolonialen und der postkolonialen Geschichte Deutschlands ist es wichtig, die Zusammenhänge zwischen den Ereignissen der Jahre 1884, 1929 und 1933 zu erkennen. In den Jahren nach dem Ersten Weltkrieg versuchten überall auf Erden die Länder, die vom Krieg geschlagenen Wunden zu heilen. Nach der militärischen Niederlage, dem Ende der Herrschaft des Kaisers und des Adels und der Auflösung der überkommenen Klassengesellschaft litt Deutschland schwer unter der Schuld des Ersten Weltkriegs, den großen Lasten des Versailler Friedensvertrags, der französischen Besetzung des Rheinlandes und den Folgen der Spanischen Grippe.

Obwohl die Weimarer Republik ein souveräner, international anerkannter Staat war, besetzten alliierte Truppen (bis zu 100.000 Mann, vor allem französische Soldaten). das Rheinland und das Ruhrgebiet (1923-1925).

Die Massenarbeitslosigkeit und die innenpolitische Radikalisierung, die weltweiten Krisen der Industrie- und Finanzunternehmen, so die Inflation 1923* in der Weimarer Republik, belasteten das ganze Land aufs schwerste.

Am Donnerstag, dem 24. Oktober 1929, wurde die ganze Welt durch eine Schreckensnachricht aus den USA erschüttert. An der Börse in New York platzte die bis dahin größte Spekulationsblase aller Zeiten und riss die Aktienkurse überall auf Erden in den Abgrund. Wegen des Zeitunterschieds zwischen Westeuropa und der Ostküste der USA ging dies Ereignis als der „Schwarze Freitag" in die Geschichtsschreibung ein.

Dieser globale Zusammenbruch während der Weltwirtschafts- und Finanzkrise des Jahres 1929 traf (auch) die Weimarer Republik, die eben die Inflation überstanden hatte, mit voller Wucht.

Er trieb die Radikalisierung der politischen Gegensätze voran und lähmte das Wirtschaftsleben sowie die Investitionskraft in Deutschland. Es war äußerst schwierig, außenpolitisches Vertrauen wieder zurückzugewinnen, politischen Frieden innerhalb der Bevölkerung herzustellen, den wirtschaftlichen Wiederaufbau des Landes anzukurbeln, wachsender beruflicher Perspektivlosigkeit und steigender Arbeitslosigkeit der Massen entgegenwirken zu können.

Die junge Demokratie kämpfte in diesen sehr schweren innenpolitischen Auseinandersetzungen zwischen den extremen, rechtskonservativen, teilweise ständisch organisierten, völkisch orientierten und nationalistisch eingestellten Gruppierungen und den linken, gewerkschaftsnahen, sozialdemokratischen, sozialistischen, kommunistischen und anarchistischen Bündnissen um ihr Überleben.

---

* November 1923: 1 US-$=4,2 Bill. Mark; 1 Bill. M.= 1+12 Nullen

Trotz aller Anstrengungen konnte die riesengroße Schicht der verarmten werktätigen Bevölkerung nicht wirksam vor den Auswirkungen dieser Krisenzeit geschützt werden. Der gesellschaftliche Zusammenhalt, der wirtschaftliche Wiederaufbau und die Aussichten auf beruflichen Erfolg waren in Frage gestellt. Es war nicht absehbar, welche politischen Kräfte die Oberhand erlangen konnten.

Dennoch – spätestens zu Beginn der 1930er-Jahre schon konnte jedermann deutlich den unaufhaltbaren politischen Aufstieg des finsteren nationalsozialistischen Faschismus sehen, welcher die Völker der ganzen Erde in das Chaos des Zweiten Weltkriegs reißen sollte.

Im Verlauf der 1920er- und 1930er-Jahre, in diesen janusköpfigen Zeiten des Trauerns über den Untergang imperialer Macht des Zweiten Reiches und dem stets dringlicheren Ruf nach einer Neugeburt des Landes, gewannen in Deutschland nationalistische und chauvinistische Vorstellungen wieder Raum, von denen man annahm, sie würden ab 1919 nach dem Friedensvertrag von Versailles ausdrücklich und für immer der Vergangenheit angehören: Rückgewinnung und Besitz von Kolonien – insbesondere in Afrika!

Aber – am 1. März 1919, als die Friedensverhandlungen noch liefen, forderten alle Parteien (außer den sieben USPD-Mitgliedern) in der Nationalversammlung in Weimar die Rückgabe aller Kolonien an Deutschland und machte die deutsche Delegation zwei Vorschläge: „erstens zur Schlichtung der ganzen Angelegenheit die Einsetzung eines eigenen Komitees" mit Deutschland als Mitglied, „zweitens möge Deutschland gestattet sein, seine früheren Kolonien zu verwalten, übereinstimmend mit den Grundsätzen des Völkerbundes – vielleicht als dessen Mandatar ..."

Von 1920 an erhielten kolonial tätige Einrichtungen staatliche Darlehen, 1924 begann der Rückkauf ehemals deutscher Pflanzungen in Kamerun. Im Jahr 1926 fand die Gründung der „Kolonialen Frauenschule" in Rendsburg statt, 1931 folgte das „Fürstliche Institut für ausländische und koloniale Forstwirtschaft".

Hitler beobachtete die Entwicklung genau und erhob das 1922 von ihm selbst gegründete Kolonialpolitische Referat 1932 zum Reichskolonialbund. 1941 hatte er ungefähr 2,1 Mio. Mitglieder und das, obwohl es offiziell seit dem Versailler Vertrag von 1919 an keine deutschen Kolonien mehr gab, sondern nur noch Siedlungsgebiete!

Im Reichskolonialbund galt die totalitäre Grundrichtung der Blut-und-Boden-Ideologie der Nürnberger Rassengesetze von 1935: strengste sogenannte Rassentrennung gemäß dem Kolonialblutschutzgesetz[93] zudem für die Eingeborenen die Einführung von Arbeitspflicht und Hüttensteuer, das Tragen von Pässen oder anderer Ausweispapiere und die Errichtung von Reservaten. Diese Politik hatte die Kolonialregierung aber schon vor dem Ersten Weltkrieg verfolgt (sie entsprach den Forderungen des Kolonialwirtschaftlichen Komitees (KWK) der Textilproduzenten).[94] General Franz Ritter von Epp erklärte 1934 in Kiel anlässlich der Tagung des Kolonialpolitischen Amtes der NSDAP: „Koloniale Betätigung ist nicht ein politischer Irrtum, ist nicht ein überhebliches Raubrittertum, sondern eine Größenerscheinung der Völker. Koloniales Wollen ist keine Laune und kein Luxus, sondern zwingende Notwendigkeit."[86]

Und im Geleitwort des "Deutschen Kolonialbuchs 1940" übernahm Reichsleiter von Epp genau diese Einstellung und formulierte: „Deutschland fordert die ihm völkerrechtlich zustehende Genugtuung für die erlittene Ehrenkränkung, es verlangt die Wiedergutmachung des in Versailles in der Kolonialfrage begangenen Betrugs und durch Erpressung zugefügten Unrechts. (§ 118, § 119) Diese Genugtuung kann nur in einer entsprechenden Erklärung und in einer Rückgabe der deutschen Kolonien bestehen."[87]

Die Wahlen im Juli 1932 machten die Nationalsozialistische Deutsche Arbeiterpartei (NSDAP) mit 37 % zur stärksten Partei der Weimarer Republik.[88]

Gerade rechtzeitig wurde am 8. Januar 1933 auf der 10. Internationalen Funkausstellung in Berlin der deutschen Bevölkerung der erste Volksempfänger (preiswertes Radiogerät) vorgestellt. Von Königs-Wusterhausen (bei Berlin) aus begann der Reichssender mit der Ausstrahlung seiner Programme. Den damaligen Kanal „Deutsche Welle" gibt es auch heute noch unter demselben Namen.[89]

Am 30. Januar 1933, nur drei Wochen später, wurde Adolf Hitler Chef eines Präsidialkabinetts.

Schon zwei Tage später, am 1. Februar 1933, verkündete Hitler sein außenpolitisches Ziel:

Es bedeutete nichts anderes als eine kaum veränderte Form von Kolonialismus. Hitler drohte, die Kolonialkriege, die Eroberung von Lebensraum für das deutsche Volk, in naher Zukunft fortzusetzen – (nur) dieses Mal im Osten Europas. Die Worte Kolonie, Siedlungsgebiet und (eroberter) Lebensraum wurden faktisch gleichbedeutend!

Angesichts der wachsenden Krise im ganzen Land fand Hitler 1933 in einem Heer von inzwischen über sechs Millionen Arbeitsuchenden (1923 – vier Mio.) genügend Menschen, die seiner Verführung erlagen und seinen Versprechungen glaubten.

Die Reichstagswahlen am 5. März 1933 brachten mit 43,9 % der Stimmen der NSDAP einen überwältigenden Erfolg und der Weimarer Republik ihr Ende. Die zersplitterte Linke gewann mit 18,3 % für die SPD und 12,3 % für die KPD weniger als ein Drittel aller Stimmen. Das heißt, die Arbeiterschaft hatte ihre alten Parteien im Stich gelassen.[90]

Hitler hatte ab März 1933 freie Bahn und zeigte mit der Bücherverbrennung am 10. Mai des Jahres, wohin sein Ungeist das Volk führen würde.

Am 14. Oktober 1933 meldete der *Führer* der Welt den Austritt des Dritten Reiches aus dem Völkerbund. Drei Tage später, am 17. Oktober 1933, traf Albert Einstein (Begründer der Relativitätstheorie) als erster (weithin bekannter jüdischer) politischer Flüchtling in den Vereinigten Staaten von Nordamerika ein!

Gewiss hat es keinen Zeitraum in der deutschen Geschichte gegeben, in dem innerhalb weniger Monate solch' umstürzende Ereignisse mit derartig furchtbaren Folgen stattfanden: Die blitzschnelle Machtübernahme durch die Nationalsozialisten stellte die endgültige Vernichtung der Demokratie dar! Es begann die dunkelste Zeit der deutschen Geschichte — die Diktatur des Dritten Reichs.

In derartig unruhigen, geradezu hoffnungslosen Zeitläuften wuchsen meine Eltern heran!

Als 1938 feststand, dass Hitler in nächster Zukunft Polen erobern und anschließend die Sowjetunion angreifen wollte, zeigte dies an, dass sich Hitlers politisches Interesse – wie schon 1933 angekündigt – weg von den überseeischen Kolonien auf die Gewinnung von „Lebensraum" in den Ländern östlich des Deutschen Reiches verlagert hatte. Hitler befahl zum 15. Februar 1943 das Ende jeder Tätigkeit sowohl für das Reichskolonialamt wie für den Reichskolonialbund.[91] Wenige Tage zuvor, am 2. Februar 1943, hatte die 6. Deutsche Armee vor Stalingrad kapituliert. Damit gingen auch Hitlers Wahnvorstellungen vom Lebensraum im Osten endgültig zusammen mit seinen Armeen unter. Im Januar 1943 fand die Casablanca-Konferenz statt. Auf ihr wurde die Strategie des Luftkrieges gegen Deutschland und der Besiegung des Dritten Reiches beschlossen.

Es ist für uns heute kaum vorstellbar: Am 18.2.1943, vier Wochen nach dem Casablanca-Beschluss und der Katastrophe von Stalingrad, die fast eine Million Menschen das Leben kostete, hielt der Propagandaminister Joseph Goebbels im Berliner Sportpalast seine berüchtigte Rede. Er fragte (die Millionen von Zuhörern im Rundfunk und) die eigens ausgesuchten, fanatisierten Besucher „Wollt ihr den totalen Krieg? Wollt ihr ihn, wenn nötig, noch totaler und radikaler, als wir ihn uns heute überhaupt erst vorstellen können?" und beendete seine Rede unter dem frenetischen Beifall von etwa zehntausend (handverlesenen), hysterisch rasenden Menschen mit den Worten „Nun, Volk, steh' auf, und Sturm, brich los!"[92] Er verfälschte dabei wirkungsvoll und ganz bewusst die Worte des patriotischen Dichters der Freiheitskriege, Theodor Körner, der 1813 schrieb: „Das Volk steht auf, der Sturm bricht los." Am Tag der Reichstagsrede Goebbels' verteilten die Widerstandskämpfer der „Weißen Rose" ein Flugblatt, dessen letzter Satz aus Th. Körners Gedicht „Aufruf" stammte: „Frisch auf, mein Volk! Die Flammenzeichen rauchen."[93]

In Wahrheit hatte da das Dritte Reich den Krieg bereits längst verloren. Denn seit 1943 rückten aus allen Richtungen alliierte Truppen vor und brachten dem deutschen Volk den totalen Krieg, den Goebbels in den doppeldeutigen Tiraden seiner Hetzrede geradezu heraufbeschworen hatte.

Schon 1939 hatte der Bombenkrieg begonnen. Viele Städte Polens, vor allem Warschau, wurden aus der Luft angegriffen und sehr schwer beschädigt. Ebenso erging es Rotterdam. In England wurde London schon ab 1940 eines der großen Ziele deutscher Bomben. Coventry wurde im Rahmen der Operation „Mondscheinsonate" im November 1940 dem Erdboden fast gleichgemacht.

Man bezeichnete in Großbritannien (GB) die Luftkampfführung des Dritten Reiches als „blitz bombing" (analog „Blitzsieg"), „Baedecker bombing" oder auch „Baedecker raids"(Luftangriff). Die Ziele in den anzugreifenden englischen Städten waren wie in einem Reiseführer (z. B. Baedecker) beschrieben und für die Piloten erkennbar. Es ging bei dieser deutschen Strategie („carpet and moral bombing", wie man es in GB bezeichnete) darum, die Industrie und Infrastruktur zu zerstören sowie die Moral der englischen Bevölkerung nachhaltig zu erschüttern.

Im sogenannten Battle of the Ruhr (Schlacht um das Ruhrgebiet intensivierten die Alliierten die Luftangriffe auf das gesamte Industriegebiet von Westfalen bis ins Rheinland) ganz erheblich. Vom Februar bis Juli 1943 griffen britische und amerikanische Bomber nahezu alle größeren Städte Westdeutschlands an.[94]

Das deutsche System der Flächenbombardierungen englischer Städte mit Luftminen, Spreng-, Brand- und Phosphorbomben wurde dabei von der Royal Air Force (RAF) bei den Angriffen auf Deutschlands Städte als Muster aufgegriffen und sogar „verbessert". Spezialisten des United Kingdoms entwickelten eigens für die britischen Bomberpiloten ein Handbuch für "gehobene Ansprüche" (hier: zur Nutzung in großen „Flughöhen"). In diesem „Bombers' Baedeker" (wie diese „Information" ironisch tituliert war) wurden etwa tausend kulturhistorisch herausragende, deutsche Identität und Geschichte verkörpernde, architektonisch und künstlerisch einzigartige Objekte (Orte) im Reichsgebiet als zur Bombardierung besonders geeignete Ziele genannt. Die Anregungen zu diesem „Reiseführer" beruhten, so sagt Kellerhoff, auf den Angaben des besten deutschen Reiseführers jener Zeit, eben „Baedekers Reiseführer" für Touristen mit gehobenen Ansprüchen.[95] Nur waren in diesem Fall die „Touristen" Bomberpiloten hoch in der Luft, die in ihren Maschinen beim „Besuch" der deutschen Städte Zerstörung und Tod mit sich führten. Schon im März 1943 ließ der Reichssicherheitsdienst (RSD) verlauten: „Bei der Bevölkerung ist das Vertrauen in die Luftabwehr geschwächt." Unter den Bewohnern des Ruhrgebiets kursierte der wehrkraftzersetzende, umstürzlerische Spruch: „Lieber Tommy, fliege weiter, hier wohnen nur die Ruhrarbeiter, fliege weiter nach Berlin, da ham'se alle ja geschrien!"[96] Die Stadt Wuppertal war vom Mai 1942 an das Ziel vieler Bombardements. Die Feuerstürme forderten dort bis Mitte 1944 mehr als 12.000 Todesopfer, Tausende von Häusern wurden vernichtet. Für uns „Lutzens" waren die Angriffe auf Elberfeld das endgültige (beinahe fatale) Signal, nach Süddeutschland zu „flüchten". Aber – Ulm wurde am 17. Dezember 1944 in Schutt und Asche gelegt." Und last, but not least: In der Silvesternacht 1944/45 wurde auch Vohwinkel angegriffen.[97]

Und was hörte man bei uns im Rundfunk zu jener Zeit so oft, dass ich mich heute noch an Teile der Liedtexte erinnere? Da gab es zum Beispiel das lustige Abschiedslied der Kriegsmarine „Heute wollen wir ein Liedchen singen...denn es muss geschieden sein" plus Refrain „Denn wir fahren, denn wir fahren, denn wir fahren gegen Engeland. Ahoi!" oder das markige Lied der Luftwaffe, dessen Kehrreim „Ran an den Feind, ran an den Feind, Bomben auf Engeland" so gut gefiel, so eingängig war und so gern gesungen wurde!

In Wirklichkeit war die Kriegsführung zu Wasser und in der Luft alles andere als „mal einen kleinen Spaziergang machen und die Insel im Kanal mit links einkassieren." Der Traum von der Eroberung GBs wurde aber schon Ende 1940 nach dem Verlust der Lufthoheit aufgegeben. Die Aktivitäten der deutschen Flugzeugverbände und U-Bootflotten wurden von Anfang an sehr empfindlich gestört. Der als absolut sicher geltende Geheimcode der Verschlüsselungsmaschine „Enigma"[98] (Rätsel) wurde schon 1940 von englischen und polnischen Spezialisten in Bletchley Park dechiffriert. Die Führung der deutschen Streitkräfte in Berlin wusste nicht, dass der Code geknackt worden war – der deutsche Geheimdienst hatte da völlig versagt. Man konnte also während des gesamten Krieges den deutschen Funkverkehr der Luftwaffe und Marine abhören und militärisch angemessen darauf reagieren: Auf den Meeren, an allen Fronten und über dem gesamten Reichsgebiet ging die See- und Lufthoheit verloren. Tausende von deutschen Jagdflugzeugen und U-Booten (teilweise auch in Bremen gebaut) mit weit über 30.000 Mann Besatzung wurden vernichtet. Es gibt Historiker, die sehr glaubhaft versichern, ohne die Entschlüsselung des Enigma-Codes hätte der 2. Weltkrieg Jahre länger dauern und sogar einen anderen Verlauf nehmen können.

Mitte 1943 fing mit der Landung alliierter Truppen auf Sizilien die Rückeroberung Europas von Süden her an. Zur gleichen Zeit begannen in England die riesigen Vorbereitungen für die Invasion an der französischen Küste, die dann tatsächlich am 6. Juni 1944, dem berühmten „D-Day" (Disembarcation Day – Landungstag) stattfand. Der Krieg wurde an allen Fronten mit äußerster Härte weitergeführt. Es sei nur an die furchtbare „Ardennenschlacht" im Februar 1945 erinnert. Sie kostete jeden Monat auf deutscher und auf alliierter Seite jeweils etwa hunderttausend Soldaten - insgesamt mehr als 500.000 - das Leben!

Am 16.4.1945 begann die eigentliche Schlacht um Berlin. Diese Kämpfe waren monatelang vorbereitet worden. Für Stalin, den Führer der UdSSR, war der erste Mai ein sehr wichtiges Datum. An diesem internationalen Feiertag der Arbeiterklasse musste Nazi-Deutschland endgültig geschlagen und Berlin durch die sowjetischen Truppen unbedingt erobert sein. Tausende von alliierten Bombern[99] griffen die Stadt am 16. April ein letztes Mal aus der Luft an. Dann begann die Erstürmung der Stadt[100] durch Stalins Truppen. Während auf den Straßen Berlins noch gekämpft wurde – buchstäblich über ihren Köpfen tobte der Kampf um die Reichskanzlei – begingen am 30.4.1945 Hitler und viele seiner Schergen (im dortigen Bunker) Selbstmord. Es fanden zur gleichen Zeit auch schon die ersten Kapitulationsverhandlungen statt. (Goebbels bot am 1.5.1945 Stalin einen Waffenstillstand an, den dieser aber ablehnte.) Nach schwersten Verlusten auf beiden Seiten war am symbolträchtigen 1. Mai 1945 der „Führerbunker" (mit den Leichen der „Nazi-Größen") in sowjetischer Hand!

Nach der bedingungslosen Kapitulation aller deutschen Streitkräfte und dem Sieg am 8. Mai 1945 teilten die alliierten Siegermächte das Dritte Reich in vier Besatzungszonen auf. Die unterschiedlichen politischen und strategischen Zielsetzungen zwischen den ehemaligen Verbündeten des 2. Weltkrieges traten immer deutlicher zu Tage. Die Spannungen um den Besitz und die Verwaltung der ehemaligen Reichshauptstadt Berlin wuchsen

Am 24. Mai 1948 fing die sowjetische Blockade der drei Westsektoren Berlins an. Auf anderen politischen Ebenen verliefen zur gleichen Zeit die Vorbereitungen für die Währungsreformen. Aus den drei westlichen und der einen östlichen Besatzungszone begannen sich die zwei Staaten Bundesrepublik Deutschland und Deutsche Demokratische Republik zu entwickeln.

Am 25. Mai 1949 (symbolisch am 1. Jahrestag des Endes der Berlinblockade) wurde in der Hauptstadt Bonn das GG der BRD (Grundgesetz der Bundesrepublik Deutschland) verkündet. Im Oktober 1949 wurde aus der SBZ (Sowjetische Besatzungszone) die DDR (Deutsche Demokratische Republik) mit Ostberlin als Hauptstadt. Es gab also ab 1949 offiziell zwei deutsche Staaten als Nachfolger des 3. Reiches. Sie kostete in einem Monat auf deutscher und auf alliierter Seite jeweils etwa hunderttausend Soldaten das Leben!

In Nürnberg,[101] der ideologischen Hauptstadt der Nazis, wurden nach intensiver Vorbereitung schon ab November 1945 die Prozesse gegen die Hauptkriegsverbrecher durchgeführt. Nicht umsonst fanden diese Prozesse gegen Hitlers Gefolgsleute, die noch am Leben waren und derer man habhaft hatte werden können, ab 1945 gerade in Nürnberg statt! Die fränkische Hauptstadt war zur Nazizeit die „Stadt der Bewegung". Hier wurden die Reichsparteitage vor hunderttausenden von Teilnehmern mit allem Pomp gefeiert, hier wurden die Rassengesetze beschlossen!

Um dort überhaupt international rechtsgültige Strafverfahren gegen die noch lebenden, inhaftierten Nazi-Verbrecher durchführen zu können, wurden neue Gesetze geschaffen. Wegen der mit nichts vergleichbaren Ungeheuerlichkeit der Verbrechen waren diese neuen Gesetze erforderlich. Sie setzten einzigartige moralische und juristische Maßstäbe in der Geschichte der Rechtsprechung der Menschheit, genauer: im Namen der Menschlichkeit.

Sehr vereinfacht und kurz gesagt wurden den Angeklagten in der Hauptsache die Vorbereitung und Durchführung eines Angriffskrieges und vorsätzlicher Mord vorgeworfen.

Einige der Angeklagten bekamen vieljährige Haftstrafen, die sie auch absaßen.

Andere erhielten lebenslängliche Haft und starben im Gefängnis. Die Hälfte, zwölf der Angeklagten, wurden zum Tode durch Erhängen verurteilt. Göring entzog sich der Bestrafung durch Selbstmord, Kaltenbrunner wurde nie gefunden. Die übrigen zehn Männer wurden im Oktober 1946 exekutiert.

Die erste Regierung des Kanzlers Adenauer betrachtete 1949 die eben vergangene Nazi-Zeit aus einem restaurativen, sehr pragmatischen Blickwinkel, der zudem noch stark bestimmt wurde durch die internationalen Interessenlagen im Kalten Krieg. Zum einen lag den Alliierten seit August 1945 (Ende des 2. Weltkrieges) sehr viel daran, die Potsdamer Beschlüsse zur Umerziehung des deutschen Volkes umzusetzen. Zum anderen benötigten die Westmächte (gegenüber der Sowjetunion) ein ökonomisch (und letzten Endes auch militärisch) starkes Westdeutschland mit einer gut funktionierenden Verwaltung. Der jungen Republik und dem erfahrenen „Alten aus Rhöndorf" fehlten allenthalben, z. B. in Industrie und Handel, im Finanz- und Justiz-, im Bildungs- und Gesundheitswesen, bei der Polizei und bei der Bundeswehr, im Geheimdienst und beim Verfassungsschutz, etc. ausgebildete Fach- und Verwaltungskräfte. Konrad Adenauer wusste, wo sie zu Hunderttausenden, gleichsam als brauchbare verwaltungstechnische Hinterlassenschaft des Dritten Reiches, zur Verfügung standen. Im Bundestag sagte der Kanzler am 20. September 1949, „... man solle Vergangenes vergangen sein lassen."[107] Gegenüber der Frankfurter Rundschau formulierte Adenauer seinen Standpunkt einmal so: „Ich meine, wir sollten jetzt mit der Naziriecherei Schluss machen."[102]

Er führte maßgeblich das schnelle Ende der Entnazifizierung herbei. Schon im Mai 1951 wurde das Schlussgesetz zur Entnazifizierung im Bundestag verabschiedet. Damit war das alliierte Unternehmen zur „Reeducation and Reorientation"[103] (Umerziehung und Neuorientierung) zu einem schnellen Ende gebracht worden.

Viele, die Hitler begeistert gedient hatten, wurden, wie es so verschleiernd heißt, durch das Straffreiheitsgesetz[104] dem Zugriff der Justiz entzogen und konnten ihren Beruf (ihre Karriere) unerkannt, oder schlimmer, erkannt und bekannt, jedenfalls unbestraft fortsetzen!

Auch meine Eltern und Großeltern mussten damals die zur Entnazifizierung vorgesehenen Fragebögen ausfüllen. Ich bekam einige Male deutlich mit, wie die Erwachsenen mit einer gewissen inneren Anspannung diesen Verfahren entgegensahen. Meine Eltern sprachen mit uns Kindern nicht über diese politischen Sorgen. Ich entsinne mich aber, dass sie sehr erleichtert wirkten, als sie erfuhren, sie seien als „nicht belastet" aus den Verfahren herausgekommen. Bertolt Brecht hat, wie ich mit Trauer sagen muss, leider Recht behalten: Viele Faschisten aus dem braunen Sumpf, von dem er sprach, waren nach 1945 nicht mit dem Untergang des Nazi-Reiches verschwunden, sondern erlebten in der BRD ihre politische Wiederauferstehung (... *aus Ruinen'*, aber eben nicht *,der Sonne* eines politischen Neubeginns / A.d.V.) *zugewandt'* / Zeile aus der Hymne der DDR/A.d.V.). Im Oktober 1949 krochen sie, die Alt- und-immer-noch-Nazis als DRP (Deutsche Reichspartei) aus ihren Löchern und erhoben ihr Haupt. Das trug schon, wie Géraldine Schwarz treffend formulierte, das Potential einer Renazification[105] (nationalsozialistische politische Einstellung) in sich. 1952 wurde die Partei dieser unbelehrbaren (Neo-)Nazis verboten.

Erinnert sei hier auch an den damaligen Vertriebenenminister Theodor Oberländer und Heinrich Globke, von 1953 bis 1963 Kanzleramtsminister unter Bundeskanzler Adenauer. Man wusste in Bonn immer, wer die beiden Minister waren. H. Globke[106] war der bekannte Mitverfasser und Kommentator der Nürnberger Rassengesetze. Ihn musste die noch junge BRD von 1953 an zehn Jahre ertragen! Und nicht nur das: Kurz nach Adenauers Rücktritt 1963 wurde Globke sogar mit dem Großkreuz des Bundesverdienstordens ausgezeichnet! Ist mir vielleicht entgangen, dass sich die TäterInnen des Hitlerreiches zu ihrer Schuld bekannten und sie möglicherweise sogar bereuten?

Wegen des großen „Verschweigens" bei der älteren Generation war mir bis vor ein paar Jahren unbekannt, dass mein Vater Mitglied in der NSDAP gewesen war. Als ich davon erfuhr, war ich tief betroffen. War ich bis dahin politisch so naiv gewesen, mir nicht vorstellen zu wollen, warum mein Vater schon 1934 in Moshi Pg. (Parteigenosse) wurde, ja, werden musste? (Er war zu der Zeit einer von ca. 6 Mio. Pgs.) Ich musste mir nach meinen Recherchen ein erweitertes Bild meines Vaters machen, in dem seine Parteimitgliedschaft genauso ihren Platz haben konnte wie meine Enttäuschung und mein Unverständnis darüber, dass mit uns Kindern über die „Pg.-Angelegenheit" nie gesprochen worden war. Deswegen versuche ich an dieser Stelle für das Verschweigen richtige und auch gerechte Worte zu finden, die ohne Beschönigung die Zusammenhänge zu erhellen versuchen. Ich sage zu diesem *Versuch*, dass er unzulänglich sein kann. Spätere Erkenntnisse mögen zu anderen Schlüssen führen. Meine LeserInnen mögen für sich ihre Meinung bilden und ihre Stellung beziehen.

Das Ehepaar Alexander und Margret Mitscherlich gab 1967 die psychoanalytische Studie „Die Unfähigkeit zu trauern"[107] heraus. Sie wirkte wie ein Sicherheitsventil, das durch lang angestauten politischen und psychischen Druck in der Gesellschaft ausgelöst wurde. In der BRD brach endlich und zu Recht eine grundsätzliche Auseinandersetzung darüber aus, warum die Aufarbeitung der NS-Geschichte und persönlicher Beteiligung daran gesamtgesellschaftlich und individuell so zögerlich und unbefriedigend verlief. Die Diskussionen bereiteten zum Teil den Boden für den politischen Protest der „68er-Generation" vor.

In aller Kürze und stark vereinfacht gesagt, war – nach meinem Verständnis – eine der Hauptthesen der Mitscherlichs, dass das allumfassende, materiell und emotional katastrophale Ende des Dritten Reiches bei der Masse der „Überlebenden" zu Selbstbeschuldigungen der Menschen, zu einer traumatischen Selbstentwertung des eigenen Ichs führte. Dies wiederum konnte man nur aushalten und sich dem Wiederaufbau der eigenen Existenz und des Landes mit Erfolg widmen, indem man sich der Vergangenheit nicht stellte, sondern sie verdrängte und verschwieg. (Ob und wie weit man da von absichtlicher Verweigerung oder persönlicher Überforderung spricht, ist eine andere Frage!) Diese Verleugnung der Geschichte (individuell oder kollektiv) bedeutete aber gemäß der These der Mitscherlichs so viel wie die „Unfähigkeit zu trauern." Zielorientierte und/oder gar erfolgreiche Trauerarbeit ist also der Wille und die Fähigkeit, sich der eigenen Vergangenheit offen zu stellen, Irrtümer und Fehlleistungen einzugestehen, Verluste zu ertragen, mit den gewonnenen Erkenntnissen ein neues Ich zu gewinnen, individuelles und soziales Leben neu zu gestalten.

Die niederschmetternde Erfahrung der Vernichtung persönlicher Hoffnungen und Lebensplanungen und der Zerstörung menschlicher Bindungen mussten meine Eltern in Afrika schmerzlich erleiden.

Hinzu kam, dass Eugen und Hilde unsere Familie in Deutschland nur unter schweren Bedingungen durchbringen konnten. Das forderte von ihnen, vor allem in den schwierigen Nachkriegszeiten, den Einsatz aller körperlichen und seelischen Kräfte zur Sicherung des eigenen Überlebens und der Erhaltung der Familie.

Es stellt sich die Frage: Handelte es sich auf dieser Ebene der Betrachtung noch um Selbstverwerfung, Verweigerung und Verschweigen im Sinne der Mitscherlichs oder ging es nicht viel mehr um den persönlichen Einsatz aller (auch der letzten) physischen und psychischen Kraft, damit die Belastungen des alltäglichen Lebens überhaupt gemeistert werden konnten?

Erklärt sich vielleicht aus den genannten, verzehrenden Schwierigkeiten, denen die Mitglieder der älteren (und meiner) Generation in der Familie ausgesetzt waren, auch das Verschweigen, das Für-sich-behalten von großen Teilen der eigenen Geschichte? War es nicht ein Ausdruck des Selbstschutzes, der Selbsterhaltung? War nicht Voraussetzung der erfolgreichen Teilhabe am Leben im neu entstehenden Deutschland, bestimmte Teile der persönlichen Lebensgeschichte im Schweigen der Vergangenheit zu lassen und alles auf das *Jetzt* zu konzentrieren? Gehen wir nicht aus von der Annahme, es handele sich hier um den Unwillen, die Verweigerung oder die Unfähigkeit zu trauern!

Stellen wir uns selber immer die Frage: Wie würdest du dich verhalten? Was könntest du selbst dir zumuten?

Bis heute sind in unserem Land die Geschichte und die Folgen des Kolonialismus und der Nazi-Zeit noch längst nicht weitgreifend genug aufgearbeitet worden. Da muss von uns allen in diesem Land noch über sehr vieles nachgedacht und wirklich ehrlich bis zum Grund erforscht werden. Fritz Bauer, der großartige und mutige Staatsanwalt, kämpfte für Wahrheit und Gerechtigkeit im Justizwesen, als man in den 1950er- und 1960er-Jahren in der Bundesrepublik Deutschland damit begann, die jüngste Geschichte zu „vergessen". Er wirkte bahnbrechend in Verfahren gegen Nazis und in den Auschwitz-Prozessen. Er hat uns gezeigt, wo und wie wir unser Bewusstsein bei unserer geistigen und emotionalen Entnazifizierung noch weiter entwickeln können und schärfen müssen.

Der Ausgang und die Urteile* des Münchener NSU-Prozesses (Nationalsozialistischer Untergrund – neun Menschen wurden durch die Mitglieder dieser Nazi-Terrorgruppe zwischen 2000 und 2006 ermordet) zeigen mir, dass zu viele Verbrechen immer noch nicht aufgeklärt sind. Bis zu den tiefsitzenden, vergiftenden Wurzeln von größenwahnsinnigem Patriotismus und Nationalsozialismus ist unsere politische Erinnerung, unser historisches Bewusstsein immer noch nicht vorgedrungen, wie mir scheint. Wir sollten erkennen, welche politischen und/oder juristischen Strukturen die-

* Die Urteile des Bundesgerichtshofes sind rechtsgültig. (Weser Kurier Nr. 193, S. 1, 20.8.2021)

se immer noch ausstehende, grundsätzliche Auseinandersetzung mit unserer Vergangenheit und ihren Auswirkungen auf unsere demokratische Gesellschaft verhindern.

Der Ausspruch des ehemaligen Bundeskanzlers Helmut Kohl von „der Gnade der späten Geburt und des Glücks eines besonderen Elternhauses" [108] befreit mich nicht von der Verantwortung, über unsere Vergangenheit kritisch nachzudenken! Seine bequeme Ausrede ist daher für mich nicht hinnehmbar, muss aber geschichtlich wegen ihrer möglichen unheilvollen Tendenz sehr ernstgenommen werden. Bundespräsident Richard von Weizsäcker, dessen Vater als hochrangiger Diplomat engagiert für das Dritte Reich arbeitete, sagte am 8. Mai 1985, wir sollten „das eigene historische Gedächtnis als Leitlinie für unser Verhalten in der Gegenwart und für die ungelösten Aufgaben, die auf uns warten, nützen."[109] 40 Jahre vorher, am 8.5.1945 war der 2. Weltkrieg in Europa zu Ende gegangen.

Für mich ist es sehr alarmierend, dass Richard von Weizsäcker sich damals schon genötigt sah, diese deutliche Ermahnung auszusprechen. Immerhin hatte sich bei den Völkern in diesem Teil der Erde ab 1945 das Bewusstsein entwickelt, dass es *nie wieder Krieg* geben solle, weil durch ökonomischen Handel und politischen Wandel Vertrauen und Frieden geschaffen werden konnten. Die Worte des damaligen Bundespräsidenten gelten heute mehr denn je! Siebenundsiebzig Jahre später ist diese Hoffnung auf *Nie wieder Krieg* durch den Überfall Russlands auf die Ukraine zunichte gemacht worden, wie ich heute, am 8.5.2022, in meinen Aufzeichnungen festhalten muss. Und um noch einmal an das historische Bewusstsein zu appellieren: Wie konnte (und durfte) Alexander Gauland, einer der führenden Leute der AfD, ungestraft im Jahr 2020 im Bundestag die Dauer der Naziherrschaft und die damit verbundenen Verbrechen kleinreden zu einem „Vogelschiss" in der Geschichte Deutschlands?! Er tat damit diese größten jemals geplanten und ausgeführten Mordtaten in der Geschichte der Menschheit ab als eine Winzigkeit, die getrost als gleichsam nie geschehen betrachtet werden konnte. Dass dieses AfD-Mitglied des Bundestages solch eine Äußerung ohne deutliche Reaktion des Parlaments machen konnte, ist für mich ein unübersehbares Warnzeichen dafür, dass auch bei jüngeren Abgeordneten der demokratischen Parteien (oder gar ihren Führungen?) grundlegendes Geschichts*bewusst-*

sein und damit politisches zu fehlen scheint! Es darf nicht bei einem undefinierten Verantwortungs*gefühl* bleiben*!* Hier muss auf Grund klarer Erkenntnis deutlich bewusst politisches *Bewusstsein* und daraus folgend Handeln praktiziert werden.

An einer geschichtlich besonders bedeutsamen Stelle ist in Berlin die Aufforderung Richard von Weizsäckers in die Tat umgesetzt worden. „Das Denkmal für die ermordeten Juden Europas wurde 2005 nahe des Brandenburger Tors eingeweiht, 2.711 anthrazitgraue Betonstelen erstrecken sich über ein immens großes Feld. Sie stehen symbolisch für „die Grabstätten, auf die die Toten der Schoa (die Katastrophe der Vernichtung der Juden / A.d.V.) kein Recht besaßen."[4]

Dieses Mahn- und Gedenkmal wird von vielen Leuten, insbesondere aus den Reihen der AfD, als „Schandmal" verunglimpft. Ja, es ist ein Denk-mal! Es gemahnt uns an die Schandtaten der Nazis und es stört zugleich die schamlosen Leugner der Geschichte, weil es mitten unter uns unübersehbar, unausweichlich an diese Untaten, an unsere deutsche Schuld und Schande erinnert. Es fordert die „Gedächtnislosen"[45] auf, über unsere Geschichte nachzudenken und aus ihr zu lernen. Sie sollen die Verbrechen der Nazis ohne Vorbehalte als solche begreifen und nicht als „kleine Unfälle in einer langen, ruhmreichen deutschen Vergangenheit" abtun und aus der Erinnerung tilgen. Dieses Denkmal ruft uns dazu auf, niemals wieder Schande über unser Volk kommen und in unserem Land keine Verbrecher mehr an die Macht gelangen zu lassen.

DER KLEINE HERR - BWANA NTOTO

TANSANIA   1932–2013

1934 – nicht irgendein Jahr

1934 – es war nicht irgendein Jahr. Nach dem Januar 1933, in dem Hitler die Macht ergriffen hatte, nahmen im Jahr 1934 die Ereignisse schon deutlich sichtbare Gestalt an, welche im Mai 1945 im Trümmerberg des untergangenen Dritten Reiches endeten. Es war das Jahr nach der Errichtung des ersten KZs (Konzentrationslager) Dachau und der Bücherverbrennung. 1933 gab es über sechs Millionen Arbeitslose. Im Jahr danach führte Hitler den Reichsarbeitsdienst und die allgemeine Wehrpflicht ein. 1936 brüstete sich das Reich damit, keine Arbeitslosen mehr zu haben und die größten Olympischen Spiele aller Zeiten auszurichten. Die Nazi-Diktatur hatte sich eingerichtet und Deutschland war auf dem Weg, als militärische Großmacht einen Eroberungskrieg zur Unterwerfung Europas vorzubereiten.

Mein Vater Eugen war dieser unheilvollen Entwicklung im Juni 1932 noch gerade rechtzeitig entkommen; meine Mutter Lotti folgte ihm im Frühjahr 1933, nur Wochen nach der Errichtung des Dritten Reiches.

In diese Zeiten mit bedrohlichen Aussichten auf die Zukunft wurde ich am Montag, dem 20. August 1934, in Moshi im heutigen Tansania hineingeboren. Dieser Teil Ostafrikas wurde 1884 von dem selbsternannten Eroberer Carl Peters zu einer deutschen Kolonie gemacht und hieß bis 1919 Deutsch-Ostafrika.

Ab dann wurde dieses Land gemäß den Bedingungen des Versailler Friedensvertrags von der britischen Mandatsverwaltung als Tanganyika Territory verwaltet.

Ab August 1934, als ich das Licht der Welt erblickte, fing die SA[112] (Sturmabteilung) der Nazis damit an, überall im Reichsgebiet öffentlich und systematisch die jüdische Bevölkerung zu verfolgen und sie selbst und das Licht ihrer Jahrhunderte alten Kultur

153

in Deutschland völlig auszulöschen. Im August 1921 ging die SA (auch Braunhemden genannt) als die uniformierte und bewaffnete persönliche (Saal)Schutz- und Propagandatruppe Hitlers aus einer Turn- und Sportabteilung des Jahres 1920 hervor. 1934 entledigte sich Hitler mit Hilfe der SS aller Gegner, die er in Verbindung mit der SA ausmachte. Dieser Säuberung, nach dem SA-Stabsführer Röhm-Putsch genannt, fielen etwa 200 Menschen zum Opfer!

Zeitgleich begann 1934, genauso wie in den USA und einigen westeuropäischen Ländern, so auch in deutschen Wohnzimmern, ein völlig neues Informationsmedium sein Licht auszustrahlen: das Fernsehen. Dieser neuartige elektronische Bildträger mit Ton hatte inzwischen das Stadium der Serienproduktion erreicht und wurde von mehreren Stationen im Deutschen Reich in einem gemeinsamen Netz gesendet. Das Naziregime machte propagandistisch intensiven Gebrauch vom neuen TV-Medium (Olympische Spiele 1936 in Berlin).

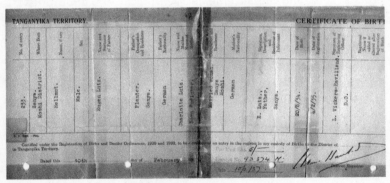

Hellmuts Geburtsurkunde, Moshi 1934

Während ich also im Herbst 1934 auf „Nashallo" in den Windeln lag und Mutter Lotti ihren Lieben in Deutschland stolz von meinen Fortschritten berichtete, begann China eine völlig andere Art von gesellschaftlichem Fortschritt, eine geschichtliche Auseinandersetzung größten Maßstabs. General Tsian-kai-shek musste sich letzten Endes geschlagen auf die Insel Taiwan zurückziehen.

Mao-tse-dongs[113] siegreiche Kommunisten beherrschten nach dem so genannten Langen Marsch von Oktober 1935 an China. Das Land hat inzwischen (nach acht Jahrzehnten Entwicklung) fast das

Ziel seines langen Marsches erreicht und ist im Begriff, in jeder Hinsicht die größte Macht aller Zeiten zu werden.

Hellmut klein (Bwana ntoto) ging allein ...

Bei *dem* Ereignis war ich selbst dabei, habe sogar die Hauptrolle gespielt, aber – ich erinnere mich selber nicht daran. Ich berichte jedoch davon, weil diese Geschichte so oft (vor allem von meinem Vater) in meiner Familie erzählt wurde, dass sie (fast) schon eine Anekdote ist und immerhin für sich in Anspruch nehmen kann, wahr zu sein.

Es muss wohl so Ende 1935 oder auch Anfang 1936 gewesen sein; ich war (erst oder schon) ungefähr eineinhalb Jahre alt. Offenbar konnte ich aber schon gut allein zurechtkommen und kannte ich mich in „Nashallo" überall ordentlich aus. Deswegen durfte ich auch unbegleitet und ohne Aufsicht herumlaufen – laut Lottis Tagebucheintragungen bis zum Store (Werkstatt und Lager) und der Shamba (Feld oder Hausgarten), aber nie (!) ohne den weißen Tropenhut. Am 8. Oktober 1935 schreibt Lotti „Ich habe immer Angst, dass er ohne Hut wegläuft." Unter dem 12. Januar 1936 lesen wir: „(Helli) Er versucht in letzter Zeit, Wörter nachzusprechen. 'Hut' sagt er schon lange Zeit sehr deutlich und weiß auch ganz gut, dass er nicht ohne Hütchen sein soll."

An diesem bestimmten Tag machte ich mich wieder einmal auf den Weg. Ich wanderte aber nicht zu den Stallungen oder Lagerhäusern, sondern einfach ins Gelände. Es gab ja auch sooo viel zu entdecken!

Hinter den Ställen und dem Lager wuchsen die Bananenstauden, unter denen Ziegen und Kühe grasten. Und da standen die kleinen Hütten der bei meinem Vater arbeitenden Chagga. Mit deren Kindern spielte ich gern. Ich habe sogar mit ihnen Kisuaheli gesprochen. Lotti schrieb in ihrem Tagebuch einmal, dass ich auf ihre Fragen in Kisuaheli geantwortet hätte. Ich habe aber inzwischen „mein" Kisuaheli längst vergessen. Mich nannte man Bwana ntoto (oder bwana ndogo) – kleiner Herr.

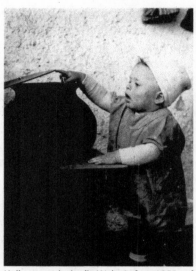

Hellmut entdeckt die Welt, Anfang 1935 auf
Nashallo/Tansania

Am Tag, von dem ich hier erzähle, verlief mein Spaziergang also anders als sonst. Ich bewegte mich zwischen den Reihen von Kaffeebäumen immer weiter weg vom Haus. Irgendwann fiel dort auf der Pflanzung plötzlich jemandem auf, dass ich nirgendwo mehr zu sehen war. Alles Rufen und Suchen half nichts. Auch die Arbeiter wussten nichts über meinen Verbleib.

Da kam Eugen auf die rettende Idee: Er stieg auf das Dach des Wohnhauses, von wo aus weite Flächen der Pflanzung gut zu überblicken waren. Mit dem Fernglas suchte er das Gelände ab und – tatsächlich – er fand mich!

Dahinten in der Ferne, ganz nahe am Rand zum dichten Urwald, hüpfte ein weißer Tropenhut auf und ab! Schnell rannte mein Vater mit zwei, drei seiner Arbeiter los, und bald hatten sie mich eingefangen.

Für Eugen und Lotti muss das ein großer Schreck gewesen sein. Damals gab es im Urwald noch viele wilde Tiere. Mein Vater ging öfters mal auf Jagd. Ab und zu schoss er auch etwas anderes als eine Gazelle oder einen Wasserbock; es war sogar einmal ein Nashorn! Und von Pavianen, Löwen, Leoparden und Elefanten war auch in Lottis Briefen die Rede, sicher nicht ganz ohne Grund!

Na ja, ich hatte den Ausflug überlebt und war nicht auf Nimmerwiedersehen vom Urwald oder sonst wie verschlungen worden. Es erging mir also an dem Tag – zum wahrhaftig großen Glück für mich und alle anderen – ein wenig besser als dem berühmten Hänschen im Kinderlied. Das Bürschchen (vermutlich so alt und neugierig wie ich) ging zwar auch allein „mit Stock und Hut in die weite Welt hinein, fiel" dann aber „in den Dreck und – seine „Nas' war weg!"

Hühnchenragout à la Tanga

Da saßen sie nun alle voller Spannung und in ruheloser Ungewissheit, die deutschen Familien, im September 1939 in Tanga im Camp und wussten nicht, wie es weiterging. Würde man uns in Tanganyika Territory festhalten als Feinde oder würde man uns als Menschen behandeln, die ohne ihr eigenes Zutun in dieses Lager, in diese Lage gekommen waren? Würden wir in eine der britischen Kolonien verlagert werden oder warteten wir auf ein Schiff, das uns nach Deutschland bringen sollte? Die Familien mit ihren vielen, vielen Kindern waren in einer großen Halle untergebracht und teilten sich dort aus Decken und Vorhängen improvisierte Kojen. Weil der Raum recht hoch war, konnten wir es trotz der Hitze und Luftfeuchtigkeit aushalten.

Übrigens: Tanga wurde 1888, zur Zeit des Zweiten Deutschen Reichs unter Kaiser Wilhelm I., von deutschen Kolonisten in Besitz genommen. Es sollte wegen seiner günstigen Lage und seines tiefen Wassers zum wichtigsten Aus- und Einfuhrhafen Deutsch-Ostafrikas ausgebaut und „Neu-Kiel" genannt werden! 1918 war es mit diesen Plänen vorbei – britische Truppen besetzten die Stadt Tanga.

Tanga wurde für die deutschen Menschen, die bis 1939 in Ostafrika eingewandert waren (also auch für meine Familie), zu dem Hafen, von dem aus sie für alle absehbare Zeit (ohne Aussicht auf Rückkehr) heimgeschickt wurden in Adolf Hitlers Drittes Reich!

Hatten wir 1939 Glück, dass wir zurückkehren konnten „in die Heimat Deutschland"?

Ich bin mir da nicht so ganz sicher. Jedenfalls entwickelten sich im Lauf der vielen Wochen die Dinge in Tanga folgendermaßen: Manche unserer Nachbarn wurden ins damalige Rhodesien – heute ist es Simbabwe – transportiert und dort in Lagern interniert. Viele der Kinder dieser Nachbarsfamilien sind nach dem Krieg in Afrika geblieben; die meisten von ihnen sind heute BürgerInnen der Republik Südafrika.

Unser Vater Eugen Lutz und das Fräulein Hilde Dissmann waren Anfang September 1939 zwar (schon) verlobt, aber noch nicht verheiratet. Die beiden hatten sich inzwischen aber doch so gut kennengelernt, dass sie sich ein weiteres gemeinsames Leben vorstellen konnten.

Vielleicht war es einfach Liebe. Möglicherweise war es aber auch die praktische und zweckmäßige Überlegung, dass man nicht mit vier kleinen Kindern durch die halbe Welt reisen konnte, ohne verheiratet zu sein. Vielleicht war es das großherzige Verantwortungsgefühl Hildes, die 1938 ihrer Berufung gefolgt war und sich in dieser unerhört dramatischen Situation der Stimme ihres Gewissens nicht entziehen wollte. Verliehen unter den gegebenen Umständen Pflichtgefühl und Vertrauen zu einander Eugen und Hilde den Mut und die Zuversicht, die Vergangenheit hinter sich zu lassen und trotz aller kriegsbedingten Unwägbarkeiten ein neues Leben für sich und die Kinder anzufangen? Wir wissen es nicht. Gesprochen wurde darüber leider nie.

Die Situation im Lager in Tanga forderte eine angemessene Lösung. Hilde wurde bis dahin offiziell in den Papieren, die man für Eugen und die Kinder ausgefertigt hatte, nicht als Ehefrau geführt. Das heißt, sie wurde praktisch nur als Begleitung (Kindermädchen?) angesehen. Nur der Vater war verantwortlich, nur ihm stand das Sorgerecht und die Sorgepflicht für die Kinder zu. Unser Vater konnte bei seiner Rückkehr nach Deutschland aber nicht mit einem Arbeitsplatz rechnen. Er galt als voll „kv" (kriegsverwendungsfähig – welch ein Wortungeheuer!).

Faktisch hatte das damals bedeutet, dass Eugen Militärdienst leisten musste und seine Kinder vermutlich Pflegeeltern oder Kinderheimen zugewiesen worden wären. Es war seinerzeit (aus ideologischen Gründen) keineswegs sicher, dass man uns Kinder in die Obhut unserer Verwandten in Ulm, Honnef oder Vohwinkel gegeben hätte. Unsere Lieben waren alle als bekennende, aktive Christen bekannt.

Angesichts dieser Lage reifte in Eugen und Hilde eine Entscheidung, die in der Geschichte unserer Familie von größter Tragweite war: Eugen und Hilde beschlossen, den weiteren Weg ihres Lebens als Eheleute fortzusetzen. Die Eheschließung wurde ganz offiziell am 15. September 1939 vor dem dafür zuständigen Officer des Standesamts Moshi vollzogen und registriert. Damit gehörte Hilde jetzt zur Familie Lutz, und so wurde sie in den letzten Reisepapieren der britischen Behörden als Frau Lutz geführt.

Aber bei der einfachen Prozedur vor dem Standesbeamten wollten es Eugen und Hilde nicht bewenden lassen. Bei passender Gelegenheit unter den Bedingungen des Lagers gelang es Hilde, den wachhabenden Offizier zu überreden, sie nach „draußen" zu lassen, um ein Hühnchen zu kaufen. Der großherzige Brite gestattete ihr den Ausflug. Nachdem sie das Tierchen erworben hatte, kochte Hilde es, wie sie erzählte, auf einem kleinen Ofen in unserer Abteilung, und dann gab es Ragout à la Tanga!

Ich glaube, es kam seinerzeit nicht gar so oft vor, dass ein frisch vermähltes Paar sich unter solchen Umständen ein Hochzeitsessen schmecken lassen musste.

Ich erinnere mich, dass die Eltern am Sonntag, dem 15. September 1940, ihre Eheschließung vom Vorjahr noch einmal im Kreis der Familie nachfeierten im Hotel Wolkenburg in Honnef-Rhöndorf. Für uns Kinder erwies sich die wunderbare Fügung, dass aus Eugen und Hilde ein Ehepaar wurde, als einer der ganz großen Glücksfälle unseres Lebens.

Unseren Eltern war es vergönnt, noch mehr als 50 Jahre gemeinsam durchs Leben zu gehen.

Nebenbei bemerkt: Derselbe Tag, der 15. September 1940, war der Höhepunkt der Schlacht um England (Battle of Britain). In ihm verlor die deutsche Luftwaffe so viele Flugzeuge und Piloten, so dass noch im September die Pläne zur Eroberung Großbritanniens aufgegeben wurden.

Mann über Bord – om a hoor häärle

Vielleicht – vielleicht auch nicht – hätten die Passagiere bei der Überfahrt von Tanga nach Triest eines Tages im Februar 1940 den Warnruf „Mann über Bord...!!!", den Schrei „Uomo in mare...!!!" eines Matrosen gehört, wenn ... ja, wenn es nicht doch ein wenig anders gekommen wäre ...

Unsere gute, alte MS „Urania", (sie wurde 1942 versenkt) hatte schon die lange Strecke entlang der afrikanischen Ostküste und durch das Rote Meer zurückgelegt und auch schon den Suezkanal passiert. Ein paar Bilder von diesem Teil der Reise habe ich noch klar vor Augen.

Im Hafen von Aden hatte ich nachts durch das runde Bullauge die Lichter der Stadt und der Schiffe an den Kais leuchten sehen. Auf der Straße entlang dem Suezkanal beobachtete einmal einen ganzen Tag lang, wie man mir erklärte, ein britisches, wüstensandfarbenes Militärfahrzeug unser Schiff – oder gab es uns Begleitschutz? Ich wusste ja nicht, wie der Krieg sich auswirkte und dass unser Schiff durch britisches Interessengebiet fuhr. Die „Urania" hatte als Ladung zwar nur uns als friedliche Passagiere, aber sie hätte auch ein Schiff mit militärischer Fracht sein können! Sie zeigte ja durch ihre italienische Flagge, dass sie zu den „Achsenmächten" gehörte.

Das Ereignis, von dem ich hier erzähle, fand im Mittelmeer statt. „Fand statt" klingt ja recht pompös. Das war es dann aber auch – wirklich viel Aufwand, vor allem 'ne Menge Handarbeit am Ende!

Aber – lasst uns erst einmal weiter nach Norden dampfen, bei leichter Dünung (Wellengang), irgendwo südlich von Kreta. Weil die See glatt war und die Sonne schien, konnten wir vielen Kinder schön auf dem Oberdeck spielen. Ich hatte ein Puzzlespiel geschenkt bekommen und lief auf den blanken Planken der „Urania" auf und ab und rappelte mit den Teilchen im Karton.

Plötzlich entriss mir eine Bö mein Spielzeug. Die Puzzleteile wirbelten im Wind. Einige fielen auf das Deck innerhalb der Reling, andere blieben außerhalb der Reling unter den Rettungsbooten liegen, wieder andere flogen bis zu der Rinne, die an der Bordkante entlanglief, und ein paar Stücke flatterten gleich auf Nimmerwiedersehen im Wind davon.

Ich hatte – ich war ja unter anderem auch zur Ordentlichkeit erzogen – nichts Eiligeres zu tun, als meine vielen Puzzleteile schnell wieder einzusammeln. Die auf dem inneren Deck hatte ich bald wieder im Karton. Mit den anderen ging das nicht so leicht. Ich kroch also unter der Reling durch bis unter die Rettungsboote. Ich war gerade dabei, dort die Teile aufzuklauben, als ich von hinten an den Beinen gepackt und urplötzlich mit einem sehr kräftigen, schnellen Ruck nach innen gezogen wurde.

Ein aufmerksamer Seemann hatte mich entdeckt – vielleicht noch gerade rechtzeitig! Sonst wäre ich unter Umständen bei unerwartet stärkerem Krängen (Seitwärtsdrehung eines Schiffes um seine Längsachse) des Schiffs, verursacht etwa durch eine große Woge, wie meine Teilchen über Bord gegangen und unbemerkt (man sagt da doch auch: ohne Aufsehen zu erregen) im Wasser verschwunden – auf Nimmerwiederauftauchen … (Also: um Haaresbreite war ich einem unfreiwilligen Sturz in die Wellen des Mittelmeers entgangen.)

Der Matrose überantwortete mich zuerst Onkel Hermann Becker, dem Missionar aus Shira, der Eugen und Lotti getraut und meine Mutter mit zu Grabe getragen hatte. Er befand sich mit Tante Elisabeth, die uns Kinder im August 1938 so lieb unter ihre Fittiche genommen hatte, ebenfalls auf der „Heimreise" – wenn man das so nennen will…

Wie hatte ich Bengel es in meiner Unbotmäßigkeit nur wagen können, so mir nichts, dir nichts, unter die Boote zu kriechen! Vor lauter Erregung verpasste mir Onkel Hermann in unmittelbar gebotener christlicher Nächstenliebe eine Tracht Prügel – zu meiner Ermahnung und zu seiner Erleichterung.

Dann wurde ich meinen Eltern „ausgehändigt". Und auch da gab es zuerst einmal zur nötigen Entspannung und zu meiner sofortigen moralischen Besserung eine gewaltige Abreibung (wie das so freundlich umschrieben lautet). Durch diese manuellen Maßnahmen war mir alle Lust zu weiteren Eskapaden und auch der böse Geist, der daran Schuld hatte, für wenigstens diesen Tag ausgetrieben worden. Durch diese physio- bzw. psychotherapeutische Sofortbehandlung auf meinem verlängerten Rücken war ich vermutlich auch empfänglicher geworden für gute, nur noch mündlich vorzutragende Mahnungen. Jedenfalls habe ich bis zu unserer Ankunft in Triest auf Deck nicht mehr mit Puzzleteilen gespielt, da täuscht mich meine Erinnerung nicht!

Wie diese kleine Geschichte zeigt, mag es so sein, dass ich, wie jede und jeder von uns, immer Gutes und Böses – sozusagen als konstante menschliche Grundausstattung – in mir hatte. Beides machte sich eben auf allerlei Weise zu verschiedenen Zeiten unterschiedlich stark bemerkbar. Gegen das Böse musste dann auch klar und deutlich vorgegangen und das Gute entsprechend gefördert werden …

Ich räume jedenfalls ein, von Anfang an neben meiner guten Seite auch eine böse Seite in mir gehabt zu haben. Bei mir meldete sich nämlich „das Böse", wie einer authentischen Tagebuchnotiz zu entnehmen ist, ziemlich genau Mitte August 1936, als ich zwei Jahre alt wurde. Da misslang (glücklicherweise) mein erster Versuch, die listige Kraft der Lüge meiner Mutter gegenüber anzuwenden, unserer Katze Pussy die Schuld zu geben und vor der Verantwortung, der Wahrheit, davonzulaufen. Ich „kam nicht davon"! Die Beine der Lüge und meine Kinderbeine waren (noch) zu kurz gewesen.

Wirkungsvolle Maßnahmen gegen das Böse richteten sich im Februar 1940, pädagogisch und praktisch erprobt, nach dem Grad des erziehungswissenschaftlichen Erkenntnisstandes. So wurden sie auch von den Erziehungsberechtigten gehandhabt. In meinem Fall waren es spontane, an Ort und Stelle wirksame Aktionen. Die Behandlung war in der Wirklichkeit nicht so kompliziert und abstrakt wie meine Beschreibung hier. Aus dreißig, vierzig cm Höhe konnte die Hand leicht und sicher das unter ihr liegende Zielgebiet erreichen ...

Ich denke in diesem Zusammenhang aber auch daran, unter welchen kolossalen Belastungen die Erwachsenen standen. Es herrschte Krieg – wenn auch für uns Kinder an Bord nicht so spürbar, einmal davon absehen, dass wir ja gerade deshalb auf dem Schiff waren, weil Krieg herrschte! Die Erwachsenen hatten vor kurzem ihr ganzes Hab und Gut, im Grunde ihre Lebensplanung, verloren! Fünf Monate Lager waren gerade zu Ende, und man saß auf der „Urania" auf engstem Raum beieinander. Wie das Leben der „in die Heimat" Zurückkehrenden aussehen sollte, war völlig ungewiss – sie waren ihrer Zukunft beraubt worden und hatten wegen des Krieges keine Hoffnung auf etwas Gutes. Es kam in dieser Situation in erster Linie darauf an, dass alle, auch und vor allem die Kinder, die Seereise heil überstanden.

Da war es schon wichtig, dass wir Kinder "artig" waren und nicht noch mehr Unruhe schafften ...

Nashallo rief – 2004

Jahrzehnte hatte ich gezögert, in das Land meiner Geburt, nach Tansania zu reisen. Alle meine Geschwister waren schon auf dem ehemaligen Besitz meiner Eltern gewesen und hatten ihre Erinnerungen an oder ihre Kenntnisse über die Pflanzung „Nashallo" an Ort und Stelle mit den (noch auffindbaren) Spuren vergleichen können.

Mir ist heute dieses Zögern nur dadurch erklärbar, dass ich mich sehr lange in einem schweren seelischen Konflikt befand. Zur Geschichte meiner inneren Entwicklung, also auch meines politischen Bewusstwerdens und Denkens, gehört, dass ich in Frankfurt lernte, Kolonialismus als ein Verbrechen zu betrachten – was er in der Tat auch war und immer noch ist!

Die meisten Kolonien konnten erst 15–20 Jahre nach dem Ende des 2. Weltkriegs (also erst in der zweiten Hälfte des vergangenen Jahrhunderts) ihre Unabhängigkeit erringen. Anhaltende rücksichtslose finanzielle und politische Interessen, fortgesetzte ökonomische Gier nach der Ausbeutung der Rohstoffe und der Arbeitskraft der Menschen, historische und strategische Machtansprüche und weitverbreitete Korruption erklären dies (wenigstens) teilweise. Erst nach jahrelangen, schweren Auseinandersetzungen mit den früheren Herrschern und mit Teilen der eigenen Bevölkerung, die mit den ehemaligen Herren der Länder kollaborierten, gelang den Befreiungskämpfern der ehemaligen „Kolonialvölker" die endgültige politische Abschaffung der Kolonialherrschaft.

Politische Selbständigkeit bedeutete aber nicht gleich auch finanzielle Freiheit und auch noch nicht ökonomische Unabhängigkeit. Da mussten die einstigen Kolonien noch viele Kämpfe mit ihren (meist überlegenen) überseeischen Partnern führen, die zum großen Teil mehr Erfahrung und mehr Geld hatten und technisch (Transportwesen, Produktion), infrastrukturell (Verwaltung, Verkehr), digital (Information, Kommunikation) und militärisch (Kampfkraft, Waffen) weltweit viel besser ausgerüstet waren.

Persönliche Konkurrenz, Machtstreben, Streit um ungelöste Sprach-, Gebiets- und Grenzfragen, fehlende Kenntnis über die verschiedenen Ethnien im selben Staatsverband, Rivalität im Zugang zu Bodenschätzen und Energiequellen, zu Wasser, Staudämmen und Häfen, Fischereirechte, Umweltschutz, religiöse und politische Freiheit, der unerhört schnelle Wandel traditioneller gesellschaftlicher Strukturen, Verhaltensweisen und Erwerbskulturen, dies alles und noch mehr erschwert den Übergang der meisten Länder Afrikas ins 21. Jahrhundert immer noch ganz erheblich.

In den Ländern auf der nördlichen Seite der Erde sollten wir Folgendes nicht vergessen: In den Staaten, die man „die sich entwickelnden Länder" nennt, werden sozial und ökonomisch in nur wenigen Jahrzehnten historische und ethnische Veränderungen herbeigeführt oder bis dahin unbekannte Formen und Normen in Produktion, Konsum und Verwaltung erzwungen, deren Entwicklung in Europa und Nordamerika sich über Jahrhunderte erstreckte.

Als Student verfolgte ich mit großem Interesse und persönlichem Engagement die langen Kämpfe der früheren Kolonien um ihre Befreiung und Selbstbestimmung. Ich erinnere mich gut, wie mein Freund Klaus Hermann und ich mit vielen politisch gleichgesinnten Freunden 1960 an etlichen Demonstrationen und Sitzblockaden teilnahmen und wir wegen unserer Überzeugungen von der Polizei mit Wasserwerfern verfolgt wurden. Damals ging es zum Beispiel darum, im Kongo die demokratischen Kräfte bei ihrem Versuch zu unterstützen, die dortigen Kämpfe um die Verteilung von Macht und Bodenschätzen zu beenden. Dieser Versuch misslang: Das große Land Kongo, ehemals dreigeteilt in belgische, französische und portugiesische Kolonien, wurde brutal aufgespalten nach Maßgabe afrikanischer ethnischer sowie tribaler (Stamm, Clan, Familienverband) und europäischer, in erster Linie finanzieller und ökonomischer Interessen. Selbst Jahrzehnte nach ihrer Unabhängigkeit dauern bis heute die schweren inneren Macht- und Verteilungskämpfe in den beiden Staaten Republik Kongo und Demokratische Republik Kongo an.

Klaus Hermann, Frankfurt ca.1959

Genauso verfolgte ich damals, wie Tanganyika Territory unter der Führung von Julius Nyerere in langen, blutigen Auseinandersetzungen die Last von weit über 70 Jahren deutscher und britischer Herrschaft abschüttelte. 1961 wurde das Land frei und unabhängig, vereinigte sich 1964 mit Sansibar und heißt seitdem Republik Tansania.

Gemäß meiner Bewusstseinslage musste ich meine Eltern zu den Menschen rechnen, die in einer Kolonie Deutschlands ihre persönliche Zukunft aufbauten auf Ackerboden, der ihnen eigentlich nicht gehört hatte. Dieses Land war den rechtmäßigen ursprünglichen Bewohnern entrissen worden. Nach 1919 wechselte es mehrfach den Besitzer (Besatzer). Von diesem Boden wurde 1932 ganz legal (nach damals geltendem kolonialem Recht) von meinem Vater ein Teil zum Zwecke des Kaffeeanbaus käuflich erworben.

Die heutige kritische Beurteilung und die eindeutige Verurteilung des Kolonialismus waren in den 1930er-Jahren unter der deutschen Bevölkerung allenfalls bei wenigen politisch aufgeklärten, historisch gebildeten Menschen vorhanden.

In den Familien meiner Großeltern – das darf gesagt werden – gab es keine grundsätzlichen ethischen oder juristischen Einwände gegen die Aneignung und die Nutzung (sprich Ausbeutung) von Kolonien und ihren Bewohnern durch europäische, amerikanische oder asiatische Mächte.

Meine jungen Eltern waren an der Aufbruchsstimmung des Zeitgeists der bewegten 1920er-Jahre orientiert. Sie planten verständlicherweise, mit Blick auf die unruhige politische Situation und die schlechten ökonomischen und beruflichen Aussichten, ihre Auswanderung nach Afrika. Ich bin mir inzwischen sicher, dass sie sich, gestützt auf die Hilfe ihrer Elternhäuser, guten und ehrlichen Gewissens völlig dem Aufbau ihrer familiären Zukunft hingaben. Deshalb empfanden sie, muss ich folgern, ihr Handeln, den Aufbau einer Pflanzung in einer Kolonie, als ethisch richtig und fühlten sie sich persönlich nicht verantwortlich für und moralisch nicht schuldig am Schicksal der kolonisierten afrikanischen Völker.

Ich brauchte viele Jahre, um mit mir so weit ins Reine zu kommen, dass ich den seelischen Streit in meinem Inneren auszuhalten lernte und die Lebensgeschichte meiner Eltern und damit sie selber so akzeptieren konnte, wie sie gewesen waren und wie sie gehandelt hatten. Das war kein langer Umweg, sondern ein für mich notwendiger Weg! Erst etwa 2003 war ich innerlich dahin gelangt, meinen 70. Geburtstag in dem Land zu begehen, wo ich auf die Welt gekommen war. Das geschah nach meinem Studium in Frankfurt, nach Jahrzehnten im Beruf, nach meiner Arbeit in der Türkei, nach vielen Reisen in alle Welt und ein paar Jahre nach meiner Pensionierung, nach all dieser Zeit der Erfahrungen in und mit der Welt und des Nachdenkens über sie.

Ich wollte nun endlich doch die Orte meiner frühen Kindheit sehen, Erinnerungen auffrischen, Erfahrungen nachempfinden und Verlorengegangenes wiederfinden. Die seelischen Prägungen meiner Kindheit und ihre Wirkungen auf mich sollten wieder lebendig werden.

Erleichtert wurde die Verwirklichung meines Entschlusses dank der „Vermittlung" meines lieben, viel zu früh verstorbenen Kollegen Rainer Lucas, der in seinen jüngeren Jahren als Lehrer in Kigoma am Tanganyikasee gearbeitet hatte. Er hatte familiäre Beziehungen zur Familie von Simeon Mushi, Vikar der Nkwarungo-Gemeinde der ELCT (Evangelical Lutheran Church of Tansania – Evangelisch-Lutherische Kirche Tansanias) in Machame. Rainer Lucas kannte auch Helmut Isgen, den Besitzer der „Meru-View-Lodge" (MVL) im Vorland des Meru-Gebirges. Über Simeon Mushi vereinbarten wir einen Besuch in Machame bei der ELCT für die Zeit um Ostern 2004 herum. Bei Helmut Isgen planten wir Quartier zu nehmen für die Safari in einige der „Parks" und für die Tage vor und nach unserem Besuch bei der ELCT in Machame.

Reise mit Nevin 2004 – Nicht mit leeren Händen

Nevin, die mit unserer Eheschließung 1973 in mein Leben getreten war, und ich wollten in Machame nicht mit leeren Händen ankommen und begannen bereits 2003 damit, für unseren „Besuch" in Afrika zu sammeln. Wir sprachen in Oyten und Bremen alle „Adressen" an, die uns irgendwie geeignet erschienen (Gemeindeverwaltung, Geschäfte für den Schulbedarf, Bau- und Werkzeugmärkte, Ärzte, Sanitätshäuser, Apotheken, Supermärkte, Banken, die GEW, VHS, Schulen, unsere Verwandten, FreundInnen, KollegInnen und Bekannten. Das Schulzentrum an der Drebberstraße wurde zu der Zeit mit einer neuen Küche ausgestattet. Von dort konnten wir viele nützliche Dinge wie Pfannen, Dampfdruckkessel, Töpfe, Schüsseln, Besteck und Bügeleisen mitnehmen. Wir deklarierten zum Schluss alles, was wir zusammengebracht hatten, als Geschenksendung (Donation / keine Handelsware), um beim Zoll in Tansania nicht so viel Einfuhrsteuer zahlen zu müssen. Die Bremer Logistikfirma Ungewitter gewährte uns einen beträchtlichen Preisnachlass für das

Einpacken und den sicheren Transport unserer "Mitbringsel" zum Flughafen. Die ganze Ladung, am Ende 28 rundum mit Folie gut für die Reise gerüstete „Pakete", wog 270 kg. Mit KLM, die damals als einziges Unternehmen einen Direktflug anbot, hatten wir eine sehr preisgünstige Überführung unserer Palette von Bremen zum KIA (Kilimanjaro International Airport) vereinbart. Am 23. März 2004 schickten wir unsere Spende vorab auf die Reise nach Machame.

Kilimanjaro International Airport – KIA

Am Freitag, dem 26. März 2004, flogen Nevin und ich mit KLM um 7 Uhr von Bremen (über Amsterdam) los in Richtung Afrika und waren schon um 21 Uhr am KIA. Nach 70 Jahren war ich wieder in dem Land, wo ich das Licht der Welt erblickte! Die Einreise war ganz einfach; alle Formalitäten, selbst das Warten auf die Koffer, waren in weniger als einer halben Stunde erledigt. Zu unserer Überraschung und großen Freude begrüßten uns Helmut Isgen und Simeon Mushi, seine Frau Grace und vier andere Vertreter der Nkwarungo-Gemeinde in Machame. Wir verständigten uns alle darauf, am Montag, dem 29. März 2004 mit der Zollbehörde am KIA wegen der Freigabe unserer Spenden zu verhandeln.

Für die erste Woche hatten wir uns Quartier genommen in einem Bungalow der MVL. Josephine, Helmuts Frau, brachte uns zu unserer Hütte – überall von duftenden Blumen umgeben, paradiesisch schön. Wir hätten es nicht besser treffen können! Uns fehlte es an nichts. Wir genossen die Stimmen, die uns die frische afrikanische Nachtluft zutrug. Wir konnten gleich in dieser ersten Nacht in Afrika den überwältigenden Glanz des hell leuchtenden Sternenhimmels über dem schwarzen Meru-Massiv bewundern. Wir freuten uns auf die Safari durch die Serengeti und den anschließenden Osterbesuch bei der Nkwarungo-Gemeinde. Wir waren erfüllt von Neugier, Erwartung, Spannung und Hoffnung auf das, was uns in „Nashallo" und Shira erwarten würde.

Nach einer erholsamen Nacht und einem guten Frühstück spazierten wir bis zum Tor des Mount Meru National Parks und trafen dort den imponierenden Afrikaner David Read in seinem wunderbaren Haus, buchstäblich nur auf Armes Länge entfernt von den wilden Tieren des Reservats. Während wir mit ihm plauderten, rupften Giraffen direkt vor dem offenen Fenster seines wunderschönen Wohnzimmers in aller Ruhe das letzte Grün von den dornigen Akazien. David Read diente jahrzehntelang der britischen Mandatsverwaltung und war eine Zeitlang selbst Betreiber einer Pflanzung am Kilimanjaro. Er hat in seinen Büchern – etwa „Barefoot over the Serengeti" („Barfuß durch die Serengeti") – sein bewegtes, außerordentliches Leben als Freund der Massai (er liebte sie und beherrschte ihre Sprachen) und Kenner des Landes beschrieben.

Die nächsten Tage verbrachten wir in aller Ruhe auf dem Gelände der MVL. Ein paar Mal konnten wir zwischen den schweren Regenwolken einen Blick auf den Gipfel des Meru erhaschen. Den Gipfel des Kilimanjaro, den Kibo – die geheime Sehnsucht – konnten wir nicht sehen. Wir mussten uns um Geduld bemühen und lernten, dass an diesem Ort Afrikas die Uhren, auch und gerade die der Natur, langsamer tick(t)en. Wir begannen, uns nach der Hektik der Reisevorbereitungen zu üben im Entschleunigen, im Genießen des Augenblicks, im ruhigen Einklang und Mitschwingen in der afrikanischen Einstellung zur „Zeit".

Hakuna matata – Zollverhandlungen kein Problem

Dieser 29. März 2004 hatte es in sich, wie man so leichthin sagt. Um 9 Uhr waren wir mit Helmut sowie den Vikaren Simeon und Loth von der Gemeinde beim Zollbüro des KIA. Man bedeutete uns, die Freigabe dauere mindestens einen Monat. Für uns blieb nur die Strategie des geduldigen Wartens und des freundlichen Verhandelns. Der Hinweis auf meinen Geburtsort Moshi und einige im Reisepass vorfindbare lose Extra-Blätter zur Abdeckung der für solche Fälle möglicherweise anfallenden Gebühren beschleunigten den Freigabeprozess merklich. Hakuna matata – kein Problem... Es gelang uns schließlich sogar, die fünf großen Pakete mit Wundauflagen fürs Krankenhaus retten und mitnehmen zu dürfen. Aber die anderen wertvollen medizinischen Produkte (mehrere kg Salben, Tinkturen und Tabletten) mussten wir schweren Herzens beim KIA-Zollamt lassen, weil wir dafür keinen special permit (besondere Genehmigung zur Einfuhr) vorweisen konnten, sie angeblich das Verfallsdatum überschritten hatten oder die Artikel keine Aufschriften in vorgeschriebenem Englisch besaßen. Nach stundenlangem Warten kam am Ende sogar der elektrische Strom wieder. Er war zwischenzeitlich ausgefallen. Uns konnten alle Papiere ausgehändigt werden – nach den guten Regeln der bürokratischen Kunst: Maschinell gedruckt, handschriftlich ausgefüllt, geprüft und dann gestempelt und sogar eigenhändig unterschrieben! Frohen Muts beluden wir den Wagen der Gemeinde; wir waren glücklich, dass unsere Palette auf dem Weg nach Machame war.

Bis Mittwoch (31. März 2004) verbrachten wir wundervolle, ruhige Tage in der MVL.

Ausladen der Geschenke, KIA (Kilimanjaro Airport) 2004

„Kein schöner Land in dieser Zeit ..."

Von Donnerstag, dem 1. bis Mittwoch, dem 7. April 2004 unternahmen wir mit unserem jungen, sehr sicheren und angenehmen, geschickten und in jeder touristischen Angelegenheit wohl informierten Fahrer Aniset (von Wonder of Creation Tours & Safari Ltd. aus Arusha/Dankeschön, Aniset!) eine unbeschreiblich schöne, erlebnisreiche Safari. Der Ngorongoro-Krater, die Serengeti-Steppe, die Oldevai-Schlucht, der Tarangire-Park beschenkten uns mit viel mehr Anblicken und Erfahrungen, Erlebnissen und Erkenntnissen, als wir jemals erwartet hatten! Wir spürten Afrika, als wir dort waren – wir sind seither innerlich veränderte, viel reichere Menschen.

Am 8. und 9. April 2004 (Gründonnerstag und Karfreitag) gönnten wir uns zwei Tage in der MVL, um über unsere wundervolle Safari nachzusinnen.

Tausend glänzende Flügel

Am Ostersamstag, dem 10. April 2004, wurden wir verabredungsgemäß in der Lodge abgeholt. Die Alten (The Elders – die Mitglieder des Kirchenrates der Gemeinde Nkwarungo) hießen uns aufs herzlichste willkommen. Wir waren Gäste der ersten Gemeinde der Leipziger Missionsgesellschaft (LMG) in Ostafrika. Sie wurde 1893 als Missionsstation gegründet. Man brachte uns sogleich im Gästehaus des Hospitals unter. Das Krankenhaus unweit der Kirche der Nkwarungo-Gemeinde nimmt fast einen ganzen Ortsteil von Machame ein. Das Gästehaus, in dem übrigens mein Bruder Harald zur Welt kam, diente seit den 1930er-Jahren bis vor kurzem noch, wie man uns sagte, als Krankenstation. In den letzten Jahren ist das Hospital bedeutend erweitert und modernisiert worden. Heute arbeiten die Leitung der Norddiözese der ELCT und das tansanische Gesundheitsministerium beim Betrieb, beim Ausbau und der Finanzierung dieser bedeutenden zentralen, modernen medizinischen Ausbildungseinrichtung eng zusammen. Am 5. November 1904 wurde es von der Leipziger Mission eröffnet; Dr. Hermann Plötze war seit 1902 dort der erste Arzt. Der 100. Gründungstag des Machame Hospitals wurde 2004 groß gefeiert.

Der Ort und das Krankenhaus Machame spielen in unserer Familiengeschichte eine bedeutende Rolle. Es war für mich sehr bewegend, den Weg zurück in meine und die Geschichte unserer Familie gerade in Machame zu beginnen.

Wir richteten uns in dem kleinen, schlichten Gästezimmer ein und waren äußerst gespannt, was sich an diesem Tag noch ereignen würde. Alles hatte so vielversprechend begonnen, als sei es extra für uns vorbereitet worden. Am Mittag war bei der Abfahrt von der MVL der Meru in voller Pracht zu sehen. Der zackige Grat des Mawenzi erhob sich eindrucksvoll im Sonnenschein des Spätnachmittags und auch der Kibo zeigte uns seine große, weiße Kappe in voller Klarheit und leuchtender Schönheit. Irgendwie hatte die Buschtrommel David Read gemeldet, dass wir von unserer Safari zurück waren und die Ostertage in Machame verbringen wollten. So kam er gegen Abend zu unserer großen Überraschung auf eine Tasse Tee zu einem Plausch vorbei. Daraus wurde ein spannendes, aufschlussreiches, den ganzen Abend füllendes Gespräch über Tansania damals und heute mit einem faszinierenden Mann von britischer Abstammung, sein Leben lang tief in Afrikas Boden verwurzelt und von seiner Geschichte und seinen Menschen geprägt.

David Read und Hellmut auf der Terrasse in Meru View Lodge / Machame, April 2004

Vor dem Abendessen gingen wir noch einmal zu unserer Bleibe, um uns frisch zu machen. Vor der Eingangstür sahen wir auf dem Boden haufenweise die vertrockneten Reste (insbesondere Tausende von Flügeln) von Termiten. Diese Insekten waren (wie von der Natur vorgesehen) bei ihrem Hochzeitsflug abgestürzt und niemand hatte sich seither um sie gekümmert, das heißt, zusammengefegt und weggeworfen.

Als wir uns im Gästehaus ein wenig umschauten, fiel unser Blick auf zwei, drei Bücher auf einem Brett in einer Vitrine mit Glastür. Auf einem der dicken Buchrücken stand in goldunterlegter Frakturschrift noch gut lesbar „The Holy Bible". Welch schöner Anblick! Neugierig und behutsam öffneten wir das Schränkchen, langten nach dem Buch und dann – geschah es: Als wir die Bibel berührten, fiel sie, genau wie die anderen Bücher, buchstäblich in einem Augenblick in sich zusammen und war nur noch ein Häufchen grauer Staub! Wir erkannten den Zusammenhang mit den Flügeln vor der Haustür und ahnten, was passiert sein musste. Termiten hatten gemäß ihres biologisch festgelegten Ernährungsverhaltens (My home is my ‚meal', nicht my ‚castle' – Am besten schmeckt mir mein eigenes ‚Zuhause', nicht meine ‚Burg') die Vitrine besetzt und dann saubere und ganze Arbeit geleistet. Die Seiten der Bücher mit ihren heiligen Texten hatten die Insekten völlig aufgefressen und so gleichsam das Wort und das Werk Gottes auf Erden verzehrt. Nur dank ihres dickeren Materials (wahrscheinlich Leder) und ihrer festen Struktur waren die Buchdeckel stehen geblieben und spielten dem Auge eine Wirklichkeit vor, die bei der leisesten Berührung in sich zusammenbrach. Offenbar hatte vor uns seit langem kein Mensch mehr beim Betreten des Gästehauses das Bedürfnis gehabt, mal eines der dort aufbewahrten Bücher in die Hand zu nehmen und sich an Gottes Wort zu erfreuen.

Wir beichteten am Abend unser Missgeschick, das bei unseren afrikanischen Freunden auf gnädige, sogar verständnisvolle, Ohren stieß. Man war durchaus daran gewöhnt, die von Termiten verursachten Schäden als mehr oder weniger unvermeidbar hinzunehmen und kein Aufheben davon zu machen. Uns fiel es einigermaßen schwer, die zerstörerische Zweckentfremdung der Bücher mit dem – im Grunde völlig richtigen und angemessenen – langmütigen, toleranten afrikanischen Naturverständnis zu betrachten. Dieses besagt, Hölzernes, und damit auch daraus gemachtes Papier, ist nun mal eine der gottgegebenen und in 150 Millionen Jahren Evolution wundervoll herausgebildeten Nahrungsgrundlagen der Termiten. (Ich bewundere die im Reich der Insekten für die Natur so ungeheuer nützlichen, weltweit verbreiteten Lebensformen und Verhaltensweisen der Termiten, einschließlich ihrer Nahrungsaufnahme!)

Vor dem Abendessen trafen wir uns mit einer Runde von Gemeindemitgliedern, die uns offiziell begrüßten, zuerst zum Händereinigen. Unsere Gastgeber erklärten uns, dass sie, nach afrikanischem Brauch, zum Teil ihre Speise nur mit den Fingern zum Mund führten und daher größten Wert auf gewaschene Hände legten. Nach der großen Waschung folgte ein erstes langes Gebet vor dem Verwaltungsbüro und ein zweites vor dem Esszimmer. Wir alle spürten deutlich, dass dieses gemeinsame Begrüßungsessen einen großen Augenblick in unser aller Leben darstellte. So saßen wir da alle zusammen in glücklicher Gemeinschaft, kamen einander „tastend" näher und genossen ein reiches, wunderbar afrikanisches Willkommensessen, wohl zubereitet von liebevoller Hand: Rindfleischbrühe mit Brot, Kochbananeneintopf, Spinat und Fleischeintopf, zum Abschluss Orangenscheiben. (Natürlich gab es für jeden, der es wünschte, auch Essbesteck!)

Ein Dankgebet beschloss diesen erlebnisreichen Tag vor dem Osterfest, das in aller Mund und Herz war, für das die Gebäude und

Gärten um die Kirche festlich geschmückt waren und von dem wir beide nicht ahnten, was es uns bringen würde an Ereignissen und Erlebnissen, an Begegnungen mit Menschen, an tiefgehenden Erkenntnissen und Gefühlsbewegungen, mit einem Wort: Afrika!

„You are one of us!" – „Du bist einer von uns!"

Am Ostersonntag, dem 11. April, begleiteten uns unsere Freunde nach dem Frühstück zur Feier der Auferstehung Christi in die Kusirye-U (Freuet euch!) Kirche.

Versteigerung, Ostern, Machame 2004

Nkwarungo Gemeinde Kusirye-U

Übergabe der Geschenke in der Kirche

Festliche Stimmung Ostern, Machame 2004

Hunderte von festlich gekleideten Menschen, Groß und Klein, Alt und Jung, die ganze Gemeinde in Festtagskleidung und freudiger Erregtheit, füllten den Kirchenraum bis auf den letzten Platz. In der Mitte hatten der Kirchen- und der Posaunenchor ihre Plätze, im vorderen Teil saß der Ältestenrat der Gemeinde. Nevin und ich bekamen, der Gottesdienstordnung der Norddiözese der ELCT folgend, Ehrenplätze in der ersten Reihe unmittelbar vor dem Altar. Es wurden viele Lieder und Choräle gesungen, von denen manche mir so vertraut klangen, als sei ich in einen „heimatlichen" Gottesdienst versetzt gewesen. Wie man uns berichtete, sind viele Kirchenlieder schon vor über einhundert Jahren aus dem Deutschen in Kisuaheli oder den Kichagga-Dialekt (die lokale Sprache in Machame) übersetzt worden. Bei der LMG galt immer, dass die Missionierung (Unterricht, Bibelstudium, Glaubenslehre, etc.) in der Sprache der ortsansässigen Bevölkerung erfolgen musste. Die Begleitung des Gesangs durch Posaunen (es gibt keine Orgel) hat in Machame auch schon über ein Jahrhundert Tradition. Die Lieder wurden durch die Posaunenbläser musikalisch absolut perfekt begleitet! Gesang und Posaunenklang zusammen waren sehr beeindruckend – alle Beteiligten waren mit ganzem Herzen und ganzer Seele „bei der Sache"! Dazwischen gab es Ansagen zu den verschiedenen, nach Sprengeln geordneten Kollekten. Sie ergaben am Ende fünf große Körbe, gehäuft voll mit Banknoten und geldgefüllten Umschlägen, die geschäftig von den Geistlichen vor dem Altar überprüft und geordnet wurden. Es folgte eine lebhafte Predigt, der die Menschen eine Stunde still und ergriffen zuhörten.

Die Gesichter der Lauschenden offenbarten uns, wie stark und unmittelbar jedem der Gläubigen die Worte des Predigers zu Herzen gingen.

Dann wurden wir zum Altar gebeten und der Gemeinde vorgestellt. Es war, wie man so sagt, mucksmäuschenstill trotz der Menge erregter Leute, trotz all der Kinder im Raum, die mit äußerster Spannung darauf warteten, was geschehen würde.

Ich erzählte, dass ich in Moshi, mein Bruder Harald in Machame und meine Schwester Anne in Sanya Yuu auf die Welt gekommen waren, dass meine Eltern die Pflanzung „Nashallo" am Kilimanjaro besessen hatten, dass meine Mutter in Shira beerdigt wurde, wir 1939 wegen des Weltkrieges Afrika verlassen mussten und ich aus Anlass meines 70. Geburtstages in das Land meiner Geburt gereist war. Anschließend an diesen Bericht, der sicher für viele geradezu wie ein Märchen geklungen haben muss, präsentierten die Geistlichen vor dem Altar die Geschenke, die Nevin und ich mitgebracht hatten. Wir hatten sie schon vorher im Büro alle aus den Transportkisten ausgepackt, sodass sie vom Altar aus der ganzen Gemeinde gezeigt werden konnten. (Dabei hatte sich herausgestellt, dass der Zweck etlicher Werkzeuge, die wir im Gepäck hatten, den Menschen unbekannt war. Daher hatte ich mit ihnen, ehe noch der feierliche Ostergottesdienst begann, für den Ostermontag eine Vorführstunde verabredet.)

Mit lautem Klatschen und inbrünstigen Halleluja-Rufen bedankte sich die Gemeinde für all die Stücke, die vor dem Altar niedergelegt wurden. Nevin und ich konnten vor Rührung kaum die Tränen zurückhalten. Zum Schluss dieses Teils des Gottesdienstes zeigte mir einer der Geistlichen mit dem Satz „You were born here, you are one of us, you are a Chagga, too!" – „Du wurdest hier geboren, du bist einer von uns, du bist auch ein Chagga!", wie sehr die Gemeinde uns in ihre Herzen geschlossen hatte. Alles war so überwältigend gewesen, dass wir in unserem aufgewühlten Gemütszustand nur schwer noch Worte des Dankes finden konnten.

Nach drei Stunden war dieser einzigartig bewegende Festgottesdienst zu Ende und die Menschen strömten nach draußen. Es sah fast so aus, als ob von der Eingangstür der Kirche sich ein bunter, wabernder Teppich die Stufen herunter auf die weite Wiese vor dem Gebäude entrollte. Die Menschen unterhielten sich heiter, gelöst und mitteilsam nach dem langen Gottesdienst. Andere Menschen boten fröhlich und lautstark auf der bei solchen Festen üblichen Versteigerung ihre Gartenprodukte wie Bananen und Zwiebeln, Gurken und Bohnen, Mais und Eier, farbenprächtige selbstgewebte Stoffe und handgefertigte Gegenstände für den Gebrauch in der Küche an. Das war ein wunderschön in allen Farben leuchtendes Schauspiel – und all das für das materielle Wohl und das emotionale Wohlbefinden der Gemeinde!

Nachmittags erholten wir uns auf einem Spaziergang bei regnerisch-drückendem Wetter von diesem so eindrucksvollen Ostergottesdienst.

Mit Anbruch der Dämmerung wurde es wieder Zeit fürs abendliche Mahl.

Wir waren von Anfang an bei jedem Essen auch in die Rituale dieser Gemeinschaft von Gottesmännern und der Frauen, die uns bedienten, mit einbezogen. Bei jeder Mahlzeit sprach derjenige, der an der Reihe war, ein Gebet für alle Anwesenden. Man erwartete von uns natürlich, dass auch wir, wenn wir dran waren, ein Tischgebet sagten.

Nevin und ich waren schon zu einem frühen Zeitpunkt unseres Aufenthalts in Machame gefragt worden, welcher Gemeinde in Oyten wir angehörten. Wir hatten unseren Freunden deutlich zur Kenntnis gebracht, dass wir keine Bindung an irgendeine Kirchengemeinde und keine christliche, muslimische oder sonstige religiöse Glaubensbindung hätten. Man nahm dies stillschweigend und wohlwollend zur Kenntnis, obwohl es im Grunde völlig unvorstellbar war für unsere Freunde, dass wir keine Mitglieder einer Kirche, keine Angehörigen einer großen Gemeinde, keine an einen Gott glaubende Menschen waren! Wir nahmen unsere Redezeit für ein Gebet wahr, dankten für die herzliche Gastfreundschaft unserer Freunde und sprachen unseren Wunsch für eine bekömmliche Mahlzeit, für gute Gesundheit, Glück und Frieden für uns alle aus. Das erfüllte offensichtlich die Erwartungen: Gott und seine Gläubigen wussten, dass alle Geschöpfe unterschiedlich sind und ließ unserer Haltung wegen kein unzufriedenes Donnern hören. Am Tisch mundeten uns bei lebhaftem Gespräch die liebevoll vorbereiteten Speisen ganz vortrefflich.

Beim Abendessen an diesem Ostersonntag war der Platz von Bruder Tobias zu unser aller Erstaunen leer geblieben. Aber er kam dann doch noch – nach geraumer Zeit. Aber in welcher Verfassung! Die Bewegungen dieses ruhigen Mannes mit untersetzter Statur waren hastig und fahrig. Er schwitzte so, dass ihm das Wasser von der Stirn rann und er seine Hände dauernd an einem Handtuch trockenreiben musste. Seine Augen waren blutunterlaufen, seine kurzen Blicke zu uns unstet und unsicher. Kurzum, er wirkte so, als sei er gerade bei einer sehr heftigen körperlichen Auseinandersetzung so eben noch einmal davongekommen. Und so war es auch! Fast atemlos berichtete Tobias uns, er habe wenige Minuten zuvor einen schweren Kampf mit dem Teufel gewonnen, den er bei einem Ehepaar ausgetrieben habe. Der leibhaftige Satan habe sich mit aller Macht gegen ihn, den Träger des Wortes Gottes, gestellt und er, Tobias, habe die ganze Kraft seines Leibes und alle Autorität seines heiligen Auftrages einsetzen müssen, um den Herrscher des Bösen zum Schluss aus dem Haus des Ehepaares in die Hölle zurückjagen zu können. Gott sei gedankt dafür! Leib und Seele des Paares seien gerettet; er, Tobias, habe als Christ den „guten Kampf" gekämpft und sein fester Glaube an die Macht des göttlichen Wortes habe ihm beigestanden, den Sieg über den Satan davonzutragen. Halleluja! Gott sei gepriesen! Und noch einmal Halleluja!

Sichtlich erschüttert nahm die Runde an unserem Tisch diesen Bericht auf. Uns kam sogleich die Redensart „Der Glaube versetzt Berge" in den Sinn: Auch Nevin und ich waren beeindruckt von der Schilderung der Kraft, mit der die Macht des Glaubens dem Bruder Tobias dabei geholfen hatte, diesen für ihn selbst wahrhaftigen Kampf auf Leben und Tod um die Seelen des Ehepaares lebend zu überstehen und seiner Aufgabe als Diener Gottes in dieser Welt gerecht zu werden. Den ganzen Abend noch ging es darum, ob auf Erden letztlich Gott die Macht behalte oder ob, um mit Luthers Worten zu sprechen, der „alt-böse Feind, der mit Ernst es jetzt meint", sein teuflisches Reich errichten und die Menschen ins Verderben stürzen könne.

Nevin und ich bekamen eine Ahnung davon, wie sehr die Seelen unserer afrikanischen Freunde nach einer geistlichen Kraft verlangten und der Führung durch sie bedurften, insbesondere, seit sie sich, nach ihrer „Bekehrung" durch die christliche Mission, von ihren überkommenen und vertrauten afrikanischen naturreligiösen Vorstellungen und spirituellen Glaubenswelten zu entfernen beginnen. Damit die menschliche Vernunft im Sinne philosophischer Aufklärung ihren gebührenden Platz erreicht, müsste Hegels vielbeschworener Weltgeist auch (oder gerade) in Afrika noch gewaltige Schritte tun. Mit Blick auf unsere lieben Freunde in Machame kam mir während der Gespräche zweierlei in den Sinn: Zum einen war es der Denkanstoß im Kapitel 8 des Markus-Evangeliums, Vers 36: „Was hülfe es dem Menschen, wenn er die ganze Welt gewönne und doch Schaden nähme an seiner Seele!" Zum anderen erhob sich die drängende Frage, ob aufgeklärtes, differenzierendes Denken ihnen mehr gesellschaftliches Engagement, mehr inneren und äußeren Frieden, mehr seelische Sicherheit geben könnte als ihre jetzige einfache, zuversichtliche Frömmigkeit; ihre starke, feste Bindung an die Kirche, ihr unbedingter, nicht hinterfragter Glaube an die Gültigkeit und die Verheißung der „Frohen Botschaft". Zweifel regten sich, ob sie dabei Erfüllung gewinnen könnten für sich und für ihre Gesellschaft angesichts der enormen und rasanten Veränderungen, denen heute überall die afrikanischen Menschen gegenüberstehen. Sie waren – wie könnte es anders sein? – auch in Machame überall sichtbar und spürbar.

Sehr nachdenklich gingen wir zu Bett. Nach dem friedlichen, freudigen Verlauf dieses Festes der Wiedererweckung von Lebensfreude und Liebe nahmen wir zum Ausklang des Tages mit schweren Gedanken den Bericht über Tobias' Kampf gegen den Teufel mit auf den Weg. Dieser einzigartige Ostersonntag mit seinem Gottesdienst und Abendessen war für uns – und ist es immer noch – ein wahrhaft überwältigendes Erlebnis.

Zuletzt noch 'ne Kreissäge

Auch am Ostermontag füllten, wie am Tag zuvor, am Morgen, viele hundert Menschen dicht an dicht die große Kirche. Ein freiberuflicher Evangelist, den die Gemeinde eingeladen hatte, interpretierte wortgewaltig und gestenreich in einer zweistündigen Predigt das Wort Gottes. Er beherrschte alle rednerischen Tricks und Kniffe, mal anklagend oder gar zornig, mal mit Ironie oder großem Pathos, mal gemütlich erzählend, mal grinsend auf etwas anspielend, mal fast flüsternd und dann, plötzlich laut aufbrausend – er verstand es, seine Botschaft zu übermitteln! Seine von dieser Predigt erfüllten ZuhörerInnen dankten ihm mit zustimmendem Stöhnen, lauten Zurufen, mit ‚oh Lord, oh Lord' und ‚Halleluja', mit Händeklatschen, Winken und anderen Zeichen ihrer völligen Ergriffenheit und tiefen seelischen Betroffenheit. Mit diesem absoluten Meisterstück der Redekunst wurden alle Erwartungen erfüllt: Die Gläubigen hatten die erhoffte Botschaft in unmittelbar zu Herzen gehender, theatralisch eindrucksvoller Weise verkündigt bekommen, die Gemeinde wurde für ihren finanziellen Aufwand mit einer geistreichen, extra langen Festtagspredigt belohnt, der Prediger hatte sich seines Preises und seines guten Rufes würdig erwiesen – für alle zeigte die Welt an diesem Vormittag ein glückliches Gesicht.

Nach dem Essen trafen wir uns – zwei ältere Schreinermeister, ein knappes Dutzend junger Männer und ich – zur versprochenen Vorführstunde. Auf einem Tisch und in verschiedenen Kartons lagen die Werkzeuge aus Bremen und das nötige Zubehör, das es vorzuführen und anzuwenden galt. Verlängerungskabel, Meterstäbe, Hobel und Wasserwaagen, Kneif- und Kombizangen, Schlitz- und Kreuzschraubendreher kannten sie alle. Die Einstellung von Rohrzangen oder so genannten Engländern (eine Art von verstellbarer Maulschlüssel) auf die jeweils notwendige Weite gelang den jungen Leuten nach Üben an verschiedenen Gegenständen wie Rohren oder Gewinden. Als es um die Handhabung von Bohrmaschinen ging, mussten sich die beiden alten Meister einschalten; und das taten sie auch – ebenso geschickt wie erfolgreich. Wann sollte man eine kleine Bohrmaschine mit Akku einsetzen, wann war nur der Schlagbohrer angezeigt? Wie funktionierte eine Bohrmaschine im Normalbetrieb mit Vortrieb und Rückwärtsgang? Wie spannte man die Bohrer richtig ins Futter, wie löste man den Drehverschluss wieder? Warum durfte man auf keinen Fall einen Holzbohrer verwenden, wenn man ein Loch in Metall machen wollte? Was geschah mit einem Metallbohrer, wenn man mit ihm in einen Stein oder in Beton bohrte? War ein Steinbohrer in der Lage, ein genaues Bohrloch zu produzieren? Und wie konnte man einen Akku aus einer Bohrmaschine herausnehmen, wie einsetzen, wie und wo laden?

Ganz schwierig wurde es, als wir zu den Sägen kamen. Die jungen Männer staunten, als ich die verschiedenen Sägen auf den Tisch legte. Andere als kleine Handsägen oder grobe Trummsägen (zum Sägen von Baumstämmen) hatten die jungen Männer noch nie gesehen. Da aber waren die beiden alten Schreiner in ihrem Element und erklärten mit Feuer und Sachverstand – eben wie alte Hasen –, wo es nötig war. Zum Glück hatten wir genügend Holz- und Metallteile, um daran den Gebrauch von Stichsägen, Metallsägen und grob- und feinzahnigen Holzsägen zu üben. Zum guten Schluss wurden die Augen ganz groß, als ich eine Handkreissäge aus einem Karton auspackte. Die wenigsten der jungen Männer hatten bisher schon mal ein solches Werkzeug in der Hand gehabt und keiner traute sich, an Ort und Stelle damit zu üben. Die geübten Schreinermeister und ich führten die Kreissäge dann vor. Die jungen Männer waren sprachlos darüber, wie man ohne große Anstrengung in so kurzer Zeit in gerader Linie auch dicke und harte Bretter sägen konnte! Dem glatten Durchbohren von tatsächlich (nicht nur sprichwörtlich) dicken Brettern hatten sie vorher schon mit Staunen und Bewunderung zugesehen!

Üben mit den Werkzeugen, Ostern, Machame 2004

Ich legte bei allen Übungen größten Wert darauf, dass die jungen Männer verstanden, dass nur sachgerechter Gebrauch der Werkzeuge ihre Verwendbarkeit erhielt. Wichtig war mir auch, dass immer die nötige Vorsicht (Splitter im Auge, zu viel Lärm fürs Ohr, Gefährdung von Fingern bei der Arbeit mit Bohrmaschinen oder Kreissägen) beachtet werden musste. Die beiden erfahrenen alten Schreinermeister bestätigten wort- und gestenreich diese Ermahnungen zur Achtsamkeit. Mir hatte diese praktische Vorführung großen Spaß gemacht; auch wenn ich mir dabei bewusst war, dass ich manche der jungen Männer sicher bis an die Grenzen ihrer bisherigen Erfahrungen gefordert hatte.

Zur gleichen Zeit wollte Nevin die Ehefrauen von Simeon und Loth in den Gebrauch eines Dampfdruckschnellkochtopfes einführen. So schwierig, wie das ellenlange Wort für diesen Haushaltsgegenstand auszusprechen ist, war auch ihr praktischer Gebrauch. Es gab keinen Elektroherd mit Kochstellen, die heiß genug wurden, um Wasser zum Sieden zu bringen. (Auch in unserem Gästehaus war die kleine Elektroplatte lediglich im Stande, gerade so viel Wärme zu erzeugen, dass wir unsere Wäsche und Schuhe mit etwas erwärmter Luft trocknen konnten.) Ein Gasherd stand den Frauen auch nicht zur Verfügung. Es wurde nach alter Übung und weil Holz billig war, vor dem Pfarrhaus auf einer offenen Feuerstelle gekocht. Der eigentliche Vorteil der neuen Töpfe, schnelles, energiesparendes Garen der Speisen, kam nicht zur Geltung. Das Halten und Tragen der Töpfe an ihren langen Stielen, die stabil und wärmeisoliert waren, fanden die Frauen sehr angenehm.

Dieser so abwechslungsreiche Tag endete für uns mit schönen Überraschungen: Wir kamen beim abendlichen Spaziergang an der Machame Girls Secondary School (Höhere Schule für Mädchen in Machame) vorbei. Sie war 2003 abgebrannt, und wir freuten uns über ihren Wiederaufbau, für den wir einen großen Teil meines für Spenden gesammelten Geldes gegeben hatten. Natürlich war es für uns besonders befriedigend, mit eigenen Augen zu sehen, welche Bildungschancen heute auch die Mädchen von Machame haben. So banal es auch für uns klingen mag – ein großer Teil der erfolgreichen Arbeit der LMG besteht darin, die Menschen des Chagga-Volkes das Lesen und Schreiben, das Rechnen und Singen in ihrer lokalen Sprache, dem Wachagga, und in der Verkehrssprache des Landes, Kisuaheli, zu lehren. Zu einem wesentlichen Teil erst über diese beherrschten Sprachen können sie sich und ihre Nachbarn – mit ihren Dialekten und Lebensweisen – kennenlernen und auch etwas Ähnliches wie das Empfinden der Zugehörigkeit zu einer Nation entwickeln. Uns wurde glaubhaft erklärt, erst die Missionare hätten unter den Chagga und den anderen Stämmen / Völkern des Kilimanjaro-Gebiets den dauerhaften, friedlichen Umgang, das Ende der früheren Stammeskriege, bewirkt. Welch schöne Aussage! Möge es so bleiben!

he die Dunkelheit hereinbrach, konnten wir erneut im späten, en Abendlicht der untergehenden Sonne den Kibo ohne jede olke in ganzer Pracht erleben. Ich erinnerte ich mich dabei an ihnliche Anblicke von unserer Terrasse in „Nashallo" – dieses Mal stimmten aber Erinnerung und eben erlebte Wirklichkeit überein! Der Himmel blieb zum Glück nach Sonnenuntergang wolkenlos und unsere Herzen waren voller innerlicher Erhebung beim Betrachten der unzähligen, herrlich funkelnden Sterne, welche die schwarze, stille Nacht des Weltalls hell erleuchteten.

Ein Rollstuhl – hoch willkommen

Nach dem 8-Uhr-Gottesdienst waren wir zu Gast im Machame Lutheran Hospital.

Es hat sich aus der kleinen Krankenstation Dr. Plötzes zu einem der wichtigsten und modernsten Krankenhäuser Nordtansanias entwickelt.

Dort hatten wir eine Sprechstunde ganz besonderer Art. Im Zimmer des Dr.-in-Charge / des Leitenden Arztes –waren wir mit allen Ärzten zusammen, die gerade dienstlich nicht auf einer Station sein mussten. Wir packten mit ihnen die medizinischen Sachen aus, die wir durch die engen Maschen des Zolls durchgekriegt hatten. Wie sehr bedauerten die Mediziner, als sie hörten, was wir am KIA in den Händen und Schubladen der Zollbeamten hatten zurücklassen müssen! Sie hätten, wie die Ärzte uns sagten, auf Grund der Angaben über die Inhaltsstoffe der Tabletten und Salben, Cremes und Lotionen (auch ohne weitere Angaben auf Englisch) gut erkennen können, wie man sie hätte anwenden sollen. Trotzdem – all das, was wir an Medizin und Wundbehandlungsmitteln auf die Tische legten, löste viel Dankbarkeit und Freude aus.

Und dann übergaben wir unter den staunenden Augen der Männer unsere weiteren Geschenke: Vier Paar Krücken, einen Rollator und einen ganz neuen Rollstuhl! Der wurde sogleich einem Kranken übergeben, der sein Glück kaum fassen konnte und selig anfing, das Fahren mit dem Rollstuhl zu üben! Nevin und ich waren sehr glücklich, dass unsere Mitbringsel so willkommen und brauchbar waren.

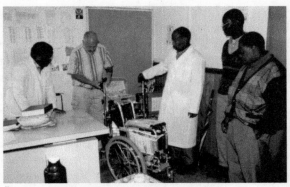

Übergabe eines Rollstuhls, Ostern, Machame 2004

Mit dem „Dalladalla" zum Bischof in Moshi

Über Mittag hatte sich der Himmel zugezogen; weder der Meru noch der Mawenzi oder gar der Kibo waren zu sehen. Wir fuhren mit einem Dalladalla (Mietauto, Großraumtaxi) nach Moshi. Wir waren buchstäblich eingekeilt zwischen etwa 25 anderen Mitreisenden, Hühnern im Korb und etlichen Ziegen, die unter unseren Sitzen und Beinen so leise vor sich hinmeckerten. Trotz Hitze und drangvoller Enge waren alle heiter und die Worte der lebhaften Unterhaltung flogen im Auto in alle Richtungen.

Beim Hospitali Ya Mkoya Mawenzi stiegen wir aus und wurden von der Matron, der diensthabenden Oberschwester, sehr freundlich empfangen und herumgeführt. Wir durften sogar einen langen Blick in den Maternity Ward (die Geburtsstation) tun! Leider war das Gebäude, in dem früher einmal die Geburten stattfanden, in dem also auch ich zur Welt kam (Originalton Lotti „erstes Zimmer links vom Eingang"), nicht zugänglich. Dennoch – wir hatten in der Baby-Abteilung einen sehr starken Eindruck davon erhalten, was es auch heute noch – trotz allen technischen und medizinischen Fortschritts – in weiten Teilen Afrikas heißt, ein Kind zu gebären. Wir bewunderten im Stillen erneut, welche für unsere Maßstäbe enormen Leistungen Lotti mit drei Geburten in Afrika vollbracht hatte!

Der Assistent des Leitenden Arztes des Mawenzi-Krankenhauses setzte uns sehr ausführlich ins Bild über die Arbeit und Erfolge seines Hauses und über die Lage des Gesundheitswesens in Tansania, insbesondere mit Bezug auf AIDS. So waren wir gut gerüstet und sozusagen auf dem neuesten Stand für ein Gespräch beim

Mittagessen mit Dr. Shoo. Er stammt aus Machame, studierte und promovierte in Deutschland und war zu der Zeit Bishop Elect (Nachfolge-Anwärter auf das Amt eines Bischofs / schon gewählter, zukünftiger Bischof). 2014 wurde er offiziell zum Presiding Bishop (Leitender Bischof) aller 26 Diözesen der ELCT Tansanias gewählt. Die ELCT ist heute mit 6,5 Millionen Mitgliedern die zweitgrößte lutherische Gemeinschaft der Welt und der größte ELCT-Amtsbereich Tansanias. Als ich 1934 zur Welt kam, hatte die Gemeinde von Machame rund 6.000 Gläubige. Wir trafen uns im Lutheran Uhuru Youth Hostel (Lutherische Jugendherberge zur Freiheit), das in Moshi sehr schön in einem ruhigen, gepflegten Park liegt, und speisten dort gemütlich.

Wir merkten schnell, dass wir ungezwungen und offen mit Dr. Shoo reden konnten und so kamen wir bald auf unsere Hauptthematik zu sprechen.

Die Erkrankungen an HIV[107] verbreiteten sich (auch) in Afrika, besonders in den Ländern südlich des Äquators, seit den 1980er-Jahren rasend schnell – schnell und unaufhaltsam- zerstörerisch. Sie entwickelten sich zu einer sozialen Katastrophe, die das Maß jeder Vorstellung überschritt.

Endlich, zur Jahrtausendwende, reagierte (wenigstens) die ELCT (für das Gebiet ihrer 26 Diözesen) auf die Bedrohung durch AIDS und bereitete für das Jahr 2004 eine gemeinsame Erklärung aller Bischöfe vor. Sie hatte zur Grundlage einerseits das in der Bibel verkündete, uneingeschränkt gültige, immer an oberster Stelle stehende Wort Gottes. Andererseits bezog sie die Ergebnisse der Arbeit von UNAIDS, das 1996 gegründete Joint United Nations Programme on HIV/AIDS / Gemeinsames Programm der Vereinten Nationen gegen HIV/AIDS und die statistischen und medizinischen Erkenntnisse um das Jahr 2000 mit ein: Danach starben hunderttausende von Menschen allein in Tansania an einer Infektion mit HIV, war über die Hälfte aller Krankenhausbetten mit AIDS-Patienten belegt und näherte sich die Zahl der wegen dieser Erkrankung elternlos gewordenen Kinder der 2-Millionen-Marke.

Angesichts dieser Bedrohungen veröffentlichte die Bischofskonferenz der ELCT am 5. Mai 2004 das „Bukoba Statement" (Bukoba-Erklärung), in der sie Stellung bezog zu HIV*, AIDS* und PHC*.

* HIV = Human Immunodeficiency Virus – Menschliches Antikörpermangel-Virus, AIDS = Acquired Immunity Deficience Syndrome – Erworbenes Antikörpermangel-Syndrom, PHC = Primary Health Care – Vorbeugende Gesundheitspflege

Wie erwartet und erwünscht, drehte sich unser Tischgespräch mir Dr. Shoo ohne große Umschweife um Gott und die Welt und die Verkündigung des biblischen Wortes. Sehr bald ging es um traditionelle Riten und Sexualität ganz allgemein. Sexuelle Verbindungen, homosexuelle Beziehungen, gleichgeschlechtliche Ehen, Sodomie etc. und die gesellschaftliche Belastung durch AIDS, HIV und PHC rückten dann aber schnell in den Mittelpunkt unserer Unterhaltung. Dr. Shoo vertrat die Positionen der Bukoba-Erklärung, an der er maßgebend mitgearbeitet hatte und die drei Wochen nach unserem Besuch bei ihm (am Bischofssitz) in Moshi herausgegeben wurde.

Danach gilt Homosexualität als perverse Verirrung, die man durch Erziehung und Belehrung abstellen; als geschlechtliche Krankheit, die man medizinisch kurieren; als geplanter Angriff auf den Geist und die Kultur Afrikas, den man abwehren und als Missachtung des Wortes Gottes, die man durch echte Reue und geänderte Gesinnung wieder gutmachen kann. Dr. Shoo fügte hinzu, die Menschen müssten sich sehr ernsthaft fragen, was Gott ihnen mit Bedrohungen, beispielsweise durch Syphilis oder Homosexualität, sagen wolle, ob diese oder auch AIDS etwa als eine göttliche Bestrafung zu betrachten seien.

Es war aber bei ihm nicht die Rede davon, dass eine wesentliche, gesicherte Erklärung für die massenhafte Verbreitung von AIDS in der Armut und Unaufgeklärtheit der Bevölkerung liegt und sich am häufigsten in städtischen Ballungszentren, Industriegebieten und entlang der Hauptwanderstraßen der Arbeitsuchenden auf dem ganzen Kontinent verbreitet.

Es fiel auch kein Wort über die Macht von Traditionen und abergläubischen Praktiken, über das mangelhafte Bewusstsein der Bevölkerung über die Erscheinungsform, Verbreitung und Gefährlichkeit der AIDS-Erkrankung, über die ineffektive medizinische Versorgung, über die viel zu teuren Heilmittel. Letztendlich führte Dr. Shoo den Ursprung von HIV auf eindeutige US-Machenschaften zurück. (Ein Ausdruck der so beliebten, weit verbreiteten Verschwörungstheorien)

An anderer Stelle der Unterhaltung gab Dr. Shoo aber auch zu verstehen, die ELCT nehme Unterstützung durch die Bush-Foundation und die Clinton-Foundation gerne in Anspruch: „Letzten Endes dreht sich alles doch nur um Geld und Gewinn" – „It's all business and profit, anyway ...“

In diesem Zusammenhang des Geschäfte- und Gewinnmachens wurden weder die finanziellen, ökonomischen und sozialen Folgen noch die Opfer von AIDS deutlich mit in den Blick genommen. Das war für uns, sagen wir einmal, erstaunlich!

Für uns beide war es zwar eine sehr große Ehre, mit Bischof Dr. Shoo so angenehm offen sprechen zu können und über den bemerkenswerten Bewusstseinsstand der ELCT in Sachen AIDS direkt aus erster Quelle informiert zu werden. Die Ausführungen dieses hohen Vertreters der ELCT waren – auch wenn sie in der entspannten Atmosphäre eines fast privaten Treffens fielen – dennoch ernüchternd und sehr enttäuschend. Sie ließen uns sehr ratlos zurückfahren nach Machame: Angesichts von Millionen von erwachsenen HIV-Toten und Millionen von Waisenkindern waren weder die offizielle Bukoba-Erklärung noch Dr. Shoos persönliche Ansichten für uns das mutige und entschiedene, das wirklich aufgeklärte und zukunftweisende Wort beim Kampf der ELCT gegen HIV und AIDS.

Im Gegenteil: Wir empfinden die „Bukoba-Erklärung" (schon seit ihrer Veröffentlichung) als leider nicht der Situation angemessen. Als positiv ist jedoch festzuhalten, dass immerhin die reale Existenz und die Auswirkung der AIDS-Krankheit nicht länger mehr geleugnet wird.

Im Parlament von Pretoria (in der Republik Südafrika) verkündete seinerzeit der Abgeordnete Peter Mokaba noch: „Diese Anti-Aids-Mittel sind Gift ... HIV? It does not exist! (Das gibt es gar nicht!"/Ü.d.V.) Das Virus sei eine Fiktion und Aids eine Erfindung der weißen Pharma-Multis, die von nackter Profitgier getrieben, arme Länder zwingen wollten, ihre Produkte zu kaufen. Bittere Ironie: Peter Mokaba starb an den Folgen von Aids."[115]

Persönlich brachten Nevin und ich jedoch aus diesem Gespräch mit Bischof Dr. Shoo eine Erkenntnis und eine Entscheidung mit: Wir unterstützen seit 2004 das Amani-Kinderdorf in Tansania, das eine schützende, rettende Heimat ist für viele verwaiste Jungen und Mädchen, deren Eltern an AIDS gestorben sind (oder immer noch sterben). Der neueste Bericht vom Januar 2022 meldet von dort: Den über 90 Kindern geht es gut. Sie gehen alle zur Schule oder befinden sich (schon) in der anschließenden beruflichen Ausbildung oder im Studium.

Seit Anfang 2020 wurde in der ganzen Welt gegen die Covid-19-Erkrankung gekämpft. Nur ein Jahr später, im März 2021, kündigte sich weltweit eine große dritte Welle der Erkrankung an. Inzwischen (Anfang 2022) breitet sich die vierte Welle (mit der Omikron-Variante) über die Welt aus.

Die Frankfurter Rundschau[116] meldete am 13. März 2021, der Präsident von Tansania, Magufuli, sei schwer an Covid-19 erkrankt und werde in einem Krankenhaus intensiv betreut. Er selbst, so hieß es, leugne die Gefährlichkeit dieser Seuche und habe seinem Volk berichtet, vor kurzem durch Gebete Covid-19 bezwungen zu haben. Westliche Impfstoffe seien zudem nutzlos und gefährlich!

Seit Mai 2021 lieferte Tansania keine Daten über die Entwicklung im Land an die WHO (Weltgesundheitsorganisation).

In der Frankfurter Rundschau[117] vom 18. März 2021 war zu lesen, der 61-jährige Präsident Magufuli sei am 17. März 2021 im Krankenhaus in Dar-Es-Salaam einem schweren Herzleiden erlegen und nicht an der Covid-19-Seuche gestorben.

In diesen Zusammenhang erinnere ich meine LeserInnen gern an Folgendes:

Nach der Überlieferung widerrief Galilei 1633 vor dem päpstlichen Inquisitionsgericht seine Erkenntnisse über das heliozentrische Weltbild und entging so dem Tode. Er soll beim Verlassen des Gerichtssaals in Rom gemurmelt haben „Und sie bewegt sich doch!" Fest steht jedenfalls: 450 Jahre später akzeptierte die Römische Kirche offiziell die Richtigkeit der Erkenntnisse Galileis, rehabilitierte somit den Wissenschaftler und bestätigte die Ergebnisse der Wissenschaft!

Nashallo – „Back to the roots ..."

Am Mittwochmorgen (14. April 2004) machten wir uns auf den Weg zum Hause meiner Kindheit – nach „Nashallo". Zusammen mit Loth und Simeon fuhren wir durch die weite, wohlbestellte Ebene nach Hai. Der Ort wurde um 1930 gegründet, nachdem ein Kanal- und Bewässerungssystem entwickelt worden war. Viele Menschen finden hier inzwischen ihr Auskommen.

Sanya Yuu, wo Anne 1938 das Licht der Welt erblickte, wirkte auf uns leicht chaotisch. Verkaufsstände und Kleingeschäfte säumten die Straßen. Überall beherrschten große Reklameschilder für Banken, Plastikerzeugnisse, Getränke, Zigaretten, Telekommunikations- und Elektronikgeräte und Billigtextilien jede freie Fläche.

Nördlich von Sanya Yuu näherten wir uns dem sanft hügeligen, licht bewachsenen Vorland der Südwestflanke des Kilimanjaro. Der Urwald, dem einstmals mein Vater seine Pflanzung Stück für Stück abgerungen hatte, war weitgehend verschwunden. Überall bauten die ziemlich dicht beieinander lebenden Menschen in ihren „Shambas" um die Wohnhäuser herum Bananen, Mais, Bohnen und anderes Kleingemüse an. Je näher wir „Nashallo Estate" – das ist der heutige Name der früheren Kaffeepflanzung meines Vaters – kamen, desto schlammiger wurden die vom Regen aufgeweichten Straßen. Unterwegs nahmen wir eine junge Frau auf, die auf dem Wege nach „Nashallo" war. Wie sich herausstellte, war sie als Verwalterin von Haus und Hof eingestellt und für die Beaufsichtigung der Arbeitskräfte zuständig.

Voll innerer Neugier spähten wir vom Landrover (Geländewagen) aus auf die Landschaft. Wo fing das Gebiet von „Nashallo" an? Da standen Kaffeebäume, welche einen völlig überalterten, schlecht gepflegten Eindruck machten – ob *mein Vater* sie vor 70 Jahren setzte? Einige der hohen Schattenbäume mussten auch schon zu Zeiten meines Vaters gestanden haben. Schließlich kam auf einem kleinen Hügel das elterliche Haus in Sicht. Wir ahnten in etwa, was uns erwartete, und empfanden eine Mischung aus Unruhe und Anspannung, Vorfreude und Traurigkeit.

Als wir – endlich dann – das letzte Stück auf dem Weg zu unserem Haus in „Nashallo" hochfuhren, stürzten die Erinnerungen auf mich ein – gewaltig, überwältigend! Welch ein Anblick, welch ein Wieder-Erkennen, welch eine Rückkehr - in einem Augen-Blick - war ich zurückversetzt in meine Vergangenheit!

Das Haus, welches mein Vater erbaute, stand immer noch da, fast wie vor mehr als 80 Jahren:

Immer noch mit guten, geraden Fundamenten, wenn auch mit rostigem Wellblechdach, einigen hässlichen neueren Anbauten und von den Zähnen der Zeiten und des Klimas schwer angenagt. Heute dient „Nashallo" als Lagerhaus.

Als wir vor unserem Haus ausstiegen, stellte sich blitzschnell ein bestimmtes Bild aus meinen Kindertagen ein: Wir standen geschützt im Trockenen auf der Veranda und sahen zu, wie der Regen vom Himmel herniederrauschte. Er bedeckte die ganze Einfahrt vor dem Haus mit Wasser. Die schweren Tropfen spritzten beim Aufschlag auf dem Wasser hoch auf und bildeten sogleich überall Kreise auf der Oberfläche. „Springerle" hatten wir diese aufregende Erscheinung genannt.

Von derselben Stelle der Veranda unseres Hauses aus war der Kilimanjaro (noch) gut zu sehen. Heute verhindern hohe Bäume die Sicht.

Auf der linken Stirnseite des Hauses hatten in meiner Kindheit hohe Bäume gestanden. Diese Jacarandas gab es nicht mehr, aber ich erinnerte mich sofort wieder an ihre reiche Pracht an blauen Blüten, die sie so unvergesslich vom übrigen Grün unterschieden hatten – für mich ist es diese große blaue Wolke hoch oben auf den schlanken Stämmen, an der ich mich nicht sattsehen konnte.

Auf der Terrasse wusste ich sofort wieder, in welcher Situation ich zum letzten Mal meine kranke Mutter Lotti im angrenzenden Schlafzimmer gesehen hatte. Lotti ist vermutlich kurz darauf nach Moshi ins Krankenhaus gebracht worden, wo sie von uns ging.

Ich erblickte den Tisch wieder, an dem ich immer meinen Ziegenmilchbrei löffelte. Und dann kamen wir in den Durchgang vor der Küche. Sofort erinnerte ich mich wieder an das, was ich dort eines Tages gemacht hatte: Vor der Küche gab es nämlich einen Ofen, in dessen Kessel Waschwasser heiß gemacht wurde. Das Feuerloch dieses Ofens wurde mit einer Klappe verschlossen. Als der Ofen an besagtem Tag in Betrieb war, öffnete ich in einem unbeobachteten Augenblick neugierig die Klappe. Als mir die brennenden Scheite drohend entgegenkamen, konnte ich das Türchen aber nicht wieder verschließen. Was war zu tun? Ich stopfte das Ofenloch im Handumdrehen zu mit einem Stück Stoff (einem Putzlappen, einer Schürze, einem Kissen; was auch immer es war) – und dann qualmte und loderte das Feuer noch schlimmer, für mich: schöner als vorher! Man könnte fragen, ob ich denn keine Angst vor dem Feuer gehabt hätte. Soweit ich mich erinnern kann, war ich von der roten Glut fasziniert, sie beängstigte mich nicht. Und Schuldgefühle hatte ich schon gar nicht.

Nevin und ich gingen vom Wohnhaus die Einfahrt hinunter zum „Store", dem früheren Lagerschuppen. Der weit ausladende Leberwurstbaum stand nicht mehr. Seine dicken „Würste" hatten mich früher immer fasziniert: Sie sahen so lecker aus, und man konnte sie trotzdem nicht essen...) Als wir gleich nebendran vor der ehemaligen Shamba standen, kamen mir mit einem Mal die Ziegenböckchen wieder vor Augen: Eugen saß auf einem Hocker, drehte die Tiere auf den Rücken, kastrierte (was das war, erfuhr ich später) sie mit schnellem Schnitt, warf „etwas Rotes" in ein großes Gefäß, puderte „etwas Weißes" (ein Desinfektionsmittel) auf die Wunde und ließ die leicht verwirrten Tierchen dann davonhippeln.

Vor meinem geistigen Auge hockte plötzlich auch ein Pavian wieder am Rande eines Maisfeldes: Mein Vater hatte ihn wohl beim Wegholen von Maiskolben mit einer Kugel seines Gewehrs erwischt und zeigte ihn mir bei einem Rundgang. Er hatte vermutlich das tote Tier zur Abschreckung für andere Plünderer aufstellen lassen. Das war seinerzeit schon mächtig eindrucksvoll für mich! Der Affe war ja so groß wie ich!

An diese Stelle gehört meine Erinnerung an ein Erlebnis auf unserer Safari: Nevin und ich saßen in der Lobo Wildlife Lodge auf der großen, schräg abfallenden Felsplatte eines Kopjes (freistehender Fels) und genossen im Licht des späten Nachmittags die Aussicht in die weite Savanne. Plötzlich hatten wir das beunruhigende, aber sichere Gefühl, es habe sich „irgendwo nebenan" etwas geändert. Und so war es dann auch! Zu unserem, um es mal milde auszudrücken, nicht geringen Erstaunen (und Schrecken) hatte ein großer Pavian-Mann nur zwei Meter hinter mir Platz genommen und blickte lautlos-starr und eindringlich in unsere Richtung. Nevin und ich verständigten uns mit einem Blick: Wir verharrten regungslos und gaben dem Besucher nicht das Gefühl, er sei unwillkommen oder ihm werde sein Platz streitig gemacht. Nach einer ganzen Weile zog sich der Pavian so lautlos-unauffällig wie er gekommen war, zurück und verschwand im Gelände bei den weiblichen Tieren seines Harems. Nevin und ich waren von der Größe und der Ausdruckskraft, der spürbaren Autorität dieses Affen-Mannes tief beeindruckt. Sicher hätten wir keine Chance zur Verteidigung gehabt, wenn er uns angegriffen hätte auf diesem Felshügel, der vielleicht sein Stammplatz war. So hatten sich der Mensch und der Pavian, sein nächster Verwandter (in diesem emotionalen Augenblick durchaus kein wildes Tier!) eine Stelle zum genüsslichen Blicken in die Welt (zur wachsamen Verteidigung des Reviers?) geteilt. Welche Momente zwischen Misstrauen und gegenseitiger (Be)Achtung, Unsicherheit und friedlicher Duldung, geplanter Flucht und unmittelbar möglichem Angriff! Welch ein Anblick in der absoluten Lautlosigkeit und zugleich intensivsten Kommunikation – dieser Pavian!

Bei einem Rundgang ums Haus entdeckte ich nahe der ehemaligen Küche, halb von Gebüsch verdeckt, das Fundament des Motors der ehemaligen Maismühle. Die Gewindebolzen waren noch gut zu erkennen, auf denen mein Vater die Maschine festgeschraubt hatte. Einige wenige Kurbeldrehungen genügten, und mit lautem paaf-paff-pafff lief das Ungetüm an und spuckte in heftigen Stößen dicke, schwarze Rauchwolken aus. Wie mich damals das Rattern und Knallen des Motors fasziniert hatte!

Und jetzt, beim Schreiben, sehe ich sie wieder vor mir – diese erstaunten und ratlos-ungläubigen Augen unserer afrikanischen Freunde, die uns von Machame aus begleitet hatten, und zweier Männer, die auf „Nashallo" als Arbeiter angestellt waren. Als wir auf der Barassa standen, fragte ich sie nämlich unvermittelt, ob das unterirdische Wasserreservoir aus Beton, das sich vor der Küche in der Einfahrt befunden hatte, noch in Gebrauch sei! Die Männer dachten eine ganze Weile nach und meinten dann, etwas zögerlich-verlegen: Ja, ja, da gebe es so etwas wie einen großen Beton-Behälter im Boden. Man habe ihn aber nicht brauchen können und deshalb mit Erde gefüllt. Unsere Begleiter konnten es nicht fassen, dass ich mich noch an diese Zisterne erinnerte, die mein Vater auf besonderen Wunsch Lottis damals gebaut hatte. Vor dem Bau dieses Beckens hatte Lotti damals in Trockenzeiten sauberes Trinkwasser von Nachbarn holen lassen müssen, was Fußmärsche bis zu zwei Stunden bedingte. Lotti freute sich, wie sie schrieb, auch darauf, nicht mehr mit lehmbraunem Wasser die Wäsche waschen zu müssen. Am 31. März 1935 trug meine Mutter in ihr Tagebuch ein, dass ich zum ersten Mal mit ihr in der Badewanne war und mir das Planschen Spaß gemacht habe. Mich erstaunt an der Eintragung, dass Eugen die Wasserversorgung in so kurzer Zeit schon so weit geregelt hatte und man im Wohnhaus der Pflanzung sogar baden konnte.

Als das Reservoir seinerzeit fertig verputzt war, ließ mein Vater es damals von einem seiner Angestellten innen mit wasserdichtem Lack streichen.

Wegen der benebelnden Gasausscheidungen der Dichtmasse fiel er in Ohnmacht. Mein Vater holte den armen Kerl sofort raus und belebte ihn wieder! Als der Gerettete zu sich kam, fragte er als guter Christ meinen Vater „Bin ich jetzt im Himmel?" Er soll sichtlich enttäuscht gewesen sein, als man ihm die traurige Botschaft vermittelte, dass er immer noch auf Erden sei.

Bevor wir von der Pflanzung fortfuhren, bot uns die Verwalterin eine Tasse Kaffee an. Er wurde aus ganz alltäglichen Tassen getrunken. Meinem Bruder Siegfried wurde bei seinem Besuch 1987 auf „Nashallo" der Kaffee in einem Tässchen serviert, das noch aus Lottis Service stammte. Diese Kostbarkeit hatte in der Zwischenzeit einen Liebhaber gefunden ...

Ganz ohne Tränen ging es beim Abschied von „Nashallo" nicht! Wir bekamen eine Packung mit Kaffeebohnen „grown at Nashallo Estate" als Geschenk mit auf den Weg. Ob die Früchte von Sträuchern stammten, die mein Vater einst gepflanzt hatte ...? Außerdem nahm ich eine Tüte voll Erde von „Nashallo" mit – es war durchaus eine sentimental journey – eine Reise, bei der die Gefühle eine große Bedeutung hatten. Es tut gut und macht glücklich, zu wissen, dass alle Mitglieder unserer Familie „Nashallo" besucht haben und wir vier (älteren) Geschwister noch einmal an die Anfänge unsers Lebens am Kilimanjaro zurückkehren konnten.

Shira – ein besonderer Ort

Auf dem Weg nach Shira, nicht sonderlich weit weg von „Nashallo", fuhren wir in Faraja (Wohlbefinden, Erholung, Trost, Ermutigung) vorbei. Dies ist ein Zentrum für Kinder mit Behinderungen der ELCT, das 2000 eröffnet wurde. Die Kinder leiden an den Folgen falscher Ernährung und an körperlichen Fehlentwicklungen.

Der Leiter des Heims, Rvd. (Pastor) S. Macha, gab uns einen ausführlichen Bericht über die Arbeit des Zentrums und führte uns durch die Schlaf- und Klassenzimmer, Wohnräume, Ställe, Wirtschafts- und Lagergebäude. (Die Schlafzimmer der Mädchen waren sehr sauber und niedlich mit Häkelsachen geschmückt.) Faraja war 2004 beachtlicherweise schon nahezu autark; d.h. es konnte sich aus seinen selbst erwirtschafteten Gewinnen finanzieren. Sorgfältig sammelte man das Regenwasser, nutzte Sonnenkollektoren, experimentierte mit der Entwicklung, Verbesserung und Neuzüchtung von ertragreicheren, klima- und schädlingsresistenten Saaten und Pflanzen. Man baute viele Gemüse- und Obstsorten an. Zum Betrieb gehörten Schweine, Friesenkühe und Cross-breeds (Fleischrinder) als Erzeuger von Fleisch, Leder und Milch, Federvieh aller Art lieferte Fleisch, Eier und Federn. Sogar eigene Wurst- und Käsesorten wurden hergestellt! In Planung waren Werkstätten zur Berufsausbildung. Das Zentrum leistet vorbildliche Arbeit, setzt Maßstäbe und verdient Unterstützung!

Zum Mittagessen wurden wir von den etwa 40 Kindern mit Blumen und Gesang empfangen. Als wir wegfuhren, sangen sie sehr wohlklingend und gut vorbereitet „We are sorry to see you go …" („Es tut uns leid, dass ihr schon geht …") und schmückten uns mit geflochtenen, langen, wunderhübschen Girlanden aus frischen Blumen.

Faraja Kinderheim (Ermutigung) bei Sanya Yuu 2004
Kinder nach Übergabe der Blumengirlanden

Als wir uns der Missionsstation Shira näherten, grüßte uns von weitem schon das Balkengerüst des Glockenturms. Shira wurde 1899 als zweite Missionsstation der LMG gegründet. „Wir Lutzens" waren oft in Shira. Die Missionarsfamilie Becker bot uns in schweren Zeiten – und das war häufig – Hilfe und Zuflucht. Damals gab es nur das Wohnhaus der Leipziger Mission und die kleine Kirche. Heute hat der Ort eine Grundschule und sogar eine ganz neue Mittelschule!

Wir hatten vorgehabt, den Kindern dort unsere in Bremen und Oyten gesammelten Hefte, Kreide und Stifte, Malbücher und Kopierpapier, Lineale und Geodreiecke, Scheren, Radiergummis und Marker, Tesabandrollen und Klebstoff, Kappen, Mützen und T-Shirts zu überreichen. Aber wegen der Osterferien waren die SchülerInnen nicht in Shira, sondern zu Hause. So überraschten wir nur den Schulleiter in seinem Büro. Von unserem Kommen wusste er nichts, weil er unsere E-Mail nicht erhalten hatte. Er freute sich natürlich sehr über die unverhofften Geschenke.

Wir gingen von der Schule aus ein paar Schritte weiter ... da stand es noch, das alte Pfarrhaus! Ich konnte es kaum glauben, wieder vor dem Haus der guten Beckers zu stehen, die uns Kindern und unseren Eltern in frohen und traurigen Tagen so nahe gewesen waren! Die Kirche nebenan war schön renoviert und stand so da, wie sie wohl gewesen war, als Eugen und Lotti sich dort das Ja-Wort gaben. Nevin und ich versuchten uns im stillen Inneren der Kirche vorzustellen, wer alles am 18. Juni 1933 bei der Feier dabei gewesen war und wie die Trauung und das Hochzeitsfest verlaufen sein mögen. Uns wurde es – in Shira genauso wie in „Nashallo" – schwer ums Herz, auf der gleichen Stelle zu stehen, auf demselben Boden zu laufen, auf dem meine Eltern unzählige Schritte getan, ich und meine Geschwister gespielt und wir unsere Mutter verloren hatten.

Der Schuldirektor geleitete uns zum alten Friedhof in Shira neben der Kirche. Dort suchten wir das Grab unserer Mutter Lotti. Offenbar hatten freundliche Mitglieder der Kirchengemeinde von Shira den alten Friedhof der Leipziger Mission, der 1974 im Gelände so gut wie nicht mehr erkennbar gewesen war, wieder „hergerichtet". Nevin und ich jedenfalls erkannten den Friedhof sofort und bemerkten in der Mitte das mit einem Steinkreuz versehene Grab eines Missionars und in zwei Quartieren sechs große Agaven. Man bedeutete uns, dass unter diesen Agaven sechs deutsche Menschen beerdigt seien – wir hatten Lottis Ruhestätte gefunden! Die Blumengirlanden, welche die Kinder in „Faraja" für uns geflochten und uns zum Abschied umgehängt hatten, legten wir auf die Agaven und sandten so unserer Mutter Lotti (und den anderen dort Beerdigten) einen stillen Gruß.

Die Zeit am Grab, so nahe bei meiner Mutter, war für mich sehr schmerzlich und doch zugleich auch erhebend und befriedigend:

An diesem friedlichen Ort hatte ich der innerlichen Verbindung mit meiner Mutter ein neues Band hinzugefügt und meine Erinnerungen an sie bereichert.

Auf der Rückfahrt von Shira nach Machame zeigten sich der Meru und der Kilimanjaro, die den ganzen Tag wolkenbedeckt gewesen waren, von großen Wolken wie mit einem weiten Umhang umhüllt. In ihrer ganzen, so verschiedenen Schönheit boten sie sich dar, als sei das ihr Geschenk an diesem Tag für uns. Das Abendessen nahmen wir im Hause von Simeon und Grace Mushi ein; auch Dr. Shoo war zu Gast. Man gratulierte mir, kleidete mich quasi wie einen Chagga und schenkte mir einen schönen, handgeschnitzten Herrschaftsstab, der mich als einen von ihnen auswies. Nevin erhielt von Grace als besondere Auszeichnung einen Wickelrock und einen Kopfschmuck und wurde so zur „Mama des Hauses". Um 23 Uhr lagen wir müde, aber glücklich, im Gästehaus wieder in unseren Betten. Wir waren in „Nashallo" gewesen und empfanden es an diesem Abend nach dem so unvergesslich erlebnisreichen Tag als einen besonders herben Verlust, mit unseren Eltern über Afrika nie richtig gesprochen zu haben.

Vom vermuteten Grab meiner Mutter nahmen Nevin und ich eine Tüte voll Erde mit, die wir nach der Rückkehr in Honnef zum Grab meiner Eltern hinzufügten. So ruhen Lotti und Eugen gemeinsam, wie sie sich das zur Zeit ihrer großen Liebe erträumt hatten, nun auch im Tode unter derselben Erde. Das ist ein tröstlicher Gedanke.

Jambo in der Shamba

Mehr oder weniger den ganzen Tag gingen wir am 15. April 2004 in Machame spazieren; liefen sehr gemütlich von Grundstück zu Grundstück, von einer Shamba zur nächsten, schauten hier und da mal, was die Leute anbauten – meist Bananen, Futter fürs Kleinvieh und ein paar Kaffeebäume für den Eigenbedarf. Darunter auf dem fruchtbaren Boden wuchsen Bohnen, Mais, Yams und Zwiebeln. Wir riefen Jambo (Guten Tag) oder Hallo, schüttelten Hände, hielten ein Schwätzchen über den Gartenzaun und wünschten uns Gesundheit, Gottes Segen und Spaß für den Tag. Lachen ist so wichtig und tut den Leuten so gut, wie sie uns immer wieder bewiesen. Uns ist dieses Lachen, die Leichtigkeit des Lebens, den Dingen-auch-mal-ihren-Lauf-lassen – wie mir scheint – vor lauter Geschäftigkeit, Ernsthaftigkeit und Arbeiten seit Langem vergangen. Auf Schwäbisch heißt das knapp und deutlich „Schaffe, schaffe, Häusle baue und net na de Mädle schaue!"

Weiter oben an den Hängen des Kilimanjaro folgten wir stetig unter dem hohen, dichten Laubdach des Urwaldes bergauf dem Lauf eines plätschernden Baches mit kaltem, ganz klarem und immer noch ungefiltert trinkbarem Wasser, das aus der Gletscherregion kam. Bäche wie dieser bewässern die Lavaböden in der Hai-Ebene. Schließlich gelangten wir zum „Machame Gate", von wo aus auf der östlichen Route der Aufstieg zum Kibo beginnt.

Mit eigenen Augen konnten wir die sozialen und ökologischen Konfliktgebiete am Kilimanjaro erkennen: Da sind die Menschen, die Land brauchen für sich und ihre Familien und immer höher in die (noch geschützten) Flanken des Berges vordringen. Da sind die Touristen, die koste, was es wolle, meinen, den Kilimanjaro erobern zu müssen. Da sind die Umweltschützer, denen die Erhaltung des Urwaldes mitsamt seiner Flora und Fauna das wichtigste Anliegen sind. Und da sind die, welche das Ganze nicht interessiert ... Wir lernten eine Menge – das war wertvoll!

Gegen 18 Uhr versammelten wir uns mit den „Elders" (Kirchenvorstand) der Gemeinde zu einem liebevoll zubereiteten Abschiedsessen.

Bevor wir uns alle um den großen Tisch niederließen, meldete der zu Ende gehende Tag noch die Aufführung des dreiaktigen Dramas „Gute Reise!" an. Und dann hob Mutter Natur den Vorhang und präsentierte für uns im 1. Akt vor dem Bühnenbild „Gewitter" ein Galastück sondergleichen: Es goss zwanzig Minuten lang wie aus Eimern und vom Himmel her grollte und zuckte es unaufhörlich und gewaltig.

Wir fühlten uns an den 5. April 2004 in der Wildlife Lodge am Rande des Ngorongoro-Kraters erinnert. Von unseren Panoramafenstern aus hatten wir an jenem Abend einen fantastischen, kilometerweiten Blick bis auf den Kraterrand gegenüber. Dort sahen wir beim Blick aus dem Fenster auf der einen Seite eine ungeheuerliche schwarze Wolke, eine geradezu solide Regenwand, die sich heranwälzte. Das Wasser überschwemmte, einer Flutwelle oder einem Tsunami ähnlich, mit seiner Masse die riesige Ebene der Ngo-rogoro-Caldera (Kessel innerhalb des Vulkankraters). Begleitet wurde das Gewitter von grellen, in alle Richtungen zuckenden Blitzen sowie scharf knallenden und dumpf grollenden Donnerschlägen. Beim Blick aus dem Fenster auf die andere Seite sahen wir einen herrlich in klaren Farben leuchtenden Regenbogen, wie wir ihn in unseren europäischen Breiten noch niemals wahrgenommen hatten. Er überspannte die ganze Landschaft, der Bogen verband Himmel und Erde! Wir bekamen gleichsam eine Ahnung von dem, was wir im Alten Testament bei Moses im Kapitel über die Schöpfung lesen können. (Und Gott sprach: „Es werde Licht! Und es ward Licht." und „... Es sammle sich das Wasser unter dem Himmel an bestimmten Stellen, sodass man das Trockene sehe ... und die Sammlung der Wasser nannte er Meer."[162] Wie abstrakt ist doch der Begriff „Urknall" aus der Wortkiste der Astrophysik! für dieses ungeheure Ereignis, das wie ein konkreter Schöpfungsvorgang auf uns wirkte!

Auf diesen 1. Akt „Gewitter" folgte mit der Kulisse „Festsaal" nach einem wunderbaren Essen mit vielen Gebeten und Ansprachen der 2. Akt „Erhebung", unsere Quasi-Ernennung zu Mitgliedern der Nkwarungo-Gemeinde. Wir wurden mit afrikanischen Gewändern bekleidet und bekamen von allen Seiten Geschenke und gute Wünsche mit auf die Heimreise. Von dieser herzlichen Aufnahme und Ehrung waren wir tief gerührt und dankten denen, die all dies für uns vorbereiteten!

Etwa um 21 Uhr beschloss der 3. Akt „Sternenwunder" mit keiner geringeren Bühne als dem „Weltall" die Sonderaufführung des Abends. Wir gingen in das Dunkel der tropischen Nacht. Dort strahlte von hoch oben ein Sternenhimmel auf uns hernieder, wie wir ihn bis dahin noch in keiner Nacht erblickt hatten: Gefühle absoluten Glücks und Ehrfurcht erregend – das leuchtende Wunder des unfassbaren Kosmos!

Mit diesen Bildern im Kopf konnten uns selbst Gedanken ans Kofferpacken und an Extrakosten für Übergewicht nicht stören! Dieser Abend in Machame war die Krönung einer großartigen Osterwoche und ein Höhepunkt in unserem Leben!

Hai Training Center / HTC und Usa River Rehabilitation and Training Center / URRTC / Ausbildungszentren der ELCT

Der Kibo, an dessen wolkenlosem Anblick wir uns früh morgens noch erfreuen konnten, hüllte sich am 16. April 2004 wieder in dichte Wolken, als wenn es eine Aufforderung gewesen wäre, uns von Machame Richtung MVL auf den Weg zu machen.

Wir steuerten an diesem Freitagmorgen nach einem liebevollen Abschiedsfrühstück in Machame das HTC/HAI Training Center – HAI-Berufsbildungszentrum an. Es wurde 1992 gegründet und bildete zur Zeit unseres Besuches Maurer, Schreiner, Metallhandwerker, Elektriker und sogar Orgelbauer aus. Die Bayerische Evangelische Landeskirche und die Evangelische Kirche von Rothenburg o.d.T. unterstützen in erheblichem Maß das HTC- Zentrum der ELCT, das sehr gezielt in Berufen ausbildet, die in Afrika dringend benötigt werden.

Wir hätten auch gerne das URRTC/Usa River Rehabilitation and Training Center – Usa Rehabilitations- und Ausbildungszentrum (Usa ist ein Fluss) ganz nah am Meru besucht, aber wegen der Osterferien war die Einrichtung geschlossen. Im Laden durften wir uns aber ansehen, welche Waren das Zentrum für den lokalen Verkauf und für den Export (!) anfertigte. Das URRC bildet seit über dreißig Jahren Menschen jeglicher Stammes- und Religionszugehörigkeit aus, besonders Menschen mit Behinderung. Kinder können dort einen anerkannten Schulabschluss erreichen. Wichtige Lehrberufe sind dort das Schneider-, Bäcker-, Schuster- und Schreinerhandwerk. Die Werkstätten produzieren für den Eigenbedarf und für Aufträge und tragen durch den Verkauf ihrer Produkte (Eine-Welt-Läden) auch zum Unterhalt des URRC-Zentrums bei.

Beide Ausbildungsstätten stehen in der über 100-jährigen Tradition der ELCT, denn schon die ersten Missionare erkannten, wie wichtig für die Entwicklung der Menschen die handwerkliche Schulung und Praxis war.

Die orthopädische Werkstatt war 2004 die einzige ihrer Art im gesamten Großraum von Moshi-Arusha! Diese wichtige Einrichtung der ELCT wird mitgetragen durch die Eine-Welt-Mission und die Rummelsburger Diakonie.

Im HTC und im URRTC konnten wir in der Praxis erleben, wie eine der wegweisenden Vorstellungen des ersten Präsidenten Tansanias, Julius Nyerere, in die Tat umgesetzt wurde. Dieser für die Selbstfindung der Völker Afrikas bedeutende Staatsmann sagte einmal. „Ein Land kann nicht entwickelt werden. Nur Menschen können sich entwickeln!"

Abschied und Rückblick

Den letzten Tag unserer Reise (Samstag, 17. April 2004) verbrachten wir in aller Ruhe bei schönstem Wetter am Schwimmbad der MVL. Auf dem Weg zum KIA verzauberte uns ein letztes Mal das hinreißend schöne Farbenspiel der untergehenden Sonne vor der Kulisse des Meru.

Das Einchecken ging reibungslos von statten. Nur bei der Kofferabgabe mussten wir eine kleine Verzögerung hinnehmen. Wir hatten uns zum Abschied von Helmut und Josephine einen Strauß der prächtigen Rosen aus tansanischer Zucht gewünscht. Die beiden hatten für uns ein ganzes Gebinde davon mitgebracht. Es wäre zu schön gewesen ... Aber leider mussten wir zu unserem und auch Josephines großem Kummer das wunderschöne Abschiedsgeschenk in Form von 12 x 15 = 180 Rosen – mit langen Stielen in großen flachen Kartons – zurücklassen. Der Wermutstropfen schmeckte bitter! Wir hatten sowieso schon 10 kg Übergewicht und kamen mit einer Zahlung für 4 kg noch so eben davon; die Rosen hätten uns noch einmal 260 $ dazu gekostet.

Pünktlich um 19:30 Uhr begann der Direktflug mit KLM vom KIA nach BRE. Vereinzelte Lichter konnten wir ausmachen beim Flug über die Wüste Sahara. Alexandria (an der Küste Ägyptens), Kreta und kleinere griechische Inseln waren gut zu erkennen; das Festland versteckte sich bis Bremen unter einer dichten Wolkendecke. Am Sonntagmorgen, dem 18. April 2004, langten wir um 11:30 Uhr wieder zu Hause an. Eine unserer schönsten, sicher aber die wichtigste unserer Reisen, war glücklich zu Ende gegangen!

Zur Nachbereitung folgten eine Fotoausstellung im Rathaus sowie Reiseberichte im Heimathaus und vor Senioren in Oyten, ein Beitrag in der BLZ (Bremer Lehrerzeitung) und am Schulzentrum an der Drebberstraße in einer Gymnasialklasse ein Projekt „Kolonialismus".

Tansania-Reise mit Tom Engin – 2013

Nach unserer Reise beschlossen Nevin und ich, unserem Sohn Tom Engin auch das Erlebnis eines Besuchs auf „Nashallo" zu schenken. Endlich war es dann so weit: Am Donnerstag, dem 14. Februar 2013 reisten wir, Vater und Sohn, mit dem Zug von Bremen nach Köln. Dies war die erste, ganz kurze Etappe auf unserem Weg, den wir gemeinsam in Tansania auf der Suche in die Vergangenheit gehen wollten. Diesem Tag ist aber vieles vorausgegangen, was ich für berichtenswert halte.

Tom Engin kam am 27. Januar 1975 in Neuss auf die Welt. Sein Name verrät, dass er aus der Ehe eines Deutschen mit einer Türkin hervorging.

Vom Tage seiner Geburt an kommunizierten wir mit unserem Sohn auf Türkisch. Er sollte die türkische Sprache von Anfang an so in sich aufnehmen, dass sie ein wesentlicher Teil seiner Identität sein würde. Meine Eltern nahmen diesen Weg zuerst mit gemischten Gefühlen wahr, weil sie glaubten, sich mit ihrem Enkel nicht verständigen zu können. Aber unser Kind lernte natürlich (und nur mit geringer zeitlicher Verzögerung) auch die deutsche Sprache. Weil Tom Engin Türkisch so gut beherrschte, war es für ihn leicht, enge Bande zu knüpfen zu seinen türkischen Onkeln und Tanten, Vettern und Basen, und vor allem, zu seiner Anneanne / Oma Mahire (nach ihrem Tode dann mit Sevgül, Yakups zweiter Frau) und seinem Dede / Opa Yakup. Nevins Eltern waren sogar 1975 schon zum ersten Mal bei uns in Kaarst und beim Umzug nach Brinkum und dann wieder 1978 nach Oyten.

Tom Engin und seine Frau Sandra überraschten uns alle mit den Namen, die sie ihren Kindern gaben. Unsere Enkeltochter trägt den Doppelnamen Merle Aylin, unser Enkelsohn heißt Hennes Yakup (nach seinem Urgroßvater). (Aus dessen Hinterlassenschaft wählte der kleine Junge sich eine Mütze aus, die Nevins Vater gerne getragen hatte, und setzte sie sich sofort auf! Das verblüffte und rührte uns sehr!

Vom Leben seiner Oma Lotti und seiner Großeltern Eugen und Hilde, insbesondere von ihrer Zeit in Afrika, wusste Tom Engin zu wenig. Nach unserer Reise 2004 nach Afrika beschlossen Nevin und ich deshalb, Tom Engin eine (von mir begleitete) Reise nach Tansania zu schenken. Er sollte mit eigenen Augen (und Sinnen) die Menschen sehen und das Land erleben, welches so tiefe Spuren in mir hinterlassen hat und das seinerzeit die Schicksalsjahre für meine Familie geradezu bereithielt. Tom Engin sollte in „Nashallo" auf der Erde laufen, auf der ich als Kind spielte, er sollte die Felder sehen, die sein Großvater Eugen achtzig Jahre zuvor mit vier zweijochigen Ochsengespannen (ein Joch verbindet zwei Tiere miteinander, acht Tiere ziehen einen Pflug) gepflügt und geeggt hatte, er sollte am Grabe seiner Großmutter Lotti stehen, der er nie begegnete.

Und so setzten wir unsere lang gehegte Absicht in die Tat um und flogen von Köln aus mit Türk Hava Yolları nach Istanbul. Beim Umstieg in die Anschlussmaschine nach Tansania blieb ich mit dem rechten Bein an einem Haken der Tür des Flughafenbusses hängen und zog mir (wie sich erst später herausstellte) eine tiefe Wunde in der Wade zu. Da sie nicht schmerzte, merkte ich sie nicht und maß ich ihr keine Bedeutung zu. Wir saßen in unserer Boeing Reihe 8 auf den Gangsitzen C und D. Mitten in der Nacht, hoch am Himmel irgendwo über Ägypten oder Eritrea, sah Tom Engin meine blutige Hose und meinen Schuh voll mit Blut. Weil ich mir zeitig vor dem Abflug eine Anti-Thrombosespritze (gegen die Verklumpung von Blut) hatte geben lassen, war die Blutung nicht zum Stillstand gekommen. Die Stewardessen waren nicht in der Lage, meine Verletzung angemessen zu behandeln. Der Anblick einer echten Wunde im Ernstfall war deutlich mehr, als sie verkraften konnten. Tom Engin, obwohl als solcher ausgebildet, durfte sich nach Bordreglement nicht als Ersthelfer betätigen. Am Ende konnte ein mitreisendes amerikanisches Ärzte-Ehepaar die Wunde fachgerecht versorgen. Auf ihren Rat hin durfte ich mit hochgelegtem Bein den weiteren Flug in einem Sessel der Business-Class fortsetzen – ich bin nie bequemer in einem Flugzeug gereist. Dieses Missgeschick war aber kein böses Vorzeichen für unsere Reise! Ganz im Gegenteil! Alles lief mindestens so gut, wie wir es zuvor geplant hatten. Nach der Landung am Kilimanjaro Airport brachte uns der bestellte Fahrer zur Ngurdoto-Lodge, eine schöne Anlage mit Blick auf den Meru.

Weil ich auch damals schon extrem unruhig schlief, kam Tom Engin in unserer Lodge anfangs um seine wohlverdiente Nachtruhe. Gegen Mitternacht zog er um ins Bad und machte es sich in der Wanne bequem – ihn schützte wenigstens eine Tür vor dem Rumoren seines Vaters. So schliefen wir beide gut.

Am Freitagnachmittag, dem 15. Februar 2013, erkundeten wir die Umgebung der Lodge im Ort Usa River. Zu Tom Engins ersten Eindrücken in Tansania gehörte das Zeitgefühl der Leute, welches so ganz anders als bei uns ihren Tageslauf bestimmt sowie die freundliche Offenheit der Menschen gegenüber uns Fremden. Ihm fiel auf, wie viele Gotteshäuser es gab für alle möglichen Religionen und Konfessionen und wie viele Menschen sangen. In einer Zuchtstation konnten wir nahezu alle in Afrika lebenden Schlangenarten betrachten (so auch die grüne Baumschlange, vor der ich mich als Kind in „Nashallo" gefürchtet hatte). Tom Engin ließ, wenn auch nach anfänglich starken Bedenken, sogar ein Chamäleon über seinen Arm laufen. Ein Besuch beim über 90-jährigen David Read, den ich schon 2004 kennen und schätzen gelernt hatte, krönte diesen Tag voller Aktivität.

Den größten Teil des Samstags (16. Februar 2013) kurvten wir mit Hailes Kombe, den wir bis zum Ende unseres Urlaubs als Fahrer und Reiseführer von „Global-Wide Travel & Tours Ltd." ganz für uns hatten, durch den Arusha Nationalpark und den Ngurdoto-Krater und bekamen schon viele der Tierarten Afrikas zu sehen. Am Pool unserer Hütte erholten wir uns vom Tag. Wie sich bei der fälligen Verbandkontrolle herausstellte, war die Wunde zwar keimfrei geblieben, musste aber dennoch ärztlich behandelt werden, weil sie nicht zuheilte.

So verabredeten wir für den Sonntagmorgen einen Besuch im ARCC Hospital in Arusha. Dank Hailes' Vermittlung mussten wir nicht so lange wie die afrikanischen Menschen warten, bis ich meine schriftlichen Verordnungen für die Wundbehandlung und -heilung bekam und meine Arzneien kaufen konnte. Schließlich wurde meine Wunde von Frau Dr. Willie behandelt. Innerhalb von zwei Stunden hatten wir eine Prozedur hinter uns, die für andere ärztliche Hilfe Suchende sicher einen Tag beansprucht hätte. Beim Warten lernten wir einmal mehr, wie kostbar Zeit ist – wir begriffen aber auch deutlich, welchen Belastungen wir uns selbst aussetzen, wenn wir uns unter Zeitdruck setzen! Afrika ist, so glaube ich sagen zu können, leider gerade dabei, seine Unschuld, seinen alten, gesunden und schützenden Begriff von und Umgang mit Zeit wegen seiner rasanten sozialen und ökonomischen Veränderungen für immer zu verlieren. Ich fühlte mich sehr stark an die Erfahrungen erinnert, die Nevin und ich machten, als wir die Papiere für unsere Heirat in Istanbul sammelten.

In dem sehr gelungen restaurierten heutigen Museum für Naturgeschichte, der „alten Boma" in Arusha, die von 1900 bis 1916 der Hauptsitz der kaiserlich-deutschen Kolonialverwaltung war, beeindruckten uns die liebevoll gestalteten naturkundlichen Abteilungen und die Sektion zur Kolonialgeschichte.

Wir waren überrascht, dort einen Geldschein der Deutsch-Ostafrikanischen Bank von 1905 zu sehen. In der Mitte dieses 100-Rupien-Papiers schaut man auf Kaiser Wilhelm II. Auf dessen Helm starrt, die Krallen fest in den Siegerkranz geschlagen, mit ausgebreiteten Flügeln der Reichsadler stolz in die weite Welt. Des deutschen Herrschers Blick sagt uns, frei angelehnt an Zeilen aus Schillers Gedicht „Ring des Polykrates": „Ich steh' auf meines Reiches Zinnen. Ich schaue mit vergnügten Sinnen auf Afrika, das meine hin. Dies alles ist mir untertänig, sagt er zu Englands König. Gestehe, dass ich glücklich bin!" (Zu Beginn seiner Herrschaft ließ Kaiser Wilhelm II. das Heer aufrüsten und veranlasste ein gegen Großbritannien gerichtetes, gewaltiges Flottenbauprogramm.) Trotzdem war, unter dem Einfluss der Kaufleute aus Indien, bis 1916 die Rupie das Zahlungsmittel in Ostafrika und nicht die Reichsmark. (Im Mandatsgebiet Tanganyika Territory löste der britische Shilling die Rupie als Währungseinheit ab.)

Deutsch-Ostafrika- Bank, 100 Rupien, Tansania ca. 1918

Nach dem Besuch im Museum machten wir einen Bummel durch die Einkaufsstraßen im Stadtzentrum. Da gab's einfach alles, wie man so sagt, für das gemeine Volk und den anspruchsvollen Kunden, für die Leute vom Land und die Bürger aus der Stadt: Wir wurden von den Gegensätzlichkeiten geradezu erschlagen. Hier kaufte Hailes auf der Straße Nahrungsmittel für seine Familie ein. Nur ein paar Schritte weiter besorgten Tom Engin und ich uns in einem sehr gut sortierten Supermarkt Sachen für unsere Safari.

Auch bei dieser Gelegenheit in Arusha konnte ich den rasanten – und daher in meinen Augen geradezu zerstörerischen – Wandel der gesamten Strukturen und Traditionen der afrikanischen Gesellschaft(en) überall auf dem Kontinent beobachten. Hier das Hupen und dumpfe Wummern der Autos, die sich gegenseitig im Verkehr den Raum streitig machten. Dort das Rufen der Verkäufer, die in der Hitze des Tages mit ihren Stimmen noch die Blechlawinen zu übertönen versuchten. Auf den Dächern, an den Häuserwänden, den Straßenlaternen und den Telefonmasten die grellfarbigen Riesenwerbeplakate für den verführerischen Luxus aus Asien, Amerika und Europa. Entlang dem Rand der staubigen Straße, hart nebeneinander: auf Flechtmatten oder Brettern die in Heimarbeit selbstgemachten Waren; die Hühner mit gefesselten Beinen und der Billigramsch im Korb; die Haufen und Stapel von Gemüse- und Obst und anderen Produkten aus den kleinen Hausgärten (den Shambas) mit Preisangaben, ungelenk auf ein Stück Karton geschrieben.

Supermarkt (Tom Engin und Hailes), Arusha 2013

Straßenmarkt (Tom Engin und Hailes), Arusha 2013

Dort, nur ein paar Schritte weiter, im ganz leisen, air-conditio-
nierten Supermarkt auf den Regalen und in den Kühltruhen ordentlich eingeräumte Importlebensmittel aus (zumeist) asiatischen
Ländern; tiefgefrorene Hähnchenkeulen und Gambas, Lachsfilets
und Schokoladeneis, und alles in Plastikverpackung. Knallbunte
Spielzeuge aus Kunststoff und elektronische Medien aller Art, natürlich in Augenhöhe und mit aufgedruckten Preisen ... Der Einkauf
in Arusha hätte kaum eindrücklicher, gegensätzlicher, krasser sein
können!

Auch Tom Engin soll an dieser Stelle mit seinen eigenen Worten
berichten:

„Mein erster Eindruck von Tansania: Es ist ein Land der krassen Gegensätze, Luxushotels komplett aus Glas mit grünen Park-
landschaften, Pools und Wasserspielen liegen an Asphaltstraßen
mit Ampeln und Kreisverkehren, nur 50 m weiter Blechhütten und
staubige Schlaglochpisten, wo nur Schrittgeschwindigkeit möglich
ist. Die Leute sind allgemein sehr höflich und meistens auch gut gekleidet, man achtet sehr auf das Äußere. Aber es gibt auch bettelar-
me Menschen in zerrissenen Lumpen und die traditionell lebenden
Stämme der Massai, die in ihren Gewändern herumlaufen. Sie leben in Lehmhütten mit Strohdächern ohne fließendes Wasser und

Strom, dafür mit Ziegen und Hühnern, haben aber Handys, die sie mit Solarzellen wieder aufladen. Man legt hier ganz andere Maßstäbe an, insbesondere auch was die Zeit angeht. Schnelles Arbeiten scheint hier völlig unbekannt zu sein, man lässt sich mit allem Zeit."

Die Aufforderung „Pole, pole" („Langsam, langsam!" / „Geh's mal gemütlich an!") gilt hier überall. Genau so verbrachten wir den Abend. Nach dem Packen und Abendessen saßen wir völlig entspannt zusammen mit Steve und seiner Tochter Lauren aus Boston, freuten uns auf die Safari und ließen die Zeit einfach mit Limo, Bitter Lemon und Kilimanjaro-Lager (lokales Bier) dahinfließen.

Am Montagabend, dem 18. Februar 2013 nahmen wir nach einem unbeschreiblich interessanten Tag kreuz und quer durch das Tierparadies des Ngorongoro-Kraters unser Quartier in der herrlich am Kraterrand gelegenen Ngorongoro Wildlife Lodge. Es gab zu viele Gäste, das Essen und die Musik waren mäßig, die Betten bequem und wir hatten eine angenehme Nacht.

Auch den ganzen 19. Februar 2013 (Dienstag) verbrachten wir in der Serengeti. Zum Mittag hielten wir irgendwo an einer geeigneten Stelle im Schatten eines Baumes an, packten unsere Lunch-Pakete und Wasserflaschen aus und ließen die Weite und die nur von Tierlauten unterbrochene Stille der Steppe auf uns einwirken.

Am späten Nachmittag erreichten wir nach 80 km über die unglaublichsten Pisten die Lobo Lodge. Sie ist von ihrem israelischen Architekten mit genialer Fantasie in die Kopjes integriert worden und stört weder Fauna noch Flora. Diese riesigen, bis hundert Meter hohen Inselberge sind nach Millionen von Jahren der Erosion durch Wind und Sand, durch Sonne und Regen in diesem Teil der Serengeti übriggeblieben. Sie prägen die Landschaft und sind der Lebens- und / oder der Zufluchtsraum vieler Tierarten.

Wir bekamen nahezu alle tagaktiven Tierarten zu Gesicht, so auch die selten in freier Wildbahn sichtbaren Geparde und Leoparden. Die Fahrer der Touristenjeeps entdeckten auch dort Wild, wo wir „blinden" weißen Touristen nur Gras oder halbdürre Blätter wahrnehmen. Über Funk teilten sie sich mit, wo es was Besonderes gab. Dann fuhren sie, ganz gleich, ob über erlaubte Wege oder verbotenes Gelände, versammelten sich an solchen Orten, blockierten sich selbst und die Sicht auf die Tiere oder vergrämten sie sogar, sodass sie wegliefen. Recht hatten sie, die Tiere – wir nimmersatten Touristen und unsere Fahrer schufen uns ja diese Probleme selber!

Wir sahen Elefanten beim Fressen zu, was immer bedeutete, dass von den Büschen und Bäumen danach nur noch Stücke der Baumstämme ohne Blätter und Äste in der regelrecht verwüsteten Vegetation übrig waren. Wir wurden Zeugen dessen, was dort in der Savanne nach den Gesetzen der Evolution, die für unser Gefühl oft (zu) herzlos und gnadenlos erscheinen, geschah. Allein laufende, offensichtlich von ihren Müttern verlassene, blökende Gnukälber suchten vergeblich, den Anschluss an ihre Herde zu halten. Sie kündigten uns so an, dass sie als die Schwächeren im Kreislauf der Natur sichere Beute für Löwen und Leoparden, Geparde und Geier, Hyänen und Schakale und deren Nachwuchs werden würden.

In der Lobo Lodge genossen wir die wunderbare Landschaft beim Sonnenuntergang, das erholsame Plaudern mit interessanten Gesprächspartnern, das leckere Essen und die bequemen Betten.

Am Mittwoch (20. Februar 2013) beeindruckten uns vor allem die riesigen Krokodile und die Flusspferde in ihren Lebensräumen. Die fast unzählbar vielen Rhinos fühlten sich offensichtlich in ihrer Gülle wohl. Ausdrücklich wurde vor ihrer Gefährlichkeit gewarnt – sie sehen nur „gemütlich" aus, sind's aber nicht!

Wegen der Affen, die überall auf den Dächern der Seronera-Wildlife-Lodge herumsausten und die alles gebrauchen konnten, mussten wir unser Zimmerfenster immer fest geschlossen halten. Vor dem guten Abendessen bot uns die Natur noch das Erlebnis eines großen Gewitters. Tom Engin telefonierte mit Zuhause; er zahlte für diese Wohltat gerne fünf $ (Dollar), weil es auch hier im Hotel kein Internet gab.

Den nächsten Tag begannen wir mit einem Besuch im Museum der Oldupai-Schlucht, von wo aus wohl der Homo sapiens sich einstmals auf den Weg in alle Welt machte.

Tom Engin übte sich auf dem Weg von dort zurück zur Ngurdoto-Lodge beim Erwerb von Mitbringseln in seiner Geschicklichkeit als Einkäufer. Für seine Lieben erwarb er drei geschnitzte Figuren und etwas Schmuck.

In der Lodge taten uns nach dieser ersten erlebnisreichen Woche die Dusche, der Swimmingpool, saubere Wäsche und gewohnt gutes Essen wohl!

Am 22. Februar 2013 kamen wir unangemeldet nach „Faraja", dem Heim für körperbehinderte Kinder in der Nähe von Shira. (Nevin und ich waren dort schon 2004.) Wir wurden mit „großem Bahnhof" empfangen, der allerdings nicht uns, sondern Michelle, der Leiterin der „Charity" der Firma Caterpillar/USA, ihrem Ehemann und der US-Delegation galt. Sie kamen zur gleichen Zeit an wie wir. Wir alle nahmen dann an einem großen Mittagessen teil, bei dem die Kinder servierten und sangen. Danach wurde uns das Heim und seine Arbeit vorgestellt. Zum Abschied überreichten die Amerikaner die Geschenke von Caterpillar und fuhren wieder weg. Dann endlich konnten auch wir unsere Geschenke und die Geldspende an das Heim und an die benachbarte Grundschule übergeben. Die Kinder jubelten natürlich über die süßen Sachen aus Jermani (Deutschland).

Beim Schulleiter erkundigte ich mich nach dem Weg nach „Nashallo". Er kannte ihn nicht, wusste aber von jemandem, den man fragen konnte. Wir fuhren zu ihm, erfuhren den Weg und waren dann nach einer Fahrt über eine wilde Auf-und-ab-Piste schließlich und endlich auf „Nashallo". Wir hörten, dass die Farm inzwischen einem Mann aus Moshi gehörte. Das ganze Gebäude war seit 2004 sehr stark heruntergekommen. Auch von der Kaffeepflanzung war kaum noch etwas zu erkennen. Schon nach einer Stunde verließen wir, traurig und ernüchtert, diesen Ort meiner frühen Kindheit.

Ob Tom Engin erahnen konnte, welche Bedeutung „Nashallo" für mich hat?

Am Nachmittag erreichten wir Machame und fanden mit Hailes Hilfe auch schnell wieder das Haus von Simeon Mushi. Wir wurden von ihm wieder im alten Gästehaus untergebracht, in dem Nevin und ich schon 2004 wohnten. Anschließend führten uns Simeon und sein (Amts)Bruder Edward Mushi durch die Kirche, das neue Gästehaus und die Secondary Girls School. Bei Simeon gab es ab 20 Uhr local TV und dann ein leckeres Essen.

Für Samstagmorgen (23. Februar 2013) hatten wir uns um 10 Uhr mit Simeon vor dem Krankenhaus verabredet. Als wir dort ankamen, konnten wir den völlig wolkenlosen Kilimanjaro in der Morgensonne leuchten sehen. Eine Einladung zum Frühstück hatten wir nicht. Im nahen Shop konnten *wir* nichts bekommen, weder Brot noch Kaffee.

Hier jedenfalls hörten wir kein „Karibu!" / „Seid herzlich willkommen!" Erst nachdem Hailes und Simeon eingetroffen waren, bestellte Letzterer für uns süße Brötchen und Tee. (Kaffee war gerade nicht auf Lager – und das ausgerechnet am Kilimanjaro!) Wir erhielten eine zweistündige, sehr eindrucksvolle Führung durch das gesamte Krankenhaus. Wir sahen auch das Gebäude, in dem Tom Engins Onkel Harald zur Welt kam und wo seine Großmutter Lotti so viele schwere Wochen ihres Lebens zubringen musste.

Vom Krankenhaus aus fuhren wir nach Shira und suchten die Kirche auf, in der Eugen und Lotti getraut worden waren. Der Platz, auf dem Lotti begraben wurde, war total verwildert und als Friedhof kaum noch zu erkennen. Wir fanden aber Lottis Grab, und Simeon betete für uns. Tom Engin notierte zum Besuch am Grab seiner Großmutter: „Es ist für Papa und auch für mich ein sehr bewegender Augenblick, obwohl ich Oma Lotti nie kennenlernen konnte. Simeons Gebet verleiht unserem Besuch an diesem traurigen Ort eine gewisse Würde und wir gedenken unserer Vorfahren, die hier gelebt, gehofft und gelitten haben und hier geblieben sind."

Eigentlich waren Tom Engin und ich von der Hitze, vor allem aber von den Besuchen im Krankenhaus und in Shira, so ermüdet, dass wir auf die Fahrt nach Moshi verzichten wollten. Hailes überredete uns aber, und so fuhren wir doch nach Moshi. Dort gingen wir nach einem Mittagessen über den Markt. Man sprach uns an mit „Alles klar?" oder „Wie geht's heute?". Ein junger Mann wollte unbedingt Tom Engins Schuhe geschenkt bekommen. Da Hailes zwei Tage später nach Hause zurückkommen würde, kaufte er im geordneten Chaos des Marktes von Moshi ordentlich Kartoffeln ein.

Der Bahnhof von Moshi ließ noch erkennen, dass er aus der Kolonialzeit stammte. Er wird schon lange nicht mehr benutzt, aber – von hier aus traten wir 1939 unsere Reise ins Lager von Tanga an, auf diesen Gleisen begann die erste Eisenbahnfahrt meines Lebens.

Vor der Rückkehr nach Machame zeigte uns eine sehr resolute Schwester, dass sie die große Babystation des Krankenhauses, in dem mir Lotti 1934 das Leben schenkte, „voll im Griff" hatte. 1938 starb Lotti ja in eben diesem Krankenhaus. Erschöpft von diesem Tag und zufrieden mit seinem Verlauf kehrten wir von Moshi zurück. Dieser eine Tag hat sicher viel dazu beigetragen, dass Tom Engin die schwierige Geschichte seiner Familie, die Komplexität der Beziehungen besser versteht.

Mit der Rückkehr ins Gästehaus war aber der Tageslauf noch keineswegs abgeschlossen. Hailes holte uns bei Mushis lange Zeit vor dem Abendessen ab, denn er wollte Tom Engin unbedingt eine Pombe (Kneipe mit Alkoholausschank) zeigen, wo man das traditionelle Mbege (Local Brew – Bananenbier) herstellte. Die Wirtin gab Tom Engin eine Maß Mbege (ca. 1,5 l) in einer Plastikschüssel. Er trank das Gebräu sehr maßvoll an, ehe er dieses Getränk, eigentlich durchgesiebte, vergorene Fruchtmasse, an Hailes weiterreichte. Hailes wiederum bestellte noch einen Becher voll. Dann erklärte er Tom Engin, wie er alle anwesenden Männer (Nur Männer gehen zum Biertrinken) in der Gruppe, die im Wirtshaus saßen, nach altem Chagga-Brauch einladen konnte. Diese Art von Ritualen vermittelt allen Anwesenden Sicherheit und Vertrauen und das Gefühl der Zugehörigkeit in (und zu) einer Gemeinschaft. Die tägliche Zusammenkunft zu Gespräch und Diskussion ist also eine der wesentlichen Grundlagen für das gedeihliche Zusammenleben der dörflichen Einwohnerschaft. Das Palaver mit uns aus Europa war für alle ein großes, anregendes Erlebnis und sicher noch der Stoff für weitere Gespräche der Männer, eben nicht am Stammtisch, sondern in der Stammrunde, wo jeder gleich nah zum Nächsten sitzt und ihm ins Gesicht schauen kann.

Zum Abschluss des Tages gab es ein reiches Abschiedsabendessen mit Grace, den Söhnen Calvin und Theophilaeus und Simeon. Als Geschenke bekamen wir noch sehr hübsche Tücher und eine Tüte mit Kilimanjaro-Kaffeebohnen, ich revanchierte mich bei Familie Mushi mit Geldgeschenken. Das war ein einzigartiger Tag!

Rechtzeitig nach dem Frühstück bei Grace empfingen uns am Sonntag, dem 24. Februar 2013 Edward und Simeon Mushi und ein Gastprediger an der Pforte der Kirche. Dort saßen wir in der dritten Reihe; zum 2,5-stündigen Gottesdienst waren etwa 500 Gläubige gekommen. Der Gastredner, ein wahrer Magier des Wortes, nötigte uns Bewunderung ab. Nach der meisterlichen Predigt wurden Tom Engin und ich eigens begrüßt und vorgestellt. Atemlose Betroffenheit erregte die Menschen, als sie von der Geschichte unserer Familie hörten, insbesondere davon, dass Lotti in Shiras Erde liegt. Den Schluss des Gottesdienstes bildeten die Kollekten. Auf dem großen Rasenplatz neben der Kirche fand die allsonntägliche Versteigerung zugunsten der Kirchengemeinde statt. Edward Mushi beschenkte mich mit einem sehr schönen Tuch, das er extra für mich ersteigert hatte.

Im Büro der Pastoren trafen wir uns noch zu einem Plausch, der mir Gelegenheit bot, meine Spende an die Gemeinde offiziell zu überreichen.

Danach lud uns Grace zum Mittagessen ein. Und dann war endgültig die Stunde der Abreise gekommen – herzlich und zum Glück ohne Tränen. Wir hatten eine schöne Zeit gehabt! Hailes ließ es sich nicht nehmen, uns sein Anwesen zu zeigen; er versorgte sich weitgehend aus seinem eigenen Garten und baute seit Jahren an seinem Haus. Dank eines Solarpanels konnte er sein Handy und seinen Laptop aufladen – so wichtig in seinem Beruf!

Am Spätnachmittag lieferte uns Hailes wieder in der Ngurdoto Lodge ab. Er hatte sich als sicherer Fahrer, erfahrener Reiseführer und guter Freund erwiesen. (Dankeschön Hailes!) Wir sagten uns ein herzliches Adieu, weil ein anderer Fahrer uns am nächsten Tag zum Flughafen bringen sollte. Weil alle Zimmer der Ngurdoto Lodge belegt waren, wurden wir, sehr zu meiner Freude, umquartiert zu unserem alten Freund Helmut Isgen in der Meru View Lodge. Zimmer, Essen und Bedienung waren, wie nicht anders zu erwarten, wieder sehr gut.

Am Montag, dem 25. Februar 2013, ging unsere Zeit in Tansania auch schon zu Ende. Nach dem Frühstück machte ich mich zu einem letzten Besuch bei David Read auf, den ich aber leider nicht antraf. Tom Engin genehmigte sich derweil einen gemütlichen Vormittag. Nach dem Essen, einer Runde am Pool und dem Nachmittagskaffee ging Tom Engin ins Dorf und versorgte sich für üppige 1,75 $ mit einer Zahnbürste und Zigaretten.

Über das Internet erfuhren wir, dass wir erst um 4:20 Uhr statt um 2:55 Uhr fliegen würden. An der Abholzeit um 2:00 Uhr änderte das nichts; das war aber nur die eine, sozusagen die schlechte Seite der Nachricht. Die andere, die gute Seite meldete uns, dass Hailes uns zum Flugzeug bringen werde. Und so war's dann auch: er machte die Tour zum Airport und wir hatten noch einmal ein freudiges Wiedersehen und nahmen erneut herzlichen Abschied.

Die Rückreise war nicht so einfach, wie wir gehofft hatten. Wegen des späteren Rückfluges musste der Anschlussflug von Frankfurt nach Bremen umgebucht werden. Am Kilimanjaro Airport war man dazu technisch nicht in der Lage. Bei Turkish Airlines in Istanbul brauchten wir 1,5 Stunden, um unsere Umbuchung zu erkämpfen. Wir kriegten schließlich einen Direktflug von Istanbul nach Hamburg, der uns Umsteigen und stundenlanges Bahnfahren ersparte. Sandra und Merle holten uns in Hamburg ab.

Von einer wunderbaren, eindrucksvollen Reise, die uns Tansania von seinen so einzigartig schönen Seiten gezeigt, die unsere Hoffnungen erfüllt und unsere Erwartungen übertroffen hatte, waren Tom Engin und ich gesund und glücklich wieder zu unseren Lieben nach Hause zurückgekommen.

Für mich war es eine ganz besonders glückliche Erfahrung und große Freude, meinem Sohn zeigen zu können, wo ich geboren wurde, wo ich und drei meiner Geschwister als Kinder lebten, wo mein Vater, (Toms Opa, den er ja bis 1996 noch hatte), eine Kaffeeplantage aufbaute und mit eigenen Händen ein Haus errichtete, wo meine Mutter (Toms Oma, die er nie kennenlernen konnte) starb und begraben liegt.

Ich danke Tom Engin, dass er mich auf dieser Reise begleitete und sich so lieb um mich und mein Wohl (etwa die Wunde in der Wade) kümmerte!

Allen Vieren in Leeste danke ich für das wunderschöne, mit so viel Liebe angefertigte Fotoalbum und Reisetagebuch, das mich noch einmal diese schöne Safari und die Tage meiner Kindheit mit Text und Bildern erleben ließ.

Familie Simeon Mushi, Hellmut, Tom Engin, Machame 2013

WIE DAS LEBEN SO SPIELT

HONNEF

Ach, dieser Rachmaninow!

Lang, lang ist's her und gehört zu den Erinnerungen, die mir wichtig sind. Wir kamen 1942 zusammen in die erste Klasse der Volksschule am Rheingoldweg in Honnef. Wenn man am Café Nottebrock links in die Bernhard-Klein-Straße bog, wohnte der Junge dort auf der rechten Seite im Haus Nr. 8. Immer wollte ich viel öfter zu ihm gehen, als ich Gelegenheit dazu bekam. Denn das war in jenen Tagen noch so:

Norbert, dieser Junge, den ich heimlich zu meinen Freunden zählte, war schwarzhaarig, sah ganz leicht südländisch aus und – er war katholisch! Das genügte damals, um den Umgang mit solchen Kindern, sogar Klassenkameraden, nicht gut zu heißen. Vermutlich wegen seiner so empfundenen fremdländischen Andersartigkeit und weil er eben ein Katholik war, bekam ich es häufig genug zu spüren, dass die Freundschaft mit diesem Jungen, mit Norbert, unerwünscht war. Wir waren eben eine evangelische Familie ... Norbert hat nie unsere Wohnung betreten.

Dennoch, es zog mich immer wieder zu Norbert! Er war, wie ich, der Älteste seiner Geschwister. Wenn ich in die Bernhard-Klein-Straße kam, war er oft mit seinen Geschwistern beschäftigt – ganz ähnlich, wie das bei mir auch der Fall war. Von Norberts Mutter wurde ich zwar immer eingelassen; ich durfte mich zu Norbert und seinen Geschwistern gesellen. Aber ich hatte eher das Gefühl, dort nur geliten, aber nicht willkommen zu sein. Mir trat immer diese gewisse, deutlich spürbare Zurückhaltung von Seiten der Eltern entgegen. Ich mag mich da getäuscht haben und will niemandem etwas unterstellen. Vermutlich speiste sich aber doch diese Ablehnung aus demselben Vorurteil, das auch (unausgesprochen, aber doch spürbar) in meiner Familie galt: Du sollst keinem anderen

213

Bekenntnis angehören als dem, welches wir haben und für richtig halten. Die Erkenntnis, dass doch *die* religiösen Menschen, die ihren Gott ums tägliche Brot, um Frieden auf Erden und um die Vergebung ihrer Sünden bitten, *alle denselben* Gott meinen, war offenbar nicht deutlich genug ausgeprägt. Das Bewusstsein, ohne Zweifel der „richtigen Kirche", gar dem besseren Glauben anzugehören, das Wort Gottes gründlicher zu verstehen und demgemäß mehr nach Gottes Gebot zu leben, war für die „Erwachsenen" maßgebend. Das bedeutete, dass wir beiden Jungen die wir jeweils nur einer anderen Konfession desselben christlichen Glaubens angehörten, in der Praxis aber einen falschen (nicht den rechten) Glauben hatten und daher im Grunde für einander nicht die geeigneten, akzeptierbaren Spielkameraden waren.

In der Grundschule spielten diese religiösen Unterschiede überhaupt keine Rolle. Da galt das Wort des Führers! Was hätte wohl der Glaube an diesen von der „Vorsehung" gesandten „Führer" langfristig in den Köpfen von uns Kindern angerichtet?

Für uns Freunde war die Zugehörigkeit zu unterschiedlichen Konfessionen im Umgang miteinander unerheblich. Wir gingen zu verschiedenen Gottesdiensten und hatten getrennten Religionsunterricht. Das gehörte zum Alltag dazu und störte uns nicht in der Unbekümmertheit unseres Lebens.

Wir Kinder spielten, wenn ich mich recht erinnere, in Norberts Elternhaus nie besonders laut und lebhaft miteinander. Norbert wirkte auf mich stets ein wenig zu still und bedrückt. Was war es, das mich zu Norbert führte? Berechnung war es bestimmt nicht! Im Rechnen hatte ich, wie ich später herausgefunden habe, schon von allem Anfang an Schwierigkeiten, die ich bis zum Abitur nicht überwand. (Es war, genauer gesagt, die Mathematik, nicht das Kopfrechnen!)

Was aber dann zog mich an? Ganz wesentlich war es die Musik! Norberts Eltern hatten ein uraltes Grammophon mit Kupfertrichter und Kurbel. Legte man – und wir Kinder durften das unter gehöriger Anleitung und Beobachtung – die dicke, schwarze Schelllackplatte auf, drehte vorsichtig die Kurbel mehrmals und senkte die Holznadel feinfühlig auf die Schallplatte –dann erscholl auf wunderbare Weise Musik aus dem großen, gelbroten Rohr!

Ein anderes kam noch hinzu: Norbert konnte, im Gegensatz zu

mir, schon recht gut Klavier spielen. Am Instrument war er in seinem Element, die Musik tat ihm wohl, in ihr konnte er sich ausdrücken. Sein Lieblingskomponist war damals Rachmaninow. Immer wieder versenkte sich Norbert tief in die dunklen, schwermütigen Akkorde, die uns Freunden nahegingen und in uns widerhallten. Diese Klänge entführten uns Freunde emotional in eine andere Welt. Die bestand in jenen unruhigen Jahren für uns beide eben nicht nur aus wilden Rangeleien, gefährlichem Spielen und dem Kräftemessen unter uns Jungen in Honnef. Norberts spielerisches Können eröffnete mir die besonders beglückende Möglichkeit, dem Klang der Musik lauschen und den durch sie ausgelösten Gedanken und Gefühlen nachsinnen zu können – all dies hervorgezaubert durch die Hände dieses stillen Jungen, der mein Freund war, der aber eigentlich mein Freund so wenig sein durfte wie ich der seine. Norberts Finger sind zu seinem Leidwesen, wie er mir kürzlich erzählte, nicht mehr so flink wie damals, aber er spielt immer noch leidenschaftlich gern die Orgel!

Norbert und ich kennen uns seit über achtzig Jahren und sind auch heute noch gute Freunde!

Norbert Unterberg, Honnef 2010

Loch im Kopf

Ende Februar 1940 kamen wir von Tanga aus in Deutschland an. Ab April wohnten wir in der Hauptstraße 25 in Honnef. Zum Jahresbeginn 1941 hätte ich eigentlich meinem Alter entsprechend eingeschult werden müssen. Ich hatte aber bis dahin den Übergang von

Afrika und die Anpassung an Deutschland seelisch nicht geschafft und galt als noch nicht schulreif. Deshalb wurde ich um ein Jahr zurückgestellt und besuchte erst vom 30. Januar 1942 an die Volksschule am Rheingoldweg. Am 13. Juli 1944 wurde ich in die Klasse 4a versetzt. In den anschließenden Ferien verzogen wir nach Ulm.

Volksschule Rheingoldweg 1. Klasse, Honnef 1942

Hellmuts Brief an Hilde /Vohwinkel
Sommerferien 7.8.1942

Hellmuts selbstgestellte Rechenaufgaben, Honnef ca.1942

Ein Besuch während der Ferien in Vohwinkel war für uns Kinder immer etwas Besonderes. In einem Brief (ich war gerade in die 2. Klasse versetzt worden.) aus Vohwinkel vom 7.8.42 schrieb ich an Mutter Hilde: „Hier ist oft Alarm und müssen wir in den Keller, die Schießerei ist schrecklich, aber das geht über."

Man berichtet, ich sei ein schwieriger Junge gewesen. Da ist sicher viel Wahres dran, aber die Zeiten waren auch schwierig – nicht zuletzt für Kinder – und da kam auch schon mal ungewöhnliches, nicht den Regeln entsprechendes Verhalten vor oder war sogar angezeigt.

Es gab vorgeschriebene Rituale, an denen man nicht vorbeikam. Zum Schuljahresbeginn und -ende und jeweils zu Ferienanfang und -ende wurde auch in unserer Schule das Deutschland- und das Horst-Wessel-Lied (das Kampflied der SA) gesungen. Zu Beginn des Unterrichts mussten wir strammstehen. Dann fand die Kontrolle unserer Hände statt. Galten etwa bei den Nazis gepflegte Hände und saubere Fingernägel als Beweis für arische Reinlichkeit, anständiges Handeln und vaterländische Gesinnung? Wenn wir Glück hatten, genügte die Sauberkeit unserer Hände den Anforderungen. Wehe, wehe, wenn wir Pech hatten! Waren die Nägel schwarz oder die Finger dreckig (Gründe dafür hatten wir Jungen genug), so gab es mit dem Stock ein paar spürbare Hiebe auf die „Tatzen", wie das so hieß. Das juckte und brannte immer arg, vor allem in den Fingerspitzen! Wir wurden also jeden Tag sehr spürbar daran erinnert, wie wir Kerle nach Hitlers Vorstellungen werden sollten: „Flink wie Windhunde, zäh wie Leder und hart wie Kruppstahl". Bei den Bestrafungen gab es bei uns Jungen keine Tränen nach dem Motto: „Ein Indianer weint nicht!" Wir bissen voller Wut auf die Zähne – das half beim Ertragen der Körperstrafen …

Der Vorfall, von dem ich berichte, ereignete sich im Frühjahr 1943. Eines Morgens war es so weit! Ich weigerte mich, dem Kontrollritual weiter zu gehorchen. Auch die wiederholte Aufforderung der schneidigen, jungen Lehrerin fruchtete bei mir nicht mehr. Da nahm sie ihren Stock und schlug mir eins über den Schädel. Das hätte sie besser nicht machen sollen! Denn mir war blitzschnell klar, was jetzt zu tun war: Ich wusste, dass ich eine deutliche Vertiefung auf meinem Kopf an der Fontanelle (Nahtstelle der beiden Schädelseiten oben auf dem Haupt) hatte – für meine Hirntätigkeit war das offenbar zum Vorteil. Ich zeigte der Lehrerin dieses „Loch" und behauptete dreist, sie habe es mir mit ihrem Stock zugefügt. Die in der Biologie des Menschen vermutlich nicht gut bewanderte Pädagogin fiel auf diesen Trick herein und schickte mich nach Hause. Eigentlich hätte ich als Folge des Schlages doch eher eine Beule am Schädel haben müssen und nicht gleich ein Loch! Ich erzählte meiner Mutter mein Erlebnis. Sie ging sogleich mit mir in die Schule. Dort führte sie ein Gespräch mit dem Rektor, an dem ich nicht teilnehmen durfte. Das war damals eine mutige Tat, denn Klage über Lehrer zu führen, die eine pädagogische Ausbildung nationalsozialistischer Prägung hatten, bedeutete Kritik an den politischen Verhältnissen – und das war verboten!

Mir selbst erscheint es heute fast unglaublich, was mir damals passiert ist. Darüber, wie es 1943 für meine Mutter (noch) möglich war, sich wegen eines solchen Vorfalls bei der Schulleitung zu beschweren, kann ich nur Vermutungen anstellen. Jedenfalls scheint der Rektor von Hildes Darlegungen und Mut beeindruckt worden zu sein. Es mag sein, dass er eine Auseinandersetzung gescheut hatte mit einer Mutter von vier Kindern, die ja zum dringend nötigen Nachwuchs für das Dritte Reich zählten. Da wuchsen drei Jungen heran, die mal tüchtige Soldaten werden sollten, und ein Mädchen, das dem Führer viele schöne Kinder schenken konnte ...Vielleicht hatte es auch genügt, dass meine Mutter den Namen meines Großvaters fallen gelassen hatte, der in Honnef ein sehr geachteter und bekannter Bürger war. Möglicherweise hatte der Schulleiter aber auch noch sein Herz und seinen Verstand am richtigen Fleck und nutzte die Gelegenheit, dazu, seiner jungen und noch so unerfahrenen Kollegin aus gegebenem Anlass die „erzieherische Maßnahme" der erneuten Bewährung in einer anderen Klasse anzubieten.

Für mich hatte dieser Vormittag keine unangenehmen Folgen. Weder wurde ich für mein Verhalten gerügt noch zur Strafe in eine andere Klasse versetzt. Vielmehr ward ab dem folgenden Tag diese Lehrerin in unserer Klasse nicht mehr gesehen. Das Spiel „Zeigt her eure Pfoten ..." hörte damit aber nicht auf, und auch Horst Wessel mit seinen SA-Kameraden marschierte noch weiter in unserem Unterricht mit, auch wenn wir nicht verstanden, was wir da singen mussten.

Ich nehme (nur sehr ungern) zwei Strophen dieses Kampflieds der SA in mein Buch auf, damit die heutigen LeserInnen sich etwas besser vorstellen können, was man damals uns kleinen Schulkindern schon zumutete, wie wir ideologisch getrimmt wurden.

Das Horst-Wessel-Lied
Die Fahne hoch! Die Reihen fest geschlossen!
SA marschiert mit mutig-festem Schritt.
Kam'raden, die Rotfront und Reaktion erschossen,
Marschier'n im Geist in uns'ren Reihen mit.
Die Straße frei den braunen Bataillonen.
Die Straße frei dem Sturmabteilungsmann!
Es schau'n aufs Hakenkreuz
voll Hoffnung schon Millionen.
Der Tag für Freiheit und für Brot bricht an!

„Kanonisierung und Ritualisierung"

Bei allen Partei- und Staatsfeiern begleitete das Horst-Wessel-Lied die erste Strophe des Deutschlandliedes.

Reichsinnenminister Frick ordnete 1934 an: „ Zu Beginn der Schule nach allen Ferien und am Schulabschluss vor allen Ferien hat eine Flaggenehrung vor der gesamten Schülerschaft durch Hissen bzw. Niederholen der Reichsfahnen unter dem Singen einer Strophe des Deutschland- und Horst-Wessel-Liedes stattzufinden."[118]

Wir und Hilde am Sandkasten mitten im Krieg in neuer festlicher Kleidung, zur Feier des Tages mit einem Blumenstrauß. Honnef ca.1942 („Allen Gewalten zum Trotz sich erhalten ..." Goethe)

„Kreuznacher Nächte ..."

Ich glaube, wir waren im August 1941 mit Mutter Hilde nach Bad Kreuznach in die Ferien gefahren. Am Anfang des Krieges war das noch möglich. Wir wohnten im Kurheim und gingen oft spazieren, am liebsten zu den hoch aufragenden Gerüsten der Salinen, von deren weiß überzogenem Gestrüpp das Salzwasser tropfte, uns Kindern bei Wind in die Augen wehte und zu Tränen rührte.

Während dieser Ferien bekam ich Scharlach und musste ins Krankenhaus. Schlimm war das für mich nicht, lag ich doch mit drei gleichaltrigen Jungen – ich war damals sieben Jahre alt – in einem Zimmer. Eines Tages kamen wir auf eine tolle Idee, wie wir unsere Nachtschwester, die wir gar nicht mochten, ärgern konnten. Wir besorgten uns zwei Rollen Nähgarn. (Das war noch irgendwie möglich!) Nach dem Abendessen und dem Licht-aus ging es los. Wir knipsten die Lampe wieder an und banden das eine Ende der Fäden an zwei Betten. Dann machten wir die Fäden so an den Griffen der Deckel unserer Bettpfannen fest, dass die Deckel sich hoben, wenn an den Fäden gezogen wurde. Die Fäden, die kaum sichtbar waren, spannten wir etwa ein, zwei Hand hoch kreuz und quer durchs Zimmer; ihr anderes Ende wurde auch an den Betten befestigt. Dann machten wir das Licht aus und warteten gespannt, was passieren würde. Endlich öffnete sich die Tür und die Schwester kam zur Nachtkontrolle ins Zimmer, ohne das Licht anzumachen, weil sie uns nicht wecken wollte. Da ging aber ein Geklapper los! Die Schwester verheddertere sich in den Fäden und wir hatten unseren Triumph! Doch zu schlechter Letzt wurden wir verdonnert, die Fäden wieder zu lösen und klar Schiff zu machen. Aber immerhin ...!

Irgendein gutmeinender Besuch brachte uns eines Tages eine Pappscheibe mit einem Gesicht auf der Vorderseite, eine Luftpistole und Geschosse mit (etwa 20 cm lange Stäbe, die vorne einen Gumminapf hatten, der sich gut ansaugte auf glatten Flächen). Mit dieser Pistole konnten wir herrlich schießen. Es machte nur plopp, und schon saß das Geschoss irgendwo an der Wand, an der Fensterscheibe oder auch mal auf einem von uns. Am liebsten aber zielten wir auf die besagte Scheibe mit dem Gesicht des meistgehassten britischen Politikers jener Tage, des Sir Winston Churchill, dem damaligen britischen Premierminister. Wir kannten ihn nur als die englische Bulldogge, die zusammen mit den anderen feindlichen

Plutokraten des Weltjudentums das arme, friedliebende Deutschland knechtete, bis ins Mark peinigte. Gab es etwas Schöneres, als diesen fetten Blutsauger durch gezielte Treffer zu erledigen? Tagelang war diese Schießerei für uns das größte Vergnügen, bis die Scheibe kaputt war.

Keiner der Erwachsenen, weder die Ärzte noch die Schwestern noch die Besucher, verbot uns das Schießen auf Churchill! Betrachteten sie es als eine dumme Spielerei kleiner Jungen, die sich in wenigen Tagen von selbst erledigen würde, sagten sie nichts aus Desinteresse oder Vorsicht oder billigten sie gar insgeheim, was wir taten, als wir Churchill ins Gesicht schossen?

Wie tief war das Propagandagift, das Goebbels allenthalben verspritzen ließ, schon in die Köpfe von uns Jungen und die Hirne der Erwachsenen eingedrungen?

„Quax, der Bruchpilot"

Der Krieg dauerte nun schon zwei Jahre und hatte an Stoßkraft verloren. Die Blitzsiege der ersten Zeit wiederholten sich nicht mehr. Der Angriff auf die Sowjetunion und der wachsende Widerstand der Alliierten verlangsamten den deutschen Vormarsch an den Fronten. Im Februar 1942 gingen über 300.000 Mann der 6. Armee in Stalingrad zugrunde oder gerieten in Gefangenschaft. Nur wenige Zehntausend von ihnen sahen ihre Heimat wieder. Der deutsche Vormarsch kam an allen Fronten bis Mitte 1942 schon nahezu überall zum Stehen.

Im Deutschen Reich mussten die Rüstungsanstrengungen unablässig erhöht werden, um das ständig gefräßigere Maul des Ungeheuers Krieg mit Nachschub zu füllen. Immer mehr Männer und Frauen, Kriegsgefangene, Zwangsarbeiter und Häftlinge der Konzentrationslager mussten in der Kriegsindustrie arbeiten oder auch die Trümmer räumen in den deutschen Städten, die Tag und Nacht bombardiert wurden.

Man musste beim Volk in der Heimat und bei den Soldaten an der Front für gute Laune sorgen, das heißt, die durch Verluste und Bombenterror wackelig gewordene Moral festigen. Diese Ansicht kann man an mehreren Stellen in den Tagebucheintragungen des Propagandaministers Goebbels nachlesen. Die Führung Großbritanniens zielte (nach deutschem Vorbild) mit der Strategie des sogenannten carpet bombing (Flächenbombardierung) „on the morale of the enemy civil population and in particular the industrial workers."[119] („Brechung der Moral der feindlichen Zivilbevölkerung, vor allem der IndustriearbeiterInnen")

In der Reichshauptstadt hatte man erkannt, dass „gute Laune", „zuversichtliche Moral", das bedeutet „volles Vertrauen in die Führung", gerade in Kriegszeiten nötig war. Im Oktober 1939 wurde daher schon eine Liste mit den Namen von etwas über tausend Kulturschaffenden veröffentlicht, die nicht zum Wehrdienst eingezogen werden sollten. Hitler selbst hatte an diesem Verzeichnis mitgearbeitet. (Der Reichskulturbund hatte zu der Zeit 140.000 Mitglieder.) Die „Gottbegnadeten"[120] durften weiter in ihren Künstlerberufen arbeiten. Der eine Effekt war, dass auf fast allen Schaffensgebieten das Kulturangebot trotz Krieg, rein äußerlich und oberflächlich gesehen, weiterging. Der Bevölkerung wurde weiterhin ein (scheinbar) vielfältiges Angebot gemacht. Der andere Effekt war, dass dem Ausland vorgespielt wurde, das Dritte Reich setze seine kulturelle Tradition unvermindert fort. Im „Vorzeige-KZ" Theresienstadt „durften" auf Befehl der Führung die todgeweihten Häftlinge sogar das musikalische Erbe Europas „pflegen" (In diesem Zusammenhang: Am 10.5.1933 wurden die Werke vieler deutscher SchriftstellerInnen, unter ihnen Nobelpreisträger, öffentlich verbrannt.).

Je nach den ideologischen Bedürfnissen und der Personallage wurde diese Liste der „uk" (unabkömmlich)-Gestellten verändert. Nach der Ankündigung des totalen Kriegseinsatzes auch der Kulturschaffenden"[124] ab dem 1.9.1944 blieben nur noch einige hundert Künstler vor dem Einsatz in der Rüstungsindustrie oder dem Dienst mit der Waffe (Volkssturm) bis zum Ende des Krieges verschont.

Eine der Hauptaufgaben des Ministeriums für Volksaufklärung und Propaganda bestand in der gezielten Täuschung des eigenen Volkes und des Feindes über die Lage, in der das Dritte Reich sich in Wahrheit befand.

Bezeichnend ist, dass Goebbels allein für sein Haus einen Bedarf von über 700 Personen meldete.

Die Filmindustrie als Teil der Riesenmaschinerie musste einspringen und in der Propaganda und Volksunterhaltung die Hauptrolle spielen (weit vor allen anderen, noch erlaubten Kunstgebieten zusammengenommen). Ganz vorne rangierte die UFA. (Universum

Film AG). Mit Kinofilmen wie „Jud Süß" (V. Harlan – 1940) wurde die Hetze gegen die Juden intensiviert. Der Film „Kolberg" (V. Harlan – 1943) sollte die Vorzüge des Regimes vermitteln. Mit leichter Kost wie dem Produkt „Quax, der Bruchpilot[122] (Hoffmann –1941) sollte die Bevölkerung unterhalten werden. Dieser Film lief damals auch in Honnef in dem Kino, das sich rechter Hand auf der Ecke Hauptstraße/Bahnhofstraße befand. In ihm spielte der damals 39-jährige „freigestellte" Heinz Rühmann[123] die Hauptrolle. Dieser kalkuliert-jungenhafte, unbeholfen-gutwillige, immer etwas schalkhaft lachende Bursche, stets mit einem gut eingeübten Witz oder einem dahingeträllerten Liedchen auf den Lippen, war so recht dazu geeignet, die Menschen zu belustigen, den Alltag für eine Weile vergessen und beschwingt und heiter vom Kinobesuch nach Hause gehen zu lassen. Rühmann war ein Schauspieler, der bei jedem „Wetter-Wechsel" seine Begabung gut zu nutzen verstand: Er machte Filme zur Zeit der Weimarer Republik, während der ganzen Dauer der Nazi-Herrschaft und nach seiner Entnazifizierung im Nachkriegsdeutschland – wahrhaftig die Karriere eines begabten, anpassungsfähigen Künstlers! Den meisten ist er gewiss erinnerlich als Primaner Pfeiffer („mit drei f") in der gemütlichen, die „guten alten Zeiten" romantisierenden „Feuerzangenbowle" von 1943. Diese Bowle ist auch heute, nahezu 80 Jahre später, immer noch ein beliebter Stoff ...

Ich war von Rühmann mächtig beeindruckt, als ich in Honnef 1942 zum ersten (und einzigen) Mal ins Kino gehen und mir den Film „Quax, der Bruchpilot" ansehen durfte.

Natürlich amüsierte ich mich köstlich über diesen tollen Piloten, der da solche Schwierigkeiten mit seiner Maschine hatte. Zugleich erreichte der Film bei mir sein propagandistisches Ziel: Ich bewunderte „unsere phantastischen Fliegerhelden" wie Galland oder Udet noch mehr. Sie blieben ja, gemäß der Kriegsberichterstattung, in jedem Luftkampf Sieger, schossen haufenweise die feindlichen Flugzeuge vom Himmel und sorgten dafür, dass die angreifenden Bomber erst gar nicht in den Luftraum des Reiches einfliegen konnten – ungeachtet der täglichen alliierten Bombenangriffe und entgegen der Tatsache, dass die deutsche Abwehr die Lufthoheit längst verloren hatte! Auf einem Plakat in Ulm hieß es dazu Weihnachten 1944 (eine Woche nach dem verheerenden Luftangriff, der Ulm so schwer zerstörte) „Ehre sei Gott in der Höhe – aber dem Führer Gehorsam auf Erden!"[124]

Aber wussten die Menschen in Deutschland wirklich, in welchem Maß sie unablässig belogen wurden, welch riesig hohe Verluste alle Waffengattungen hatten und dass entgegen all der Propaganda in Rundfunk und Kino in Wahrheit die sichere Niederlage Deutschlands schon unabwendbar war? Durfte die Bevölkerung sich dies eingestehen, wollte sie es wahrhaben?

Vor diesem Hintergrund präsentierte die von Goebbels gelenkte Unterhaltungsindustrie dem vom Krieg schwer geplagten Volk den Film „Quax, der Bruchpilot".

Die britischen Behörden stellten 1948 Heinz Rühmann eine Entnazifizierungsurkunde aus, nach der er als „nicht betroffen" galt. Einerseits trugen Rühmanns Filme dazu bei, das deutsche Volk auch noch in bittersten Zeiten zum Lachen zu bringen und seinen Durchhaltewillen zu stärken, also den Krieg zu verlängern und weitere Opfer in Kauf zu nehmen. Andererseits waren Rühmanns verbale Drehbuch-Sünden im Vergleich zu anderen Untaten gering und hat er immerhin insoweit Gutes getan, als er die Bevölkerung gedanklich und emotional wenigstens für die Laufdauer von Filmen von ihrer täglichen Last des Im-Krieg-leben-müssens befreien konnte. Vielleicht ist diese „Nicht-betroffen"-Entscheidung auch ein Ausdruck weisen britischen Humors.

H. Globke, Kanzleramtsminister bei Adenauer und Mitverfasser der Nürnberger Rassengesetze, kam mit derselben Klassifizierung „nicht betroffen", mit demselben Freispruch davon!

„Die Einteilung der Deutschen durch die Alliierten in (die) zwei Klassen: ‚politisch Einwandfreie' und ‚Nichteinwandfreie' ... diente lediglich dazu, am Ende alle Deutschen in die Kategorie der Einwandfreien zu überführen."[125] Damit verkam sie meines Erachtens zu einer Farce! Aber! – Die Regierung Adenauers konnte auf Fachpersonal (und sei es auch aus der Nazizeit) nicht verzichten!

Fliegende Festungen

Was ich hier berichte, ereignete sich in den Kriegsjahren 1942–44. Ich war in der Volksschule am Rheingoldweg; unser Klassenlehrer hieß Herr Mittelacker. Er war ein hagerer, für mich immer grau aussehender Mann. Vermutlich war er nicht „kv" („kriegsverwendungsfähig" = nicht tauglich als kämpfender Soldat an der Front, das heißt aber auch, dass seine Chance, den Krieg zu überleben, nicht schlecht war. Er durfte oder musste unterrichten. Er hatte seine liebe Not mit uns. Wir nahmen ihn allzu oft nicht ernst. Sein Name verleitete uns zu manchen nicht besonders freundlichen Formulierungen. Aber gerade er vermittelte mir eine Einsicht, für die ich ihm immer dankbar bin und die mich mein ganzes Leben begleitet hat.

Einmal mühte sich ein Klassenkamerad bei einer schwierigen sportlichen Übung sichtlich ab und kam doch nicht gleich zurecht. Da stürzten einige aus unserer Gruppe herbei, um ihm zu helfen. Herr Mittelacker aber trat dazwischen und sagte in seiner unvergesslichen Art, Wörter zu betonen, mit schnarrender Stimme lispelnd: „Lásst ihn dóch, er kann – das dóch – al-léi-né!" Ich wusste zwar, dass meine Freunde nur aus Kameradschaft hatten helfen wollen. Die war ideologisch sogar sehr „angesagt" nach dem Motto „Alle für einen, einer für alle!" Aber ich empfand diesen Zuspruch für meinen Klassenkameraden, aus eigener Kraft und mit eigener Willensentscheidung die Übung zu Ende führen zu sollen und auch zu dürfen, als eine große Unterstützung und Bestätigung für ihn.

Herr Mittelacker hatte mit diesem einen Satz, der eigentlich so alltäglich scheint, in jener Sportstunde eine Menge Mut bewiesen. Es galt doch offiziell die Devise: „Du bist nichts! Dein Volk ist alles!" Aber hier war einer, der deutlich genug mitteilte: „Vertrau auf dich und deine Kraft. Es ist zwar gut gemeint, wenn deine Kameraden dir helfen wollen. Aber du selber hast deine eigene Persönlichkeit. Setze auf deine eigenen Fähigkeiten. Triff deine Entscheidung selbst gemäß deinem Willen!" Solch ein Bekenntnis zur Individualität war nach meinem damaligen Empfinden – und ist es in der Rückschau auch heute noch – ein wirklich ungewöhnlich mutiger Akt.

Diese eine Sportstunde hatte für mein Leben unerwartete Folgen. Für mich bedeutete sie Ermutigung auf dem Weg zur Entwicklung meiner eigenen Persönlichkeit. Der Maxime meines Lehrers, selbstverantwortlich zu sein und die Herausforderungen des Lebens aus eigener Kraft bestehen zu wollen, konnte ich nicht immer folgen. Sie ist aber seit jenen Tagen bis heute eine der Kraftquellen gewesen, die mir in schwierigen Lagen immer wieder auf die Beine half.

Vom Feind war in jenen Tagen oft genug die Rede. Als die alliierten Luftangriffe auf Deutschland zunahmen, konnten wir auch in Honnef die endlosen Bomberstaffeln mit ihren langen, weißen Kondensstreifen über unsere Stadt hinwegbrummen sehen – sie alle flogen Richtung Süden oder Südosten.

Die deutsche Luftabwehr verteidigte natürlich das Reichsgebiet mit Jagdflugzeugen, der Flak (8,8-cm-Fliegerabwehrkanonen) und mit Hilfe der Frühmeldung der Bomberformationen durch die neu entwickelten Radarsysteme.

Ab den frühen 1930er-Jahren wurde das Prinzip der Funkpeilung vom Militär in Deutschland, Großbritannien, der Sowjetunion und den Vereinigten Staaten bis zur Einsatzreife entwickelt. Diese Technik wurde als Funkgestützte Ortung und Abstandsmessung bezeichnet. Auf Englisch hieß das System Radar – Radio Detection And Ranging. Das Britische Strategische Luftkommando hatte ein einfaches, aber raffiniertes System entwickelt, um die deutsche Verteidigung zu täuschen. Millionen von Metallstreifen (etwa 2 x 8 cm lang, aus sehr dünn gewalztem Zinn), auch Düppel genannt, wurden abgeworfen. Wenn sie in Schwärmen vom Himmel rieselten, lenkten sie die Abfangjäger in die Irre. Ich kann mich noch gut an diese ganz dünnen Metallstreifen entsinnen. Kein Erwachsener wollte erklären, wozu sie dienten. Aufklärung hätte die Schwäche der deutschen Verteidigung und die totale Luftherrschaft der alliierten Luftwaffe über das Reichsgebiet offengelegt. Von den Sicherheitsdiensten der Luftverteidigung hätte das mit verräterischer Wehrkraftzersetzung gleichgesetzt werden können. Diesem lebensgefährlichen Risiko setzte man sich nicht aus.

An einem anderen Tag standen wir Schulkinder – wieder einmal wegen eines Fliegeralarms – auf dem Pausenhof der Volksschule am Rheingoldweg. Unser Lehrer Mittelacker glaubte, wir seien dort, entlang der Mauer im Schatten aufgestellt, sicherer als im Gebäude. Auch an dem Tag ballerte die Flak wie wild und kurvten die deutschen und die alliierten Jagdflugzeuge wie verrückt am Himmel und versuchten, sich abzuschießen. Während solcher Alarme hatten wir Kinder überhaupt keine Angst. Wir waren vielmehr stolz darüber, vom Schulhof aus mit verfolgen zu können, wie unsere ME's (Messerschmitt-ME-109-Jäger) sich Luftkämpfe mit den Spitfire's (Feuerspucker) der Tommies lieferten.

Wir sahen, wie ein Bomber von einem Jagdflugzeug getroffen wurde und brennend Richtung Drachenfels niederging. Einige Fallschirme öffneten sich und Männer der Besatzung schwebten zur Erde. Wir hätten nur zu gerne gewusst, was mit ihnen passierte. Weil sie ja unsere Feinde waren, wünschten wir vaterlandsliebenden Jungen ihnen alles Schlechte.

Nach der Schule sprach es sich in unserer Jungengruppe schnell herum, dass diese Fliegende Festung am Milchhäuschen in Rhöndorf, in halber Höhe am südlichen Abhang des Drachenfels, runtergekommen sei. Also führte uns natürlich der Weg dorthin. Und wahrhaftig – da lagen die Trümmer des Flugzeugs – rundum von deutschen Soldaten bewacht. Aber so schnell ließen wir Jungen uns nicht einschüchtern und von dem riesigen Haufen Blech fernhalten und – wir fanden eine „Beute". Auch noch weit abseits von den Trümmern lagen überall verstreut kleine Stücke Plexiglas aus den zerborstenen Kanzeln. Es gelang uns schließlich, davon ein paar vom Boden wegzuraffen. Warum waren wir so erpicht darauf? Wenn man diesen Kunststoff anzündete, tropfte er so schön in Klümpchen zu Boden und brannte mit stinkendem, tiefschwarzem Rauch. Das war genau etwas für uns!

Wenn die Bomberverbände hoch oben mit ihren Kondensstreifen über Honnef dahin, feuerte die Flak immer aus allen Rohren. Dann stand ich öfters auf der obersten Stufe der Treppe, die von der hinteren Terrasse unserer Wohnung in unseren Garten führte und beobachtete, ob die explodierenden Flakgranaten der Luftabwehr Wirkung hatten und, wenn ja, welche.
Nie habe ich gesehen, dass eine Granate ein Flugzeug traf. Ich habe mich auch nie gefragt, was passiert wäre, wenn eine Granate getroffen hätte. Vermutlich hätte ich mich sogar darüber gefreut, weil von deutscher Seite errungene militärische Erfolge für uns Kinder emotional positiv besetzt waren. Wichtig war mir die Schießerei aus folgendem Grund: Hoch oben zogen die Bomber ihre Bahn, und bei uns hier unten schlugen sie dann manchmal rasselnd durch die Blätter der Rotbuche und dann auf dem Boden auf – die noch heißen Splitter der Flakgranaten! Unter uns Jungen galten diese bizarren bunten Metallstücke mit ihren rasierklingenscharfen Kanten, wegen der Explosionshitze in allen Farben schillernd, als Pres-

tigeobjekte! Je größer und je grotesker geformt die Splitter waren, desto wertvoller waren sie, und desto höher war das Ansehen des Besitzers in seiner Gruppe!

Meine Mutter war nie erbaut davon, dass ich mich dieser Gefahr aussetzte, von einem der Splitter getroffen zu werden. Aber sie hat mich nicht daran hindern können, solche Metalltrümmer aufzusammeln. Ich hatte viel, viel Glück, nie von einem dieser gefährlichen Dinger erwischt zu werden – es hätte vielleicht auf der Stelle meinen Tod bedeutet. Hätte ich die Ermahnungen ernst nehmen müssen und ihnen folgen sollen?

Endlich Entwarnung

Ab 1942 wurden die Bombenangriffe auf Deutschland immer heftiger und zahlreicher und immer tiefer in das Gebiet des Deutschen Reiches hineingetragen. Mit dieser Bedrohung wuchs natürlich auch die Zahl der Luftalarme.

In der Schule lernten wir Kinder, wie wir uns im Falle eines Tagesangriffs zu verhalten hatten.

Der Bevölkerung insgesamt wurde vor allem vorgeschrieben, nachts peinlich darauf zu achten, dass alle Fenster geschlossen waren, so dass kein Lichtschein nach außen dringen konnte. Autos durften nur mit abgedunkeltem Licht fahren. Die Straßenbeleuchtung war natürlich ausgeschaltet.

Luftschutzwarte mussten dafür sorgen, dass die Häuser für den Fall eines Brandes über Löschmittel verfügten und dass es Notausgänge gab, um Leute retten zu können, die in Kellern unter den Trümmern eingeschlossen waren. An den Häuserwänden wurden große Pfeile aufgemalt, die den Rettungskräften zeigen sollten, wo sie nach Verschütteten suchen mussten.

Wir hatten in Honnef unsere Wohnung in der Hauptstraße 25 im Hochparterre, einige Treppenstufen über Straßenniveau. Unser Keller lag deshalb auch nur zum Teil im Boden. Um den sogenannten Schutzraum da unten sicherer zu machen, war die Decke mit einem Balkengerüst abgestützt, an den Wänden waren für uns Hausbewohner ein paar Pritschen aufgestellt. Unser Nachbar, Herr Zimmermann, der mit seiner Frau im ersten Stock wohnte, war bei uns der vorbildliche Hauswart. Wenn wir bei Alarm in den Keller gehen mussten, kamen er und seine Frau auch. Er zeigte sich dann immer als besonders wachsamer und pflichtbewusster Bürger. Wenn wir alle auf den Bänken saßen, kontrollierte er wichtigtuerisch (so kam es mir vor), ob genug Sand und Wasser in den Eimern bereitstand, ob die Feuerlöschpumpe und die Feuerpatsche, die Hacke und die Schaufel an ihrem Platz war, ob wir alle unsere nassen Betttücher mithatten für den Fall, bei Rauch- und Brandentwicklung besser atmen zu können und sicher aus dem Keller zu entkommen, und ob die Stützbalken – im Ernstfall hätten sie vermutlich wenig genützt – auch noch gerade und gut verkeilt standen. Seine Kontrollen der Vorsichtsmaßnahmen waren jedes Mal ein richtiges Theater! Von heute aus gesehen kann man solche „Schutzmaßnahmen" nur als absolut unzureichend bezeichnen.

Da saßen wir dann schweigend und in höchster Spannung auf unseren Pritschen und warteten – ja, auf was? Die unausgesprochene, immer vorhandene Angst, es würde eine Bombe unser Haus treffen, verschloss uns den Mund. Diese Angst war furchtbar! Ganz tief in unserem Inneren hofften wir stumm auf den sehnlich erwarteten, langanhaltenden Heulton der Sirene, der das Ende des Alarms ankündigte. Welche Erlösung war es, wenn die Gefahr für diese Nacht vorüber war und wir oben in unserer Wohnung wieder in unsere Betten steigen konnten!

Wie entsetzlich müssen die Menschen in ihrer Schutzlosigkeit in den Ländern leiden, wo heute – mit noch gefährlicheren Waffen als damals – Krieg herrscht!

Wenn bei Nacht die Sirenen heulten, wussten wir Kinder von unserer Mutter, was im „Normalfall" zu tun war: erst dann das Licht anmachen, wenn sicher war, dass alle Fensterläden dicht geschlossen waren.

Unvergesslich bleibt mir eine Nacht, als wir uns besonders beeilen mussten, in den Keller zu kommen. Mutter Hilde weckte uns Kinder, kümmerte sich um Siegfried und Anne und erwartete, dass Harald und ich unser stets bereites Köfferchen nahmen und wie immer allein losliefen in Richtung Keller. Harald war aber in der Nacht so schlaftrunken, dass er zum Fenster ging und die Verdunkelung aufmachte, weil er wohl annahm, es sei Morgen. Entsetzt stürzte Mutter Hilde herbei und schlug die Läden wieder zu.

Für die angreifenden Flugzeuge war es eigentlich nicht so wichtig, ob es Verdunkelung gab oder nicht: Die Piloten kannten ihre Ziele meist auch so, konnten auch die lichtlosen Städte erkennen und wussten spätestens dann, wenn unten die Brände aufloderten, dass sie ihre Ziele getroffen hatten. Es ging vielmehr darum, dass sich die VolksgenossInnen an die Befehle und Verbote der Regierung hielten. Das Verdunkelungsgebot war eine von diesen Maßnahmen, die man strikt durchsetzte und die von der verängstigten Bevölkerung peinlich genau beachtet wurden. Dem Feind durch Beleuchtung das Auffinden von Bombenzielen zu erleichtern, galt als Sabotage. Hätten übelwollende oder pflichtbewusste Nachbarn beispielsweise beobachtet, dass unsere Fenster nicht lichtdicht waren, hätten wir leicht wegen wehrkraftzersetzenden, dem Feinde nützenden, das eigene Volk bedrohenden Verhaltens beim zuständigen „Blockwart" angeschwärzt werden können. Das hätte für uns empfindliche Folgen haben können – deshalb war unsere Mutter in so großer Sorge. In der Nacht ging aber alles noch einmal gut!

Wir Kinder, vor allem Harald und ich, bekamen die Auswirkungen der gestörten Nachtruhe, der Anspannung und Verängstigung auch noch auf eine ganz besonders unangenehme Weise zu spüren. Wir nässten ein, weniger vornehm ausgedrückt, wir pinkelten ins Bett. Unsere Mutter sollte das aber nicht merken! Was machten wir da? Harald und ich rieben nach solchen Unglücken mit unseren Händen oder trockenen Stellen unserer Bettlaken oder mit Lappen (Handtücher, Unterwäsche, etc.), die wir im Zimmer fanden, so lange auf den feuchten Stellen herum, bis diese wieder für uns trocken erschienen. Wir glaubten dann, dass unsere Mutter das Malheur nicht bemerken würde.

Was war aber mit den scharf umrandeten gelben Flecken im Laken, die einfach nicht zu übersehen waren, und dem deutlich bemerkbaren Uringeruch? Irgendwie hatten wir Brüder wohl gehofft, diese Beweise würden Hilde nicht auffallen.

Unsere Mutter hat uns nie wegen unserer Bettnässerei getadelt oder vor anderen Leuten bloßgestellt. Ohne jede Zurechtweisung tauschte sie immer nur das Bettzeug aus. Das bedeutete in jenen Zeiten recht viel zusätzliche, mühsame Arbeit. Bei uns gab es weder eine elektrische Waschmaschine noch eine Schleuder, weder genug Waschmittel noch heißes Wasser aus dem Hahn.

Hilde hatte vollkommen verstanden, dass die verstörenden Unterbrechungen unseres Schlafs, die Rennerei in den Keller, das stundenlange Sitzen da unten uns innerlich verletzten und zermürbten und bei uns die Reaktion des Bettnässens hervorriefen. Schimpfen mit uns hätte sicher nicht das Pinkeln in die Betten verhindert, sondern nur unsere Schuldgefühle vermehrt. Unsere Mutter wusste sehr genau, dass wir uns nicht absichtlich danebenbenahmen. Sie hatte ein feines Gespür dafür, wie die Belastungen des Krieges sich bei uns seelisch bemerkbar machten und setzte diesem Druck ihr ruhiges, geduldiges und liebevolles Verständnis entgegen.

In Ulm haben wir nie ins Bett gemacht. Vielleicht lastete, zumindest anfangs, nicht mehr so viel Druck auf uns. Wir waren zudem auch älter, vielleicht sogar erfahrener und gelassener geworden. Ich weiß noch, dass das Aufsuchen des Kellers oder das Laufen zum Bunker irgendwie zu einer Art von Routine geworden war, die dazu gehörte. In Biberach rettete sie uns das Leben, denn wir Kinder hatten es alle noch rechtzeitig in den Keller geschafft, bevor die Bomben unser Haus trafen. Mich hatte diese Gewöhnung sogar leichtsinnig gemacht: ich hatte den Keller trotz Alarms verlassen!

Wer von uns kann (heute) sagen, welche inneren Narben diese Verstörungen hinterlassen, welche Erfahrungen dieser Druck des Krieges uns mitgegeben, welche Prägungen diese Erlebnisse, diese Überlebnisse in uns bewirkt haben?

Was waren das doch für finstere Zeiten!

Meine heimliche Sehnsucht

Welcher Junge ist nicht gerne dabei, wenn da was ganz Tolles veranstaltet wird? Das ist heute noch so, galt aber auch damals. Und wann war dieses damals? Zwischen 1942 und 1944; ich muss wohl in der zweiten oder dritten, vielleicht sogar Anfang der vierten Klasse der Volksschule gewesen sein.

„Wir Lutz(ens)", Eugen, Hilde, Hellmut, Harald, Siegfried und Anne, wohnten von 1940 bis 1944 im Haus Nr. 25 an der Ecke Hauptstraße / Königin-Sophie-Straße. Hinter dem Haus im Garten stand eine große, weit ausladende Rotbuche, die ich so gern mochte. Sie breitete vom Frühjahr bis zum Herbst ihr dichtes Laub wie einen riesigen Schirm über unserem Sandkasten aus und tauchte das Grün des Gartens, wie es schien, in ein dunkelbraun-rotes Licht. Dort spielten wir Geschwister oft und gern.

Aber auch mit meinen Honnefer Kameraden verbrachte ich oft

ganze Nachmittage im Sandkasten. In dem Lebensalter noch? Ja – denn für uns war das eine ernstgemeinte Sache: Wir spielten Krieg! Uns begeisterten die Berichte und Bilder über die Heldentaten, die unsere Soldaten an allen Kriegsschauplätzen vollbrachten und wünschten uns, auch zu diesen tapferen Kerlen zu gehören. Am wichtigsten waren dabei für uns Jungen all die Landserhefte, derer wir habhaft werden konnten. (Landser = Soldat der Infanterie) Wie gern lasen wir diesen Schund der Kriegsberichterstatter! Und was lag da für uns Jungen näher, als die Heimat zu verteidigen? Wir bauten auf unsere Weise mit Holzbrettchen, Steinchen und Sand Schützengräben und Panzersperren, Festungen und Bunker und bestückten diese mit Maschinengewehren und Kanonen jeden Kalibers aus Streichhölzern und kleinen runden Stäben, deren rote oder braune Köpfe aus den Schachteln hervorragten. Übrigens – Streichhölzer waren in jener Zeit Mangelware, und man musste schon eine gewisse Geschicklichkeit aufbringen, um in ihren Besitz zu kommen. Mit unseren schweren Tiger-Panzern fuhren wir auf dem Schlachtfeld herum, Messerschmitt-Jagdflugzeuge schützten unsere Stellungen aus der Luft oder griffen feindliche Ziele an. Wir waren ganz auf Kriegsspielen zum Schutz unserer Heimat eingestellt.

War denn auch etwas anderes erwünscht, als dass wir Kinder hineinwuchsen und mitmachten in dieser vom Kriegstreiben erfüllten Welt? Wir Kinder begriffen nicht – wie hätte es auch anders sein können – die Zusammenhänge: Warum waren unsere Väter nicht bei uns, sondern fern der Heimat? Was machten sie da im Feindesland? Wer war unser Feind? Warum waren sie unsere Feinde? Was bedeutete es, an der Front zu kämpfen? Warum mussten wir wegen der Luftangriffe die Fenster verdunkeln und zum Schutz in den Keller flüchten? Warum mussten wir 1944 von Honnef nach Ulm umziehen? Warum waren Nahrungsmittel immer so knapp und kriegten wir sie nur gegen Vorlage von Lebensmittelkarten? Warum gab es einen Eintopfsonntag und musste ich auf der Straße für das WHW (Winterhilfswerk)[126] kleine Nachbildungen germanischer Streitäxte verkaufen?

Apropos WHW: Das Winterhilfswerk gab es schon, quasi als Winterhilfe des Deutschen Volkes gemäß der Nazi-Parole „Einer für alle, alle für einen" seit den frühen 1930er-Jahren.

Eintopf essen wir heute gern freiwillig; Hitler verordnete ihn als sonntäglichen Spar- und Solidaritätsbeitrag, als Propagandamaßnahme und als äußeren Beweis dafür, dass das ganze Volk einig und geschlossen der Zielsetzung seiner Führung folgte. In der BRD kennen wir derartige zusätzliche Abgaben als Solidaritätsbeitrag und als 2-Pfennigbriefmarke Notopfer Berlin, das von 1948 bis 1956 etwa 410 Mio. DM (nach heutigem Wert rund eine Mrd. Euro) einbrachte.

Wir Kinder waren – weil die Diktatur soldatischen Nachwuchs für kommende Kriege benötigte – das Ziel besonders intensiver Beeinflussung durch Propaganda aller Art. Seit 1936 sollte (musste) jeder Junge und jedes Mädchen Mitglied in Hitlers Jugendorganisationen sein.

Am 20. April eines jeden Jahres – es war Führers Geburtstag – fand immer ein großes Ereignis statt. Da wollten wir unbedingt dabei sein!

Die zehnjährigen Jungen wurden beim Jungvolk, die zehnjährigen Mädchen bei den Jungmädchen aufgenommen. Auf einem Platz vor dem Kurhaus in Honnef (schräg gegenüber unserem Haus) stellten sich die älteren Jahrgänge der HJ (Hitlerjugend)[127] und des BDM[128] (Bund deutscher Mädel) in einem großen, offenen Karree auf. Wimpel flatterten, Fahnen wehten, Fanfaren ertönten, Kommandos erschallten, und dann kamen sie, die Pimpfe und die Mädchen anmarschiert und gruppierten sich zu einem gesonderten Block. Mit einer feierlichen Ansprache wurden sie aufgenommen und gehörten nun zu denen, von denen wir alle ein Teil sein wollten: Hitlers Jugend, die „verschworene Gemeinschaft". (Wie schleicht sich solch ein Ausdruck ins emotionale Unterbewusstsein ein!) Das war meine heimliche Sehnsucht!

Ich tat immer mein Bestes, diese Feiern von einem strategisch günstigen Punkt unseres Gartens aus zu beobachten. Ich war traurig und neidisch, weil ich als Noch-nicht-Zehnjähriger nicht wie die anderen, schon etwas älteren Kameraden, mitmachen durfte. Meine Mutter verhinderte geschickt durch Ablenkungsmanöver, dass ich mir diese einfach mitreißenden Veranstaltungen der HJ auf dem Gelände des Kurhauses aus allernächster Nähe ansehen und miterleben konnte. In ihrer protestantischen Gesinnung und ihrer eindeutigen Art – gewiss ein geistiges Erbteil unseres Opas

Carl Dissmann – hatte sie mir an unserem Gartentor eine lautlose, aber wirksame Grenze gesetzt, die ich nicht überschreiten konnte. Im Rückblick ist mir natürlich klar, dass sie diesen Widerstand ausübte, um mich nicht noch mehr in die verführerischen Fänge der Nazi- und Kriegspropaganda geraten zu lassen. Sie hatte, bevor sie zu uns nach Afrika kam, die Machtergreifung Hitlers, die Wirkung der ständigen Propaganda, den politischen Terror der Nazis und die Vorbereitung des Krieges erlebt und wusste, wohin dies alles führen würde. Die Bevölkerung war ja überall und jederzeit der Propaganda- und Spitzelmaschinerie der Nazis ausgesetzt: Die Zeitungen und der Rundfunk meldeten zu Wasser, zu Lande und in der Luft Sieg auf Sieg, in den Todesanzeigen war nur vom Opfertod fürs Vaterland die Rede. Hilde passte an diesem Tag, dem 20. April, besonders gut auf, wo ich war und was ich machte. Sie erklärte mir, so gut es ging, ohne mich allzu sehr zu verunsichern, was es mit diesen Weihefeiern auf sich hatte und warum sie dagegen war. So etwas zu tun, war damals durchaus gefährlich. Hätte ich nicht – hin- und hergerissen zwischen Liebe und Gehorsam zu meiner Mutter und Begeisterung und Bewunderung für die HJ – meine Mutter unbedacht oder gar absichtlich durch unvorsichtige Bemerkungen gefährden können?

Auf den Litfaßsäulen mahnte eine dunkle Gestalt: „Achtung! Feind hört mit!" Wegen des gezielten Einflusses meiner Mutter hatte ich eine gewisse Ahnung, wie die Mahnung auch verstanden werden konnte: Das Nazi-Regime hörte mit. Seine Ohren und Augen waren der eigentliche Feind!

Zum Glück bin ich nie in eine Lage geraten, die mir ein gefährliches Wort hätte entlocken können.

Nikolausabend damals

Heute ist wieder Nikolausabend, der 6. Dezember. Überall hängen von den Büschen, Bäumen, Straßenlaternen und Häusern die bunten Lichterketten; auch ich habe über unserer Haustür eine Leuchtgirlande angebracht – aber ganz bescheiden ... Es stimmt zwar immer noch: „...all überall auf den Tannenspitzen sieht man goldene Lichtlein blitzen ..." - aber es ist inzwischen doch ein wenig zweifelhaft geworden, ob „droben aus dem Himmelstor" immer noch das Christkind hervorlugt. Der Weihnachtsmann, Père Noél,

Sinterklaas, Father Christmas, Santa Claus, Noel Baba oder wie immer er auch heißen mag, hat da wohl die ökonomische Regie übernommen und sorgt dafür, dass in den Geschäften „die Kassen nie süßer klingen als zur Weihnachtszeit". Der Nikolaus, kam damals natürlich auch nicht mit jingling bells im Schlitten daher, gezogen von Robert the Red Nose Reindeer. Das war früher anders. Ich will einmal erzählen, welche Erinnerungen aus meiner Kindheit ich mit dem Nikolausabend verbinde.

In Europa tobte der Zweite Weltkrieg. Vermutlich war es der Nikolausabend des 6. Dezembers 1942 oder 1943. Dieser Tag erschien uns vier Kindern etwas anders zu sein als andere Tage. Es herrschte eine gewisse Unruhe und Geschäftigkeit: man hatte uns den Nikolaus angekündigt. Und wir hätten so gern gewusst, wann und wie er kommen würde.

Harald, Siegfried, Anne und ich mussten am späten Nachmittag – das war schon ungewöhnlich - ins Wohnzimmer gehen und dort auf ihn warten. Und dann kam er auch, der Nikolaus, bei Anbruch der Dunkelheit – und seinen Knecht Ruprecht hatte er dabei! Sie waren auf einmal da und kamen zu uns einfach ins Zimmer herein! Der Nikolaus trug dicke, schwarze Schuhe, hatte einen weiten, roten Mantel an und eine mächtige Kapuze auf dem Kopf. Ein weißer Rauschebart verdeckte sein Gesicht. Über seiner linken Schulter schleppte er einen, wie mir schien, riesigen braunen Sack und in seiner rechten Hand hielt er eine lange, aus Buchenreisern geflochtene Rute.

Wie sich Hiebe auf den Hintern mit einem Stock anfühlten, wusste ich; wie das wäre mit der viel bedrohlicher aussehenden Rute – ich glaube, ich wollte es nicht wissen.

Knecht Ruprecht wirkte unheimlich, bedrohlich. Er schleppte einen gewaltigen schwarzen Sack mit sich, aus dem oben zwei Kinderbeine herausragten. Welch ein furchterregender Anblick! (Das war gar nichts Gutes für meine vier- oder fünfjährige Schwester Anne. Sie denkt heute noch mit Grausen an die Angst, die sie davor hatte, in den schwarzen Sack gesteckt zu werden!)

Ja, und was geschah dann? Der Nikolaus begann mit ernstem Gesicht und ganz tiefer Stimme uns Geschwister zu fragen: „Wart ihr auch alle brav im letzten Jahr? Habt ihr euch im Kindergarten und in der Schule gut benommen und Schwester Elisabeth nicht geärgert? Habt ihr immer euren Teller ordentlich leer gegessen und lieb gespielt, wenn ihr bei Tante Clara wart? (Bei ihr galt: ‚Kinder bei Tische, so stumm wie die Fische!') Wart ihr im Kindergarten und in der Schule nicht vorlaut, habt ihr gut aufgepasst und fleißig eure Aufgaben gemacht? Wart ihr lieb zu eurer Mutti und habt ihr immer getan, was sie euch sagte? Habt ihr auch immer eure Sachen in eurem Kinderzimmer schön weggeräumt? Und wie war das bei euch in diesem Jahr mit dem Händewaschen vor dem Essen und dem Zähneputzen vor dem Ins-Bett-gehen?"

Der Nikolaus hatte noch andere unangenehme Fragen, die ich aber vergessen habe. Nach so langer Zeit ist das ja auch nicht so schlimm.

Während der Nikolaus uns so befragte, schwenkte er seine Rute vor uns hin und her und ermahnte uns streng, nur ja die Wahrheit zu sagen. Sonst würde sein Knecht Ruprecht uns gleich zur Strafe in seinem schwarzen Sack mitnehmen und in den dunklen Kohlenkeller sperren. Das machte beim Hören schon ordentlich Angst.

Endlich kam dann der erlösende Augenblick. Der Nikolaus war mit unseren Antworten zufrieden, sein Gesicht hellte sich auf und seine Stimme wurde freundlicher.

Er hob den Sack, den er während seiner Fragen abgestellt hatte, zu sich heran und öffnete ihn. Und wir durften einen Blick hineinwerfen. Dann langte er in den Sack und holte für jeden von uns ein Geschenk heraus! Das war schon etwas Besonderes in Kriegszeiten!

Wie glücklich waren wir, ein Geschenk aus dem braunen Sack zu bekommen!

Mindestens meine jüngeren Geschwister haben damals wirklich geglaubt, dass der Nikolaus, wie man so sagt, echt war und extra zu uns gekommen war.

Tatsächlich spielten zwei Männer aus unserer Familie diesen Nikolaus und Knecht Ruprecht: Es waren Onkel Wim, Hildes jüngerer Bruder, und unser Vater, die auf Heimaturlaub waren und den Nikolaus und seinen Gehilfen darstellten.

Darüber, wo die Männer an der Front kämpfen mussten, wurde nicht gesprochen. Wenn sie auf Urlaub bei uns waren, war das für uns alle wunderbar – aber wann sie kamen und dann wieder weg in den Krieg mussten, wurde uns Kindern nicht so richtig bewusst.

Wir waren – so erscheint mir das im Rückblick – viel zu sehr mit unserem Alltag beschäftigt. Er beunruhigte uns und machte uns zu schaffen, vor allem, wenn bei Fliegeralarm – wie oft geschah das auch nachts – die Sirenen heulten und wir im Keller Schutz suchten. Heutzutage „schmücken" gelbe, grüne und blaue Säcke unsere Straßen und warten darauf, von den Müllwagen abgeholt zu werden! Die sind meiner Schwester allemal lieber als ein schwarzer Sack

Gern hätte ich gewusst ...

Unser Vater kam im Krieg ab und zu mal auf Urlaub. Es war natürlich wunderschön, ihn wiederzuhaben, mit ihm morgens im Bett zu spielen oder auch zusammen mit ihm Spaziergänge zu machen, so zum Beispiel zur Maiglöckchenzeit ins Rhöndorfer Nachtigallental. Ein bisschen entsinne ich mich auch noch an die Uniformen, die unser Vater damals trug. So lange er um 1942 herum in Neapel als Kriegsverwaltungsrat stationiert war und mit der Organisation des Nachschubs für die Truppen in Nordafrika und Italien zu tun hatte, war er ganz schick in khakifarbenen Uniformen gekleidet.

Vermutlich Ende 1944 wurde Eugen in den Einsatzraum Kurland, ein Gebiet des heutigen Estlands, abkommandiert. Zu der Zeit trug er, wenn ich mich noch richtig erinnere, die grüne Heeresuniform mit dem Rangabzeichen eines Leutnants. Im Radio kamen ja zu der Zeit täglich beeindruckende Meldungen von den Fronten. Ich hätte gern gewusst, wie es ihm besonders an der sogenannten Ostfront ergangen war und was er dort erlebte. Welche Rolle hatte er zu erfüllen bei Kampfeinsätzen?

Mein Vater war aber nicht geneigt, meinen Wissensdurst zu befriedigen. Er sprach nur sehr allgemein über seinen Militärdienst – vermutlich, um uns zu schonen und sich zu schützen davor, dass mal etwas ausgeplappert werden könnte von uns Kindern. Nur ein einziges Mal erzählte er sehr ungern, wenn ich mich recht entsinne, wie er in Erwartung eines Angriffs sowjetischer Truppen schussbereit und aufs Höchste gespannt in seinem Schützenloch gestanden sei. Plötzlich habe sich ein feindlicher Soldat über ihn gebeugt, das Gewehr im Anschlag. Da habe es keine Zeit zum Überlegen gegeben. Es habe nur gegolten entweder er oder ich, und so habe er seine Waffe abgedrückt. Ich war von diesem Erlebnis meines Vaters tief beeindruckt und froh, dass er lebend davongekommen war.

Meine Eltern fuhren zur Feier der Goldenen Hochzeit meiner Großeltern im Jahr 1937 nach Vohwinkel. Im Verlauf meiner Nachforschungen zu diesem Ereignis stieß ich mehr oder weniger zufällig auf einen Artikel in Zeitung[129], der meldete, dass der Pg.* E. Lutz vor dem Ortsverband des Reichskolonialbundes einen Vortrag gehalten habe über das Leben und die Arbeit der deutschen Pflanzer in Ostafrika.

Nur der kleine Hinweis „Pg." offenbarte mir, dass mein Vater in Afrika der dortigen Landesgruppe der NSDAP angehört hatte. Vor ein paar Monaten fand ich das Gesuch meines Vaters (von 1934) um Aufnahme in die Partei. Darüber haben wir nie im Familienkreis gesprochen.

Die Zeitung meldete im November 1937: „Die Teilnahme an der Goldenen Hochzeit seiner Schwiegereltern G. und E. Fudickar in Vohwinkel als günstige Gelegenheit, von dem Farmer Pg. Eugen Lutz vor interessiertem NSDAP-Publikum einen Vortrag über die Kolonie Ostafrika halten zu lassen und dies zum Anlass einer großen, eindrucksvollen Kundgebung zu machen.

Welch starke Anziehungskraft der Redner und sein Thema in Vohwinkel ausgeübt hatten, bewies der vollbesetzte Stadtsaal. „Eingangs des Abends konzertierte der Musikzug der 20. SS-Standarte unter Leitung seines Musikzugführers, Obersturmführer Schlüter. Ein Vorspruch und Grußworte des Ortsverbandsführers Zimmerbeutel leiteten zum Vortrag des Pg. Lutz über.

Dieser gab in zwanglosem Plauderton, oft gewürzt durch feinen, köstlichen Humor, zunächst ein Bild der Überfahrt nach Ostafrika, ferner der Verhältnisse im Lande unter besonderer Würdigung der Bedeutung des deutschen Elements in der Kolonie. Es erfüllte mit besonderer Genugtuung zu erfahren, dass auch heute wieder, wenige Jahre nach der Einwanderungserlaubnis, die deutschen Farmer in Ostafrika tonangebend und führend geworden sind. Eingehend befasste sich der Redner alsdann mit den reichen Schätzen dieser Kolonie, mit den Erträgnissen des Bodens und den Handelsprodukten. Wir lernten so Land und Leute kennen und taten weiter einen Einblick in das Leben eines Farmers, in seine Freuden und Leiden; wir sahen vor unserem geistigen Auge eine Siedlung erstehen, be-

* Pg – Parteigenosse: Die Faschisten übernahmen den Begriff Parteigenosse aus der Geschichte der sozialdemokratischen Arbeiterpartei!

gleiteten den Siedler auf der Jagd durch Urwald und Steppe, lauschten der Sprache der Eingeborenen und lernten so verstehen, dass der deutsche Farmer mit so großer Liebe an dieser Scholle seiner neuen Heimat hängt.

Pg. Lutz widmete ferner dem Leben der Deutschen in Ostafrika einige Worte. Er erinnerte daran, dass noch vor wenigen Jahren drüben der Eindruck bestanden habe, als habe sie da draußen Deutschland vergessen. Dankbar habe man aber schon damals das Wirken des kolonialen Frauenbundes empfunden. Als aber im Jahre 1934 die Gründung eines Landesverbandes der NSDAP erfolgte, da wurde die Verbindung mit der deutschen Heimat wieder neu hergestellt, und es sind erhebende Stunden, wenn die deutschen Siedler im schwarzen Erdteil, fern der Heimat, im Gemeinschaftsempfang den Reden der führenden deutschen Staatsmänner lauschen. Dann fühlen sie sich durch starke Bande wieder mit der Heimat verbunden. Und so werden auch die großen Feiertage des deutschen Volkes in Afrika mit der gleichen Begeisterung gefeiert wie in der Heimat.

Der Redner bat schließlich, immer und überall den kolonialen Gedanken zu unterstützen, für ihn zu werben, so lange, bis die Einsicht von der Notwendigkeit des Kolonialbesitzes für Deutschland Allgemeingut geworden sei.

Als zweiter Redner des Abends sprach Ortsverbandsleiter Schlegel, Wuppertal, der davon ausging, dass die Kolonien, die uns gestohlen wurden, nicht nur deutsch waren, sondern noch deutsch sind. Er erinnerte an deren Bedeutung für uns hinsichtlich der Rohstoffversorgung. Der koloniale Wille müsse daher in das Herz eines jeden Deutschen hineingetragen werden, jeder müsse durchdrungen werden von der Erkenntnis der Notwendigkeit des Kolonialbesitzes.

Schon jetzt erkenne man, wie sich hinsichtlich der Einstellung zur deutschen Kolonialforderung im Ausland eine Wandlung vollzogen habe. Der Redner ging dann auf die Aufgabe des Reichskolonialbundes ein, dessen Ziel die Weckung des kolonialen Willens sei, und er bat eindringlich, diese Arbeit des Kolonialbundes durch die Erwerbung der Mitgliedschaft zu unterstützen." Die Worte des Pg. Lutz erzielten seinerzeit die erwünschte Wirkung

Da hatte ich es schwarz auf weiß: der kleine Hinweis „Pg." offenbarte mir, dass mein Vater in Afrika der dortigen Landesgruppe der

NSDAP angehört hatte. Ahnungen in diese Richtung hatte ich schon lange gehabt. Dennoch war ich von dieser Zeitungsnachricht überrascht und erschüttert. Meine Eltern hatten uns im Familienkreis nie gesagt, dass mein Vater ein Pg. war. Ich kann nur darüber spekulieren, warum mein Vater 1934 Mitglied der NSDAP werden wollte. Hatte er in jüngeren Jahren (Ende der 1920er-Jahre, als er sich auf die Auswanderung vorbereitete,) schon in Deutschland Gefallen gefunden an den NS-Versprechen für eine bessere Zukunft? Hatte er sich davon begeistern lassen und ihnen tatsächlich geglaubt? Die Nazis waren ja mit ihrer Werbung überall lautstarke und sichtbare – und leider auch sehr erfolgreiche – Konkurrenten der anderen politischen Richtungen.

Schließlich galten – auch wenn das faktisch nicht so war – die deutschen Pflanzer und Viehzüchter in den Kolonien als die bodenständig-verlässlichen Erzeuger der Produkte, welche sie zur Versorgung der Bevölkerung in die Heimat schickten. Von denen „draußen" wurde erwartet, dass sie dort wirkten als die auserlesene, vorbildliche, kämpferische Vorhut, die in den Kolonien zur Wiederherstellung von Deutschlands gutem Ruf als Kolonialmacht arbeitete. Sie schafften Lebensraum für das deutsche Volk und erzogen die Eingeborenen zu brauchbaren Menschen, d.h. zu ausbeutbaren, fleißigen, „zivilisierten" Arbeitskräften. Die deutschen Siedler waren es doch, die aller Welt durch ihre Arbeit als Pflanzer und Unternehmer in den Kolonien vor Augen führten, dass die germanische Rasse von der Vorsehung auserwählt worden war, einmal die ganze Welt zu führen.

War in Afrika unter den deutschen Siedlern der politische Druck so stark, dass man sich etwa aus Gründen der Anpassung oder einer vorgeblichen Begeisterung für die Ziele und die Unterstützung der Partei einsetzte? War es opportun, sich an die Tonangebenden, an die Zur-Zeit-Mächtigen, an die in Zukunft allmächtig Herrschenden zu halten aus Gründen des persönlichen wirtschaftlichen und finanziellen Erfolgs? Brachte es Vorteile im Sinne größerer Anerkennung und gesellschaftlicher Zugehörigkeit oder auch völkischer Verbundenheit mit sich, wenn man sich zur Mitgliedschaft in der Partei verführen ließ?

War Eugen politisch Anfang der 1930er-Jahre einfach zu gutgläubig, zu naiv oder so sehr mit dem Aufbau von „Na-shallo beschäftigt? Oder war er so weitsichtig und klug, dass er kalkulierte, politisch in Ruhe gelassen zu werden oder sogar beruflich Anerkennung zu bekommen, solange er oder weil er in der Partei war? Hatte er über seine Parteizugehörigkeit und über seine Erfahrungen im Krieg geschwiegen, weil so viele seiner Idealvorstellungen als junger Mann, weil zu viele seiner Lebensentwürfe zerstört worden waren?

Am 25.3.2021 erfuhr ich Folgendes vom Bundesarchiv in Berlin:[130]

Mein Vater wurde gemäß seinem Antrag bei der NSDAP-Ortsgruppe Moshi am 1.11.1934 Mitglied Nr. 3.006.992 und zahlte immer ordnungsgemäß seine Beiträge, wie der Reichsschatzmeister mitteilte. Auf dem Antragsformular war mein Vater einer von acht Volksgenossen, die im November 1934 zum selben Datum in Moshi um Mitgliedschaft in der NSDAP baten.

Die Frage ist: Wie hätte ich mich verhalten, wenn ich in einer ähnlichen Situation gewesen wäre?

Meine Mutter Hilde hatte bestimmt bald nach ihrer Ankunft in Afrika erfahren, dass Eugen ein Pg. war. Wie Vater und Mutter diese Situation mit einander gelöst haben, können wir nicht mehr erfahren.

Hilde erzählte mir einmal, dass sie darüber völlig verwundert gewesen war, wie geradezu arglos und uninformiert im Dezember 1938 (als sie in Afrika ankam) die deutschen Siedler sich über die bedrohlichen Entwicklungen und wahren politischen Zustände im Dritten Reich erwiesen hätten. Sie habe sich sehr erschrocken, weil den Deutschen in der Kolonie nicht bewusst gewesen wäre, wie sehr sie vor den Karren der nationalsozialistischen, mythischen Propaganda gespannt wurden.

Wir haben erleben müssen, welch ungeheures Unglück der Hitler-Faschismus über die Welt brachte. Als gebrannte Kinder haben wir, im wahren Sinne des Wortes, die Nazi-Diktatur überlebt. Wir können heute im historischen Rückblick gut davon reden, weil wir vom schmählichen Ende des Dritten Reiches wissen.

Konnten die Siedler damals, fern der politischen Entwicklung in Deutschland sowie Europa und den USA, erkennen, was die Parolen Hitlers in Wahrheit – auch für sie in Afrika – bedeuteten? Konnte unser Vater sich ab 1938, nach dem Tode Lottis, andere, weitergehende Gedanken machen als die darüber, wie es in den kommenden Jahren um „Nashallo" stehen würde und welche Zukunft ihm und seiner Familie bevorstand?

In diesem Zusammenhang denke ich auch über Folgendes nach: Wandelte sich mein Vater innerlich, als der Krieg ausbrach und für ihn alles verloren ging? Oder: ihm während des Krieges irgendwann klar, wie absolut verbrecherisch in Wirklichkeit die NS-Partei und ihre menschenfeindliche Ideologie war? Fühlte er sich von der Partei verraten und von der Führung in seinen Idealen betrogen, die er in Afrika noch verfolgt hatte? Wurde ihm bewusst, dass Kämpfen an der Front sinnlos, dass der Krieg verloren war? War er im Verlauf des Krieges möglicherweise ein Gegner des Naziregimes geworden und versuchte er in der Hauptsache, lebend dem Chaos zu entrinnen? Immerhin war er in Norwegen und Italien nicht an der Front eingesetzt worden! – vielleicht wegen seiner (von ihm selbst ins rechte Licht gestellten) besonderen Qualifizierungen? Hat er in der letzten Phase des Krieges ganz bewusst die Ausbildung als Offiziersanwärter an der Kriegsschule betrieben, um einen Einsatz an der Front zu hintergehen oder so kurz wie möglich zu machen?

Ach ja, gern hätte ich von all dem beizeiten mehr gewusst! Lauter ungenutzte, verpasste Möglichkeiten, lauter Fragen, auf die es keine Antworten gab.

Grieß im Pott, Kräuter im Sack

Davon sollte ich auch noch einmal berichten: Der Krieg war zu Ende und die Lebensverhältnisse begannen sich wieder zu normalisieren. So gingen wir Kinder auch etwa ab dem Schuljahr 1946/47 wieder ordnungsgemäß zur Schule. Meine drei jüngeren Geschwister besuchten die Volksschule, ich bestand eine Art Aufnahmeprüfung für die Höhere Schule und wurde Ostern 1946 der Sexta (1. Klasse) des Siebengebirgs-Gymnasiums zugewiesen. Wir fingen mit Latein als erster Fremdsprache an und hatten Unterricht darin bei Herrn Dr. Haag. Er war der strenge Direktor der Schule, der bei uns Schülern nur Büggel (Beutel, Tasche, Buckel) hieß.

Ich hatte gewisse Anlaufschwierigkeiten beim Lernen des Lateinischen. Wie erstaunt war ich, als mein Vater mir zur Hilfe kam, aus seinem Gedächtnis seine Lateinkenntnisse hervorkramte und mich erfolgreich über die ersten Hürden der Deklination der Substantive und der Konjugation der Verben brachte. Später wurde Latein eines meiner Lieblingsfächer. Meine ersten wegweisenden und unvergesslich wichtigen Sätze in Latein waren Ora et labora! (Bete und arbeite!), und Non scholae, sed vitae discimus. (Wir lernen nicht für die Schule, sondern für das Leben.) Sprüche wie diese waren für uns Knaben doch schon etwas wirklich Brauchbares für den Alltag und ein solider Anfang, oder etwa nicht?

Zum Schreiben hatten wir 1945 nur miserables Papier, leicht brechende Bleistifte und auf Holzstielen steckende Stahlschreibfedern, die wir in Tinte tauchen mussten. Aus Papier machten wir kleine Kugeln, tränkten sie ordentlich mit der Tinte aus den Glasgefäßen auf unseren Bänken und schossen sie dann mit Gummiringen oder kleinen Schleudern (Fletschen) auf die Lehrer vor der Tafel ab. Die erzielte Wirkung wurde sehr unterschiedlich beurteilt, natürlich meist nicht zu unseren Gunsten ... Unser aller Traum war ein richtiger Füllfederhalter. Zu kaufen gab es die aber (noch) nicht. Ein pharmazeutisches Unternehmen machte uns Kindern einen verlockenden Vorschlag: Wenn wir eine bestimmte Menge ganz besonderer (Heil)Kräuter sammelten und ablieferten, bekämen wir dafür einen Mont Blanc Füllfederhalter. Der galt als das Spitzenprodukt auf dem Markt; nur noch Faber-Erzeugnisse konnten da mithalten. Also zogen wir nach dem Unterricht ins Siebengebirge, sammelten dort die erwünschten Pflanzen und lieferten sie in Säcken ab, wenn die das gewünschte Gewicht auf der Waage erreicht hatten. So wurde auch ich der stolze Besitzer eines echten Füllfederhalters – und das noch weit vor der Währungsreform!

Aber nicht nur Lernmittel waren damals knapp; es gab auch nur wenig zu essen. Zu unserem Glück wurde aber schon bald für die Schulkinder die „Schulspeisung" eingerichtet. Mit Hilfe amerikanischer Lebensmittelspenden konnte uns Kindern in der Schule jeden Tag ein ordentlicher Teller Suppe angeboten werden. Sehr schnell hatte ich raus, wie die Verteilung funktionierte und wurde ich – nicht ganz zufällig – zum Assistenten unseres Mathematiklehrers. Ich hielt und verteilte die Löffel und Essgefäße, er gab die Suppe aus. Am einen Tag war es Grießsuppe mit Rosinen, am anderen Tag Nudelsuppe mit Rind- oder Pferdefleisch. Trotz kräftigen Rührens und tiefen Eintauchens des Löffels in die Suppen wurden diese immer dicker und inhaltsreicher, je mehr es dem Ende zuging. Ich muss gestehen: ganz uneigennützig war meine Helfertätigkeit nicht gewesen. Ich hatte ein 2-Liter Armeekochgeschirr mit Deckel aus Aluminium; das durfte ich mir am Ende der Suppenausgabe jeden Tag füllen lassen und mit nach Hause nehmen. Wie nicht anders zu erwarten, gab es dann in der Suppe immer entweder reichlich Rosinen oder immer wirklich viel Fleisch (Mir schmeckte dabei die Suppe mit Pferdefleisch besser als die Brühe mit Rindfleisch.)

Als es wirtschaftlich in der BRD aufwärts ging, wurden an den Schulen keine Speisen mehr angeboten. Erst seitdem nahezu in allen Familien beide Eltern arbeiten gehen, gibt es wieder Speiseangebote für die Kinder, von denen sonst viele weder ein Frühstück noch ein warmes Mittagessen bekämen. Wie sich die Zeiten ändern und doch wieder ähnlich sind!

„Deutschland, Deutschland ..." – doch kein „garstig Lied"!

Mit der Linzer Straße 9 in Honnef verbinde ich nicht nur Weihnachtslieder, die im Kreis der großen Familie am Nachmittag oder Abend des Ersten Weihnachtstages vor dem strahlenden Christbaum gesungen wurden.

Es gab da so etwa um die Sommerzeit 1945 herum in Honnef einen jungen Mann, den Opa als Gehilfen angestellt hatte. Er wohnte über dem Schweinestall in einer der Stuben, die Opa für seine Angestellten dort eingerichtet hatte. Vielleicht war er ein Mann, der seine Familie oder seine Wohnung im Krieg verloren hatte, der aus seiner Heimat vertrieben worden war oder andere gute Gründe hatte, dorthin nicht zurückzukehren. Vielleicht war er einer von denen, die man als „DP" (Displaced Person – Staaten- oder Heimatloser) bezeichnete, weil er keinem Land zugeordnet werden konnte. Vielleicht hatte er keine Papiere und bekam deshalb keine amtliche Hilfe. Ich weiß es nicht und erinnere mich weder daran, wie er aussah, noch wie er hieß.

Dieser junge Mann, denn nur als solcher erscheint er vor meinem geistigen Auge, hatte eine Geige, die er sorgfältig in einer Schublade verborgen hielt. Irgendwie hatten wir zueinander Vertrauen gewonnen, und so zeigte er mir die Violine ab und zu einmal, wenn ich ihn auf einem meiner Streifzüge durch die Ställe und den Dachboden traf. Er fiedelte dann wohl auch mal ein oder zwei Melodien.

Ich machte mir schon allein deshalb gern etwas im Stall zu schaffen, weil die Ferkelchen so niedlich waren, wenn sie da rosa-rot-sauber auf einem Haufen in der Ecke zusammengekuschelt lagen, zufrieden mit ihren Schwänzchen wedelten und leise grunzten und quiekten. Ein anderer Grund waren die Tonnen, die neben dem Waschofen standen, in dem das Futter für die Schweine gekocht wurde. Denn in diesen etwa 1,20 m hohen Behältnissen war Trockenmilch, made in USA, nach Deutschland geschickt im Rahmen von Hungerhilfsaktionen. Steckte ich in dieses Milchpulver den nassen Finger, so konnte ich das herrlich Süße, das an ihm hängen blieb, abschlecken. Und das tat ich auch häufig, wenn auch verbotenermaßen. Warum dieses Verbot bestand, weiß ich nicht mehr. Mir erschien es ziemlich sinnlos, wenn ich daran dachte, dass ich nur wenige Gramm dieses gelben Pulvers lutschte, während es für die Schweine gleich schaufelweise in den großen Kochtopf geworfen wurde.

Eines Tages nun holte der junge Mann seine Geige wieder einmal hervor und intonierte – ich traute meinen Ohren nicht.

Wegen des Missbrauchs, der mit der Hymne während der Nazizeit getrieben worden war und wegen der ersten Strophe „Deutschland, Deutschland über alles, über alles in der Welt ...“ war die Hymne nach dem Krieg (wie auch 1918) von den Alliierten aus gutem Grund verboten worden – das wussten sogar wir Kinder schon genau.

Umso erstaunter, ja, richtig erschrocken war ich, als ich die Melodie da gespielt hörte. Der junge Mann bemerkte meine Verwunderung, ging darauf ein und erklärte mir, die Melodie dürfe man sehr wohl spielen. Außerdem stammten die Noten von Joseph Haydn, der sie 1796/97, fast 150 Jahre vor der Nazizeit, komponiert habe. Ich glaubte ihm das, was er mir erzählte. Die Musik machte tiefen Eindruck auf mich, und ich schätzte mich glücklich, dass ich diese mir bekannte Melodie durch ihn auf diese seltsame, ergreifende Weise kennenlernen durfte. Ich nahm sie auf eine neue Art in mich auf: Sie war nicht mehr belastet durch den Ruf, den sie nach der Nazizeit mit sich geschleppt hatte! Wie schön, dass wir heute nit den eindringlichen Worten der letzten Strophe dieser Hymne für unser Land genau diese zum Frieden aufrufenden, kostbaren Güter (Einigkeit, Recht und Freiheit) wünschen können!

Ich setze an dieser Stelle gern „Das Lied der Deutschen"
(Deutschland-Hymne) [131]

Die erste Strophe lautet (heute verboten)
Deutschland, Deutschland über alles,
Über alles auf der Welt!
Von der Maas bis an die Memel,
Von der Etsch bis an den Belt.

Die letzte Strophe lautet (heute Nationalhymne)
Einigkeit und Recht und Freiheit
Für das deutsche Vaterland!
Danach lasst uns alle streben
Brüderlich mit Herz und Hand!

Von Ulm nach Honnef – keine einfache Fahrt

Wie war das denn in Deutschland wenige Monate nach Kriegs-
ende? Das Alltagsleben fand ganz langsam wieder in gewohnte
Bahnen zurück. Die Menschen kehrten, sofern sie konnten, in ihre
Heimat zurück, aus der sie vor den Bombenangriffen oder dem
Feind geflohen waren.

Leider galt dies bei weitem nicht für alle Deutschen. Millionen
von ihnen aus den östlichen Provinzen des Deutschen Reichs –
etwa Ostpreußen oder Schlesien, Pommern oder Brandenburg –
hatten vor den heranrückenden sowjetischen Truppen das Weite
gesucht. Sie hatten ihre Heimat endgültig verloren und mussten
hoffen, im Westen aufgenommen zu werden. Willkommen waren
diese Flüchtlinge jedenfalls nicht bei den Westdeutschen, die ja
auch auf ihre Weise ums Weiterkommen und Überleben kämpften!
Da war man sich selbst immer der/die Nächste und teilte nicht gern
das Haus oder gar die Wohnung mit den oft zwangszugewiesenen
„Leuten aus dem Osten".

Eugen tauchte zur großen Überraschung aller Dissmanns im Juni
1945 in der Linzer Straße 9 auf. Unsere Großeltern, die Tanten Clara und Mine, Hilde und Itte sowie die Onkel Fritz und Wim hatten
den Krieg heil überstanden. Endlich erfuhren sie von meinem Vater
Näheres über das Unglück, das Mutter Hilde in Biberach so schwer
getroffen hatte.

Im Ulmer Haus wurde es eng und das Zusammenleben immer schwieriger. So drängte es uns, in unser Honnef zurück zu gelangen. Hilde war inzwischen reisefähig. Unser Vater bereitete alles für unsere Rückfahrt aus Ulm vor. Es dauerte tatsächlich aber doch noch ein paar Wochen, ehe wir nach Honnef heimkehren konnten. Mein Vater besorgte einen mit Holzgas angetriebenen LKW (Lastkraftwagen) mit Planen über dem Laderaum. Unsere Sachen wurden verstaut, für uns wurden auf der Ladefläche halbwegs gemütliche Sitzmöglichkeiten eingerichtet, und dann ging an einem Sommertag, an welchem, weiß ich nicht mehr, ganz früh morgens die Reise los.

Schön war die Fahrt gewiss nicht, dafür aber umso aufregender. Wir holperten über die arg beschädigten Landstraßen und Autobahnen gen Norden. Immer wieder musste angehalten werden, denn der Kessel des Ofens, in dem das Holzgas erzeugt wurde, musste nachgefüllt werden. In ihm wurde klein gehacktes Holz verschwelt, sodass Gas entstand, mit dem der Motor lief. Ist es nicht komisch? In unseren Tagen kommt man auf Gas als Treibstoff zurück, weil Benzin so teuer ist!

Ja, und dann musste Eugen doch auch immer wieder mal nach dem Rechten sehen. Ging es Hilde erträglich? Waren wir Kinder wohlauf? Waren wir hungrig oder durstig? War die Ladung noch an ihrem Platz? Waren die Reifen noch in Ordnung? Hatte der Kühler genug Wasser?

An diesem denkwürdigen Tag langten wir gegen Mitternacht in Honnef in der Linzer Straße 9 bei unseren Großeltern an. Wir waren wieder zu Hause und konnten am nächsten Morgen mit dem Wiedereinzug in unsere alte Wohnung in der Hauptstraße 25 beginnen.

Wir mussten sie aber wenige Wochen später räumen und ausziehen, weil britische Truppen das Haus beschlagnahmten. Wir fanden eine Bleibe in der Hauptstraße 8 a / Ecke Am Spitzenbach im Haus der Familie Sonnenberg.

(Wir waren dort (erst) ab dem 8.5.1946 amtlich angemeldet bis zum 30.4.1949.)

Frikadelli

Mein lieber Bruder Harald, der leider schon verstorben ist, und ich waren 1945 oft in der Girardetallee zu finden. Haralds Freund

Wonter Mauritz wohnte dort. Auf der Rückseite der Villa der Familie Mauritz gab es einen großen Balkon, unter dem sich ein etwa 80 cm hoher Raum befand, der zum Lagern von Gartengeräten benutzt wurde. Uns Jungen diente er vortrefflich als Versteck: zum Rauchen! Waren wir dazu eigentlich nicht noch viel zu jung mit unseren zehn, elf, zwölf Jahren? Aber – der Krieg war vorbei, Fliegeralarm gab es nicht mehr und auch keine vom Himmel gefallenen Granatsplitter als Spielzeuge und Fundstücke zum Prahlen. Aber irgendwie mussten wir doch etwas zum Angeben haben!

Überall konnten wir uns ungehindert bewegen. An manchen Stellen standen die offenen Jeeps (GPs = general purpose – alliierte Allzweck-Geländewagen) der Engländer immer unbewacht, scheinbar herrenlos, geradezu einladend herum. Da bedienten wir uns im Vorbeigehen mit Zigaretten; ich glaube, die hießen seinerzeit Philipp Morris, Camel, Chesterfield, Lucky Strike oder so. Dann saßen wir nach solch einem Beutezug unter dem Balkon und rauchten ungestört das Zeugs. Geschmeckt hat es uns sicher nicht, aber was war das schon, wenn man sich so großartig seine aufkeimende Männlichkeit beweisen konnte! Es war nur immer etwas schwierig, vor der Rückkehr nach Hause den Zigarettengeruch aus den Kleidern und aus dem Mund zu kriegen; Pfefferminze oder gar Kaugummi (aus den Jeeps) waren manchmal nicht aufzutreiben, und *deren* Geruch war ja auch auffällig.

Ach, da fällt mir noch etwas anderes ein, das sehr viel mit der Girardetallee zu tun hat. Da gab es jemanden, der von uns Frikadelli genannt wurde. Er war ein ältlicher, untersetzter, krummer, ärmlich angezogener Mann, der immer mit einem kleinen Handwagen und einem Spazierstock mit Nagelspitze die Girardetallee rauf und runter zog. Mit dem langen Nagel am Stock spießte Frikadelli Zigarettenkippen und stinkige Zigarrenstummel auf. Mit diesen Tabakresten stopfte er sich dann seine Pfeife. Wenn er sie anzündete, gelang das immer sofort; der Tabak zündete, und er paffte große Wolken in die Gegend. Bei uns klappte das Anzünden erst nach zig Versuchen mit unseren weißen Tonpfeifchen, die wir sorgfältig nach dem Verzehr der Weckmänner (Brötchen ähnliche, handgroße Figuren aus süßem Teig) aufbewahrt hatten.

Warum nur hieß dieser Mann Frikadelli? Wir hatten nie gesehen, dass er eine Frikadelle aß. Italienische Restaurants oder Imbisse, wo er hätte hingehen oder von wo er hätte kommen können, gab es zu der Zeit auch nirgendwo. Auch „Gastarbeiter" aus Italien spielten noch keine Rolle; es gab noch nicht einmal diesen Ausdruck. Aber das Wort „Frikadelli" war da – irgendwie muss es uns gefallen haben: es klang so nach italienischem Tirallala. Es mag aber auch sein, dass wir den alten Mann in unserer jugendlichen Überheblichkeit nicht ernst nahmen: da machte ihn die Bezeichnung Frikadelli in unseren Augen einfach lächerlich – und wir fanden das gut.

Den Bollerwagen benutzte Frikadelli, um Fahrgästen ihre Koffer von der Endhaltestelle der Rheinuferbahn bis zu ihrem Ziel in der Stadt zu transportieren und sich so ein kleines Trinkgeld zu verdienen. Bares Geld, auch wenn es nur ein paar Groschen waren, konnten wir Jungen aber auch für unsere Bedürfnisse gut gebrauchen. Wir mussten also Frikadelli rausboxen aus dem Geschäft. Das fiel uns auch sehr leicht, denn wir hatten einen stabilen Leiterwagen, in dem wir die abschüssige Girardetallee runtersausen konnten. Wir wussten natürlich, wann die Bahnen ankamen und abfuhren und Gepäck zu erwarten war. Wir waren immer schneller als Frikadelli zur Stelle und hatten schon Gepäck auf dem Wagen, ehe er mühselig angeschlurft kam. Ha, wie schön sich die Groschen in der Tasche nach getaner Arbeit anfühlten! ... Und, um es mal modern auszudrücken, was für coole Typen, ja richtige smart guys wir waren, wenn wir so dem armen, alterskrummen Frikadelli seine Kunden abjagten!

Heute tut es mir sehr leid und schäme ich mich, dass wir diesen armen Teufel, der sich so mühsam durchschlagen musste, so herzlos um seine paar Pfennige brachten und uns dabei sogar noch wie Helden fühlten!

Tante Clara Dissmann

Wann immer wir auf der Linzer Straße 9 waren, gingen wir früher oder später hinauf zu Tante Clara, Opas älterer, lediger Schwester. Sie hatte ein Schlafzimmer und eine Wohnküche über Opas Büro im ersten Stock.

In der Küche saßen wir dann, die einen auf dem altmodischen, mit rotem, weichem Samt überspannten Sofa, die anderen auf hohen Lehnstühlen um den Tisch herum und spielten mit ihr Fang-den-Hut, Mensch-ärgere-dich-nicht, Sterne legen oder was es sonst so Schönes gab für uns.

Tante Clara hatte auch immer etwas zu trinken für uns, ein Glas Saft oder auch einen Becher mit Milch, damals ein kostbares und köstliches Getränk. Tante Clara war eine kleine, eher zarte Frau mit einem runden Gesicht. Auf ihrer Nase thronte eine schwarzgeränderte Brille mit großen, runden Gläsern. Um ihren Hals hatte sie unfehlbar ein kleines Samtbändchen geschlungen. Ich kann mich nicht darauf besinnen, dass sie je etwas anderes als dunkle, lange Kleider und eine weiße Schürze getragen hätte. Ich bin mir fast sicher, dass Tante Clara ihr Haar nicht offen getragen hat, sondern, wie sich das bei feinen älteren Damen damals gehörte, ein Häubchen trug.

Wenn Hilde und die anderen Erwachsenen Wichtiges zu tun hatten oder auch mal ohne uns Kinder sein wollten – bei Tante Clara waren wir gut aufgehoben. Nicht nur das; Tante Clara, die mich in ihrer altjüngferlichen Erscheinung immer an eine vornehme Stiftsdame aus dem späten 19. Jahrhundert erinnerte, war für uns auch eine wohlwollende Erzieherin. Ihre Vorstellungen stammten noch aus den sagenhaften guten, alten Zeiten vor dem 1. Weltkrieg. Wenn sie uns mit leiser, eindringlicher Stimme sagte: „Gabel, Messer, Schere, Licht für kleine Kinder taugen nicht!", so brachte uns das ein wenig in Verwirrung. Wir hatten doch gerade gelernt, wie man manierlich mit Löffel, Gabel und Messer am Tisch essen sollte: Das Messer in der rechten, die Gabel in der linken Hand halten. Die Arme nicht aufstützen oder gar vor dem Teller quer auf den Tisch legen. Den Löffel mit Suppe nicht zu voll machen, ihn gerade zum Mund führen und die Suppe vor allem nicht schlürfen! Selbstverständlich stopfte man sich auch nicht zu viel auf einmal rein. Heute fühle ich mich wohl, wenn man am Tisch manierlich speist und sich nicht so dahinlümmelt.

Na ja, und wenn man den Mund voll hatte, so redete man nicht, sondern hielt die Klappe oder denselben! Also, erst runterschlucken und dann sprechen. Der Ratschlag hatte sogar was für sich Aber Tante Claras Ausspruch „Kinder bei Tische so stumm wie die Fische!" war für uns kaum annehmbar. Wir waren doch gerade zu ihr gekommen, um reden zu dürfen! Es wollte uns nicht so recht einleuchten, dass man beim Essen nichts sagen dürfte. Wir hatten doch immer so viel zu berichten! Und wann konnte man darüber besser reden als beim gemeinsamen Mahl?

Immerhin, dass vielleicht nicht immer alle zur gleichen Zeit reden sollten oder dass man lernte, auch zuzuhören, fanden wir vernünftig. Und was das Licht anging: Wir wussten, wie man Streichhölzer anzündete, um eine Kerze anzumachen; schließlich hatten wir das ja oft genug geübt, wenn der Strom ausfiel!

Da wir nun schon mal von Anstand und Sitte sprechen, erzähle ich an dieser Stelle von einem anderen erzieherisch recht wirksamen Rat, den Tante Clara einmal meiner Schwester Anne gab (wie die mir kürzlich mitteilte). Tanta Clara war bei uns und passte auf uns Kinder auf, während das Christkind im Wohnzimmer alles vorbereitete. Wie ich schon anderenorts schrieb, hätten wir Kinder natürlich liebend gern gewusst, was da rund um den Tannenbaum los war. So wollte auch Anne einmal mit einem verstohlenen Blick durch den Spalt der halb geöffneten Wohnzimmertür luchsen. Das war Tante Claras scharfen Augen nicht entgangen. Sie nahm Anne zur Seite und prophezeite ihr mit strengem Blick durch ihre runden Brillengläser, Annes Augen würden genau so schief stehen bleiben und niemals mehr geradeaus schauen können, wenn sie noch einmal so scheel um die Ecke schielen würde, wie sie es gerade eben getan hatte.

Der Schreck und die Ermahnung saßen tief, es ward kein neugieriges Kind mehr im Flur gesehen, und – schau mal an – meine Schwester hat keinen scheelen Blick davongetragen! Ein Glück, dass Tante Clara in der Nähe gewesen war! Ja, die eine oder die andere „Benimmregeln" gemäß dem bürgerlichen Büchlein zu Anstand und Sittsamkeit des späten 19. Jahrhunderts sollten wir noch beherzigen. Geschadet haben uns die liebevollen Ermahnungen dieser unserer unvergesslichen Tante Clara wohl nicht, wie es scheint. Sie ist uns allen in lieber Erinnerung als ein unverzichtbarer Teil unserer Honnefer Familiengeschichte.

Von Kaninchen und Lämmern

Auch noch Jahre nach dem Ende des Krieges waren Nahrungsmittel allenthalben knapp. Immer noch war vieles rationiert und nur gegen Vorlage von Lebensmittelkarten erhältlich. Jedermann, Groß und Klein, versuchte auf jede nur erdenkliche Weise, etwas in die Töpfe zu kriegen; wir natürlich auch.

Unser Vater hatte daher auf dem Balkon unserer Wohnung Am

Spitzenbach 8 a einen Kaninchenstall gebaut. Mir oblag es, jeden Tag dafür zu sorgen, dass die Tiere etwas zu knabbern bekamen. Wenn ein Kaninchen Fleisch genug angesetzt hatte, war seine Stunde gekommen. Mein Vater gab ihm einen Schlag in den Nacken, beförderte es dann vom Leben zum Tode, zog es ab und machte es für den Kochtopf fertig. Für mich war es nie ganz einfach, mich von den kuscheligen Freunden mit ihren lustigen, ständig bewegten Nasen und ihrem weichen Fell zu trennen, aber ich wusste, dass es sein musste. So zog ich jeden Nachmittag nach dem Hausaufgabenmachen los. Als Jochen noch ganz klein war, hatte ich ihn im Kinderwagen oft dabei, rupfte Gras und Blätter für die Kaninchen und sammelte für meinen kleinen Bruder gleich Gesundes wie Schafgarbe, Sauerampfer, Löwenzahn, Wegerich oder Brennnesseln mit. All diese Pflanzen waren reich an Spurenelementen. Wir gingen davon aus, dass auch in mageren Zeiten aus dem Jungen etwas werden konnte, wenn er nur genug von diesem Grünzeug bekam. In einem Park gegenüber unserer Wohnung gab es ein kleines Gartenhaus, in dem wir unser Schaf Lore halten durften. Jeden Morgen mussten Harald und ich sie melken, ihr Futter und Wasser geben und sie dann für den Vormittag irgendwo auf der Wiese anpflocken. Unsere gute Lore machte sogar im Mai 1949 den Umzug auf den Hunsrück mit. Sie kriegte ihr Gnadenbrot und war noch lange eine Milchlieferantin für uns, obwohl wir von Familie Kehrein natürlich beste Kuhmilch haben konnten.

Wir waren uns dessen nicht bewusst, dass unsere Kleidung und wir selbst nach dem Melken nach Schaf rochen. Die Hände haben wir uns natürlich immer vor dem Unterricht gewaschen, aber der Geruch von Schaf hing ja in unseren Hosen und Jacken. Es hat aber nie irgendjemand deswegen etwas Abfälliges zu uns gesagt. Vielleicht war man in jenen Tagen auch nicht so feinfühlig und übergenau, empfindlich und Deo-verwöhnt, kleinlich und naserümpfend, also mit einem Wort „nit esú píngelisch", wie man bei uns zu Hause im Rheinland so treffend sagte. Unser erster Bundeskanzler Adenauer, der in Honnef-Rhöndorf seinen wunderbaren Rosengarten pflegte, war jedenfalls bekannt dafür, "dat er mánschmaal in sínger Pollitík nit píngelisch waa".

Einmal die Woche war Stallausmisten angesagt. Da mussten wir großen Brüder Harald und ich gelegentlich gegen Ratten, die sich am Boden in der warmen Streu eingenistet hatten, angehen und sie mit unseren Spaten und Forken totschlagen. Was waren wir da aufgeregt, wenn die Biester an den Wänden hochzulaufen versuchten und wir sie mit gezielten Hieben erledigen mussten! Manchmal war uns eher zum Weglaufen zu Mute als zum Kämpfen mit den Nagern. Aber Aufgeben war für uns unmöglich; dafür waren wir schon zu groß! So grässlich ich sie auch in Erinnerung habe, auf unsere Heldentaten waren wir nach dem Sieg – natürlich heimlich – auch immer mächtig stolz.

Wenn Lore im Frühjahr ihr Junges bekam, war das ein großes Ereignis. Es war ja auch zu schön, mit anzusehen, wie das herzige, wollige Lämmchen heranwuchs.

Um die Osterzeit war es dann aber auch für das liebe Tierchen so weit. Für uns war es sehr schmerzlich, sich von ihm zu trennen. Aber es verhalf uns zu einem leckeren Osterbraten oder auch bei anderer Gelegenheit (als eingemachte Konserve) zu einem Stück Fleisch auf dem Teller.

Ganz früh wurde uns durch diesen gezielten Umgang mit unseren Haustieren bewusst gemacht, welch wichtigen Beitrag wir Kinder mit der Pflege der Tiere in jenen Zeiten leisteten, um die Familie über die Runden zu bringen. (Eine Diskussion darüber, ob man überhaupt Tieren Leid antun und sie töten darf, um ihr Fleisch zu essen, war damals undenkbar.)

„Pack' die Badetücher ein ..."

Vor genau siebzig Jahren trällerte sich die junge Conny Froboess mit dem Schlager „Pack die Badehose ein ... und dann nischt wie raus zum Wannsee ..." in die Herzen der Bundesbürger. Zum Wannsee gingen wir zwar nicht. Aber 'ne tolle Veranstaltung war es für uns trotzdem! Samstags zogen wir alle nämlich zur Linzer Straße 9 – extra zum Baden. Auf dem Weg dorthin wurde noch in Langes Edeka-Laden am Markt und beim Bäcker Fobbe (Werbespruch: „Kaffee, Brot und Kuchen musst du hier versuchen!") gegenüber eingekauft. Viel gab's ja nicht, aber es musste halt langen fürs Wochenende.

In der Linzer Straße wurde dann erst einmal Kaffee getrunken. Dazu brühte Oma ein Getränk aus Kaffee-Ersatz auf, das fast schwarz aussah, schön dampfte und irgendwie nach etwas Verbranntem roch, eigentlich stank. Das Zeug war geröstetes und dann in der Kaffeemühle gemahlenes Getreide. Dieser braune Trunk musste mangels anderer Möglichkeiten als Ersatzkaffe herhalten. Natürlich schmeckte das Gebräu auch entsprechend gut – eben wie Muckefuck. Der Name sagt ja schon alles: Rheinisch mucke = braunes, zerfallendes Holz + fuck = faul.

Dafür mundeten Omas Äpfel im Schlafrock, also ganze Äpfel, die in einem Teigmantel gebacken und dann mit Puderzucker bestreut wurden, ganz besonders!

Nach dem Kaffeetrinken war es dann so weit. Man muss sich das so vorstellen:

Es ging zum Baden! Badekleidung, Strandschuhe und Liegematten brauchten wir nicht, dafür aber umso nötiger ein ordentliches Stück Seife und ein paar Handtücher.

Wir stiegen im Flur die Treppe empor in Richtung des Anbaus, der auf halber Höhe nach hinten lag. Am Klosett vorbei ging's weiter durch das langgestreckte Schlafzimmer der Großeltern und dann ein paar Stufen hoch zu einem kleinen Raum, der als Badezimmer diente. Dort gab es unter anderem einen Wandspiegel nebst Handwaschbecken, einen Schemel, einen Nachttisch für Utensilien, Opas Rasierzeug (ein blankes, sehr scharfes Rasiermesser und ein Leder zum Abziehen (Schärfen) der Klinge, ein Stück Seife und eine dicke Quaste) und eine veritable (emaillierte) Badewanne.

Opa hatte, und das war für damalige Verhältnisse schon ein Luxus, einen Gas-Durchlauferhitzer einbauen lassen. Es war immer besonders spannend, wenn er – und nur er durfte das machen – den Gashahn aufdrehte und mit einem Streichholz eine kleine Pilotflamme entzündete. Drehte man dann den Wasserhahn auf ‚Durchlauf‘, so sprang mit einem lauten Plopp die Hauptflamme an und erwärmte das Wasser, das wir in die Wanne laufen ließen.

War die Wanne halb voll, ging das Vergnügen los.

Erst badete Mutter Hilde die kleineren Geschwister, dann durften wir Größeren in die Wanne steigen. Das Wasser wurde aber nicht etwa zwischendurch abgelassen. Nein, nein, wir seiften uns alle in der einen Füllung ab!

Am Ende waren wir wohl sauber genug, um zu Hause eine weitere Woche mit dem üblichen Waschen mit kaltem Wasser auszukommen.

Auch heute noch sehe ich den Rand von Seifenschaum und Dreck, der auf halber Höhe rundum auf der Innenseite der Wanne stummes und dennoch beredtes Zeugnis davon ablegte, dass die Reinigung erfolgreich verlaufen war und wir wieder saubere Kinder waren.

„... und eh der Morgen noch erwacht ..."

Der Kölner Dichter August Kopisch sprach 1836 in den letzten Zeilen seiner unterhaltsamen Geschichte „Die Heinzelmännchen von Köln" über die guten vergangenen Zeiten: „Ach, dass es noch wie damals wär'! Doch kommt die schöne Zeit nicht wieder her!" Wir möchten die Zeiten um 1945/46 nicht wieder haben, aber wir erfreuen uns im ZDF-Fernsehen am Treiben der lustigen Mainzelmännchen, der heutigen Brüder jener Gesellen. Bei Gelegenheit erinnern wir uns vielleicht an die Eingangszeilen des Gedichts, wo es heißt: „Wie war zu Köln es doch vordem mit Heinzelmännchen so bequem ..." Umso mehr dann, wenn wir uns heimlich bei einer unliebsamen oder schwierigen Arbeit wünschen, dass es uns auch so ginge wie dem damaligen Kölner Handwerker, von dem wir hören: „... und eh der Morgen noch erwacht, war all' sein Tagewerk bereits vollbracht!"[132]

In den ersten Jahren nach dem Krieg war die Versorgungslage der Bevölkerung, wie das so hieß, sehr angespannt – mit anderen Worten, es gab neben den vielen anderen Dingen, die fehlten, auch nicht genug zu essen. Da musste man oft schon ganz ordentlich über seine Beziehungen oder sein Tagewerk nachdenken und versuchen, ihnen das Beste abzugewinnen, noch konkreter gesagt: Stege oder Wege finden, wo man etwas für den Kochtopf kaufen oder besorgen konnte!

Zum Glück kam Opas Schweinehandel so allmählich wieder in Schwung: Zu Anfang brachten Onkel Wim und seine beiden angestellten Verkäufer die Ferkel mit dem Lieferwagen zu den Landwirten in den rechtsrheinischen Dörfern des südlichen Westerwalds und den linksrheinischen Orten des Hunsrücks und der Eifel. Bei den Bauern konnte man hier und da Ferkel gegen Nahrungsmittel, etwa Kartoffeln, Mehl, Eier und Gemüse, eintauschen. Ab und an fiel bei passender Gelegenheit (eigentlich: bei entsprechender Verabredung und gegenseitiger Unterstützung) bei diesem Naturalienhandel aber auch eine Sau, ein halbes Kalb oder ein Viertel von einem Rind ab!

Wenn sich solch ein Tauschgeschäft abzeichnete, war auf der Linzer Straße 9 viel mehr los als sonst. Der große Kessel am Eingang zum Schweinestall wurde geschrubbt, mit Wasser gefüllt und dann aufgeheizt; eine Ferkelbox wurde peinlich genau sauber gemacht. In einer Ecke des Hofs wurde eine Menge Blechdosen, die man irgendwo unter einer Theke „gefunden" hatte, und eine Dosenschließmaschine – so etwas hatte man damals – aufgestellt. In einer anderen Ecke stand ein großer Ablagetisch mit Schüsseln und Töpfen, Löffeln und Messern. Im Grunde hätte dies alles überhaupt nicht geschehen dürfen! Eigentlich hätte ich das alles nicht sehen und wissen dürfen, aber ich war neugierig, und die Erwachsenen hatten an einem solchen Tag so viel Wichtigeres zu tun als mich Naseweis wegzuscheuchen... Gegen Abend, als es dunkel wurde, war es dann so weit. Das Tor zur Einfahrt wurde abgesperrt, damit niemand Ungebetenes hereinkommen und die Metzger überraschen konnte. Es war ja streng verboten, ohne amtliche Genehmigung zu schlachten, nicht einmal Opa bekam eine! Also griff (auch) er zur Selbsthilfe und schlachtete heimlich! (Welcher § machte ihm das möglich, der „entschuldigende", der „rechtfertigende" oder der „übergesetzliche" Notstand?)

Ehe ich meinen LeserInnen erzähle, wie das Metzgern bei uns vor sich ging, soll August Kopisch zu Wort kommen. Er ließ uns dabei zusehen, wie man seinerzeit in Köln Schweine schlachtete. Die kleinen Bewohner des nahen Siebengebirges kamen nachts und sorgten dafür, dass die Fleischer ihre Nachtruhe genießen konnten. Denn: „Beim Fleischer ging es just so zu: / Gesell und Bursche lag in Ruh, / Indessen kamen die Männlein her / Und hackten die Schweine die Kreuz und die Quer. / Das ging so geschwind / Wie die Mühle im Wind! / Die klappten mit Beilen / Die schnitzten an Speilen, / Die spülten, / Die wühlten, / Und mengten und mischten, / Und stopften und wischten. / Tat der Gesell die Augen auf ... / Wapp! Hing die Wurst da schon im Ausverkauf!"[133]

Bei Opa in Honnef ging's fast genauso zu. Ein paar kleine Unterschiede gab es aber dennoch: Die Zwerge vom Petersberg und Drachenfels halfen kurz nach dem Krieg an anderer Stelle, wo sie nötiger gebraucht wurden (vielleicht verkleidet als Trümmerfrauen beim Räumen in der Hohen Straße in Köln) – aber sonst ... Lesen wir doch einfach weiter!

Nur im Stall brannte Licht. Jedes Geräusch, das den Nachbarn hätte verraten können, was bei Dissmanns vorging, wurde sorgsam vermieden. Ein großes Schwein oder die Teile vom Kalb oder vom Rind wurden zerlegt. Lautlos, allenfalls im Flüsterton, wurde das Fleisch auf einem Tisch in handliche Stücke geschnitten und in die Dosen gepackt. Diese Dosen stellte man auf die Maschine, legte Deckel auf, drehte an einer Kurbel und verschloss so die Gefäße. Andere Teile wurden im Fleischwolf zu Wurstfüllung zermahlen und in Därme gefüllt. (Wer denkt da nicht an Bundeskanzler Helmut Kohl und den berühmten Oggersheimer Saumagen, mit dem er seine ausländischen Besucher traktierte?) Auch alle brauchbaren Knochen wurden sorgsam abgepackt. Die Dosen und einige Arten von Wurst landeten anschließend im großen Kessel und wurden gekocht. Anders konnte man das Fleisch damals nicht haltbar machen. Die Dauerwürste wurden an versteckten Stellen zum Trocknen an Stangen unter der Decke aufgehängt. Kühlschränke, in denen man das Fleisch hätte schockgefrieren können, gab es in jenen Jahren noch nicht einmal in der Vorstellung. Ich weiß noch gut, dass Oma Friedchens Kühlschrank immer mit Eis, das man in großen, mehrere kg schweren Stangen kaufen konnte, gefüllt werden musste und dass immer das Schmelzwasser in eine Schüssel neben dem Eisschrank tropfte. Hier konnte man Knochen eine ganze Weile gut aufbewahren. War die Schlachterei schließlich getan, wurden in Windeseile die Werkzeuge gereinigt und weggelegt, wurde das Feuer gelöscht und der Kessel gereinigt und für den nächsten Tag mit Schweinefutter gefüllt. Die Teile der Tiere, die man nicht hatte verarbeiten können, wurden im Garten unter dem Misthaufen vergraben. Hof und Stall wurden sauber gefegt und mit Wasser gespült. Kam der Morgen dann heran, war „alles Werk", wie vordem bei den Kölner Heinzelmännchen, „auch schon getan"! Nichts erinnerte mehr daran, was in der Nacht geschehen war. Für die nötige Verschwiegenheit war sowieso gesorgt, denn jeder der Beteiligten kriegte seinen Teil ab und war's wohl zufrieden.

Und selbst Opa – auf Rechtschaffenheit bedacht und für seine Gesetzestreue bekannt – musste da durch die Finger sehen, Fünfe gerade sein lassen und durfte sich auf die im Gesetz vorgesehene

Notlage berufen – ging es doch darum, die vielen hungrigen Mäuler seiner Familie zu stopfen.

Das waren Zeiten! Da gab's noch Schnee!

Heute ist ein grauer Tag im Januar 2022; bei 6° C ist es fast windstill. Wir spüren nichts Unangenehmes von der europäischen klimatischen Großwetterlage. Vom politischen Wetter will ich hier nicht sprechen.

Beim Blick aus dem Fenster fällt mir der sehr kalte Winter 1946/47 ein, in dem es überall in Deutschland, so auch in Honnef, sehr viel Schnee gab. Ich entsinne mich noch gut an den Tag, als unser Vater mit uns zum Schlittenfahren ging. Jochen war da ja erst acht, neun Monate alt und konnte nicht mitkommen. Wir vier älteren Geschwister zogen unsere zwei großen Schlitten hinter uns her, als wir mit unserem Vater vom Spitzenbach über die Bismarckstraße und schließlich die Bergstraße hinauf zur Lungenheilstätte Hohenhonnef wanderten. Oben angelangt, verband Eugen mit Riemen unsere zwei Schlitten so, dass sie ein Gespann bildeten, das vom hinteren Schlitten aus gelenkt werden konnte. Vorne auf dem ersten Schlitten waren Annes und Siegfrieds Plätze, dahinter auf dem zweiten Schlitten die von Eugen, Harald und mir. Und dann ging's los, die steile Bergstraße runter. Wir stießen uns zuerst mit den Füßen ab, bis wir etwas Tempo aufgenommen hatten. In der Mitte saß unser Vater und lenkte. Vorn duckten sich windschnittig Anne und Siegfried. Von hinten klammerten sich Harald und ich an unseren Vater. So bildeten wir eine aerodynamische Einheit – das Bild ähnelte vielleicht ein wenig dem, welches wir von den Viererbobrennen her kennen. Da sehen ja auch Schlitten und Mannschaft wie ein Stück aus, wenn sie wie ein Geschoss mit über 100 km/h durch die Kurven der Eisröhre jagen. Wir sausten erst ein Stück geradeaus, dann durch eine Links-rechts-links-Kurve, wieder 100 m in gerader Linie, danach durch eine scharfe Rechtskurve – immer schneller! 200 m weiter wollten wir in eine weite Linkskurve einbiegen und dann in Höchstgeschwindigkeit die letzte Gerade runterfegen.

Da passierte es! Wir waren einfach viel zu schnell, wurden aus der Bahn getragen und prallten am Straßenrand in den hoch aufgetürmten Schnee. Wir kippten alle fünf kopfüber seitwärts in das kalte, hoch aufwirbelnde Weiß. Wir fanden es dann aber herrlich, als wir uns nach und nach aus dem Schneehaufen herausarbeiteten. Wir standen da in unserer weißen Pracht, merkten freudig, dass uns beim Sturz nichts passiert war, und lachten los. Wenn ich mich recht erinnere, endete bei Wilhelm Busch die Geschichte von Max und Moritz ein wenig anders, nachdem sie in Meister Müllers Mehltonne gestürzt waren und in ihrer weißen Pracht da standen... Uns war's nicht so übel ergangen! Wir bliesen uns vielmehr schnaufend und prustend den Pulverschnee aus den Gesichtern, schüttelten die Schneebrocken von unseren Mützen und Jacken, rieben uns die kalten Hände warm, saßen wieder auf, wie das die Rennreiter nennen, und flitzten das letzte lange Stück die Bergstraße runter. Auf der linken Seite befand sich dort das Altenwohnheim Fritz-Dahl-Stift, das in jenen Jahren von unserer lieben Tante Mine Schlingermann geleitet wurde. An der Kreuzung Kreuzweiden-, Kirch- und Bergstraße stemmten wir alle auf Kommando unsere Stiefel in den Schnee und kamen so zum abrupten Stopp – wir hätten sonst vielleicht in ein Auto krachen oder jemanden von den Füßen holen können.

An diesen Tag denke ich besonders gern zurück: Zum einen hatten wir Kinder das Glück, vor der Haustür im verschneiten Honnef so wunderbar rodeln zu können. Zum anderen war es eine der ganz wenigen Gelegenheiten, wo sich unser Vater, trotz seiner starken Beanspruchung durch den Broterwerb, für uns die Zeit hatte nehmen können, eigens mit uns Kindern etwas Besonderes zu unternehmen. Welch eine tolle Fahrt war das – wir vier Geschwister und unser Vater mit dem Doppelschlitten diese Honnefer „Rennpiste" Bergstraße runter! Bis heute – einfach unvergesslich!

Das Honnefer Kirschfest

Es muss wohl so um 1945/46 gewesen sein. Theodor Fontane hätte vielleicht gesagt: „Und kam die goldene Sommerszeit, und leuchteten die Kirschen weit und breit ...", dann waren sie in den Obstgärten am Stadtrand Honnefs besonders verführerisch. Wie das so ist: Man ahnt ein bisschen, wie die Geschichte weitergeht. Kinder essen nun mal gern Kirschen ... Und das Gerede der Erwachsenen, dass man platze, wenn man zu viele Kirschen äße und dann noch Wasser tränke oder dass in den Kirschen die Würmer, wenn man sie runterschluckte, sich im Bauch vermehrten und sich durch die Därme bohrten oder dass den Naschern Kirschbäume zum Hals herauswüchsen, wenn sie die Kerne mitschluckten... All das war uns Lutz-Jungen natürlich geläufig, und wir hatten es als Unsinn ins Reich der Fabeln abgeschoben.

Aber da war immer noch diese unbändige Lust auf Kirschen! Eher war es vielleicht der Drang, etwas Verbotenes zu tun.

Und Opa hatte doch dort in der Menzenberger Straße, nicht weit weg vom Alten Friedhof, seinen Obst- und Gemüsegarten, in dem ein mächtiger Baum mit herrlichen Kirschen stand. Was war also zu tun? Opa pflegte die Kirschen selbst zu pflücken und dann im Kreis der Familie zu verteilen. Darauf konnten wir doch nicht warten! Ihn zu fragen um den Schlüssel fürs Gartentor und Gartenhäuschen, in dem die lange Leiter hing, war ein Ding der Unmöglichkeit. Aber man konnte ja über den Zaun steigen und irgendwie von dort auch auf den Baum kommen.

Gedacht, getan: Meine Brüder waren schnell für diesen Beutezug zu gewinnen, und so zogen wir los. Es war auch gar nicht schwierig, über das Zäunchen in den Garten zu gelangen. Und da stand er dann, der Baum, über und über voll mit dicken, roten Knorpelkirschen, die schon von weitem geradezu danach schrien, gegessen zu werden.

Auch das Törchen am Gartenhaus stellte kein ernsthaftes Hindernis dar, und so war auch die Leiter schnell am Stamm. Dass Opa offensichtlich mit Leuten rechnete, die sich an seinen Kirschen bedienen wollten, wurde uns klar, als wir den geharkten Boden rund um den Baum bemerkten. Aber das machte uns keine Sorgen – wir wussten ja, wo der Rechen stand ... Und so hockten wir bald in den Ästen. Das war doch einfach wunderbar! Die Kirschen hingen einem fast wie im Schlaraffenland ins Maul. Wir brauchten nur die Hand auszustrecken und zuzulangen – schon hatten wir wieder einen Mundvoll.

Aber dann passierte es: Da ging jemand am Gartenzaun entlang, blieb stehen und fragte uns, ob wir „datt dann überhaup dürfften unn op uns' Opa dat auch wisse täät". Solch eine ebenso unerhört peinliche wie völlig unnötige Frage konnten wir nur mit einem unserer Meinung nach überzeugenden „Jo, jo! Klaa! Dat dürve mer!" beantworten. Die ungebetene Fragerin brummte ein „sososo", nickte mit dem Kopf und zog ihrer Wege, und wir schwelgten weiter.

Irgendwann hatten wir das Gefühl, uns genug des Guten getan zu haben und planten den Rückzug. Der musste sorgfältig bewältigt werden. Das heißt, wir mussten die Leiter ganz genau so wieder dahin stellen, wo wir sie hergeholt hatten, mussten sorgfältig und immer in einer bestimmten Streichrichtung den Boden unter dem Kirschbaum und auf den Wegen zum Gartenhäuschen harken und dann, ohne Spuren zu hinterlassen, wieder über den Zaun kommen.

Aber in wenigen Minuten hatten wir den Tatort in seinen ursprünglichen Zustand zurückversetzt, Harke und Leiter hingen an ihrem Ort und wir gingen heim. Nein, nein, wir schauten vorher noch mal bei Opa und Oma vorbei.

Dort wurden wir, zu unserem großen Erstaunen, in sehr gemessenem, Unheil ankündigendem Ton begrüßt. Opa hielt dann auch nicht lange hinter dem Berg und fragte, ob uns die Kirschen gut geschmeckt hätten. Da halfen alle Ausflüchte wie wir hätten am Rhein gespielt und uns mit Freunden getroffen oder er solle doch gucken, ob er etwa unsere Fußspuren unter dem Kirschbaum sehen könne, gar nichts. Opa sagte uns einfach auf den Kopf zu, wir hätten doch mit Frau Seeger, der Nachbarin, gesprochen und ihr erzählt, wir hätten die Erlaubnis gehabt, allein Kirschen zu pflücken.

Da ging uns, wie man so sagt, ein Licht auf. Innerlich waren wir natürlich empört wegen des schnöden Verrats der Nachbarin und des schmählichen Endes unseres Unternehmens.

Ganz leicht war es für Opa, den Schuldigen auszumachen. So musste ich als der Älteste der Brüder auch – ich gebe zu, verdientermaßen – für die Missetat büßen, indem ich eine wirklich spürbar durchdringende manuelle und verbale, moralisch auf- und körperlich durchrüttelnde Doppelermahnung einstecken musste. Ihre schmerzhafte Exekution verfehlte bei keinem von uns Brüdern die gewollte erzieherische Wirkung! (Welche vorbildlichen psycho- oder physiotherapeutischen Behandlungen gibt es heutzutage für die Lösung solcher Probleme?)

Wir sind danach nie mehr ohne Erlaubnis in das Land des gelobten Kirschbaums gezogen. Opa hat übrigens auch nie mehr über die Sache gesprochen – zumal sie ja auch durch die geeignete Maßnahme gesühnt worden war.

Von jenem Tag an hatte die Redensart, Nachbars Kirschen schmeckten doch am besten …, für mich immer ein eigenartiges G'schmäckle!

Bomben auf den Rhein

Nein, nein! Das war nicht so, wie man vielleicht annehmen könnte. Zwar haben die alliierten Flieger manchmal auf dem Rückflug von ihren Einsätzen Bomben, die sie nicht ins Ziel hatten bringen können, über dem Rhein abgeworfen. Ein- oder zweimal sind auch feindliche Flugzeuge abgeschossen worden und in den Fluss gestürzt. Wir Kinder beobachteten solche Ereignisse gelegentlich vom Schulhof aus, wo wir bei Fliegeralarm mit unseren Lehrern warten mussten, bis Entwarnung kam. (Entwarnung bedeutete: Die angreifenden Flugzeuge bedrohten nicht mehr unser Gebiet. Es war auch nicht mehr mit Luftkämpfen oder Bombenabwürfen bei uns in Honnef zu rechnen.)

Das, was ich hier erzähle, war ganz und gar anders! Als unser Vater 1945/46 im Hölterhoff-Stift arbeitete, hatte er offenbar bei seinen Gängen über die Felder, die es zu bebauen galt, bombenähnliche Blechbehälter gefunden, die vermutlich von den Alliierten bei ihrem Vormarsch Richtung Osten abgeworfen worden waren.

Diese Behälter hatten etwa das Aussehen und die Größe von 200-kg-Bomben ohne Leitwerk (Länge ca. 150 cm, Durchmesser ca. 60/70 cm) und bestanden aus ungefähr zwei mm dickem Stahlblech.

Unser Vater hatte zwei dieser Dinger in seine Werkstatt gebracht. Dort schnitt er in beide „Bomben" Einstiegluken, die so weit waren, dass wir Kinder mühelos einsteigen konnten. Im Inneren baute Eugen kleine Holzsitze und -lehnen ein. Er verband die beiden Bomben durch angeschweißte Eisenstäbe miteinander. So war ein geradezu perfektes Wasserfahrzeug in Katamaranbauweise (zwei Rümpfe) entstanden. Irgendwie schaffte unser Vater es auch, die nötigen Paddel entweder selbst zu schnitzen oder bei einem Ruderverein oder in einer Rumpelkammer aufzutreiben.

Und dann ging's los! Mein Bruder Harald und ich luden das fertige Boot und die Paddel auf unseren Bollerwagen, fuhren den Spitzenbach runter durch eine Unterführung unter den Schienen der Eisenbahn und der Rheinuferbahn, polterten den Hang zum Ufer hinab und setzten das Gefährt zwischen den Kribben* ins flache,

* Kribbe: Quer zum Ufer (zur Flussmitte hin) gebauter Steindamm (meist aus Basalt) Kribben beruhigen die Strömung in Ufernähe und erhöhen die Fließgeschwindigkeit in der Strommitte, sodass dort die Fahrrinne tief bleibt.

strömungsfreie Wasser. Dann ergriffen wir die Paddel und ruderten Richtung Flussmitte. Bald wurde uns klar, dass die Strömung ein ernst zu nehmender Gegner war. Nach mehreren Anläufen hatten wir aber den Bogen raus und konnten sogar, hart an den Kribbenköpfen vorbei, stromaufwärts kommen.

Wir waren natürlich mächtig stolz, wenn wir so eine oder zwei Kribben* überwunden hatten und uns dann genüsslich und siegreich wieder zu unserer Ausganglagune zwischen den Kribben zurücktreiben lassen konnten.

Harald und ich lernten sehr bald, mit den Bomben sicher umzugehen. Niemand musste mehr Angst haben, wir würden bei einem ungeschickten Manöver, und das vielleicht sogar noch in der Strömung, umschlagen und kentern. So durfte auch der jüngere Bruder Siegfried mitfahren.

Für sie wurde eine Sitzgelegenheit auf den Querstangen, welche die beiden Auftriebskörper verbanden, festgemacht und dann durften sie sich – natürlich immer nur einer! – mit ihren großen Schiffsführern auf den deutschesten Strom aller Ströme wagen, selbstverständlich unter den wachsamen Augen von Erwachsenen!

Man konnte ja nie wissen, ob denn nicht doch... (Wir hatten weder eine Schwimmweste umgebunden noch einen Rettungsring bei uns – heute ist so etwas unvorstellbar.)

Na ja, es ist nie etwas passiert, und es gibt sicher wenige Kinder auf der Welt, die von sich sagen können, sie seien mit einem Bomben-Katamaran auf dem Rhein gefahren.

Wir können das stolz für uns in Anspruch nehmen. Unserem Vater gebührt dafür auch noch nach 75 Jahren unser Dank.

Mutproben im Rhein

Eigentlich ist das, was ich hier erzähle, nicht für die Ohren und Augen der Öffentlichkeit geeignet. Aber nachdem so viele Jahrzehnte vergangen sind, glaube ich, dass ich heute davon sprechen und dass man es auch lesen darf.

Der Rhein war natürlich für uns Jungen im Alter von etwa zwölf bis 15 Jahren – jeder von uns konnte gut schwimmen – der Ort, wo es immer etwas zu erleben gab. Im Sommer 1947, der besonders heiß war, gingen wir in jeder freien Minute zum Schwimmen. Auf der Insel Grafenwerth gab es ein schönes Freibad mit sauberem

Wasser. Das war gar nicht so übel; schlecht war nur für uns Jungen, dass man Eintritt bezahlen musste und wir das Geld dafür so gut wie nie hatten. Der Zaun ums Gelände war zu unserem Ärger so dicht, dass selbst wir cleveren Jungen da kein Schlupfloch fanden. Was machten wir also? Wir gingen zum Rhein. Es machte uns nichts aus, dass er, verglichen mit heute, so etwas wie eine nationale Kloake war. Für uns war der Fluss einfach nur der Ort, wo wir unsere Wettkämpfe um die Rangordnung innerhalb der Gruppe austrugen und zugleich „Schpaaß an de Freud" hatten, wie die Leute bei uns im Rheinland so sagten. Wir wussten zwar, dass Schwimmen im Rhein riskant war. Aber keiner von uns dachte je ernsthaft daran, in welche Gefahren, in wie viele wirklich lebensbedrohliche Situationen wir uns bei unseren Unternehmungen begaben.

Auf der Insel Grafenwerth gab es eine Anlegestelle der „Köln-Düsseldorfer Deutsche Rheinschifffahrt AG". Von den fast zwei Dutzend Fahrgastschiffen war am Ende des Zweiten Weltkriegs nur noch die „Mainz" unbeschädigt übrig; die anderen waren am Ende des Kriegs durch Bomben versenkt oder von den Mannschaften gesprengt worden. Die meisten der Schiffe wurden aber im Laufe der frühen Nachkriegsjahre wieder gehoben und repariert. Ich erinnere mich noch sehr gut an diese Passagierdampfer mit so wohlklingenden Namen wie „Goethe" oder „Stolzenfels", „Barbarossa" oder „Bismarck", „Cecilie" oder „Vaterland". Man konnte bei diesen Dampfern vom Deck aus durch große, offene Lüftungsschächte in den Maschinenraum gucken. Tief da unten bewegten sich die riesigen, ölglänzenden Pleuelstangen und schoben die Kolben hin und her. Ihre Bewegungen wurden über Wellen auf die seitlich angebrachten breiten Schaufelräder übertragen, die klatschend und rauschend das Schiff durchs Wasser trieben. Für mich waren diese Dampfmaschinen und Schiffe einfach hinreißend interessant und schön!

In unserer Gruppe von Jungen, die oft im Rhein schwammen, gab es zwei Arten einer Mutprobe, die wir uns selber auferlegt hatten. Die bei weitem harmlosere bestand darin, sich von der Fähre Honnef-Rolandseck bis in die Mitte des Rheins mitnehmen zu lassen und dann mit einem „Köpper" (weiter Kopfsprung) ins Wasser zu springen. Man durfte sich nur nicht vom Kassierer auf der Fähre erwischen lassen, sonst hätte es mindestens großes Geschrei gegeben.

Passagierschiff „Mainz", Honnef ca. 1947/48 [87]

Raddampfschlepper, Honnef ca. 1947/48 vor dem
Drachenfels [88]

Wenn man von der Fähre aus absprang, war die Südspitze der
langgestreckten Rheininsel Nonnenwerth mit etwas Geschick zu
erreichen. (Vom Drachenfels aus kann man das Rheintal stromaufwärts bis Linz und stromabwärts fast bis Köln und mitten im Fluss
vor Honnef die beiden Inseln Nonnenwerth und Grafenwerth sehr
schön sehen.)

Mit Abstand den größeren Spaß, die schwierigere Herausforderung hatten wir, wenn wir die andere Version – das hieß unter uns
„Schlepperfahren" – wählten. Ich erkläre mal, was das war, wie das
war und was geschah:

Zur damaligen Zeit gab es noch kaum Lastschiffe, die mit eigenem Schraubenantrieb fuhren, und auch Schubschiffe waren noch unbekannt. Die bedeutenden Transportfirmen wie beispielsweise „Stinnes" oder „Haniel" hatten aber starke Schleppdampfer, die so sechs bis acht Kähne (je nach Größe und Tiefgang) ziehen konnten. Die großen Schlepper hatten zwei Dampfmaschinen mit zwei abklappbaren Schornsteinen (wegen niedriger Brücken!), zwei Kohlenbunker, seitliche Schaufelräder bis etwa sechs (!) Meter Breite und waren insgesamt bis zu 23 Meter breit und 70 Meter lang. Das waren also schon Kolosse, die größte Ehrfurcht erregten, wenn sie sich – aus ihren beiden Schornsteinen gewaltige Rauchwolken ausstoßend – unaufhaltsam den Rhein hochschaufelten. (Um ehrlich zu sein: Wir spürten manchmal auch Angst – und die musste überwunden werden, während wir ganz dicht an den Schiffen vorbeischwammen!) Wir mussten uns den Dampfern so stark nähern, damit wir von Steuerbord (der rechten Seite her) an die Kähne, welche sie im Schlepptau hatten, besser rankommen konnten. Die angehängten Lastkähne (mit bis zu 1.000 Tonnen Tragfähigkeit = zum Vergleich: 50 große Lastwagen mit jeweils 20 Tonnen Ladung) wurden hauptsächlich für den Transport von Massengütern wie Steinkohle, Koks, Sand, Baumstämmen, Erz oder Stahlerzeugnissen gebraucht. Die meisten Schleppzüge begannen ihre Reise in den Ruhrgebietshäfen Mühlheim oder Duisburg. Das waren die größten Verladehäfen Europas für diese Schiffe. Mit dicken Stahlseilen wurden an den Abfertigungsanlagen die Kähne mit dem Schleppdampfer und mit einander verbunden. Zwischen den Kähnen war ein Abstand von etwa 70 bis 100 Metern, ein ganzer Schleppzug konnte also bis 1 km lang sein. Die Stahltrossen waren in der Fahrrichtung an der linken Seite (Backbord) der Lastschiffe befestigt.

Zu Beginn der sogenannten Bergstrecke wurden auf der Reede bei Bad Salzig diese langen Schleppzüge geteilt. Weiter südlich befand sich die Engstelle des Flusslaufs nahe der etwa 130 Meter hohen Felswand, die Loreley genannt wird. Der Rhein ist hier (auch heute noch) nur etwa 200 Meter breit, sehr tief und hat starke Strömung. Es war dort und beim noch weiter südlich befindlichen sogenannten Binger Loch Jahrhunderte lang äußerst schwierig, Schiffe heil durchzubringen. Mittlerweile hat man aber durch Sprengungen und sehr spezielle Flussbaumaßnahmen die Fahrrinne verbreitert und vertieft. Durch eigens eingerichtete Lichtsignal- und Radaranlagen wird der Verkehr so gesichert, dass heutzutage alle Schiffe verhältnismäßig leicht an diesen ehemaligen Hindernissen vorbeikommen.

In der griechischen Mythologie konnte Odysseus dem todbringenden Gesang der Sirenen (hinreißend schöne Frauen, welche die Seefahrer verführten) nur widerstehen, indem er, an einen Schiffsmast gefesselt, sich nicht von ihnen verlocken lassen konnte, während er an ihnen vorübersegelte. Die sagenhaft schöne Frau, die Clemens von Brentano in seiner Ballade „Lore Lay" und Heinrich Heine in seinem „Lied von der Loreley" beschworen haben, kämmt lange schon nicht mehr ihr goldenes Haar, um verführbare Schiffer vom Kurs abzubringen. Sie hat vermutlich in Wirklichkeit nie gesungen. Dafür entstanden dann schöne Legenden, in denen die Dichter sie besungen haben. Wegen seiner weiten, eindrucksvollen Aussicht ist das Felsplateau der Loreley heute eine viel besuchte Touristenattraktion hoch über dem Rhein.

Wenn die Schleppzüge damals die Engstellen an der Loreley und dem Binger Loch überwunden hatten, wurden sie südlich von Bingen wieder zusammengesetzt und weiter flussaufwärts zu den Industriegebieten (Endhafen Basel) gezogen.

Weil diese Schleppverbände so lang und so schwer waren, fuhren sie auf dem Rhein sehr langsam; viel langsamer als die heutigen Schiffe mit Schraubenantrieb. Für uns Jungen war das *die* Chance, weil wir nur deswegen auf diese Kähne überhaupt raufkommen konnten! Ja, ja – so war das: wir wollten auf den Lastkähnen ein Stück den Rhein hoch mitfahren und uns dann wieder flussabwärts treiben lassen!

Wir jungen Taugenichtse sahen die Schleppdampfer und Lastkähne nur aus der Froschperspektive auf uns zukommen, weil ja unsere Köpfe, also auch unsere Augen, nur zwanzig cm über der Wasseroberfläche waren. Für uns Jungen war es also immer schwierig, – und sehr, sehr wichtig – rechtzeitig zu erkennen, dass keine (!) Trosse auf der Seite verlief, die wir anschwammen. Diese Seile bewegten sich nämlich ständig und stellten eine tödliche Gefahr dar. Wenn wir dazwischengeraten wären, hätten die Stahlseile uns die Hände oder Arme ab- oder uns gar unseren Körper zerrissen! Außerdem mussten wir *den* Kahn erspähen, der am tiefsten im Wasser lag, das heißt, dessen Bordkante mittschiffs höchstens eine Handbreit über das Wasser ragte. Warum? Nur dort konnte man überhaupt an Bord gelangen. Also mussten wir das Schiff, auf das wir rauf wollten, direkt von vorn anschwimmen, hinter der Bugwelle an den Kahn herankommen, uns einen Augenblick an ihm entlangtreiben lassen, im richtigen Moment mit einer Hand die Bordkante fassen, uns daran festhalten und uns dann irgendwie über diesen Rand aufs Schiff hieven oder spülen lassen. Das alles geschah, so weiß ich aus Erfahrung, in viel kürzerer Zeit, als man fürs Lesen dieser wenigen Sätze braucht. Manchmal ließen uns die Mannschaften ein Stück stromaufwärts mitfahren. Das war natürlich für uns nach dem Entern des Kahns der Sinn der Sache. Viel öfters sahen es die Matrosen aber höchst ungern, wenn wir – im wahren Sinne des Wortes – an der Bordkante auftauchten. Dann mussten wir den Versuch aufgeben, aufs Schiff zu gelangen oder, wenn wir drauf waren, uns höllisch beeilen, auf dem Kahn möglichst weit nach vorn zu kommen, ehe wir notgedrungen absprangen. Nach dem Sprung kamen wir erst wieder an die Oberfläche, wenn wir schon am Heck vorbei oder noch weiter weg waren. Einige Schiffer schmierten vorsichtshalber die Bordkanten mit Öl oder einem anderen Gleitmittel ein und verhinderten so von vorne herein ungebetenen Besuch – und wir hatten furchtbar dreckige Hände. Noch schlimmer war es, wenn an der Bordkante entlang ein Stacheldraht gespannt war – das bedeutete für uns höchste Gefahr!

Da wir nun schon einmal dabei sind: Keiner von uns hatte je einen Gedanken auf die riesige, genauer gesagt, absolut tödliche Gefahr ver(sch)wendet, in die wir uns ständig begaben, wenn wir im Rhein Schleppkähne enterten. Die Mahnungen der Erwachsenen – wenn es denn solche überhaupt gab – über die Gefährlichkeit, im Rhein zwischen den Schiffen zu schwimmen, schlugen wir einfach in den Wind. Diese Mutproben machten uns Spaß und bildeten, auch wenn das nie so gesagt wurde, eine der wichtigen selbstgesetzten, gefährlichen Bedingungen, die wir erfüllen mussten (!), wenn wir bei dieser Jungengruppe dazugehören, wenn wir richtig mutige Kerle sein wollten.

Weil wir nach einer derartigen gelungenen Schlepperfahrt kaum noch Kräfte hatten, kehrten wir zu unserem Ausgangspunkt zurück, um nach Hause gehen. Aber vorher war noch eine unheimlich wichtige, zeitraubende und schwierige Aufgabe zu meistern.

Der Rhein war zu jener Zeit nicht so sauber wie er heute – wieder – ist. Ganz im Gegenteil! Er diente den Industriewerken und den Gemeinden an seinen Ufern als willkommene und sehr praktische Kloake. Man kannte es nicht anders, und Wörter wie Umweltbewusstsein oder Umweltschutz gab es nicht einmal im Lexikon. Man leitete oder warf also einfach allen Müll und alle Sch... (menschlichen Exkremente), allen Dreck und Unrat, so auch Altöl- und Giftabfälle, in den Fluss. Man machte sich keine Gedanken, was all dieses Zeug im Wasser bei Pflanzen und Tieren anrichtete, ob und wo diese Verschmutzungen ans Ufer geschwemmt wurden und ob man aus dem Rhein irgendwo noch Trinkwasser gewinnen könnte. Von heute aus gesehen ist es beinahe nicht zu verstehen, dass man sich für dieses schädliche und schändliche Verhalten nicht verantwortlich fühlte!

In dieser Brühe tummelten wir uns, vermieden aber, soweit uns das möglich war, davon zu schlucken. Nur, wenn wir rauskamen, hatten wir immer einen schönen Dreckring um den Hals. Wären wir damit nach Hause gekommen, hätten unsere Eltern gleich gewusst, dass wir nicht lieb und brav im Schwimmbad gewesen waren.

Also mussten wir unsere Hälse von diesen verräterischen Spuren befreien. Wir hatten aber als Jungen keine Seife und keine Bürste bei uns. Was konnten wir da tun? Es war für uns ganz einfach und naheliegend: es gab doch jede Menge Sand! Der eignete sich prima für unsere Zwecke. Wir machten unsere Hälse und die anderen Stellen, an denen solche unliebsamen Verzierungen saßen, nass und schrubbten sie dann mit Sand. Nach einiger Zeit konnten wir uns dann gegenseitig bestätigen, wie sauber unsere Hälse wieder waren.

Meist waren wir mit unserem Werk zufrieden, wenn man davon absieht, dass natürlich unsere Hälse und die anderen behandelten Körperstellen mehr als üblich gerötet und rau und damit verräterisch waren. Ähnliches galt übrigens auch, wenn wir im Herbst „auf der Insel" die Walnussbäume plünderten und die geklauten Nüsse mit bloßen Fingern aus ihren festen grünen Hüllen herauspulten. Danach waren unsere Hände fast immer schwarz. Leider klappte es fast überhaupt nicht, diese Spuren unserer Freizeitaktivitäten zu verbergen. Kamen wir nach Hause, so mussten wir dafür sorgen, einer genauen Inspektion durch die wachsamen Augen unserer

Mütter zu entgehen. Gelang uns das nicht, so gab es zumindest eine geharnischte Predigt, die unsererseits mit dem Versprechen endete, in Zukunft nur noch ins Schwimmbad zu gehen und keine Nüsse mehr zu stehlen. Aber wie das so ist: Wir beichteten unsere Missetaten, fassten gute Vorsätze, in Zukunft brav zu sein und taten es dann doch wieder! Heute sind die Kinder ganz anders, oder ...?

Schlepperfahren wird von mir unter keiner Bedingung zur Nachahmung empfohlen! Ganz einfach deswegen, weil die modernen Schiffe auf dem Rhein nicht mehr langsam genug sind. Man käme gegen die Bugwelle nicht mehr an und würde von der Strömung so schnell am Schiffskörper entlanggetrieben, dass man sich unmöglich an der Bordwand festhalten könnte. Gibt es sonst noch Gründe, die gegen die obige Art der Freizeitgestaltung im Rhein sprechen? Na ja, na ja ...!

Da fällt mir's wieder ein: meine Brüder Harald und Jochen und ich haben das Abenteuer, mitten im Rhein zu schwimmen, am schönen Sonntag des 17.8.2003 unter geregelten Bedingungen wiederholt. An der Erpeler Ley stiegen wir mit etwa 700 anderen LiebhaberInnen des Rheins in die erstaunlich warmen und sauberen Fluten. Die Wasserschutzpolizei regelte den Verkehr auf dem Fluss und gab uns Geleit an den Schiffen vorbei. Nach drei km Strecke kletterten wir wieder aus dem Strom und wurden mit Autos in das schöne Heim des Kanu-Clubs Unkel gebracht, der dieses Unternehmen so perfekt ausgerichtet hatte. Wir feierten das Ereignis gebührend und bekamen alle eine Urkunde. Das war auch ein toller Spaß, reichte aber selbstverständlich bei weitem nicht an das heran, was wir damals am und im Rhein erlebt hatten!

Ich bin heute noch stolz darauf, dass wir Jungen seinerzeit solche einzigartigen und aufregenden Dinge treiben konnten, weil die Erwachsenen viel zu sehr mit sich, mit ihrem und mit dem Überleben der Familie beschäftigt waren. Erlaubt hätte man uns in jenen Tagen das Schlepperfahren ganz sicher nicht. Aber keiner von uns Jungen hat sich je dabei verletzt, und zum großen Glück für alle ist auch keiner von uns ertrunken! Wenn da einer von uns tatsächlich ums Leben gekommen wäre, hätten die Eltern vermutlich erst auf Grund einer Vermisstenanzeige von der Polizei erfahren können, um wen es ...! Wir hatten ja keinerlei Ausweispapiere bei uns! Einfach nicht auszudenken ...!

Ich gebe heute offen und sehr deutlich zu, dass wir bei unseren Unternehmungen unendlich viel mehr Glück als Verstand hatten!

Dennoch – eine Bemerkung sei mir gestattet:

Wer einmal so wie wir Jungen frei im Rhein geschwommen, die Angst vor den ungeheuren Dampfern losgeworden, das Kribbeln und den Stachel der unmittelbar nahen Gefahr gespürt, den Reiz des bedrohlichen, verbotenen Tuns empfunden, die Kähne entschlossen geentert, die Feigheit überwunden und die Mutproben erfolgreich bestanden, die Riesenfreude und die stolze Befriedigung über diesen Sieg über sich selbst erlebt hat, der kann es bis auf den heutigen Tag nicht vergessen!

Es war sooo toll! (Und es war auch, ich sage es noch einmal, im wahren Sinn des Wortes, der reine Irrsinn, ein wirklich höllisch böser Spaß!)

„An meiner Ziege, da hab' ich Freude …"

Unseren Eltern war offensichtlich viel daran gelegen, in uns Kindern die Lust an schöner Musik zu fördern und selbst ein Instrument zu spielen. Jedenfalls bekamen wir Unterricht, zuerst im Blockflöten- und später im Klavierspielen. Wir sind dann doch kein Meister der Querflöte wie Johann Joachim Quantz oder des Pianos wie Justus Franz geworden. Das hat wohl eher mit der nicht ganz ausreichenden Begabung der Schüler und der einen Schülerin zu tun als mit Fräulein Brauns Bemühungen und denen unserer Eltern.

Besonders gern hatten wir unsere Klavierlehrerin nicht. Sie war eine etwas hagere, altjüngferliche Frau, die mit nie nachlassender Strenge darauf achtete, dass wir die Finger richtig über den Tasten hielten, ordentlich gerade saßen, stets den richtigen Ton trafen und die Übungen notengetreu spielten.

Während ich mich nach einiger Zeit schon bei Diabellis (italienischer Komponist) Etüden recht gut auskannte und mich an die leichteren Sonatinen von Mozart heranmachen durfte, mühten sich Anne und Siegfried, manchmal sogar vierhändig, mit kleinen, noch ganz leichten Stücken ab.

Einmal im Jahr veranstaltete Fräulein Braun einen Vorspielnachmittag, an dem ihre Schülerinnen und Schüler die Eltern musikalisch mit den Fortschritten, die sie inzwischen gemacht hatten, überzeugen und beglücken konnten.

An einen solchen Festtag erinnere ich mich noch gut. In einem größeren Zimmer, oder war es doch ein kleiner Saal, in der Nähe der Bahnhofstraße, sollten wir Kinder vorspielen.

Als ich „dran" war, brachte ich, vermutlich mehr schlecht als recht, eine Etüde von Meister Clementi zu Gehör.

Und dann waren Anne und Siegfried an der Reihe. Brav schritten sie in ihrer Feiertagskleidung zum großen, schwarzen Flügel, setzten sich auf ihre beiden Schemel und fingen an.

Sie spielten das hübsche Kinderlied mit dem neckischen Text „An meiner Ziege, da hab' ich Freude, ist ein wunderschönes Tier! Haare hat sie wie von Seide, Hörner hat sie wie ein Stier! Meck, meck, meck, meck!"

Die beiden meisterten ihre schwierige musikalische Aufgabe mit Bravour und wurden mit großem Beifall bedacht. Gewiss haben den Erwachsenen die beiden Geschwister und auch der Text des Stückchens gut gefallen und haben sie deshalb so laut geklatscht.

Mir jedenfalls ist dieser Nachmittag als ein besonders heiteres Erlebnis in Erinnerung geblieben und manchmal, wenn ich eine besonders schöne, weiße Ziege sehe, geht mir das Liedchen „An meiner Ziege, da hab' ich Freude ..." durch den Kopf.

„Kling, Glöckchen ... " – Weihnachten bei uns

Wie lang ist das nun her! Und wie schön, wie spannend das alle Jahre wieder war! Was war denn so spannend? Ich erzähle es gern. Vielleicht ist es auch heute in manchen Familien noch so. Schön wär's!

Da saßen wir Kinder festlich angezogen in unserem Zimmer und fieberten dem Heiligen Abend entgegen. Unsere Eltern, vermutlich in der Hauptsache Mutter Hilde, schmückten den Tannenbaum. Als jüngere Kinder wurden wir an den Vorbereitungen für die Bescherung am Heiligen Abend damals nicht beteiligt. Daher dauerte alles für uns immer viel zu lange! Die Eltern huschten geschäftig hin und her, mal wurde etwas aus der Küche, mal aus dem Schlafzimmer geholt, dann raschelte es hier und dann rappelte es da. Wir hätten nur zu gerne gewusst, was da so vor sich ging und warum so sorgsam darauf geachtet wurde, dass wir nur ja nicht um die Ecke oder gar ins Wohnzimmer schauten. Auf Zehenspitzen schlichen wir Naseweise vorsichtig über den Flur und versuchten, einen Blick ins Innere zu werfen, wenn sich die Wohnzimmertür mal kurz für einen Spalt öffnete.

Aber – wir mussten darauf warten, bis das Christkind wieder verschwunden war. Endlich, endlich war es dann so weit! Ein ganz hell und zart klingendes Glöckchen erlöste uns von unserer Spannung und meldete, dass der große Augenblick da war! Ohne diese wunderbare, kleine Silberglocke war "unser" Weihnachten nicht vorstellbar. (Sie hat übrigens alle Zeitläufte überlebt und führt heute bei meiner Schwester in den Niederlanden ein stilles Dasein ...)

Die Tür wurde weit geöffnet, wir durften ins Wohnzimmer kommen und erblickten den strahlenden Weihnachtsbaum, der immer fast bis an die Decke reichte. Überall am Baum waren Kerzen aus echtem Wachs aufgesteckt. Die bunten Kugeln glänzten, kleine Figuren aus Holz oder Stroh, ganz zart klingende Porzellanglöckchen, niedliche Engel schwebten an den Zweigen. An der Spitze des Baumes ragten die Strahlen eines großen Sternes in den Himmel, und die langen Lamettastreifen bewegten sich im warmen Hauch der Kerzen hin und her und sahen fast wie Engelshaar aus. Und es roch so herrlich nach "Apfel, Kuchen, Mandelkern" und all den anderen leckeren Plätzchen, die Hilde gebacken hatte – das war eben der Duft von Weihnachten! Wir alle fühlten uns glücklich in der anheimelnden Wärme der leuchtenden Kerzen, und die Freude auf den feierlichen Abend erfüllte unsere Herzen.

Wir setzten uns zusammen aufs Sofa und um den Weihnachtsbaum herum. Unter dem Baum lagen – versteckt unter einer Decke – alle Geschenke, unsere für die Eltern und all die Sachen für uns. Aber wir durften sie noch lange nicht auspacken. Erst sangen wir noch Lieder wie „Ihr Kinderlein kommet", „Oh Tannenbaum", „Es ist ein Ros' entsprungen", „Stille Nacht"oder „Kling Glöckchen, klingelingeling " und las unser Vater aus dem 2. Kapitel des Lukasevangeliums des Neuen Testaments die Weihnachtsgeschichte von der Geburt Jesu vor. „Jingle bells" oder „Robert the Red Nose Reindeer" und andere US-Importe waren uns noch nicht bekannt.

Danach endlich durften wir an unseren Weihnachtstellern naschen und die Geschenke auspacken. War das herrlich! Wir durften sogar das Papier zerreißen, um schneller an die Sachen zu gelangen. Es gab so schöne Dinge, die wir geschenkt bekamen: beispielsweise neue (!) Sachen zum Anziehen – immer etwas ganz Besonderes in Zeiten, wo man Kleidungsstücke wendete, um aus Alt Neu zu machen und dann schon getragene Klamotten weiter anziehen musste, wenn der eine rausgewachsen war, der andere aber noch reinwachsen konnte.

An einem anderen Geschenk hatten wir Jungen lange Freude: an Lederhosen!

Diese Kleidungsstücke waren fast unverwüstlich, taugten bei jedem Wetter und in jeder Situation, wurden speckig und glänzend und dadurch schöner und wertvoller. Zu Anfang mussten wir noch Hosenträger haben, aber so, wie wir größer wurden, wuchsen sie einfach praktischerweise für längere Zeit mit uns mit und passten uns immer besser. Irgendwann saßen die Hosen auch ganz fest ohne Hosenträger; das sah noch männlicher aus. Wir liebten diese guten Stücke, die auch noch dann prima aussahen, wenn (oder weil) sie nie gewaschen wurden – im Zeitalter der bunten Jeans und der so oft wechselnden jeweilig angesagten Modetrends kann man sich das nicht mehr so recht vorstellen.

Harald und Hellmut vor der Sommertour, Kümbdchen 1951

Andere großartige Geschenke waren für uns auch Fahrräder und zusätzliche Anbauteile oder Ersatzteile. Sie waren damals sehr teuer und schwer zu beschaffen. Wir pflegten sie daher "wie unseren Augapfel". Jetzt, in meinem, wie heißt das doch, hohen Alter, wird mir immer bewusster, welch kostbares Gut ein gesunder Augapfel, ein gutes Sehvermögen ist. Ich helfe da ein wenig nach und habe mittlerweile in jedem Zimmer eine Brille liegen.

Unser Vater hatte, allen Widrigkeiten zum Trotz, aus den Tagen seiner Kindheit eine Dampfmaschine, einen Märklin-Baukasten und eine elektrische Spur-0-Eisenbahn mit viel Zubehör wie Gleisen, Weichen, Signalen, Gebäuden oder Brücken über die Zeiten retten können. So nach und nach kamen diese Dinge in unsere Hände. Wir hatten unsere Freude daran in Honnef „Am Spitzenbach" und auch noch „Auf der Gass" in Kümbdchen.

Die vielen Teile des Märklin-Kastens waren alle aus bunt angestrichenem Metall; wir bauten aus den Stangen, Platten, Winkeln, Bögen, Unterlegscheiben, Muttern und Schrauben lange Brücken, starke Kräne und hohe Türme. Die Dampfmaschine heizten wir mit Esbit (heute Witaba-Brennstofftabletten aus Urotropin). Mit langen, ganz dünnen Spiralfedern wurden vom Schwungrad der Maschine verschiedene Geräte angetrieben, zum Beispiel eine Pumpe, eine Säge, ein Kran oder ein Dynamo. Es war einfach unglaublich, wie schön wir mit all diesen Sachen spielen konnten!

Am meisten freuten wir Jungen uns aber über Wagen, Weichen und Gleise, die ein paar Jahre lang zu Weihnachten unsere H-0-Spur-Eisenbahn ergänzten, und über Teile, welche den Märklin-Baukasten auffüllten. Die D-Zugwagen (heute sind das ICEs) wurden mit kleinen Birnen erhellt. Die Güterzugwagen waren so groß, dass wir sie mit unseren Kränen richtig beladen konnten. Die fünfachsige Schnellzuglokomotive der Bayerischen Staatsbahnen, natürlich mit brennenden Lampen vorn und einen Tender mit echten Kohlen, war so schnell, dass wir die Kurven überhöhen mussten, damit sie samt Zug nicht in voller Fahrt aus dem Gleise flog.

Harald, Siegfried, Hellmut, Weihnachten 1947, Honnef

Die Eisenbahn durften wir nur in den Weihnachtsferien aufbauen. Mit all unserem technischen Spielzeug zogen wir Jungen uns immer in unser Zimmer zurück. Wir verlegten die Schienen im ganzen Raum, auch unter den hochgestellten Kommoden und den Betten, die mit ihren heruntergezogenen Decken als lange Tunnel dienten, machten das Licht aus und ließen dann die Züge über die Schienen rattern. War das schön, wenn die Lokomotive mit ihren Stirnlampen und die Personenwagen mit ihren beleuchteten Abteilen da aus den Tunneln herausschossen, am Bahnhof anhielten und gleich wieder verschwanden! Besonderen Spaß machte es uns, wenn wir absichtlich – das kam bei D-Zug-Geschwindigkeiten auf schlechtem Unterbau häufiger vor – den Zug aus nicht erhöhten Kurven herauskippen ließen! Da kam der Märklin-Kran zum Einsatz! Meist durfte die Eisenbahn eine ganze Woche stehen, sodass wir nach Herzenslust mit all unseren Sachen spielen und auf immer wieder umgebautem Gleisnetz unsere Züge herumsausen lassen konnten.

Das war – mindestens teilweise – auch der Inbegriff von Weihnachten. Zeitweise war damit nur Schluss, wenn die Trafos rauchten, das heißt, es im Zimmer irgendwie verbrannt roch, also eine Sicherung rausgeflogen oder etwas im Transformator durchgebrannt war. Dann musste unser Vater erst einmal wieder die Schäden beheben.

Nach der Bescherung am Heiligen Abend setzten wir uns immer zum festlichen Abendessen. Unfehlbar gab es ein Gericht, das wir alle liebten und auf das wir keinesfalls verzichten wollten. Das Wasser lief uns schon vorher im Mund zusammen. Da stand sie vor uns auf dem Tisch, die große Schüssel mit ihrem wundervollen Inhalt: Rosarot leuchteten die kleingeschnittenen Kartoffeln, durchsetzt von grauen Stückchen Fisch, Rote-Bete-Würfeln und von weiß gesprenkelten, ganz klein geschnibbelten Äpfeln. Das Wunderwerk hieß einfach Heringssalat. Diese Leckerei wartete nur darauf, verspeist zu werden! Im Nu aßen wir solch eine Schüssel leer. Unsere Mutter machte wohlweislich und zu unserem Glück immer so viel von dieser Köstlichkeit, dass wir auch an den nächsten Tagen noch unsere Freude daran hatten.

Am Ersten Weihnachtstag kochte Hilde stets etwas besonders Leckeres, aber es gab in den 50er-Jahren keine Weihnachtsgans.

Es dauerte vielmehr (während wir den Hof aufbauten) noch lange Zeit, bis wir selbst uns auf dem Paulinenhof den Luxus erlaubten, solch ein teures Essen wie Gänsebraten aufzutischen. Preiswerte, tiefgefrorene polnische Mastgänse gab es natürlich damals noch nicht!

Feiern bei Oma Friedchen und Opa Carl

Jedes Mal, wenn ich in Honnef vor dem ehemaligen Haus meiner Großeltern in der Linzer Straße 9 stehe und die beiden Fenster rechts von der Toreinfahrt sehe, denke ich an die Feste zurück, die wir im großen Zimmer hinter diesen Fenstern einst feierten.

Mindestens ein-, zwei-, dreimal im Jahr versammelten wir uns hier zum Familientreffen, entweder an einem Geburtstag, zu Ostern oder auch zu Weihnachten. Unsere Gesellschaft war immer unterschiedlich groß. Es kam vor, dass wir alle um den einen großen Tisch im Wohnzimmer passten, manchmal stand aber noch ein zweiter Tisch nebendran.

Wer alles war dabei? Nur den Älteren von uns werden die Namen noch etwas sagen: Die Einladenden waren Oma Friedchen und Opa Carl Dissmann. Gerne nenne ich Carls Schwester Tante Clara sowie Tante Hermine Schlingermann, Onkel Fritz und Tante Itte (Brigitte) mit Gabriele und Ulrike, Onkel Wim (Wilhelm) und Tante Hilde mit Wolfgang und Horst, unsere Eltern Eugen und Hilde und uns „Lutz-Kinder" Hellmut, Harald, Siegfried, Anne und Jochen.

Im Wohnzimmer der Großeltern standen schwere, dunkle Möbel. In einem hohen Schrank bewahrte Oma ihre feinen Decken, ihr schweres Silberbesteck und ihr gutes Geschirr auf, das sie nur zu feierlichen Gelegenheiten herausholte. An solchen Festtagen legte sie dann immer auf einer wunderschönen, handbestickten Tischdecke ihre Schätze aus und bereitete einen ganz und gar festlichen Tisch vor.

Das Geschirr bestand aus jeweils drei Teilen: den Sammeltassen (Einzelstücke) samt dazu passend ausgesuchten Unter- und Kuchentellern. Diese Sammeltassen sind mir unvergesslich. Damals konnte ich – zum Aufräumen und zum Ordnunghalten erzogen – überhaupt nicht richtig verstehen, dass man nicht für alle dasselbe ordentliche und einheitliche Geschirr benutzte, sondern dass jeder am Tisch aus einer anders geformten und verschieden gemusterten (weil es eben einzeln gesammelte Unikate waren) Tasse trank und mit ihr ganz besonders vorsichtig umgehen musste. Oma hatte einfach Geschmack für das Besondere und Sinn dafür, was sie aus dem schönen Wohnzimmerschrank zur Festlichkeit hervorholen wollte.

Uns jungen Gästen fiel es immer furchtbar schwer, dieses hauchdünne Porzellan angemessen vorsichtig zu benutzen. Deshalb wurden wir stets ermahnt, so behutsam wie nur irgend möglich mit diesen Kostbarkeiten umzugehen. Das empfanden wir als ziemlich lästig, ein wenig ärgerlich und, na ja, beschämend. (Wir waren offenbar immer noch so klein und doof, dass Oma solche Mahnungen für angebracht hielt!)

Heute wäre ich stolz, wenn ich ein paar von ihren so schön bemalten Wunderwerken aus hauchdünnem, fast durchscheinendem Porzellan bei ähnlichen Anlässen benutzen könnte.

Oma konnte hervorragend backen! Zum Glück waren einige Zeit nach dem Krieg dann doch schon wieder die zum Kuchenbacken nötigen Zutaten zu kaufen. So zauberte Oma ihre unnachahmlichen Creme- und Käsekuchen, ihre Sahne- und Obsttorten, belegt mit den Früchten aus Opas Garten. Natürlich gab es ihre berühmten Äpfel im Schlafrock mit Puderzucker und Schlagsahne, ihre Windbeutel und Schmalzkreppel. Wie herrlich war das, wenn wir da in großer Runde beisammensaßen und uns ihre leckeren Kuchen munden ließen! Das entschädigte uns junge Generation zudem für den Extra-Aufwand beim vorsichtigen Trinken aus den Kaffeetassen!

Im Wohnzimmer der Großeltern gab es zur Weihnachtszeit immer einen bis unter die hohe Decke reichenden Tannenbaum, ganz herrlich geschmückt mit Kugeln und Engeln, Krippenfiguren und Silberschnüren, Goldgirlanden und Lamettafäden. Auch bei Opa und Oma verströmten echte Wachskerzen ihren warmen Duft und verbreiteten die Weihnachtslieder, von uns allen gesungen, feierliche Stimmung. Opas Lieblingslied war „Oh, du fröhliche; ... oh, du gnadenbringende Weihnachtszeit...". Natürlich gab's bei den Großeltern wunderbare Geschenke, und wir Kinder waren immer besonders stolz, wenn wir uns Opa und Oma in den neuen Kleidungsstücken, die wir von ihnen bekommen hatten, präsentieren durften.

Mit Bedauern sehe ich, dass es Familienmittelpunkte, wie sie damals die Häuser der Großeltern in Vohwinkel und Honnef (für uns so selbstverständlich) kaum noch gibt. Die alte Generation ist längst von uns gegangen. Ich selbst bin inzwischen der Älteste der Generation, die ich selber als „wir Lutz -Kinder" bezeichnet habe. Mir fällt die Gewöhnung an den starken und schnellen Wandel der Lebensumstände und Familienstrukturen nicht leicht.

Vielleicht gelingt es uns aber doch, so oft zusammenzukommen und so viel Familiensinn zu erhalten, dass auch unsere Kinder und deren Nachwuchs sich noch kennenlernen möchten und dass die bewährten familiären Bande nicht ganz abreißen.

In die Erwähnung der Familienfeiern in der Linzer Straße 9 schließe ich ein Extradankeschön für Opa Carl ein. Er schenkte mir an einem Weihnachtsfest seine wundervolle, alte, noch immer wohl erhaltene und gut gefüllte Holzkiste mit „Anker-Bausteinen".

Dieses Lehrspielzeug kam 1882 auf den Markt und war bei Kindern schnell sehr beliebt. Sicherlich hat auch Opa damit gebaut. Man sagt, dass Albert Einstein (Physiker) und Walter Gropius (Architekt) mit diesen Steinen spielten.

Diese „Klötzchen", aus feinstem Quarzsand, Leim, Pigmenten und Kreide in verschiedenen Farben hergestellt, waren etwa so groß wie die heutigen großformatigen Lego-Bausteine. Mit diesem System-Spielzeug (wie man heute die Anker-Bausteine nennt) konnte ich, buchstäblich Stein auf Stein und Bogen auf Bogen, alle möglichen Gebäude nach architektonischen Grundregeln zusammensetzen. Für mich war das ein unterhaltsamer, herausfordernder, lehrreicher Zeitvertreib!

Anker-Bausteine, die Kölner Heinzelmännchen und Okal-Häuser – irgendwie passen und gehören sie zusammen. Als August Kopisch 1836 seine Heinzelmännchen in Bewegung setzte, mussten die Männer beim Bau von Häusern praktisch alles noch von Hand machen. Sie verstanden aber ihr Handwerk von Grund auf und „visierten wie Falken und setzten die Balken ... und eh' sich der Zimmermann versah ... klapp, stand das ganze Haus schon fertig da."[134]

Bei uns lief das 142 Jahre später kaum anders. Wir bedienten uns 1978 auch eines Baukastens voller Fertigteile, um uns in Oyten in einem Tag ein Haus aufstellen zu lassen! Ganze Wände mit allen Leitungen und Steckdosen, mit Rollläden und Fenstern, mit Treppe und Handlauf, Kamin und Dachziegeln, wurden mit einem Kran vom Lastwagen gehoben. Die acht großen Außenwandteile und vier tragende Innenwände wurden auf dem Fundamentboden verankert und verschraubt. Die Platte hatten wir vorher schon millimetergenau (mit einer Toleranz von 3 Millimeter = eine Streichholzdicke auf zehn Meter) gießen lassen. Es war faszinierend, geradezu atemberaubend, mitzuerleben, wie dieses Fertighaus buchstäblich im Handumdrehen in den Händen dieser (auch !! genauestens visierenden) Könner emporwuchs – um wie viel schneller als meine Häuser aus Anker-Steinen damals! Morgens um sieben Uhr hatten die Okal-Leute aus Schleswig-Holstein in der Lindenstraße angefangen. ‚Und eh' der Bauherr sich versah, klapp, stand nachmittags um vier das ganze Haus schon fertig da!' (im Rohbau ohne Innenausbau)

Die Nachbarn (und nicht nur die) wunderten sich, wie sich innerhalb weniger Stunden das Bild der Lindenstraße verändert hatte. Obgleich wir es selber kaum glauben konnten: Am Abend dieses Tages feierten wir mit Verwandten, Freunden und Nachbarn das Richtfest! Es gab die wunderbare Hochzeitssuppe unserer Nachbarin Änne Freese und auf dem 100 Quadratmeter großen Dachboden – ohne jede Zwischenwand und nach oben offen bis zur Dachisolation –„Danz opp de Dääl" und sogar Bauchtanz bis in den Morgen.

„... unser tägliches Brot gib uns heute ..."

Der 20. Juni 1948 zählt zu den wichtigen Daten in der Geschichte Nachkriegs-Deutschlands. (Die Vorlage des Grundgesetzes fand am 9.5.1949 statt, das GG und die BRD wurden am 23.5.1949 ausgerufen.)

An diesem Sonntag fand im Westen unseres Lands eine Währungsreform statt. In „Trizonesien", den drei Besatzungszonen Westdeutschlands, wurde die DM (Deutsche Mark) eingeführt und damit praktisch die Teilung Deutschlands in zwei Währungsgebiete vollzogen. Im sowjetisch besetzten Ostdeutschland wurde am 24. Juli 1948 die Währung von Reichsmark auf Mark umgestellt. Die Einführung der neuen Währungen in West- und Ostdeutschland war von den Siegermächten schon Monate vorher genauestens abgestimmt, festgelegt und vorbereitet worden. Millionen von Münzen (Hartgeld) und Tausende Tonnen von Papiergeld (Banknoten) waren vorher in den drei westlichen Teilen und in dem einen östlichen Gebiet des Land zur Verteilung in den Banken oder an anderen sicheren Orten gelagert worden.

Trotz oder gerade wegen des Kalten Krieges, also der wachsenden Gegensätze zwischen den ehemaligen Alliierten, gelang diese Umstellung auf neue Währungen.

Sie drückt auch klar aus, dass die Westmächte und die Sowjetunion ihre Beschlüsse zur Teilung Deutschlands, die sie in Casablanca, Teheran und Berlin gefasst hatten, umsetzen wollten. Der Alliierte Kontrollrat hatte im Vordergrund das Sagen. Die deutsche Seite, die deutsche Verwaltung, wurde nach Außen buchstäblich erst in zweiter Linie beteiligt. Es gab ja noch keine BRD und DDR. Im Inneren, hinter den politischen Kulissen, wirkten die Vertreter Deutschlands (aus den vier Besatzungszonen) natürlich an diesen Veränderungen in vorderster Linie mit.

An der Ecke Bernhard-Klein-Straße / Rommersdorfer Straße war die Bäckerei Figge, wo wir immer unser Brot kauften. Vor allem das Schwarzbrot war dort sehr gut und auch preiswert. Bei uns sieben Leuten ging das Einkaufen immer gleich ordentlich ins Geld. Wir mussten deshalb mit dem Geld, das Eugen sauer verdiente, sehr bewusst und sparsam umgehen.

Gleich am Montag, dem 21. Juni, schickte Mutter Hilde Harald und mich zu Figges. Sie gab uns einen der funkelnagelneuen, kostbaren 20-DM-Scheine mit. Das war in jenen Tagen sehr viel Geld! Unsere Mutter ermahnte uns, ganz besonders gut darauf aufzupassen und es nur ja sicher im Portemonnaie aufzubewahren.

100 Billionen* Reichsmark, Inflation 1923[89]

Wir zogen los und kauften das Brot. Auf dem Rückweg wurden wir an der Ecke Bernhard-Klein-Straße / Schülgenstraße abgelenkt. Vielleicht waren es Freunde, die uns aufhielten, vielleicht war es ein

* 100 Billionen = einhundert plus zwölf Nullen (Millionen x Millionen)

Auto, das ins nahe Krankenhaus fuhr. Wie dem auch sei, wir legten unsere Einkaufstasche an einem, wie uns schien, sicheren Platz hin und spielten schön mit unseren Kameraden – und es wurde immer später. Schließlich merkten wir irgendwann, dass es höchste Zeit für uns Brüder wurde, den Rückweg fortzusetzen.

20.- DM Währungsreform 20.6.1948[B 10]

Wir kontrollierten unsere Tasche. Und, oh Schreck! Oh, du großer Schreck, unser ganzes Wechselgeld war weg!!! Wo wir auch suchten, wir konnten es nicht finden, weder in unseren Hosentaschen noch im Geldbeutel, weder auf der Straße noch in der Tasche, in der das Brot steckte. Auch beim Bäcker Figge, wo wir vorsichtshalber nachfragten, hatten wir es nicht vergessen. Alles Sucherei war vergeblich!

Bedrückt schlichen wir Brüder schließlich nach Hause. Als Hilde nach dem Restgeld fragte, mussten wir gestehen, es verloren und trotz allen Suchens nicht gefunden zu haben. Wir beide, Harald und ich, hatten ein furchtbar schlechtes Gewissen.

Unsere Eltern waren zwar erschrocken und auch ärgerlich wegen des verlorenen Geldes. Sie schimpften aber nicht mit uns wegen unserer Unachtsamkeit und verschonten uns sogar vor einer Strafe. Sicher sahen sie uns an, wie sehr auch wir unter dem Verlust litten. Vielleicht waren sie sich klar darüber, dass wir unerfahrenen Kinder wohl noch gar nicht richtig verstanden hatten, *wie* kostbar das neue Geld war, welche Waren (und welche Menge davon), die noch einen Tag zuvor absolute Mangelware gewesen waren, man plötzlich für die neue Währung kriegen konnte! Und einen dreisten Diebstahl hatten wir auch noch nie erlebt.

Harald und ich hatten aber nur zu gut verstanden, dass dies ein teurer, ein schmerzlich teurer Einkauf gewesen war! Er war für uns Jungen eine Lektion fürs ganze Leben!

Einfach eben mal so nach Honnef ...

Als wir noch in Honnef wohnten, trug ich eine Zahnspange, weil mein Gebiss einige Unregelmäßigkeiten aufwies, die es zu beseitigen galt. Dafür sorgte Dr. Houben. Nachdem wir 1949 zum Hunsrück gezogen waren, konnte diese Behandlung in Simmern nicht fortgesetzt werden. Aber mein Zahnarzt – er hat sein Grab nicht weit von dem unserer Eltern – erklärte sich damals bereit, mich weiter zu betreuen und die Regulierung zu Ende zu führen, wenn ich denn käme. Wenn ich in Honnef zur Ruhestätte meiner Eltern gehe, komme ich immer an seinem Grab vorbei und erinnere ich mich dankbar an seine selbst in solchen Zeiten ungewöhnliche Hilfsbereitschaft.

Wir mussten telefonisch – das war damals noch sehr schwierig und teuer – Termine absprechen, an denen ich bei ihm erscheinen konnte. Weil ich zu der Zeit noch sechs Tage Schule hatte, konnte ich nur am Samstagabend zu Dr. Houben kommen.

Dies in die Tat umzusetzen, war nicht so leicht, wie es sich hier niederschreiben lässt.

Für einige Monate machte ich mich alle vier Wochen an einem solchen Termin direkt nach dem Unterricht mit dem Rad auf den Weg. Bergauf-bergab radelte ich über die Hunsrückhöhenstraße nach Koblenz und von dort den Rhein entlang über die Neuwieder Brücke bis nach Honnef – eine Strecke von hundert Kilometern in einem Rutsch! Auf der wenig belasteten Hunsrückhöhenstraße ging das Fahren gut. Die vielen Steigungen waren anstrengend, aber ich wurde durch die vielen Abfahrten entschädigt, die ich mit bis zu 50 km/h – die Nadel meines Kilometerzählers schlug am oberen Ende an – mit Tränen in den Augen herunterraste.

Auf der B 42 und der B 9 war das Radfahren eine andere Sache. Die Straßen waren meist in einem schlechten Zustand, es fuhren viele Lastwagen, und Radwege gab es nirgendwo. Wenn ich besonderes Glück hatte, konnte ich mich ab und zu mal an der Ladeklappe eines langsam fahrenden LKWs (Lastkraftwagen) festhalten und ein Stück mitziehen lassen. Die Laster waren damals noch viel kleiner als heute und wurden teilweise noch mit Holzgas angetrieben, das dem Motor nicht viel Energie lieferte. Deshalb war es möglich, in einem Spurt einen solchen Lastwagen („Zwei-Achser"), der etwa 30 bis 40 km/h schnell war, einzuholen und sich anzuhängen, d.h.

an der Ladeklappe hinten festzuhalten und sich ziehen lassen. In heutiger Zeit kann man sich Menschen, die sich von Lastkraftwagen durch die Gegend schleppen lassen, nur noch in Stunt-Szenen und komödiantischen Filmen vorstellen, aber so war's! Dass mit dem Anhängen an die LKWs, genau besehen, nicht nur ein gewisses, sondern ein riesengroßes Risiko verbunden war, scherte mich Fünfzehnjährigen damals nicht. War ich da leichtsinnig, unbesonnen, nicht ganz bei Trost? Wir Jungen dachten nicht an Gefahren (so einfach war das), sondern waren jung, fühlten uns stark, konnten zeigen, was in uns steckte, maßen unsere Kräfte, hatten unseren Spaß ...

In Honnef angekommen, beköstigte mich Oma immer aufs Beste. Danach ging ich, ein wenig erholt und vor allen Dingen gewaschen, am Abend zur Zahnregulierung zu Herrn Houben.

Bei einem solchen Besuch durfte ich immer bei den Großeltern übernachten und konnte so neue Kräfte für den Heimweg sammeln. Am Sonntag nach dem Frühstück ging's dann wieder auf die Rückfahrt. Die war ein ganzes Stück mühsamer als die Fahrt nach Honnef, weil mir die Anstrengung des Vortages noch in den Knochen steckte. Die ersten 50 km am Rhein entlang waren noch leicht. Der Aufstieg auf die Höhen des Hunsrücks über die Karthaus (Ortsteil) in Koblenz forderte aber viel Kraft. Manchmal hatte ich oben im Hunsrück auf den restlichen 40 km bis Kümbdchen schon schwer zu kämpfen gegen die Müdigkeit und die Schmerzen im Körper, gegen die Straße, die sich scheinbar ins Unendliche vor mir abrollte. Der Wind, der unablässig von vorne blies, brachte mich tüchtig ins Schwitzen, seine kühlende Wirkung spürte ich kaum. Gegen Hunger und Durst kam ich nur an mit dem Gedanken, dass es zu Hause was zu essen geben würde. Ach, hätte ich damals doch ein E-Bike gehabt ...! Nicht einmal geträumt hat man davon! Diese Fahrräder waren noch so wenig erfunden wie GPS-Monitoren oder gar das Handy.

Hin und wieder gehörte ein platter Reifen, eine abgesprungene Kette oder eine gebrochene Vorderradgabel zum Geschäft des Radelns dazu. Die mehrfache Fahrerei nach Honnef lief aber aufs Ganze gesehen jedes Mal gut ab. Ich hatte nie einen schweren Sturz!

Und schließlich ging die Zahnregulierung erfolgreich zu Ende – und das war das Wichtigste gemäß dem schwäbischen Motto: D'Hauptsach' isch, dass d'Hauptsach' d'Hauptsach' isch!

„Was, bitteschön, war denn Holzgas?" mag der eine oder die andere mich fragen. Zur Zeit des Zweiten Weltkrieges und auch noch in den ersten Jahren danach waren die aus Erdöl gewonnenen Treibstoffe (wie Benzin oder Diesel) für Verbrennungsmotoren sehr knapp. Die Ingenieure und Chemiker hatten Ersatz dafür finden müssen. Gas bot sich zwar an, aber man förderte es damals bei uns nicht in ausreichender Menge. Wasserstoffgas herzustellen war zu aufwändig, und LKW-Antrieb mit elektrischer Energie aus Batterien war technisch noch nicht möglich. Man fand einen Ausweg, der sich über viele Jahre bewährte. In Stahlkesseln, die man auf der Ladefläche von LKWs installierte, konnte man Holzschnitzeln bei ihrer Verbrennung durch das spezielle Verfahren des Schwelbrandes Gase entziehen, welche die Energie für den Motor lieferten. Diese Methode war zwar umständlich und produzierte nur energiearmen Brennstoff. Aber sie bewährte sich in den Mangeljahren, weil Holzschnitzel (Tankholz) verhältnismäßig preiswert aus den reichlich vorhandenen hölzernen Überresten zertrümmerter Häuser und aus Bäumen (vor allem aus Buchenwäldern) in Tankholzwerken hergestellt werden konnten.

Heute ist das Autofahren mit Gasantrieb sehr viel einfacher geworden. Man kann das LPG (Liquefied Petroleum Gas – Gas aus verflüssigtem Petroleum) direkt an der Tankstelle in den Tank leiten. Die Zeiten, in denen man vor Fahrtantritt noch ein paar Säcke voll Holzschnitzel auf die Ladefläche packen musste, um nachfüllen zu können, sind längst vorbei.

Bequemer geworden ist das Tanken, das gebe ich gern zu. Aber besser geworden ist dadurch, so scheint mir, kaum etwas. Viel zu viele Autos fahren immer noch mit Benzin- oder Dieselmotoren.

Nach dem letzten Bericht der Bundesregierung ist die Luftbelastung, vor allem durch im Abgas der Autos enthaltene Rückstände, trotz KAT & Co. höher als je in unserem Land. Für ein, zwei Jahrzehnte beschreitet man jetzt den ungeheuer teuren Umweg über den elektrischen Antrieb mit kostspieligen und (wenn sie ausgedient haben) unvorstellbar umweltbelastenden Batterien.

Am Energiehorizont zeichnet sich ab, dass in Zukunft Wasserstoffgas als preiswerte Energiequelle verwendet werden wird. Man wird Wege finden, mit elektrischem Strom aus Windkraftanlagen kostengünstig dieses Gas herzustellen.

BOMBENVOLLTREFFER

ULM

Unsere stille Hoffnung – das sichere Ulm

Um die Industriezentren und die Infrastruktur besser zerstören und um die Moral der Zivilbevölkerung brechen zu können, ließ der britische Marschall Harris die Strategie des carpet bombings und des moral bombings bei den Luftangriffen auf Deutschlands Städte anwenden. Sie wurde entwickelt auf Grund der Erfahrungen, die man während der Bombardierung der englischen Städte durch die deutsche Luftwaffe gesammelt hatte.

Unsere Eltern und Großeltern waren sich alle der zunehmend größeren Gefahren bewusst und hatten daher entschieden, dass wir, die Familie Lutz mit ihren vier Kindern, das Rheinland verlassen sollten.

Kinderlandverschickung (KLV) war für uns keine Lösung, da wir ja Familie hatten, zu der wir vor den Luftangriffen hätten flüchten können. (Im Rahmen der KLV wurden etwa 5,5 Millionen Großstadt-kinder in (vornehmlich) ländlichen, östlichen Gebieten des Reichs, die als ungefährdet galten, und in Dänemark untergebracht. (Das Bremer Schulmuseum machte dazu einmal eine Ausstellung!)

Honnef schied aus, es lag zu nahe am ständig stärker bombardierten Ruhrgebiet.

Vohwinkel kam nicht mehr in Frage. Wuppertal war das Ziel von Bombardements gewesen – so W.-Barmen am 29./30. Mai und W.-Elberfeld am 25. Juni 1944. Die Feuerstürme in Wuppertal forderten über 12.000 Tote. (Wie die Familie Fudickar befürchtet hatte, wurde Vohwinkel wirklich in der Sylvesternacht 1944/45 bombardiert.)

Nur noch Ulm erschien als Ausweichadresse möglich, und so ließen wir unsere Großeltern in der Linzer Straße 9 in Honnef zurück. Wir zogen etwa zur Jahresmitte 1944 zu den Ulmer Großeltern in die Steinhövelstraße 18.

An diese Zeit sind meine Erinnerungen nur lückenhaft. Leider haben sie fast alle etwas zu tun mit dem Krieg, vor dem wir fliehen wollten und der uns dann doch mit voller Wucht traf.

Die süddeutsche Alltagswirklichkeit war keineswegs so friedlich, wie sich die Erwachsenen unserer Familie die Lage im Schwabenland vorgestellt hatten. Schon von 1940 (!) an hatte es jedes Jahr Hunderte von Luftangriffen auf Ziele in ganz Süddeutschland gegeben. In Ulm galten sie vor allem den Donaubrücken (die nie getroffen und erst am Ende von deutschen Truppen gesprengt wurden), den Kasernen, den Eisenbahnanlagen und den Rüstungsbetrieben, besonders den Kässbohrer-, Eberhardt- und Magiruswerken, die Panzerfahrzeuge herstellten.

Unsere trügerische Sicherheit bestand allein darin, dass das Haus der Großeltern in einem Stadtteil mit wenigen Industriebetrieben lag. Zudem konnten wir immer schnell in den tiefen Keller des Krankenhauses, in den Bunkern im Fort Albeck oder in den Bierkellern und Lagerräumen der Goldochsenbrauerei Schutz suchen.

Bei unserem letzten Geschwistertreffen in Ulm bot sich uns die Gelegenheit, das Haus unserer Großeltern wieder zu besichtigen. (Die neuen Besitzer hatten es sehr geschmackvoll renovieren lassen.) Man gestattete mir (und Siegfried), auch noch einmal einen Blick in den Keller zu werfen. Und da war sie tatsächlich immer noch: die alte Stahltür, die einen etwas tiefer liegenden, kleinen Raum luftdicht abschließt. (Er wäre ein vorzüglicher Weinkeller.) Als Kind hatte ich 1944/45 die Tür bei gelegentlichen kurzen Gängen in den Keller wahrgenommen, ihre Funktion aber nie erkannt. Im Rückblick sind mir inzwischen einige Zusammenhänge klargeworden:

Mein Großvater hat sich (vermutlich) ganz zu Anfang des Luftkrieges unter seinem Hauskeller diesen Raum als Luftschutzkeller einbauen lassen. Wenn man damals gute Beziehungen hatte, konnte man noch das Material und die Genehmigung für solcherlei Umbauten bekommen.

Ich erinnere mich, dass meine Großeltern bei Alarm nie mit uns in einen Bunker flüchteten; ich kann mir aber auch nicht vorstellen, dass sie keinen Schutz gesucht haben. Daraus folgere ich, dass sie in *ihren* Schutzraum im Keller des Hauses gingen.

Die Sachlage war also: „Wir Lutzens" (Hilde + vier Kinder) hätten es, so nehme ich an, in diesem engen Raum zusammen mit unseren Großeltern wegen Luftmangels nicht ausgehalten und wegen der Enge (7 Personen) keinen Platz gefunden. Wäre das Haus meiner Großeltern durch eine Bombe zerstört worden, so wären sie wahrscheinlich unter den Trümmern ihres Hauses verschüttet worden, unauffindbar gewesen und dort elend erstickt. Uns „Lutzens" blieb damals nur das Rennen zum Bunker übrig.

Opa und Oma in Ulm ging es trotz Krieg wirtschaftlich noch gut. Die Großwäscherei hatte einen guten Namen in Ulm. Trotz aller Einschränkungen ließen auch während des Zweiten Weltkriegs besser gestellte Leute ihre Wäsche noch immer bei Schwenk & Lutz waschen.

Ich gehörte zu den Jungen, die damals überall unbeaufsichtigt unterwegs waren, weil die Erwachsenen viel zu beschäftigt waren mit dem Überleben. Für viele von uns Jungen waren die letzten Monate des Krieges (und die ersten Wochen nach Kriegsende noch) jedenfalls geprägt durch eine nahezu grenzenlose Freiheit, die man sich heute nicht mehr vorstellen kann. Wir konnten tun und lassen, was wir wollten (von dürfen war hier nie die Rede!). Die Mädchen wurden damals offenbar sehr viel mehr im Hause zurückgehalten; ich kann mich nicht daran entsinnen, sie draußen beim Spielen oder Herumstromern gesehen zu haben.

„ ... on red' m'r koi Wördle!"

Selber einkaufen zu gehen war, wenn ich mich recht erinnere, nicht ganz das, was Oma Anna am liebsten tat. Sie hat meistens ihre Hausangestellte geschickt. Während der Kriegszeit hatte aber auch ich öfters die Aufgabe, zu einem ganz bestimmten Konsumladen auf halbem Weg zwischen unserem Haus und der Wäscherei (dem G'schäft) zu gehen. Dort gab es für die 'Frau Lutz aus der Steinhövelstraße' auch dann noch was zu kaufen, wenn andere Leute schon lange nichts mehr erhielten; ob mit oder ohne Lebensmittelkarten, das weiß ich nicht mehr.

Oma muss wohl nicht ohne Grund gefürchtet haben, der Ladeninhaber könne früher ein Gewerkschaftsgenosse (potentieller Gegner des Nazi-Regimes) gewesen sein, dem ich zu viel von meinen Großeltern hätte erzählen können. Vor jedem Gang zum (ehemals gewerkschaftlichen) Konsumladen gab mir Oma ihre Einkaufsliste mit und schärfte mir immer nachdrücklich ein: „Bíable, du gosch jetz do nondr on kaufscht m'r mei Sach. Wann'r hott, brengscht glei zwoi Kípfla mid. On lass de nix fróoga. On red' m'r koi Wördle! 's wird net gschwätzt! Sag'sch oífach, d'Oma dät warda on du míschdes glei wied'r hóim."

Ich spürte, dass Oma ihre Ermahnungen ernst meinte und dass es Gefahr bedeutete, für meine Großeltern mehr noch als für mich selbst, wenn ich etwas sagte, dessen Tragweite ich nicht einschätzen konnte. Damals begann ich wegen Omas Mahnungen zu ahnen, dass es mit Spitzelei und Überwachung etwas Gefährliches auf sich haben musste.

Im Herbst 1944 bekam ich auch öfters den Auftrag, zum Lebensmittelgeschäft Gaissmaier zu gehen und Moscht zu kaufen (ein unwiderstehlich reizender, prickelnd-frischer Apfel- oder Traubensaft im ersten Gärungsstadium, wie etwa Cidre). Meist gab Oma mir zwei Krüge mit, welche sie immer bis zum Rande füllen ließ. Das war schon eine arge Plackerei, die Krüge einigermaßen voll heim zu bringen und so wenig wie möglich „Transportverluste" zu erleiden, nein, zu erzeugen. Wenn ich aus einem der Krüge auf dem Heimweg etwas naschen wollte, musste ich deshalb immer einen der Krüge abstellen – und das fiel auf, und es schlabberte eben auch mal was „daneben"! Aber das Zeug schmeckte so wahnsinnig gut, dass ich ab und zu dieser wunderbaren Versuchung keinen wirksamen Widerstand mehr entgegensetzen konnte und mir ein Schlückchen genehmigen musste.

Oma stellte stets mit scharfem Hausfrauenblick den Tatbestand fest, wenn etwas in den Krügen fehlte. Meine Beteuerungen, ich sei gestolpert oder hätte mich irgendwo gestoßen und deshalb den Moscht verschüttet, glaubte sie mir nie. Schließlich riss der lange Faden ihrer schweigenden Geduld. So versah sie mich, um diesen für sie unhaltbaren Zustand zu ändern, mit schweren, soliden Flaschen, die am Hals eine Gummidichtung und einen Schnappverschluss hatten. Der machte dann immer so schön plopp, wie man es heute noch beim Flens (Bierflaschen aus Flensburg) hören kann. Da war es natürlich vorbei mit dem Stolpern – aber eben auch leider, ich sag's mal so, endgültig vorbei mit der leckeren Wegzehrung, der Moschtprobe.

Für mich war dieser schwäbische Cidre sowieso völlig ungeeignet, fanden die Erwachsenen, da er Alkohol enthielt – und so war er eben nur etwas für Opa!

Rommels Staatsbegräbnis

In Ulm fiel ein Ereignis in den Herbst 1944, das bis heute noch für Diskussionen sorgt. Der Mythos, der die Figur umgab, die in dieser Tragödie die Hauptrolle spielte, war größer als der aller anderen Generäle Hitlers. Ich erinnere mich deshalb so gut daran, weil ich beim vorletzten Akt dieser ungeheuerlichen Trauer-Inszenierung, dieser Aufführung staatlichen Betrugs, als heimlicher Zuschauer dabei war.

Ganz frisch, als wäre es heute geschehen, sehe ich alles noch vor mir: die vielen schwarz gekleideten Menschen am Straßenrand, die hohen Offiziere in ihren ordengeschmückten, bunten Uniformen, die Militärfahrzeuge, die Blumen und Kränze, und zwar auf dem Ulmer Hauptfriedhof an der Stuttgarter Straße.

Ich will ein wenig weiter ausholen, denn es geht um Erwin Rommel.

Er wurde 1891 in Heidenheim geboren und entschied sich als junger Mann für die Offizierslaufbahn, in der er einen glänzenden Aufstieg machte. Nach Führungsaufgaben im Kaiserlichen Heer und bei den Truppen der Weimarer Republik diente er in der Wehrmacht des Dritten Reiches.

Als der Zweite Weltkrieg ausbrach, kam er gleich ins OKW (Oberkommando der Wehrmacht), übernahm bald danach den Befehl über die Panzertruppen. Von 1941 an kommandierte er das sogenannte Deutsche Afrikakorps. Nach der Eroberung Tobruks wurde er zum Generalfeldmarschall ernannt. Der britische Oberbefehlshaber und Hauptgegner General Montgomery sprach von Rommel wegen dessen außergewöhnlich listenreicher Kriegsführung mit Hochachtung als dem „Desert Fox", dem „Wüstenfuchs". Nachdem 1943 mit der Kapitulation der italienischen und deutschen Truppen der Afrikafeldzug endete, wurde Rommel im Juni nach Italien, im November an den Westwall in der Normandie versetzt. Er sollte an der Verbesserung der Verteidigung gegen eine drohende alliierte Invasion maßgeblich mitwirken. Dort wurde er am 17. Juli 1944 bei einem, so wurde propagiert, alliierten Tieffliegerangriff schwer verletzt. Es gibt jedoch auch sehr glaubhafte Aussagen, Hitler habe einen Jagdbomberangriff inszenieren lassen, um seinen unbequemen, beim Volk sehr beliebten Generalfeldmarschall beseitigen und es doch wie einen Heldentod aussehen zu lassen. Auch mir als Schüler war Rommels Name so geläufig wie die Namen der Kriegshelden Dietl, Gallant, Prien u.a.

Am 20.7.1944 wurde in der Wolfsschanze bei Rastenburg im heutigen Polen ein Attentat auf Hitler verübt. Dieser letzte Versuch, Hitler zu beseitigen, schlug fehl.

Man bezichtigte Rommel, Kontakte gehabt zu haben zu den Offizieren, die das Attentat geplant hatten. Trotz aller gegenteiligen Aussagen und Beweise konnte er sich von dem Verdacht nicht mehr befreien. Historisch ist der ganze Komplex noch nicht befriedigend geklärt.

Ein neuer Plan zu Rommels Beseitigung wurde ausgeführt. Am 14. Oktober 1944 trafen die Generäle Burgdorf und Maisel vom OKW in Rommels Wohnung in Herrlingen ein, wo Rommel sich von seiner schweren Verwundung erholte. Gemäß den Aussagen seiner Familie und seines Adjutanten zwangen die Generäle Rommel, an Ort und Stelle mit Zyankali Selbstmord zu begehen. Sonst, so drohte man ihm unmissverständlich, werde man ihn vor dem Volksgerichtshof Leipzig der Verschwörung anklagen, was unter dem berüchtigten Präsidenten Roland Freisler unweigerlich das Todesurteil bedeutet hätte. Man gab Rommel die Zusicherung (die auch tatsächlich eingehalten wurde), man werde seine Familie schonen, sie nicht in Sippenhaft nehmen und für ihn selbst ein Staatsbegräbnis organisieren. Seine Frau und sein Sohn Manfred wussten, dass Erwin Rommel sterben musste. Um seine Familie zu retten, gab er sein Leben hin in dieser ausweglosen Situation.

Am 18. Oktober 1944 veranstaltete die Wehrmacht auf Geheiß Hitlers einen Staatsakt in Ulm. Mit allem Tamtam, dessen man fähig war, wurde eine Trauerfeier auf dem Friedhof veranstaltet. Wie der Zufall es wollte, stromerte ich an diesem Freitag dort herum. Hinter Grabsteinen und Büschen gut versteckt und unbeobachtet, konnte ich dem ganzen Zeremoniell auf dem Friedhof zusehen und wurde Augenzeuge dieses Ereignisses. Es war mir klar, dass sich da ein wichtiger Vorgang abspielte und ein „ganz großes Tier" begraben wurde. Noch nie zuvor hatte ich ein Begräbnis erlebt und war von dem Geschehen sehr beeindruckt, vor allem, als ich Rommels tief-verschleierte Ehefrau und seinen 16-jährigen Sohn Manfred, den späteren Oberbürgermeister von Stuttgart, am Grab sah. Ich emp-fand damals tiefe Bewunderung dafür, welch vorbildliche Figur der Luftwaffenhelfer Manfred Rommel in seiner schneidigen Uniform abgab. An dem Oktobertag auf dem Friedhof wusste ich noch nicht, dass man Manfreds Vater beigesetzt und seinen Sohn zu der Rolle des tapferen jungen Soldaten gezwungen hatte, der auch am Grab seines Vaters keine Träne weinen durfte. Natürlich beeindruckte mich auch das farbenprächtige und lautstarke Drumherum: Der mit einer riesigen Hakenkreuzfahne geschmückte Sarg auf der Lafette mit polierter Kanone, das heisere Gebrülle der Befehle, das feier-liche Hissen der Flaggen, das stumme Niederlegen der Kränze, die gellenden Fanfarenklänge, die pompösen Ansprachen, deren Sinn ich damals noch nicht verstand.

Dass man Erwin Rommel zu Grabe getragen hatte, sagte mein Großvater mir am Ende des Tages. Meine Mutter hat mit mir über dieses Ereignis nicht gesprochen. Die Reichsführung hatte die Be-völkerung durch die offiziellen Medien (Tageszeitungen und Radio) über diesen (gut geplanten) Staatsakt für den Generalfeldmarschall informiert; viele Ulmer gaben ihm auf den Straßen vom Rathaus zum Friedhof das letzte Geleit.

Das Heldenbegräbnis Rommels war für mich Zehnjährigen ein sensationelles Ereignis. Der erfolgreiche Panzergeneral Rommel war für mich in meiner politischen Ahnungslosigkeit durchaus ein positiv besetzter Begriff: Für mich war er nur der großartige Pan-zergeneral. Aber – Rommel war durchaus eine zwiespältige Natur. Trotz seiner Begabung und Erfahrung stellte er sich dem verbreche-rischen Regime Hitlers zur Verfügung. Ich kann mir kaum vorstel-len, dass er nicht das System durchschaut hatte. Als loyaler Soldat unterstützte er dennoch den schon lange verlorenen Krieg und trug so noch zum Tod Tausender Menschen bei. Das wurde mir natürlich erst klar, als ich nach dem Krieg die Welt politisch zu sehen lernte. Heute ist mir bewusst, welche unklare Rolle der General innehatte (oder spielte?). Ebenso habe ich das infame Verhalten der Generä-le, seiner Kameraden, vor Augen, die ehr- und gewissenlos Hitler zu Diensten standen.

Es besteht eine gewisse Unsicherheit darüber, ob Erwin Rom-mel wirklich in Ulm bestattet worden ist. In historischen Quellen heißt es, Rommel sei kremiert und in aller Heimlichkeit auf dem Herrlinger St. Andreas-Friedhof beigesetzt worden. Ich vermute, dass man in Ulm dieses „prächtige", makabre Schauspiel mit einem leeren Sarkophag inszenierte, um die Öffentlichkeit zu täuschen. Man teilte dem deutschen Volk die dreiste Lüge mit, Rommel sei durch „Herztod an den Folgen eines Herzschlages gestorben, den er wegen eines Dienstunfalls an der Westfront erlitten hatte."

Aus Anlass der Beisetzung verkündete Hitler wörtlich in einem Tagesbefehl „Mit ihm ist einer unserer besten Heerführer dahingegangen. Sein Name ist im gegenwärtigen Schicksalskampf des deutschen Volkes der Inbegriff für hervorragende Tapferkeit und unerschrockenes Draufgängertum. Das Heer senkt vor diesem großen Soldaten in stolzer Trauer die Reichskriegsflagge. Sein Name ist in die Geschichte des deutschen Volkes eingegangen"[138]

Wie ungeheuerlich verlogen Hitler und sein Gefolge waren, geht auch aus der Rede des Generalfeldmarschalls von Rundstedt hervor. Er war damals Oberbefehlsinhaber-West und führte in der furchtbaren Ardennenschlacht Mitte Dezember 1944 den letzten, vergeblichen Abwehrkampf gegen die Alliierten, der auf beiden Seiten schwerste Verluste (über 500.000 Gefallene) forderte.

Ich zitiere den „Waffenbruder" von Rundstedt mit seiner Trauerrede so ausführlich, um einmal mehr zu zeigen, wie die Führung des Naziregimes auf allen Ebenen gemäß dem Willen Hitlers das deutsche Volk auf unvorstellbare Weise betrog.

Aus dem Munde des Generalfeldmarschalls tönten die wohlgesetzten, infamen, lügnerischen Worte:

„Der Führer und Oberbefehlshaber der Wehrmacht hat uns hierher berufen, um Abschied zu nehmen von seinem auf dem Feld der Ehre gebliebenen Generalfeldmarschall. Mit Generalfeldmarschall Rommel ist jener große Soldat und Führer von uns gegangen, wie sie einem Volke nur selten gegeben werden. Der unermüdliche Kämpfer war erfüllt von nationalsozialistischem Geist, der die Kraftquelle und Grundlage seines Handelns bildete. Sein Leben für Deutschland hat durch die Berufung zur großen Armee seine Krönung erfahren. Sein Herz gehörte dem Führer. Das deutsche Volk aber hat in einer geradezu einmaligen Art den Generalfeldmarschall Rommel geliebt und gefeiert. Mein lieber Rommel, Ihr Heldentum weist uns allen erneut die Parole: Kampf bis zum Sieg!"[139]

Staatsbegräbnis Rommel Trauerrede, Ulm 18.10.1944 [B 11]

Staatsbegräbnis Rommel Lafette, [B 12]

Manfred Rommel geriet 1945 in französische Kriegsgefangenschaft und offenbarte den Alliierten, wie die Nazis sich seines Vaters entledigt hatten.

All diesem kann ich – zum Glück – noch hinzufügen: Am 30. April 1945 (zehn Tage nach seinem 56. Geburtstag) beging Hitler im Bunker der Reichskanzlei in Berlin Selbstmord, „heldenhaft bis zum letzten Atemzug für Deutschland kämpfend", wie die Propagandamaschinerie des Ministers Goebbels der Bevölkerung schamlos vorlog.

Ein halbes Jahr später, am 7. Mai 1945, unterzeichnete Generaloberst A. Jodl in Reims (Frankreich) vor Feldmarschall D. D. Eisenhower (SHAEF) die bedingungslose Kapitulation aller deutschen Streitkräfte und wurde das Ende aller Kampfhandlungen auf deutschem Boden erklärt. Am 9. Mai 1945 trat der völlige Waffenstillstand überall in Kraft. (Die Krönungsstadt Reims wurde nach ihrer fast völligen Zerstörung im 1. Weltkrieg in den 1930er-Jahren wieder aufgebaut.) Im Juli 1962 trafen sich General de Gaulle und Kanzler Adenauer zum Fest der Versöhnung und des Beginns der deutsch-französischenFreundschaft in Reims!

Der 8. Mai 1945 gilt in Deutschland als das Ende des 2. Weltkriegs in Europa. Vier Jahre später, am 8. Mai 1949, verabschiedete der Parlamentarische Rat in Bonn symbolträchtig die Urfassung des GG (Grundgesetz der Bundesrepublik Deutschland). Das GG[137] trat am 23.5.1949 in Kraft. Der 3.10.1990 wurde nach der Wiedervereinigung von BRD und DDR zum nationalen „Tag der deutschen Einheit" ausgerufen. Seither gilt das GG als offizielle Verfassung ganz Deutschlands.

1955 endete offiziell die Besatzungszeit in der BRD, der DDR und in Österreich.

Am 15. Mai 1955 wurde in Wien ein Staatsvertrag unterzeichnet, der zugleich ein Friedensvertrag war und die Wiederherstellung Österreichs als selbständigen Staat bestätigte.

1955 kamen auch die letzten deutschen Kriegsgefangenen aus der UdSSR zurück. Gleichzeitig begann die Ausbildung der ersten Soldaten der Bundeswehr.

Die BRD wurde Mitglied in der NATO, die DDR wurde in den Warschauer Pakt aufgenommen.

Der Waffenstillstand zwischen dem Dritten Reich und den Alliierten von 1945 gilt bemerkenswerterweise immer noch, denn ein förmlicher Friedensvertrag wurde mit Deutschland bisher nicht abgeschlossen!

Kann ein solcher Vertrag acht Jahrzehnte später noch gemacht werden? Ist er überhaupt noch nötig?

Ulm – 17. Dezember 1944 – 19:20 Uhr

Der 17. Dezember 1944 ist ein Datum, welches in meinem Gehirn geradezu festgebrannt ist. Wir saßen in Ulm nach dem Abendessen zusammen und feierten noch ein wenig Hildes 35. Geburtstag, den ersten in Ulm. (Sechs Jahre davor hatte sie ihren Geburtstag auf „Nashallo", wo sie erst zwei Tage zuvor angekommen war!)

Um 19:20 Uhr gellten die Sirenen und es gab gleich Vollalarm. Für die Beobachter der Luftabwehr hatte es also nicht einmal mehr gereicht, die Bevölkerung durch einen Voralarm zu warnen.

Geübt, wie wir waren, packten wir sofort unsere Sachen und hasteten nach draußen, den Weg von der Steinhövelstraße hoch zur Wirtschaft des Glockenwirts an der Heidenheimer Straße. Von dort bogen wir links ab Richtung Fort Albeck.

Auf unserer Flucht in den Bunker sahen wir, wie über Ulm die sogenannten Christbäume an Fallschirmen herabschwebten. Die Pfadfinderflugzeuge, die nachts immer den britischen Bombergeschwadern voranflogen, markierten mit erstaunlicher Genauigkeit mit diesen Leuchtbomben die Zielgebiete, auf welche die Bomben geworfen werden sollten.

Plötzlich wurde es trotz der Dunkelheit der Nacht um uns taghell. Genau über uns schwebte eine dieser Leuchtbomben langsam und lautlos hernieder. In panischer Angst warfen wir uns zu Boden und hofften, dass dieses Ungeheuer uns nicht treffen möge. Die Bombe prallte unmittelbar vor uns auf der Heidenheimer Straße auf und jagte uns einen furchtbaren Schrecken ein.

Endlich verlöschte der Christbaum (ein Fehlabwurf) in unserer Nähe, wir rafften uns auf und eilten weiter zum Bunker. Bei einem Blick zurück sah ich, dass überall über Ulm diese Leuchtbomben niedergingen; ich konnte sogar erkennen, dass mehrere dieser Markierer zu den Türmen des Münsters herabschwebten.

Wir kamen schließlich im Fort Albeck an und warteten angstvoll mit vielen anderen Bewohnern des Safranbergs (unser Stadtteil) das Ende des Alarms ab. Kurz nach 19:50 Uhr hatte das Dröhnen der 250 Flugzeuge und das Krachen der Bombenexplosionen ein Ende. Die Piloten hatten ihre Pflicht getan und flogen mit ihren Maschinen wieder Richtung Großbritannien. Die Sirenen am Safranberg heulten die Entwarnung in den Nachthimmel, unten im Tal brauste ein ungeheurer Feuersturm!

Wir waren verschont geblieben und konnten glücklich wieder nach Hause zurückgehen!

Der besagte Christbaum war so weit weg vom eigentlichen Zielgebiet auf der Heidenheimer Straße niedergegangen, dass die Flieger dort keine Bomben abgeworfen hatten. Welches Glück wir gehabt hatten!

Als wir nach dem Angriff aus dem Bunker des Fort Albeck ins Freie kamen und vom Safranberg auf die Stadt in der Ebene schauten, bot sich uns ein furchtbarer Anblick: das unendliche Feuermeer, in dem große Teile der mittelalterlichen Altstadt innerhalb einer halben Stunde brennend versanken. Überall schossen die Flammen in die Höhe, über ganz Ulm waberte eine riesenhafte, rotglühende Wolke aus Funken und Feuer, aus der ab und zu die Türme des Münsters herausragten. Ein sturmgleicher Wind trieb eine gewaltige schwarze Rauchwolke dem Horizont entgegen. Welch ein Grausen – und das an Mutter Hildes Geburtstag!

Im folgenden Abschnitt zitiere ich (in Kursivschrift), was ich 1991 in einem Beitrag zu Eberhard Neubronners Buch „Ulm in Trümmern" [138] über diesen Nachtangriff berichtete. Ich füge Ergänzungen hinzu, die diesen Bericht vervollständigen, damals aber nicht Bestandteil des Textes bildeten.

„Am 18.12.1944 ging ich morgens allein los, um zu sehen, was der Luftangriff angerichtet hatte. Auf halbem Weg zwischen Safranberg und Wielandstraße" brannte noch an mehreren Stellen das Holzlager der Firma Ott und *„verpestete neben dem Bahngleise"* der Qualm *„des angebrannten Getreides aus der großen Mühle die Luft".* Als ich in die Wielandstraße kam, bemerkte ich mit Freude, dass Onkel Gottlobs Wohnhaus unversehrt war. Einen Augenblick später aber erblickte ich die Trümmer der fast völlig zerstörten Wäscherei „Schwenk & Lutz" – da blieb mir der Atem stehen!

„Je weiter ich Richtung Münster vordrang, desto größer wurde meine Wut." Was ich rund ums Münster zu sehen bekam, war unfassbar. Nur noch Ruinen ragten aus den Trümmerbergen und zwischen den metertiefen, von Luftminen geschlagenen Kratern empor. Das Schwörhaus war ausgebrannt, das Zeughaus stand nicht mehr, von Kornhaus und Rathaus gab es nur noch die Außenwände. *„Entsetzen… und Unverständnis erfüllten mich wegen der unbeschreiblichen Zerstörung durch Bomben und Brand. Viele der Straßen"* mit den ehemals großen Geschäfts- und *„Wohnhäusern, an denen ich unlängst noch vorbeigelaufen war, standen nicht mehr, ‚unser Münster' hatte sogar Treffer abbekommen."* Der Hauptbahnhof war total zerstört worden, *„aus den Trümmern ragten die umgestürzten Masten für die Fahrdrähte und die krumm nach oben gerissenen Schienen heraus!"* Wie oft war ich nach meinen Gängen

zum Wäscheabliefern zur Zinglerbrücke gegangen, um von dort die ein- uns ausfahrenden Züge zu beobachten. Jetzt lagen nur umgeworfene Lastwagen, Lokomotiven, Güterwaggons und Personenzugwagen umher! Das war für mich kaum noch fassbar.

Ulm in Trümmern, 18.12. 1944 Parole [B 13]

Zuletzt lenkte ich meine Schritte ins sogenannte Blauviertel, wo seit alters her die Fischer ihre Häuser gehabt hatten. Nichts mehr als rußgeschwärzte Mauerreste, verkohlte Balken und geborstene Dachpfannen waren übrig von den ehemals so bunten, stattlichen Fachwerkbauten. Fast alle *waren in den Flammen* zusammengestürzt, und dort waren gewiss zahlreiche Menschen umgekommen. Die Minen sowie die Spreng- und Brandbomben hatten dort ihr Werk getan – es war ein wahrlich furchterregender Anblick! Die Vergeltung für Birmingham, Coventry und Manchester war unvorstellbar gründlich! So viel Zerstörung, so viel Leid, soviel Tod! Bis heute ist meine Erinnerung daran so klar, als sei es erst gestern gewesen.

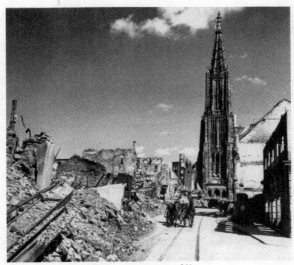
Ulm in Trümmern, 18.12. 1944 Münster[B 14]

„Als ich am Nachmittag dieses 18. Dezembers nach Hause zurückkam, war ich ein anderer als noch am Morgen."

Es war nicht nur diese riesige, erschreckende Trümmerwüste, die mich mit Grauen füllte, es war auch das tief brennende Gefühl, mit der niedergerissenen, untergegangenen Stadt geradezu Teile „meines" mir vertrauten, lieb gewordenen Ulms, ein Stück meiner selbst verloren zu haben.

Es hat vielleicht damals im Hauptquartier des britischen Generals Harris, welches die Bombereinsätze über Deutschland plante, jemanden gegeben, der das Ulmer Münster so liebte, dass er diese Kathedrale trotz des „Bomber's Baedeker", von dem Swen Kellerhoff spricht, verschonen wollte und deshalb so sorgfältig markieren ließ. Tatsächlich hat das Münster bei diesem Angriff nur leichte Schäden erlitten. In Lübeck oder Dresden, Köln oder Magdeburg beispielsweise brannten (auch) die großen Kirchen in den Feuerstürmen nieder. Mit deutschen Bomben und Raketen wurden übrigens auch während des gesamten Kriegs systematisch die Kulturgüter Großbritanniens zerstört!

Onkel Walter Lutz (Eugens Bruder) führte die Wäscherei nach dem Krieg weiter, aber sie florierte nie mehr. Im Staatsarchiv des

Landes Baden-Württemberg gibt es amtliche Eintragungen der Firma Schwenk & Lutz von 1924 bis 1972.

Eigentlich war mir trotz der Tatsache, dass Opas Wäscherei zerstört worden war, damals nicht wirklich klar, welch furchtbares Unheil in der Nacht des 17. Dezember 1944 über meine Großeltern hereingebrochen war: Sie waren mit dem Schlag einer einzigen Luftmine ihrer Existenzgrundlage, ihres gesamten Lebenswerks beraubt worden! Dennoch – ich kann mich nicht erinnern, von meinen Großeltern je ein Wort der Klage über diesen so schmerzlichen Verlust gehört zu haben.

Opa war sowieso ein wortkarger Mann, der gewissenhaft und fleißig – eben wie ein guter Schwabe der alten Schule – seinem Tagewerk nachgegangen war. Er äußerte in der Nähe von uns Kindern nie ein Wort zu dem Unglück. Oma möchte ich eher als eine Frau bezeichnen, die angesichts von so viel Leid nur noch tapfer auf die Zähne biss), sich umsichtig um das Wohlergehen der Familie kümmerte und ihr Schicksal schweigend ertrug.

Ich weiß aber aus Berichten, dass Mutter Hilde bei den Großeltern viele Schwierigkeiten meistern musste. Sie galt – nach dem Tod der von allen so geliebten Lotti – vermutlich nicht unbedingt als die willkommene Schwiegertochter, die adäquate Ersatzmutter. Ich bin mir aber sicher, dass sie mit ihrem feinen psychologischen Gespür die seelische Lage der Großeltern richtig einschätzte, daher auch mit den schwierigsten Situationen gut umzugehen wusste und mit großer Hingabe und Liebe für uns vier kleine Kinder sorgte. Die alten und schwer geprüften Ulmer Großeltern hatten durch den Krieg schon ihren Sohn Siegfried, in Afrika ihre Schwiegertochter und durch den Bombenkrieg ihre Existenzgrundlage, ihr Lebenswerk verloren. Mit Recht fürchteten sie wohl, dass auch ihr Haus noch bei einem Luftangriff zerstört werden könnte. Zudem nagte in ihnen gewiss die Angst, ob ihr Sohn Eugen noch lebte und je von der Front zu seiner Frau und seinen vier Kindern zurückkehren würde. Da waren wir quirligen und ewig hungrigen Enkel wohl auch eher eine tägliche Belastung als eine Quelle der Freude ...

Biberach – 12. April 1945 – 10:16 Uhr

Der 12. April 1945 ist ein Tag, welcher sich scharf und deutlich, ganz und gar unvergesslich aus dem Berg meiner Erinnerungen an jene Zeit heraushebt. Es sind die Sekunden und Minuten eines Er-

300

eignisses, das immer noch bis in seine Einzelheiten unauslöschlich vor meinem geistigen Auge steht. Dieses zum großen Glück einmalige Geschehen lässt sich kaum in Worte fassen. Ich bleibe am Rande des Erzählbaren. Was ich erlebte, was ich überlebte, bleibt eigentlich außerhalb dessen, was ich zu beschreiben fähig bin.

Nach jenem Bombenangriff auf Ulm hatten unsere Großeltern uns im Hause der Familie Franz, weitläufiger Verwandter, untergebracht. Wir hatten, wie wir annahmen, unser Heil vor den Bomben in Biberach an der Riss gefunden. Wir wohnten im vierten Stock unter dem Dach in der Bür-gerturmstraße 20.

Der Krieg tobte schon überall mitten in Deutschland. Am Donnerstag, dem 12. April 1945, eroberten und befreiten amerikanische Truppen Braunschweig und Heilbronn. Nur 125 Kilometer weiter südlich davon war unsere Mutter Hilde gerade dabei, den Teig für Schupfnudeln zu rühren, als es so gegen 10:10 Uhr ohne jede Vorwarnung Vollalarm gab. In Biberach hatten wir bis dahin noch nie Fliegeralarm erlebt.

Unsere Mutter und wir wussten aber, was in einem solchen Augenblick bei direktem Vollalarm zu tun war. Sie schickte uns Kinder sofort eilends in den Keller. Also flogen wir die Treppen hinunter und gesellten uns im Schutzraum, der vom großen Lichthof aus zugänglich war, zu den anderen Erwachsenen und Kindern, die da hereinstürmten und sich lautlos, geübt und gehorsam auf Kisten und Kasten setzten.

Mutter Hilde blieb oben, weil sie den Teig schnell noch fertig rühren und dann zum Gehen wegstellen wollte. Ihre Erfahrung (und die von uns Kindern) war, dass es immer noch ein Weilchen dauerte, ehe nach einer Sirenenwarnung die feindlichen Flugzeuge wirklich kamen.

Mich hielt es nicht da unten in der drangvollen, dunklen Enge des Kellers. Ich schlich mich also wieder ein paar Treppenstufen hoch in den Innenhof. Da konnte ich auf einmal ohne jede Vorankündigung durch Motorengeräusch das angreifende Geschwader im Tiefflug über mir sehen. „Sieben Stück" (zweimotorige Maschinen des Typs Douglas A 26 Invader,[142] wie ich viele Jahre später herausfand) meldete ich stolz mit einem lauten Ruf nach oben. Ich höre noch heute Hildes sich fast überschlagende, gellende Stimme: „Kind, sofort!!! in den Keller!!!"

Ein, zwei Sekunden später war ich wieder unten im Schutzraum. Kaum hatte ich die Tür hinter mir zugeworfen, als es einen ungeheuerlichen Krach gab, die Kellertür aufknallte und uns entgegenflog. Wir rangen um Atem und wären fast erstickt in einer dichten Wolke aus Staub und Steinen, die krachend auf uns niederstürzten. Unser Haus hatte Volltreffer abbekommen!

Wie ich viel später erfuhr, war der eigentliche Auftrag der 386. US-Bomber Group die Zerstörung des Verschiebebahnhofs von Laupheim (17 km entfernt von Biberach) gewesen, der für den Rückzug der deutschen Wehrmacht strategisch wichtig war. Wegen der dort fest geschlossenen Wolkendecke konnten die Piloten aber die Gleisanlagen nicht ausmachen. Auf dem Rückflug nach Frankreich oder Großbritannien entledigten sich die amerikanischen Besatzungen meist noch über deutschem Gebiet ihrer Bombenlast auf unbesiedeltem Gelände. Sie gewannen so mehr Reichweite und Geschwindigkeit.

Die Piloten hatten an jenem Apriltag unten in einem Wolkenloch eine Stadt als Ersatzziel für Laupheim entdeckt. Bei ihrem (ersten) Überflug hatten sie die Stadt zwar gut, aber zu spät gesehen. Leider luden die Flieger ihre tödliche Last bei einem zweiten Anflug auf das zivil bewohnte Biberach ab und nicht, wie es der militärischen Vorschrift und dem Völkerrecht entsprochen hätte, auf unbewohntem Feld. Hätten die Piloten damals auch noch Brandbomben abgeworfen, was sonst bei den meisten alliierten Flächenbombardierungen geschah, wären wir in Biberach längst nicht so „glimpflich" davongekommen. Die 42 (7 x 4) Sprengbomben, die eigentlich nur Gleisanlagen (keine Wohnhäuser) hätten vernichten sollen, zerstörten um 10:16 Uhr zwar über dreißig Häuser, aber es gab zum Glück keinen Feuersturm. (Die Flugzeuge hatten keine Brandbomben an Bord.)

Dennoch, immerhin 57 (!)Tote und 14 Verletze (darunter meine Mutter) waren zu beklagen. Und – wären die Bomben, die unser Haus trafen, auch nur zwei oder drei Meter weiter im Innenhof explodiert und nicht im Inneren des Hauses, wären wir vermutlich alle schon um 10:17 Uhr im Keller tot gewesen!

So schnell, wie die Bomber gekommen waren, so schnell waren sie auch wieder weg! Nur Sekunden nach dem ohrenbetäubenden Explosionslärm waren sie verschwunden und lagen die toten und verwundeten Menschen unter den Trümmern ihrer Häuser in der Innenstadt. Diese Bombardierung, so unerwartet und schrecklich sie für uns war und so unwirklich und fast unglaubhaft sie uns heute erscheinen mag, sie hat sich als schmerzliche Erinnerung in mir erhalten, sie war *kein* Spuk!

Trümmerräumen, Biberach 12.4.1945 [B 15]

US-Bomber Douglas A26, [B 16]

Wir Kinder unseres Hauses wurden von den Großen an den Händen gepackt und Hals über Kopf nach draußen gezogen oder wir krabbelten allein nach oben aus dem Keller und suchten den Weg aus der Innenstadt ins Freie. Erwachsene halfen uns dabei, den richtigen Weg aus der Stadt hinaus zu nehmen. Wir vier Geschwister und all die anderen Leute, die unverletzt aus den Schutzräumen herauskommen und aus den Trümmern hatten kriechen können, schafften es irgendwie, draußen Unterschlupf und Sicherheit zu finden.

Unser Haus hatte zwei Sprengbomben abbekommen. Das gesamte Dach und das oberste Stockwerk waren in die dritte Etage hineingesackt. Und mitten in diesen Trümmern hatten die Retter unsere Mutter Hilde gefunden – mit dem Kochlöffel noch immer in der Hand.

Das war ihr und unser großes Glück gewesen! Als sie wieder aus ihrer Ohnmacht erwacht war, hatte sie die Stimmen der Rettungsmannschaften gehört, die in den Ruinen nach Überlebenden suchten. Da hatte sie mit ihrem Holzlöffel so lange an einen Balken geklopft, bis man sie ortete und herausholen konnte. Sie war aber so schwer verletzt worden, dass die Ärzte ihr im Krankenhaus den linken Unterschenkel amputieren mussten.

Irgendwann wurde uns Kindern richtig bewusst, dass wir den ganzen Tag schon ohne unsere Mutter gewesen waren. Wo war sie geblieben? Lebte sie noch?

Zuerst wollten die Erwachsenen nicht mit der Wahrheit herausrücken, dann sagte man uns aber doch, dass unsere Mutter im Krankenhaus liege.

Im Laufe des Tages kam unser Großvater Eugen, um uns mit dem Auto abzuholen. Ehe wir nach Ulm zurückfuhren, führte man uns Kinder noch zum Krankenhaus. Dort durften wir in einen Saal mit einer ganzen Reihe von Betten gehen, um für ein paar Augenblicke unsere Mutter zu sehen. In den Betten lagen Menschen, die so bandagiert waren, dass man sie nicht erkennen konnte. Einer davon war unsere Mutter; sie hatte – auch am Kopf – schwere Verletzungen erlitten.

Wir kehrten mit unserem Opa nach Ulm zurück in die Obhut von Oma Anna.

Um bis zum letzten Augenblick Hass gegen die alliierte Luftwaffe zu schüren, behauptete die Nazipropaganda des untergehenden Dritten Reiches, der Angriff auf Biberach habe deutschen Truppen gegolten, die sich vor den Alliierten zurückzogen. Ihre Führung solle im Rathaus mitten in der Stadt Biberach ihre Befehlsstelle gehabt haben – so sagte man den Leuten!

Aufs Ganze gesehen, hatte unser Umzug von Honnef nach Ulm und von dort nach Biberach uns nicht vor dem Krieg schützen können, um es einmal sehr zurückhaltend zu formulieren. Weniger als vier Wochen nach dem Angriff auf Biberach war dieser wahnsinnige Krieg zu Ende. Aber (auch) unsere Mutter war noch so wenige Tage vorher sein Opfer geworden! Wie schrecklich! Wie sinnlos! Mit Bewunderung darf ich sagen, dass unsere Mutter mit großer Tapferkeit und nie endender Geduld ihr Leid ertragen hat. Ihr ganzes Leben war sie, trotz der Bürde ihrer schweren Erinnerungen, trotz ihrer physischen Einschränkungen und der Last der Prothese, stets ganz und gar für ihre Familie da. Sie hat Großartiges für uns alle getan.

Welten brechen zusammen

Um den 22./23. April herrschte unter den Erwachsenen eine selbst für mich spürbare Unruhe. Im Rückblick erklärt sie sich am ehesten daraus, dass die Gerüchteküche mächtig brodelte oder die Erwachsenen über den Rundfunk erfuhren, wie sich die alliierten Truppen Ulm näherten. Vielleicht konnte man auch schon den Kampflärm, das Dröhnen der Abschüsse der Kanonen von der heranrückenden Front hören.

Größte Ungewissheit herrschte darüber, ob Ulm verteidigt würde. Der Gauleiter Wilhelm Murr hatte am 11. April noch einen Durchhaltebefehl erteilt und ein paar Tage später vier der fünf Brücken über die Donau, die bis dahin alle Bombardierungen überstanden hatten, noch sinnloserweise sprengen lassen.

Am 24. April war die Unruhe im Haus meiner Großeltern ganz besonders gut bemerkbar. Die Propaganda tönte immer noch vom Endsieg, doch sicher schien nur, dass die Front ganz nah herangerückt war und Ulm erobert werden würde. Es gab ein hastiges Kommen und Gehen; offenbar informierten sich die Nachbarn ständig gegenseitig über die Situation. Es lag da etwas in Luft, was mich hellhörig machte. Ich hörte aus dem Getuschel heraus die Wörter Fort Albeck und Amerikaner. Das sagte mir etwas, und so rannte ich fast instinktiv die paar Meter den Alberweg hoch zur Heidenheimer Straße.

Und da trottete sie auch schon, eine kleine Gruppe deutscher Soldaten, übermüdet, kraftlos, abgekämpft, die Heidenheimer Straße herunter – ohne Stahlhelm und Waffen und mit über dem Kopf erhobenen Händen. Flankiert waren sie von „Amis" in voller Kampfausrüstung und mit MPs (Maschinenpistolen) im Anschlag. Das zeigte mir klar: das Kämpfen war vorbei, der Krieg war zu Ende; die feindlichen Truppen hatten Ulm eingenommen und unsere Soldaten hatten verloren und waren besiegt worden ...

Ich weiß noch gut, wie mich beim Anblick der deutschen Landser ein Gefühl hilfloser Beschämung und heißer Wut auf die Amerikaner überfiel. Ich hatte nicht verstanden, dass die deutschen Soldaten nur wenige Minuten zuvor noch für die Verteidigung Ulms hätten kämpfen und sterben sollen. Nur die Besonnenheit des letzten deutschen Kommandanten, der den Befehl des Gauleiters Murr nicht ausgeführt und Ulm kampflos an die Alliierten übergeben hatte, bewahrte diese Soldaten im letzten Augenblick noch (und dazu auch amerikanische Soldaten und zahllose Ulmer Bürger) vor einem sinnlosen Tod.

Die Nazipropaganda hatte auch bei mir bewirkt, dass ich in meinem blinden Stolz auf unsere Soldaten die unblutige Übergabe Ulms an die Alliierten nicht als das Ende aller Bomben, aller Luftangriffe, als das Ende allen Kämpfens und Sterbens verstanden hatte! In meinem heißen Jungenherzen brannte das Feuer der Bewunderung für unsere Wehrmacht und das Gefühl der Verachtung für den Feind. Dort, an der Heidenheimer Straße, verdrängte ich selbst den furchtbaren Tag in Biberach! Ich hätte es doch eigentlich anders, besser wissen oder empfinden müssen ...

Welche Verwirrung der Gefühle! Welches Chaos der Gedanken!! Welche Verirrung im Geist!!!

Als ich ein paar Minuten später ins Haus zurückkam, hatte Oma auch schon vernommen, dass Ulm gefallen war. Sie wusste aber auch noch etwas für *sie* viel Wichtigeres: im Fort Albeck, unser bester Zufluchtsort an so manchem Tag und in so vielen Nächten, waren Ausrüstungs- und Lebensmittelvorräte des Heeres entdeckt und für die Bevölkerung freigegeben worden. Oma hatte das Heft des Handelns fest in der Hand: Sie drückte mir und Opa eine große Tasche in die Hand und hieß uns, ohne Zeitverlust zum Fort zu gehen. Da schickte Oma ihren Enkel mit dem Opa, ihrem gutherzigen Ehemann, in ein, wie es schien, herrenloses Lebensmittellager, um dort einzusammeln, was wir an Brauchbarem, vor allem an Essbarem, finden konnten!

Was wir da tun sollten, gilt in geordneten rechtlichen und sozialen Verhältnissen eigentlich als Stehlen oder Plündern ...

Als wir ankamen, waren schon viele Menschen dabei, taschen- und körbeweise vielerlei Dinge an sich zu nehmen und eilig wegzutragen. Bald stellte sich heraus, dass alles Wertvolle und Brauchbare, also etwa Mehl und Nudeln, Salz und Zucker, Butter und Brot, Gurken und Gemüse, Schuhe und Kerzen, Besteck und Geschirr, Töpfe und Kessel, Kleidungsstücke und Wolldecken schon verschwunden waren. Aber wir zwei tollen Männer entdeckten in einer Ecke noch einen großen Sack, der fast bis zur Hälfte mit Kümmel gefüllt war. Mir war damals nicht bekannt, wozu dieses Gewürz gut war, Opa hingegen schien das sehr wohl zu wissen, nämlich als Streusel auf dem Hefekranz (was aber nicht stimmte). Also füllten Opa und ich mit vollen Händen den Kümmel in eine unserer Taschen und ließen erst nach, als sie mehrere Kilogramm enthielt. Stolz und zufrieden kehrten wir zur Steinhövelstraße zurück und lieferten unsere Beute ab. Oma schaute sich die Tasche an, schlug die Hände über dem Kopf zusammen und rief entsetzt: „Maale, Maale! Hoscht denn du nex Bessres gfonda? Waas soll denn ii met soo viel Kimmel? Gaabs denn koi Määl mee ond au koin Zuck'r?" Kleinlaut mussten wir gestehen, dass Kümmel das einzige gewesen war, dessen wir noch hatten habhaft werden können, dass eben andere schon vor uns da und sicher auch schlauer als wir gewesen waren.

Es beunruhigt mich bis heute, an dieses Vorkommnis, das Beschaffen von Kümmel, zu denken. Meine Oma, eine ältere Dame aus gut schwäbischen, christlich-großbürgerlichen Verhältnissen, hatte uns, offenbar ohne größere innere Hemmungen, zum „Besorgen" losgeschickt. Ich bin bekümmert, an diesem Beispiel (einmal mehr) erkennen zu müssen, wie schnell bei uns Menschen die Ausrüstung mit zivilisiertem Verhalten zur brüchigen Fassade werden kann. Nach Jahrhunderten zivilisatorischer und religiöser Anstrengung schienen bis zu dem Augenblick, als meine Oma von dem Vorratslager hörte, Egoismus und Habgier, diese elementaren Triebe, unter einer festen Schicht bürgerlicher Moral und christlichen Wohlverhaltens gezähmt gewesen zu sein. Doch dann erwiesen sich die erdrückenden Lebensumstände als stärker. Der so tiefsitzende Instinkt der Selbsterhaltung, (der Zusammenbruch dessen, was man Kontrolle der eigenen Triebe nennen könnte), überwältigte letztlich die überkommene Ordnung. Aber – solches Verhalten erwies sich in jener Zeit als eine der Lage durchaus angemessene und vorteilhafte Beurteilung und gewinnbringende Nutzung der Situation.

Not lehrte damals eben nicht nur (nicht mehr) beten, sondern setzte ihre eigene Gesetzmäßigkeit durch! Die Situation der Stunde, der Zusammenbruch der gültigen Werteordnung, brachte es mit dem berühmten Slogan aus Bertolt Brechts Dreigroschen-Oper auf den Punkt: „Erst kommt das Fressen, und dann die Moral!" So hatten sich (auch in unserer Familie) in diesem chaotischen Durcheinander von Nicht-mehr-Krieg und Noch-nicht-wieder-Frieden zeitweilig Verhaltensweisen als stärker erwiesen, welche unter normalen zivilen Lebensumständen ganz und gar undenkbar gewesen waren.

Chattanooga Choo Choo

Die alliierten Truppen rückten Ende April 1945 von Süddeutschland aus weiter nach Mitteldeutschland vor. Der Krieg endete ja erst zwei Wochen später mit der bedingungslosen Kapitulation. Hinter der Front, durften sich die Soldaten, welche gerade den Vormarsch hinter sich hatten, von den Strapazen der Kämpfe erholen. Ulm wurde am 24.4.1945 auch ein solcher Ort in der Etappe.

Schon am nächsten Tag änderte sich das Leben – mindestens für Kinder (wie mich) – schlagartig. Alles war sooo anders als nur ein Tag zuvor! Für die Erwachsenen mag der plötzliche Übergang in ein Leben ohne die Last des Krieges auch eine Art von Erlösung, gar bewusst erlebter politischer Befreiung gewesen sein.

Ich spürte nur, dass ich mich vom einen Tag auf den nächsten ohne die Drohung von Fliegeralarm, Bombenangriff oder Kampfhandlungen – noch mehr als bisher überall völlig frei und unkontrolliert bewegen konnte, dass ich ungehindert alles sehen und beobachten durfte. Ich konnte meiner Wissbegier und meiner Neugier freien Lauf lassen! Also war ich ganz nah dran, als amerikanische Panzerpioniere mit Bulldozern ein unbebautes Gelände an der Heidenheimer Straße, kaum zweihundert Meter „von uns" entfernt genau da einebneten, wo eine Leuchtbombe am 17. Dezember 1944 heruntergekommen war und uns zu Tode geängstigt hatte.

Die amerikanischen Truppen benötigten den Platz, um ihre Feldküche, ihre Kommandostelle und die Mannschaftszelte für diesen Teil des Stadtgebiets einzurichten. Gleich neben ihren sagenhaften Sherman Tanks, schweren LKWs und Jeeps, die sie da abgestellt hatten und die ich aus nächster Nähe anschauen konnte, bauten die Amerikaner ein großes Verpflegungszelt und ein paar Masten auf, an denen sie schwarze Kästen aufhängten.

Ich verfolgte die Vorgänge mit höchstem Interesse. Mein bisheriges Bild von den Amis hatte sich wegen meiner Wissbegier und der Möglichkeit ihrer Befriedigung sehr verändert. Da stand ich also nahe bei dem Ami-Zelt, schaute zu, staunte über ihre Panzer, bewunderte ihre Jeeps und – was hörte ich ...? Laute Knack-, Knarr- und Schleifgeräusche schallten über die Straße. Ich traute meinen Ohren nicht! Sie kamen aus den schwarzen Kästen.

Liebe Leserinnen und Leser! Ahnen Sie etwas?

Und dann – urplötzlich ertönte mit größter Tonstärke und gewaltigem Klang (heute heißt das ja Sound) aus diesen schwarzen Kästen geradezu verzaubernde Musik. Eine ganz und gar neue Welt brach über uns alle, ob Erwachsene oder Kinder, wie eine riesige musikalische Welle herein. Bisher kannten wir ja nur das Absingen von Hymnen oder kriegerischen Gesängen bei bestimmten offiziellen Anlässen. Im Rundfunk hatten wir jahrelang lediglich die Musik gehört, die angeblich dem historischen Wesen der deutschen Stämme entsprochen hatte und getreulich überliefertes wertvolles Kulturgut gewesen sein sollte. Zum einen war das die markige Musik der Kriegslieder und Märsche, zum anderen die sentimentale Musik der Volkslieder und Tanzmelodien. Dem gewaltsamen Ausdruck dieser völkischen Mentalität, den schmetternden Fanfarentönen der Frontberichterstattung im Radio und in den Kinos bei der Wochenschau, konnte man sich seinerzeit nicht entziehen. Sie ertönten immer, wenn es Siege zu vermelden gab, also in den ersten Kriegsjahren oft, gegen Ende des Krieges seltener und dann gar nicht mehr! Jedenfalls nicht mehr, um Siege zu vermelden, sondern nur noch als Mittel der Propaganda!

In P. H. Kuntzes „Volksbuch unserer Kolonien" von 1938 liest sich das folgendermaßen: „Die Unterhaltungsprogramme" des

Deutschlandsenders, die seit Februar 1934 über Richtstrahl empfangen werden konnten, „gehen sehr stark auf Wünsche des Aus-
landsdeutschtums ein. Besonders ... verbindet die Hörer aller
Volksstämme die deutsche Musik, deren künstlerische Höhe und
deren Innigkeit der Empfindung diese alle als eine wahre Erlösung
von der jahraus, jahrein lärmenden Jazzmusik der anderen Sender
empfinden."[140]

Es war für mich wie eine Offenbarung, ein wahrhaftiger Gruß aus
der neuen Welt – noch niemals gehört, ganz und gar fremd, ins Blut
gehend. Ich entdeckte plötzlich die in mir schlummernde Empfäng-
lichkeit, die mich selbst überraschende angenehme Empfindung für
diese neue Musik, die so ganz anders klang als das, was ich bis dahin
an deutscher Musik gehört hatte. Mit den GI's (General Issue = Allgemeine Wehrpflicht) aus den USA waren auch ihre Rhythmen und
Melodien, ihr erregender Jazz, ihre mitreißenden Musicalsongs, zu
uns gekommen. Mein Gott, war das faszinierend, was da im Sound
der Big Bands über den Safranberg (unseren Stadtteil) schallte! Wie
elektrisiert lauschte ich den unvergesslichen Klängen, die da aus
den Lautsprechern dröhnten und mich zugleich umschmeichelten:
„In the mood", „Chattanooga Choo Choo", „Sentimental journey",
„Summer time" oder „People will say we're in love". Noch heute,
nach über 70 Jahren, werde ich, wenn ich etwa die Melodien von
Glenn Miller, Gerry Mulligan oder Les Brown und die Stimmen von
Nat King Cole, Ella Fitzgerald, Frank Sinatra, Mahalia Jackson, Doris
Day oder Louis Armstrong höre, aufs Lebhafteste und ganz gefühlig
an jene Tage in Ulm erinnert!

Aber da lief gleichzeitig mit der neuen amerikanischen Musik
noch etwas ab, das mich verwirrte und bis heute lebhaft vor meinem geistigen Auge steht: Für die weißen Offiziere waren im Wohngebiet Safranberg Bürgerhäuser (auch das meiner Großeltern / siehe „Fliegende Matratzen") als Quartiere beschlagnahmt worden.
Vor diesen Häusern standen große Mülltonnen der Amerikaner.
Und wozu dienten sie; was war in diesen Müllbehältern? Für uns
Kinder einfach unvorstellbar: Leckerstes Essen! Die Soldaten (aller
Ränge) kippten alles, was sie nicht essen wollten oder was übrig-
blieb – nicht ganz verzehrte Mahlzeiten, Packungen mit Weißbrot,
halb offene Dosen voller Obst – einfach aus ihren Töpfen und Pfannen, Dosen, Kochgeschirren und von ihren Tellern in diese trash

cans. Für sie, die Gutes im Überfluss hatten und daran gewöhnt waren, war das ja auch nur trash (Müll). Von den afroamerikanischen GIs, also den Soldaten der niedrigen Ränge, bekamen wir mal eine Tafel Schokolade oder ein paar Kaugummis zugesteckt. Viele von ihnen trugen vermutlich die Erfahrungen des Rassismus, des Underdog-seins, der Erniedrigung, des Leids und des Hungers, mit sich und konnten wohl empfinden, wie es um uns Kinder in jenen chaotischen ersten Tagen nach dem Krieg stand, wenn wir da hungrig und neugierig um die Tonnen schlichen. Die Unterschiede in den Rängen und Funktionen, also die soziale Benachteiligung, war damals in den Streitkräften ein deutlich sichtbares Merkmal (PoC), ein Spiegel der Rassentrennung in der US-amerikanischen Gesellschaft. Auch heute, achtzig Jahre später, sind diese unsichtbaren, aber wirkungsvollen Grenzen noch immer in der US-Gesellschaft (auch in der Armee) vorhanden – trotz aller gegenteiligen Behauptungen. (Heute weiß ich und verstehe ich, was ich damals nur sah!)

Wir Kinder hatten schnell spitz, wie wir das Weißbrot und die Wurst, das Obst und den Käse und auch Gulasch herausfischen und gleich essen oder mit nach Hause nehmen konnten. Die Erwachsenen sahen diese Beiträge zum Speiseplan nicht ungern! Aber lange währte diese Freude nicht. Die weißen Offiziere ließen Asche oder anderen Müll über die Essensreste streuen, machten sie so für uns ungenießbar und verjagten uns immer wieder! War es schiere Gedankenlosigkeit? Schlug da übertriebenes Denken an Hygiene durch? Meldete sich überhebliche Siegermentalität gegenüber Deutschland? Wollten die Gewinner uns, die Verlierer, persönlich spüren lassen, was die Barbaren des Dritten Reichs der Welt angetan hatten?

Wir dürfen an dieser Stelle gerechterweise nicht vergessen: Die Amerikaner, welche ich gesehen hatte, hatten Ende April Ulm eben erst eingenommen und befanden sich noch dicht hinter den Kampflinien. Der Krieg in Deutschland war noch nicht zu Ende! Die alliierten Truppen mussten noch zwei Wochen bis zum endgültigen Sieg kämpfen. Diese Zeit kostete in schwersten Kämpfen noch Tausenden von Amerikanern auf deutschem Boden ihr Leben. Konnte in einer solchen Situation großmütige Gesinnung, freundschaftliches Verhalten, menschliches Verständnis erwartet werden?

Diese ganze „Herrlichkeit" mit aufgereihten Sherman-Panzern, leckersten Speisen in Mülltonnen und unendlich viel schöner Musik war nach ein paar Tagen schon wieder zu Ende. Die Front der alliierten Truppen bewegte sich in östlicher Richtung weiter. Der graue Alltag der ersten Tage ohne Krieg und ohne eine Vorstellung von Frieden kehrte zurück zu uns, den Großeltern, unserer Mutter Hilde im Krankenhaus und uns vier Enkelkindern in Ulm. Wo unser Vater Eugen war, ob er noch lebte, keiner wusste es ...

Die amerikanischen Truppen brachten ihre Musik, ihre Kultur aber nicht nur nach Ulm. Wie es die strategischen Pläne vorsahen, sollten in Deutschland die Hafenanlagen von Bremen und Bremerhaven, obwohl sie weitgehend zerstört waren, als Hauptnachschubbasis der US- Streitkräfte dienen.

Die Amerikaner bauten daher in diesen beiden Städten die noch erhaltene Infrastruktur teilweise wieder auf oder aus. Dazu gehörte – für die Zivilbevölkerung – der Rundfunk. Und so kam es, dass sich am 23. Dezember 1945, nur sieben Monate nach Kriegsende - rechtzeitig vor dem Weihnachtsfest und gleichsam als klingendes Weihnachtsgeschenk Radio Bremen – on 499 metres mit der frohen Botschaft meldete, es gebe von jetzt ab jeden Abend ein Programm von 19 bis 21 Uhr!

1950 schon wurde die ARD (die Arbeitsgemeinschaft der öffentlichen Rundfunkgesellschaften) gegründet. RB (Radio Bremen) schloss sich 1962 mit 3 % Beiträgen der ARD an; heute liefert Radio Bremen 10 %. Der Sender machte immer wieder Fernsehgeschichte, so traten Rudi Carrell, Loriot (Bernhardt Viktor Christoph-Carl von Bülow), Evelyn Hamann, Hans-Peter (HaPe) Kerkeling von hier aus ihre erfolgreichen Wege als Künstler an.

Hamstern in Himmelweiler

Himmelweiler ist heute längst ein florierender Stadtteil von Ulm, und Dornstadt ist auch nur ein paar Autominuten entfernt. Als ich im Frühjahr 1945 dort war, sah alles noch ganz anders aus; Die Orte lagen weit weg von Ulm auf der Alb (wie man so sagte), und man war zu Fuß mehr als eine Stunde unterwegs. In meiner Erinnerung haben die beiden Orte immer noch eine gewisse Bedeutung.

Was führte mich überhaupt dorthin? Oma hatte eine Haushaltshilfe namens Elsa; damals nannte man sie noch Dienstmädchen. Sie stammte aus der Familie Schmutzler in Himmelweiler, die dort einen kleinen Bauernhof hatte. Oma schickte ihre Haushaltshilfe gelegentlich zum Hamstern aufs Land oder nach Hause zu ihren Eltern oder Verwandten, um dort etwas Essbares zu finden. Meine Großmutter hatte in ihren Schränken immer noch etwas, das sie zum Tausch gegen Lebensmittel anbieten konnte. Diese Art von Tauschhandel nannte man Hamstern.

Einmal, das war noch ganz kurz vor dem Ende des Krieges, nahm Elsa mich mit nach Dornstadt zum Hamstern. Auf dem dortigen kleinen Feldflugplatz sah ich damals einen Eindecker mit laufendem Motor stehen – das war was für mich! So oft hatte ich schon vom sogenannten Fieseler Storch gehört, und da stand nun tatsächlich einer! Hatte er letzte Befehle zur angeordneten Verteidigung Ulms gebracht? Setzte sich da vielleicht jemand ab, der eine braune Vergangenheit zu verbergen hatte? Solche Fragen stellte ich mir natürlich als Kind nicht; für mich war es nur unbeschreiblich toll, eine dieser berühmten Kuriermaschinen aus nächster Nähe zu sehen.

Unmittelbar nach dem Tag der Befreiung Ulms war ich wieder mit dem Dienstmädchen Elsa unterwegs. Die unfehlbaren Ohr-zu-Ohr-Nachrichten hatten auch Oma erreicht. Sie schickte uns los zum Organisieren (man kann da auch von Beutemachen sprechen) – ausgerechnet nach Himmelweiler! Ich war natürlich nicht persönlich in dieses Geschäft der Lebensmittelbesorgung einbezogen, sondern machte, neugierig wie immer, mit Siggi Schmutzler, meinem gleichaltrigen Spielkameraden (Elsas Bruder) aus Himmelweiler, Streifzüge durchs Dorf. Anlass war ja genug vorhanden – es waren viel mehr Menschen als gewöhnlich unterwegs auf der einzigen Straße des Ortes. Es gab dort, am Dorfrand, seinerzeit ein paar Baracken, in denen die Wehrmacht Vorräte gelagert hatte. Diese waren – vermutlich am Vormittag des 25.4.1945 – für die Bevölkerung freigegeben worden. Als wir Jungen dorthin kamen, sah ich viele Leute, die eifrig ganze Arme voll Sachen aus den Baracken wegschleppten. Ich erinnere mich noch daran, wie die Menschen Wolldecken, Stiefel, Uniformen, Packen mit Kerzen, Kochutensilien und anderes mehr wegbrachten. Siggi und mir war inzwischen klar geworden, warum die Menschen so eifrig herumliefen. Für uns war es interessant zu sehen, was sich alles in den Lagern angehäuft hatte und nun ans Tageslicht kam. Lebensmittel habe ich nicht gesehen. Ich vermute, Mehl, Zucker, Dosengemüse, Dauerwurst, Hartkäse, Fertigsuppen und Fett, die besten aller guten Dinge, waren schon wenige Stunden nach Freigabe der Lagerräume als erste und bei weitem wichtigste Beute von den Leuten weggeräumt worden.

Siggi und ich nutzten das allgemeine Durcheinander dazu aus, zur Autobahn (heute BAB 8) zu laufen, die nur ein-, zweihundert Meter von Schmutzlers Hof entfernt war. Wir beobachteten dort die LKWs der Amis und winkten den Fahrern der Riesenlastwagen und Panzertransporter zu.

Schwarze GIs (farbige US-amerikanische Soldaten) warfen uns beiden beim Vorbeifahren ab und an eine Tafel Schokolade zu – das war für uns wunderbar.

Nur ungern ging ich gegen Abend wieder mit Elsa nach Hause – der Tag war einfach zu aufregend gewesen. Von den Wehrmachtsschuppen kehrten wir gänzlich ohne Beute, also mehr oder weniger unverrichteter Dinge, wieder in die Steinhövelstraße zurück. Ich nehme an, Elsa hatte nur ein paar Lebensmittel in der Tasche, die ihre Eltern ihr mitgegeben hatten, denn gänzlich ohne etwas Essbares konnte und durfte sie auf keinen Fall aus Himmelweiler zurückkommen!

Mir ist erst später ein Licht aufgegangen, dass ich an zwei Tagen des April 1945 Organisieren, das heißt Plünderungen, erlebt beziehungsweise sogar selber daran teilgenommen hatte. Hamstern hingegen war ja die legitime Art des Tauschens und Handelns in der Zeit, als man für Geld so gut wie nichts kaufen konnte. Dass die Landwirte die Gelegenheit nutzten, für ihre Angebote mehr zu kriegen und auch zu nehmen als in normalen, friedlichen Zeiten, wurde im wahren Sinne des Wortes mit in Kauf genommen.

Spielchen mit Teufelseiern

Beim „Blättern" in meinem Gedächtnis fällt mir zum Stichwort Munition sogleich Folgendes ein:

In einigen Ecken lagen 1945 auch noch Tage nach Abzug der kämpfenden amerikanischen Truppen Granathülsen und Reste von losen Treibladungen für schwere Kanonengeschosse herum. Vielleicht waren es Pulverreste von Granaten für Sherman-Panzer. Dieses Zeugs sah damals für uns Jungen etwa so aus wie lange, schwarze Spaghettinudeln. Die Röhrchen bestanden aus gepresstem Pulver, waren innen hohl und brannten sehr gut. Wir zündeten diese Pulvernudeln an und warfen sie in die Luft, wo sie zischend in irrsinnigen Kurven ihre Kapriolen flogen oder am Boden wie wild gewordene, angriffslustige Schlangen herumzuckten. Das war für uns einfach toll! Erwachsene haben uns gelegentlich bei unserem Treiben zugesehen, aber nie ein Wort gesagt oder uns wegen der Gefährlichkeit unserer Spiele gewarnt. Ob es den Leuten egal war, wenn uns etwas zustieß? Ob sie durch den Krieg „abgebrüht" oder so abgestumpft waren, dass sie keine Gefahr mehr erkannten? Ob sie sich heimlich freuten über unsere Spielchen und uns deswegen einfach in Ruhe ließen? Wer weiß?

Ich fand bei der Suche nach Munition – sie galt ja bei uns Jungen als Spielzeug Nummer eins und Prestige-Besitz (die Zeit des Sammelns von Granatensplittern war für uns vorbei!) – eines Tages Ende April 1945 in Ulm eine amerikanische Eierhandgranate. Sie hatte etwa die Größe eines Straußeneis und keinen Stiel wie die deutschen Handgranaten. Die olivgrüne Oberfläche dieser Teufelseier hatte Stollen, die der Schuhsohle eines modernen Wanderschuhs ähnelten. Zum Scharfmachen dieser Pineapple-Granate musste man (wie ich viel später lernte) an einem Ring ziehen, der am einen Ende der ovalen Granate angebracht war. Mit dem Ring zog man einen Sicherungssplint und machte dadurch den Explosionsmechanismus scharf. Danach musste man das Ding sofort so weit wie möglich von sich schleudern; wegen seines Zeitzünders detonierte es erst ein paar Sekunden später. Ich hatte die Granate an besagtem Ring baumeln lassen! Aber zum Tragen der Waffe war der ja nicht gedacht. Ich wusste nichts über die Gefährlichkeit dieser Sprengstoffkapsel, habe aber zum Glück nicht aus Neugierde oder Langeweile an dem Ring gezogen. Hätte ich sonst wohl diese Zeilen schreiben können?

Irgendwie bin ich diese „Ananas" wieder losgeworden, ehe sie den Schaden anrichten konnte, für den sie einmal erdacht und gemacht wurde.

Man spricht ja manchmal von Schutzengeln, die den Menschen beistehen sollen – ob solch einer damals bei meinen gefährlichen Zeitvertreiben über mir wachte? Ich hatte das Ding nur ganz kurze Zeit. Vielleicht hatte ich kein Interesse mehr an dieser teuflischen Waffe, weil sie sich so wenig zum Spielen eignete! Möglicherweise hat aber auch mein Opa Eugen erkannt, mit welch tödlichem

Gegenstand ich da gekommen war und hat mir einfach ohne große Worte dieses Ding aus Satans Werkstatt abluchsen können und es – wie man heute sagt – entsorgt, das heißt, mich (und die ganze Familie) im wahren Sinne des Wortes von dieser tödlichen Sorge befreit.

Fliegende Matratzen

Das hätten wir uns alle sicher nicht träumen lassen: Kaum waren die amerikanischen Truppen in Ulm eingerückt, als auch schon die ersten Häuser für die höheren Dienstgrade beschlagnahmt wurden. Am Safranberg betraf es nicht nur die Eigentümer von Häusern im oberen Teil der Heidenheimer Straße, sondern auch die Villa unserer Großeltern in der Steinhövelstraße. Ein Offizier kam und erklärte knapp und bündig, wir hätten das Haus in kürzester Zeit zu räumen. Am Gartentor zur Straße bezog ein GI seinen Posten. Er hatte den Befehl, dafür zu sorgen, dass niemand ins Haus hineinging oder etwas hinaustrug. Nicht ganz so deutlich waren offenbar die Anweisungen gewesen, ob wir beim hastigen Auszug etwas von unserem Hausrat mitnehmen durften oder nicht. Die Lage war daher, um mit den Worten des ersten deutschen Bundeskanzlers Konrad Adenauer zu sprechen, „ernst, aber nicht hoffnungslos".

An das Grundstück unserer Großeltern grenzten auf der Rückseite Haus und Garten der Familie Stanger und seitlich Garten und Wohnhaus der Familie Flögel. Das war unsere große Chance. Alles, was Beine und Hände hatte, war plötzlich im Hause der Großeltern und räumte aus, was wir am nötigsten brauchen würden: Einmachgläser mit Obst, Gemüse und Marmelade, andere von Oma vorsorglich in Dosen gehortete Lebensmittel, Geschirr und Besteck, Kochtöpfe und Bratpfannen, Tischwäsche und Handtücher, Bettlaken und Deckenbezüge, Kopfkissen und Matratzen, kleine Teppiche, Kleidung für uns Familienmitglieder, etc. Alles wurde aus den rückwärtigen Fenstern im ersten Stock in den Garten geworfen oder aus dem hinteren Küchenausgang an den Zaun zu Stangers getragen, die es dort in Empfang nahmen. Oder die Sachen wurden über die Terrasse und durch den Gemüsegarten zu Flögels geschleppt und über den Zaun gereicht.

Diese geradezu atemberaubende Geschäftigkeit ging fast lautlos vor sich: Jeder war sich dessen bewusst, dass wir keinen Lärm machen und kein Aufsehen erregen durften, damit der Posten am Tor tunlichst nichts merkte.

Jedenfalls ging die ganze Aktion ohne Störung vonstatten und hatten wir mit der tatkräftigen und solidarischen Hilfe unserer Nachbarn so viel Hausrat und Vorräte retten können, dass wir uns damit für einige Zeit in der Wielandstraße behelfen konnten. Denn dorthin zogen die Großeltern mit uns Kindern. In der Wielandstraße, wo auch die Wäscherei Schwenk & Lutz gewesen war, stand das große Wohnhaus von Onkel Gottlob und Tante Martha Schwenk. Es war, im Gegensatz zur Wäscherei unmittelbar daneben, nicht durch Bomben zerstört worden. Dort konnten wir zum Glück in der obersten Etage in einer Dachwohnung für eine Weile wohnen.

Tante Erika, die unseretwegen mit ihren Kindern enger zusammenrücken musste, machte dankenswerterweise aber immer gute Miene zu diesem Spiel, und so konnten wir es so schlecht und recht aushalten, bis wir in die Steinhövelstraße zurückkehren durften, nachdem die US-Truppen die beschlagnahmten Häuser wieder geräumt hatten.

Als wenn dieses eine Mal nicht gereicht hätte! Wir waren erst kurze Zeit wieder in Honnef (1945), als die britischen Besatzungstruppen Wohnhäuser beschlagnahmten, so auch unser Haus in der Hauptstraße 25. Notgedrungen zogen wir ins Haus der Familie Sonnenberg in der Hauptstraße 8 a. Dort, im Eckhaus direkt Am Spitzenbach, wohnten wir bis zu unserem Umzug auf den Hunsrück im Jahr 1949. Das waren schon bewegte Zeiten damals!

Biberschwänze auf dem Dach!

Der Krieg war zu Ende, die Sirenen heulten nicht mehr, die Bombenflugzeuge luden nicht mehr ihre tödliche Last über den Städten ab, wir mussten uns nicht mehr vor Spreng- oder Brandbomben fürchten.

Aber überall waren noch die Spuren der Luftangriffe sichtbar. Das Krankenhaus in der Steinhövelstraße hatte ein riesiges rotes Kreuz auf dem Dach. Dieses hatte aber das Krankenhaus nicht schützen können. Bei einem Tagesangriff (im August oder September 1944) hatte das Krankenhaus Luftminentreffer erhalten, und so schaute man in ein gewaltiges, tiefes Loch an der Steinhövelstraße genau dort, wo einmal die technische Versorgungszentrale gewesen war. Wir hatten während dieses Angriffs nur ein, zwei Türen entfernt in einem Schutzraum eben dieses Krankenhauses gesessen. Als die Bomben explodierten, platzten die Wasserleitungen, und kaltes und heißes Wasser ergoss sich in dicken Strahlen über uns. Aber wir waren unverletzt, hatten überlebt und hasteten in Todesangst nach draußen auf die Straße.

Auch das Haus meiner Großeltern, nur 50 Meter vom Krankenhaus entfernt auf der anderen Straßenseite, war getroffen worden, und zwar von Stabbrandbomben, ohne jedoch wesentlichen Schaden zu nehmen. Wären es die gefährlicheren Phosphor-Brandbomben (deren Nachfolger sind die heutigen furchtbaren Napalmbomben) gewesen, so wäre Opas Haus abgebrannt, ohne dass wir es hätten löschen können.

Bei einem Kontrollgang hatte Opa festgestellt, dass an einigen Stellen im Dach Löcher waren und dass etliche Ziegel fehlten. Das Dach musste daher wieder dicht gemacht werden. Wie aber konnte das geschehen, wo es doch keine Arbeitskräfte und keine Ersatzdachsteine, erst recht keine Dachdecker gab?

Nach einiger Überlegung kamen wir zu dem Schluss, dass *ich* die Reparaturen machen sollte. Als erstes schaute ich mir den Dachboden gründlich an. Opa hatte, als er das Haus bauen ließ, den Bretterboden im Dachstuhl überall mit einer dicken Sandschicht bedecken lassen. Ob das zu besserer Isolation dienen sollte oder zum Brandschutz, weiß ich nicht.

Aber genau dieser Sand hatte dazu beigetragen, dass die Brandbomben keinen Schaden anrichten konnten. Mehrere dieser langen, sechskantigen, silbrig-grauen Aluminiumstäbe hatten zwar die Ziegel durchschlagen und auch gezündet. Aber die Trümmer der Dachziegel und der Sand hatten den „Brandbeschleunigern" offenbar keine Luft geboten. So waren die Brandsätze verlöscht, ehe das Holz des Dachstuhls oder des Bodens angefangen hatte zu brennen. Wir hatten riesiges Glück gehabt!

Es war nicht gar zu schwer, die Reste der Ziegel und der verpufften Brandbomben zusammenzufegen, in Eimer zu schütten und diese Zeug nach unten zu befördern. Das wirkliche Problem war, *wie* die Löcher im Dach wieder dicht zu kriegen waren. Also kletterte ich durchs Dachfenster und besah mir die Schäden von draußen.

Opa Eugen hatte seinerzeit das Dach in einer besonders gut dichtenden, aufwändigen Weise mit sogenannten Biberschwänzen decken lassen. Es ergab sich aber auch die Möglichkeit, diese Ziegel auf eine andere Art weniger dicht zu legen, ohne dass viel Regen durch die Spalten laufen konnte. So rutschte ich auf der Dachschräge hin und her und verschob die Ziegel so lange, bis ich genügend davon gewonnen hatte, um alle Löcher zu schließen. Das war eine sehr anstrengende und spannende Herausforderung.

Offensichtlich empfand ich damals bei der Arbeit kein Schwindelgefühl, denn immer wieder balancierte ich auch die Dachrinne entlang! Keine Sekunde hatten Opa oder ich bis dahin daran gedacht, dass auch die Dachrinne hätte beschädigt sein oder auch hätte brechen oder dass ich einen Fehltritt hätte machen können. Wie leicht wäre da ein Absturz möglich gewesen!

Opa war zu ebener Erde auf der Terrasse stets zugegen, dirigierte mich von unten von Einschlagloch zu Einschlagloch und feuerte mich immer wieder an mit einem „Des machschd fei guat, Biäble!" Hätte er mich aber auffangen können, wenn ich urplötzlich den Halt verloren hätte?

Nun gut, es ist zum Glück nichts passiert. Nach ein paar Stunden harter Arbeit war das Werk vollbracht, das Dach fürs erste wieder dicht und ich als 10-Jähriger mächtig stolz auf meinen Erfolg.

Gemäß den Standards von Kinder- und Verbraucherschutzeinrichtungen würde diese Übung im Dachdecken sicher die Bewertung „Zur Nachahmung nicht empfohlen!" erhalten.

Ami-Benzin lag nur so 'rum

Was ich jetzt berichte, liegt nun auch schon über 70 Jahre zurück. Wir wohnten 1945 im Mai noch in Ulm bei den Großeltern. Wir Kinder verbrachten die Tage kurz nach Ende des Krieges nahezu ohne Aufsicht. Die Erwachsenen waren einfach viel zu viel mit dem Überleben und dem Wiederaufbau beschäftigt. Dieser Umstand kam uns Jungen bei einem Unternehmen, zu dem Opa den Anstoß gab, gerade recht.

Wie jeder sich vorstellen kann, war Benzin in jenen Tagen äußerst knappe Mangelware. So gut wie alle deutschen Raffinerien lagen zerstört am Boden. Man konnte den kostbaren Stoff nur, wenn überhaupt, auf dem Schwarzmarkt kriegen – meist im Tausch gegen andere, ebenso seltene und wertvolle Waren. Was konnten Opa und Onkel Walter in dieser Situation tun in den ersten Wochen, nachdem sie in einer heil gebliebenen ehemaligen Kaserne am Rande Ulms eine Wäscherei eröffnet hatten, die vor allen Dingen Bettwäsche für die Krankenhäuser reinigte? Die Wäsche, ganze Berge, musste doch mit einem Auto abgeholt und wieder zurückgebracht werden! Es war Opa nicht entgangen, dass überall an den Straßenrändern und besonders an weniger dicht bebauten Stellen leere Benzinkanister herumlagen, welche die amerikanischen Soldaten weggeworfen hatten. Sie ließen bei ihrem Vormarsch einfach das Material, welches sie nicht mehr brauchten, hinter der Front zurück, so alle Munitionskartuschen, besonders die der Panzergranaten, aber eben auch jede Menge Benzinkanister. Wie wir Jungen herausfanden, war in allen Kanistern noch ein – teilweise – beachtlicher Rest von Benzin. Dies lag vermutlich daran, dass die US-Kanister alle einen Schraubverschluss hatten und nie ganz geleert werden konnten oder dass die GIs sich nicht genug Zeit ließen beim Entleeren der Kanister. Im Gegensatz dazu hatten die Benzinbehälter des deutschen Heeres eine Art sehr praktischen Schiebverschlusses und gaben ihren Stoff leicht bis zum letzten Tropfen her.

Opa kam auf die Idee, dass wir Jungen kleine Behälter, kleine Abfülltrichter und verschließbare Dosen oder Flaschen mit Korken mitnehmen, an Ort und Stelle das Benzin aus den Kanistern irgendwie in unsere Gefäße umfüllen und diese nach Hause zurückbringen sollten. Wir taten das gern: Wir hatten eine schwierige, aber sinnvolle Aufgabe, und unsere Tätigkeit war mit dem Reiz des Gefährlichen und des Verbotenen verbunden. Uns Kindern konnte eigentlich nichts Schlimmes passieren. (Im Grunde war es Kindern nicht verboten, sich frei in der Stadt zu bewegen.) Also verzogen wir uns mit unseren Kanistern und unserer Ausrüstung in abgelegene Winkel zurück und „ließen's laufen". Manchmal dauerte das Umfüllen ein Weilchen, aber unser Spielen sah immer recht harmlos und völlig unverdächtig aus. Erwachsene wären für diese Art der Benzinbeschaffung sicher festgenommen und eventuell bestraft worden.

Immer wieder kehrten wir von unseren tollen Streifzügen mit ansehnlicher Beute heim, sehr zur Freude der Erwachsenen. Opa füllte unser Benzin in große Flaschen um, die ehemals zum Mostmachen gedient hatten, und hängte diese dann unterirdisch im Abwasserkanal auf, der in der Einfahrt vom Haus zur Straße führte; da waren sie sicher.

So war das damals – und Onkel Walters Auto lief auf Ami-Benzin.

„Da kommt der Vati!"

Es war ein Tag um den 7. bis 10. Mai 1945 herum. Ich bin fast sicher, dass es der 8. Mai war.

Der Krieg war am an diesem Tag zu Ende gegangen, Hilde lag nach der Amputation ihres Beines inzwischen in Ulm im Olga-Krankenhaus, und wir Kinder wohnten wieder bei Opa und Oma Lutz in der Steinhövelstraße 18.

Meist spielten wir auf der Straße. Die Rennerei zum Luftschutzbunker bei Fliegeralarm gab es nicht mehr, und wir konnten uns jederzeit wieder ungefährdet draußen aufhalten.

An diesem Maitag spielten wir Fang-mich-doch oder Verstecken und rannten umher, auf der Suche nach geeigneten Rückzugsmöglichkeiten.

Plötzlich gewahrte ich einen Mann in Soldatenuniform, der langsam die Straße heraufkam.

Nach ein paar Augenblicken wusste ich, wer es war. Es war unser Vater!

Ich war der einzige von uns Geschwistern, der eine Vorstellung davon hatte, wie er aussah, selbst abgemagert und in Uniform.

In meiner Wiedersehensfreude rief ich den Geschwistern zu: „Da kommt Vati!"

Alle stürzten wir auf ihn zu und warfen uns an seinen Hals.

War das ein Glück! Er lebte und war wieder bei uns!

Und dann platzte Anne in aller Unschuld mit ihren knapp sieben Jahren mit der sensationellen Nachricht heraus: „Vati, die Mutti liegt im Krankenhaus! Die hat ein Bein ab!"

Das waren die ersten Worte, die unser Vater aus dem Mund seines Kindes zu hören bekam ...

Da war sie also ausgesprochen worden, die schreckliche Neuigkeit, die niederschmetternde Wahrheit!

Unserem Vater gelang es, seine Erschütterung zu verbergen, und wir gingen alle ins Haus, wo der fast verlorene Sohn von seinen Eltern in die Arme geschlossen wurde.

Eugen, der mehrmals verwundet worden war, der in Salzburg am 1. Mai 1945 den letzten schweren Bombenangriff auf den Güterbahnhof heil überlebt und der sich mit einem Kameraden vom Osten bis Ulm durchgeschlagen hatte, er musste als Erstes erfahren, dass unsere Mutter noch wenige Tage vor Kriegsende bei einem Luftangriff so schwer verletzt worden war!

DER BEISSE OPA

VOHWINKEL

Der Beiße-Opa

Es war in jenen Zeiten vor über 70 Jahren nicht so ganz einfach, von Honnef nach Vohwinkel zu kommen. Für uns Kinder war es immer eine ganz große Sache, wenn wir nach dorthin fahren durften. Wie schön war es, auf der Rubensstraße von Tante Martha verwöhnt zu werden oder auf dem Rottscheid bei Tante Lisa Pflaumen pflücken zu dürfen! (Die waren Opa Gustav so wichtig, dass er im September 1938 in jedem Brief davon sprach!)

Vom Bahnhof führte der Weg unter der hoch gelegenen Endhaltestelle der Schwebebahn in die Rubensstraße 14, auf deren linken Seite sich die Straßenbahn mit lautem Motorgeräusch die Steigung hinaufarbeiten musste. Tante Martha Berns wohnte in der unteren Wohnung, Opa und Oma gehörte die obere Etage.

An unsere Oma Emilie habe ich kaum Erinnerungen. Ich ahne, dass der frühe Tod ihrer Tochter Lotti ihr das Herz brach und sie sich von diesem Leid trotz Kuren, ärztlicher Fürsorge und großer Liebe der Familie nie mehr erholte. In einem seiner Briefe berichtet Opa: „Mutter geht es so leidlich, (sie) sieht besser aus, nur ihr Herz hat einen Knacks gekriegt, welches nicht so schnell zu beheben ist."

Wir konnten es nie so richtig glauben, dass Oma Emilie neun (!) Kindern das Leben geschenkt hatte. Wir haben aber acht von ihnen mit ihren Familien erlebt. Ihre jüngste Tochter konnten wir nicht kennenlernen: Sie schenkte uns vier Geschwistern zwar das Leben. Aber unsere Mutter Lotti starb zu früh, als dass wir sie hätten kennenlernen können.

Oma Emilie trat uns gegenüber sehr wenig in Erscheinung. Sie wurde aber in den Jahren nach dem Krieg immer kränklicher, zog sich völlig zurück und wurde von Tante Martha mit großer Aufopferung bis zu ihrem Tod gepflegt. Im Jahr 1947 feierte sie im Kreis der großen Familie noch mit Opa ihre Diamantene Hochzeit.

Opa Gustav, ein untersetzter Herr mit einem imposanten Kopf

und einem stattlichen Bauch, den er stolz und selbstbewusst vor sich hertrug, war immer und überall gegenwärtig.

Gern erinnere ich mich an Opas Rundgänge durch die Fabrik, die er 1885 gegründet hatte. Dort wurden die damals überall bekannten Schlafwohl - Matratzen hergestellt. Opa war immer zu einem freundlichen Schwätzchen mit „seinen Leuten" aufgelegt. Man hörte gerne zu, wenn der Senior-Chef sich bei diesem und jenem erkundigte, was die Arbeit mache, ob es ihm und seiner Familie gut gehe, usw. Beeindruckt war ich von den Regalen voll mit den Materialien, aus denen die Matratzen und Bettschoner hergestellt wurden. Der Geruch des Knochenleims, der sich zum Anfertigen von Möbeln besonders eignete, ist mir bis heute unvergesslich. Wie gut habe ich noch das hohe Summen, das Schnarren und Kreischen dieser für mich so unerhört interessanten Säge-, Hobel- und Fräsmaschinen im Ohr. Ach ja, und all diese tollen Werkzeuge – am liebsten wäre ich in der Fabrik geblieben!

Beim Bau von Polstermöbeln fiel immer eine Menge von Restholz an. Die Stücke waren gelblich, grün, braun, orange oder rot imprägniert, hatten verschiedene Längen und waren im Querschnitt quadratisch, quaderförmig oder auch dreieckig. Opa wusste, dass ich an solchen Klötzchen meinen Spaß hatte, ließ auch welche extra für mich auf passende Längen schneiden und schenkte mir bei jedem Rundgang ein paar mehr davon. Wie schön konnte ich damit Gebäude aller Art aufstellen! Manche von den Türmen wurden so hoch, dass ich mich auf ein Bänkchen oder einen Stuhl stellte, um beim Auflegen der Klötzchen noch bis zur Spitze langen zu können. Und was war das für ein Schauspiel, wenn ich die Bauwerke durch ein „Erdbeben" zum krachenden Einsturz brachte!

Opa legte großen Wert darauf, mit uns Enkeln am Küchentisch Halma, Mühle, Mikado, Mensch-ärgere-dich-nicht, Fang-den-Hut oder Domino zu spielen. Da er ja bei all diesen Spielen meisterhaft Bescheid wusste, war es für jeden von uns immer eine besondere Herausforderung, mithalten zu können und auch mal zu siegen oder doch wenigstens zweiter zu werden. Ich vermute, Opa hat da manchmal auch ein wenig geschummelt, um einem von uns die Genugtuung zu verschaffen, gegen ihn Sieger zu werden.

Aber bei weitem am schönsten und gruseligsten war es doch, wenn Opa anfing, mit den Zähnen zu knirschen oder zu klappern!

Offenbar hatte er ein Gebiss, das es ihm erlaubte, geradezu unerhörte Geräusche zu erzeugen. Damit aber nicht genug! Wir warteten schon immer angstvoll-gespannt auf den Augenblick, wo er seine künstlichen Kauwerkzeuge herausnahm und dann anfing, laut damit zu klappern. Am aufregendsten war es, wenn er das eine Teil in seine linke, das andere in seine rechte Hand nahm, die Zähne auf einander knallen ließ und mit den Kunstkiefern nach uns schnappte. Vor lauter Begeisterung reckten wir Kinder die Hände nach oben und taten so, als ob wir ihm die Gebisse entreißen wollten. Zugleich fühlten wir uns nie so ganz sicher, wie ernst er es meinte und ob unsere Finger nicht doch einmal zwischen seinen Zähnen landen würden ...

Welch unvergesslich dramatische Augenblicke waren das doch immer für uns Kinder!

Tante Martha Berns

Sie war eine Institution oder, wie man auf Berlinerisch sagt: die „Seele von det Janze". Die Rede ist von Tante Martha Berns aus Vohwinkel. Sie wohnte, solange wir sie kannten, im Haus ihrer Eltern.

Treffen der Fudickar-Lutz Familien, Paulinenhof, Tante Marthas 85. Geburtstag 1975

Tante Martha war von so gewinnender Wesensart, dass jede und jeder sie gernhaben musste! Fröhlich war sie und umtriebig, stets gut gelaunt und uns allen zugewandt. Sie konnte zuhören und trösten, wusste gut, wie sie uns Kinder beschäftigen und womit sie uns überraschen konnte – immer hatte sie etwas Leckeres zum Naschen oder gar einen Hund auf der Terrasse, den wir kraulen, mit dem wir spielen durften.

Man merkte ihr nicht an, welche unsäglichen Schläge sie in ihrem Leben hatte ertragen müssen. Ihre Freude am Leben, ihr Glaube an die liebevolle, führende Hand Gottes in allen Dingen, erschien, zumindest für uns Außenstehende, ungebrochen zu sein. Früh verlor sie ihren Mann, Onkel Wilhelm. 1938 starb ihre jüngste Schwester Lotti, und der Krieg entriss ihr zwei ihrer drei Söhne.

Zum Glück hat keines ihrer Geschwister und deren Familien solch herbe Verluste hinnehmen müssen!

Auch, als wir „Lutz-Kinder" schon älter waren, sind wir immer sehr gern bei ihr gewesen. Sie war das Zentrum, von dem aus die Verbindungen liefen zu den vielen Onkeln und Tanten, Vettern und Basen der so großen Familie Fudickar und ihrer Ableger, die über ganz Deutschland, von Hamburg bis zum Bodensee, vom Niederrhein bis zu den Alpen, verstreut lebten.

Das ist ein wichtiges Stichwort: Alpen. Denn Tante Martha Berns hat uns „Lutzens" fast unser ganzes Leben auf ihre einzigartige Weise begleitet, sogar jenseits der Alpen.

Ich bin sicher, dass sie – die älteste der fünf Schwestern – schon eine wichtige Rolle spielte, als der junge Eugen aus Ulm die reizende Lotti aus Vohwinkel kennenlernte und sich in sie verliebte.

Als wir in Italien im Februar 1940 ankamen, herrschte in Europa einer der kältesten Winter seit über hundert Jahren. Am 27.2.1940 wurden auf der Zugspitze -30,5° C gemessen. Wir waren in Tanga – bei Temperaturen um etwa +30° C. – zur heißesten Jahreszeit losgefahren und mussten innerhalb weniger Tage diesen Temperatursturz von schwüler afrikanischer Sommerhitze zu bitterer europäischer Winterkälte überstehen. Keiner auf dem Schiff wusste damals Genaues über den Verlauf unserer Reise. Wie würde es von Italien aus weitergehen? Würde uns dort überhaubt jemand abholen?

Aber Nachrichten müssen irgendwie doch ausgetauscht worden sein! Denn da war sie tatsächlich im Februar 1940 am Hafen und erwartete uns – unsere Tante Martha!

Wie man mir erzählte, hat sie in bravouröser Manier ihre Aufgabe gemeistert, vier kleine, rast- und ruhlose, vielleicht auch nur zähneklappernde Kinder zu behüten auf ihrer Reise von Italien nach und während ihrer ersten Tage in Deutschland.

Vom Hafen ging es mit dem Zug nach Norden, aber nicht, wie man meinen könnte, gleich nach Ulm, Honnef oder gar Vohwinkel, sondern ausgerechnet zu einem Durchgangsheim in Garmisch-Partenkirchen! (Heutzutage ist „Friedland" bei Göttingen eine solche Auffangeinrichtung für Heimatvertriebene und Flüchtlinge, etwa aus Afghanistan, Syrien oder dem Irak.) Die Behörden hatten offensichtlich keine Ahnung, was sie da den an Sonnenhitze gewöhnten VolksgenossInnen aus Afrika zumuteten in der Jahrhundertkälte und dem eisig-tiefen Schnee mitten in den Alpen!

Dort brachte man, wie es heißt, die Repatriierten (Die ins Vaterland Zurückgekehrten) in verschiedenen Häusern unter. Die aus ihrem Heim in Afrika durch Hitler ins Dritte Reich Gefegten speisten aber offenbar an einer zentralen Stelle.

Tante Martha soll uns vor Kälte bibbernden Kinder, immer in dicke Decken gepackt, zum Essen zwischen den Häusern hin- und hergeschleppt haben. Vielleicht wissen wir nichts (mehr) davon, weil wir in unserer Verhüllung nichts sahen; vielleicht war der Schock der Umstellung so groß, dass wir solche Nebensächlichkeiten wie den Weg zum und vom Speisesaal nicht bemerkten.

Wie es scheint, haben wir es ganz wesentlich Tante Martha Berns zu verdanken, dass wir Kinder nicht einfach zu hübsch anzusehenden Eiszapfen erstarrten. Im Winter 1939/40 hätten wir damit keine erfreulichen Schlagzeilen im „Völkischen Beobachter", der offiziellen Zeitung der NSDAP, hervorgerufen.

Tante Martha, die großartige Schwester unserer Mutter Lotti, gehörte von unserer frühesten Kindheit an zu uns. Wir erinnern uns ihrer sehr gern mit Freude und in großer Dankbarkeit!

Zum ersten Mal Fernsehen – 1953

Für Onkel Ernst Fudickar in Vohwinkel war der Tag der Währungsreform am 20. Juni 1948 ein großes Ereignis. Im Nachkriegsdeutschland, das noch über keine Verfassung und dauerhafte Staatsform verfügte, hatte er, wie so viele Fabrikanten, sich diese Währungsumstellung herbeigesehnt. Er erwartete den vorhergesagten wirtschaftlichen Aufschwung und hatte bereits die Fabrik, die hinter dem Haus Rubensstraße 14 lag, für eine erweiterte Produktion eingerichtet. Zudem hatte er auch schon hochwertige Waren hergestellt, die er für gutes Geld zu verkaufen hoffte. Auch seine Firma wurde an der Grundausstattung des ersten Bundestagsgebäudes in Bonn beteiligt. Onkel Ernst lieferte einen Teil der Polstermöbel.

Weil die Geschäfte gut gingen und die Produktion wuchs, übernahmen Onkel Ernst' Söhne Kurt und Ernst (jr.) immer mehr Verantwortung und führten während der Boomzeiten des sogenannten Wirtschaftswunders die Firma sehr erfolgreich. Kurt war für die Außenvertretung zuständig und deshalb sehr viel auf Werbe- und Verkaufsreisen. Er konnte sich dafür einen Opel Kapitän, einen Sechszylinderwagen (!) leisten. In den frühen 1950er-Jahren war dieses Modell das sehr teure, unüberbietbare Prestigefahrzeug, das unübersehbare Aushängeschild der Unternehmer des sogenannten Wirtschaftswunders. Der Betrieb der Fudickars wurde aber schließlich doch das Opfer wachsender Konkurrenz. Seit einer Reihe von Jahren gibt es die Firma leider nicht mehr. Die Rubensstraße 14, das Geburtshaus unserer Mutter Lotti, ist heute für uns nur noch ein Ort der Erinnerung.

Dank der klugen und weitsichtigen Geschäftsführung erwirtschaftete die Firma Fudickar in den frühen 1950er-Jahren beträchtlichen Wohlstand. Onkel Ernst und Tante Martha gehörten deshalb 1953 zu den ersten Familien in Vohwinkel, die schon über ein neues Unterhaltungsmedium, das Fernsehen, verfügten. (Und, wie man zugleich bewundernd, aber auch ein wenig neidisch sagte, es sich leisten konnten.)

Um die Weihnachtszeit dieses Jahres luden sie uns „Lutzens" zu einem Abendessen mit anschließendem Fernsehprogramm ein. War es schon etwas Besonderes, als Besuch in ihrem Haus in Vohwinkel zu sein, so stellte diese Einladung etwas wirklich aus dem Rahmen Fallendes, ein geradezu sensationelles Ereignis dar.

Man wird jetzt fragen können: „Was ist denn an einer Einladung zu einem Abend vor dem Fernsehen so Besonderes dran?" Na ja, vor über einem halben Jahrhundert war das Fernsehen, jedenfalls für uns, etwas Außergewöhnliches. Von TV (Ti-Wi) redete damals noch niemand. Uns war auch kaum bewusst, dass es in den USA in den 1950er-Jahren schon überall und fast rund um die Uhr Fernsehen gab. Erst recht sprach kein Mensch davon, dass schon zur Olympiade 1936 das Propagandaministerium des J. Goebbels dieses neue Medium gezielt und gekonnt zur Werbung für das Naziregime genutzt hatte. Bemerkenswert ist: Schon Ende der 1920er-Jahre hatte es erste, noch unvollkommene Fernsehsendungen gegeben. 1934 war der reguläre Sendebetrieb im Dritten Reich aufgenommen worden. Seit dem Kriegsausbruch 1939 aber war die Entwicklung und Übertragung des Fernsehens in Deutschland zum Stillstand gekommen. 1952, also sieben Jahre nach Ende des Krieges, flimmerten die ersten Schwarz-Weiß-Bilder über die Mattscheiben des bundesdeutschen Fernsehens.

Wir hatten keinerlei Vorstellung, was uns im Dezember 1953 erwartete. Zuerst gab es am großen Tisch im Wohnzimmer ein schönes, fröhliches Abendessen. Für die Erwachsenen stand sogar zur Feier des Tages Wein auf dem Tisch, wenn ich mich recht erinnere. Nach dem Essen machten wir es uns alle in den dicken Polstermöbeln bequem. Angenehm und weich waren die, denn Onkel Ernst als Chef der großen und angesehenen Vohwinkler Matratzen- und Polstermöbelfabrik Schlafwohl hatte dementsprechendes Mobiliar.

Aber wir saßen nicht etwa um einen Couchtisch herum, sondern mehr oder weniger alle in eine Richtung gedreht. Denn in der Paneelwand auf der einen Seite des Wohnzimmers flimmerte, sorgfältig eingepasst in das Mobiliar, ein uns bis dahin unbekannter elektronischer Apparat, ein Fernsehgerät. Wir konnten nur die Vorderseite erblicken – ob Grundig, Schaub oder Lorenz draufstand, weiß ich nicht mehr. Es war eine getönte, ein wenig nach vorn gewölbte Glasscheibe etwa von der Größe einer DIN-A4-Seite – in Neudeutsch würde man eher vom Monitor als vom Bildschirm sprechen. Vom Flachbild in Großformat war noch nicht die Rede.

Fasziniert genossen wir es also, an jenem Abend zum ersten Mal in unserem Leben, bewegte Schwarz-Weiß-Bilder auf der Mattscheibe dieses Mediums zu sehen.

Seit 1967 konkurrieren PAL und SECAM als Übertragungssysteme für das Farbfernsehen; 3D und HD sind für uns inzwischen selbstverständlich. Und wie gewaltig sind heute die Flachbildschirme, welche ganze Zimmerwände einnehmen! Wir wollen gar nicht reden von den riesigen, verführerischen Leinwänden, die heutzutage das sogenannte public viewing präsentieren! (Schon George Orwell sprach vor achtzig Jahren in seinem Roman „1984" in erschreckender Deutlichkeit davon!)

Was wir damals im „1. (Ersten) Programm" zu sehen bekamen, weiß ich längst nicht mehr. Wichtig und auch aufregend für uns war, dass wir überhaupt dieses unglaubliche Medium Fernsehen kennengelernt hatten, uns etwas darunter vorstellen und gleichsam mitreden konnten.

In unserer Zeit werden wir täglich vom Fernsehen begleitet, eher verfolgt. Ein solch aufregendes Fernseh-Erlebnis, eine derartige „Uraufführung" wie wir sie vor fast 70 Jahren hatten, ist heute kaum mehr vorstellbar, geschweige denn nachzuvollziehen.

DAS HÄTTE ICH NIE GEDACHT !
HUNSRÜCK   1949-1954

Umzug nach Kümbdchen – 1. Mai 1949

Hin- und hergeschleppte Kisten und Kasten! Bewegte Zeiten! Schon wieder ein Umzug!

Unsere Eltern kehrten mit uns vier Kindern 1945 von Ulm nach Honnef zurück. Mein Vater hatte sich sogleich nach seiner Rückkehr aus dem Krieg bemüht, eine Arbeit zu finden, mit der er seine Familie ernähren konnte und die seiner Qualifikation entsprach. Im nahen Hölterhoff-Stift bekam er als Gartenmeister eine Stelle und brachte uns so mühsam über die Runden.

In Koblenz hatte Eugen – nach der Überbrückungszeit im Damenstift – als Mitarbeiter im Außendienst bei der LHG eine Anstellung gefunden. Wir hatten uns daran gewöhnt, dass Eugen nicht wie anfangs in Honnef arbeitete und wochentags nicht mehr bei uns wohnte.

Für uns Kinder (wir waren 14, 13, 11, 10 und 3 Jahre alt) war es dennoch überraschend, als es Ende April 1949 hieß: „Wir ziehen um." Wie oft hatten wir vorher schon einen Wohnungswechsel mitmachen müssen! Wir Kinder konnten uns gar nicht so recht vorstellen, unseren Rhein verlassen zu müssen. Am Rande sei noch einmal daran erinnert, dass die Ortswechsel von Afrika nach Deutschland, von Honnef nach Ulm, von da nach Biberach, von dort zurück zu den Ulmer Großeltern, danach wieder zu Opa und Oma an den Rhein und schließlich der erneute Wohnungswechsel von der Hauptstraße an den Spitzenbach gerade mal ein paar Jahre zurücklagen! Nach so häufigem Ortswechsel, so viel familiärer Unstetigkeit, nach so schlimmen Erfahrungen - für uns Kinder vor allem in Ulm und Biberach- war in Honnef endlich eine gewisse Zuverlässigkeit, Stetigkeit und Ruhe in unser Leben zurückgekehrt.

Die Entscheidung meiner Eltern, im Frühjahr 1949 aus unserem altvertrauten Honnef auf den Hunsrück umzuziehen, ist ihnen ganz gewiss schwergefallen. Zur weiteren Sicherung seines Arbeitsplatzes musste unser Vater aber unbedingt näher vor Ort sein und konnte sich die langen, anstrengenden und teuren Wochenendfahrten vom Hunsrück nach Honnef und von dort zurück nach Simmern nicht mehr leisten. Dieser Umzug bedeutete für Hilde, darüber waren wir uns klar, noch mehr Belastung. Sie – und damit auch wir als Familie – konnte nun nicht mehr auf die unmittelbare Unterstützung durch die nur fünfzehn Minuten entfernte „Linzer Straße 9" setzen.

Für uns Kinder brachte dieser Umzug mit sich, dass wir mitten im Schuljahr von einem Tag auf den nächsten alle unsere lokalen, emotionalen Bindungen zu unseren Großeltern, unseren Tanten und Onkeln, unseren Klassenkameraden und Freunden kappen mussten. Wir mussten unsere Spiel- und Abenteuerecken (vor allem am Rhein), unsere Schule, unsere vertraute Umgebung zurücklassen und uns in eine Welt begeben, von der wir buchstäblich (trotz Erd- und Heimatkundeunterricht) so gut wie keine Ahnung hatten!

Meine jüngeren Geschwister wussten zwar, dass Eugen bei der LHG angestellt war, hatten aber keine wirkliche Vorstellung davon, wie sauer er sein Geld eigentlich verdiente.

Ich kann so das eine oder das andere davon erzählen, weil ich einmal in den Schulferien meinen Vater bei seiner Arbeit begleitete (auf dem Hintersitz seines Motorrades). Von Simmern aus bereiste er täglich, ganz gleich, bei welchem Wetter, mit seinem 1938-er Vorkriegs-Zündapp-Motorrad die Dörfer des Hunsrücks und der Eifel. Er hatte natürlich stets eine gut geplante Reiseroute und meldete sein Kommen immer rechtzeitig an. So konnten auch die Dorfbewohner sich auf seinen Besuch einstellen, und mein Vater durfte davon ausgehen, dass er viele Zuhörer hatte. Abends, wenn die Bauersleute ihre Arbeit auf den Äckern getan hatten und auch in den Ställen Ruhe herrschte, fing für Eugen die zweite Phase seiner Arbeit an. Tagsüber beging er die Felder und kontrollierte den Zustand der dort wachsenden Kulturpflanzen und Unkräuter (so drückte man sich aus). Die Dorfbewohner, in der Hauptsache natürlich die Männer, setzten sich zu einem oder auch mehreren Glas Bier in der Dorfwirtschaft zusammen, pafften ihre Pfeifen oder Zigarren so vor sich hin. Wenn genügend Leute dasaßen und die Gaststube so richtig vollgequalmt war, stellte sich unser Vater als sachkundiger und erfahrener Berufskollege vor, berichtete davon, was er auf den Äckern gesehen hatte, und erklärte seinen Zuhörern, warum er sie in die Dorfschänke gebeten hatte.

Die Bauern hatten vermutlich noch nie in ihrem Leben von einem Schtudéerten – wie man Leute mit höherer Bildung (Gymnasium, Universität) nannte – so vieles erzählt bekommen über modernen, fortschrittlichen (Nachkriegs-)Ackerbau, also über Bodenqualität und Düngung, über Saatenwahl und Pflanzenschutz, über die Bekämpfung von Unkräutern und Schädlingen. Kurzum, Eugen versuchte die sehr skeptischen Menschen davon zu überzeugen, dass sie als Landwirte mit zeitgemäßen Anbaumethoden, mit leistungsfähigeren Maschinen und dem Einsatz neu entwickelter Kunstdünger, Insektizide und Herbizide (Tier- bzw. Pflanzenschutzmittel) trotz des rauen Klimas und der kargen Böden bessere Ernten und höhere Einnahmen, sogar Gewinne erzielen konnten.

Um seinen Ausführungen mehr Glaubwürdigkeit zu verleihen, bediente er sich dabei eines Tricks. Er ging, ohne die Landwirte vorher darüber zu informieren, (zu von den Herstellern wie Bayer oder BASF dafür vorgeschriebenen Zeiten) über die Grün- und Ackerflächen der Bauern und versprühte mit einer Rückenspritze neu zugelassene Chemikalien für den Tier- und Pflanzenschutz. Diese Mittel, auch heute noch teilweise erlaubt, vernichteten alle die Pflanzen und Insekten zuverlässig, die man als Unkräuter und Schädlinge bezeichnete und nicht auf seinen Wirtschaftsflächen haben wollte. (Den meisten Bauern war moderner Pflanzen-, Tier- und Umweltschutz damals noch weitgehend unbekannt!) Kam unser Vater dann auf diese Unkräuter und Schädlinge zu sprechen, fragte er die Bauern, ob ihnen auf ihren Äckern nichts aufgefallen sei. Aufmerksame Landwirte hatten natürlich das Fehlen bestimmter (Un)Kräuter und Insekten, die sonst das Aussehen der Felder mitbestimmten, bemerkt. Eugen erhielt bei seinen sehr reservierten Zuhörern wegen seiner sachkundigen Ausführungen breite Anerkennung und bekam damit die nötigen „Punkte". Dies war für ihn ganz besonders wichtig: Sein Einkommen und seine Stelle in Koblenz hingen davon ab, wie weit er die Landwirte (in Zusammenarbeit mit den landwirtschaftlichen Genossenschaften) zur Anwendung fortschrittlicher Anbaumethoden und zum Kauf moderner Erzeugnisse für die ländliche Produktion gewinnen konnte. Die LHG musste sich auf dem schnell verändernden Markt des noch jungen Nachkriegsdeutschlands geschäftlich halten gegen die Konkurrenten, die auch mit den Landwirten ihre Geschäfte machen wollten.

In der Eifel und auf dem Hunsrück, vor allem in den Dörfern, wurde damals überwiegend nur Dialekt gesprochen. Hinzu kam, dass sich das Hunsrücker und das Eifeler Platt voneinander und dann noch einmal von Dorf zu Dorf unterschieden. Mein Vater blieb also gegenüber den Einheimischen durch seine (Aus)Sprache trotz beruflicher Gemeinsamkeit eigentlich von vorne herein ein Fremder. Diese Schwierigkeiten bei der Kommunikation (insbesondere bei Fachausdrücken) machten die Verständigung untereinander, und auch das gegenseitige Verständnis zwischen meinem Vater und seinen Eifeler oder Hunsrücker Gesprächspartnern trotz allseitiger Bemühungen insgesamt noch anstrengender, als es wegen der reservierten Mentalität der Landwirte ohnehin schon war.

Nun ja, am Samstag, dem letzten Tag des Aprils 1949, wurden im Haus Am Spitzenbach 8a die Koffer gepackt, die Schränke und Betten abgebaut, die Matratzen und Kleider eingehüllt, das Geschirr, Besteck und der übrige Hausrat sorgfältig in Kisten und Kasten gelegt, Proviant für die Fahrt zusammengestellt, kurzum, alles für die große Fahrt vorbereitet.

Am Sonntag, dem 1. Mai 1949 (Tag der Arbeit), luden die Erwachsenen unseren ganzen Hausrat auf einem 1,5-t-Opel-Blitz-Lastwagen mit offener Ladefläche. Oben auf diesem Berg mit unseren Möbeln, Matratzen, Kleidern und anderen Habseligkeiten hatte man für uns Kinder und unser Kindermädchen Gertrud „Sitzmulden" eingerichtet mit bester Rundumsicht und frischem Fahrtwind. (Gertrud war uns wegen der Größe der Familie und wegen Hildes schwerer Behinderung amtlich als Haushaltshilfe genehmigt worden.) Im Führerhaus waren die Plätze für Eugen, Hilde und den kleinen Jochen. Ehe wir einstiegen, wurde noch unser altes Schaf Lore mit einem Schwung hinten in eine kleine Ecke auf der Ladefläche gehoben und unsere fleißige Olga, das Rhodeländerhuhn, welches manchmal am Tag zwei (!) Eier legte, unter Lores Beinen im Käfig dazu gestellt. Dann wurde die Klappe hinten hochgeschlagen, wir Geschwister und unser Mädchen kletterten in unsere Hochsitze, die Eltern mit Jochen stiegen ein, wir winkten zum Abschied noch einmal den Zurückbleibenden zu, und los ging das Abenteuer in

Richtung Süden – ins Unbekannte. Wie muss das ausgesehen haben, als wir mit Sack und Pack durch Honnef fuhren, Opa und Oma in der Linzerstraße 9 noch ein letztes Mal zuwinkten und dann in Richtung Rheinbreitbach verschwanden. Wie müssen sich Auswanderer gefühlt haben, die auf Nimmerwiederkehr ihre Heimat verließen, in die Fremde gingen ...!

Kaum aus Honnef raus, überquerten wir schon nach wenigen Kilometern in Rheinbreitbach eine unsichtbare, aber für uns, wie sich bald herausstellen sollte, wichtige Grenze: Wir kamen aus dem britisch verwalteten Nordrhein-Westfalen ins französisch besetzte Rheinland-Pfalz. Bundesstaaten waren diese Länder beide Anfang Mai formal noch nicht; erst am 23. Mai 1949 wurde das Grundgesetz offiziell verkündet und die Bundesrepublik Deutschland gegründet.

Zum 1.1.1947 hatten die US-amerikanischen und die britischen Besatzungsmächte ihre Zonen zum Verwaltungsgebiet der Bizone (Zweier-Zone) erklärt. Am 8. April 1949 verkündete die dritte Besatzungsmacht Frankreich den Beitritt ihrer Zone zur Bizone. So entstand die Trizone (Dreier-Zone / Dreier-Gebiet) In der 4. Zone, der SBZ (Sowjetische Besatzungszone), war die Sowjetunion die Besatzungsmacht.

Man hatte diese politische Entwicklung 1948 nach der Währungsreform erwartet. Pünktlich zum Karnevalsbeginn am 11.11.1949 war der beliebteste Schlager „Wir sind die Eingeborenen von Trizonesien ...“ zu hören.

Für uns Kinder bedeutete dieser Umzug ins gerade drei Wochen alte Trizonesien auch einen sehr deutlich spürbaren Wechsel zwischen den Schulsystemen. Es galten unterschiedliche Zulassungsbestimmungen zu den Gymnasien, die Sprachenfolge war anders geregelt und das Schuljahr endete und begann zu anderen Zeiten. Wir mussten mit Nachhilfe viel Französisch, das in Rheinland-Pfalz 1. Fremdsprache war, und auch viel anderen Stoff nachholen, dazu noch einen Wechsel des Schuljahrbeginns (im Zuge der verwaltungstechnisch, finanziell und ökonomisch erwünschten Angleichung der drei ehemaligen Westzonen) verkraften. Zudem musste man in der französischen Zone auch noch Schulgeld bezahlen, das nur bei deutlichem Fleiß und guten Noten erlassen wurde und so für uns Neue eine zusätzliche schwere Herausforderung war.

Auf der rechtsrheinischen B 42 fuhren wir an diesem Sonntag Richtung Koblenz. Unser Ziel lag aber auf der linken Seite des Rheins. Also musste er irgendwo irgendwie überquert werden. Das schreibt sich heute so leicht dahin, weil man auf den neuen Rheinbrücken an vielen Stellen mit dem Auto oder der Eisenbahn im Nu von der einen auf die andere Seite des Rheins gelangt. 1945 waren fast alle Brücken über den Rhein gesprengt worden und daher unpassierbar.

Im Mai 1949 gab es nur die mühsam befahrbare Behelfsbrücke in Koblenz und die eben neu eröffnete Brücke bei Neuwied zur Auswahl.

Ich kann mich nicht mehr entsinnen, welche dieser Brücken Eugen damals nahm. Sehr wohl erinnere ich mich aber an die Pause, die wir in dem großen Rheinbogen auf der B 9 am Nordrand von Boppard machten. Wir alle "mussten mal", und da war ein günstiger Platz, um auf einer Treppe ans Rheinufer zu gelangen. Für Lore war die Sache nicht ganz so einfach: Eugen hob sie vom Wagen. Kaum, dass sie festen Boden unter den Füßen hatte, floss das Bächlein, kullerten die Köttel und hörten wir Lores – vermutlich erleichtertes – Blöken. Sie bekam ihr Wasser und frisch gerupftes Gras, auch Olga bekam ein paar Körner, und für uns acht Leute hatte Hilde ebenso gut vorgesorgt.

Nach einer Weile hieß es dann: Alle wieder rauf auf den Wagen, Klappe und Türen zu und weiter. Aber wohin? Koblenz hatten wir doch schon längst hinter uns gelassen! Warum waren wir nicht dort nach Westen abgebogen, sondern ging es noch länger am Rhein entlang? Sollten wir etwa über Bingen fahren? Die Erklärung ist: Eugen hatte sich überlegt, den Weg nicht über die sogenannte Karthause zu riskieren. Der dort ziemlich steile Aufstieg auf den Hunsrück wäre für unseren schwer beladenen Lastwagen zu viel geworden. Eugen zog den bedeutend flacheren, wenn auch längeren und sehr serpentinenreichen Anstieg auf den Hunsrück von Boppard aus vor. So ächzte also unser alter, so schwach motorisierter und noch oben drein hoch beladener Opel-Blitz brummend mit letzter Kraft die Kurven hoch und stieß auf der Hochfläche da auf die Hunsrückhöhenstraße, wo heute an der Autobahn 61 die Abfahrt 41 Boppard liegt. Über Laubach erreichten wir dann ohne weitere Mühen Simmern – mein Vater kannte ja alle Straßen, und das Auf und Ab der Landschaft war so schön für uns. Von hoch oben fuhren wir in die Stadt Simmern hinein, bergab vorbei an der Landwirtschaftsschule, wo unser Vater öfter beruflich zu tun hatte, durch die Oberstraße bis zur Stephanskirche, die da mächtig über der Rechtskurve thronte, vorbei an der Mohrenapotheke auf der rechten und entlang dem weiten Schlossplatz auf der linken Seite. Kurz vor der Einfahrt zum Krankenhaus bogen wir auf der Kreuzung rechts ab und fuhren durch das weite Tal des Külzbachs in das Dorf, das sich auf einem Verkehrsschild in fünf Kilometer Entfernung als das Ziel unserer Reise in die unbekannte Fremde ankündigte – Kümbdchen!

Das muss schon ein besonderer Anblick gewesen sein, als da unser LKW durch die leicht ansteigende Linkskurve in den Ort einfuhr und gleich darauf nach einer engen Rechtskurve auf einem kleinen Hof inmitten von Bauernhäusern anhielt! Rechts von uns stand ein weißgekälktes kleines, etwas schiefes Fachwerkhaus; geradeaus vor dem Scheunentor scharrte eine eifrig gluckende, wunderschön bunt gefiederte Glucke im Sand und zeigte ihrer piepsenden Kükenschar, wo es etwas zu picken gab. Auf einem großen, sauber aufgeschichteten Misthaufen inmitten einer Lache von Jauche stolzierte ein Hahn herum; auf dem Scheunendach gurrten die Tauben. Es roch so ungewohnt; aus einem Stallgebäude hörten wir ab und zu das tiefe Schnaufen von Kühen und das Klirren von Ketten, dazu das durchdringend helle Quieken von unruhigen Schweinen! Mir kam alles ganz unwirklich vor – wo nur waren wir angekommen?

Und dann kamen Frau und Herr Kehrein, unsere zukünftigen Vermieter, aus ihrem Häuschen, um uns zu begrüßen: Es war alles so unerwartet und „annersch", die ungewohnte Herzlichkeit in einer Sprache, die wir nur mühsam verstanden. Wir wurden aufs wärmste ins Haus, nein, in die „gure Stuu" gebeten. Die „gute Stube" wurde normalerweise nur zu festlichen Gelegenheiten wie Taufe, Geburtstag, Konfirmation, Heirat, Totenschmaus, Weihnachten und Ostern benutzt. Das sorgsam gepflegte Festtagsgeschirr kam auch nur bei solchen Anlässen extra aus einer Vitrine auf den Tisch. In der Stube roch es nach Milch und Molke, nach frisch gebackenem Brot und einer Wurst, die wir nicht kannten. Und tatsächlich standen da die Schüsseln mit fetter Milch, bedeckt von einer Rahmschicht, auf der sich hier und da auch eine Fliege fand. Oben auf dem Schrank lagen ein paar Laibe Brot und baumelte von der

Decke, aufgehängt an einer Holzstange, eine Reihe langer, dicker Würste. Das war für uns Kinder, die wir ja aus der Stadt kamen, ein unerhörter Eindruck! An einem Tag aus der wohlbekannten Umgebung Honnefs mit seinen großen Häusern entlang glatter Straßen über 100 Kilometer in diese dörfliche Welt mit ihren viel kleineren Wohnhäusern nebst angebauten Ställen und Scheunen, die uns riesig vorkamen, mit ihren so anderen, fremden Gerüchen und Geräuschen! In welche Welt waren wir geraten!

Frau Kehrein lud uns herzlich ein zu Kaffee und Kuchen, die uns nach der stundenlangen Fahrt herrlich mundeten. Und verstehen konnten wir unsere neuen Vermieter auch schon ein bisschen besser trotz des unerwarteten, befremdlichen Dialekts, den sie sprachen. So ließ unsere Befangenheit allmählich etwas nach.

Dann besiegelten unsere Eltern und Kehreins bei einem winzigen Glas Likör (das war eine ganz besondere Geste des Willkommenheißens) die letzten Formalitäten, die unser Einzug noch mit sich gebracht hatte. Mich beeindruckte, aus welch schönen Tassen die Alten den duftenden Kaffee tranken und wie lecker uns Stadtkindern die frische Milch schmeckte. Es erstaunte mich, wie zu Hunderten die Fliegen an den aufgehängten Klebestreifen zappelten und trotzdem überall noch unzählige herumsurrten und krabbelten, ohne dass dies die Erwachsenen groß zu stören schien. Ich wunderte mich darüber, wie klein das Haus und wie puckelig (uneben) der Flur war. Ich hatte mich unwillkürlich gebückt, als ich durch die Tür eintrat und konnte mit ausgestrecktem Arm fast die Zimmerdecke erreichen. Die Fenster mit ihren hübschen, handgemachten Gardinen waren so klein, dass sie mich an ein Hexenhäuschen erinnerten. Und die alten Kehreins waren auch so ungewohnt klein gewachsene Leute! (Damals waren die meisten der älteren Bewohner Kümbdchens eher untersetzt, wie ich später feststellte – das hatte sicher etwas zu tun mit den harten Bedingungen, unter denen sie seit Generationen auf dem Hunsrück lebten.) Wie wir schon gleich bei der ersten Begegnung lernten, waren wir zwar zu Gast bei Familie Kehrein, – welch schöner, einladender Name ist das! – befanden uns aber im alten Haus „bei Königs". Vielfach benannte man die Bewohner traditionell nach dem Gebäude, in dem vor ihnen Menschen mit anderem Namen, in diesem Fall König, gewohnt hatten. Sollten wir etwa in solch ein altes, kleines Haus einziehen?

Nein, nein, so schlimm kam es nicht – ganz im Gegenteil! Nach dem Kaffee fuhren wir von Kehreins altem Hof noch fünfzig Meter die Straße entlang und dann nach einer scharfen Rechtskurve die ungepflasterte Gass' eruff (die steile Dorfstraße, die „Gasse" hoch) bis zum oberen Ende des Dorfes, wo uns, ein wenig abgesetzt von den älteren Häusern, ein noch unverputzter zweistöckiger Bimssteinneubau (Bimsstein = Bausteine aus Vulkanasche der Eifel), ein sogenannter Aussiedlerhof, begrüßte. Die Bewohner der Häuser entlang der Gass nickten uns Neuankömmlingen einen freundlichen Willkommensgruß zu – das tat uns gut!

Dort am Dorfrand also sollte die obere Etage für die nächsten fünf Jahre unser neues Heim sein. Mit vereinten Kräften machten wir uns alle, unter voller Mithilfe der alten Kehreins und ihrer Söhne Paul und Dieter, ans Abladen und Einräumen.

Spät am Abend konnten wir zum ersten Mal in unserem neuen Zuhause essen und uns zur wahrlich wohlverdienten Ruhe in unsere Zimmer zurückziehen.

Dieser 1. Mai war für uns wirklich ein Tag der Arbeit gewesen! Aufs Ganze gesehen war dieser Umzug schon toll! Wir hatten in der Wohnung viel Platz, mehr als in Honnef, wie uns schien. Und vom Wohnzimmer aus hatten wir einen weiten Blick auf die Wiesen im Tal, das sich zwischen Kümbdchen und Simmern hinzog, und auf die Kiemcher Hohl. Über diesen breiten Feldweg in einem Taleinschnitt (Hohlweg) konnte man direkt zu Fuß oder mit dem Ochsenfuhrwerk nach Simmern gelangen.

Schon zwei Tage später, ab dem 3. Mai, sausten wir „Lutz-Kinder" mit unseren Rädern auf unserer allmorgendlichen Fahrt zur Schule mit Schuss die Gass' hinunter und scheuchten zum Schrecken der Bauersfrauen immer die scharrenden Hühner auf. Sie suchten zu ihrer und unser aller Glück laut flatternd das Weite. Die Alternative dazu wäre für sie gewesen, zwischen den Speichen unserer Räder ihren Hals gebrochen zu kriegen. Das aber hätte für „die Lutzens" mindestens zu einer Menge Ärger mit unseren Nachbarn geführt – vielleicht auch zu gelegentlichen Stürzen mit unseren Rädern.

Am 19.5.1949 teilte Direktor Dr. Lueben meinem Vater mit, die Regierung in Mainz erlaube nicht, dass ich in die Untertertia (8. Klasse) gehe, weil ich das große Pensum im Französischen nicht nachholen könne. Ich müsse also die Untertertia wiederholen. Ich blieb aber dennoch (auf Grund meines Widerspruchs und dem meiner Eltern und Herrn Hahns) in der O III, die Regierung modifizierte ihre Anordnung, und ich erkämpfte mir im Abitur immerhin ein „ausreichend" im Fach Französisch!

Mein Unterbewusstsein erinnerte mich oft daran, dass wir an diesem 1. Mai den Rhein, das Paradies unserer Jugendjahre, unwiederbringlich hinter uns gelassen hatten.

Hier folgen nur noch einige Gedanken zu den Dingen, die mir als Junge aus der Stadt in der so anderen ländlichen Lebenswelt auffielen:

Kehreins gehörten in Kümbdchen zu den kleinen Bauern. Der größte Bauer, er war traditionell natürlich (!) auch der Dorfbürgermeister, hatte damals schon starke Arbeitspferde. Den Luxus von Reitpferden kannte man noch nicht. Die mittelgroßen Bauern hatten Ochsen, die sie aber Stiere nannten. (Ochsen sind kastriert.) Die kleinen Bauern nutzten ihre Milchkühe auch zur Feldarbeit. Leicht vereinfachend gesagt: Auf dem Dorf gab es unter den Landwirten eine ganz klare gesellschaftliche Struktur. Sie bemaß sich an der Lage, Qualität und Fläche des Landbesitzes, der Größe und Lage des Hofs (Wohnhaus, Stall, Scheune) im Ort, der Anzahl und Art von Arbeitstieren (Pferde, Ochsen, Kühe) und der Menge von reinen Milchkühen.

Als Bauer mit Pferden konnte man schneller große Flächen beackern, was größere Ernten, das heißt größere Einnahmen, höheres Ansehen und oft entscheidenden Einfluss im Ort bedeutete. Mit Ochsen konnte man auf jeden Fall viel mehr Mist, Heu, Getreide, Kartoffeln usw. mit einer Fuhre transportieren und so kürzere und weniger anstrengende kräfte- und lebenverzehrende Arbeitszeiten erzielen. Als kleiner Bauer musste man die schwächeren Kühe zum Mistfahren, Heuen und Mähen, Einbringen der Kartoffeln und Rüben, des Grases und des Getreides einspannen und benötigte sie zugleich als Milchgeber bei der Schweine- und Kälberzucht und als Einnahmequelle beim Milchverkauf. Bauern, die sich Kühe nur zum Zweck der Milcherzeugung und Jungtieraufzucht leisten konnten, hatten da bei ihren Einnahmen klare Vorteile. In Kümbdchen schien mir insgesamt die materielle Situation deutlich mehr Gewicht zu haben für den sozialen Status als der Bildungsstand, die berufliche

Qualifikation und / oder der persönliche Fleiß der Bäuerinnen und Bauern.

Apropos Bildungsstand: Unsere bäuerlichen Nachbarn wussten natürlich, dass aus unserem Dorf nur wir „Lutz-Kinder" in Simmern zur Schule gingen. Gelegentlich kam der eine oder andere Landwirt unseres Dorfes zu mir mit seinem Anliegen: „Dau best schtodéert. Dau kannst schraíwe." Und dann baten sie mich, für sie ein Schriftstück zu lesen oder zu erklären, einen Brief oder einen Antrag oder etwas Ähnliches zu formulieren und zu Papier zu bringen. Die Männer konnten mit ihren ungeübten, von der Arbeit steif und schwielig gewordenen Fingern nicht mehr schreiben. Ich tat ihnen gern diesen Gefallen.

Als Schüler eines Gymnasiums kam ich im herkömmlichen Unterricht eigentlich nur theoretisch mit den meisten Dingen in Berührung, die unser praktisches Leben bestimmen und ausmachen. Die Zeit in Kümbdchen, der praktische Unterricht auf dem Land, die durch harte Arbeit und Fleiß bestimmte Lebensweise der Menschen dort haben mich mit geprägt und ein Gutteil zur Bildung meines Bewusst-Seins über diese Welt beigetragen. Ich musste ganz selbstverständlich, wenn es die Erntezeit und/oder das Wetter geboten, auf den Feldern, im Stall oder auf dem Heuboden oder der Dreschmaschine mitarbeiten. Ohne diese Jahre auf dem Dorf hätten sich mein Denken und meine Einstellung zu Menschen, so erscheint es mir in der Rückschau, sicher ganz anders entwickelt. Ich wäre vielleicht sogar ein anderer Mensch geworden, wenn ich ohne die unmittelbaren Erfahrungen, ohne die jahrelange Nähe zum Leben in der bäuerlichen Gesellschaft vom Gymnasium direkt zur Universität gegangen wäre. So aber hatte ich immer Kümbdchens Menschen als korrigierende und ergänzende Kraft neben Frankfurts Lehrern in mir. Die wirkungsvollen Gegensätze zwischen den Gedanken- und Wertewelten in der Theorie und den Tätigkeits- und Lebenswelten in der täglichen Praxis, in denen ich vor allem ab 1949 aufwuchs, waren – zu meinem Glück – so groß, so wirksam, und dennoch vereinbar.

Allzeit bereit! (In memoriam Leo)

Der Umzug von Honnef nach Kümbdchen hatte uns Geschwister auf einen Schlag aus all unseren Bindungen an Spiel- und Schulkameraden gerissen. In den ersten Wochen waren wir vollauf damit beschäftigt, uns in die neue, so fremde Dorfwelt einzugewöhnen und möglichst schnell den Anschluss an die Schule und Gleichaltrige in Simmern zu finden.

Es entstanden neue Beziehungen: Ich „kam", wie das so heißt, zu den Pfadfindern. Mein Erdkundelehrer Leo Enzgraber fragte mich, ob ich mal beim Bund deutscher Pfadfinder vorbeischauen wolle. In Honnef war ich ihnen nie begegnet und, neugierig wie ich war, ging ich natürlich zu den Pfadfindern. Da deutete sich zudem an, dass ich schnell (und leichter) Anschluss an Gleichaltrige finden konnte.

Wie ich feststellte, gingen alle Jungen der Gruppe zum Gymnasium. Ich kannte aber (noch) keinen von ihnen, da sie nicht in meiner Klasse waren. Aus meiner 9. Klasse war auch kein Kamerad dabei. Zum Glück gefiel mir der Haufen sofort, und schon war ich Mitglied beim BDP und jede Woche einmal in Simmern beim Heimabend. Wir trafen uns in einem kleinen Raum im Keller des schönen Hotels Bergschlösschen. Ich weiß inzwischen, wie wohl man sich dort fühlen und wie gut man dort speisen kann. Wir Pfadfinder hatten genau dort auch unser Haus, in dem wir uns wohlfühlten, auch wenn wir nicht einmal davon träumen konnten, oben mal essen zu gehen. Diesen Kellerraum gibt es immer noch, und mich überkommt schon ein wenig Wehmut, wenn ich ihn heute sehe und an die Zeit vor 70 Jahren denke.

Was zog mich zu den Pfadfindern? Wir vier älteren Geschwister waren alle mehr oder weniger im so genannten Pubertätsalter, entwickelten unsere eigenen Interessen, die wir nicht mehr (nur) mit den anderen Familienmitgliedern teilen wollten. Wir lösten uns allmählich von den engen Bindungen ans Elternhaus, bestimmten selbst den Gang unserer Tage und schlugen unsere individuellen Wege ein.

Beim BDP (heute Bund der Pfadfinderinnen und Pfadfinder e.V. in Deutschland) fühlte ich mich in eine große und verlässliche Kameradschaft eingebunden und bot sich mir viel Gelegenheit, meinen Neigungen und Begabungen nachzugehen. Schon bald wurde mir die Leitung für eine Gruppe unseres Stammes übertragen.

Wir machten alles, was man „bei den Pfadfindern" so tun kann:

Wir lernten, uns nach Kompass und Karten und dem Stand von Sonne und Sternen zu orientieren. Wir übten die Fernverständigung über Wimpel und Morsen. Erste Hilfe blieb bei uns keine Theorie, sondern wurde immer wieder praktisch geübt. Singen zur Gitarre gehörte bei jedem Heimabend unbedingt dazu.

Jedes Lager, ob am Wochenende oder im alljährlichen, wunderbaren Oster- oder Pfingstlager, führte Pfadfinder im Hunsrück und Westerwald, in der Eifel und der Rhön, im Rheingau und im Taunus zusammen. Die Lager waren für uns die Gelegenheit, uns selber und unseren Freunden von anderen Stämmen des BDP näher zu kommen und mit ihnen das Glück und die Freiheit unbeschwerten Lebens inmitten der Natur zu teilen. Es ist mir immer noch eine liebe Erinnerung, wie wir in unserer Kluft – kurze Lederhose, gelb-braunes Leinenhemd, blau-gelb gestreiftes Halstuch, Baden-Powell-Hut – mit dem Affen (Rucksack) auf dem Rücken durch die Lande zogen.

Wir maßen unsere Kenntnisse und Kräfte in Orientierungsmärschen bei stockdunkler Nacht oder dichtem Nebel und in sportlichen Wettkämpfen. Wir lernten, genießbare Erbsensuppe mit Wursteinlage über offenem Feuer zu kochen und Teigröllchen am Stock über dem Lagerfeuer zu backen. Wir taten uns immer wieder zu Gruppen zusammen und sangen unsere Lieder, zum Klang der Gitarren, einfach so aus Freude am Gesang, vor allem bei den Singewettbewerben, die immer Höhepunkte im Lagerleben bildeten. Unsere Zelte, mit den Stammeswimpeln geschmückte Kothen (Rundzelte mit einer Rauchöffnung in der Mitte, den Indianer-Tipis sehr ähnlich), bauten wir so auf, dass sie innen auch bei starkem Regen trocken blieben und bei steifem Wind nicht zerrissen oder fortflogen (d.h. flacher Graben außen rund ums Zelt, Steine auf die Verankerungs-Heringe, keine Berührung des Körpers oder von Gegenständen mit der regennassen Zeltplane). Nachts schliefen wir mit acht bis zwölf Mann in einem Zelt, Köpfe Richtung Zeltwand, Füße Richtung wärmendes Feuer in der Mitte der Kothe. Hielten wir die Nacht über das Feuer am Glimmen, so kroch der Qualm unsichtbar, aber durchdringend in unsere Kleidung. Am Morgen rochen wir dann unfehlbar wie geräucherte Forellen.

Wir „studierten" die Tier- und Pflanzenwelt vor Ort und entwickelten Verständnis für die Natur, das heute so viel als Umweltbewusstsein beschworen wird. Ich meine, es wäre besser, von

Mitweltbewusstsein zu sprechen. Wir sind ein empfangender und gebender, ein nehmender und ein gestaltender Teil dieser Welt. Die Schöpfung (Natur) kann gut ohne uns auskommen, wir aber können nur leben und letztlich überleben in Abstimmung mit ihr und mit Rücksicht auf sie.

Als sie den Text der Schöpfungsgeschichte verfassten, ließen die Verfasser der Thoratexte (gemäß 1. Moses1/28 Gott zu den Menschen sagen „Macht euch die Erde untertan und herrscht über sie!")[141] Vor tausenden von Jahren ahnten die Erfinder vermutlich nicht, wie katastrophal sich diese angeblichen Weisungen Weisungen Gottes über den Umgang mit der Schöpfung auswirken würden, die sie in den Mund Gottes legten. Die Interpreten dieser Stelle haben die Aufforderung zur Gewaltanwendung, die (auch) in den beiden Formulierungen „etwas/jemanden beherrschen" und „etwas/jemanden sich untertan machen" steckt, stets geflissentlich als Erlaubnis zur schrankenlosen Aneignung und Ausplünderung der Erde gesehen und in dieser gefährlichen Festlegung den Gläubigen vermittelt.

In unserem Jahrhundert muss die Menschheit bewusst den Kampf um ihr Überleben aufnehmen, weil sie bis heute die Welt und ihre Kreaturen materiell und geistig bis zur drohenden Selbstvernichtung ausgebeutet hat.

Wir Pfadfinder erfuhren im gemeinsamen Handeln, wie es uns stark und selbstbewusst machte und unserer Verbundenheit mit dieser Welt intensivierte. Beim Streiten und beim Lösen von Konflikten, beim Aufeinanderzugehen, beim Nachdenken über uns (Menschen) lernten wir die Kunst, uns gegenseitig zu akzeptieren und den Sinn dafür zu entwickelten, welcher Einsatz von uns gefordert wurde für (gegenüber) unseren Nächsten und im weiteren Sinn für die ganze Schöpfung.

Ich bin froh darüber, dass für uns Pfadfinder galt, wir sollten unser Dasein und Tun, Sagen und Schreiben, Glauben und Denken auf dieser Erde in dem Bewusstsein gestalten; dass wir für die Erhaltung dieser Erde und für alles auf ihr Lebende verantwortlich sind.

Als ich 1949 Pfadfinder wurde, war der 2. Weltkrieg gerade vier Jahre vergangen. Ich erinnerte mich noch sehr gut an die Pimpfe und die Hitlerjungen in ihren Uniformen. Ich hatte natürlich nicht vergessen, wie gern ich selbst bei der HJ gewesen wäre, hätte ich nur das entsprechende Alter gehabt!

Auf den ersten Blick ähneln sich die Organisationen Hitlerjugend und Pfadfinder äußerlich in mancher Weise. Bei den Pfadfindern gibt es auch (wie bei der HJ) Uniformen und Wimpel, gemeinsames Wandern, sportliche Ertüchtigung und bunte Zeltlager, hierarchische Strukturen und für alle gleichermaßen verbindliche Ordnungsprinzipien.

Aber ... und genau hier liegt der entscheidende (!) Unterschied einerseits zwischen der Zugehörigkeit zur Hitlerjugend sowie dem Bund deutscher Mädel und andererseits den vielen Pfadfinderbünden:

Hitler zwang per Gesetz die gesamte Jugend Deutschlands zur Mitgliedschaft in einer einzigen staatlich zugelassenen Organisation, die letztlich unter dem Befehl ihres Namengebers Hitler stand. Ihre für alle gleichermaßen bindende Ideologie hieß: „Du bist nichts! Dein Volk ist alles!" Es herrschte überall das Prinzip der gehorsamen Unterordnung des Individuums unter eine totalitäre Führung und des Funktionierens als fremdbestimmter Teil einer willenlos gemachten Masse.

Zustimmung gewannen die nationalsozialistischen Ideologen vielfach wegen der Anpassung der Eltern an den ausgeübten politischen Druck. Freiwillige Mitgliedschaft ergab sich leicht aus der Verführbarkeit der Kinder. Denn Kinder wollen zu ihren Freundinnen und Freunden im selben Alter und in derselben sozialen Umgebung gehören; sie wollen mit ihnen die gemeinsamen Möglichkeiten und Werte, Freuden und Annehmlichkeiten des Lebens teilen. Je spannender und bunter, abwechslungsreicher und verlockender, auf ihre Kräfte und Fähigkeiten ihre Bedürfnisse, Erwartungen und Sehnsüchte abgestimmt das Angebot ist, desto eher nehmen sie es in Anspruch. Eben darauf verstanden sich die Verführer der Nazis!

Wie wir heute noch in Wochenschauen und Werbefilmen aus jener Zeit sehen können, inszenierten die „Fachleute" im Reichsministerium für Volksaufklärung und Propaganda für die Bevölkerung spektakuläre Massenveranstaltungen. Ihrem Bann konnte sich Jung und Alt kaum entziehen. Ich erinnere nur an Minister Speers Inszenierungen („Lichtdome") der Reichsparteitage in Nürnberg.

Auch und gerade wegen ihrer Großartigkeit, ihrer Gigantomanie und Perfektion, waren sie die unheilvollen Mittel einer totalen Verführung. Der unselige, feste Glaube an die rassische Überlegenheit, die perfide Wahnvorstellung von der unzerstörbaren Volksgemeinschaft und die blinde, bedingungslose emotionale Bindung an den gottgesandten Führer beherrschte die Menschen.

Bei den Pfadfindern gab (und gibt) es keinen Zwang zur Mitgliedschaft. Aus freien Stücken hielt ein jeder von uns zu der Gruppe, der er angehören wollte. Wir alle brachten unsere persönlichen Fähigkeiten und Vorstellungen ein. Uns verband die stärkende Kraft gemeinsamen Handelns genauso wie die Entwicklung unserer Begabungen und die Entfaltung unserer individuellen Persönlichkeit. Wir hatten das Recht auf eigene, freie Entscheidung und selbstverantwortliches Handeln in einer offenen, dynamischen Gesellschaft.

Ich bin froh, sagen zu können, dass meine Jahre beim BDP mich bereichert und geprägt haben und ich sie nie missen möchte! Ich hoffe, anderen Menschen etwas von dem vermittelt zu haben, was mir meine damaligen Freunde an Erfahrungen und Freude mitgaben. Ich danke meinem Freund Leo für all das, was er mir für meinen Lebensweg schenkte!

Waldbeerenpflücken im Soonwald

Ist Waldbeerenpflücken etwas Besonderes? Ich glaube, es kann so etwas sein!

Es kommt, ganz einfach gesagt, darauf an, warum und wann man's tut, wer mitmacht und unter welchen Bedingungen man die Beeren sammelt.

Ab dem Sommer 1950 sah das nun so aus:

Unser Vater hatte von der LHG endlich das schon lange beantragte Dienstfahrzeug bekommen. So konnte er jetzt wenigstens bei jedem Wetter viel angenehmer über die Dörfer des Hunsrücks und der Eifel fahren und die Bauern bei der Umstellung auf moderne Landbaumethoden beraten. Bis dahin hatte er ja jahrelang bei jedem Wetter mit seinem 1938-er Zündapp- Motorrad fahren müssen.

Das neue Auto bot zudem die Möglichkeit, gelegentlich an einem arbeitsfreien Tag mit der ganzen Familie einen Ausflug zu machen!

So nutzten wir das schöne Wetter eines Wochenendes zur Waldbeerenzeit, um einmal für einen ganzen Tag aus dem doch etwas ereignislosen Kümbdchen herauszukommen.

Wir luden uns Proviant für den Tag und genügend Becher und Körbe für die Waldbeeren ein, die wir zu pflücken hofften – und los ging's!

Das war ein Vergnügen für uns: Hilde saß natürlich bei Eugen vorn im Führerhaus, wir fünf Kinder im Laderaum des kleinen Ford, der nur wenig größer war als ein ‚Smart' oder ‚K 5' in unseren Tagen. Dies war unsere allererste gemeinsame Fahrt in unserem Auto – ein unerhörtes Ereignis!

Wir fuhren in den Soonwald, eines der weiten, zusammenhängenden Waldgebiete rund um Simmern.

An einer für Hilde geeigneten Stelle parkten wir den Wagen, packten unsere Pflückgeschirre aus und sammelten Waldbeeren.

Ich weiß nicht mehr, wie erfolgreich wir waren, bin aber sicher, dass der Ertrag an den kleinen blauen Beeren, den wir damals zusammenkriegten, für eine ganze Menge Pfannkuchen ausgereicht hat.

Viel wichtiger als das war aber, dass wir als Familie nach so langer Zeit wieder einen gemeinsamen Ausflug gemacht hatten. Hier im Soonwald waren wir alle sieben (!) zusammen, konnten uns auf einander einlassen und hatten einen Tag lang unsere reine Freude, weder von Schule noch von Beruf oder Haushaltführung beschwert! Gerade an solche kleinen Freuden denke ich gern zurück.

Denn zu der Zeit war unser Vater oft die ganze Woche nicht zu Hause. Wir Kinder hatten alle Hände voll zu tun, um den hohen Anforderungen der Schule zu genügen und mussten normalerweise auch an den Wochenenden büffeln.

Unsere Mutter Hilde hielt sich tapfer und entsagungsbereit die meiste Zeit in unserer Wohnung auf, führte den Haushalt und kam kaum vor die Tür. Sie konnte immer noch nicht gut laufen mit ihrer Prothese, die nicht recht passen wollte oder an die sich ihr Stumpf nicht genug gewöhnen konnte. So blieb es ihr nicht erspart, ihre Krücken viel öfter benutzen zu müssen, als ihr lieb war. Unsere Mutter war auch bis zu der Zeit, als Eugen den LHG-Wagen bekam, seit 1944 (!) nicht mehr im Wald spazierengegangen, was sie früher ganz besonders gern im Siebengebirge getan hatte. Für sie war diese Fahrt in den Soonwald so etwas wie eine Zeitenwende!

Waldbeersammeln im Soonwald (Hellmut, Hilde, Jochen, Harald, Siegfried, Anne), Sommer 1950

Seit diesem Ausflug sind inzwischen 70 Jahre vergangen. Im Juni
2020 fuhren Nevin und ich nach Schwanewede zu einem weiten,
ganz ursprünglichen Friedwald, der dort in der sogenannten Bremer
Schweiz in der Nähe des großen ehemaligen Truppenübungsplatzes
liegt. Nach der Beisetzung von Siegfrieds Urne auf dem Waldfried-
hof war es uns (erneut) in den Sinn gekommen, nach einem Platz
Ausschau zu halten, wo wir, Nevin und ich, vielleicht unsere Urnen
der Erde anvertrauen könnten. Unter einer Buche haben wir uns im
„Friedwald" einen stillen Platz ausgesucht.

Im "FriedWald" ist das Unterholz unter den hohen Kiefern-, Ei-
chen- und Buchenstämmen dicht mit Blaubeerbüschen bewachsen.

Wir nutzten die seltene Gelegenheit, die echten kleinen Beeren
zu sammeln und an Ort und Stelle zu essen. Jahrzehnte lang hatte ich keine Blaubeeren mehr von den kleinen grünen Büschen ge-
streift – und hier brachten sie mir viele Erinnerungen an jenen Tag
vor 70 Jahren im Soonwald zurück! Es war schön, auf diese Weise
noch einmal die Gedanken an die ganze Familie von damals wachzu-
rufen, von der uns schon fünf unserer Lieben verlassen haben.

Kürzlich sah ich eine Abbildung von verschiedenen Nüssen, auch
von Bucheckern, aus denen Öl gewonnen wird. Da fiel mir ein, wie
wir einmal Bucheckern gesammelt haben.

Als im Krieg die Versorgung der Bevölkerung immer schlechter
wurde, mussten die Leute – so auch meine Mutter und Großeltern

in Honnef, mein Vater war ja "im Krieg" (so hieß das!) – sich schon sehr anstrengen, um sich und ihre Kinder noch satt zu kriegen. Fett spielte bei der Ernährung eine große Rolle und war, wenn überhaupt, nur mit Lebensmittelkarten in zugeteilter Menge zu kriegen. Der Schwarzmarkt bot auch immer weniger an!

Ach ja, wenn ich mich recht erinnere, war das im Herbst 1943. Wir hatten Glück: es gab in diesem Jahr reichlich Bucheckern. Und Bucheckern konnte man gegen Öl eintauschen!

So gingen Mutter Hilde und wir Kinder in die hohen Buchenwälder des Siebengebirges, vor allem an die Hänge der Löwenburg und der Wolkenburg (Zwei der ehemaligen Vulkane). Dort standen damals noch viele prächtige Buchen. (Erst 1945/46 wurden die meisten abgesägt – man brauchte Brennholz!) Wir klaubten Tausende und Abertausende von Eckern auf und breiteten sie auf einem großen Tuch aus. Dort kontrollierte unsere Mutter sie noch einmal, ehe sie in den mitgebrachten Tüten verschwanden. Wie stolz waren wir, als wir ein paar Tage nach Abgabe der Tüten den Erfolg unserer Mühen sehen konnten: für je 2,5 kg Bucheckern bekamen wir einen Liter Öl! Wir mussten also etwa zwölf- bis dreizehntausend von diesen winzigen, kaum etwas wiegenden dreieckigen Eckern für eine Flasche Öl zusammenbringen. (Es lagen aber glücklicherweise Zehntausende von Eckern herum, und Wildschweine, die uns Konkurrenz hätten machen können, gab es zu jener Zeit auch nicht.)

Damals waren flinke Hände und geübte Augen genau so hoch willkommen wie Unverdrossenheit bei dieser Arbeit. Tätigkeiten wie Bucheckernsammeln scheinen heute bei uns kaum noch vorstellbar, geschweige denn zumutbar. Außerdem, ist das nicht beruhigend? Man bekommt doch im 21. Jahrhundert im Bio-Laden um die Ecke jederzeit solche Waren wie Grapefruit-, Traubenkern-, Lavendel-, Avocado-, Sesam- oder eben auch Bucheckernöl für den verwöhnten Geschmack und die arg bedürftigen Hautzellen ...

Welche Menschen haben heute die flinken Hände, die geübten Augen, die geduldige Unverdrossenheit bei der Arbeit, um all die hunderterlei Grundstoffe zu sammeln und daraus Speisezutaten oder Hautpflegemittel zu bereiten? In der Türkei sahen wir Frauen, die mühsam-gebückt körbeweise Kapern pflückten. In Marokko besuchten wir Bäuerinnen einer Frauen-Kooperative, die still-schweigend-zäh Argan-Nüsse in ihren Handmühlen zu einem steifen Ölbrei (Grundmaterie für Kosmetika) zermahlten ...

Helgoland[145] – schon 1952

Mein guter Freund aus Pfadfinderzeiten, Rainer Berendes, und ich waren 1952 Schüler des Herzog-Johann-Gymnasiums in Simmern. Wir beschlossen, im Sommer dieses Jahres per Anhalter (heute nennt man das wohl „trammpen") nach Norddeutschland zu fahren und hatten dafür jeder 35.- DM angespart. Das war damals eine Menge Geld für uns!

Hellmut (links) Heimabend BdP Schinderhannes-Turm, Simmern ca.1952

Natürlich machten wir uns in unserer Pfadfinderausrüstung (im trendigen Modedeutsch wäre das outdoor outfit, adventure dress oder challenger wear) auf den Weg. Ganz klar waren dabei das blaugelb gestreifte Halstuch, das beige Hemd, die Lederhose und der überall auf der Welt bekannte Baden-Powell-Hut mit seiner breiten Krempe die wichtigsten Kleidungsstücke (der sogenannten „Kluft"). (Die kanadische berittene Polizei und Ranger in aller Welt tragen auch heute diese unverkennbaren Kopfbedeckungen.) So ausgerüstet, wussten die Autofahrer (damals noch), dass wir anständige Kerle waren, welche man ohne Risiko mitnehmen konnte.

Wir schafften es leicht, über Koblenz, Köln, Münster und Osnabrück bis Telgte zu kommen, wo wir bei Pfadfinderfreunden übernachteten. Es war aufregend für uns, einen ersten persönlichen Eindruck von Westfalens Städten Münster, Osnabrück und Telgte zu bekommen. Günter Grass erzählte in einem seiner Romane, welch bedeutende Rolle sie (eben auch das Städtchen Telgte) bis zum berühmten Friedensschluss in Münster und Osnabrück am Ende des Dreißigjährigen Krieges 1648 jahrelang spielten.

Der nächste Tag führte uns bis Bremen. Diese berühmte Hansestadt, obwohl 1952 mit ihren vielen Ruinen noch immer sehr deutlich von Bombenangriffen gezeichnet, beeindruckte uns stark. Damals schon entstand meine erste Liebe zur Stadt der vier Musikanten. Ich zögerte nicht lange, vom Gymnasium im Entstehen (G.i.E.) in Strümp nach Bremen zu wechseln, als mir 1975 eine Stelle im Ausländerreferat des Senators für Bildung und Wissenschaft angeboten wurde. Bremen ist mir inzwischen zu einer lieben zweiten Heimat geworden.

Nach Bremen war das nächste Ziel von uns zwei Anhaltern Bremerhaven. Vor Ort erst wurde uns Binnenlandbewohnern klar, wie kurios die Stadt nach dem Ende des Weltkrieges der Metropole Bremen zugeschlagen und wie aus zwei Hafenstädten, deren Stadtgrenzen durch 60 km des Bundeslandes Niedersachsen getrennt sind, das Bundesland Bremen gebildet wurde. Die USA drängten 1945 mit allem Nachdruck darauf, einen großen Hafen direkt an der Nordsee mit guter Anbindung ans Hinterland als ihre Hauptbasis zu haben. Für die amerikanische Heeresleitung lag Hamburg, 100 km elbeaufwärts, viel zu tief im Inneren des Landes und war nur langsam und umständlich erreichbar. So wurde die infrastrukturelle und politische Grundlage geschaffen, aus welcher der Zweistädte-Staat, das Land Bremen, hervorging. Man entschied seinerzeit sowieso auf höchster internationaler Ebene viele Dinge, die für die deutsche Verwaltung (eine Regierung gab es ja noch nicht) schwer zu verstehen und anzunehmen waren: Man verständigte sich darauf, dass die Briten die Schaffung der US-Enklave Bremerhaven in ihrer Besatzungszone genehmigten, man sah vor, dass die Amerikaner Thüringen und Sachsen den ehemaligen sowjetischen Kriegsverbündeten überließen; man bestimmte, dass in Berlin ein französischer Sektor gebildet wurde, usw.

Von unseren Pfadfinderfreunden in Bremerhaven hatten Rainer und ich erfahren, dass es preiswerte Segeltörns nach Helgoland gab. Das war für uns zwei *die* Gelegenheit aller Gelegenheiten! Wir wollten unbedingt mit zu den „ersten" Besuchern gehören. Wir machten Kassensturz, zahlten schweren Herzens jeder die stattliche Summe von 12,50 DM und fuhren mit einem kleinen hölzernen Küstensegler hinaus zur Insel in der Nordsee. Auf die Hauptinsel durften wir Touristen im August 1952 noch nicht gehen. Wir konnten von der Düne aus die Reste der wirr in die Luft ragenden ehemaligen Verladekräne, die zerstörten Hafenanlagen und gesprengten Lagerhäuser, die Ruinen der einstmaligen Stadt, das verwüstete Gesicht Halunds erblicken, entstellt durch die Sprengung und Explosion Tausender Bomben.

Bis 1949 diente die Insel, auch noch nach (!) der Entstehung der souveränen Bundesrepublik, für die Piloten der RAF (Royal Air Force) als Übungsziel.

Nach damaliger Sprechweise war „unser Helgoland" in den Jahren 1950/51 von mutigen Studenten sowie Freunden und ehemaligen Inselbewohnern den Briten „abgetrotzt" und „zurückerobert" worden. (Welch martialische Sprechweise! Überbleibsel aus dem 19. und 20. Jahrhundert oder vielleicht Ausdruck bodenständigtreuer friesischer Heimatliebe?) Die Briten übergaben am 1.3.1952 die Insel an die BRD. Ab April des Jahres durften die Einwohner in ihr Halund zurückkehren und konnten ihre Heimat wieder aufbauen.

Auf die Düne war der Tourismus zurückgekehrt – Besuchern war es erlaubt, den Badestrand der kleinen Düne, welche der Hauptinsel vorgelagert ist, zu betreten Das Warenangebot war ungeheuer verführerisch. Man konnte dort zollfrei Butter, Spirituosen, Tabakwaren, Ferngläser und Schokolade einzukaufen oder auch schwimmen.

Rainer und ich waren furchtbar knapp bei Kasse. Deshalb kaufte jeder von uns nur eine 400-Gramm-Tafel Schokolade – dies war zugleich höchster Luxusgenuss und unsere ganze Verpflegung für mindestens die nächsten zwei Tage!

Gegen Abend segelten wir zurück. Segeln – das war für uns Landratten ein außerordentliches Erlebnis! Der Wind blähte die Segel, der Rumpf rauschte durchs Wasser, die Wogen klatschten vom Bug hoch und sprühten ihre Gischt über uns! Für einige unserer Mitreisenden war die Rückkehr allerdings nicht das reine Vergnügen: Sie wurden seekrank und zahlten Neptun ihren Tribut. Mir erging es zum Glück besser, und ich konnte auf dem Bugspriet hoch über der Bugwelle den herrlichen Sonnenuntergang und den leuchtenden Mond beobachten. Spät in der Nacht kamen wir wieder in Bremerhaven an und fanden wir erneut Unterschlupf im ehemaligen Minenräumboot unserer Freunde, das im Hafen vertäut lag und unseren Pfadfinderkameraden als Heim diente.

Wir versuchten, so gut es ging, ganz da unten im Schiffsbauch zu schlafen. Trotz aller Müdigkeit wurden wir aber immer wieder durch merkwürdige, befremdliche, einem Stöhnen oder Grunzen ähnliche Laute geweckt. Es war unheimlich ... Dennoch, der Schlaf siegte endlich. Am nächsten Morgen klärten unsere Freunde uns über das nächtliche Stöhnen auf: Wir hatten die Stimme des „Kielschweins" vernommen. Von dieser Art *sus* oder *porcus* (Schwein) hatten wir bisher weder im Latein- noch im Biologieunterricht je etwas gehört! Kein Wunder! Dieses Lebewesen ist nur im Norden in der Gegend von Bremerhaven heimisch! Das Grunzen rührte (in jener Nacht) daher, dass sich der hölzerne Rumpf des Schiffes unter der Einwirkung von Wellen und Wind bewegte, an der Kaimauer auf- und abschrammte und dabei in den Holzspanten, den Planken und entlang der Bordwand dieses bemerkenswerte Ächzen und Stöhnen erzeugte.

Wie stolz und glücklich waren wir auf unser Abenteuer! Wir hatten auf dem Hunsrück nicht einmal im Traum daran gedacht, je einen Hochseesegeltörn zu machen, geschweige denn nach Helgoland zu gelangen – und jetzt gehörten wir zu den ganz frühen Besuchern der Insel nach dem Weltkrieg! Wir waren bestimmt die ersten und einzigen unserer Schule, die von diesen Erlebnissen berichten konnten! Die Ausgabe von 25 DM hatte zwar ein riesiges Loch in unseren Geldbeutel gerissen, aber was war das schon angesichts solch einer tollen Tramptour in den Norden!

Helgoland (auf Friesisch „Halund") nimmt im historischen Bewusstsein vieler Deutscher einen besonderen Platz ein. Diese friesische Insel, nur 50 km vor der Festlandküste, hat einen traditionell besonderen steuerrechtlichen Status. Zwischen 1807 und 1890 war Helgoland sogar eine britische Kronkolonie. Seit August 1890 ist die Insel wieder deutsches Staatsgebiet. Seitdem wurde sie von allen Machthabern Deutschlands ständig mehr und mehr zu einer Festung ausgebaut. Die militärische Führung des Dritten Reichs machte Helgoland unter Einsatz aller Mittel zu einem gewaltigen vorgeschobenen Verteidigungs- und Angriffssystem mit riesigen Tunnel-, Bunker- und Hafenanlagen sowie Artilleriestellungen und U-Boot-Liegeplätzen.

Um aber die Helgoländer nicht erneut (wie 1918) zur Übersiedelung auf das Festland zu zwingen, wurden für die gesamte Zivilbevölkerung der Insel besondere Schutzräume in die Felsen gesprengt. Sie hielten allen Bombardierungen stand, sodass trotz der vielen Luftangriffe nur wenige Tote zu beklagen waren. Am

18.4.1945 (nur drei Wochen vor dem Ende des Krieges) machten im letzten Angriff nahezu 1.000 britische Flugzeuge auf der Insel alles, was noch übrig war außer dem Leuchtturm, mit ihren Luftminen (Tall Boy – Lange Lümmel /vor dem Museum steht noch eine solche Bombe.) buchstäblich dem Erdboden gleich. Vielleicht diente der Leuchtturm den angreifenden britischen Piloten als schon von Weitem sichtbares, perfektes Orientierungszeichen und wurde deshalb nicht zerstört.

Das Oberkommando der britischen Streitkräfte, die Helgoland immer noch besetzt hielten, hatte nach dem Krieg etwa 6.700 Tonnen Sprengkörper und Munition aller Art vom Festland auf die Insel bringen und in den militärischen Bunkern einlagern lassen. Auf den Tag genau am 18.4.1947 (zwei Jahre nach dem letzten großen Luftangriff) wurde mit einem einzigen Schlag, dem Big Bang (Riesenhieb, Bombenerfolg, Urknall) dieses Kriegsmaterial mitsamt den U-Bootliegeplätzen und Hafen-, Artillerie- und Bunkeranlagen in der größten nichtatomaren Sprengung aller Zeiten in die Luft gejagt. Mehrere Hektar des Südteils der Insel verschwanden im Meer. Heute befindet sich in einem der großen Trichter, welche die Sprengung in das Kliff (Steilhang) der Südspitze gerissen hatte, das Krankenhaus der Insel!

Es war auch einmal unter den Alliierten von einer Versenkung ganz Helgolands die Rede gewesen. (Sie wäre nie gelungen – auch mit einer Atombombe des damaligen Kalibers hätte man die Insel nicht mit einem Schlag von der Oberfläche der Nordsee fegen können!) Ziel der Sprengung war, die Insel ein für alle Mal unbrauchbar zu machen als weit in die See vorgeschobene Militärbasis eines eroberungssüchtigen Deutschlands. Dieses Ziel wurde auch ohne den Big Bang erreicht.

Am 12.10.2021 nahmen Nevin und ich an einer Führung des Museums Helgoland durch die noch erhaltenen (und teilweise restaurierten) zivilen Abschnitte des Schutzsystems teil. Die Kinder in unserer Gruppe waren über den Bunker gut informiert. Ich bin sicher, dass ich der einzige in unserer 25-köpfigen Schar war, der wirklich wusste, was man fühlte, wenn die Wände des Bunkers während eines Bombenangriffs bebten, das Licht ausging, die Atemluft immer knapper, die Angst immer bedrängender wurde … (Der Museumsführer -Jahrgang 1953- sprach von solch einer Situation.)

Diese Führung rief in mir Erinnerungen an die schlimmen Geschehnisse wach, die ich vor 77 Jahren in Ulm erlebte.

Schon auf der Rückfahrt von Helgoland hatte sich bei mir ein Gerstenkorn angekündigt, das über Nacht rasend schnell wuchs und sehr schmerzte. Rainer und mir blieb nichts anderes übrig, als noch länger in Bremerhaven zu bleiben. Am frühen Morgen ging ich zu einem Arzt, den unsere Freunde mir empfohlen hatten. Er gab mir eine Penicillinspritze und Zugsalbe fürs Auge und ordnete Bettruhe an. Am folgenden Morgen kam er selbst aufs Schiff und behandelte mein Auge – ich soll ausgesehen haben wie ein Boxer nach einem k.o.-Schlag. Und dann musste ich noch einmal den ganzen Tag im Bett bleiben. Am dritten Tag also war ich erst wieder reisefähig, nachdem Dr. Nünninghoff mir noch einmal den Eiter ausgedrückt und das Auge gut mit Salbe versorgt hatte. Die ganze Behandlung hatte der Arzt für mich gratis gemacht. Ich bin diesem Retter in der Not bis heute dankbar für seine Großzügigkeit und Hilfe!

Mit meinem abheilenden Gerstenkorn machten wir uns auf den Rückweg – der Hunger trieb uns voran! Von unserem vorletzten Geld kauften wir uns noch vier Dosen Ölsardinen für jeweils 'ne halbe Mark, weil die am meisten Kalorien enthielten, und wir vermuteten, noch ein oder zwei Tage zu brauchen bis Simmern.

Wir erwischten an der südlichen Ausfallstraße Bremerhavens einen offenen Hanomag-Lastwagen, der uns in einem Rutsch bis nach Wuppertal-Barmen brachte. Dort konnten wir uns mit buchstäblich den letzten Groschen Karten für die Schwebebahn kaufen, fuhren nach Vohwinkel und überraschten dort Tante Martha und Onkel Ernst Fudickar mit unserem Besuch. Als Tante Martha uns sah, prallte sie zurück ... Wir müssen ziemlich verwegen, eher wohl abgerissen, ausgesehen haben ... Tante Martha gab uns erst mal was zum Futtern und wusch dann kurz entschlossen unsere Klamotten. Nach einer wohltätigen Dusche konnten wir uns in unseren „neuen Kleidern", die sie irgendwie auch hatte trocknen können, wieder sehen (und riechen) lassen.

Onkel Ernst war beeindruckt von unserem Unternehmungsgeist, machte uns aber trotzdem einen Vorschlag, den wir nicht ablehnen konnten: Für den restlichen Weg von Vohwinkel bis Simmern wollte er uns die Eisenbahnfahrkarten bezahlen. Es kostete ihn keine Überredungskunst, uns die Idee schmackhaft zu machen. Der damals nicht eingeplante, aber tolle Trip nach Helgoland hatte unsere Finanzen vorzeitig ruiniert – wir waren schlichtweg blank und zu weiteren Abenteuern kaum mehr motiviert und fähig. So langten wir am nächsten Tag in Simmern am Bahnhof an – zum Erstaunen aller sauber und satt, heil und gesund (außer dem Pflaster auf meinem Auge). Man konnte uns auch sicher ansehen, dass wir rundum glücklich und zufrieden mit dem Verlauf und Ausgang unserer Tramptour waren, nicht zuletzt dank der bis heute unvergessenen Großzügigkeit von Tante Martha und Onkel Ernst.

Französische Francs im Saarland?[143] (En mémoire de Leo)

Zu den merk-würdigsten Erfahrungen während meiner Schulzeit in Simmern gehört, dass wir im Unterricht nie etwas über ein Thema hörten, das ich mit Saar-Problem umschreiben möchte. Es spielte anfangs der 1950er-Jahre bedauerlicherweise (oder bezeichnenderweise) keine Rolle im täglichen Leben der Erwachsenen, die ich kannte. Die politische Dimension kam, um es zurückhaltend auszudrücken, nur verzerrt an und war selbst auf dem gymnasialen Lehrplan kein Thema! Der Prozess der Aussöhnung zwischen Deutschland und Frankreich stand noch ganz am Anfang. Ohne dass ich mir dessen genügend bewusst gewesen war, hatte ich aber das Problem schon ab Herbst 1945 in Honnef wahrgenommen. Auf den beiden Eisenbahnstrecken entlang des Rheins fuhren in den ersten Nachkriegsjahren häufig mit Basaltsteinen beladene Güterzüge flussabwärts und mit Baumstämmen vollgestapelte Güterzüge flussaufwärts. Die meisten dieser Stämme waren schon auf die Länge geschnitten, die im Steinkohlebergbau zum Ausbau der Stollen benötigt wurde. Man sprach damals davon, dass diese Güterzüge – im Rahmen der Wiedergutmachung (Entschädigung) – den Basalt zum Deichbau in die Niederlande brachten und dass das Holz zum ausschließlichen Nutzen Frankreichs in den Steinkohlegebieten Lothringens und des Saarlandes verwendet wurde.

Hier erscheint mir eine kurze geschichtliche Rückbesinnung angebracht.

Im Krieg 1870/71 besiegten deutsche Truppen das französische Heer. In Versailles wurde anschließend 1871 im Schloss König Ludwigs XIV. das Deutsche Kaiserreich ausgerufen.

Die Niederlage, die Reichsgründung und erzwungenen Reparationszahlungen waren für die Franzosen äußerst demütigend. Sie haben diese Bestrafungen viele Jahrzehnte nicht hinnehmen, schon gar nicht verzeihen und vergessen können.

Nach der Niederlage im 1. Weltkrieg musste Deutschland Wiedergutmachung leisten.

Um sicherzustellen, dass diese Reparationen auch erfolgten, besetzten alliierte, hauptsächlich französische, Truppen 1923 das Rheinland, vier Jahre nach dem Frieden von Versailles.

Nach dem Untergang des Dritten Reiches wiederholten sich die Vorgänge von 1919. Deutschland wurde erneut besetzt und musste abermals Reparationen leisten.

Die Siegermächte hatten im 2. Weltkrieg schwerste Verluste erlitten. Sie setzten verständlicherweise für ihren Wiederaufbau (auch) das ein, was aus dem besiegten Deutschland an Brauchbarem noch zu holen war. In Westdeutschland waren das insbesondere Basalt, Baumaterialien und Holz sowie Braun- und Steinkohle.

In der Sowjetunion (und den osteuropäischen Ländern) wurden durch das deutsche Militär unermessliche Schäden angerichtet. Tausende von Städten wurden zerstört, Zehntausende von Dörfern niedergebrannt, Hunderttausende von Kilometern Eisenbahnlinien abgebaut. Mehr als siebenundzwanzig Millionen Menschen verloren allein in UdSSR ihr Leben! Kein Land der Erde hatte mehr unter dem Krieg gelitten als die Sowjetunion!

Als kurz nach Kriegsende der Kalte Krieg entbrannte, wurde es den westlichen Großmächten sehr schnell klar, dass nur wirtschaftlich starke, politisch stabile Länder dem Machtanspruch der Sowjetunion widerstehen konnten. Die westeuropäischen Länder brauchten zu ihrer Erholung Hilfe von außen.

Er unterstützte durch materielle und finanzielle Hilfe ganz wesentlich den Wiederaufbau Westeuropas.

Ich mache an dieser Stelle am 1.6.2022 einen Einschub: Im Jahr 2014 annektierte Russland die Krim. Im April 2022 hat Russland die Ukraine überfallen und versucht, das Land des ehemaligen sozialistischen Brudervolks zu erobern. Dieser Krieg verwüstet ukrainische Städte bis zur Unbewohnbarkeit. Das russische Volk leidet, das ukrainische Volk bringt große Opfer; auf beiden Seiten sterben Tausende von Menschen. Die Machthaber in Moskau verraten ihr Volk, die Völker der GUS und das Volk der Ukraine. Sie scheinen aus der Geschichte des 2. Weltkriegs nichts gelernt zu haben. Die Ukrainische Nation kämpft ums Überleben. Heute ist noch nichts entschieden. Fast alle Länder der Welt sind wirtschaftlich durch diesen Krieg betroffen; der Krieg Putins gegen die Ukraine ist seine Kampfansage an die ganze Welt. Welt, ist aber nur ein Krieg in der heutigen weltweiten Auseinandersetzung darüber, wer ab der Mitte des 21., spätestens ab Beginn des 22. Jahrhunderts die Welt beherrscht.

Im Rückblick erkenne ich, dass seinerzeit beim Umgang mit dem Saar-Problem eine große Menge Nichtwissen, Unverständnis, Verärgerung, Neid, Verdrängung und Vergesslichkeit in der BRD eine Rolle spielten; und zwar deswegen, weil das Material mit den Güterzügen ins Ausland ging, von dem man selbst voller Neid gerne viel gehabt hätte, aber nur wenig kriegen konnte. Man scheint sich damals nicht im Klaren gewesen zu sein oder man wollte sich nicht mehr daran erinnern, wer diesen Krieg begonnen, wer die Schuld daran hatte. Man wollte es nicht wahrhaben, in welch besonderem Maße der Krieg die Länder geschädigt hatte, in welche diese Wiedergutmachung ging! Man ließ am liebsten das Thema mehr oder weniger murrend, missgünstig und unerledigt auf sich beruhen. Der Wiederaufbau unseres ruinierten Landes war für viele Überlebende des Weltkriegs noch wichtiger als die Beteiligung am beschwerlichen (moralischen) Aufbau der neuen demokratischen Ordnung. Es fiel zu schwer, sich zu den Untaten der Vergangenheit zu bekennen.

Von heute aus gesehen war dieser abweisende, verschweigende Umgang mit der jüngsten Vergangenheit Deutschlands ein wesentlicher Teil dessen, was man später den politischen Mief der Adenauer-Ära nannte.

Wichtig ist in diesem Zusammenhang für mich Folgendes: Unter Reparation kann nur durch Geld oder Sachwerte geleistete Wiedergutmachung von Schulden (Schäden an Leib und Leben, an Hab und Gut) verstanden werden. Eine Reparation von (moralischer) Schuld (etwa am Ausbruch eines Krieges, Verübung von Kriegsverbrechen, etc.) kann nicht durch materielle oder finanzielle Maßnahmen erfolgen.

Mit dem sehr komplizierten Zusammenhang zwischen den Reparationszahlungen und dem deutschen Saarland wurden wir im Jahr 1953 konfrontiert. Leo Enzgraber hatte uns Pfadfinder auf die Idee gebracht, per Rad das Saarland zu erkunden.

Wir sollten dort selber erfahren und kennenlernen, wie es um das Saar-Problem stand, uns durch eigene Anschauung und Erfahrung unsere politische Anschauung bilden und unser historisches Bewusstsein entwickeln, aus nächster Nähe sehen und begreifen, wie mühsam nach Jahrhunderten Feindschaft der Weg der Versöhnung zwischen Frankreich und Deutschland war.

Unsere Gruppe erreichte über den Soonwald und den Idarwald das Saargebiet und wir wähnten uns auf alles gut vorbereitet zu sein. Doch wurden wir in unserer Ahnungslosigkeit sogleich überrascht davon, wie häufig die französische Sprache überall zu sehen (Zeitungen, Bücher, Reklame, etc.) und zu hören war. Wir kamen uns wie Ausland vor. Wie wunderten wir uns, dass die dortige Währung der französische Franc war und wir mit Münzen bezahlten, deren Prägung „100 Franc – Saarland" war! Eine ganz neue Erfahrung! Wie konnte das sein? Wir waren doch, geografisch und politisch betrachtet, in einem Landesteil der souveränen (!) Bundesrepublik Deutschland!

Ja, das war so, und doch auch wieder nicht! Wir waren im Grenzgebiet eines Landes angekommen, wo wir geschichtliche Entwicklungen und ihre Folgen buchstäblich miterleben und nachvollziehen konnten. Wir erhielten in sehr anschaulicher Kurzform „Unterricht" in Wirtschafts-, Finanz-, Sozial- und Politikgeschichte ganz eigener Art. Die Vorurteile zwischen Deutschland und Frankreich waren noch lebendig und Frankreich handelte politisch noch aus dem Geist des 19. und frühen 20. Jahrhunderts. Die Vorstellung einer Versöhnung, gar Freundschaft, zwischen den beiden Ländern lag noch in weiter Zukunft.

(Welche Erinnerungen und Prägungen tragen wohl die Menschen in sich, die in den für viele Jahrhunderte umkämpften Landschaften Belgiens, Lothringens und des Elsass leben?)

Es war für uns in dieser neuen Situation äußerst erstaunlich, fast rätselhaft, dass in unserer Schule nie von der Eroberungspolitik des Naziregimes die Rede gewesen war und auch nicht davon, dass auch andere europäische Staaten die Annexion fremder Länder (bis in unsere Gegenwart) betrieben. Mir ist bis heute zudem kaum erklärlich, warum wir, die junge Nachkriegsgeneration, in der Schule vom „Europa im Werden" so gut wie nichts vermittelt bekommen hatten. Warum hatten wir so wenig von aktuellen, wichtigen Entscheidungen und Ereignissen in und für unser Land und Europa gehört? Während unserer Schulzeit wurde doch der Kalte Krieg schon immer heißer! Warum wussten und lernten wir mehr über Archimedes und Pythagoras, Kopernikus und Galilei, Augustus und Caesar, Goethe und Beethoven als über die für unsere Generation so entscheidende Zeit von 1870 bis 1950? Wir verstanden damals die politischen Zusammenhänge nicht, denn der Unterricht in der Schule hörte in allen Fächern so etwa mit den historischen Ereignissen und Erkenntnissen um das Jahr 1930 auf. Die Bildung eines eigenen Bewusstseins, das sich auf die ökonomische, soziale und politische Nachkriegs-Entwicklung unseres Landes, der BRD, bezog, war ganz und gar uns SchülerInnen selbst überlassen.

Nach dem Versailler Friedensschluss 1919 wurde das Saarland 1920 aus dem Reichsverband ausgegliedert. Von 1921 bis 1935 wurde es der Verwaltung durch den Völkerbund unterstellt. Als dem unmittelbaren Nachbarland wurde das Mandat übertragen auf Frankreich. Es gliederte das Saarland, vor allem wegen seiner Steinkohlebergwerke und Stahlhütten, direkt seinem lothringischen Wirtschaftsraum an und führte die französische Währung ein. In der vom Völkerbund für 1935 vorgesehenen und tatsächlich durchgeführten Abstimmung entschieden sich über 90 % der Bewohner des Saarlandes für einen (Wieder)Anschluss des Saargebietes an das Deutsche Reich. Von da an war bis Kriegsende 1945 die Reichsmark Zahlungsmittel und das Saarland ein integraler Teil Deutschlands.

Nach dem Ende des 2. Weltkrieges war das Saargebiet ein Teil der französischen Zone, wurde aber schon 1946 aus dem Zuständigkeitsbereich des Alliierten Kontrollrates ausgegliedert und zu einem autonomen Staatsgebiet unter französischer Regie erklärt. Man führte am 16.6.1947 die Währung der Saar-Mark ein; am 20.11.1947 wurde sie durch den französischen Franc ersetzt. Am 8.11.1947, knapp zwei Wochen früher, war im Saarland eine eigene Landesverfassung verkündet sowie eine Regierung aus der Taufe gehoben worden. An den Olympischen Sommerspielen 1952 und an der Qualifikation für die Fußballweltmeisterschaft 1954 nahm das Saargebiet mit einer eigenen Mannschaft teil. De facto wurde das Saarland aber als ein fester Teil des französischen Wirtschafts- und Staatsgebietes betrachtet. Eine der verwunderlichen historischen Ungereimtheiten ist, dass die BRD zwar seit dem 23.5.1949 ein international anerkannter, autonomer, politisch souveräner

Staat war, sich Frankreich aber dennoch über die Kompetenzen und Unabhängigkeit der BRD hinwegsetzte und bis Ende 1956 fast völlig den politischen Status des Saarlandes – und seiner Bevölkerung – bestimmte.

Der Kalte Krieg und die wirtschaftliche Erholung Europas von den Folgen des Zweiten Weltkrieges machten ab 1945, allen konservativen Traditionen und nationalistischen Bestrebungen zum Trotz, die völlige Neuausrichtung einer gemeinsamen Politik unter den europäischen Nachbarstaaten unbedingt erforderlich. Frankreich überwand sein tiefes Misstrauen gegenüber Deutschland; die Bundesrepublik gewann allenthalben mehr Vertrauen in Europa zurück, und ein großer europäischer Wirtschaftsraum zeigte erste Konturen.

Es ist keineswegs Zufall, dass die heutige EU (Europäische Union) mit dem deutsch-französischen Stahl- und Kohle-Vertrag, der sogenannten Montan-Union, begann. Ihr folgte die EWG (Europäische Wirtschaftsgemeinschaft). Dank weitsichtiger und versöhnungsbereiter Staatsmänner wie Adenauer und de Gaulle, Erhardt und Schumann wurde in den 1950er-Jahren aus der Erbfeindschaft eine französisch-deutsche Freundschaft. Noch heute gibt es in Honnefs Stadtteil Rhöndorf die schöne Begegnungsstätte der deutsch-französischen Freundschaft. (Bundeskanzler Adenauer hatte seinen Rosengarten in Rhöndorf und fuhr von dort aus jeden Tag nach Bonn, um seinen Regierungsgeschäften nachzugehen.)

Alle diese politischen Änderungen wirkten sich auch auf das Saarland aus. Zwischen 1947 und 1956 gab es verschiedene Anläufe zur Lösung des Saar-Problems, die alle missglückten.

Am 25.11.1955 stimmten in einer Volksabstimmung 67,7 % der Einwohner des Saargebietes für einen Wiederanschluss an Deutschland. Nach zähen Verhandlungen wurde er im Saarvertrag von Luxemburg 1956 besiegelt. Wir Pfadfinder waren also im Sommer 1953 tatsächlich im „Ausland" gewesen!

Von unserer aufschlussreichen Radtour ins so nahe gelegene und doch damals noch so ferne, fremde Saargebiet kehrten wir glücklich heim, um einiges „schlauer" als zuvor. Ungern denke ich an die schockartige Betroffenheit zurück, die ich empfand, als ich im deutschen Saarland zum ersten Mal französisches Geld als Landeswährung in Händen hielt. Wir Pfadfinder hatten nicht nur geografisch neue Gebiete kennen gelernt, sondern wirklich brauchbare Pfade zum Verstehen politischen Neulands gefunden; neue Wege historischer Erkenntnis beschritten; zeitnahe, reale Geschichte buchstäblich erlebt.

Danke, lieber Leo, für diese Erweiterung unseres Bewusstseins!

Bräämerebríerer – „... dem Volke aufs Maul geschaut"

Als wir 1949 nach Kümbdchen zogen, betraten wir auch sprachliches Neuland. Bei uns zuhause wurde nie im Dialekt gesprochen – den typischen Singsang des rheinischen Platts hatten wir Kinder so ganz nebenbei im Kindergarten und in der Schule aufgeschnappt. Eugen hatte bis auf kleine verräterische Töne sein Schwäbisch „vergessen". Bei mir ist von der Zeit in Ulm der eine oder andere schwäbische Brocken hängen geblieben. In Kümbdchen (auch in Simmern) war umgangssprachlich – wie in Ulm (!) – das Sprechen mit starker Dialektfärbung in Hunsrücker Mundart an der Tagesordnung. Mir machte es Spaß, dieser neuen Sprache zu begegnen, sie verstehen und sogar, sei's auch nur wenig, selber sprechen zu lernen.

Hier sind ein paar Kostproben aus dem Dialekt Kümbdchens. In jedem Ort des Hunsrücks klang es ein bisschen anders – éwe ánners! Ik glööv, bi us' in't Dörp in Saarn (Sage-horn), wo wi jetzt wohnt, in de Naberschaft von Bremen, is dat ook nich veel anners.

In der Nähe von Simmern gibt es den Ort Klosterkumbd. (Die Mönche bauten ihr Kloster am Kundbach.) Der Name Kíemsche unseres Hunsrücker Dorfes Kümbdchen leitet sich auch ab aus kumbd (früher chumbd), das so viel bedeutet wie „in einer Vertiefung, in einer Niederung gelegen, durch die (bis heute) ein Bach fließt". Der Nachbarort Keidelheim hieß bei den Leuten nur Káilem, und Sargenroth war als Säschert bekannt. In Simmern, besser in Síemere, gab es in den 50er-Jahren noch eine Klábbergass (Klappergasse). Sie erinnerte an die Aussätzigen, die im Mittelalter dort wohnten und andere Menschen durch Klappern vor sich warnen mussten. Die jüdischen Bürger Simmerns durften von jeher nur am Stadtrand in der Júregass (Judengasse) wohnen.

In den Dörfern konnte man bisweilen merkwürdige, für den „Ausländer" nahezu unverständliche Redeweisen hören, die sich vielleicht aus dem Verschleiß von Formulierungen durch (zu) häufigen Gebrauch erklären lassen. Auch dazu hier eine Kostprobe: Um ihren Gefühlen (etwa großer Verwunderung oder Bedrückung) Ausdruck zu geben, gebrauchten in Beltheim manche katholischen Leute den letzten Satz einer bestimmten Litanei. Im Gebetbuch las man an dieser Stelle „Maria und Josef in Ewigkeit! Amen!" Man hörte aber den Ausruf „Majúremeskáitschesná" –für einen Rheinländer, *das* zu verstehen oder gar nachzusprechen, war nicht so ganz leicht. Der einfachere, kurze Ausruf „Majúu-majúu!" statt „Maria und Josef!", den man an Stelle des Seufzers „Mein Gott!" ausstieß, verschaffte manchmal auch Erleichterung.

Je nach Jahreszeit oder Wetterlage gab es in Haus und Hof viele Mücken. Mit ihren Stichen quälten und ärgerten sie uns. Das hieß bei uns: Die Mügge piesagge uns. Die Etymologie sagt, das Wort piesacken gehe auf pesek = Ochsenschwanz, Lederriemen zurück. Die Simmerner behaupten mit einem gewissen Lokalstolz, das Verb sei abgeleitet vom Namen Pies. Diese Hunsrücker Familie ist seit 500 Jahren bis auf den heutigen Tag im Heilberuf tätig! In manchen Gärten hatten unsere Kiemscher Nachbarn auch Himbeer- oder Brombeerhecken. Mir gefiel damals das Wort für Brombeerblätter so gut. Man sagte Bräämerebríerer (mit schön gerolltem „r").

Einmal im Jahr gab es auf dem Hof einen besonderen Tag; das war der Schlachttag, an dem meist eine Sau dran glauben musste. Wir „Lutz-Kinder" durften dabei zusehen. Für uns, die Leute aus der Stadt, war das etwas blutige Ereignis stets sehr beeindruckend. Die Beschreibung des eigentlichen Schlachtvorgangs erspare ich meinen LeserInnen. (Sie werden's mir danken, vermute ich mal.)

Am meisten war ich naischerischer (neugieriger) Junge angetan von dem mäggelisch große (riesengroß, enorm) Topf, in dem die Mäddsellsubb (Metzgersuppe) brodelte. Da schwammen dann die Würscht in der mit Maarisch (Knochenmark) und Fleischstückchen angereicherten, fetten, vielversprechend riechenden Brühe und kochten so vor sich hin.

Wenn alles getan war und alles Fleisch, die brauchbaren Knochen, das gesamte Werkzeug, alle Teller und Töpfe „piggobello" sich am richtigen Platz befanden, gab es für jeden am gemeinsamen langen Tisch einen großen Teller voll von dieser herrlich duftenden und unvergesslich lecker schmeckenden Suppe!

Das „verflixte" achte Jahr

Wir, Christel und ich, lernten uns 1949 kennen, als ich Schüler am Herzog-Johann-Gymnasium in Simmern wurde. Christel war eine Jahrgangsklasse „unter" mir. Wir verliebten uns, wurden ein Pärchen (vielleicht *das* Pärchen an der Schule).

Nach unseren Abiturprüfungen 1954 bzw. 1955 verfolgten wir an verschiedenen Universitäten unsere eigenen Studienwege, waren uns aber immer nahe. Im Sommer 1955 beispielsweise lernten wir im schönen Torquay noch ordentlich Englisch dazu.

1956 spätestens waren sich Christel und ich ganz sicher, dass wir nach unserem Studium heiraten würden. Es zeichnete sich auch ab, dass wir uns nur nach katholischem Ritus trauen lassen durften. Meine Eltern lebten ihr protestantisches Bekenntnis glaubhaft, aber völlig unaufringlich. Christels Eltern waren sehr überzeugte Katholiken in allen von der Kirche geforderten Glaubenssachen. Das hieß praktisch, dass wir auf jeden Fall nach katholischem Ritus heiraten und Christel und ich ein katholisches Eheversprechen abgeben mussten. Folglich musste auch gegebenenfalls die Kindererziehung im Sinn der römisch-katholischen Lehre erfolgen.

Darum sah ich mich gezwungen, mich grundsätzlich mit diesen unausweichlichen Vorbedingungen und mit dieser sehr strengen römisch-katholischen Ausprägung, Anspruchshaltung und Umsetzung des Christentums auseinanderzusetzen. Vom WS 1956/57 an belegte ich daher in der Lehre des katholischen Glaubens zusätzlich zu den bisherigen, vorgeschriebenen Studienfächern noch Vorlesungen, Seminarübungen und sogar intensiven Einzelunterricht bei Professor Loosen von der Katholischen Hochschule St. Georgen in Frankfurt. Ich wurde mir also bis 1961 sehr bewusst darüber, auf was ich mich wegen der großen Liebe zu Christel einließ.

Am Mittwoch, dem 26. Juli 1961 heirateten wir im Standesamt Leichlingen. Kirchlich wurden wir im simultan genutzten Altenberger Dom – eine ab dem 12. Jahrhundert von den Zisterziensern errichtete Klosterkirche – getraut. Mit den Familien und ein paar Freunden beider Seiten feierten wir das Hochzeitsmahl.

Zwischen meinen und Christels Eltern entwickelten sich keine Beziehungen. Die Weltansichten und Glaubensüberzeugungen waren und blieben vom Grundsatz her zu unterschiedlich.

Christel und Hellmut, Frankfurt 1957

Christel und ich wohnten von 1961 bis 1969 in Mönchengladbach.

Es ist wahr, unser Beruf machte uns Spaß, wir hatten eine schöne Wohnung und machten mit unserem Auto viele interessante Reisen. Wir verschoben das „Kinderkriegen" auf später, hatten nette Freunde, kamen gut mit unserer Verwandtschaft sowie miteinander aus und erlebten glückliche, unbeschwerte Zeiten.

Im Laufe dieser Jahre lebten wir uns aber, trotz gegenteiliger Absicht, innerlich nicht weiter auf einander zu, sondern entfernten uns in unserem Inneren voneinander. 1968 schließlich zeichnete sich das Ende unserer Verbindung deutlich ab. Wir beschlossen, offen unsere Entfremdung einzugestehen und unser Leben nicht mehr gemeinsam unter einem Dach fortzusetzen.

Vor dem Landgericht Mönchengladbach wurde unsere Ehe zum 1. August 1969 rechtskräftig geschieden. Für immer trennten sich unsere Wege – schiedlich-friedlich, wie der Volksmund so sagt. Christel zog nach Stuttgart; ich mietete eine Wohnung in Krefeld.

Wir sind uns auf unserer Wanderung durchs Leben nicht mehr von Angesicht zu Angesicht begegnet. Ich wünsche Christel, dass sie mit ihrer Familie glücklich in Bochum lebt und auf ein erfülltes Leben zurückblicken kann.

Meine LehrerInnen am Gymnasium in Simmern

Von Mai 1949 bis März 1954 bin ich am Staatlichen Neusprachlichen Herzog-Johann-Gymnasium in Simmern zur Schule gegangen. In den Gymnasien in Honnef und in Simmern gab es keine politische Indoktrination, keine psychische Unterdrückung und auch keine körperlichen Bestrafungen mehr. Die praktizierten Methoden und Erziehungsziele hatten nichts mehr zu tun mit den Vorstellungen, die bis 1945 bei den Nazis herrschten.

Meinen Lehrerinnen und Lehrern in Honnef und Simmern verdanke ich eine insgesamt solide Grundbildung, auf die ich mich mein Leben lang verlassen, auf der ich aufbauen konnte.

Ihnen allen gebührt dafür mein Dank!

Die eigentlich so wichtigen politik- und gegenwartskundlichen Denkbereiche und Arbeitsfelder spielten in beiden Schulen so gut wie keine Rolle. Ich versuche zu verstehen, warum bei meinen LehrerInnen bei den Themenfeldern über die Zeit der Weimarer Republik, über das Terrorregime der Nazis, über den 2. Weltkrieg und über die Entstehung und Entwicklung der BRD (und auch der DDR) durchgehend das große Schweigen herrschte.

Diese spürbare Verdrängung, eigentlich die Negation der jüngsten Geschichte und politischen Entwicklung unseres Landes, empfand ich als erheblichen Mangel. Damals herrschten die großen Diskussionen über die neuen Konzepte unserer Erziehung zu mündigen, politisch bewussten, verantwortungsbereiten Staatsbürgern, die alle für die jungen Demokratie gewonnen werden, an ihrem Aufbau sich beteiligen und sich mit ihr identifizieren sollten. An meiner Schule wurden diese Konzepte, wie vermutlich an den meisten Schulen in jener noch kriegsnahen Zeit, im Unterricht leider nicht in größerem Maß umgesetzt.

Ich versuche heute und an dieser Stelle mit einfacheren Worten die Haltung, die Erfahrungen, das Tun, das Schweigen meiner LehrerInnen und derer zu verstehen, die damals im System gelebt und es ertragen, in ihm vielleicht sogar mitgemacht haben, um zu überleben.

Möglicherweise hatten sie den Untergang des Dritten Reiches auch als einen Verlust, als eine persönliche Niederlage und, um mit Alexander und Margret Mitscherlich[148] zu sprechen, als „Ich- oder Selbstverarmung", eine „persönliche Entwertung".

Die Vermeidungseinstellungen und Umgehungs- und Entziehungsstrategien meiner Simmerner LehrerInnen zu Themen der Politik und Ökonomie im Unterricht zwangen mich zum Glück nachdrücklich dazu, im Studium diese politischen Kenntnis- und Bewusstseinsmängel durch intensive, grundlegende Arbeit in den soziologischen und politischen Wissenschaften zu beseitigen. An der Universität in Frankfurt hatte ich dank meiner vorzüglichen Lehrer dort die Chance, diese Lücken zu schließen.

Ehrlicherweise muss ich mich fragen, wie weit es für normale BürgerInnen, die zu Zeiten des Dritten Reiches im Bildungswesen als VolksgenossInnen in das politische System eingebunden waren, möglich war, „nein" zu sagen, kein Nazi zu sein. Wie hätte ich mich verhalten? Hätte ich, gegebenenfalls – ohne ein Held sein, ohne mein Leben aufs Spiel zu setzen – den Mut gehabt, mich gegen die Nazis auszusprechen?

Bei elf LehrerInnen hatte ich Unterricht in 13 Fächern. Ich äußere mich nur über einige von ihnen.

Herr Enzgraber

Leo Enzgraber war unser junger Erdkundelehrer. Er unterstützte mein starkes Interesse an allem, was mit Gesellschaft, Geografie und Wissen über die Welt im weitesten Sinne des Wortes zusammenhängt. Er war der einzige Lehrer, der mein politisches Interesse ansprach.

Meinem Freund Leo widme ich in Dankbarkeit das Kapitel „Allzeit bereit!" über meine Pfadfinderzeit und das Kapitel „Französische Francs im Saarland."

Herr Hahn (in dankbarer, ehrender Erinnerung)

Eine ganz besondere Rolle in meinem Schülerleben spielte mein Klassenlehrer Erich Hahn. Sein großes Hobby war Wetterkunde. Er wohnte in einem Häuschen nahe der Schule, baute in seinem kleinen Garten Gemüse und Blumen an und hatte eine Ziege und Bienen als Haustiere. Er trug nie einen Hut. Als ich ihn einmal fragte, warum er als einziger seiner Kollegen keine Kopfbedeckung trage, sagte er zu mir, ihm sei es zu lästig, ständig als Geste der Höflichkeit den Hut ziehen zu müssen, also benutze er keinen. Seine Offenheit und seine pragmatische Denk- und Lebensweise haben mich immer beeindruckt. Herr Hahn unterrichtete in meiner Klasse Mathematik und Physik.

Das Fach Physik machte mir bei ihm ausgesprochen Spaß. Herr Hahn nutzte alle Geräte und anderen Möglichkeiten der damals noch sehr spärlich ausgestatteten Physiksammlung, um den Unterricht anschaulich und als Teil unserer täglichen Lebenswirklichkeit begreiflich zu machen. Das kam meinen Fähigkeiten und meiner Weise des Denkens sehr entgegen, und ich war bald an der praktischen Vorbereitung und Durchführung fast aller Demonstrationen und Versuche beteiligt. Durch direkte Konkretisierung konnte ich abstrakte physikalische Definitionen und Sachverhalte gut nachvollziehen. Ich bin mir aber sicher, dass ich bei den heutigen Inhalten und Anforderungen im Fach Physik nicht mehr mithalten könnte, schon gar nicht als Klassenbester – im Fach Physik hatte ich die Note sehr gut.

Im Frühjahr 1954 stand für mich am Herzog-Johann-Gymnasium in Simmern das Abitur an. In den meisten Fächern hatte ich gute oder sehr gute Noten, sogar in Französisch noch ein passables ausreichend. Aber in einem Fach war ich in den fünf Jahren in Simmern immer Klassenschlechtester, nämlich in Mathematik.

Hellmuts Abiturklasse, Simmern März 1954 ,
von links hinten: Peter Ebel, Walter Kickel, Hermann Schmitz, Theo Metzen, Mitte: Inge Holderbaum, Klassenlehrer Erich Hahn, Adolf Grub, Hellmut Lutz, Heribert Bongard, Wolfgang Faust
vorn: Gregor Manns, Ewald Michel, Inge Montebaur, Günter Wagner

Ich glaube, ich hatte diesen Mangel an soliden mathematischen Grundkenntnissen von Honnef mitgebracht. Kopfrechnen mochte ich gern; die Fähigkeit dazu war später sehr nützlich beim Warenverkauf von Haus zu Haus und auf dem Solinger Wochenmarkt. Aber die abstrakten Gebiete der Mathematik blieben mir ebenso unverständlich wie unerschließbar. Da hatten die Nachhilfestunden bei der wunderbaren Frau Danco ebenso wenig Erfolg gehabt wie die Geduld und die Bemühung meines Klassenlehrers. Auch ihm gelang es nicht, mir den Weg durch das Minenfeld der Mathematik frei zu räumen. Meine Kenntnislücken im Umgang mit den abstrakten Zahlen und Zeichen, Formeln und Gleichungen wurden mit jedem Schuljahr bedrückender. Fast alle Klassenarbeiten im Fach Mathematik brachten mir immer nur die Note fünf oder sechs ein!

Es blieb in Mathematik bei stagnierendem Erkenntnisfortschritt und kaum noch messbarer Motivation.

Als ich 1952/53 in der Unterprima (Klasse 12) saß, deutete sich schon an, was im März 1954 drohte, Wirklichkeit zu werden: eine höchst dramatische, an sich von vorne herein aussichtslose Situation für die Abiturprüfung in Mathematik:

Mit einer mangelhaften Vornote zur schriftlichen Prüfung in diesem Fach antreten zu müssen, machte mir schon höchst mulmige Gefühle. Und dann drohte da auch noch die mündliche Prüfung als allerletzte Chance – sie wäre mein sicherer Untergang gewesen.

Klar, es kam dann auch im Abitur 1954 so, wie ich es befürchtet hatte.

Meine liebe Schwester Anne wusste um diesen meinen Gemütszustand und machte mir am Mittwochmorgen des 5.2.1954 daher eine extra große Pfanne mit Bratkartoffeln. Eiern und Speck. Ich sollte in diese Prüfung wenigstens mit einer soliden Grundlage im Magen gehen, wenn schon die Grundlagenkenntnisse in Mathematik alles andere als solide genannt werden konnten. Immer bin ich Anne dankbar für ihre Anteilnahme und die Art, mit der sie mir in dieser schwierigen Situation tatkräftig und mutmachend zur Seite stand! (Unsere Eltern und Jochen waren ja schon auf dem Paulinenhof und Harald zu dieser Zeit in Ulm. Siegfried hatte mit sich selbst genug zu tun.)

Als ich die Mathematikaufgaben vor meinen Augen sah, wusste ich, dass es endgültig um mich geschehen war. Ich machte im Geometrie-Teil ganz akkurat die Zeichnungen und entwickelte in den anderen Aufgaben auch die Ansätze zu Lösungen. Dabei blieb es denn auch. Da saß "ich nun, ich armer Tor und (war) so klug als wie zuvor", um es mit Goethes Faust zu sagen. Ich hätte liebend gern schon früh meine leeren Blätter abgegeben, aber das erlaubte die strenge Prüfungsordnung nicht. Nach fünf Stunden vergeblichen Mühens gab ich die Aufgabenblätter ab. Geschlagen zog ich an diesem Tag aus der Schlacht nach Haus: Ein ruheloses Gefühl ließ mich deutlich spüren, dass ich in der Mathematikarbeit ein „ungenügend" bekommen würde. Mit einer Gesamtnote Sechs konnte ich das Abitur nicht bestehen, weil die Note ungenügend nicht ausgleichbar war!

Und so kam es dann auch. Als die Ergebnisse der schriftlichen Prüfung in Mathematik bekanntgegeben wurden, bekam ich die erwartete sechs. Und da war nicht nur Holland in Not.

Kein Abitur! Das hätte eine Wiederholung der 13. Klasse bedeutet mit allen Schwierigkeiten, die solch eine Situation mit sich gebracht hätte. Der Paulinenhof wurde gerade aufgebaut und hatte 1954 jede Hand bitter nötig! Hätte ich ein weiteres Jahr in Simmern zur Schule gehen oder hätte ich nach einem (erneuten) Schulwechsel (von Simmern nach Solingen) noch einmal die 13. Klasse wiederholen können? Es lag damals für mich nicht nahe, mich ohne Abitur für einen nicht akademischen Beruf entscheiden zu müssen! Meine Lage war hoffnungslos ernst. Der unverwüstliche erste Kanzler der BRD, Konrad Adenauer, sprach einmal bei einer sehr schwierigen politischen Lage davon, die Situation sei zwar ernst, aber nicht hoffnungslos. So optimistisch konnte ich damals nicht sein!

Dann brach der Tag der mündlichen Prüfung an. Es war gleichsam der Tag des Jüngsten Gerichts, der mir gemäß Prüfungsordnung natürlich als letzte Möglichkeit zur Verfügung stand. Ich war mir sicher, an der Tafel ebenso kläglich zu versagen wie in der schriftlichen Prüfung. Also, um es etwas dramatisch in der Sprache der Astrophysiker zu sagen: Ich war schon in den Gravitationsbereich eines Schwarzen Loches geraten und raste auf meinem Orbit dem „point of no escape" (der Ort, von dem aus eine Richtungsänderung, Flucht oder Rettung nicht mehr möglich ist) entgegen. Auf dieser Kreisbahn hätte es nur noch einer Umdrehung bedurft – nämlich der Drehung des Daumens nach unten durch den Vorsitzenden der Prüfungskommission – und ich wäre auf Nimmerwiederkehr im schwarzen Schlund verschwunden gewesen.

Das war aber auch in seiner ganzen Tragweite Herrn Hahn klar. Er hatte meine verzweifelte Lage erkannt und sich auf seine, nur ihm eigene Weise, dank seines feinfühligen Gewissens, einen nicht-mathematischen, einen wunderbar empathischen Ausweg aus diesem Problem ausgedacht.

Deshalb kam er vor der Prüfung zu mir und bot mir eine Lösung an, mit der ich eigentlich nie hatte rechnen können! Sie war auch nur nach den Regeln eines von Herrn Hahn klug austarierten Kompromisses möglich: die Vornote mangelhaft in Mathematik würde er ohne mündliche Prüfung bei der Prüfungskommission aus Mainz durchzusetzen versuchen. Ich müsste aber damit einverstanden sein, dass er meine Vornote sehr gut in Physik auf gut herabsetzte, damit die Diskrepanz (dieser unerklärbare Unterschied) zwischen den Noten in den Fächern Mathematik und Physik nicht so groß wäre. Auf diese Weise könnte ich mein Abitur erreichen, da ich sonst keine Note „mangelhaft" auf dem Zeugnis zu erwarten hätte. Ich stimmte dieser Lösung natürlich aus vollem Herzen zu!

Mir wurde also von (und vor) der Mainzer Kommission die Peinlichkeit der mündlichen Prüfung in Mathematik erspart. *So* schrammte ich an der Katastrophe vorbei. Da fällt mir doch Gretchen im Gefängnis in Goethes „Faust" ein: Mephisto triumphiert „Sie ist gerichtet!" und eine Stimme *von oben* verkündet: „Sie ist gerettet!"[210] Ich war auch gerettet! Ich hatte das Abitur! Wer war in diesem Augenblick glücklicher als ich?

Herr Hahn kannte die Geschichte der Familie Lutz aus Kümbdchen. Er hatte nicht vergessen, auf welche Weise „wir Lutzkinder" in Simmern angefangen und dass wir Lücken hatten, die nicht (mehr) aufholbar waren und hatte auf seine einzigartige Art Verständnis und Hilfe geboten. Es waren damals also keine kosmischen Kräfte am Werk gewesen, die mich vor dem Absturz in ein Schwarzes Loch bewahrt hatten. Die vielen guten Noten auf meinem Zeugnis zeigen, dass ich mir das Abitur nicht durch einen faulen „Deal" erschlichen habe und die Prüfungskommission nicht betrogen wurde.

Mir halfen vielmehr Empathie, Menschlichkeit und ein gutes Herz! Zeitlebens bin ich meinem Klassenlehrer Erich Hahn dankbar für sein so pragmatisches, wohlwollendes und verständnisvolles

Verhalten, für seine praktizierte Menschenliebe. Er war ein nachahmenswerter Lehrer; ich habe von ihm viel gelernt.

Dieses Kapitel schrieb ich am 20.3.2017, dem Weltglückstag – es hätte kein besseres Datum geben können.

Herr Dr. Heß

Bei Herrn Dr. Heß, dem Direktor des Gymnasiums, hatten wir „Religionslehre". Er vermittelte uns, ganz im Sinne der Moral Kants, philosophisches Denken und aus aufgeklärter, protestantischer Sicht gute Kenntnisse über die christliche Religion. Der Unterricht über andere Bekenntnisse oder gar Religionen war in unserem Lehrplan vermutlich vorgesehen, erreichte uns aber nicht in der Schule.

Selbst bei Dr. Heß spielte politische Aufklärung leider höchstens eine beiläufige Rolle. Er ließ uns bei unserer politischen Bewusstseinsbildung allein! Sie hätte sich in seinem Unterricht aber besonders angeboten. Dennoch – bei ihm durften wir offen diskutieren über Probleme, die in anderen Fächern nicht zur Sprache kamen. Wie kaum ein anderer Lehrer der Schule nahm er uns geistig heftig pubertierende Jungen und Mädchen ernst und ermutigte uns zum Fragen, zum In-Fragestellen und zum eigenen Suchen nach Antworten. Das war – bis auf seine zwiespältige politische „Enthaltung" –wirklich brauchbare und angemessene Unterstützung bei unserer Selbstfindung und Vorbereitung aufs spätere Studium. Ich bin ihm dafür sehr dankbar.

Herr Koch (gratias ago)

Latein war 1945 im Siebengebirgsgymnasium in Honnef die erste Fremdsprache. Mir fiel das Erlernen dieser Sprache anfangs schwer. Mein Vater erkannte die Notlage rechtzeitig, kramte seine Lateinkenntnisse aus Ulmer Schülertagen heraus und übte die Konjugationen und Deklinationen mit mir so lange, bis sie saßen. Von da an machte mir Latein dann Spaß.

Mein verehrter Lehrer Koch verstand es, Geschichte so vielgesichtig und kritisch, Latein so lebendig und anschaulich zu unterrichten, dass wir uns wirklich in die Sprache Roms und in die Lebenswelten ferner Länder, in die Kulturen und historischen Leistungen der fremden Völker versetzen konnten. Ich entsinne mich noch deutlich an den Tag, als ich 1971 in der (Ur)Altstadt von Ankara vor der Mauer des Tempels stand, der dem Gott Zeus und dem vergöttlichten Augustus geweiht war. Herr Koch hatte mich im Unterricht schon zwanzig Jahre zuvor sehr anschaulich und nachdrücklich mit diesem Kaiser und Roms Geschichte bekannt gemacht.

Zu dieser Erfahrung aus meinem Latein- und Geschichtsunterricht passt Bertolt Brechts Gedicht „Fragen eines lesenden Arbeiters". Da heißt es am Ende: „Caesar schlug die Gallier. Hatte er nicht wenigstens einen Koch bei sich? Jede Seite ein Sieg. Wer kochte den Siegesschmaus? So viele Berichte. So viele Fragen."[130]

Frau Müller

Nach dem Umzug zum Hunsrück erwartete mich eine Riesenmenge Arbeit. Ich musste sehr viel Französisch aufholen, das in Rheinland-Pfalz erste Fremdsprache war.

Dank der kompetenten Nachhilfe von Frau Danco schafftte ich aber den Anschluss an meine Klasse.

Frau Müller war meine Französischlehrerin. Sie nahm, wie es mir damals fälschlicherweise vorkam, wenig Rücksicht auf mich.

Rückblickend bin ich Frau Müller sehr dankbar: mit ihrer fachlichen Kompetenz und freundlichen Unnachgiebigkeit verstand sie es, mit meinen Mut und meine Motivation zu erhalten und mir den Spaß an der französischen Sprache nicht zu verleiden, sondern mich immer wieder herauszufordern, sie noch besser zu lernen.

Fräulein Sommer

Der Biologieunterricht bei Fräulein Sommer brachte uns zwar Kenntnisse, aber wenig erhellende Erkenntnisse. Bei der Biologie des Menschen sprachen wir zwar auch über Mendels Vererbungslehre. Ich weiß aber gut, dass niemals auch nur ein Wort über die unsäglichen Untaten der Nazis fiel. Von der furchtbaren Grausamkeit der Täter und ihren unzähligen Opfern war zu keiner Zeit die Rede! Auch nicht von den perversen Rassentheorien, die seit dem 19. Jahrhundert in aller Welt den Rassenwahn vorbereiteten und die Vernichtung von Menschen jüdischen Glaubens (Gleichsetzung! von „Glauben" und „Rasse") herbeiführten. Warum nicht? Nach Kriegsende waren doch die Ideologie und die auf ihr basierenden Verbrechen — beispielsweise die des berüchtigten Dr. Mengele an Kindern

– bekannt geworden und hatten die Nürnberger Kriegsverbrecher-prozesse längst stattgefunden!

Ich hätte mir sehr gewünscht, dass Fräulein Sommer sich als unsere Fachlehrerin zu den Zeiten zwischen 1933 und 1945, gerade zu den wahnsinnigen Rassetheorien und den biologisch absolut verbrecherischen Versuchen der Nazis an Menschen geäußert hätte. Uns wurden im Unterricht (nach Mendel) keine Erkenntnisse mehr vermittelt bezüglich homo sapiens und homo politicus (Wissen über den Menschen als biologisches, denkendes und gesellschaftliches Wesen).

Herr Dr. von Asten

Mein Deutschlehrer war Herr Dr. Heribert von Asten. Er war eine ganz besondere Persönlichkeit. Er litt an den Folgen einer Kinderlähmung, gegen die es in seiner Kindheit noch keine Schutzimpfung gab. Er humpelte wegen einer Missbildung stark und wurde von manchen Schülern hinter seinem Rücken erbarmungslos Hampel genannt. In unserer Klasse sprachen wir auch von Heribert, wenn es um Dr. von Asten ging – wir mochten ihn, weil wir sein ehrliches, freundschaftliches Bemühen um uns schätzten. Er legte großen Wert darauf, mit seinem Doktortitel angesprochen und respektvoll behandelt zu werden. Diese Achtung brachte ihm unsere Klasse im Unterricht auch gerne entgegen, denn wir spürten, wie viel ihm daran lag, uns in die Schönheit und Tiefe der deutschen Sprache und Literatur einzuführen und ein uns zugewandter Lehrer zu sein.

Dr. von Asten lud sogar – das war damals höchst ungewöhnlich – gelegentlich SchülerInnen, bei denen er besonderes Interesse für Dichtung spürte, zu sich ein. Da saßen wir dann erwartungsvoll in seinem Studierzimmer mit dem großen Bechstein-Flügel vor einer Tasse mit echtem Bohnenkaffee – welche Rarität und Auszeichnung in jenen Tagen! Wir sprachen über Texte, die er für uns ausgesucht hatte, oder diskutierten über persönliche Fragen, die sonst nirgendwo gestellt und beantwortet wurden. Heribert zeigte Haltung, er hatte nicht nur eine Meinung!

Ich erinnere mich lebhaft daran, wie Heribert uns an einem Nachmittag die Gestalt des Dr. Faust in Goethes Drama „Faust"[129] näherbringen wollte. Er hatte als Einstieg das berühmte Selbstgespräch gewählt, in dem Faust „nachts unruhig in seinem hohen gotischen

Studierzimmer am Pult stehend"[129] nachdenkt. Heribert nahm sein Buch, lehnte sich, vornübergebeugt, an seinen schwarzen Flügel und schlug die Seite auf. Er sammelte sich, schaute durchdringend auf uns, seufzte tief und deklamierte dann den ganzen Monolog: „Habe nun, ach! Philosophie / Juristerei und Medizin, / Und leider auch Theologie / Durchaus studiert, mit heißem Bemühen ... und (ich) sehe, dass wir nichts wissen können ..."[147]

Wir waren einerseits tief beeindruckt von seiner Entäußerung, mit der wir niemals gerechnet hatten und die uns unseren Lehrer von einer sehr persönlichen Seite zeigte. Er überzeugte uns und überraschte uns in seiner Rolle als suchender Mensch. Andererseits kam uns diese Vorführung in ihrer unerwarteten Dramatik und heftigen, theatralischen Eindringlichkeit so grotesk und wahn-sinnig übertrieben vor, dass wir uns stellenweise vor innerem Lachen kaum ernst halten konnten. Bis dahin hatte aber auch keiner von uns Tölpeln je im Radio ein Hörspiel zu Ohren bekommen. Erst recht hatte nicht einer von uns jemals ein Theaterstück auf der Bühne gesehen, und kulturell anspruchsvolles Kino oder Fernsehen gab es auch noch nicht.

Was Theater und Schauspielerei – so unmittelbar und aus nächster Nähe – war, wussten wir Banausen nicht. Gustav Gründgens ließ uns erst 1960 seine Interpretation von „Faust" erleben.

Es war nicht zuletzt Herr Dr. von Astens leidenschaftliche Liebe zur deutschen Literatur und Sprache und seine Wesensart, die mich dazu veranlassten, Deutsch als Lehrfach zu studieren.

Ich hoffe, in meinen an die dreißig Jahr' als Lehrer meine SchülerInnen und Studierenden nicht nur „an der Nase herumgeführt zu haben ..."

Fräulein Weber

Fräulein Weber war eine jüngere blonde, hochgewachsene, schlanke Frau, deren kompetente Art auf mich Eindruck machte. Wie man uns andeutete, hatte sie ihren Verlobten im Krieg verloren. Sie wirkte immer sehr kühl und unnahbar, strahlte aber etwas aus, was mich dazu brachte, ihren Unterricht zu lieben. Sie förderte mein Bestreben und meinen Ehrgeiz, mir die englische Sprache, die ich von Anfang an sehr gern mochte, so gut wie möglich anzueignen.

Fräulein Webers zielstrebiger Unterricht truh in erheblichem Maße dazu bei, dass ich meine Liebe zur englischen Sprache intensiv vertiefte und später Englisch durchaus mit „heißem Bemühen" studierte.

Simmerner LehrerInnen 1954

NEUE HEIMAT

PAULINENHOF

Das erste Weihnachtsfest auf dem Paulinenhof 1953

Warum ist mir Weihnachten 1953 so wichtig?

Unser Vater arbeitete gegen Ende der 1940er-Jahre als Berater in Koblenz bei der LHG. Für seine mühevolle, frustrierende Arbeit brachte mein Vater damals 400 DM im Monat nach Hause – ein geradezu klägliches Gehalt, um eine siebenköpfige Familie durchzubringen. (Die Miete allein betrug 100 DM.)

1952 etwa tat sich für meine Eltern eine neue Perspektive auf. Onkel Ernst Fudickar hatte erfahren, dass in der Nähe von Leichlingen ein Obstgut zur Verpachtung anstand. Nach Kriegsende hatte Herr Henkel, der alternde Besitzer, keine Verwendung mehr für diesen Betrieb. Unsere Eltern erkannten ihre Chance, und nach langwierigen Verhandlungen wurde der Pacht- und dann der Kaufvertrag für den Paulinenhof unterzeichnet.

Gegenüber dem Hofgelände, aber außerhalb (!) des Geländes des Paulinenhofs, wie es im Katasteramt verzeichnet war, konnte Eugen ein Stück Land kaufen und dort ein Wohnhaus bauen lassen. Das war eine Vorsichtsmaßnahme für den Fall, dass der Hof hätte verkauft werden müssen. Man hätte das Wohnhaus nicht in die Konkursmasse einbeziehen können.

Nach den Plänen unseres Vetters Ernst Fudickar (junior), von Beruf Architekt, wurde im Lauf des Jahres 1953 das Wohnhaus gebaut.

Als es im Herbst fertig war, zog Hilde mit Jochen auch auf den Hof. So war Eugen nicht länger mehr darauf angewiesen, in einem Zimmerchen in der Wohnung der Familie Strauch zu kampieren. Endlich gab es wieder für schwere Arbeit auch regelmäßig gutes Essen und ermutigenden Zuspruch.

Was aber war mit uns Kindern? Harald wohnte seit 1951 bei den Großeltern in Ulm, wo er eine Lehre zum Feinmechaniker machte.

Jochen als der Jüngste war mit Hilde auf dem Paulinenhof und ging fortan in Herscheid zur Schule. Die Umstellung war für ihn nicht gar zu groß, denn wie in Kümbdchen gab es auch dort nur eine Klasse.

Anne, Siegfried und ich blieben weiter in Kümbdchen. Die beiden Jüngeren waren in der 10. Klasse, ich in der 13. Klasse des Herzog-Johann-Gymnasiums in Simmern. Für uns stand im Frühjahr 1954 das Ende unserer Schulzeit auf dem Hunsrück an.

Wir drei mussten uns arrangieren, so gut das ohne jede Anleitung und Erfahrung ging. Wir teilten uns die Hausarbeit und die Pflichten des Einkaufens, Saubermachens, Wäschewaschens oder Kochens ein, wobei Anne natürlich der Part der züchtig-tüchtigen Hausfrau am heimischen Herde zufiel. Sie meisterte diese schwierige Aufgabe umsichtig und erfolgreich, in einem Wort: Großartig!

In der heutigen Zeit sind Ausdrücke wir „ihr fiel natürlich der Part zu" mit Recht nicht mehr angebracht, aber wie hätte das Essen wohl geschmeckt, wenn wir Jungen es zubereitet hätten? (Aus mir wäre auch bei anderer Aufgabenverteilung kein guter Küchenmeister, schon gar nicht ein begeisterter Hobbykoch geworden.)

Man kann sich leicht vorstellen, dass es während all dieser Monate, in denen wir auf uns gestellt waren, nicht immer ganz reibungslos, sondern auch mal etwas lautstark zuging. Na ja, das ist inzwischen der wirklich grau gewordene Schnee von gestern ...

Weihnachten 1953 war es dann endlich so weit. Irgendwie gelangten wir drei Geschwister vom Hunsrück ins Bergische Land. Ob unser Vater uns abholte oder ob wir mit dem Zug fuhren, weiß ich nicht mehr. Harald war aus Ulm gekommen, und so waren wir fünf Geschwister mit unseren Eltern zum Weihnachtsfest vereint. Wie stolz, erleichtert und glücklich waren wir alle, endlich wieder zusammen zu sein – und das sogar im neuen, eigenen Haus!

Der Umzug von Honnef nach Kümbdchen im Jahr 1949 war für unsere Familie ein bedeutendes, für uns Kinder durchaus dramatisches Ereignis gewesen und ist mir gut im Gedächtnis geblieben.

Ich kann mich aber nicht erinnern, wann genau die Eltern und Jochen im Herbst 1953 vom Hunsrück auf den Paulinenhof umzogen und wieviel Hausrat sie damals mitnahmen.

Genauso wenig habe ich noch eine Vorstellung davon, wie Anne, Siegfried und ich unseren Rückzug von Kümbdchen ins Bergische

Land praktisch bewerkstelligten und emotional verdauten. Dieser Ortswechsel lief ohne Dramatik und Gemütsschmerzen ab. Das Leben auf dem Paulinenhof forderte zudem von Anfang an unseren ganzen Einsatz – Zurückblicken und Jammern war da nicht „drin"!

Markt in Solingen

Schon bald, nachdem Eugen den Paulinenhof gepachtet hatte, mussten für das Obst und die Eier Absatzmöglichkeiten gefunden werden. Das Nächstliegende war der Verkauf auf dem Markt, denn der Absatz ab Hof, der ja nur zum Wochenende funktionierte, brachte zu wenig ein. Zu der Zeit hatten wir auch noch nicht die Möglichkeit, unsere Waren in Lebensmittelgeschäften und Bäckereien, dort vor allem die Knickeier für Kuchenteig, abzusetzen. (Bei Knickeiern waren die Schalen leicht beschädigt, deshalb waren sie für den Marktverkauf nicht zugelassen.)

Also besorgte sich unser Vater eine Marktlizenz, und dann ging es los. Wir erwarben einen Stand und Planen, Waagen und Kassen, Notizhefte und Bleistifte, Auslegekörbe und Tüten, schrieben Preisschilder und fertigten (mit der dankenswerten künstlerischen Hilfe unseres Vetters Hans Kattwinkel) ein ansehnliches Firmenschild „Obstgut Paulinenhof" zum Aufhängen an. Freitagabends wurde der Wagen beladen und die Verpflegung für den nächsten Tag vorbereitet, im Winter wurden auch Wärmflaschen mitgenommen.

Morgens kurz nach sechs Uhr fuhren wir samstags los Richtung Solingen, runter nach Wupperhof, rauf nach Auf der Höh und dann zum Marktplatz bei der Clemenskirche. Dort bauten wir inmitten der anderen Marktbeschicker unseren Stand an der uns als Dauerplatz zugewiesenen Stelle auf.

Wer fuhr vom Paulinenhof zum Markt? Für viele Jahre waren das Eugen, Herr Küppers, Frau Kittelmann, Frau Höfer, Frau Hofacker und oft auch ich. Um sieben Uhr musste der Stand fertig aufgebaut sein, denn von da an bis 14 Uhr war Marktzeit. Die ersten Kundinnen kamen auch immer schon sehr zeitig, denn sie wollten die schönste und beste Ware kaufen. Manche Kundinnen hatten die üble Angewohnheit, die Äpfel und Birnen mit kräftigem Fingerdruck auf Frische und Festigkeit zu prüfen und die angedrückten Früchte in die Kästen zurückzulegen! In den Himbeer- und Brombeerschalen und in den Kirschkörben pickten sie herum, ob es da wohl zu weiche oder gar schlechte Ware gab. Es war nur gut, dass diese Kundinnen nicht versuchten, auch die Eier auf ihre Festigkeit und ihren tadellosen Inhalt hin zu untersuchen.

Stimmten Angebot und Preis, lief das Geschäft meist sehr gut. Aber es kam auch vor, dass einem das bekannt „schöne Wetter" des Bergischen Landes, Wind und Regen, Schnee und Eiseskälte, das Verkaufen vermieste oder dass die Nachbarn, die ja auch Konkurrenten waren, durch niedrigere Preise die Kunden weglockten. Dann musste einer von uns möglichst unauffällig an den Ständen vorbeigehen und sich die dortigen Preise merken.

Nach entsprechender preislicher Anpassung an die jeweils gegebene Marktsituation lief dann im Allgemeinen der Verkauf wieder in der gewünschten Weise.

Es gehörte aber natürlich auch immer die gehörige Ansprache der Kunden und Kundinnen dazu. Vom marktschreierischen Anpreisen unserer Produkte hielten wir wenig. Unser großes Schild mit dem Werbespruch „Vom Hofe frisch auf deinen Tisch", die Qualität der Waren und unser solides Auftreten sollten für sich selber sprechen. Aber ein freundliches „Junge Frau, was darf's denn heute sein?" oder „Solch leckere Äpfel gibt's nur bei uns!" oder „Diese Eier sind noch keinen Tag alt – soo frisch!" waren einige der Sprüche, die man doch kloppte. Gegen Marktschluss kamen regelmäßig die Kundinnen und Kunden, viele davon Rentner oder kinderreiche Familien, die sich ein Schnäppchen erhofften oder gar ein kostenloses Angebot von Äpfeln oder Birnen, die etwas angedötscht waren (Druckstellen hatten), von Eiern mit beschädigten Schalen oder von anderen Artikeln (Johannis-, Stachel-, Him- oder Erdbeeren), die qualitativ noch gut, aber nicht mehr verkäuflich waren.

Für mich war es besonders interessant, auf dem Markt zu verkaufen, als ich 1961 in Solingen am Gymnasium an der Schwertstraße Referendar im ersten Ausbildungsjahr war. Damals wurde ja auch noch am Samstag unterrichtet. Ich ging nach dem Unterricht unverzüglich von der Schule zum Markt und klinkte mich dort in das Verkaufen ein. Zwischen 12 und 14 Uhr ging es da immer sehr lebhaft zu. Oft genug kam es dann auch vor, dass auch Schüler über den Markt schlenderten und bei uns vorbeikamen. Sie schauten erstaunt, wenn sie mich, der ich doch eben noch in der Schule unterrichtet hatte, hinterm Stand als Verkäufer erblickten. Bisweilen

380

tuschelten sie wohl auch mit ihrer Mutter, wenn die dabei war, so etwas wie „Der ist mein Lehrer, bei dem habe ich Englisch."

Es war, zugegebenermaßen, für mich manchmal auch nicht ganz einfach, mich in und zwischen diesen beiden Welten des Marktes und der Schule zu bewegen. Aber die Erfahrungen, die ich auf und durch den Paulinenhof sammeln konnte, bewahrten mich davor, in meinem Lehrerberuf die nötige Bodenhaftung und den Bezug zum praktischen Erwerbsleben zu verlieren. Man glaubt auch kaum, wie ungeheuer gut man das Kopfrechnen lernt, wenn man alle Preise der verschiedenen Eiergrößen und Obstsorten im Kopf hat und dann auf der Stelle ohne Taschenrechner den Preis der jeweils gekauften Mengen ausrechnen kann. Mir macht es auch heute noch Spaß, gelegentlich im Supermarkt an der Kasse mitzurechnen. Für uns alle war es immer eine Freude, wenn wir Samstagnachmittag beim Ausladen des Wagens nur noch wenig Ware in die Regale zurückstellen mussten. Dies zeigte, dass die Produkte, die wir anboten, wegen ihrer guten Qualität beliebt waren und sich unser aller Einsatz und die Risikobereitschaft unserer Eltern als richtig erwiesen.

Neben dem Marktgeschäft an jedem Samstag in Solingen hatte unser Vater inzwischen auch eine Haus-zu-Haus-Belieferung in Solingen und Wuppertal begonnen. Weil ich einen Führerschein hatte, konnte ich da gut einspringen und diese Fahrten übernehmen. Lange Zeit war dieser Hausverkauf eine wesentliche Absatzmöglichkeit für unser Obst und unsere Eier und eine verlässliche Einnahmequelle. Der Umgang mit den KundInnen war eine nicht zu unterschätzende Möglichkeit zur Erweiterung der Menschenkenntnis. Hingegen zählt das viele, viele Treppensteigen, manchmal sogar ohne dass man etwas verkaufte, nicht zu den angenehmsten Erinnerungen. Ich hatte auch keinen Bedarf, das Treppensteigen als gesunden Ausgleichsport für sitzende Lebensweise zu betrachten – auf dem Hof waren wir sowieso ständig in Bewegung ...

Leichlinger Obstmarkt

Leichlingen schmückt sich seit 2013 offiziell mit dem Beinamen Blütenstadt, und das wohl zu Recht, denn in der Stadt und in dieser Gegend des Bergischen Landes blühen im Frühjahr Tausende von Apfel-, Birnen- und Kirschbäumen und locken von Nah und Fern die Besucher an.

Anfang der 1950er-Jahre, als meine Eltern den Paulinenhof übernahmen, gab es (noch) jedes Jahr ein bedeutendes Ereignis, das immer sehr gern besucht wurde: Das war der Leichlinger Obstmarkt auf dem Gelände der Schule an der Kirchstraße. Die Obstbauern der weiteren Umgebung, zu denen wir ja auch gehörten, beschickten diese Schau- und Verkaufsveranstaltung sehr gern, da sie eine wesentliche Einkommensquelle und Werbestelle war.

Schon einige Wochen vor dem großen Wochenendereignis begannen wir mit den Vorbereitungen: Kleine (bis 3 kg) und große Körbe (bis 5 kg) sowie flache Kisten (6 bis 10 kg) mussten sauber gemacht und gut mit Holzwolle ausgelegt werden. Jeden Apfel und jede Birne kontrollierten wir auf Schäden (durch Hagelschlag oder Wurmfraß) und auf Blötschen (Druckstellen), polierten sie mit einem weichen Tuch und legten sie dann sorgsam, mit dem Stiel nach unten, in die Körbe und Kisten. Für die verschiedenen Angebote schrieben wir die passenden Preisschilder. Freitagabends bauten wir unseren Stand immer dergestalt auf, dass alle Kisten und Körbe, die auf das schräge Lattengestell passten, einen farbenfrohen, verführerischen Gesamtanblick boten und dass Lücken, die beim Verkauf direkt aus der Auslage entstanden, schnell und leicht zu schließen waren. Unser Motto für den Verkauf „Vom Hofe frisch auf deinen Tisch" sowie der gute Name, den wir uns im Lauf der Zeit erworben hatten, bürgten für die Qualität unserer Waren!

Äpfel sortieren Paulinenhof ca. 1955

Wenn Samstagabend der Obstmarkt-Rummel rum war, wussten wir, was wir getan hatten. Trotz aller Müdigkeit freuten wir uns dann besonders, wenn wir zu Hause noch mal ordentlich für den kommenden Sonntag nachladen mussten. Weil wir am Samstag so gut verkauft hatten, erhofften wir uns für den Sonntag auch ein gutes Ergebnis.

Gespannt waren wir immer auf den großen Sturz, den wir sonntagabends nach Ende des Obstmarktes machten. Wieviel der von uns gepackten Ware war übriggeblieben, wieviel hatten wir an diesem Wochenende eingenommen und unter dem Strich wirklich verdient? Hatte sich der Aufwand rentiert und durften wir uns belohnt und bestätigt fühlen für die wochenlange Arbeit?

Den Leichlinger Obstmarkt gibt es nicht mehr. Heute kaufen die Leute keine Äpfel mehr, um sie einzulagern für den Winter – die Zeiten des wunderbar leckeren, so bemerkenswert gefärbten Zuccalmaglio (1878 nach dem Züchter benannt), der sich bis mindestens Weihnachten hielt, sind vorbei. Auch Berlepsch und Cox Orange sind nur noch Namen für Kenner – wir kriegen heute jederzeit den Delicious oder Elstar aus dem Alten Land oder Boskoop aus Argentinien oder Braeburn aus Südafrika frisch auf den Tisch.

Ja, das waren noch Zeiten, als die Familie Strauch, Frau Hofacker sowie Frau Kittelmann und „wir Lutzens" im Untergeschoss unseres Hauses zusammen die Äpfel und Birnen packten für diesen Höhepunkt (auf Neudeutsch „Event" oder „Hilite") im alljährlichen Produktions- und Vermarktungszyklus.

Stocko – Eine Kaufmannslehre besonderer Art

Nach dem Abitur 1954 begann ich meine berufliche Laufbahn bei der Firma Stocko in Wuppertal. Stock & Co. wurde 1901 von den Unternehmern Pfeiffer und Stock als Knopffabrik gegründet und spezialisierte sich auf die Herstellung von Zubehör für Schuhe, Taschen, Kleider u. ä. Das Angebot umfasste insgesamt etwa 10.000 Artikel.

Einer der Besitzer war 1953 Konsul Henkel, der meinem Vater zuerst das Obstgut Paulinenhof verpachtete und später dann verkaufte. Durch diese Vertragsabschlüsse waren Verbindlichkeiten entstanden, denen man damals glaubte entsprechen zu müssen. Es steht mir nicht an, diese Geschäftsbeziehungen meiner Eltern zu beurteilen. Sie legten es seinerzeit aber nahe, dass Harald und ich zuerst bei Stocko arbeiteten. Harald fing in der Produktion an, ich als kaufmännischer Lehrling in der Verwaltung der Firma.

Wie ließ sich 1954 meine Lehrlingsausbildung zum Außenhandelskaufmann an?

Ich musste Seite an Seite mit Lehrlingen mit Realschul- oder (damals noch) Volksschulabschluss arbeiten. Dieser soziale Aspekt machte mir nichts aus! Mich störte aber, dass die Ansprüche der Firma Stocko an ihre Auszubildenden sehr niedrig waren. Höhere Kenntnisse, Fähigkeiten und deutliches Interesse waren dort kaum gefragt. Meine Tätigkeit forderte und motivierte mich daher viel zu wenig. Eigeninitiative schien nicht erwünscht, und Nachfragen zu Organisation und Methodik von Arbeitsvorgängen galten als lästig.

Die Aussicht, bei dieser Firma etwas Sinn- und Gewinnbringendes zu tun und für mich selbst Nützliches und Befriedigendes zu lernen, war kaum vorhanden.

Nach vier Wochen auf Probe war bei mir das Maß voll, wie es so anschaulich heißt. Den Wunsch, bei Stocko zum Kaufmann ausgebildet zu werden, hängte ich an den sagenhaften Nagel und kündigte mein Vertragsverhältnis nach der Probezeit bei Stocko – vermutlich zur Enttäuschung und zum Kummer meiner Eltern.

FINDING MY WAY
STUDIUM   1954-1961

Von Stocko zur Uni nach Köln

Nachdem mit mir ein guter Auslandskaufmann für die Firma Stocko verloren gegangen war, schrieb ich mich noch verspätet im Mai 1954 an der Universität Köln ein zum Studium von Englisch und Deutsch für das Höhere Lehramt. Meine Studienzeit begann genauso holprig wie meine Lehre bei Stocko: In den ersten Semestern war ich kaum an der Uni Köln. Beim Aufbau des Paulinenhofes waren meine Arbeitskraft und Verfügbarkeit wichtiger.

Man musste damals Gebühren zahlen, um studieren zu dürfen und versichert zu sein. Das Geld dafür (176.- DM) zahlten meine Eltern. Für alle anderen Kosten wie Bücher, Papier, Benzin, Essen, etc. kam ich selbst auf. Deswegen verdiente ich mir das Geld „nebenher". Ich hob beispielsweise auf dem Paulinenhof einen 400 Meter langen Graben aus für ein Elektrokabel, das neu verlegt werden musste von der Hofeinfahrt bis zur Wochenendhütte von Konsul Henkel.

Ich konnte meine Führerscheinprüfung in Köln mit diesen 400.- DM bezahlen. Anfang 1955 hatte ich schon das unansehnlich-graue, aber so wichtige zweiseitige Dokument. Der Führerschein war unbedingt erforderlich, damit ich mit dem VW-Transporter zum Markt fahren und Hausbelieferung machen konnte.

Mit der Zeit wurden die Anforderungen in meinem Studium immer größer. Ich musste tatsächlich öfter in Köln sein zum Studieren und konnte es nicht länger bei den gelegentlichen Besuchen belassen. Um wirklich ungestört lernen zu können, wechselte ich im WS 1955/56 (Wintersemester) zur Universität in Bonn. Die Honnefer Großeltern stellten mir dankenswerterweise Kost und Logis zur Verfügung.

Dear Old Mrs. O'Rorke – *Die liebe, gute Mrs. O'Rorke*

Im Sommer 1955 fuhr ich zum ersten Mal für ein paar Wochen nach GB. Christel und ihre Freundin Inge hatten sich bei Gastfamilien in Torquay (Devonshire) bzw. London als Au-pair-Mädchen verdingt. Ich hatte mich für diese Reise entschlossen, weil ich optimistisch davon ausging, mir irgendwie durch handwerkliche Arbeit meinen Aufenthalt würde verdienen können. Diese Annahme stellte sich im Lauf der ersten Woche als richtig heraus.

Die Anreise mit dem Zug über Köln, Brüssel und Hoek van Holland war eine vollkommen neue und aufregende Erfahrung. Kurze Zeit nachdem wir die niederländischen Gewässer mit der Fähre hinter uns gelassen hatten, tauchten vor unseren Augen die berühmten weißen Kalkfelsen der Dover Cliffs auf. Damals standen auch noch die hohen Radartürme, mit denen während des Krieges die angreifenden deutschen Flugzeuge erfasst wurden. Und dann wartete in Dover Station der Boat Train auf seine Passagiere. Der Geruch auf der Fähre war für uns schon, sagen wir einmal, etwas ungewohnt gewesen, aber in England war eben alles total anders. Der Bahnhof beeindruckte uns mit seiner wundervollen, schmiede- und gusseisernen Architektur des ausgehenden 19. Jahrhunderts; hinzu kam dieser so eigenartig stechende (wie sich später herausstellte, für das ganze UK typische) Geruch der Reinigungs- und Desinfektionsmittel auf dem Bahnsteig und in den Waggons. Ich werde den Geruch niemals vergessen. Jedes Abteil der Wagen hatte auf beiden Seiten seine eigene Tür; das war zuerst ziemlich überraschend. Aber bei Zügen im Nahverkehr zu und von den Badeorten an der Südküste und zwischen London und den Häfen ist der beidseitige Zugang sehr zweckmäßig für das schnelle Ein- und Aussteigen.

Auch dies war für mich damals sehr befremdlich und ließ mich merken, in welch eigen-artiges Land ich gekommen war: Die Nah- und die Fernverkehrszüge hatten alle ihren ganz typischen Anstrich, je nach dem, zu welcher Linie von British Rail sie gehörten. Bei uns wurden die Personenzüge eigentlich erst bunt, als die Bundesbahn in die Deutsche Bahn umgewandelt wurde und farbige Konkurrenten auf dem gemeinsam genutzten Gleisnetz erschienen.

Im Wettbewerb um Kunden hatte sich die britische Staatsbahn vor 60 Jahren schon einen recht pfiffigen Werbespruch einfallen lassen: No worry, no strain / much better by train! (Keine Sorgen, keine Hast / Mit der Bahn keine Last!) Ich habe so meine Zweifel daran, ob dieser Slogan auch bei der Deutschen Bahn gilt.

Als kleiner Junge hatte es mir immer Spaß gemacht, bei der Fahrt mit der Eisenbahn entweder am offenen Fenster oder, wo möglich, auf der Außenplattform (am Ende des Wagens) zu stehen, weil ich mir da so schön die Mischung aus Wasserdampf und rußigem Kohlenrauch um die Nase wehen lassen konnte. Anders als hier bei uns, war in den 1950er-Jahren in England „train spotting" (Züge beobachten) oder „engine watching" (Dampflokomotiven ansehen) ein sehr beliebter Freizeitsport. Auch mich faszinierten die riesigen Dampflokomotiven, die ich mir gern auf den Bahnsteigen in meinem Londoner Lieblingsbahnhof Victoria Station aus nächster Nähe anschauen konnte. Sie gurgelten und zischten fast wie lebendige Wesen so vor sich hin und pufften dann – große Dampfwolken ausstoßend – los, wenn das Licht auf Grün schaltete oder der Fahrdienstleiter mit seiner Flagge dem Lokführer freie Fahrt signalisierte. Diese schnaufenden Ungeheuer aus Stahl – ach, hätten doch die Brüder George und Richard Stephenson, die 1829 die Rocket (Rakete / die erste wirklich brauchbare aller Dampfmaschinen auf Rädern) bauten, ihre so groß und stark gewordenen Nachfolgerinnen sehen können!

Torquay in Devonshire erfreut sich wegen des Golfstroms eines mittelmeerischen Klimas. Sogar Palmen wachsen dort, und Frost ist auch im Winter nicht allzu häufig. Deswegen gilt die Stadt seit langen Zeiten schon als Ferienort und als Domizil für (vermögende) Rentner und Rentnerinnen. Bei einer solchen, der guten, lieben Mrs. O'Rorke, fand ich Aufnahme.

Wie sich im Laufe der Tage herausstellte, war sie die Witwe eines ehemaligen Offiziers, der in der Kolonie Indien seinen Dienst abgeleistet und sich für seine alten Tage eine Villa in Torquay zugelegt hatte. Mr. O'Rorke war inzwischen verstorben und hatte seiner Frau zwar ein Haus mit einem Garten, aber keine besonders üppige Altersversorgung hinterlassen. Dadurch unterschied sie sich ein wenig von vielen anderen Rentnerinnen in Torquay. Sie bot mir ein preiswertes Zimmer und so viel (oder wenig, je nach Betrachtungsweise) Taschengeld, dass ich – sehr sparsam – davon leben konnte. Was musste ich ihr dafür bieten?

Einen Mann, der Haus und Garten pflegte, konnte sie sich nicht leisten. Da kam ich gerade recht. Im Winter 1954/55 hatte es in West- und Südeuropa eine Kältewelle gegeben. Auch Devonshire hatte Frosttage gehabt, ein dort sehr seltenes Ereignis, das für Mrs. O'Rorke sehr unangenehme Folgen mit sich gebracht hatte. Das

Abflussrohr ihrer Küchenspüle führte direkt durch die Wand nach draußen zu einem Siphon und von da weiter in einen Abwasserkanal. Der unerwartete Frost hatte das Rohr zum Platzen gebracht und so floss die Brühe monatelang in den Garten. Entsprechend sah er aus und roch es auch! Im DIY-Shop (Do It Yourself – Mach's-Selbst-Baumarkt) fand ich passende Ersatzstücke, und so war der alten Dame schnell aus der Patsche, genauer gesagt: aus der Matsche geholfen.

Mir machte es Freude, ihre Sträucher wieder in Form zu bringen, die Rosen zu schneiden, Zwiebeln zu setzen und den Rasen wieder kurz, weich und grün zu machen. Dabei entdeckte ich eines Tages ein großes Nest mit Bodenwespen. Mrs. O'Rorke war außer sich vor Angst, als ich es ihr zeigte. Mir fiel folgende gewagte Lösung ein, um die Wespen zu beseitigen: Ich schüttete etwas Benzin mit schnellem Schwung auf das Nest und warf ein brennendes Streichholz hinterher. Im Nu loderte das Benzin mit einer schwarzen Wolke auf und war es um die Wespen geschehen! Na ja, ich hatte – wie so oft – Glück gehabt und bin nicht von einem wilden Schwarm rasender Wespen angegriffen worden. Heute würde ich natürlich die Wespen am Leben lassen – aber Mitweltbewusstsein hatte damals niemand!

Mrs. O'Rorke hatte in einem hölzernen Unterstand (shed) einen schwarzen „Austin" (PKW) stehen, den ihr Mann sich als Offizier geleistet hatte. Sie erzählte mir, sie würde gerne wieder mit dem Wagen fahren. Aber, erklärte sie mir dann so arglos-entwaffnend (oder auch ein wenig damenhaft-listig-hilflos): "Here and there some parts look a little dented or are a wee bit damaged and may want to see some slight repair." („Hier und da sind ein paar Teile etwas verbeult oder so'n bisschen beschädigt und würden sich über ein Reparatürchen freuen.") Wie solle sie das bezahlen und wer könne so etwas machen? Das war meine Chance, um über die nächsten Tage zu kommen, und so ging ich zu Werk. Der Oldie machte es mir nicht leicht! Der Staub vieler Jahre und der Dreck mancher Reise waren abzuwaschen. Es gab viele Stellen, die zu entrosten, spachteln, glätten, streichen und polieren waren. Aber am Tag seiner Wiederauferstehung fuhr der Austin mit neuen Reifen und im matten Schimmer seines alten Lackes glänzend daher – da gab es zwei Leute, die froh und stolz waren: good old unforgettable

Mrs. O'Rorke and myself (die liebe alte, unvergessliche Mrs. O'Rorke und ich).

Schon bei diesem ersten Besuch im UK verwandelte sich meine Begeisterung für dieses Land in eine tiefe Liebe zu jener Insel drüben, auf der anderen Seite des Kanals.

Während ich meine Geschichte(n) schrieb, verließ GB, eines der Gründermitglieder, zu meinem großen Bedauern die EU. Diese Trennung wird mit dem Kunstwort „Brexit" bezeichnet und ist aus break = der Bruch und exit = der Ausgang / exitus = das Ende, der Schluss zusammengesetzt.

Der Brexit, die „Befreiung GBs aus der Bevormundung durch Europa, aus der Beherrschung durch den Kontinent", wie die Brexiter auf der Insel diesen Bruch nennen, geht nun seit 2021 mit unvorstellbar vielen großen und kleinen, insgesamt aber sehr schwierigen und weitgreifenden Änderungen vonstatten. Boris Johnson, der bis zuletzt mit allen Mitteln (fair or foul) für diesen Ausstieg kämpfte, musste Mitte Juli 2022 unter recht schmählichen Begleiterscheinungen sein Amt als PM (Premierminister) aufgeben.Er selbst kommentierte seinen Abgang mit den Worten (aus der Sprache des Militärs oder der Raumfahrt) „Mission largely accomplished" („Mission / Auftrag weitgehend erfüllt") und verabschiedete sich von Freund und Feind passenderweise in seinem letzten Auftritt im Parlament mit „Hasta la vista" („Auf Wiedersehen").

Es fällt mir vom Gefühl her noch schwer, akzeptieren zu müssen, dass das UK nicht mehr Mitglied der EU ist.

Wenn ich an GB denke, habe ich tiefgehende Gefühle von Verlust und Trauer. Dieses Land ist für mich, neben der Türkei, eine zweite Heimat. In der mir so lieb gewordenen, vertrauten englischen Sprache bewege ich mich gern. Ich habe un(er)zählbar viel wichtiges Wissen, grundlegende Erkenntnisse, tiefe emotionale Erlebnisse und dauerhafte Prägungen erhalten, die mich mit diesem Land, seiner Sprache und seinen Menschen verbinden! Meine große Hoffnung ist, dass wenigstens die starken kulturellen Gemeinsamkeiten und die vielen freundschaftlichen, persönlichen Bande zwischen unseren Völkern, die sich über die Jahrhunderte entwickelt haben, bestehen bleiben und vielleicht noch enger werden, weil wir spüren, wie sehr wir eigentlich doch in diesem Europa zusammengehören.

Frankfurt lockte ...

An der Universität in Köln hatte sich zwischen Professor Helmut Viebrock, einem meiner Lehrer für die englische Sprache und Literatur, und mir eine freundschaftliche, unser Leben bereichernde Beziehung entwickelt, die uns bis zu seinem Tod verband. Helmut Viebrock lehrte von 194 –1955 an der Uni Köln und war von 1955-1977 der Leiter des Anglistischen Instituts an der Johann-Wolfgang-von-Goethe-Universität in Frankfurt. Ich beschloss, mein Studium bei ihm fortzusetzen und immatrikulierte mich zum WS 1956/57 in Frankfurt.

Im Rahmen meines Studiums dort gehörte ich im SS 1957 zu einer kleinen Gruppe von Studierenden, die für zwei Wochen dank eines Stipendiums der Universität Frankfurt zu Gast waren auf einem Seminar, das in der Nähe von Windsor in einem der Landhäuser der Britischen Krone stattfand. Die Räume und ihre Ausstattung, die Speisen und Getränke, die Studienangebote waren überwältigend royal im Vergleich zu meiner eher ärmlichen Wohn- und Verpflegungssituation in Frankfurt: Noch immer denke ich aber zurück an die dortige großartige intellektuelle Grundstimmung unserer Gespräche und an die Herausforderung und den Spaß, mit unseren Englischkenntnissen den hohen Ansprüchen wirklich gerecht zu werden.

„En Schoppe Äbbelwoi"

Mein lieber Freund Klaus Hermann und ich gingen ab und zu mal in eine der Bockenheimer Kneipen, um ein Bratwürstchen zu essen, ein Bierchen zu trinken oder um „en Schoppe tse petze", also uns ein Glas „Äbbelwoi" zu Gemüte zu führen. Damals dröhnten und stöhnten noch die Schallplattenspieler ihre Musik von den kleinen 45er-Singles, kickte man in diesen großen rechteckigen Kisten den Ball mit Hebeln ins Tor, erstickte man fast noch im Tabakqualm und fütterte man die Automaten noch mit Kleingeld. In „unserer" Kneipe stand auch ein solcher Automat. Auf diesen Kasten hatten wir beiden es abgesehen. Wir achteten darauf, wie viele Kneipengäste ihr Geld reinwarfen und wie oft Münzen ausgespuckt wurden. Gemäß gesetzlicher Regelung mussten die Automaten einen gewissen Betrag des eingeworfenen Hartgeldes wieder an die Spieler herausgeben. Wir gingen zu dieser Maschine, wenn wir nach geraumer Beobachtungszeit meinten, lange genug gelauert zu haben. Ab und zu wurde aus unserem Wunschdenken Wirklichkeit. Dann hatten wir nach der „Fütterung" durch die anderen Spieler tatsächlich Glück und ließ die Blechkiste eine Handvoll Münzen in die Ausgaberinne prasseln. Das Häufchen Kleingeld auf dem Tisch war für Klaus und mich reizend anzusehen, und wir konnten uns dann genüsslich ein zweites oder gar ein drittes „Geripptes" leisten! (Zu einem „Bembel", einem ganzen Krug Äbbelwoi, reichte es nie– aber wir waren ja auch genügsam!)

Berlin vor dem Bau der Mauer

Heutzutage ist es so einfach, nach Berlin zu reisen: man kauft die Fahrkarte, steigt in den Bus oder Zug und kann ein paar Stunden später jeden Teil der Hauptstadt völlig ungehindert betreten. Es klingt so banal, dass ich es am liebsten nicht schreiben würde. Aber seit der Wiedervereinigung sind erst dreißig Jahre vergangen. Ich habe noch deutliche Erinnerungen an die Zeit vor mehr als sechzig Jahren, wo es alles andere als leicht war, als Bundesbürger nach Berlin zu kommen und die Situation und die Bedeutung Berlins kennenlernen und einschätzen zu können.

Als noch die Grenze zwischen den militärischen Blöcken mitten durch Berlin verlief, war die Stadt Jahrzehnte lang einer der Hauptkrisenpunkte in den Machtkämpfen der Weltmächte. Von diesen unruhigen Zeiten, die auch mich als Student bei der Bildung meiner politischen Standpunkte und aktiven Teilhabe am politischen Handeln unmittelbar betrafen, will ich hier berichten.

Das Jahr 1959 stand unter dem besonderen Motto: „Macht das Tor auf!" An vielen Orten der Erde fanden bedeutende Veränderungen statt. Das Saarland wurde (wie erwähnt) offiziell als 10. Bundesland in den Geltungsbereich des Grundgesetzes einbezogen. In Cuba verjagte Fidel Castro mit seinen Truppen den Diktator Batista (von Gnaden der USA.). Im schönen Havanna, nur einen Katzensprung von der US-Ostküste entfernt, besaßen US-Investoren riesige Spielcasinos, Hotels und Ländereien. Die finanziellen Haie und politischen Gangster der USA ließen Batista mit dem Wohlwollen des offiziellen Washingtons die Insel regieren.

Überall auf der Welt trafen sich die wichtigsten Wirtschaftsführer und Inhaber der höchsten politischen Ämter, unter ihnen Bundeskanzler Willy Brandt und Präsident Dwight D. Eisenhower, um die Krisen des heißen Kalten Krieges zu entschärfen. Nikita Chruschtschow schlug sogar eine neue Friedenslösung vor, in erster Linie einen besonderen Status für Berlin. Die geteilte Stadt, und damit auch die DDR, war 1959 einer der am heißesten umstrittenen Zankäpfel der Weltdiplomatie. Bis zum Mauerbau, den Ulbricht am 13.8.1961 verkündete; hatten etwa drei Millionen Menschen – fast ein Sechstel der Bevölkerung – schon den Weg in den Westen genommen.

Im Sommer 1959 organisierte der ASTA (Allgemeiner Studentenausschuss) der Universität Frankfurt eine politische Bildungsreise nach Berlin. Ich hatte gerade genug Geld auf die Seite legen können, um daran teilzunehmen.

In Westberlin waren wir in der Nähe des Ernst-Reuter-Platzes untergebracht. Vor der Ruine des Reichstags hielt Bürgermeister Ernst Reuter am 9.9.1948 vor Hunderttausenden von Bürgern seine so dramatische Rede „Ihr Völker der Welt ... Schaut auf diese Stadt ...", die der Menschheit klar machte, welchem ungeheuren Druck sich Berlin seit Monaten wegen der totalen Blockade aller Landwege ausgesetzt sah. Von 1925 bis 1946 gewährte die Türkische Republik Reuter Aufenthaltsrecht (von 1933 bis 1945 Schutz vor dem nationalsozialistischen Regime). Während seiner zwölf Jahre (1944/45 sogar als „Haymatloz"er – Staatenloser ohne Pass) im Exil lehrte Reuter an der Hochschule für Politik in Ankara. Von 1971 bis 1973 wandelte ich auf seinen Spuren bei meinen Wegen zur Arbeit an der Pädagogischen Hochschule in Ankara. Von 1971-1973 wandelte ich auf seinen Spuren bei meinen Wegen zur Arbeit an der Pädagogoschen Hochschule in Ankara und wurde so auf ganz unerwartete Weise an Ernst Reuter erinnert.

Unsere Besichtigungsgänge führten uns natürlich auch intensiv durch den östlichen Teil Berlins. Viele der Bauten, die in späteren Jahren lange das Bild der Hauptstadt der DDR prägten, gab es damals noch nicht Der Fernsehturm entstand 1965, der Palast der Republik 1976. Er wurde 2006 wegen starker Asbestverseuchung abgerissen. An dessen Platz wurde das Schloss, äußerlich in seiner alten Gestalt, wieder auf seinem angestammten Ort errichtet. Es dient uns heute als Wissenschaftliches Humboldt-Forum. (Alexander von Humboldt war einer der bedeutendsten Wissenschaftler und Forschungsreisenden des 18./19. Jahrhunderts.)

1959 gab es in Berlin die Stalin-Allee (die ehemalige Frankfurter Straße). Sie wurde 1951 als eines der ehrgeizigsten sozialistischen Neubauprojekte der DDR begonnen. Auf beiden Seiten säumen acht- bis zehnstöckige Häuser einen etwa 90 m breiten, vierspurigen Boulevard von 2,5 km Länge. Die Gebäude wurden konzipiert als Geschäfts-, Büro- und Wohnhäuser im sowjetisch-realistischen Stil. Die dort tätigen DDR-Bauarbeiter sprachen doppeldeutig von Arbeiterpalästen, im Westen nannte man diese Architektur abschätzig nur modernisierten Zuckerbäckerstil.

Diese kolossale, auf beiden Seiten schier endlose Aneinanderreihung von fast gleichen Häusern wirkte auf mich langweilig und fantasielos, pompös und erdrückend. Sollte dort, in dieser sterilen Leere, der neue, auch der neu denkende und empfindende Mensch sozialistischer Prägung arbeiten und wohnen?

An diese Stelle gehört, empfinde ich, was B. Brecht in einer Anekdote einmal Herrn K. sagen ließ: „Eine Prachtstraße im Osten der Hauptstadt, die mehrmals umbenannt wurde, galt einige Jahre als Gipfel der deutschen Bautradition. Herr K., befragt, wie sie ihm gefalle, sagte träumerisch: „Wie gut, dass wir den Sozialismus haben. Da können wir in fünfzig Jahren alles wieder abreißen."[145]

Die Häuser, für die sozialistische Ewigkeit errichtet, stehen nach siebzig Jahren immer noch. Sie sind inzwischen in ihrem Inneren den Bedürfnissen modernen Wohnens angepasst worden.

Uns westdeutschen Studenten konnten (oder durften?) damals die Bedienungen der Würstchenbuden nichts zu essen verkaufen. In Restaurants konnten wir erst recht nicht essen gehen. Wir kriegten für unser eingetauschtes Geld nur geradezu unglaublich billig wunderbare Schallplatten und marxistische Literatur. Damit deckten wir uns ein und waren froh, so preiswert in den Besitz der Werke von Marx und Engels zu gelangen. Ein Kommilitone aus Frankfurt, der glaubhaft von sich sagte, er sei der Prinzensohn eines großen nigerianischen Stammes, durfte wegen seines Passes (und Geldes) aus Nigeria in Ost-Berlin alles kaufen, was sein Herz begehrte und die Läden hergaben. Er besorgte für uns Würstchen! (Damals gab es noch nicht sonderlich viele ausländische Studierende an der Uni; Afrikaner waren wirklich kaum darunter.)

Im Rahmen scheinbarer Lockerungen erklärte W. Ulbricht am 15.6.1961 scheinheilig: „Niemand in der DDR hat vor, eine Mauer zu errichten." Am 13.8.1961 wurde aber in Berlin mit der Errichtung der Mauer und der Grenzbefestigungen begonnen. Sie waren insgesamt rund 1.400 km lang. Damit schien die faktische Teilung Deutschlands in zwei Staaten endgültig zu sein. Die Grenzbefestigungen und die Mauer fielen im November 1989.

Mein Studium in Frankfurt hatte mein Interesse an und meine Sensibilität für Politik sehr geschärft. Die kritische Beurteilung der gesellschaftlichen Verhältnisse in der BRD, etwa durch die Philosophen und Sozialwissenschaftler Bruno Liebrucks, Carlo Schmidt, Max Horkheimer und Theodor W. Adorno („Frankfurter Schule") oder den Frankfurter SDS (Sozialistischer Deutscher Studentenbund), veränderte mein Weltbild und mein Denken dauerhaft.

Ich hatte daher 1959 gern die für mich politisch einzigartige und finanziell einzig mögliche Chance einer Reise nach Westberlin ergriffen. Diese erste intensive Begegnung mit West- und Ostberlin und mit der DDR vor 65 Jahren vermittelte mir für mein Bewusstsein sehr nachhaltig politisch neue, grundlegende Erkenntnisse. Die Reise nach Berlin zählt daher zu den wichtigen Ereignissen (und Lernergebnissen) während meines Studiums in Frankfurt.

Zu einer Art von Überprüfung der geistigen Früchte dieser Fahrt ins ehemalige sozialistische Deutschland kam es 1971 auf meiner Fahrt nach Ankara. Auf dem Campingplatz von Burgas in Bulgarien war ich umgeben von vielen Bürgern der DDR, die dort ihre Ferien machten. Ich war dort der einzige Mensch aus der BRD. Da war die Probe aufs Exempel angesagt: Siegten die aus dem jeweils besseren Deutschland mitgebrachten Vorurteile oder gewann der Wille, sich in der Begegnung mit dem Nachbarn – allen Vorurteilen zum Trotz – ehrlich und offen zu begegnen, Vorurteile als solche zu erkennen und über Bord zu werfen und sich bei dieser für beide Seiten so günstigen Gelegenheit sein eigenes Bild zu formen?

Aus diesem zufälligen Zusammentreffen wurde ein Auf-einander-zugehen und entwickelte sich mit der Familie Starke, die damals in Burgas kampierte, eine herzliche Freundschaft, die bis heute anhält.

A helmet for Hellmut – *Ein Helm für Hellmut*

An der Universität Frankfurt lernte ich 1957 während eines Sommerkurses Michael Johnson aus England kennen. Er lud mich später zu einem Besuch bei seinen Eltern in Felixstowe ein. Ihre Unvoreingenommenheit und Gastfreundlichkeit mir gegenüber beeindruckte mich sehr. Ich bin ihnen heute noch dankbar für ihr nobles Verhalten.

An einem Tag gingen wir nach dem Mittagessen in den Garten - und dann geschah etwas, das wirklich bis heute – für mich jedenfalls – Seltenheitswert hatte. Michaels Vater, der Polizist war, lud mich ein, seinen Diensthelm zu tragen! Ich glaube, es gab damals wenige deutsche Studenten, die von sich sagen konnten, sie wüssten, wie sich ein Helm der britischen Polizei anfühlt und trägt!

Erst vor ein paar Tagen erinnerte mich Michael in einer E-Mail an unsere gemeinsame Zeit vor über 60 Jahren in Frankfurt mit diesem Sprüchlein, das er bei einer unserer gemeinsamen Unternehmungen in einer Bockenheimer Kneipe gelesen hatte: „Oh, trink' so lang' du trinken kannst und nütze deine Tage! Ob's oben was zu trinken gibt, das ist die große Frage!"

Michael wohnt heute mit seiner Frau Sarah in London.

Sarah gehört zu den besten Oboistinnen der Welt. Michael ist ein guter Pianist, zudem ein großer Freund und Kenner deutscher Kunst, insbesondere der Literatur und der Musik. Erst kürzlich hat er sich wieder die Sonaten Beethovens erspielt und sich auf Thomas Manns Zauberberg begeben.

Vor seiner Pensionierung vertrat Michael in vielen Ländern der Erde Jahrzehnte als hochrangiger Repräsentant der Regierung Großbritanniens Handelsinteressen und und speziell im Rahmen der EU die Angelegenheiten seines Landes in Brüssel.

Michael ist, um es mal von der idiomatischen Seite her zu sehen, ein in der Wolle gefärbter, also ganz und gar überzeugter Europäer. Er hadert mit der Entscheidung der Regierung seines Landes, die EU, komme was da wolle, die EU zum 31.12.2020 zu verlassen. Er als politisch sehr erfahrener und kenntnisreicher Mensch bezweifelt sehr, dass sich das UK und die EU auf eine für beide Seiten gewinnbringende und erträgliche Weise trennen können.

Michael Johnson, Cambridge 1958

**Richard, the „guy" from New York – *Richard, der „Bursche da"
aus New York* (In memoriam Dick)**

Im SS 1957 wurde ich überraschend von Professor Steckel, der
eine Gastprofessur an der Universität Frankfurt hatte, gebeten,
Kontakt aufzunehmen zu einem Studenten aus New York (to con-
tact a „guy" from NYC). Vor dem Beginn seines Studiums an de Har-
vard Law School war dieser „Undergraduate" (Abiturient) zu einem
Vorbereitungsjahr nach Frankfurt gekommen. Ich erfüllte gern Prof.
Steckels Bitte und so kam ich an Richard Mayer, der später mein
Freund Dick wurde.

Zum näheren Kennenlernen lud ich ihn an einem sonnigen Tag
zu einem Spaziergang in die Innenstadt ein. Wir genossen das schöne Wetter und bummelten so von Bockenheim her in die Innenstadt zur Goethestraße, wo es damals noch Ruinen gab. Wie von
ungefähr blieb Richard da an einer Stelle stehen und sagte, fast
beiläufig: „Hier haben wir bis 1938 gewohnt." (Richard und ich kamen beide 1934 zur Welt.) Ich war wie vom Donner gerührt. Dicks
gute Deutschkenntnisse waren mir zwar aufgefallen, aber ich hatte
das in der kurzen Zeit, seit wir uns kannten, nicht sogleich mit der
Judenverfolgung des Naziregimes in Verbindung gebracht. Richard
hatte ich nicht als Sohn deutscher Eltern gesehen, die ehemals we-

gen ihres jüdischen Glaubens verfolgt worden waren und denen die Flucht in die USA noch gelungen war. Buchstäblich aus heiterem Himmel war die große Herausforderung für mich herabgestürzt - genau vor Richards ehemaligem Elternhaus. Was hatte ich gelernt, was hatte ich begriffen von dem, was sich in Deutschland zwischen 1933 und 1945 ereignet hatte!? Konnte ich angemessen mit jemandem umgehen, der die Verfolgung und die Vertreibung der Nazizeit überlebt hatte? Mehr noch, der mich gerade an dieser Stelle scheinbar absichtslos- diesen Blick in seine persönliche Vergangenheit tun ließ. Bewährte sich meine politische Weltsicht, die sich vor allem während meines Studiums in Frankfurt gebildet hatte? Konnte Richard zu mir Vertrauen haben – ich war ja schließlich einer aus dem Volk, dessen Machthaber (auch) seine Familie (und Richard als Kind) aus ihrer Heimat Deutschland vertrieben und Millionen von Menschen jüdischen Bekenntnisses ermordet hatten.

Wir beließen es an dem Tag bei dieser ersten Berührung mit Dicks Lebensgeschichte und gingen am Abend auseinander mit dem Gefühl, diese Probe unserer ersten Annäherung „bestanden" zu haben.

Wir fassten Vertrauen zu einander, und tatsächlich verstanden wir uns vom ersten Tag an aufs Beste; Bei dieser Begegnung hatten wir den Grundstein für eine lebenslange Freundschaft gelegt.

Nach einem Jahr hieß es im Sommer 1958 darum für die amerikanischen boys and girls dieses Vorbereitungsprogramms Abschied zu nehmen und heimzufahren. An einem bestimmten Abend trafen sie alle wieder in Bremen zusammen. Ich war eigens zu Richards Abreise per Anhalter aus Frankfurt nach Bremen getrampt – zugleich mit einem Herz voller Freude und Wehmut und einem sehr hungrigen Magen, der ein bisschen was Essbares nötig hatte. Im Überseehotel liefen die Töpfe voll der schönsten Erinnerungen und der Wiedersehensfreude bei den amerikanischen FreundInnen bald vor Tränen über. Oben drauf auf all die vielen, vielen Tränen des Abschiedsschmerzes und der Wehmut gab es reichlich zu essen und jede Menge zu rauchen und zu trinken. Das war für viele der jungen AmerikanerInnen eine letzte Chance, umsonst und unkontrolliert an harte Sachen zu kommen, bevor es wieder zurückging in die puritanisch-abstinente Heimat. Für mich fiel auch etwas für den leeren Bauch ab (wenn auch nur sehr wenig, denn mit mir hatte niemand gerechnet, und das Hotel hatte auch nichts für mich übrig!). Weil ich, ehrlich gesagt, nach einer Weile „knülle" (nicht mehr ganz nüchtern) war, entsinne ich mich nur undeutlich, wie wir alle mit dem Zug im Morgengrauen nach Bremerhaven fuhren. Ausnahmsweise durfte ich Richard im Schiff auf seine Kabine begleiten. Es fiel mir sehr schwer, ihn und seine FreundInnen Richtung USA entschwinden zu lassen. Reisen in die Ferne war damals noch sehr aufregend, dramatisch, emotional bewegend!

Irgendwie schaffte ich es, mich an dem Tag trotz meines schweren Kopfes und leeren Magens wieder nach Frankfurt zurückzuwinken.

Es ist sehr verwunderlich und durchaus bemerkenswert, dass die Zeit des Nationalsozialismus bei Dick und mir keine große Rolle spielte, obwohl sie für unser beider Leben so entscheidend gewesen war. Ich hatte von Dick (so nach und nach) erfahren, dass die Familie Mayer sich dank vieler glücklicher Umstände in die USA hatte retten können. Wollte Dick mir und sich nicht das Herz schwer machen mit den schmerzlichen Erinnerungen an seine verlorene Heimatstadt und das Leid seiner Familie? Von mir wusste Richard, dass auch meine Familie letzten Endes wegen des Krieges die Heimat in Afrika verloren hatte. Wir spürten, was die Nazidiktatur mit uns und in uns angerichtet hatte, dass die Erinnerung an sie unausgesprochen einen wesentlichen Teil unserer Beziehung ausmachte. Beide wussten wir aber, dass zwischen uns persönlich nichts Feindliches stand.

In New York hatte ich einmal die Gelegenheit, mit Richards Mutter bei Tiffany's in der 5th Avenue zum Einkaufen zu gehen. Richards Vater, andere Familienmitglieder oder auch Harriet lernte ich seinerzeit nicht kennen. Es gab, wie es mir schien, - leider – so etwas wie ein nicht ausgesprochenes, aber sehr wirksames Tabu!, als habe Richards Familie vermieden, die Schatten jener Zeit über ihn und mich kommen zu lassen. Um der historischen Wahrheit und um der persönlichen Wahrhaftigkeit willen hätte ich mir gewünscht, von Richard mehr über sich, seine Familie und ihrer aller Betroffenheit durch die damalige Zeit zu erfahren. Ich möchte keinem von ihnen einen Vorwurf machen: Ich selber habe ja auch nicht diesen entscheidenden Schritt getan. Hätte ich es wagen dürfen oder sogar müssen, die Nazizeit anzusprechen ohne zu wissen, wie diese Erinnerung an Dicks, an meine, an unsere gemeinsame Geschichte auf uns wirken und was in uns anrichten würde? Ob es eine noch tiefere Freundschaft gegeben hätte? Ob ich die ganze Familie Mayer kennengelernt hätte, wenn ich mit meinen Schuldgefühlen, mit meiner Trauer, mit meinem Entsetzen über jene Zeiten, damals besser hätte umgehen können? Ob es schade ist, dass wir nicht versucht haben, diesen Teil unserer Beziehung bis zum Grunde zu klären? Ich weiß es nicht.

Vielleicht ist es Richard und mir auch so ergangen wie unseren Eltern und Verwandten der älteren Generation: die erlittenen seelischen Verwundungen belasteten uns alle so schwer, dass wir nicht dazu fähig waren, sie zu benennen und klar über sie zu sprechen. Wir zogen uns (zu unserem Schutz, wegen fehlender innerer Kraft, aus Mutlosigkeit?) ins Verschweigen zurück. Je mehr der Abstand zu jenen Zeiten wächst, je älter ich werde, desto mehr bedaure ich, diese Schweigsamkeit so oft erfahren zu haben, mich selber nicht genug und rechtzeitig geäußert (im eigentlichen Sinn: entäußert) zu haben. A. und M. Mitscherlich nannten das „die Unfähigkeit zu trauern". Ich verstehe unter dieser Sentenz den Mangel an Kraft und Mut, sich zur eigenen Vergangenheit und zu seinen Fehlern zu bekennen, sich ihrer zu schämen, daraus zu lernen, über das entstandene Leid zu trauern und als Geläuterter tatsächlich ein geistig erneuertes Leben zu führen.

Nachdem sowohl Dick als auch ich aus dem Berufsleben ausgeschieden waren, haben wir uns auch zu viert, also mit unseren Ehefrauen Harriet und Nevin, getroffen. Richard ist leider nicht mehr unter uns. Vielleicht werden Nevin und ich mit Harriet, wenn wir uns noch einmal treffen, über uns und auch über unsere Vergangenheit sprechen können und uns noch besser verstehen lernen.

Während unserer Berufstätigkeit trafen wir uns öfter – ich Richard auf meinen Reisen in die USA mit Austauschschülern, er mich in Krefeld aus Anlass seiner Verhandlungen mit Klienten seiner Rechtsanwaltsfirma Kenyon & Kenyon. Als Partner dieser New Yorker Sozietät (in Down-Town-Manhattan) kam Dick häufig beruflich nach Deutschland. Als gewiefter Jurist, der in amerikanischem und deutschem Recht ausgebildet war und sehr gut in Deutsch zu denken vermochte, konnte er vorzüglich die Interessen der Firmen in den USA und in der BRD vertreten.

Richards große Leidenschaft war das Roulette-Spielen. Wenn Richard im Lande war und wir beiden Zeit und Lust dazu hatten, fuhren wir in einen der Orte mit Spielbank, den Dick sich ausgedacht hatte. Ob Richard immer als Gewinner zu Bett ging, weiß ich nicht. Über Erfolg oder Verlust am Roulette-Tisch sprachen wir nie. Richard zahlte für das Essen und die Unterkunft, ich übernahm die Benzinkosten und die Fahrerei.

Richard Mayer, Frankfurt 1957

Wie schade, wir können uns keine gemeinsamen Reisen mehr ausdenken. Leider hat Richard seine Familie und uns, seine Freunde, schon vor einiger Zeit für immer verlassen müssen. Ich denke gern an ihn. Dick war für mich ein lieber, ganz besonderer Mensch und Freund!

Sweet ssoidrr from Brizzle – *Süßer Cidre aus Bristol*

Das halbe Jahr von Oktober 1957 bis März 1958 zählt zu den wichtigsten Zeiten meines Studiums. In diesen Monaten studierte ich mit einem Stipendium der Universität Frankfurt, das einen Teil der Gebühren abdeckte, zwei Trimester an der UoB (University of Bristol). Sie zählte in den 1950er Jahren als sogenannte ehemalige Brickstone University (gegründet 1876, als England die führende Industrienation war) nicht zu den alten Eliteuniversitäten wie etwa Oxford oder Cambridge. Sie war aber und ist immer noch ein sehr moderner Bildungsort. Das Bristol Robotics Laboratory, welches die

UoB mit betreibt, ist beispielsweise das führende britische Unternehmen in der Entwicklung von Robotern und der praktischen Anwendung von „KI" (künstlicher Intelligenz). Ich empfand es als eine ganz besondere Auszeichnung, zu denen zu gehören, die seinerzeit ein Stipendium bekamen, um in Bristol studieren zu können. (Brickstone, also roter Ziegelstein, gilt in GB als abwertende Bezeichnung für billige Häuser. Zu Beginn des Industriezeitalters wurden im UK für die riesige Masse der Arbeiter Zehntausende von Häusern in Reihenbauweise mit roten, billigen Backsteinen errichtet.)

Auf meinen Streifzügen durch Bristol konnte ich einige Besonderheiten entdecken, die Bristol vor anderen Städten GBs auszeichnen: da ist die Suspension Bridge über den Fluss Avon, der hier einen Tidenhub von 13 m erreicht. Die Fahrbahn dieser Gusseisenbrücke von 1831 ist an Ketten aufgehängt und trägt bis heute mühelos den Verkehr. Die Brücke wurde von dem großen Ingenieur Isambard Kingdom Brunel entworfen. Er plante neben einigen anderen auch die Great Western Eisenbahnlinie.

Für mich war es immer ein besonderes Erlebnis, in Bristols großartiger Temple Meads Station (Wiesen des Templer-Ordens / Hauptbahnhof) anzukommen oder von dort abzufahren. Wie imposant waren die Dampflokomotiven; die Brüder Stephenson hätten sicher ihre Freude daran gehabt! Nach Brunels mutigen Plänen wurden auch Schiffe wie die SS Great Eastern und die SS Great Britain gebaut. Letztere liegt im Bristol Harbour. Sie war das erste Dampfschiff überhaupt, das im 19. Jahrhundert (schon!) den Atlantik mit reinem (!) Schraubenantrieb überquerte.

Der Cabot Tower erinnerte an die Zeiten, als Bristol im späten Mittelalter zu den wichtigsten Häfen an der Westküste Englands gehörte. John Cabot (1440–1498 / Giovanni Cabotto) fuhr 1494 von Bristol los und entdeckte (wieder) Grönland, auf einer weiteren Reise 1496/97 Labrador (Neufundland). 1498 kehrte er von einer Expedition aber nicht mehr zurück.

Die zweitürmige, neo-gotische Holy & Undivided Trinity Anglican Cathedral, 1148 als Norman Abbey gegründet, ist mir in besonders lieber Erinnerung. Dort führte der Chor der Universität Bristol, in dem ich mitsang, 1957 das Deutsche Requiem von Brahms auf. Es war eine aufwühlende Erfahrung, die immer noch in mir nachwirkt. Am 2.4.2017 hatten Nevin und ich das große Glück, in Husum eine erhebende Aufführung dieses wunderbaren Werks von Brahms miterleben zu können.

Vom Studentenleben an der Uni habe ich nicht sehr viel mitbekommen, weil ich mir Besäufnisse und anderen studentischen Zeitvertreib finanziell nicht leisten konnte. (Das war aber auch an den Unis in Deutschland für mich nicht anders. Ich musste mir in Frankfurt mein Zimmer im Studentenheim sogar mit einem Kollegen teilen, der in einer schlagenden und saufenden Verbindung war.) Ich habe aber in Bristol gern nach dem Mittagessen eine Tasse Kaffee mitgetrunken; nahm man einen Continental Coffee (je schwärzer und süßer, desto besser), war man unter den Studierenden seinerzeit ganz ungeheuer *with it, cool* heißt das heutzutage.

Die StudentInnen in Bristol schütteten sich stets Unmengen Salz auf ihr Essen, ohne je vorher zu prüfen, ob das nötig war; ich fand das rather strange (etwas befremdlich). Ich gebe aber gern zu, dass das Mensaessen gleich schlecht schmeckte – ob nun mit Salz oder ohne!

Ich teilte mein Zimmerchen mit Gilbert Nixon, einem freundlichen Jungen aus der mittelenglischen Arbeiterschicht. Er sprach mit einem starken Dialekteinschlag – von ihm richtiges Englisch zu hören, war unmöglich. Er konnte nicht merken, wo der Unterschied lag zwischen seiner Aussprache und meiner (orientiert am Standardenglisch). Der Gedankenaustausch hielt sich in Grenzen, zumal er Ingenieurwissenschaften studierte. Aber auch vom Vermieter- Ehepaar Pearce konnte ich nicht viel lernen. Mr. Pearce war nicht besonders gesprächig, und die Art seiner Frau, zu gleicher Zeit in der Suppe zu rühren, eine Zigarette zu rauchen, die Asche überall zu verstreuen und dabei auch noch mit Bristol-Akzent zu reden, brachte mich auch nicht weiter.

Mit ihrem Sohn Peter hatte ich kaum Kontakt, da er die meiste Zeit in der Schule oder auf dem Sportplatz zubrachte. Seine Jugendsprache war für mich nur schwer verständlich; im Übrigen war er an absolutely nasty fellow (Kotzbrocken), der seinen Eltern auf der Nase herumtanzte.

Im Fernsehen lief meist ein Programm, das vom benachbarten Sender Cymru (Wales) ausgestrahlt wurde; leider durfte ich es nur ganz selten anschauen.

Am Wochenende kochte Mrs. Pearce auch für uns zwei armen Studenten, aber da hieß bei ihren Portionen der Küchenmeister immer Schmalhans. Ich denke nur ungern daran zurück.

In den kalten Monaten mussten wir unser Zimmer mit einem Gasofen heizen. Man warf Münzen in einen Schlitz einer Art Gasuhr und bekam dann für eine bestimmte Zeit Gas. Das war uns viel zu teuer, die Gasflamme wärmte wenig, und außerdem hätten wir uns ständig 5p-Münzen besorgen müssen. So kauften Gilbert und ich uns einen kleinen Paraffinofen und einen Kanister mit diesem Heizöl. Wenn es brannte, wurde das Zimmer zwar warm, aber die Flamme verbrauchte viel Sauerstoff und erzeugte CO_2 und einen beißenden Gestank. Beides nahm uns buchstäblich den Atem und hätte uns fast vergiftet. Heizen bei offenem Fenster – das ging auch nicht! Also landeten Öfchen und Paraffin im Mülleimer. Als Notlösung „polsterten" wir unsere Betten aus mit mehrfachen Lagen von Zeitungspapier, die wir zwischen Matratze und Laken und Betttuch und Oberdecke ausbreiteten. Das Papier knisterte zwar ständig, aber wir froren nicht mehr gar so jämmerlich. Mrs. Pearce jedenfalls rückte für uns keine Extradecken heraus.

Anfang 1958 machte mein Professor Helmut Viebrock eine Dienstreise nach Bristol und kündigte an, mich besuchen zu wollen. Als Mrs. Pearce hörte, dass er mich besuchen wolle, meinte sie, er könne in ihrem Haus übernachten; sie fühle sich geehrt. Helmut Viebrock nahm diesen Vorschlag an. Daraufhin eilte unsere Gastgeberin sofort zu Sainsbury's in die Stadt und kaufte eine neue Matratze! Im Haus richtete sie eine Kammer als Gästezimmer her und bereitete mit der neuen Unterlage ein angenehmes, warmes Bett, in dem ihr Gast auch gut schlief. Er war später nicht schlecht erstaunt, als ich ihm erzählte, was die so sehr auf ihr eigenes Wohl(sein) bedachte Mrs. Pearce (sich) da geleistet und wie knauserig sie Gilbert und mich behandelt hatte.

Als ich in England studierte, konnte man noch sehr gut per Anhalter durch die Lande reisen. Man vertraute sich und kaum einer wäre auf die Idee gekommen, im Fahrer oder im Zusteigenden einen Schurken zu vermuten. Ich nutzte das aus, soweit Zeit und Geld dazu langten. Ich erinnere mich an zwei solche Fahrten besonders gern.

Einmal erwischte ich auf der Rückfahrt von Cardiff einen kleineren Lastwagen, bei dem ich auf die Ladefläche klettern durfte. Als ich in Bristol abstieg, schauten mich die Leute auf der Straße so merkwürdig an. Schließlich ging ich in eine öffentliche Toilette, um nachzusehen, warum man mir nachguckte. Die Leute hatten Recht gehabt: Mein Gesicht war völlig schwarz und verschmiert: ich war auf einem LKW mitgefahren, der Steinkohle transportiert hatte. Der Kohlestaub hatte sich überall auf meiner Kleidung und natürlich auch auf dem Gesicht niedergeschlagen und mich richtig entstellt. So etwas ist mir dann nie mehr passiert. Übrigens, die öffentlichen Toiletten waren auch schon damals mustergültig sauber!

Ein anderes Mal – ich glaube, das war im März 1958 – machte ich mich auf, um in der nordwestlichen Region Snowdonia den höchsten Berg von Wales zu ersteigen. Ich hatte meine ganz normale Alltagskleidung an. (Wie leichtsinnig das war, ist mir erst aufgegangen, als das Abenteuer längst glücklich zu Ende war!) Zur Vorsicht (!) nahm ich mir ein paar Äpfel, den Internationalen Jugendherbergsausweis und eine dünne Windjacke mit. Mehr an Ausrüstung konnte ich eh nicht zusammenkriegen; an Bergsteigerkleidung war nicht zu denken. Bis zum Abend hatte ich per Anhalter den Weg über Llanberis bis zum YH (Youth Hostel / DJH – Jugendherberge) am Fuße des Snowdon (Adlerhorst – 1085 m) geschafft. Eine dünne Suppe und eine dünne Decke fürs Bett war alles, was ich armer Hiker mir leisten konnte. Früh am nächsten Morgen begann ich mit dem Aufstieg. Am Anfang lief auch alles glatt, die grünen Almen waren leicht zu durchqueren, Aber dann wurde das Gelände immer schwieriger und das Wetter wurde windiger, kälter und nebliger. Zuletzt folgte ich der Trasse der Bergbahnschienen, die zur Spitze führte. Nur sie war noch zu erkennen unter der dicken Schneeschicht, die den Gipfel bedeckte. Endlich war ich dann oben auf über 1.000 m Höhe, aber richtig belohnt fühlte ich mich nicht. Denn nur, wenn der Wind die Nebelschwaden zerriss, konnte ich die atemberaubende Bergwelt um mich herum für wenige Augenblicke sehen. Außerdem fror ich jämmerlich und hatte einen Riesenhunger, gegen den ich mit meinem Notproviant, den paar Äpfelchen, nichts ausrichten konnte. Den Abstieg über Yr Wyddfa (Grab / Grube) schaffte ich zum Glück ohne Zwischenfall. Ich trocknete im YH meine Klamotten, kaufte mir für meine letzten Pennies eine Portion Fish & Chips und machte mich auf den Rückweg.

Ein freundlicher Mensch, der aus dem Wochenende nach Bristol zurückfuhr, ließ mich bei Llanberis zusteigen und konnte kaum glauben, welches abenteuerliche Unternehmen ich gerade hinter mich gebracht hatte. Er hatte wohl auch bemerkt, in welchem Zustand ich war, fuhr extra einen Umweg und setzte mich am Abend wohlbehalten in 23, Hampstead Road ab. Das war nicht nur nett von ihm, sondern es war ein Teil des Charakters vieler Inselbewohner, der sich bei solchen Gelegenheiten am schönsten zeigt. Er interessierte sich für meine Geschichte, er hörte zu, nahm großzügig für mich den zusätzlichen Zeitaufwand in Kauf, um den abgekämpften, wohl auch etwas abgerissen aussehenden jungen Mann sicher zu seinem Zuhause in Bristol zu bringen. Für diese Einstellung gibt es auf der Insel das wundervolle Wort kindness (eine von Herzen kommende, dem Gegenüber zugewandte Freundlichkeit). Hätte ich etwas Geld im Beutel gehabt, hätte ich ihn gern auf eine Tasse Tee eingeladen. So konnte ich mich von ihm leider nur verabschieden mit einem Dankeschön and thank you so much, sir, that was very kind of you!

Hazelbury Bryan ist der Name eines (damals – und hoffentlich auch heute noch) reizenden Dörfchens in der Grafschaft Dorset. Der Name kann vielleicht mit Haselnussgebüsch (mittelenglisch): haesel bearu bryan) übersetzt werden. St. Mary´s Church aus dem 15. Jahrhundert schmückt den Ort, in dem die Menschen mit ihrem südwestenglischen Dialekt das „R" so wunderschön melodisch rollen und wo der Cidre (hochprozentiger Apfelwein) – sie nennen ihn dort ssoidrr – so herrlich schmeckt! Dorthin hatte mich ein Studienkollege für ein Wochenende zu seiner Familie, den Whitelocks, eingeladen. Weit weg von der Großstadt Bristol mit all ihrem hustle & bustle (ruhelose Geschäftigkeit) erlebte ich dort auf einem Bauernhof das einfache, zugleich geradezu idyllische Landleben, das es damals dort noch gab und wo sich jene kindness im nahen, vertrauten Umgang miteinander entfaltete, welche diese in sich ruhenden Landleute in sich trugen. Reichlich und auch wirklich schmackhaft wurde bei Whitelocks gekocht nach guter englischer Tradition. Ja, ja, es gibt wirklich so etwas wie eine gute englische Küche! (König Heinrich VIII schmeckte jedenfalls das, was er auf den Teller bekam, wie man leicht auf Gemälden sehen kann.) All dies zusammen genommen ist dieses Wochenende einfach ganz und gar unvergesslich! Thanks a lot!

Während ich diese Gedanken zu Papier bringe, fällt mir mein Freund David Read ein, den Nevin und ich 2004 in seinem wunderbaren Haus in Tansania kennenlernten. Leider ist er gestorben. Mit ihm habe ich mich sehr gern wegen seiner offenen, vorurteilslosen und freundschaftlichen Lebensweise unterhalten: Er hatte so viel von „seinem" Afrika rund um den Kilimanjaro zu erzählen. David strahlte in seinem Wesen, in seiner Art zu denken und zu reden, etwas von dem aus, was mir Freude macht, mich an ihn als a kind man zu erinnern.

Meine Lehrer in Frankfurt

Welche Lehrer an der Universität Frankfurt haben mir für mein Leben am meisten gegeben, haben mein Denken, mein Verhältnis zur Welt am nachhaltigsten geprägt?

Als erster ist natürlich in großer Dankbarkeit Helmut Viebrock zu nennen, der meine Liebe zur englischen Sprache und Literatur, zu den Völkern und den Kulturen der britischen Inseln und der anglophonen Welt so nachhaltig prägte und meiner geistigen und emotionalen Welt neue Dimensionen hinzufügte. Bis zu seinem Tod 1997 schenkte er mir und Nevin seine reiche, warme Freundschaft und nahe Teilnahme an seinem Beruf, am Leben seiner Familie und meiner Familie. Wir danken ihm dafür von Herzen.

Helmut Viebrock, Frankfurt 1957 (Foto: Jan Viebrock)

Wir lernten uns an der Universität Köln kennen. Ich war da zwar bloß einer unter vielen Studierenden im Englischen Seminar, aber Helmut lud mich eines schönen Tages zum Besuch bei seiner Familie in Wahn ein. Wie sich später herausstellte, wurde daraus für mich sogar ein ungeahnt schöner Tag, ein außerordentliches Ereignis, dieser erste von vielen Besuchen, und der Beginn unserer lebenslangen Verbindung. Immer wieder taten sich wunderbare neue geistige und emotionale Welten auf in unseren Gesprächen beim ruhigen Licht der Kerzen, den Klängen klassischer Musik (etwa Schumanns Klavierkonzert a-moll), dem Lesen und Deklamieren, dem Interpretieren und Darstellen von Geschichten und Gedichten, ob nun von Frost oder Dickens, von Hemingway oder Wordsworth, Wilder oder Shaw, um nur wenige Namen zu nennen aus der literarischen Schatzkiste.

Wie lebhaft erinnere ich mich an die Diskussionen im Oberseminar über die Qualität unserer Übersetzungen von Shakespeare-Sonetten und anderer literarischen Größen. Wie amüsierten wir uns und mühten wir uns ab beim Üben der richtigen Aussprache von Wörtern wie „predaceous" oder „fuchsia", „intimacy" oder „eurythmics," „counterclockwise" oder „equipage", „promontories" oder „maelstrom", incommensurable" oder „facetious" und hunderter anderer sprachlicher Stolpersteine bei der Correct Pronounciation Challenge, die sich Helmut für seine StudentInnen als linguistisches Hürdenrennen hatte einfallen lassen.

Als sei's gestern gewesen, steht vor meinen Augen noch der Tag, als wir in Frankfurt in der Teplitz-Schönauer-Straße das Wohnzimmer neu tapezierten – auf ganz ungewöhnlich schöne Weise. Die Viebrocks-Kinder spielten lebhaft in der Mitte des Raumes, was sich für das Rücken der Leiter und das Einkleistern, Ruhenlassen und Transportieren der feuchten Tapeten als etwas hinderlich erwies. Rosi, der gute Geist des Tages, versuchte, trotz des allgemeinen Durcheinanders etwas zum Essen zu produzieren, ich mühte mich – Stehleiter-auf-und-ab – die Tapetenbahnen fugenlos und ohne Blasen glatt an die Wand zu kleben, und Helmut, der ruhende Pol, saß am Klavier und unterhielt uns mit flott gespielten Melodien aus allen Ecken der Welt.

Das war die heiterste und bewegteste Zimmerrenovierung, die ich je erlebte.

Unvergesslich bleibt mir unser Besuch der Aufführung von William Shakespeare's „A Midsummer Night's Dream" (Mittsommernachtstraum) in Stratford – mit dem anschließenden Essen ein traumhafter Abend! Ebenso gern denke ich an Helmuts Matratzentest in 23, Hampstead Road in Bristol unsere heiteren Spaziergänge im Windsor Park, am Windermere und in Worpswede, wo wir für immer Abschied voneinander nahmen. Wir danken Helmut von Herzen für seine Freundschaft.

Während, eher sollte ich sagen: dank meines Studiums prallten mit den Gesellschafts-, Politik- und Sprachwissenschaften auf der einen und Religionswissenschaft auf der anderen Seite völlig konträre geistige Welten in mir aufeinander: Auf dem einen großen Feld entwickelten sich die philosophischen Erkenntnisse und kritischen Einstellungen, die sozial-praktischen Lebensziele, die emotionalen und ästhetischen Entwürfe, die politisch-humanistischen Auffassungen und glaubhaft-ethischen Überzeugungen. Auf dem anderen Feld standen die unaufhebbar widersprüchlichen Positionen des westlichen Christentums gemäß den protestantischen und römisch-katholischen Glaubenslehren. Letztere forderten Wissen, Verstand und Verstehen heraus. Jesuitisch-kasuistisch (auch flexibel oder listig) wurden diese moralischen Auflagen, Weltdeutungen und Glaubensforderungen vertreten von Prof. Joseph Loosen, dem Diener Gottes, an der Theologischen Hochschule St. Georgen.

Den großartigen Professoren Theodor W. Adorno, Max Horkheimer, Bruno Liebrucks, Carlo Schmidt und Helmut Viebrock von der J.-W.-Goethe-Universität verdanke ich die Grundlegung des philosophischen, ästhetischen und sozio-politischen Verständnisses der Welt, das mich auch heute noch bestimmt. Sie überzeugten und zwangen mich zugleich, mir immer wieder weiteres Grundlagenwissen anzueignen, meinen überkommenen Blickweisen kritisch und ohne Schonung zu überprüfen, geglaubte Sicherheiten ehrlich in Frage zu stellen und als unbrauchbar und überholt erkannte Denkpositionen entschlossen zu räumen.

Das bedeutete im eigentlichen Sinn, wirklich alles neu zu denken, für meine Maximen und Überzeugungen neue, grundsätzlich überprüfbare Erkenntnisse zu gewinnen; also letzten Endes, mir eine neue, rational begründete Welt-Anschauung zu eigen zu machen und eine neue gesellschaftliche Befindlichkeit zu erstreben und zu leben.

Gewiss haben die Auswirkungen meines Studiums auf die Entwicklung meiner Persönlichkeit seinerzeit bei meinen Eltern besorgtes Kopfschütteln, Verwunderung und Besorgnis erregt und ihnen viel Verständnis abverlangt. Es tut mir leid, dass ich ihnen innerliche Beunruhigungen, Belastungen, Kümmernisse, wohl auch manchmal Verzweiflung, zumutete. Ich danke ihnen, dass sie mich trotzdem *meinen* Weg gehen ließen.

Dschäggjuwaa

Zu meinem 1. Staatsexamen machten meine Eltern mir ein ganz besonderes Geschenk: Ich durfte sie mit Eugens geliebter Borgward Isabella auf einer großen Reise durch England und Schottland fahren! Welch ein Vergnügen!

Mein Vater war damals in GB (Grat Britain) vor lauter Begeisterung Mitglied im RAC (Royal Automobile Club – Königlicher Automobilclub) geworden. Immer, wenn uns ein Wagen mit dem Emblem dieses Clubs begegnete, strahlte Eugen, und wenn es sich gar um die Edelmarke Jaguar handelte, rief er in seinem so wunderschön schwäbisch gefärbten Englisch Dschägjuwaa!

So nebenbei – mein Vater hatte einen bisweilen besonderen Sinn für Komisches:

Das englische Wort für Stechginsterbüsche, die so prächtig an den Rampen vieler britischer Autobahnen blühen, machte ihm ganz besonderen Spaß. Es ist „furze" … (auf Englisch gesprochen „föös" mit weichem „s" wie in „leise". Bekannter ist die englische Besenginsterart „broom".)

Es hat mich seinerzeit tief beeindruckt, wie sehr meine Eltern die Landschaften und Städte, die Kultur und die Art der Briten mochten, wie offen und ohne Ressentiments gegenüber „den Engländern" waren. Sie zwangen uns ja Anfang September 1939 als unmittelbare Folge des Kriegszustandes zwischen Nazi-Deutschland und dem Empire dazu, „Nashallo" für alle Zeit zu verlassen; sie lieferten uns einer völlig ungewissen Zukunft aus.

Der historische Sinn und die Vorurteilslosigkeit unserer Eltern, die sich ja auch bei uns Kindern so oft bewährt hatten, wiesen denen nicht Schuld zu, die auf die deutsche Eröffnung des Zweiten Weltkriegs mit den dann gebotenen Maßnahmen reagiert hatten.

IM AUFBRUCH

ZWISCHEN KREFELD UND ANKARA 1963–1971

Von Frankfurt nach Krefeld

Zum Studiengang für das Lehramt gehörte an der Universität Köln ein Schulpraktikum, das vor dem ersten Staatsexamen abgeleistet sein musste. Meine ersten Gehversuche im Lehrerberuf machte ich 1956 im Gymnasium an der Schwertstraße in Solingen. (Wie der amüsante Zufall es wollte, war dort Herr Utz mein Mentor für Englisch, Herr Mutz der zuständige Fachlehrer und einer der Schüler der Klasse, in der ich mich bewähren sollte, mein jüngster Bruder Jochen Lutz.) Im Herbst 1956 setzte ich meine Ausbildung an der Universität Frankfurt fort. Bis zum Ende meines Studiums 1961 in Frankfurt hatte ich noch die ernsthafte Absicht gehegt, unmittelbar nach dem Ersten Staatsexamen eine akademische Karriere an einer Hochschule in den USA anzustreben. Für eine erfolgreiche Laufbahn dort rechnete ich mir jedoch größere Chancen aus mit einem vollständigen Abschluss meines Lehramtstudiums in der BRD. Deshalb zog ich es letztendlich vor, nach dem Ersten Staatsexamen 1961 auch noch das Referendariat an einem Studienseminar in Deutschland hinter mich zu bringen.

Da es 1961 in der BRD amtlich nach den Aussagen der Kultusbehörden zu viele LehrerInnen gab, stellten die Bundesländer zu der Zeit nur Landeskinder in ihrem eigenen Bildungsdienst ein. Ich war politisch kein Einwohner des Bundeslandes Hessens, sondern nur ein Bürger Frankfurts. Deshalb verweigerte mir das Kultusministerium in Wiesbaden 1961 eine Anstellung als Referendar in Hessen.

Im Juli 1961 heirateten Christel und ich. Wir wohnten in Mönchengladbach, wo sie zu der Zeit an einer Realschule ihre erste Arbeitsstelle fand.

Das Bildungsministerium Nordrhein-Westfalens, meines politischen Herkunftslandes, wies mich zur Ableistung des zweiten Teils meiner Ausbildung für das Lehramt an Höheren Schulen dem Studienseminar in Krefeld zu.

Im ersten Jahr des Referendariats arbeitete ich an zwei Gymnasien in Mönchengladbach, im zweiten Jahr war meine Schule das Humanistische Gymnasium in Viersen.

Im März 1963 bestand ich in Krefeld die Zweite Staatsprüfung. Danach entschied ich mich, erst noch einige Jahre Berufserfahrung vor einer Auslandstätigkeit zu sammeln. Ich wurde dem Fichte Gymnasium in Krefeld zugeteilt und unterrichtete dort Deutsch und Englisch in allen Jahrgangsstufen.

Fichte Gymnasium Krefeld

Bei privaten Reisen und im Rahmen von Schüleraustauschprogrammen lernte ich zwischen 1963 und 1971 viele Länder kennen. Mit Jungen (es waren jeweils keine Mädchen in dieser Gruppe) unserer Oberstufe führte ich zweimal mehrwöchige Begegnungsprojekte mit Gasteltern in den USA durch.

Lange Reisen führten mich durch viele Bundesstaaten der USA. Auf Grund der Erkenntnisse, die ich dabei gewann und der Erfahrungen, die ich machte, trat ich Ende des Jahres 1969 endgültig von der Vorstellung einer längeren Tätigkeit im Lehrberuf oder gar eines dauerhaften Lebens in den Vereinigten Staaten von Amerika zurück.

Ich fühlte mich im Lauf der Jahre am Fichte Gymnasium im Kreis des Kollegiums wohl, und die Arbeit mit den SchülerInnen bereitete mir Freude. Dennoch blieb der Wunsch nach einem Wechsel des Wohnsitzes ins Ausland und nach einer Tätigkeit, die meinen Ansprüchen auf veränderte, größere berufliche Herausforderungen besser entsprach, stets wach und wurde immer stärker.

Nach meiner Scheidung 1969, die auch einen Wohnortwechsel mit sich brachte, nahm ich die Chance auf größere persönliche Bewegungsfreiheit und Ungebundenheit wahr, um aus dem mir zu eng und konservativ gewordenen System der überkommenen gymnasialen Bildung auszubrechen. Es wurde auch in meiner Schule – trotz einiger reformerischer Ansätze – noch weitgehend praktiziert. Ich verfolgte deswegen ab August 1969 planmäßig beim Deutschen Akademischen Auslandsdienst (DAAD) in Köln eine Abordnung ins Ausland, die mir neue Perspektiven eröffnen sollte.

Ich sagte zu, als mir für 1971 eine Stelle in Ankara angeboten wurde.

Im Juli meldete ich mich in Krefeld ab und beendete ich mit Ablauf des Schuljahres 1970/71 meine Tätigkeit am Fichte Gymnasium. Es war vorgesehen, dass ich am 1. September 1971 in der Deutschen Abteilung der Pädagogischen Hochschule, dem Yabancı Diller Eğitim Enstitüsü (Gazi Eğitim Enstitüsü – Fremdspracheninstitut) meine Arbeit aufnehmen sollte.

Entgegen meinen Erwartungen wurde mir vom DAAD keinerlei Beratung oder Vorbereitung (auch kein Türkischsprachkurs) für meine Arbeit an der Pädagogischen Hochschule in Ankara angeboten! Es lohnt kaum mehr die Mühe, fünfzig Jahre später darüber nachzudenken, warum keine Einführung in die Arbeit und die Verhältnisse vor Ort und kein Sprachangebot Türkisch gemacht wurde. Wahrscheinlich tue ich niemandem Unrecht, wenn ich vermute, dass beim DAAD die für die Türkei zuständige Abteilung keine oder nur mangelhafte Kenntnisse über die Arbeitsbedingungen und die politischen Zustände dort nach dem Militärputsch im März 1971 hatte. Vielleicht hielt man es auch nicht für nötig oder sogar unbequem, den entsandten Lehrkräften mit Rat und Tat (Korrespondenz, persönliches Gespräch in Köln, Unterstützung via Deutsche Botschaft in Ankara, etc.) beizustehen. Man könnte es sogar – ironischerweise – als eine Ehre und einen Erweis besonderen Vertrauens empfinden, dass man in Köln (und eventuell auch bei der Botschaft) darauf baute, die Lehrkräfte würden in der Türkei ihre Sache schon richtig machen, und zwar im Sinne der Zielsetzungen des DAAD als auch der Richtlinien des türkischen Bildungsministeriums und der rigiden Politik des Militärregimes. Wie sich später herausstellte, war der Umgang mit den türkischen Behörden für uns deutsche Lehrkräfte schwierig, kräftezehrend und besonders heikel.

Nicht unerwähnt darf in diesem Zusammenhang bleiben, dass 1955 die ersten Gastarbeiter aus Italien angeworben wurden. Es folgten ab 1960 Menschen aus Spanien, Griechenland, Marokko, Tunesien und Portugal, ab 1961 auch aus der Türkei.

Im Jahr 2021 feierten wir in der BRD den 60. Jahrestag der Unterzeichnung des deutsch-türkischen Anwerbevertrags! Heute ist Türkisch in der Bundesrepublik Deutschland nach Deutsch die am meisten benutzte Sprache.

Den ausländischen ArbeitsmigrantInnen, von denen immer mehr hierblieben und endgültig Einwanderer wurden, bot man viele Jahre so gut wie keine Hilfen bei ihrem Heimischwerden in der deutschen Gesellschaft an. Ja, es existierte im praktischen Alltag weder der Begriff noch das Bewusstsein dafür, was Integration von Eingewanderten bedeutete. Die Erfahrungen und Bedingungen, die man aus der Einwanderung von Arbeitskräften im Zuge der Industrialisierung hatte, waren nach 1945 nur noch sehr eingeschränkt gültig und brauchbar. Man war sich in Deutschland am Beginn dieser Immigration aus allen möglichen Ländern der Welt gar nicht bewusst oder wollte es nicht wahrhaben, welchen ungeheuren Schwierigkeiten – nicht zuletzt mit der deutschen Sprache – diese Gastarbeiter gegenüberstanden. Erst etwa ab Mitte der 1970er-Jahre (20 Jahre zu spät) reagierten die Kultus- und Sozialministerien auf die neuen Herausforderungen, die man an den Kitas, Schulen und (Aus)Bildungseinrichtungen zu bewältigen hatte.

Ich bekam während der Zeit in der Türkei ein scharfes Bewusstsein dafür, was es heißt, in einem Land zu wohnen, dessen Sprache man nicht kennt und auf dessen Art zu leben und zu arbeiten man in keiner Weise (weder in der Heimat noch im aufnehmenden Land) vorbereitet wurde.

Schaue ich auf die vergangenen sechzig Jahre zurück, so kann ich nicht ohne eine gewisse Bitterkeit feststellen, dass sich die Beschäftigungs- und Einwanderungspolitik in unserem Lande viel zu lange vornehmlich am ökonomischen Profit orientierte; der durch die Brauchbarkeit und Ausnutzbarkeit der Einwanderer entstand. Den Arbeitsuchenden wurde zu viel zugemutet und zu viel vorenthalten. Ihre Probleme wurden zu spät erkannt und zu wenig ernst genommen. Max Frisch brachte es auf die kurze Formulierung, die, wie ich meine, so auch immer noch gilt: Man forderte Arbeitskräfte, und es kamen Menschen.

Ich sehe mit Besorgnis, dass (zu) viele Menschen in Deutschland immer noch nicht genug aus der eigenen Geschichte gelernt haben. Auch aus der Geschichte der Zuwanderer haben sie nicht viel erfahren und wollen ihre Gegenwart bei uns nicht wahrhaben. Ich muss dem noch die Tatsache hinzufügen, die wir nicht länger mehr leugnen können: Wir haben in diesem Land immer noch – schlimmer, schon wieder – trotz jahrzehntelanger Einwanderung ein Übermaß an Denken und Tun, das seinen Ausdruck findet im geschichtsfernen, nationalistischen und fremdenfeindlichen Reden und Handeln völkisch und rassistisch orientierter Menschen!

„Sana aşık oldum!" – Sağ ol, Galip!
„Ich bin in dich verliebt!" – Dankeschön, Galip!

Auf meinen Reisen während des Studiums und der ersten zehn Jahre im Schuldienst war ich in vielen Ländern. Ich hatte mich aber nie so gefühlt, dass ich in einem von ihnen leben und arbeiten wollte.

Warum also entschied ich mich für die Türkei, als mir der DAAD die Zusage gab, ab September 1971 an der Pädagogischen Hochschule in Ankara tätig sein zu können?

Ganz rational sind solch weitgehende Entscheidungen selten; vermutlich spielt das berühmte Bauchgefühl da auch immer eine Rolle. An dieser Stelle sei deshalb von wichtigen Begegnungen mit der Türkei die Rede, welche auf den ersten Blick wenig gemein zu haben scheinen mit dem DAAD in Köln und der Pädagogischen Hochschule in Ankara. Sie nahmen ihren Anfang bei mir in den Romanen Karl Mays, im Rundfunk, in West-Berlin und am Fichte Gymnasium in Krefeld. All die Bilder, Berichte sowie Begegnungen, die sich in meinem Denken und Fühlen zu einem größeren Ganzen und damit letzten Endes zu einem „Ja" für die Türkei fügten, kann ich in der Redeweise „Gut Ding will Weile haben" zusammenfassen. Gönnen wir uns also ein wenig Zeit und betrachten wir ein paar Stationen auf diesem ungewöhnlichen Weg, der mich 1971 in die Türkei führte.

Als Junge verschlang ich geradezu Karl Mays Berichte aus dem Osmanischen Reich, wo ich Seit' an Seit' mit Türken von Bagdad durchs wilde Kurdistan bis Istanbul ritt und stritt und meine ersten Vorstellungen über die Geografie und Kultur der Türkei Gestalt annahmen.

Im Frühjahr 1948 erreichte der Kalte Krieg zwischen den alliierten Westmächten und der Sowjetunion mit der Blockade West-Berlins einen neuen Höhepunkt. Am 9.9.1948 rief Ernst Reuter, der damalige Oberbürgermeister, vor Hunderttausenden von Berlinern der ganzen Welt zu: „Ihr Völker der Welt, schaut auf diese Stadt …"

Ich erinnere mich noch an die überzeugende Kraft und das ehrliche Pathos seiner Worte, die wir in der Radioübertragung hörten und die uns klarmachten, wie bedroht West-Berlin, wie gefährdet der Frieden war.

Im Sommer 1959 wohnten wir Studenten aus Frankfurt bei unserer Studienreise in Berlin am Ernst-Reuter-Platz, der zu Ehren des kämpferischen Demokraten benannt wurde. Ernst Reuter wurde 1933 sofort nach der Machtübernahme von den Nationalsozialisten politisch verfolgt. Ihm gelang auf Umwegen die Flucht vor den Nazis in die Türkei. Das Land Atatürks gab ihm genauso Asyl wie Hunderten anderen vom Hitler-Regime Verfolgten. Ernst Reuter spielte beim Aufbau der Türkei in den 1930er- und frühen 1940er-Jahren eine bedeutende Rolle. Er lehrte und publizierte auf Türkisch als Professor an der Hochschule für Kommunalwissenschaften und Städtebau. Viele Gebäude und Straßenzüge, die auf Reuters Arbeit zurückgehen, sind auch heute noch im Stadtbild Ankaras gut zu erkennen. Er kehrte 1946 in die BRD zurück und war dort jahrelang Regierender Bürgermeister Berlins.

Ab 1961 setzte ein geregelter Zuzug von arbeitsuchenden Menschen aus der Türkei ein. Ihre große Zahl veränderte spürbar und auf Dauer die soziale Struktur und das gesellschaftliche Bewusstsein in der BRD.

Auch mein altes Bild von der Türkei und ihren Menschen wurde sehr viel konkreter und differenzierter, nicht zuletzt auf Grund der Berlin-Reise 1959, die mein politisches Denken maßgeblich beeinflusst hatte.

Zehn Jahre später reizte es mich, in das Land gehen zu können, welches in meinem Bewusstsein inzwischen seinen festen, positiven Platz hatte. So sagte ich dem Angebot des DAAD daher gern und bewusst zu: Es war diese starke rationale und emotionale Mischung aus Neugier, Abenteuerlust und Wissensdrang, welche diese Entscheidung bewirkte. Mich reizte die Aussicht auf den Umgang mit den Menschen aus diesem Teil der Erde sowie die Möglichkeit der Auseinandersetzung mit der Kultur und Politik der demokratischen Republik Türkei. Sie entstand genau zu der Zeit aus den Trümmern des Osmanischen Reichs, als in Deutschland aus den Wirren der Weimarer Republik das faschistische Dritte Reich hervorging.

Ich bin glücklich darüber, die Türkei kennengelernt zu haben, die zur Regierungszeit ihres großen Staatsmanns Kemal Atatürk Hunderten von deutschen Flüchtlingen Schutz und Brot gab und ihr Leben rettete. Es bedeutet einen Reichtum und bleibt eine Freude, dort gelebt zu haben, die Sprache des Landes zu sprechen und mit ihm emotional und familiär so eng verbunden zu sein – ja, in dem mein Leben seine entscheidende Wende nahm.

Im Schuljahr 1970/71 gab es an meiner Schule einen Schüler, an den ich mich sehr gern erinnere. Als Zwölfjähriger war er Mitte der 1960er-Jahre mit seiner Mutter aus Istanbul gekommen. Aus diesem Jungen ist längst ein tüchtiger und in Krefeld gern konsultierter Zahnarzt geworden.

Servet-Galip war der erste Mensch aus der Türkei, den ich näher kennenlernte, und er war es, der mich bei meinen Vorbereitungen hilfreich begleitete.

Er war also eine wichtige Person am Anfang der Geschehnisse und der Geschichte, die weit mehr als die Hälfte meines Lebens ausmacht. Ich bin ihm dankbar für die Rolle, die er darin spielte.

Als feststand, dass ich nach Ankara gehen würde und vom DAAD kein Vorbereitungsangebot kam, bat ich Servet-Galip, mir einige Grundkenntnisse der türkischen Sprache zu vermitteln sowie Genaueres von seinem Heimatland und über seine Herkunft, von seinem Leben und dem seiner Eltern in der Türkei und in Krefeld zu erzählen. Galip erklärte sich sofort bereit, mich beim Lernen der Sprache und der Vorbereitung auf die Türkei zu unterstützen. Bei wem hätte ich in Krefeld leichter Türkisch lernen können als bei ihm? Wer kam da besser in Frage als dieser Junge, der gut Deutsch sprach und mir seine Heimat aus persönlicher Erfahrung vermitteln konnte? Galip tat alles, um mir sein Land, sein Volk, seine Kultur und Sprache nahe zu bringen.

Es dauerte dennoch ein Weilchen, ehe sich mein Ohr an den besonderen Klang der Sprache gewöhnte und ich verinnerlichte, wie die Systematik der türkischen Grammatik funktionierte. Aber dann fand ich den Zugang zu dieser Sprache und lernte die ersten Wörter und Sätze für den alltäglichen Gebrauch, die mir sicher noch etwas steif von der Zunge holperten. Galip verwendete viel Mühe darauf, mir die nahezu akzentfreie Aussprache des Satzes beizubringen, von dem er meinte, er sei einer der wichtigsten Sätze, die ich

kennen und fehlerfrei sprechen können müsse: „Sana aşık oldum."
(„Ich habe mich in dich verknallt.")

Seit Jahrzehnten gehört dieser Satz sozusagen zu meinem Grundinventar Türkisch, bei dem ich mich immer unfehlbar auch an Galip erinnere. Als ich seinerzeit diese drei so nett klingenden Worte lernte, ahnte ich noch nicht, welches schwere und potenziell höchst gefährliche sprachliche Geschütz ich mir da aufgeladen hatte. Galip war selbst noch ein junger Bengel ohne Hintergedanken und vermutlich ohne eigene Erfahrung mit den Folgen, die einem dieser Satz bescheren konnte (jedenfalls in der Türkei). Vielleicht fand er es auch lustig, ausgerechnet mir, einem Lehrer seiner Schule, diesen für Jungen seines Alters wichtigen Satz beizubringen. Er hat mich gewiss nicht reinlegen wollen!

Am 3. Mai 1973 ereignete sich in Ankara eine Schießerei, welche mich und Nevin, einer Studentin in der Deutschen Abteilung der Hochschule, beinahe das Leben gekostet hätte. (Neugierigen sei verraten, dass ich an anderer Stelle davon berichte.) Wegen einer dabei erlittenen Verwundung musste Nevin damals einige Tage bis zu einer vorläufigen Abheilung ihrer Verletzung im Gülhane-Krankenhaus (Rosenhaus) verbringen. Ich besuchte sie dort jeden Tag und sah eine ganze Menge junger Männer, die sich mit ihren Pflastern und Verbänden mehr oder weniger krumm oder gerade, griesgrämig oder lebensfroh durch die Gänge bewegten. Man erzählte mir, sie seien fast alle Opfer ihrer Verliebtheit in Mädchen oder Leidtragende ihrer Affären mit Frauen gewesen, die schon anderweitig vergeben oder gebunden waren. Deshalb wären diese Frauen aus dem „Eigentum" anderer Männer nur noch um den Preis des eigenen Lebens zu haben gewesen.

Die jungen Männer waren, durch Dolche, Messerstiche oder Pistolenkugeln verwundet, noch mit Haaresbreite um den Verlust ihres Lebens herumgekommen. Vom Schicksal der (ledigen) Mädchen oder der (verheirateten) Frauen war nie die Rede. Mit Männern, die wegen ihrer Liebschaften im Krankenhaus gelandet waren, wären Gespräche über Frauen vermutlich sowieso sehr schwierig, um nicht zu sagen, gefährlich gewesen oder hätten gar handgreiflich enden können.

Der eine oder die andere mag jetzt fragen: „Was ist denn nun aus Servet-Galips Satz geworden? Hattest du je eine Gelegenheit, in der Türkei diesen doch so schönen Ausdruck deines Schülers anzuwenden?" Ja doch, aber in leicht abgewandelter Form! Es wäre wohl auch zu schade gewesen, wenn Galip sich vergeblich so viel Mühe gegeben und ich umsonst diese drei Wörter gelernt hätte. In der Türkei habe ich, wie sich im Nachhinein herausstellen sollte, aus guten Gründen, die direkte praktische Anwendung dieses Satzes vermieden. Es gab ja zum Glück noch andere Möglichkeiten des Sympathieerweises ...

Ich war an einem der sprichwörtlich schönen Tage Mitte Mai wieder im Gülhane-Krankenhaus bei Nevin. Der Volksmund behauptet ja, dass in diesem Frühlings-Wonnemonat des Jahres immer außergewöhnliche Sachen passieren. An dieser Volksweisheit scheint etwas Wahres zu sein. Die Schüsse am 3. Mai 1973 hatten gleichsam mit ihrem Knallen und Treffern mir die Augen dafür geöffnet, wie es um mein Herz stand. Ich war mir ziemlich sicher, dass die Schießerei auch bei Nevin dazu geführt hatte, dass sie die Welt anders sah als vor dem bewussten Donnerstag. Und so nahm ich denn an diesem Nachmittag mein Herz in meine Hände. Denn so empfand ich, genügte es nicht, ihr mit Hilfe meines so schön auswendig gelernten türkischen Drei-Wort-Satzes „Sana aşık oldum" zu sagen, dass ich in sie verliebt war. Da war schon viel viel mehr im Spiel ... bei mir und auch bei ihr! So fragte ich Nevin ohne größere Umschweife, aber doch ziemlich weitgehend, ob sie sich mit mir verheiraten wolle.

Über die Wirkung dieser Frage und die Auswirkungen auf Nevins und auf mein Leben kann an anderer Stelle Entsprechendes nachgelesen werden. Aber – nur so viel sei gesagt: Seit diesem Nachmittag im Jahr 1973 sind fast 50 Jahre vergangen, und wir sind immer noch beisammen auf unserem Lebensweg!

AUF DEN SPUREN VON KARL MAY

TÜRKEI   1971–1973

Vom Paulinenhof nach Burgas

Anfang Juli 1971 hatte ich alles zusammen. Mein Ford 17m-Kombi und meine Ausrüstung waren gut vorbereitet. Die Scheinwerfer hatte ich zum Schutz gegen Steinschlag mit Drahtgittern versehen, zur Sicherheit hatte ich einen Reservekühlwasser- und Extrabenzintank und jeweils einen zweiten Verbandskasten, Wagenheber und Reservereifen im Wagen. Ein Kompass und eine Taschenlampe plus etliche Batterien, ein Trinkwasserkanister sowie ein Campinggaskocher, Gasflaschen, Aluminiumteller und -tasse, Besteck, ein wunderbar praktisches Zelt und ein Schlafsack dienten dem persönlichen Komfort. Für alle Fälle packte ich auch Hustenbonbons, ein paar Tafeln Schokolade und etwas Studentenfutter (Knabberzeug) in eine kleine Holzkiste. Dieser „Vorrat" stellte sich später als besonders nützlich heraus.

Mutter Hilde, die um meine Sicherheit besonders besorgt war, steckte mir eine sehr echt wirkende Gaspistole mit 20 Schuss Munition zu. Im Pass waren alle nötigen Visa eingetragen – es konnte losgehen. Gute Straßenkarten hatte ich natürlich dabei; damit musste ich zur Orientierung auskommen. Meistens hatte ich Glück damit, manchmal eben auch nicht. Aber die Umwege, die ich deswegen in Kauf nehmen musste, waren besonders spannend!

Übrigens – ein Handy hatte ich nicht, und auch kein GPS-Gerät! Diese Dinger gab es damals noch gar nicht. Irgendwen anzurufen von unterwegs, wäre sehr schwierig gewesen. (Nicht einmal die deutsche Polizei verfügte damals über genügend gute, drahtlose Kommunikationsmittel.) Tatsächlich habe ich auf keiner der vielen Reisen, die ich allein machte, je ein Telefon nötig gehabt. Der Wunsch, ständig erreichbar zu sein und der Drang, mich von überall zu jeder Zeit mitteilen zu müssen, war bei mir damals schon nicht vorhanden und hat sich seither nicht wesentlich entwickelt – da habe ich den

Anschluss verpasst an die „Modernen Zeiten", die ja schon Charlie Chaplin zu Recht mit einer gewissen Skepsis betrachtete.

Als ich in Schirnding in der Oberpfalz ankam, dachte ich, bis zum Abend noch nach Marienbad zu gelangen. Aber am Schlagbaum an der Grenze kurz vor Eger ging es nicht mehr weiter. Der Grenzbeamte, der meinen Pass in der Hand hielt, schüttelte – nicht unfreundlich, aber sehr bestimmt – verneinend den Kopf und zeigte abwechselnd auf mich und dann auf die Innenseite des Passes. Als ich ihn weiter fragend anschaute, fasste er sich ans Kinn und machte die Geste des Rasierens. Da verstand ich: Das Bild im Pass zeigte mich ohne Bart, ich hatte mir aber inzwischen einen Bart wachsen lassen und auch nicht vor, mich während der Reise zu rasieren. Mit weiteren Gesten deutete der Grenzer an, er ließe mich durch, wenn ich den Bart abmachte. Dazu hatte ich keine Lust. Und dann begannen wir ein Geduldsspiel: Ließ er mich irgendwann doch fahren oder musste ich hoffen auf – ja, auf was? Nach etlicher Zeit war die Schicht des Grenzbeamten zu Ende und er wurde abgelöst. Er nickte mir noch leicht spöttisch lächelnd zu und verschwand im Abendlicht.

Der neue Grenzposten erkannte in mir mit Bart kein Sicherheitsproblem und auch keinen kapitalistischen Klassenfeind und winkte mich durch. So kampierte ich in dieser Nacht in der Nähe von Eger und musste auf das schöne Marienbad verzichten, denn ich hatte mir vorgenommen, auf der Reise in die Türkei aus Gründen der Sicherheit nicht nachts zu fahren.

Über Pilsen, das Mährische Stufenland, Prag, Brünn, die Kleinen Karpaten und Bratislava gelangte ich nach Budapest und von dort durch die Ungarische Tiefebene an den Grenzübergang nach Rumänien, nicht weit von Großwardein/Oradea. Ich musste den Beamten so ziemlich alles zeigen, was ich an Ausrüstung bei mir hatte. Da kam natürlich auch die Schreckschusspistole zum Vorschein. Man nahm sie mir gleich aus der Hand, wusste aber nicht so recht, ob sie wirklich eine echte Waffe war oder nicht. Dann wollte man die Munition sehen. Die kleinen Hülsen ohne Kugeln kamen den Grenzbeamten und auch den dabeistehenden Soldaten komisch vor. Sie hatten während ihrer militärischen Ausbildung vermutlich nie eine Schreckschusspistole gesehen und kannten solche Munition nicht. Sie wussten daher wohl auch nicht, wie sie mich weiter abfertigen sollten: War ich ein gefährlicher Feind aus dem Ausland oder doch nur ein friedlicher Reisender?

Ein Soldat gab mir die Pistole zurück und machte mir gestenreich klar, ich solle sie laden. Ich tat's – danach öffnete sich der Kreis derer, die um mich standen, auf ein Kommando hin ein wenig. Darauf war ich wieder an der Reihe. Mir wurde bedeutet, ich solle in den Boden schießen. Ich senkte die Waffe und betätigte den Abzugshebel. Es knallte, und alle zuckten ordentlich zusammen. Aber es sah so aus, als sei gar nichts passiert. Es gab so gut wie keinen Pulverdampf, es war kein Einschlagloch zu sehen, am Boden lag nur die kleine Patronenhülse – und alle standen immer noch unverletzt, aufrecht und verdutzt an ihrer Stelle. Man verstand schließlich, dass ich dieses Schießeisen nur zu meiner Sicherheit und nicht zum Morden mit mir führte und gab mir auch die Munition und die eine leere Kartusche zurück. Im Pass erinnert noch heute die Eintragung „Einreise mit einer Kleinkaliberpistole, Seriennummer 229029, mit 19 Kartuschen" an diesen doch denkwürdigen Grenzübergang, der so friedlich verlief. Alles hätte auch ganz anders ausgehen können, wenn die Leute an der Grenze in mir einen als Tourist verkleideten westlichen Spion oder einen bedrohlichen bedrohlichen Vertreter des kapitalistischen Systems gesehen, keinen Spaß verstanden oder sogar die Nerven verloren hätten. (So ganz nebenbei – die Schreckschusspistole habe ich nie einsetzen müssen!)

Und dann hatte ich auch schon Siebenbürgen erreicht. Ich blieb mehrere Tage im sagenumwobenen Landstrich Transsylvanien, wo Dracula gehaust haben soll, und besuchte Klausenburg/Cluj, Hermannstadt/Sibiu und Kronstadt/Braşov. Dort hatten einst viele Deutsche, die berühmten Siebenbürger Schwaben, von denen ich schon so viel gehört hatte, gewohnt und dem Land für Jahrhunderte ihren kulturellen Stempel aufgedrückt.

In der Nähe von Mühlbach, so auf halbem Weg zwischen Klausenburg und Hermannstadt, sah ich auf einem großen Feld viele Frauen, die – in einer Reihe gestaffelt – mit ihren Hacken zu Gange waren. Ich stieg aus, weil es mich interessierte, welche Pflanzen sie vom Unkraut befreiten – es waren Rüben, wie sich schnell herausstellte – und wie ihre Arbeit organisiert war. Ich kam mit den Frauen bald ins Gespräch, denn ich hatte gehört, dass sie unter einander Deutsch sprachen. Aber sehr schnell und deutlich machte mir ein

Vorarbeiter klar, die Frauen hätten keine Zeit, um bei mir zu stehen und zu quatschen. Sie arbeiteten im Akkord und wenn eine nicht hackte, sondern sich mit mir unterhielt, mussten die anderen Frauen ihre Arbeit mittun; sie mussten eben als Brigade in einer bestimmten Zeit eine bestimmte Fläche säubern. Da griff ich mir eine Hacke, stellte mich in eine Furche und hackte mit den Frauen zusammen. Ich erfuhr, dass sie sich entschlossen hatten, in ihrer Heimat zu bleiben und lernte, unter welch großen Benachteiligungen sie zu leiden hatten, weil sie als Deutsche galten, obwohl sie rumänische Staatsbürgerinnen waren. Diese halbe Stunde des vom rumänischen Vorarbeiter höchst ungern gestatteten Gesprächs mit den Frauen verfolgte mich noch lange in meinen Gedanken.

Irgendwo zwischen Victoria und Fogarasch musste ich tanken. Als ich wieder losfuhr, winkte der Tankwart heftig hinter mir her. Zum Abschied geschah das nicht – und bezahlt hatte ich doch auch! Als ich ausstieg, zeigte der Mann auf den Boden unter meinem 17m: Da tropfte Benzin! Das hatte mir gerade noch gefehlt – ein Loch im Tank! Der Wart gab mir aber zu verstehen, dass er eine Möglichkeit sähe, das Loch ohne große Umstände dicht zu kriegen: Er wolle das zu Hause nach dem Schichtwechsel machen. Natürlich nahm ich das Angebot an. Ich musste es darauf ankommen lassen, dass er den Tank dicht kriegte – eine andere Möglichkeit sah ich in dieser Situation nicht. Bei seinem Haus fuhr der gute Helfer meinen Wagen so über einen Graben, dass die Räder auf beiden Seiten sich auf der Kuppe des Grabens befanden und man gut unter dem Fahrzeug arbeiten konnte. Der erfindungsreiche Mann nahm dann eine Masse, die er zwischen den Fingern knetete und dann am Tank in das Loch hinein und um das Loch herumdrückte und glattstrich. Er erklärte mir mit Gesten, die Masse sei Kaugummi gewesen. Ich war da zwar skeptisch, aber was wollte ich: Einen wieder dichten Tank oder eine rechthaberische Bestätigung, dass meine Zweifel berechtigt gewesen waren? Mein verehrter Klassenlehrer Erich Hahn pflegte bei solchen Gelegenheiten zu sagen: „Physik im Alltag". Jedenfalls tropfte der Tank nicht mehr und hielt dicht, bis ich ihn in Ankara vor einer der für Ausländer allfälligen TÜV-Untersuchungen ordentlich reparieren ließ. Geld wollte der tolle rumänische Helfer nicht nehmen. Ich schenkte ihm aus meiner Reserve eine Tafel Nussschokolade, über die er sich sichtlich freute: Vielleicht hatte er Kinder, die er mit dieser seltenen Süßigkeit überraschen konnte. Wie froh war ich, dass der aufmerksame Tankwart den Schaden bemerkt hatte und wie dankbar war ich ihm für seinen so wirksam umgesetzten Geistesblitz!

Vom Hause meines rumänischen Helfers aus wollte ich über die Südkarpaten nach Ploieşti gelangen – aber irgendwo in der Gegend südlich von Kronstadt verfuhr ich mich. Die Straße, die ich genommen hatte, erwies sich, je mehr ich ins Gebirge kam, im wahren und im übertragenen Sinn als ein Holz(abfuhr)weg und nicht, wie in der Karte angegeben, als eine Nebenstraße. Dem Kompass nach führte sie aber direkt nach Süden, also in die richtige Richtung. Unverhofft blieb dann auf dem holprigen Weg auch noch die Gangschaltung hängen; ich konnte nicht mehr schalten, sondern musste im eingelegten ersten (!) Gang dahinzockeln. Ich verbrauchte zu meinem Schreck viel Benzin, musste aber weitermachen, weil ich ja nicht wenden konnte. Da erwies sich der mitgeführte Reservebenzinkanister als Retter in der Not. Endlich führte die Straße wieder bergab und schließlich kam ich an einen – auf der Karte als sehr klein eingetragenen – Wasserlauf, über den es eine Brücke geben sollte. Dieser „Bach" führte aber recht viel schnell strömendes Wasser, und von einer Brücke war nichts zu sehen. (Ob es je eine gegeben hat an dieser Stelle?) Ich stieg aus, streifte mir die Schuhe von den Füßen, watete auf die andere Seite und stieg dann einen kleinen, nicht zu steilen Hang hoch zu ein paar Häusern. Von dort aus war ich schon gesichtet worden. Als ich an die Türen kam, traten fünf Frauen heraus, die mich verwundert musterten. Gestikulierend machte ich ihnen klar, dass die „makina kaputt" war. Sie deuteten an, dass um 17 Uhr ihre Männer von der Arbeit kämen. So war's dann auch. Die fünf Männer wollten natürlich genauer wissen, was mit dem Auto los war. Zu sechst wateten wir durchs Wasser. Die Männer erkannten die Situation. Wir kamen überein, das schwerere Gepäck zu entladen und übers Wasser zu tragen und dann den Wagen durch das Bachbett zu schieben. Vorher tasteten wir mit den Füßen den Grund ab und warfen und schoben alle großen Steine aus der geplanten Furt.

Dann ging's los: Ich startete den Motor, die Männer schoben den Wagen von links und rechts und hinten. Rein ging's ins Wasser, durch und an der anderen Seite mit – wie sagt man doch? – kräftigem Hauruck die Uferböschung hoch! Die Frauen halfen ebenfalls mit beim Schieben, und so kamen wir unter lautem Anfeuerungsgeschrei oben an. Alle holten wir tief Atem und schlugen uns auf den Rücken. Im Nu hatten fleißige Hände mein Gepäck wieder im Auto verstaut. Wie konnte ich meinen Helfern danken?

Ich hatte noch zusätzlich zu den Süßigkeiten von Zuhause, quasi als eiserne Ration für einen Notfall, in Prag eine Literflasche Becherovka-Schnaps gekauft. Das war doch *die* Notsituation schlechthin zum Einsatz dieser Flasche! Meine Helfer machten große Augen, als sie die grüne Flasche erblickten – sie wussten gleich, welcher Geist in *der* Flasche steckte ... Die Frauen holten aus der Küche kleine Tassen und Eierbecher, ich schenkte ein, und dann saßen wir alle neben dem Auto im Kreis auf der Wiese und prosteten uns zu. Einer der Männer (sie waren Forstarbeiter und hatten deswegen Funksprechgeräte) rief mit seinem Walkie-Talkie einen Kumpel an, der bald darauf mit einem Auto kam und einen Kanister voll Benzin mitbrachte. Der Anrufer hatte beim Blick in mein Auto gesehen, dass die Benzinanzeige auf leer stand. Ich hatte ihm irgendwie auch klarmachen können, dass ich nichts mehr im Reservekanister hatte, und so hatte er mit seinem Anruf gleich für mich Benzin besorgt! Außerdem hatte er, wie sich beim Becherovka herausstellte, in einer Autowerkstatt in Ploiești für mich für den nächsten Tag einen Termin gemacht! Nachdem wir unter großem Hallo und Gelächter die Flasche geleert hatten und alle – wir hatten ja noch nichts gegessen – wegen unserer leeren Mägen leicht beschwippst waren, nahm ich mit festen Umarmungen von den Männern und mit saftigen Küssen, die mir die Frauen verpassten, von allen Abschied und schlich mich im ersten Gang Richtung Ploiești.

Am nächsten Tag brachte ich mein lahmes Auto zu dem Kfz-Mechaniker, der mich schon erwartete. Mit ihm konnte ich mich sogar unterhalten, da er ein wenig Deutsch sprach. Er hatte während des Zweiten Weltkriegs in Deutschland in einer Panzerfabrik arbeiten müssen und verstand sein Handwerk gut. In kurzer Zeit hatte er die Gangschaltung wieder in Ordnung gebracht. Wie konnte ich ihm danken? Deutsches Geld nahm er nicht (ich kam aus einem Land des Klassenfeinds und hätte ein Agent sein können – also Vorsicht!), aber rumänische Leu lehnte er auch strikt ab. Also blieb es auch hier – wie am Tag zuvor – bei der letzten Tafel Schokolade, einem festen, freundschaftlichen Händedruck und den besten Wünschen für eine glückliche Weiterfahrt in die Türkei.

Von Ploieşti führte mich mein Weg quer durch die große Rumänische Tiefebene mit ihren unendlich vielen Rosenfeldern über Bukarest und Georgiu nach Russe, der Grenzstadt an der Donau auf bulgarischer Seite. Von da war es nicht mehr weit bis zur Küste des Schwarzen Meeres. Ich kam in Druschba an einem Sonntagabend an und parkte in der Nähe eines Hotels. Ich lief ein wenig herum und stellte fest, dass alle Geschäfte und Imbisse geschlossen waren. Damit hatte ich am Goldstrand, der ja zu der Zeit auch im Westen in aller Mund war, nicht gerechnet. Ich versuchte mein Glück in dem Hotel, in dessen Nähe ich vor Anker gegangen war. Der Speisesaal des Hotels war um diese Abendzeit gut besetzt und auf den Tellern waren ganze Speiseberge. Ich dachte, dass ich dort satt werden könnte und bat um die Zuweisung eines Platzes an einem Tisch. Wie naiv ich doch gewesen war! Einfach so daherkommen und ein Abendessen nehmen zu wollen – das gab es nicht! Alle Gäste stammtem aus dem völkerfreundschaftlich fest verbundenen Bruderland DDR und genossen hier gegen Gutscheine und Essensmarken ihre Fast-all-inklusiv-Ferien am Goldstrand. Verpflegung jeder Art gab es nur für sie. Mit hungrig knurrendem Magen machte mir dann der jetzt nicht mehr goldene, sondern nur noch gelbe feine Sand keinen Spaß mehr.

Am nächstenTag fuhr ich durch das leicht hügelige Küstenland des Ostbalkans über Warna und den Sonnenstrand (eine andere Ferienhochburg der DDR-Touristen) bis Burgas. Auf dem großen Campingplatz fand ich schließlich einen Standort inmitten von lauter Wartburgs und Trabis. Ich packte mein weißes Spitzzelt aus dem Auto aus und stellte es auf. Weil es so praktisch konstruiert war, stand es in zwei, drei Minuten. Da staunten die vielen Männer aus der DDR, die im Kreis um mich und mein Zelt herumstanden und mir zuschauten. Keiner von ihnen sagte ein Wort – ein Zelt in so unerhört kurzer Zeit aufstellen zu können, das hatten sie noch nie gesehen. Nach längerem Schweigen überwand aber doch einer der Camper seine Scheu, kam zu mir heran, hieß mich willkommen und erkundigte sich nach meinem Woher und Wohin. Als ich ihm erzählte, dass ich auf dem Weg in die Türkei sei, war seine Neugier erst recht groß.

Henning, Dietmar, Annelie, Christiane Starke Ostberlin ca. 1978

Er schlug vor, an der Mole zum Fischessen zu gehen. Das gefiel mir sofort, und so gingen wir, Dietmar und Annelie mit ihrem Nachwuchs Henning und Christiane – beide waren damals noch kleine Schulkinder – zum Hafen. Da spielten plötzlich der Kalte Krieg und die Ideologien keine Rolle mehr. Wir hatten zusammen ein Abendessen, welches uns einander so nahe brachte, dass daraus eine Freundschaft fürs Leben wurde. Während meiner Zeit in Ankara und danach haben wir jahrelang intensiv miteinander korrespondiert. Von Ost nach West war der Weg ja erst nach 1989 offen, als die Mauer fiel.

Danach haben wir viele Male unsere Freunde in der DDR besucht.

Gleich nach der sogenannten Wende kamen Dietmar, Annelie und Christiane mit ihrem neuen Opel zu uns. Dietmar und Annelie sind nicht mehr unter uns, Annelie verstarb an einer allergischen Reaktion während einer Routine-Ohrenoperation. Dietmar konnte sich nie mehr erholen von dem Tod seiner geliebten Annelie.

Nach Annelies Tod kamen Vater und Sohn 1993 zum 40. Geburtstag Nevins, den wir ganz groß im Schullandheim Hepstedt feierten. Henning kam nach dem Tod seines Vaters ein zweites Mal zu

426

uns; wir waren zusammen auch auf Helgoland. Zuletzt besuchten uns 2013 Henning und Christiane mit ihrem Mann und ihren Töchtern Laura und Eileen zur Feier unseres 40. Hochzeitstags (Rubinhochzeit).

Mit Henning Starke als NVA-Soldat der DDR in Halle, Juni 1984

Von Burgas aus war es dann nur noch ein Katzensprung von 120 km bis nach Kırklareli, den ich am Nachmittag des nächsten Tages machte. Vier Länder hinter dem berüchtigten Eisernen Vorhang hatte ich durchfahren – welch schöne Landschaften hatte ich gesehen, welche spontane Menschlichkeit hatte ich erfahren, welch gute Menschen hatte ich kennengelernt!

Die ersten Tage in der Türkei

Nach der langen und so abenteuerlichen Fahrt über den Balkan erreichte ich von Burgas aus am frühen Abend des 11. August 1971 die türkische Grenze. Rund 2500 km hatte ich vom Rheinland bis nach Ostthrakien zurückgelegt. Gespannt und mit großem Herzklopfen überreichte ich den Grenzbeamten am Übergang Dereköy bei Kırklareli meine Dokumente. Sie prüften meine Papiere sehr eingehend. Sie waren ja etwas anders als die von normalen Touristen, Auf meinem Reisepass stimmten die Daten. Mein spezielles Carnet de Passage für die vorübergehende zollfreie Einfuhr meines Autos war ok. Auf der Aufforderung zum Antritt meiner Arbeit an Gazi Eğitim Enstitüsü in Ankara fehlte kein Stempel und keine Unterschrift. Es war alles gut und richtig, vollständig und in Ordnung ...

Also dann! Bam! Bam! Die letzten Stempel auf die Papiere gehauen, ein kurzes, amtliches „tamam"!, ein freundliches Durchwinken an der Schranke, und ich konnte meine Reise fortsetzen! Was hatten die Beamten da an der Grenze zuletzt zu mir gesagt? Ach ja: –„Tamam"! Besser als „tamam" (ok, prima, alles in Ordnung, genehmigt, einverstanden, stimmt so, erledigt) konnte es nicht sein!

Herrlich! Ich hatte die Grenze zum Reich meiner so lange schon gehegten Erwartungen und Hoffnungen überquert. Endlich stand ich auf dem Boden des berühmten Landes mit der Flagge des Halbmonds und Sterns auf blutrotem Untergrund! Ich hatte es geschafft! Das Auto hatte keinen Schrammen, ich war gesund und voll von neugieriger Erwartung! Goethes Dr. Faust spricht auf seinem Osterspaziergang ausgerechnet von der Türkei. Wir hören ihm einmal zu. „Nichts Besseres weiß ich mir an Sonn- und Feiertagen als ein Gespräch von Krieg und Kriegsgeschrei, wenn hinten, weit, in der Türkei, die Völker auf einander schlagen"[146]. *Da* war ich nun angekommen!

Am Ende meines „Spaziergangs" gab es zur Begrüßung zu meiner großen Erleichterung kein lautes Geschrei. Nach der Einreise stellte ich mein Auto ab, um erst einmal erleichtert tief Luft zu holen. An der Grenze hatten mir während der etwas umständlichen Kontrollformalitäten mehrere junge Männer geholfen. Sie hatten für mich übersetzt. Ich bedankte mich bei den Dolmetschern mit meinem ersten „teşekkür ederim". Und schon kam ich mit den hilfreichen jungen Männern ins Gespräch. Ich erfuhr, dass sie Studenten waren, die durch ihre freiwilligen Dienste an der Grenze ihre Fremdsprachenkenntnis erweiterten. So lernte ich die ersten von denen kennen, die vielleicht in Ankara ein paar Wochen später schon meine Schüler hätten sein können. Sie machten mir ein überraschendes Angebot: Sie luden mich zum Abendessen ein. Was gab's zu essen? Die jungen Leute holten Weißbrot, Tomaten, Pfefferschoten, Schafskäse und Salz aus ihren Taschen und boten mir davon an. Alles sah appetitlich aus, und zum ersten Mal in meinem Leben aß ich etwas Türkisches. Es schmeckte gut, sättigte aber wenig! (Die grünen hatte ich wohlweislich nicht probiert!) Und diese Studenten teilten das Wenige, was sie zu esen hatten, mit mir, einem Wildfremden – welch schöner, gastfreundlicher Empfang!

Nachdem die Studenten gegangen waren, fuhr ich noch ein paar Kilometer weiter und parkte dann am Rande eines Dorfes zwischen einigen hohen Büschen. Die Nacht war still, nur ab und zu kläffte ein Hund. Hier und da schimmerte ein wenig Licht aus einem Bauernhaus. Ich rollte mich in meinen Schlafsack und schlief in dieser ersten Nacht sehr gut in meinem Ford-Combi im neuen, fremden Land.

Am Morgen machte ich mir gerade auf meinem Gaskocher Wasser heiß für eine Tasse Neşcafé. Da hörte ich ein leises Räuspern. Ich drehte mich um und sah einen kleinen, alterskrummen Mann mit wunderschön runzligem Gesicht. Er hatte ein weißes Hemd an und die weite Pluderhose, die ich bisher nur von Fotos her kannte. Seine Füße steckten in abgetretenen Plastikschuhen. In seinen schwieligen Händen hielt er eine Holzschüssel. Seine Augen strahlten, als er mir diese mit einem freundlich-verlegenen Lächeln übergab. Ich war völlig sprachlos. Wie konnte ich mich bedanken? Tief gerührt konnte ich nur ein holpriges „Teşekkür ederim" stottern. Und dann fiel mir ausgerechnet noch der nicht ganz ungefährliche Satz „Sana aşık oldum" ein. Den Ausdruck hatte ich ja in Deutschland so schön von meinem Schüler Galip gelernt. Der Satz passte hier nun überhaupt nicht hin – und nützte gar nichts! In Dereköy hatte ich am Abend zuvor meinen Wortschatz durch „tamam" erweitert. Das ist zwar in sehr vielen Situationen ein äußerst nützliches Wort im türkischen Alltag. Wenn ich es aber hier gebraucht hätte – so fühlte ich, – hätte ich in diesem Augenblick großes Unheil angerichtet! Der gute alte Mann hatte mir Milch gebracht, mit Honig gesüßt. Man stelle sich vor, ich hätte zu ihm beim Überreichen der Schüssel „tamam" gesagt! Gerührt konnte ich dem alten Mann nur meine letzten Eukalyptusbonbons als Zeichen meines Dankes in seine Hände legen.

Doch – welch ein wundervoller Willkommensgruß! Da hatte ich sie wirklich gleich zweimal selbst erlebt, die berühmte türkische Gastfreundschaft! Von ihr hatte ich als Junge schon gehört und gelesen. Einer der Lieblingsschriftsteller meiner Jugend war Karl May. Er brachte mir und meinen Freunden in seinem Roman "Durch's Wilde Kurdistan" Kara Ben Nemsi und seinen treuen Diener und Freund Hadschi Halef Omar Ben Hadschi Abul Abbas Ibn Hadschi Dawuhd Al Gossarah nahe.Wir Jungen wetteiferten immer darum, wer von uns die ganze Liste mit den zwölf Namen fehlerfrei am schnellsten aufsagen konnte. Wir kannten nicht nur die heldenhaften Jagdflugzeugpiloten, Panzerkommandanten und U-Bootkapitäne der deutschen Wehrmacht. Nein, jeder von uns wusste in den 1940er-Jahren, wer diese beiden Reisenden waren, die überall im Osmanischen Reich „Von Bagdad bis Stambul" herumkamen. In weiten Gewändern und einem Turban auf dem Kopf zogen wir selbst in unserer Phantasie mit ihnen auf den Kamelen „Durch die Wüste". Wir erlebten auf den Ritten in unserer Vorstellung überall genau ihre Abenteuer. Und wir genossen in Gedanken eben diese Gastfreundschaft, die mir wirklich entgegengebracht worden war.

Ich bin dankbar für diese Erfahrung von Gastlichkeit und Offenherzigkei, die ich auf vielen Reisen in meiner dritten Heimat erlebt habe, in der Türkei. (Ja, ich fühle mich auch in Britannien und Deutschland zu Hause!)

Man hatte mir in Deutschland gesagt, ich solle mich in Istanbul beim Zoll melden und mir die für Fremde vorgesehenen Nummernschilder geben lassen. Bei der Überprüfung meines besonderen Carnet de passage für mein Auto wurde mir von den Beamten am Grenzübergang schriftlich mitgegeben, dass ich meinen Wagen umgehend beim Zoll vorführen und ummelden solle. Ein Deutscher, der gerade nach mehreren Jahren in der Türkei in die BRD zurückkehren wollte, riet mir aber, ich solle auf keinen Fall mein Auto sofort in Istanbul melden, sondern erst beim Zoll in Ankara nach dem Sesshaftwerden. Ich wäre sonst meinen Wagen auf der Stelle für einige Wochen in der Ankaraner Bürokratie losgewesen. Ich befolgte diesen Ratschlag; er stellte sich später als vollkommen richtig heraus.

In den folgenden Tagen eroberte ich mir Istanbul, diese unvergleichliche Stadt! Ich genoss es, unter den Menschen zu sein, mich an ihren Lebensrhythmus zu gewöhnen, schaute mir in aller Muße die überwältigend schönen Moscheen und bedeutenden weltlichen Gebäude an und lernte so etliche der herausragenden Schöpfungen des großen Architekten und Baumeisters Sinan kennen, dem die Welt so viele wunderbare Bauwerke verdankt.

Mit einem Wort: Ich fand die Stadt und ihre Menschen hinreißend! An den Autoverkehr, den manche mir als völlig irrsinnig beschrieben hatten, gewöhnte ich mich sehr bald und erlebte ihn als so etwas wie eine Geschicklichkeitsprobe. Die guten dieser Art von Proben sind ja immer herausfordernd und reizvoll! Also musste ich nur flexibel mitschwimmen in den Strömen von Autos, die sich da bewegten (den Fischen gleich sich nahe kommend, doch nie sich berührend oder gar rammend) – Ich hatte das in Cairo und in Beyrut bei früheren Reisen schon ein bisschen geübt!

Die Fahrten über den Bosporus mit der Fähre – mit dem Bau der ersten Hängebrücke war gerade erst begonnen worden – waren für mich immer wieder neue, intensive Erlebnisse, im wahren Sinne des Wortes besondere, verwunderliche Er-fahrungen. In aller Ruhe konnte ich die Menschen betrachten, welche die wenigen Minuten der Überfahrt auf so verschiedene Weise verbrachten: Die einen zogen genüsslich an ihrer Zigarre oder Pfeife, die anderen saugten hastig den Rauch ihrer Zigarette ein. Die einen vertieften sich in ihre Zeitung oder ein Magazin, die anderen diskutierten über die Erzrivalen im Fußballsport, Galata Saray und Fenerbahçe (was auch ohne Türkischkenntnisse deutlich wurde). Wieder andere genossen den Blick übers belebte Wasser und noch einmal andere nutzten mit einem Nickerchen diese kurze Zeit zur Entspannung von der Großstadthetze. Und dann all die Menschen: Groß und klein, alt und jung, mit ihren Schultaschen, Netzen, Koffern, Einkaufsbeuteln und Radios sowie – nicht zu vergessen – die Teeverkäufer, die während der Querung des Bosporus ihr labendes Getränk, das Gläschen Tee für fünfzig Kurusch, an die Kunden bringen wollten! Unvergesslich habe ich auch in Erinnerung, wie sich jedes Mal, nachdem eine Fähre angelegt hatte, geradezu ein Schwall von Menschen auf den Kai ergoss und wie ein paar Minuten später eine andere, gleich große Welle von Menschen aus der Wartehalle in das Schiff hineinstürzte. Das Ganze war stets begleitet vom unaufhörlichen Getucker der Schiffsmotoren und dem grellen Geschrei der hungrigen Möven, dem tiefen, gleichmäßigen Basston der Warnhörner sowie dem Mark und Bein durchdringenden, grellen Geheul der Schiffssirenen und den dicken schwarzen Rauchwolken, die aus den Schornsteinen der großen Dampfer und kleinen Fähren herausquollen und Istanbul seinen blauen Himmel streitig machten.

Um das Land und seine Menschen aus der Nähe zu erleben, mit und unter ihnen zu sein, hätte der Anfang nirgends schöner sein können als in diesen Tagen in Istanbul. Und dabei habe ich noch nicht einmal erzählt von den anderen Wundern dieser Stadt, der byzantinischen Mauer zwischen Marmarameer und Goldenem Horn, dem Galataturm und der Hagia Sophia, dem Haupt der Medusa in der Zisterne und dem Hippodrom, dem Topkapı-Sultanspalast und dem Kapalı Çarşı (dem Großen Basar), der prächtigen Blauen Sultan Ahmet Moschee und dem Taksim Meydanı (zentraler Platz im Stadtteil Beyoğlu) mit seiner, vor allen Dingen in der jüngsten Vergangenheit, so bewegten Geschichte. Ach, sie alle, und noch so viel anderes Schönes haben ihresgleichen nirgendwo sonst auf Erden!

Deutsche Botschaft am Atatürk Bulvarı in Ankara

Am 20. August 1971 traf ich wohlbehalten in Ankara ein. Ich hatte einen bedeutenden Abschnitt meines Lebens endgültig hinter mir zurückgelassen und begann an diesem Freitag, meinem 37. Geburtstag, praktisch – und zugleich symbolisch – den zweiten wichtigen, bis heute sich erstreckenden Teil meines Lebens (Das sind jetzt fünfzig Jahre.).

An diesem Tag noch meldete ich in der Deutschen Botschaft bei den zuständigen Sachbearbeitern, dass ich gemäß den Absprachen zum Dienstantritt eingetroffen sei. Den eigentlichen Vertrag für meine Arbeit am Gazi* bekam ich (nicht anders als die anderen Kollegen) erst viele Wochen später. Es bedurfte generell monatelanger Verhandlungen zwischen DAAD und Deutscher Botschaft einerseits und höchsten militärischen Behörden und Ministerien andererseits, bis unsere Arbeitsverträge, Gehaltszahlungen und Aufenthaltsberechtigungen besiegelt und wir im Besitz der Dokumente waren, wir uns legal im Lande aufhalten durften und unserer Arbeit in der Türkei nachgehen konnten.

Man bot mir zwar in der Botschaft einen guten Tag, aber nicht einmal das landesübliche Glas Tee (!) und (wie beim DAAD) keinerlei Unterstützung an, weder Telefonnummern noch Adressen noch die Namen von irgendwelchen türkischen Stellen, die wichtig oder nützlich hätten sein können. Von „Hoş geldiniz! / Seien Sie willkommen bei uns!" spürte und hörte ich nichts. Man verwies mich einfach kurzerhand an die Adresse des deutschen Kollegen Winfried Busse, der an der Pädagogischen Hochschule arbeitete und

---

* Gazi bedeutet Frontkämpfer, Anführer, Sieger, Kriegsversehrter und gilt als Ehrentitel, der verliehen wird (Gazi M. Kemal Atatürk, Gazi Osman Paşa, Gaziantep, Gazi Eğitim Enstitüsü).

im Stadtteil Çankaya wohnte. Ich empfand die unfreundliche Art, wie ich da amtlich distanziert abgefertigt wurde, als wenig hilfreich oder entgegenkommend.

Ich fuhr die paar hundert Meter zu Busses Wohnung und überraschte die Familie beim Abendessen. Ich hatte natürlich kein Handy dabei; das gab es damals noch gar nicht! So hatte ich meinen Überfall nicht ankündigen können. Nach der Erfahrung in der Botschaft war das, was ich dann in der Noktalı Sokak No. 1 erlebte, umso erfreulicher. Familie Busse bat mich ohne alle Umstände zum Essen an den Tisch. Da saßen sie – Winfried, Inge und die Söhne Reinhard und Volker – und aßen dunkelgrüne, gebratene Pfefferschoten. Ich bekam auch welche auf den Teller. Als ich mir eine Schote in den Mund schob, stockte augenblicklich mein Atem. Ich kriegte das Ding nicht runter und den Mund nicht mehr zu: Noch nie im Leben hatte ich etwas derartig Scharfes zwischen den Zähnen gehabt! Mein Inneres loderte, Tränen schossen mir in die Augen, und Busses lachten sich kaputt über meine Vorführung. Und das passierte alles an diesem Tag, dem 20. August 1971. Ich wollte in Ankara genau an meinem 37. Geburtstag ein neues Leben beginnen! Es ist mir ja auch gelungen – ich vergoss die Tränen doch weißgott nicht (nur) wegen der scharfen Schoten, sondern vor lauter Freude darüber, glücklich am Anfangspunkt eben dieses neuen Lebensabschnitts angekommen zu sein!

Am Sonntag, dem 22. August 1971, schloss ich, unter kräftiger Mithilfe Winfrieds, bereits einen Mietvertrag ab für eine große Neubauwohnung in Gazi Osman Paşa, Boğaz Sokak No: 3/13. An diesem Wochenende machten mich Busses mit den Familien Radlicki und Ankele bekannt. Mit Christine Ankele, die recht gut Türkisch sprach, ging ich in der letzten Woche des Augusts im Ulus, dem alten Handwerker- und Kleingeschäftsviertel Ankaras, zum Gardinenkauf. Wir fanden sehr preiswerte, schöne Stoffe, und ich bestellte die Anfertigung und das Aufhängen der Gardinen. Alles Geschäftliche geschah per Handschlag und ohne Anzahlung auf Treu und Glauben zu unglaublich reellen Preisen – und ein, zwei Tage später hatte ich meine Gardinen hängen; das war eine gute Erfahrung!

Von den großen Fenstern des Wohnzimmers aus hatte ich eine unverstellte Aussicht über den Haus-Weinberg der Kavaklıdere-Kelterei, wo Roland Ankele als Kellermeister die Weinproduktion leitete. Und weiter ging der Blick über große Teile des Häusermeeres von Ankara in der Ebene bis zur Gebirgskette, die den westlichen Rand der Riesenstadt begrenzte und wo ich immer wieder wunderbare Sonnenuntergänge genießen konnte.

Ich war in NRW vom Schuldienst freigestellt und über den DAAD an das türkische Bildungsministerium vermittelt worden, mit dem ich einen Arbeitsvertrag abschließen und von dem ich auch ein Gehalt beziehen sollte. Ich war also, wie meine anderen Kollegen am Gazi auch, nicht direkt an einer deutschen Auslandsschule tätig, die der Botschaft unmittelbar unterstand. Demgemäß berührte unsere Arbeit anscheinend auch nur mittelbar deutsche Interessen und wurde deswegen möglicherweise die Beschäftigung mit uns Lehrern in der Botschaft als lästig empfunden.

Die offenbare Uninteressiertheit und die deutlich spürbare Bequemlichkeit der eigentlich in der Botschaft für mich zuständigen Leute empfand ich damals vor allen Dingen deshalb völlig unverständlich, weil die Türkei sich 1971 im politischen (und auch militärischen) Ausnahmezustand befand. Da wäre offizielle detaillierte Beratung besondcrs angebracht und nützlich gewesen!

Die Botschaft hätte in jener Zeit unbedingt diejenigen Menschen, die ihre Arbeit im türkischen Staatsdienst oder in den deutschen Schulen in der Türkei aufnahmen, über die administrativen und politischen Zustände und Bedingungen im Land genau ins Bild setzen müssen. Eine solche Hilfe und Beratung hätte uns die Arbeit vor Ort sehr erleichtert. Denn insbesondere im Erziehungswesen wirkten sich, wie wir bei unserer Arbeit erfuhren, die unklaren Machtverhältnisse und die äußerst unruhige politische Lage nach dem Putsch unmittelbar auf unseren persönlichen Umgang mit den türkischen KollegInnen und auf das Verhalten gegenüber den Studierenden aus! Auch der Lehrbetrieb, also die Lehrinhalte, -methoden und -pläne waren von den politischen Umständen betroffen; die Lernstoffe für die angehenden LehrerInnen waren nur noch unter Kontrolle vermittelbar.

Der folgende Aspekt mag für das Verhalten der Leute an der Botschaft eine Erklärung sein:

Wie mir scheint, wurden wirtschaftliche, außenpolitische und NATO-Interessen der BRD, aber auch der Türkei, sehr bevorzugt. Das erfolgte auf Kosten anderer Belange, hier seien nur die Arbeitsstellenvermittlung und der Austausch im Kultur- und Bildungswesen genannt, Man äußerte sich, selbst in der Botschaft, bei Gesprächen über den plötzlichen Tod des großen Musikpädagogen Professor Eduard Zuckmayer sozusagen nur mit vorgehaltener Hand! Er starb am 2.7.1972 durch Herzversagen im Gefolge einer Polizeirazzia. Eduard Zuckmayer hatte am Gazi die Musikabteilung aufgebaut und viele Jahre geleitet! Ohne sein Wirken wäre Musikunterricht in türkischen Schulen in seiner heutigen, modernen Form gar nicht denkbar! Ich frage mich, ob Eduard Zuckmayer zur Zeit seines Wirkens schon für manche Leute in maßgeblichen politischen Kreisen als Un-Person galt!

Am 15. März 2002 wurden Eduard Zuckmayers künstlerische und persönliche Hinterlassenschaften im Garten der Fakultät der Schönen Künste der Gazi-Universität geringschätzig als Müll verbrannt – in Folge eines Arbeitsunfalls, wie man hörte ... Ob dieses Vorkommnis je offiziell geklärt wurde?

Ein paar Tage nach meiner Ankunft in Ankara lud mich Familie Radlicki zu einem Willkommensabendessen ein. Sie wohnten nur 50 Meter entfernt im selben Haus wie Familie Ankele in der Billur Sokak. (Heribert Radlicki war mein Kollege an der Pädagogischen Hochschule in Ankara. Leider hat er kurze Zeit nach seiner Rückkehr in seine Heimatstadt Konz uns für immer verlassen müssen.)

An diesem Abend im August 1971 war Lammfleisch am Spieß angesagt. Da saß ich mit Waltraud, Eva und Sabine Radlicki; Roland und Christine Ankele; (die kleine Angela war im Bett, schlief aber wie meistens nicht); Winfried, Inge, Reinhard und Volker Busse gemütlich im Wohnzimmer und sahen wir Heribert zu. Ihm hatten wir an diesem Abend gerne das Feld überlassen. Er hatte ein besonders gutes Händchen, wenn es ums Zubereiten von çöp şiş (tschöpp schisch) ging. Ein reines Vergnügen war es, ihm, dem Meister, beim Grillen zuzusehen! Er steckte dann ganz kleine, zarte Lammfleischstücke, Zwiebeln, Tomaten, Pfefferschoten, Oliven und andere leckere Zutaten auf dünne Holzstäbchen, die er anschließend über offener Holzkohlenglut röstete. Zu diesem Gaumenschmaus gab es Wein aus der (Haus)Kellerei (im Türkischen heißt dieser Ort ganz prosaisch şarap fabrikası – Weinfabrik) Kavaklıdere (Pappelbach). Roland Ankele war damals dort Kellermeister und machte aus den anatolischen Trauben Weine – ich nenne hier nur einmal den weißen Çankaya (Glockental), den rosé Lal (Granat) oder den dunkelroten Yakut (Rubin) aus Öküzgözü-(Ochsenauge)-Trauben. Ihren vorzüglichen Geschmack hatte ich bis dahin noch nicht kennengelernt. Diese edlen Tropfen halten aber bei jedem Vergleich mit deutschen Weinen leicht mit. Ich hätte mir keinen schöneren Beginn meiner Zeit in Ankara wünschen können als diesen Abend zusammen mit Busses, Ankeles und Radlickis.

Am ersten Tag des Opferfestes im Oktober 1971 wurden gegenüber meinem Haus am oberen Rand des Kavaklıdere-Weinbergs die Schafe, die vorher schon tagelang auf den Balkonen geblökt hatten, von den Kapıcılar (Hausmeistern) rituell getötet und dann, an den Ästen der Straßenbäume aufgehängt, abgezogen, ausgeweidet und zerteilt. Bis dahin hatte ich es mir nicht vorstellen können, und es berührte mich schon sehr eigentümlich, dieses uralte, blutig-fromme Ritual, dessen doch vom Staat vorgeschriebenen Hygienevorschriften bemerkenswert weitherzig ausgelegt wurden, direkt vor der Türe mitzuerleben. Die Zeremonie wurde in aller Öffentlichkeit auf den Straßen der Hauptstadt Ankara vollzogen mitten in einem Wohngebiet mit einem hohen Anteil an ausländischen Bewohnern, zum größten Teil Personal der Botschaften oder Geschäftsleute. Seinerzeit gehörte auch das folgende muslimische Verfahren noch zur Feier des Opferfestes: Je ein Drittel des Fleisches teilten die Hausmeister (im Auftrag der Besitzer der Opfertiere) jeweils den Eigentümern, ein Drittel den Verwandten und Nachbarn und das letzte Drittel den Armen zu. Ich bin mir nicht so ganz sicher, ob an dieser menschenfreundlichen, frommen Verteilung der Opfergabe auch heute noch festgehalten wird.

Ungern erinnere ich mich daran, wie ich im Winter 1971/72 von den Wohnzimmerfenstern aus auf eine dicke, grau-schwarz gefärbte Smogschicht blicken musste, die aus Tausenden von Kaminen aufstieg, in denen minderwertige Kohle und schlechtes Holz verbrannt wurden. Die schwarze, feucht-giftige Schicht legte sich schließlich so dicht auf das gesamte Stadtgebiet, dass die Sonne nicht mehr durchdrang und selbst tagsüber ein gewisses Halbdunkel herrschte. Wenn ich in diesen Winterwochen frische Luft atmen und klare sonnenhelle Landschaft genießen wollte, musste ich weit über die Gebirgsränder, die Ankara umgaben, hinausfahren.

Heute sind diese Gebiete der anatolischenHochebene längst

von den unaufhaltsam wachsenden Betonburgen der Vorstädte Ankaras überwuchert und entstellt.

In jenem argen Winter wurden die unerträglich stinkenden Abgase so schädlich, dass ich eine Lungenentzündung bekam und ich mich auf dem Paulinenhof in den Weihnachtsferien davon kurieren musste.

Erst Ende der 1970er-Jahre gelang es der Verwaltung Ankaras, durch geeignete Maßnahmen die Luft in der Hauptstadt auch im Winter atembar zu erhalten. Heute, fünfzig Jahre später, versuchen in aller Welt große Städte wie beispielsweise Tokio, Delhi, London, Sao Paulo, Kairo oder Hanoi mit dem Problem der Luftverschmutzung fertig zu werden. In der chinesischen 20-Millionenstadt-Shenzhen gibt es heute schon (!) nur (noch) Taxis mit E-Motoren und 16.000 (das ist kein Tipp-Fehler) elektrisch angetriebene Busse des Öffentlichen Nahverkehrs!

Verträge, Verträge ...

Als ich im August 1971 in Ankara ankam, war mir noch nicht ganz klar, in welch absolut desolater Lage sich die Türkei befand.

Nach dem Endes des 2. Weltkriegs hatten sich im Land die ersten Kräfte geregt, die sich auf allen sozialen und politischen Ebenen demokratischere Verhältnisse wünschten. 1950 gewann die DP (Demokratische Partei) fast 63 % der Stimmen und beendete das bis dahin herrschende, von Kemal Atatürk begründete Einparteiensystem der CHP (Republikanische Volkspartei / Sozialdemokratische Partei).

Adnan Menderes regierte von 1950 bis 1960. Die politische Lage im Inneren und Äußeren änderte sich in diesen zehn Jahren derartig stark (Kalter Krieg, Gründung von NATO und Warschauer Pakt, Koreakrieg), dass im Mai 1960 das Militär putschte. Die DP wurde verboten. Nach einem Prozess wurden Menderes und zwei weitere Angeklagte am 17. September 1961 gehängt. 1990 wurden die drei Politiker rehabilitiert und im Anıt-Mezar-Mausoleum im Topkapı Palast (in Istanbul) ehrenvoll beigesetzt.

Die ökonomische, finanzielle und politische Situation der Türkei wurde ab 1960 nicht besser. Ganz im Gegenteil: wie in Westeuropa, so meldete sich in den späten 1960er-Jahren eine neue politische Nachkriegsgeneration zu Wort. Wie in der BRD, so gab es auch in der Türkei eine 68-er-Jugend sowie Intellektuelle und Journalisten, die das bisherige politische Establishment total in Frage stellten. Am 16.2.1969, dem „Blutigen Sonntag", entlud sich der Protest. Das Militär sah sich (nach der gültigen Staatsideologie) erneut gezwungen, gegen die Regierung unter Ministerpräsident Demirel (1965–1971) vorzugehen und hart durchzugreifen. Zwischen 1971 und 1973 (unter den Ministerpräsidenten Demirel, Erim 1971/72, Melen 1972/73) kamen im Gefolge des Putsches viele Menschen bei Geiselnahmen, Mordanschlägen, Militär- und Terroroperationen und Exekutionen (nach Gerichtsurteilen) ums Leben. Tausende wurden verfolgt, inhaftiert und gefoltert, demokratische Rechte wie das der Meinungs- und Bewegungsfreiheit, wurden eingeschränkt, Medien aller Art verboten.

Aus welchen Gründen auch immer, unsere Verträge mit dem türkischen Ministerium für Bildung und Erziehung kamen stets nur unter Mühen und mit erheblicher Verspätung zustande. Wegen der obwaltenden Umstände unterschrieben wir deutschen Lehrkräfte manche von ihnen nur mit Vorbehalt und unter Protest.

Für uns am Gazi galt bis 1971 eine Lehrverpflichtung von 18 Wochenstunden. Für 1971 plante man, dieses Soll auf 24 Stunden zu erhöhen. Nur scharfer Widerspruch unsererseits und lange deutsch-türkische Verhandlungen auf hoher Ebene legten die Meinungsverschiedenheiten bei.

Wir hatten uns gegen die Erhöhung unserer Pflichtstunden gewehrt, weil sie uns ohne Vorgespräche, ohne Begründung und ohne unsere Einwilligung einfach auferlegt werden sollten.

Wir waren aber auch ganz besonders deswegen mit den vorgesehenen Änderungen nicht einverstanden, weil sie ganz klar auf Kosten unserer türkischen KollegInnen gehen sollten.

In der Deutschen Abteilung bekamen sie nur Verträge für zwölf Stunden Lehrtätigkeit am Gazi; für diese Arbeitszeit wurden sie landesüblich (schlecht) bezahlt. Ihr Gehalt reichte keineswegs aus, um den Lebensunterhalt für sich und ihre Familien zu decken.

Daher arbeiteten die meisten von ihnen noch an einer zweiten Stelle oder sogar mehreren anderen Stellen. Wäre eine Erhöhung der Unterrichtszeiten an der Hochschule notwendig geworden, so hätten dies zuerst wir ausländischen DozentInnen gewährleisten müssen. Erst wenn bei uns alle Möglichkeiten erschöpft gewesen wären, hätte man auf türkische Lehrkräfte zurückgegriffen. Wäre es nach den Plänen des türkischen Bildungsministeriums gegangen, hätte das eine glatte Verdopplung unserer Pflichtstunden bedeutet. Unsere türkischen KollegInnen hätten praktisch keine Chance gehabt zur Verbesserung ihrer Lebensumstände, so etwa zur Erhöhung ihrer Stunden und Gehälter oder besserer Absicherung ihrer Arbeitsplätze. Wir deutschen Kollegen hatten die Gewissheit, bei unserer Rückkehr aus der Türkei einen sicheren Arbeitsplatz zu finden.

Uns tat es leid, mit ansehen zu müssen, wie wir gegen unsere türkischen KollegInnen und sie gegen uns ausgespielt wurden.

Zu Abraham in Harran

Wegen der politischen Unruhen, die vor allem in studentischen Kreisen sehr häufig und sehr verbreitet waren, wurde der Beginn des Lehrbetriebs im Wintersemester 1971/72 um einige Wochen verschoben.

Mein lieber Kollege Winfried Busse (inzwischen leider verstorben) machte mir den Vorschlag, deshalb in der freien Zeit für ein paar Tage in den Südosten der Türkei zu fahren.

Gesagt, getan. Wir packten unsere Koffer und kamen am ersten Tag bis Kayseri. In dem Hotel, in dem wir abstiegen, befand sich ein Teppichladen. Winfried kannte den Besitzer von einem früheren Besuch her, und so war in kürzester Zeit ein lebhaft-freundschaftliches Gespräch im Gang. Es kamen immer wieder Runden mit frischem Tee. Währenddessen entfaltete sich vor unseren Augen ein Schauspiel, das ich bisher noch nie gesehen hatte, aber später dann oft genug erlebte: Ein Teppich nach dem anderen wurde von geübten Händen auf dem Boden platziert. Die kleineren Teppiche rollten sich, von geübter Hand geworfen, wie von selbst auf dem wachsenden Stoß aus, die großen Teppiche wurden mit elegantem Schwung am passenden Ort ausgebreitet. Es machte den Betreibern des Ladens offenbar einen Riesenspaß, uns ihre Schätze zu präsentieren, selbst als sich herausstellte, dass weder ich noch Winfried zu Beginn unserer Reise einen Teppich kaufen wollten. Zu später Stunde trennten wir uns – in aller Freundschaft und mit den besten Wünschen für bunte Träume und gute Geschäfte.

Der nächste Tag führte uns nach Gaziantep. Hier lernte ich, dass die Stadt Mittelpunkt des Pistazienanbaus ist. In großen Büscheln wachsen an den Bäumen die Steinfrüchte, die Nüsse mit den harten Schalen, die man spalten muss, um dann die leckeren grünen Kerne essen zu können. (Die Türkei wetteifert mit dem Iran, Syrien und Kalifornien darum, wer die schmackhaftesten und meisten Pistazien auf der Welt anbaut.)

Als wir am Morgen nach einer geruhsamen Nacht zum Auto gingen, das ich vor dem Hotel geparkt hatte, machte ich eine unangenehme Entdeckung. Die Scheiben waren heruntergedreht und das Schiebedach stand offen. Ich hielt den Atem an und glaubte, der Wagen sei leergeräumt worden. Dann kam die Riesenüberraschung des Tages: Weder fehlten Benzinkanister noch Abschleppseil, beide Wagenheber und Ersatzreifen lagen an ihren Plätzen. Sogar der kleine Gaskocher samt Kartusche und auch die Mappe mit den Straßenkarten waren noch an Ort und Stelle. Also, was fehlte? Es war unglaublich: meine neue Sonnenbrille mit extra für meine Augen geschliffenen Gläsern!

Es war zwar nicht schön, zu wissen, dass jetzt jemand anders mit meiner schicken Brille herumlief, aber ich freute mich riesig, dass der Dieb all die anderen Sachen nicht gestohlen hatte. Sie waren schließlich Teil meiner Ausrüstung für die noch geplanten langen Reisen durch den Orient und hatten den ganzen Weg von Deutschland bis Gaziantep schon unbeschadet hinter sich.

Auf Gaziantep folgte Urfa. Es darf sich in Erinnerung und als Anerkennung an seinen hartnäckigen Widerstand gegen die französische Besatzung heute Şanlıurfa, das ruhmreiche Urfa nennen. Seit Tausenden von Jahren ist die Gegend von Urfa besiedelt. Das Archäologische Museum beeindruckte uns durch seinen reichen Schatz an Fundstücken, die Zeugnis ablegen für die wunderbare menschliche Kreativität. Göbekli Tepe (Nabelberg) war damals noch nicht entdeckt. Seit ein paar Jahren weiß man, dass es eine der ältesten Siedlungen der Menschheit (ca. 12.000 Jahre) ist und dass Urfa in der Antike als Edessa bereits ein kultureller Mittelpunkt war. (Das türkische Fernsehen hat einen Kanal ‚Edessa'.)

Ich war erstaunt, mit welcher Ruhe und Disziplin die Menschen den Balıklı Göl (Fischteich) umwanderten. Niemand, auch die Kinder nicht, störten die angenehme Beschaulichkeit des Abraham-

Teichs und seiner Bewohner, der unzähligen Fische. Viele der Besucher machten den Eindruck, als seien sie auf einer Pilgerreise, eben auf der zum Erzvater Ibrahim. Die Menschen empfanden den Teich offensichtlich als einen heiligen Ort und verhielten sich andächtig-still im ehrfürchtigen Gedenken an den wichtigsten Menschen, der je in Urfa lebte: Erzvater Abraham (in der Thora der Juden und im Alten Testament der Christen, im Koran der verehrte Ibrahim). Das Opferfest der Muslime geht auf die fromme Erzählung zurück, dass Ibrahim (Abraham) seinen Sohn Ishak (Isaak) Allah (Gott) opfern sollte. Im Augenblick vor der Tötung schickte aber Gott als Zeichen der Anerkennung von Ibrahims Gehorsam ein Lamm vom Himmel hernieder. So durfte der Sohn am Leben bleiben. So nebenbei: Der Name Isaak bedeute „Er lacht." War Gott erfreut über die ergebene Frömmigkeit Abrahams oder darüber, dass der Junge nicht den Opfertod sterben musste? Lachte Isaak, dass Gott ihn verschont hatte? Lachte Abraham? Da kommt man schon ins Grübeln... Die Geschichten von Abraham, der als der „Erzvater" der zwölf Stämme Israels (andere Quellen sagen: vieler Völker des Nahen Ostens) gilt, haben sich sozusagen im kollektiven Bewusstsein der Menschen (dort) erhalten. Aber auch Erinnerungen an Ereignisse aus der „jüngeren Vergangenheit" zeigen, welch prägende Rolle die Völker rund ums Mittelmeer (im weiteren Sinne) seit je her spielten. Das Interessengebiet der Perser reichte im Westen bis Griechenland. Das Großreich des Makedoniers Alexander erstreckte sich bis an den Indus.

Von Urfa aus begaben wir uns durch das südlich gelegene Tiefland nach dem 40 km entfernten Harran. Dort trafen im Jahre 1104 während des 1. Kreuzzuges die muslimischen Selçuken unter ihrem Führer Çekermiş auf die christlichen Ritter. Die vereinten Heere der christlichen Staaten Edessa (Urfa) und Antiochia (Antakya) sowie anderer Verbündeter wurden vernichtend geschlagen. Für die weitere Ausbreitung des Islam war dieser Sieg von größter Bedeutung und ist ein wichtiges Datum in der Geschichte dieser Religion.

Harran, das sich durch seine große Anzahl von Trulli-Häusern von vielen anderen Siedlungen dieser Gegend unterscheidet, überraschte mich durch sein Erscheinungsbild vollkommen. Ich hatte noch nie etwas von dieser Art Häuser gehört und war sehr erstaunt, als ich sie erblickte. (Trullis ähneln im Prinzip dem Typ afrikanischer und süditalienischer Rundhäuser wie in Alberobello / Apulien). Kaum waren Winfried und ich in Harran, als auch schon mehrere Männer uns in einen dieser Trulli einluden, uns als ihre willkommenen Gäste begrüßten, uns höflich baten, Platz zu nehmen und uns in winzigen Tassen mit Kardamom gewürzten Kaffee reichten. Dann ging in großer Runde in der überraschenden Kühle dieses weiten Raumes mit seiner Zipfelmützendecke ein gestenreicher, lautstarker, also ein freundschaftlicher, sehr lebhafter und kenntnisreicher Gedankenaustausch in englischer Sprache los über Harrans Bedeutung in der Antike und in der heutigen Zeit, über Landwirtschaft und Bewässerungsprojekte, über die Rolle der Zentralregierung in Ankara und die Bedeutung der Ağas (Großgrundbesitzer) in der Südosttürkei. Es stellte sich im Verlauf des Gesprächs heraus, dass der Bürgermeister, ein Lehrer und ein oder zwei Männer des Stadtrates unter den Gastgebern waren. Die Trullibesitzer waren offensichtlich sehr stolz darauf, uns ihre Heimatstadt Harran zu zeigen, dies Jahrtausende alte Kultur- und Handelszentrum und einer der wichtigsten Wohnsitze von Urvater Abraham. Wir wussten ja schon, wie gerne man in der Türkei Besucher, seien es Verwandte, Freunde oder Fremdlinge, bei sich willkommen heißt. Allerdings verschlug das Ausmaß der Gastfreundschaft, die uns zum Schluss zur körperlichen und geistigen Abkühlung und Erholung angeboten wurde, Winfried und mir völlig den Atem.

Die Männer von Harran schlugen uns vor, in einem der Wasservorratsbecken schwimmen zu gehen, um uns zu erfrischen. Trotz der Hitze, die draußen herrschte, zögerten wir bei diesem unerwartet-unglaublichen Angebot. Da sprangen ein oder zwei der Männer in voller Montur ins Wasser. Wir legten darauf unsere staubige Oberbekleidung ab und nahmen auch ein herrlich kühlendes Bad. Was anderes als die schöne Tradition der Offenheit und Gastfreundschaft mag die Ratsherren von Harran dazu veranlasst haben, uns wildfremden Besuchern solch wundervolle, so menschliche Gesten des Willkommens zu erweisen? Für Winfried und mich gehörte der Tag in Harran zu den skurrilsten und am allerwenigsten erwarteten, eindrucksvollsten und höchst erinnerungswerten Ereignissen der Reise. Alles ist mir immer noch so deutlich im Gedächtnis, als sei ich erst vor wenigen Tagen in Harran bei Abrahams Nachfahren zu Gast gewesen. Ihnen sei Dank!

Auf der Rückfahrt machten wir einen Zwischenhalt in Birecik am Euphrat. Ich hätte nicht gedacht, schon auf meiner ersten Reise durch den Südosten der Türkei diesen Fluss zu sehen. Und nun standen wir an diesem Strom, von dem ich schon so viel in der Schule gehört und der seit Tausenden von Jahren eine so bedeutende Rolle in der Geschichte der Menschheit gespielt hatte. Auch heute noch ist sein Wasser ein entscheidender Faktor, möglicherweise sogar eine Waffe, bei der Erhaltung des Friedens in der Region Türkei – Irak – Syrien. In meinem Arbeitszimmer werde ich immer wieder an den Tag in Birecik erinnert: Ich kaufte dort meinen ersten Teppich in der Türkei und freue mich immer noch an dem guten Stück.

Erfüllt von neuen Eindrücken, von der Schönheit und Weite des Landes, von der Natürlichkeit und Freundlichkeit der Menschen, kehrten Winfried und ich nach Ankara zurück. Mir hätte kaum etwas Besseres passieren können als gleichsam zum Einstand mit einem neuen Freund und guten Kameraden eine solch eindrucksvolle Fahrt durch das Land zu machen, mit dessen Menschen ich an der Pädagogischen Hochschule in Ankara bald so intensiven Kontakt haben würde!

Trulli von Harran, September 1971

Saman Pazarı in Ankara

Ich bin mir nicht sicher, ob in Ankara heute der Ulus oder der Saman Pazarı die Orte wären, wo ich gerne hinginge. Aber damals war ich dort oft und liebend gern.

Im Ulus, einem der alten und damals immer noch in seinen Strukturen und Traditionen gut erhaltenen Stadtviertel Ankaras, gab es wirklich alles zu kaufen, was man in einem türkischen Haushalt benötigte. Neben der Auswahl an Waren zählte auch, dass man dort stets sachkundig beraten wurde (wusste der eine Händler nicht Bescheid, so konnte man es von den Nachbarn erfahren) und die Preise sehr angemessen waren (auch und gerade für die gering verdienende Bevölkerung). Ich muss aber gestehen, dass ich mir eine Wohnzimmergarnitur, die den Umzug nach Deutschland mitgemacht hat und heute noch in meinem Arbeitszimmer steht, in Çankaya in der Tunalı Hilmi Caddesi kaufte. Das Möbelangebot im Ulus entsprach nicht meinen, sondern eher den Vorstellungen von einer etwas überladenen und bunten, zu barocken Gemütlichkeit.

Im Ulus war eine andere Stelle für mich von großer Wichtigkeit. Im Lateinunterricht bei meinem verehrten Lehrer Erich Koch hatte ich auf einer Weltkarte die Orte gefunden, bis zu denen der Feldherr Caesar mit seinen römischen Legionären bei seinen Eroberungsfeldzügen gekommen war. Der Konsul Crassus (115/114–53 v.d.Z.) versuchte in seinem letzten Lebensjahr die Parther unter die Herrschaft Roms zu zwingen; seine zwanzigtausend Soldaten wurden jedoch in der Ebene von Carrhae (Harran) völlig besiegt. Erst Caesar stellte in diesem Teil der Welt sechs Jahre später die Vormacht Roms wieder her. Auf einer meiner Reisen durch die Türkei gelangte ich in der Schwarzmeer-Provinz Tokat in der Nähe der Kreisstadt Zile zu einer Säule, die dort seit über 2000 Jahren steht! Der Feldherr Caesar ließ mit ihr kundtun, dass er am 2.8.47 v.d.Z. den Herrscher über Armenien und Bithynien, Pharnakes II., besiegte. Nachdem er diesen schönen Teil der Erde endgültig dem Römischen Reich zugeschlagen hatte, soll der Kaiser damals seinen Triumph, wie die römischen Geschichtsschreiber behaupten, militärisch und knapp gekleidet haben in die berühmten Worte „Veni–vidi–vici!" – „Ich kam–ich sah–ich siegte!"

Auf besagter Weltkarte war auch das sogenannte Monumentum Ancyranum des Kaisers Augustus eingetragen. Schon auf einem meiner ersten Erkundungsgänge durch Alt-Ankara entdeckte ich gleich neben der Hacı-Bayram-Moschee die Reste des Tempels, den Kaiser Augustus zu Ehren der Göttin Roma und für sich selbst errichten ließ. Die Wände und ein Eingang des Tempels waren noch gut erhalten. Auf den Wänden hatte der erste römische Kaiser Augustus auf Latein und auf Griechisch die Regierungszeit, die

Res gestae divi Augusti (Die Taten des vergöttlichten Augustus) ein-meißeln lassen und so der Nachwelt überliefert. Es erfüllte mich mit Freude, diese große historische Hinterlassenschaft mit eigenen Augen zu sehen; ein Stück verbaler Unterricht aus dem Latein-Lehrbuch war durch die aus den Steinen sprechenden Worte bestätigt worden. Mein Lehrer, der sicher nie in der Türkei war, hätte wohl viel gegeben, um an meiner Stelle hätte sein zu können...

Im nahe gelegenen Saman Pazarı (Strohmarkt / Heumarkt), der mich an den Heumarkt in Köln erinnerte, entdeckte ich schnell meinen Lieblingsladen bei Ali. Ich hatte genaue Vorstellungen von den Kupfersachen, die ich haben wollte (alte, echte Handarbeit, möglichst mit Inschrift und Datum, verzinnt und nicht poliert). Ali wusste, wo er solche Stücke aus der Osttürkei noch finden und ganz legal erwerben konnte und reservierte sie für mich, bis ich sie abholte. Oft amüsierten wir zwei uns über japanische und US-amerikanische Touristen (Kunden aus China, Südkorea und Russland gab es noch nicht), die noch eben auf ihrer Blitzbesichtigung der Ankaraner Altstadt hereinschauten und sich ein hochglänzend poliertes, möglichst neues Kupferstück (ohne Schrammen und Beulen des Gebrauchs oder Spuren des Alters) mitnahmen. Der Preis spielte dabei fast nie eine Rolle – Hauptsache: es glänzte und „machte was her".

Ich bin ziemlich sicher, dass dieser Teil des alten Heumarktes schon lange den Stadterneuerungsmaßnahmen zum Opfer gefallen ist und dass es längst keine echt alten Tischplatten und Tavla-Spiele (Backgammon / Trick-Track), Teller und Gläser, Teelämpchen und Kannen, Bestecke und Tabakdosen, Pistolen und Pulverhörner, Krummdolche und Schwerter, Amulette und perlenbesetzte Gürtel mehr gibt.

Meinen alten Freund Ali könnte ich auch nicht mehr besuchen, denn er starb vor ein paar Jahren leider an Krebs. Vielleicht wurde er ein Opfer seines Berufs, denn beim Abschleifen des Zinnüberzugs auf den Kupfersachen wurde immer sehr viel feiner Zinnstaub aufgewirbelt. Die Händler und Schleifer trugen nie Atemmasken und hatten keine Vorrichtungen, die den Metallstaub absaugten. Wenn ich sie auf die Gefährdung ihrer Gesundheit und auf den Gebrauch von Ohrenschützern und Atemmasken ansprach, taten sie dies immer mit einer leichten Handbewegung ab. Die Zusammenhänge zwischen ihrem Beruf als Metallschleifer und ihrer Gesundheitsgefährdung waren in ihrem Bewusstsein nicht vorhanden oder waren ihnen nicht wichtig genug, um sich zu schützen: Wenn man krank wurde bei der Arbeit und deshalb sogar früher sterben musste, so war das eben Kadér, das von Allah zugeteilte und hinzunehmende Schicksal.

Verzinntes Kupferblech gilt als nicht gesundheitsschädlich. Gebrauchsgegenstände für den Alltag aus Kupfer werden deshalb verzinnt, weil Kupfer ohne „Schutzschicht" leicht oxidiert und dann toxische Stoffe freisetzt. Touristen möchten in der Regel aber lieber nichtverzinnte, glänzende und polierte Kupfersachen, die zum Schmuck der Wohnung dienen und nicht im Alltag benutzt werden. Die kupfernen Schüsseln und Tischplatten in unserer Wohnung, die – wie auch bei ihren früheren Besitzern – bei uns Gebrauchsgegenstände im Alltag sind, erinnern uns an Ali und ein düsteres Kapitel der jüngeren türkischen Geschichte.

Nach den Daten und Inschriften, den Mustern und Verzierungen auf den Kupfersachen zu urteilen, stammen die meisten von ihnen aus der Osttürkei und sind vermutlich lange Zeit vor den blutigen Massakern besonders dort im Besitz von Türken, Kurden, Assyrern und Armeniern, von sunnitischen oder schiitischen Moslems, Yeziden, syrischen oder orthodoxen Christen oder auch andersgläubigen Minderheiten gewesen. Als viele Hunderttausende von Menschen nach 1915 auf Befehl der Osmanischen Regierung grausam aus ihrer Heimat vertrieben wurden, konnten sie ihren Hausrat nicht mitnehmen; er blieb Jahrzehnte vergessen irgendwo in der Osttürkei liegen. Clevere Leute haben vor etlichen Jahren den Markt für diese alten Gegenstände entdeckt und bieten sie heute vor allem in der Westtürkei zum Kauf an. Diese Kupfersachen können in der Regel den alten Besitzern nicht mehr zurückgegeben werden. Diese sind im wahren Sinne des Wortes nahezu spurlos verschwunden. Bedauerlicherweise kann niemand das Unrecht, das ihnen angetan wurde, an ihnen persönlich wieder gut machen.

An vielen Orten der Gewalttaten auf der Welt ist Kemal Yalçın jahrelang dem Schicksal vieler dieser vertriebenen Menschen und ihrer Nachfahren nachgegangen. Seine Romane, insbesondere die Seyfo –Trilogie „Das Schwert" (das Wort „Seyfo" entspricht inhaltlich etwa dem Begriff „Holocaust") und „Seninle Güler Yüreğim"

(„Mein Herz lacht mit dir") und „Tek Kanatlı Kartal" („Der Adler mit nur einem Flügel") rücken sehr anschaulich und wahrhaftig die damalige Verfolgung, den erlittenen Schmerz und Verlust ins helle Licht der Geschichtsforschung. Kemal Yalçıns vielfältige Spurensuche ist ein mutiger, notwendiger und äußerst verdienstvoller Beitrag zu einer nicht mehr nationalistisch geprägten, sondern ehrlichen Geschichtschreibung der Türkei und zur Versöhnung der Völker Anatoliens.

Ihm gebührt großer Dank und ausdrücklich Anerkennung!

Simsalabim – Der Trick mit dem Regenschirm

Es war ein sonniger Tag um den 15. März 1973 herum. Der Himmel war strahlend blau und ich stand in Istanbul genau in der Mitte der alten, so schönen Galata-Brücke, die von der Firma Krupp im Jahr 1912 erbaut worden war. Ich wartete ... Und zwar – in Blickrichtung Galata-Turm – auf dem richtigen, also dem rechten Bürgersteig. Warum wartete ich da ... und auf wen ... oder auf was? War ich etwa hier, um den Anglern auf der Brücke zuzusehen oder den Schiffen, die vor dem Sultanspalast auf dem Bosporus hin und her fuhren?

So unwahrscheinlich das auch klingen mag: Ich sollte meine Eltern, meinen Onkel Fritz und meine Tante Itte abfangen, die an diesem Tag mit ihren zwei Autos um 15 Uhr über die Brücke fahren wollten. Ich sollte sie dann durch Istanbul zum Hotel lotsen. (Ich kannte mich ja in Istanbul gut aus!)

Deshalb war ich doch extra in der Nacht zuvor mit dem „Blue Train" von Ankara nach Istanbul gereist, um dort in eines ihrer Autos umzusteigen! Die beiden Paare waren mit ihren Autos von Deutschland her über den Balkan unterwegs, um mich in Ankara zu besuchen und sich dann von mir durch die Türkei führen zu lassen. Ich hatte seit dem Sommer 1971 die Türkei schon ordentlich bereist und konnte durchaus einen guten Reiseführer abgeben. Türkisch sprach ich damals auch schon ganz leidlich.

Rechtzeitig stand ich also da und schaute auf die endlosen Ströme von Fahrzeugen, die in beiden Richtungen über die Brücke flossen. Ab und zu ließ ich wohl auch mal den Blick schweifen über das Wasser des Goldenen Horns oder des Bosporus und über die vielen Schiffe.

Ach, war das ein Genuss...!

Plötzlich hörte ich eine mir bekannte Stimme rufen: „Guten Tag, Herr Lutz! Was machen Sie denn hier? Wieso stehen Sie denn eigentlich auf der Brücke?" – Und wer fragte mich das? Es war Fräulein Nevin Kiper, eine meiner Studentinnen im vierten Semester am Gazi. Wie sie mir erklärte, war sie eben mit einem Dolmuş an mir vorbeigefahren. Sie hatte den Fahrer zu einem Extra-Stopp bewegen können und wollte nun unbedingt eine Antwort auf ihre Fragen bekommen.

Als höflicher Mensch sagte ich ihr: „Ich warte auf meine Eltern, die mit dem Auto aus Deutschland kommen und um 15 Uhr hier über die Brücke fahren werden."

Es ist schade, dass niemand ihre Blicke gesehen hat! Wie soll man sie auch richtig beschreiben? Solch ein unglaublich dicker Bär war dem Fräulein Kiper denn doch noch nie aufgebunden worden ... Sie platzte einfach los vor Lachen und konnte sich nicht mehr einkriegen: Da steht dieser Herr Lehrer auf der Brücke, schaut über den Bosporus und behauptet, seine Eltern kämen gleich mit dem Auto aus Deutschland und würden um 15 Uhr über diese Brücke fahren ... Ha, ha, ha ...

Aber trotzdem, ich schlug ihr mit einer plötzlichen Erleuchtung vor, doch gemeinsam in einem kleinen Café am Ende der Brücke eine Limonade oder einen Tee – nein, natürlich einen Çay - zu trinken. Gleichzeitig zögerte ich ein wenig: Schickte es sich, war das erlaubt für einen Lehrer – obendrein ein Ausländer – mit einer seiner Studentinnen ohne Begleitung Tee zu trinken? Und was würde passieren, wenn meine Eltern gerade dann über die Brücke fahren würden, wenn ich mit ihr im Café säße?

Ach was! Gewagt, getan! Wir hielten, wie man so sagt, ein kleines Schwätzchen ... Fräulein Kiper erzählte mir, sie sei gerade im Großen Bazar gewesen und habe ihre Hippiefelltasche auf Wunsch ihres Vaters gegen eine schicklichere umgetauscht. Ihr Vater habe es nicht erlaubt, dass seine Tochter wie ein Hippie-Mädchen herumlaufe. Aber lange konnte das Fräulein Kiper die Teestunde mit mir nicht ausdehnen, sonst hätte es Zoff gegeben. Ihr war klar, dass sie bald zu Hause sein musste. „Man" wusste ja ganz genau, wie lange es dauerte, vom Kapalı Çarşı bis nach Erenköy zu fahren, wo die Kipers wohnten. Und schon entschwand sie ...

Ich kehrte aus meiner Pflichtvergessenheit in die Wirklichkeit zurück, begab mich wieder zu meinem Posten und wartete auf meine Familie.

Aber die beiden Autos kamen und kamen nicht! Schließlich hielt ich ein Taxi an und ließ mich im Stadtteil Bebek zu dem Hotel fahren, in dem die Vier Quartier nehmen wollten. Und tatsächlich! Da standen die beiden Wagen mit den deutschen Kennzeichen!

In der Lounge saßen meine Eltern, mein Onkel und meine Tante beisammen und tranken ihren Tee aus den hübschen Paşabahçe-Kristallgläsern. Wie froh waren sie, mich zu erblicken! Etwas „umständlich" erklärte ich ihnen mein Zuspätkommen und lenkte sie dann auf ein anderes Thema: Ich bewunderte, dass sie es von Deutschland und quer durch Istanbul bis zum Hotel ohne jede Schramme geschafft hatten! Um kurz nach 15 Uhr waren sie wirklich über die Galata-Brücke gefahren, wie sie mir erzählten, und hätten vergeblich nach mir gesucht!

Von wegen Brücken: Meinen lieben Besuchern und mir bot sich 1973 die Gelegenheit, die 1. Bosporus-Brücke, die sich damals im Bau befand, zu besichtigen. Ein Ingenieur (aus Honnef) der Firma Hochtief, den meine Eltern kannten, leitete damals die Errichtung der Pylone. Wir fuhren mit ihm im Aufzug bis zur Spitze des Pfeilers auf der europäischen Seite und hatten einen grandiosen Rundblick. Unter uns erstreckten sich die östlichen und westlichen Stadtteile Istanbuls noch ganz ohne Wolkenkratzer. Es gab in Çamlıca noch Wald, wo sich heute himmelhohe Bauwerke, beispielsweise der 369 m hohe Fernsehturm, und die größte Moschee der Stadt (mit sechs Minaretten) emporrecken. Unter uns glänzte im Sonnenlicht der Bosporus. In nördlicher Richtung zogen da in der Tiefe die Frachtschiffe zum Schwarzen Meer ihre Bahn. Im Süden konnten wir im leichten Dunst das Marmara-Meer mit den Inseln ausmachen. Ungeheuer eindrucksvoll hing unmittelbar vor unseren Augen der Rohbau der noch nicht ganz mit der Rampe verbundenen Fahrbahn über dem Bosporus.

Wir bekamen eine großartige Ahnung davon, wie sich die Brücke einmal in einem eleganten, weiten Bogen vom einen Kontinent zum anderen schwingen würde. Am 30.10.1973, zum 50. Jahrestag der Gründung der Republik, wurde die Brücke eröffnet.

1. Bosporus-Brücke im Bau, Istanbul 1972

Ausgerechnet sie heißt seit dem Militärputsch 2016 „15 Temmuz Şehitler Köprüsü" – „Brücke der Märtyrer des 15. Juli". (Andere Übersetzungen von „Şehitler" sind „Gefallene", „Blutzeugen" oder „Helden". Beim Verständnis des Namens der Brücke spielt also die politische oder ideologische Einstellung eine große Rolle.)

Von *wem* dieser Staatstreich letzten Endes ausging, ist bis heute noch nicht eindeutig und lückenlos geklärt. Gemäß einem Bericht in der Zeitung Cumhuriyet [147] begann der Umsturzversuch am frühen Nachmittag des 15.7.2016. Gegen 22:30 Uhr wurden die Brücken über den Bosporus besetzt und gesperrt. In Ankara wurden das Parlamentsgebäude, Ministerien und andere staatliche Einrichtungen bombardiert. Um 00:13 Uhr meldete TRT den Staatsstreich; Präsident Erdoğan forderte um 00:24 Uhr in einem Anruf über das Handy von Hande Fırat (CNN Türk) die Bevölkerung dramatisch auf, mit ihren Waffen für die Erhaltung der Demokratie zu kämpfen. Dieser Aufruf wurde von den Moscheen per Lautsprecher verkündet und von vielen Bürgern sofort in die Tat umgesetzt.

An der 1. Bosporus-Brücke wurden Soldaten der regulären türkischen Streitkräfte verwendet, um gegen die Terroristen und für die Erhaltung der Republik Atatürks zu kämpfen. Es kam zu Schusswechseln zwischen Soldaten und Polizisten.

Wie man sagte, waren Anhänger der sogenannten Gülen-Bewegung an diesem Aufstand beteiligt. Das Ziel der Gülen-Bewegung ist das Heranziehen einer streng islamisch geprägten, gut gebildeten Elite, welche überall auf der Welt die Schalt- und Machtzentren einnehmen soll. Im internationalen Erziehungs- und Bildungswesen ist die Gülen-Bewegung, vor allem in Afrika und Asien, jedenfalls sehr erfolgreich. In der Türkei selbst hat Erdoğan das ehemals dichte Netz von Gülen-Schulen verboten.

Auch Anhänger Erdoğans sollen sich in die Schießereien eingemischt haben, denn aus den ehemaligen politischen Freunden sind inzwischen Todfeinde geworden. Viele unabhängige Stellen in der Türkei und im Ausland vertreten die Auffassung, das Ziel beider Politiker sei, die kemalistisch geprägte, demokratisch-laizistische Staatsform Atatürks abzuschaffen und die Macht an sich zu reißen.

Die Auseinandersetzungen auf der Brücke forderten über fünfzig Todesopfer. Insgesamt kamen nach amtlichen Mitteilungen 251 Menschen bei Kampfhandlungen ums Leben und wurden über zweitausend Menschen verwundet.

Am 16.7.2016 verkündete Ministerpräsident Binali Yıldırım um 12.57 Uhr offiziell von Çankaya aus, der Umsturzversuch sei verhindert worden.

Aus diesem Machtkampf ging Erdoğan als der große Sieger hervor. Er dankte öffentlich Allah für das Geschenk der Verhinderung des Putschversuchs. (Ein Schelm, wer Böses sich dabei denkt!) Seither bestimmt er als Stasatspräsident und Chef einer Koalitionsregierung aus MHP (Partei der nationalistischen Bewegung) und AKP (Partei für Gerechtigkeit und Aufschwung) fast uneingeschränkt die Geschicke des Landes. Er stützt sich dabei auf die neue, auf ihn zugeschnittene Verfassung, den von ihm "gereinigten", veränderten Staatsapparat und auf die ihm ergebenen Streitkräfte. Er hat seit der Übernahme der Macht Zehntausende von politischen Gegnern aus ihren Berufen entfernen und Tausende von ihnen ins Gefängnis werfen lassen.

Die große Mehrheit der Massenmedien in der Türkei stellt die Entwicklung der Industrie, des Handels und der Infrastruktur des Landes in einer Weise dar, dass sie in der Wahrnehmung der Bevölkerung als großer Erfolg der türkischen Regierung unter der Regie des Präsidenten Erdoğan erscheint. In Wirklichkeit aber leidet das gesamte Volk an der deutlich zunehmenden Arbeitslosigkeit, der nicht ausgeglichenen Zahlungs- und Handelsbilanz (Importe viel höher als Exporte), den enormen Belastungen durch kriegerische Konflikte im Land und bei den Nachbarstaaten, unter der starken Geldentwertung und den rasant steigenden Lebenshaltungskosten.

Inzwischen überspannen auch die „Fatih Sultan Mehmet Brücke" (1988) und die „Yavuz Sultan Selim Brücke" (2016) den Bosporus und steht seit dem Frühjahr 2022 die vierte Brücke bei Çanakkale zur Verfügung. Dazu verbinden ein U-Bahn- und ein Autobahntunnel unter der Wasserstraße die Erdteile Europa und Asien. Die vertraute Silhouette Istanbuls verändert sich total: Ballungen von Wolkenkratzern zeigen an, wo sich die Wirtschafts- und Finanzzentren des Landes heute befinden. In großen Komplexen von Wohnhochhäusern wohnt die Mehrheit der Menschen dieser Stadt. Autobahnen verbinden heute alle Regionen des Landes. Die Metropole hat einen der größten Flughäfen der Welt, den der Präsident ein „Zeichen des Sieges" nennt. Das neueste, bei weitem teuerste sowie politisch und geologisch gewagteste Projekt Erdoğans ist der Bau des „Istanbul Kanals", der einmal das Schwarze Meer mit dem Marmarameer verbinden und den Bosporus entlasten soll. Dieser Kanal kann dazu führen, dass Russland die bisher geltenden Nutzungsrechte im Bosporus in Frage stellen und die NATO in große Schwierigkeiten bringen könnte. Der Krieg Russlands gegen die Ukraine weist deutlich auf diese Gefahr hin!

All diese Projekte der Türkei gingen und gehen immer mit riesiger Kreditaufnahme, also ständig wachsender Verschuldung, der Türkei im Ausland und einer äußerst fragwürdig angelegten Rückzahlungspolitik für diese Anleihen einher. Alle Fragen zur Umweltverträglichkeit und zu den politischen und strategischen Folgen dieser Mammutprojekte werden von der Erdoğan-Regierung in den Wind geschlagen. Die Masse der türkischen Menschen trägt die Lasten dieser Entwicklungs-, Steuer- und Machtpolitik und leidet unter der galoppierenden Inflation.

Bertolt Brechts lesenden Arbeiter hören wir fragen: „Wer baute das siebentorige Theben?... Hatte das vielbesungene Byzanz nur Paläste für seine Bewohner?... Friedrich der Zweite siegte im Siebenjährigen Krieg. Wer siegte außer ihm?... Jede Seite ein Sieg ... Alle zehn Jahre ein großer Mann. Wer bezahlte die Spesen? ... So viele Berichte. So viele Fragen."[148]

Eugen und Hilde, Fritz und Itte und ich erlebten 1973 mit dem Brückenschlag zwischen den beiden Ufern gleichsam die Entstehung des heutigen, modernen Istanbuls. Wir überquerten damals noch ganz „altmodisch" und ohne Hast auf der Fähre den Bosporus. Wir empfanden intensiv, wie dieses Gewässer beide Welten, den Orient und den Okzident, trennt und zugleich verbindet.

Nach einer ausführlichen Besichtigung Istanbuls fuhren meine Eltern und ich nach Ankara. Und dort passierte es! Das Auto meines Vaters, ein französischer Citroen DS 19, streikte einfach: Der Anlasser des Motors wollte nicht mehr auf Anhieb anspringen. Man musste immer eine ganze Serie von Versuchen machen, ehe der Funke übersprang und die Maschine startete. Was war zu tun?

Citroens waren damals in der Türkei noch ganz seltene Autos, und ich kannte natürlich weder einen Citroen-Händler noch eine Citroen-Werkstatt in Ankara. Ich selbst hatte einen Ford-Taunus.

Aber ich wusste, dass es im Stadtteil Etiler ein ganzes Viertel nur mit Autowerkstätten gab, eine neben der anderen. Dorthin fuhren wir. Ich kannte dort den Usta (Kfz-Meister), der mein Auto schon einmal für die vorgeschriebene Untersuchung beim TÜV vorbereitet hatte. Der wiederum führte uns zu dem Meister, der sich vermutlich noch am ehesten mit französischen Autos auskannte ...

Und siehe da, der hatte bald die Quelle des Übels am Starter erkannt. Mit einem leichten Hammerschlag löste er die Sperre, welche offenbar verhinderte, Strom durchzulassen von der Batterie zum Anlasser. Er konnte aber auch nirgendwo das für diesen Citroen benötigte Ersatzteil auftreiben – so etwas gab es nicht, selbst nicht im großen Ankara!

Er riet meinem Vater dann, mit dem Knauf des Regenschirms leicht auf den Starter des Motors zu schlagen, um ihn in Gang zu setzen. Mein Vater griff den Schirm, klopfte an und – Simsalabim! Der Motor lief!

Meine vier Besucher sind wohlbehalten wieder nach Deutschland zurückgekehrt. Oft noch sprach mein Vater mit Hochachtung von diesem türkischen Usta. Ob etwas dran ist an der Redensart von den leichten Schlägen mit dem Hammer auf den Hinterkopf, die das Denkvermögen fördern..? Wo könnten wir denn all die nötigen Hämmer herkriegen?

Das Gazi

Die politische Lage unter einer zivilen Regierung (und den spürbar belastenden Bedingungen eines quasi-militärischen Ausnahmezustands) erlaubte es (viel eher sollte ich sagen: die militärischen Machthaber gestatteten es), den Lehrbetrieb Ende September zum Wintersemester 1971/72 probeweise aufzunehmen.

Im Almanca Bölümü (Deutsche Abteilung) des Gazi Eğitim Enstitüsü (PH) hatten wir deutschen Lehrer den Auftrag, zusammen mit unseren türkischen KollegInnen Studierende zu LehrerInnen für Mittelschulen auszubilden. In unserem Institut waren vier deutsche und mindestens fünf türkische KollegInnen für den Unterricht in der deutschen Sprache vorgesehen. Die Lerngruppen wurden für jeweils etwa zwölf StudentInnen eingerichtet.

Als erstes standen im WS 1971/72 die Aufnahmeprüfungen für die neuen StudentInnen an. Sie waren allesamt so zwischen 17 und 20 Jahre alt und sprachen in der Öffentlichkeit nur Türkisch. Diese Sprache hatten sie alle als obligate Staatssprache in der Schule gelernt und gesprochen.

Unter den Studierenden waren zwei Klassenkameradinnen aus Eskişehir, die beide Nevin hießen.

Die eine von ihnen wurde meine Frau, die andere, immer Adaş (Bedeutung: die mit dem gleichen Namen – eine liebevolle Bezeichnung) genannt, ist unsere beste Freundin!

2 x Nevin = Adaşlar, Gazi E. E. Ankara, 1971

Wir hatten bei den Vorbereitungen auf die mündlichen Prüfungen selbstverständlich mitbekommen, dass die AnwärterInnen aus unterschiedlichen Regionen der Türkei stammten. Die Studierenden brachten also teilweise neben der türkischen auch ihre arabische, armenische, kurdische oder auch andere Muttersprache mit, die aber niemand (öffentlich) benutzte, weil sie (politisch zurückhaltend ausgedrückt) weder gefragt noch gestattet war.

Wie wir feststellten, wurde in der Türkei in manchen Gegenden zum Teil hervorragender Deutschunterricht erteilt, vor allem in den großen Städten. Es gab aber auch, besonders in der Osttürkei, entlegene und politisch unruhige Landesteile, in denen wegen fehlender Lehrkräfte und Materialien seit Jahren so gut wie kein Deutschunterricht mehr erteilt worden war.

Alle StudienanwärterInnen hatten sich in einer schriftlichen Prüfung um einen Platz an der Pädagogischen Hochschule beworben. Diejenigen, welche diesen Test bestanden hatten, wurden zur mündlichen Prüfung nach Ankara eingeladen. Dem größeren Teil der BewerberInnen wurde bei Bestehen der Prüfung ein staatliches Internatsstipendium in Aussicht gestellt. Dafür mussten sie sich verpflichten, nach der Ausbildung fünf Jahre in Orten, die vom Ministerium durch ein Losverfahren bestimmt wurden, ihren Dienst als Lehrkräfte ableisten.

Am Tag der mündlichen Zulassungsprüfung warteten die StudienbewerberInnen geduldig und still in kleinen Gruppen im Flur vor dem Prüfungszimmer, bis sie an die Reihe kamen.

Alle diese hoffnungsfrohen angehenden LehrerInnen für Mittelschulen hatten ihre schickste Bekleidung an. Die jungen Männer standen da mit weißem Hemd, Krawatte, oft viel zu weiter Jacke und zu langer oder zu kurzer Hose und extrablank polierten schwarzen Schuhen. Die jungen Frauen aus den Großstädten Istanbul, Izmir und Ankara trugen lange, flott im Stil der Saison frisierte Haare, Miniröcke und bunte Blusen und Jacken des herrschenden Modetrends. Sie trugen auch schicke Schuhe mit hohem Absatz. Die Bewerberinnen vom Land waren deutlich konservativer frisiert und zeigten sich zumeist in hochgeschlossenen, längeren Kleidern und flachen, einfachen Schuhen.

Die neuen, noch unerfahrenen jungen Leute waren natürlich vor diesen Eingangsprüfungen sichtlich angespannt – was sonst als Aufregung wäre vorstellbar gewesen? Sie alle – viele von ihnen sicher zum ersten Mal in ihrem Leben – mussten vor fremden Menschen Rede und Antwort stehen. Und das dann auch noch in Deutsch vor Lehrern, die aus Almanya kamen. Das Land war seit zehn Jahren, dem Beginn der sogenannten Gastarbeiteranwerbung, überall in der Türkei in aller Munde!

Es gab das Gerücht, die deutschen Lehrer am Gazi würden ihre Fragen immer in einer bestimmten Reihenfolge stellen, und dementsprechend sollten tunlichst auch bestimmte, genau passende Antworten erfolgen. (Man konnte solche Antworten auch vorher auswendig lernen und zu sprechen üben.) Wir deutschen Kollegen entschieden uns aber, die Fragen in der mündlichen Prüfung nicht in festgelegter Ordnung, sondern, pädagogisch angemessen, unterschiedlich je nach Kandidatin oder Kandidat zu stellen. Das ergab dann fast regelmäßig komische, manchmal geradezu groteske Gespräche. Mitunter wurde es schwierig, ernst zu bleiben, rauszufinden, wen man vor sich hatte und was unser Gegenüber uns hatte mitteilen wollen. Die jungen Leute fühlten bestimmt und sahen es uns wohl auch an, dass sie mit ihren vorbereiteten Antworten nicht immer richtig lagen, nicht immer verstanden wurden. Wie froh und erleichtert waren sie dann, wenn sie von uns gesagt bekamen, dass sie dennoch das Gespräch mit Erfolg bestanden hatten und ihr Studium bei uns beginnen konnten!

Gazi DozentInnen und Studierende, Jahrgang 1971/72 Klasse 2A, Ankara

Gazi / Nevin und StudienkollegInnen

Im Laufe ihrer Ausbildung mussten die zukünftigen LehrerInnen an einigen ausgesuchten Schulen Lehrproben ablegen. Bei solchen Anlässen zogen sie sich besonders sorgfältig an. Es galt, dass LehrerInnen (in der Schule, aber nicht nur da) unbedingtes Vorbild zu sein hatten. Dazu gehörten ein anständiges Kleid (kein kurzer Rock) und ein Anzug mit Krawatte gemäß Atatürks Beispiel. Die Männer liehen sich manchmal gegenseitig Kleidungsstücke, etwa Krawatten und passende Jacken, Hosen, Socken und sogar Schuhe. Auch wir Dozenten waren dazu verpflichtet, bei den Lehrproben in Anzug und Krawatte zu erscheinen. (Am Gazi trugen wir deutschen Lehrer während des Unterrichts legere Kleidung, z. B. keine Krawatte.)

Wir gingen immer als ganze Gruppe zu diesen Proben. Zum einen sollten alle erfahren, was von ihnen als künftige LehrerInnen erwartet wurde. Zum anderen sollten jede/r von ihnen sehen, wie man's richtig oder auch falsch machte. Des Weiteren war es ein Ausdruck der Solidarität, die FreundInnen in dieser schwierigen Situation zu unterstützen. Der Kandidat/die Kandidatin der Lehrprobe, erst selbst seit zwei oder drei Jahren der Schule entronnen, stand 50 bis 60 SchülerInnen gegenüber. Ich entsinne mich gut, was *ich* bei *meinen* Lehrproben in Solingen, Viersen, Mönchengladbach und Krefeld leisten musste und wie ich mich fühlte; dabei waren unsere Klassen damals nur halb so stark.

Was den Auftritt vor einer fremden, so großen türkischen Mittelschulklasse etwas erleichterte, war die (auch dort) jahrelang eingeübte Disziplin und Gehorsamkeit der Jungen und Mädchen vor

der Lehrerin/dem Lehrer. Für die SchülerInnen war es selbstverständlich, allen Lehrkräften stets respektvoll und unbedingt höflich
gegenüberzutreten. Deshalb war auch bei Lehrproben nicht mit
Widerstand oder Disziplinlosigkeit zu rechnen. Selbst ein schwa-
cher Ausgang der Prüfung wäre eher dem schlechten Benehmen
der SchülerInnen zugeschrieben worden und hätte nicht als Versagen der geprüften Lehrperson gegolten.

Die Anleitung zum differenzierten Denken gehörte zu den
Hauptaufgaben von uns deutschen Lehrern bei der Ausbildung unserer Studierenden. Wir legten großen Wert darauf, ihnen zu vermitteln, dass sie als Lernende das Recht, ja, die Pflicht hatten, beim
Aneignen und Weitergeben von Wissen kritisch zu sein, den Stoff zu
hinterfragen und auf seine Richtigkeit hin zu prüfen. Wir versuchten, ihnen die Erkenntnis zu vermitteln, dass es möglich und erlaubt
ist, Irrtümer zuzugeben und zu beheben, falls neue Einsichten das
erforderlich machten. Wir wollten ihnen die Angst vor dem Zweifel
nehmen und ihnen Mut machen, eigene Standpunkte zu vertreten.
Die StudentInnen brachten ja fast ausnahmslos die Erfahrung mit,
dass die Erwachsenen, also auch ihre ehemaligen LehrerInnen, es
stets besser wussten, immer das Richtige sagten, in erster Linie ihr
Wort galt. Ihren Kenntnissen und ihrer Autorität gegenüber waren
eigenes Denken, berechtigter Zweifel oder gar begründeter Widerstand nicht erwünscht. Wir deutschen Lehrer spürten oft, dass
unsere Auffassungen auf Ablehnung stießen. Wir stellten damit, so
schien es, insgesamt das überkommene System von Frontalunter-
richt und sturem Auswendiglernen, von Befehl und Gehorsam, von
Unterwerfung und Autorität in Frage. Das wurde als Bedrohung
empfunden. Gewiss, es gab auch türkische Lehrkräfte, die kritisch
dachten. Aber sie konnten ihre Meinung unter den herrschenden
Bedingungen nicht frei äußern. Später, wieder zurück in Deutschland, erfuhr ich, dass man damals sogar den Abteilungsleiter und
andere unserer KollegInnen im Gazi während der Herrschaft des
Militärs verhaftet hatte. Das Gazi galt damals als politisch links orientiert.

Inzwischen sind fünfzig Jahre vergangen. Aus der kleinen Pädagogischen Hochschule mit ein paar tausend Studierenden und wenigen hundert Lehrenden ist die große Gazi Universität Ankara mit
über 3.000 Lehrkräften und über 77.000 Studierenden geworden.

Ich frage mich, welches geistige Klima dort heute herrscht, welches Denken verbreitet wird. Ich hoffe, dass ein wenig von der widerständigen Gedankensaat, die wir Lehrer damals ausstreuten, Frucht gebracht hat und sich letzten Endes doch die Freiheit des Denkens und der Rede wieder ungestraft in der Türkei durchsetzen wird.

Dann kann ich meinem türkischen Freund, dem Schriftsteller Kemal Yalçın, versichern: „Boşuna değil hiç bir şey, boşa gitmedi yürünen yol, işlenen nakış, ekilen tohum." („Nichts ist vergeblich. Vergeblich war (auch) nicht der Weg, den wir gingen, die Spuren, welche wir hinterließen, die Samen, die wir streuten.")

„Ich hab' da mal 'ne Frage …"

Die Klassenräume und das Lehrerzimmer der Deutschen Abteilung des Gazi lagen im ersten Stock des Hauptgebäudes. In den Pausen oder nach Ende des Unterrichts versammelte sich immer eine ganze Reihe von StudentInnen im Flur oder vor der Tür des Lehrerzimmers. Hätten sie nicht etwas Schöneres tun können, als dort auf ihre LehrerInnen zu warten; zum Beispiel ein Glas Tee trinken, eine ordentliche Handvoll Sonnenblumenkerne knacken, über die Modetrends sprechen oder einfach auch über andere Leute tratschen?

Doch, doch, das tat man auch, aber eben zu anderer Zeit. Hier galt es, jeweils die Gunst des Augenblicks wahrzunehmen, etwas Nutzbringendes zu tun und *mit* den Lehrenden, nicht *über* sie zu reden!

Wir KollegInnen hatten uns darauf verständigt, dass unsere Studierenden uns immer frei und unbefangen befragen durften zu den Stoffen und Inhalten des Unterrichts, zu stilistischen Fragestellungen und grammatischen Schwierigkeiten, zu Landeskunde und Aussprache, na ja, kurz, zu fast allem und jedem einschließlich persönlicher Probleme. Nur politische Gespräche waren aus naheliegenden Gründen nicht angebracht und auch nicht gewünscht.

Und dann standen sie da, Mesut oder Aysel, Arif oder Günsel, Gülay oder Hasan, Nermin oder Fuat und warteten darauf, dass wir LehrerInnen aus den Klassenräumen zum Lehrerzimmer strebten oder dass wir uns rausrufen lassen würden zu ihnen. In ihren Händen hielten die einen ihre Schreibutensilien und Hefte, andere einen halb fertigen Aufsatz oder ein Langenscheidts Wörterbuch Türkisch-Deutsch. Der eine der Lernbegierigen bat um Erklärung einer Stelle in seinem Lieblingsbuch, der „Deutschen Sprachlehre für Ausländer" von Schulz-Griesbach, eine andere Kommilitonin wiederum hatte ihre liebe Not mit Heinz Kristinus' „Deutsche Verben, Präpositionen und ihre Wiedergabe im Türkischen". Noch andere der Neugierigen wrangen sorgenvoll die Hände bei der Aussicht auf ein schwieriges Gespräch oder nestelten vor lauter Verlegenheit oder Anspannung an ihrer Kleidung herum, bis sie an die Reihe kamen.

Ganz oft begannen dann unsere StudentInnen ihre Gespräche mit uns mit der händeringend-freundlichen Formulierung „Ich hab'da mal 'ne Frage ...".

Wie erleichtert war Süleyman, wenn er hörte, er habe das Thema des Aufsatzes recht gut getroffen, müsse aber doch insgesamt noch die sprachliche Richtigkeit ein wenig verbessern. Und wie reizvoll war das immer wieder lustige, kleine Spiel um die angemessene Aussprache, wenn Mehmet mit „Schönnen Grüssen von Herrn Wäbber aus Birämen" ankam und Nevin meinte „Derr Monnd ist rott." – ich hingegen darauf bestand, es seien wohl eher „schöööne Grüüüße aus Breeemen" und der „Mooond" sei heute eigentlich nur „rooot"!

Die herkömmliche Standardaussprache blieb, wie kaum anders zu erwarten, am Ende richtungweisend, und Nevin erging es nicht anders als dem armen Heideröslein, von dessen traurigem Los Goethe uns in seinem Lied berichtet: „...und der wilde Knabe brach's Röslein auf der Heide, Röslein wehrte sich und stach, half ihm doch kein Weh' und Ach, musst' es eben leiden."

Im Grunde hatte Nevin ja Recht: es ist schon ganz schön blöd, dass die Deutschen meinen, beim Sprechen viele Wörter dehnen zu müssen, obwohl sie bei der Schreibung mit einem kurzen Vokal auskommen. Wie kann man das nur richtig lernen? (Im vorletzten Satz sind auch zwei der drei „ö" lang, eines ist kurz!) Von der (so scheint es) Willkürlichkeit des Gebrauchs der Umlaute, der Dehnungslaute, der Mehrfachvokale, der Artikel und der vielen Pluralformen, also den schönen Seiten der deutschen Grammatik, wollen wir hier gar nicht sprechen.

Ich erinnere mich gern an diese Gesprächssituationen in den Pausen oder direkt vor und nach dem Unterricht. Wir deutschen Lehrer hatten sonst nur wenige Möglichkeiten, uns mit unseren

StudentInnen außerhalb des Lehrbetriebs oder der Klassenräume oder gar außerhalb des Gazi zu treffen. Von gewissen strategischen Überlegungen, wie man am besten mit einem der Lehrer oder mit einer der Lehrerinnen ins Gespräch kommen konnte, wollen wir hier nicht im Detail erzählen...

Die jungen Leute hatten eine Menge von persönlichen Problemen, mit denen sie – vor allem aufgrund der sehr angespannten politischen Situation nach dem Militärputsch – sich täglich auseinandersetzen mussten. In der Mensa war es zur Mittagszeit zu laut und geschäftig, nach dem Unterricht waren die Studierenden gern unter sich und abends waren sie (für ihre „etüd", eine festgelegte Hausaufgaben- bzw. Studienzeit sogar unter Aufsicht) in bestimmten Arbeitsräumen auf dem Gelände der Pädagogischen Hochschule. So nutzten beide Seiten die Zeiträume um die Unterrichtsstunden herum aus, so gut es eben ging.

Das war knapp!!!

Donnerstagmorgen, ein ganz normaler Arbeitstag war das, dieser 3. Mai 1973. In der Deutschen Abteilung des Gazi lief der übliche Unterrichtsbetrieb – auf den Fluren herrschte Stille. Die StudentInnen und LehrerInnen der Abteilung arbeiteten in ihren Klassenräumen bei geschlossenen Türen, um sich nicht zu stören.

Ich saß zufällig allein im Lehrerzimmer am einen Ende der U-förmig aufgestellten Tische und bereitete mich gedanklich noch mal ein wenig auf die kommenden Unterrichtsstunden vor. Zugleich dachte ich auch an meine Eltern, von denen ich mich unlängst erst verabschiedet hatte für ihre Rückfahrt mit dem Auto nach Deutschland. Über die Osterwoche in der zweiten Hälfte des Aprils hatten wir eine wunderbare Reise durchs Hethiter-Land und zu ihrer Hauptstadt Hattuşaş und nach Kappadokien gemacht. In diesen Stunden des 3. Mai 1973 – so hoffte ich – waren sie wieder mit heilem Wagen und bei guter Gesundheit zu Hause angekommen.

Die beschauliche Ruhe wurde jäh unterbrochen, als sich die Tür öffnete und eine Studentin schnellen Schritts in das Lehrerzimmer trat, gedrängt, verfolgt, bedroht von einem jungen Mann, der eine auf ihren Rücken gerichtete Pistole in der Hand hielt. Er gab ihr ein Zeichen, sich an das andere, freie Ende der Tischreihe zu setzen.

Ich wusste in einem Augenblick, wer die junge Frau war – es war die immer neugierige und fleißige Nevin aus dem Jahrgang 1971/72! Und den jungen Mann erkannte ich auch sofort wieder – mit ihm hatte ich erst wenige Tage zuvor gesprochen. Als unparteiische Person des Vertrauens war ich nämlich um Vermittlung gebeten worden in einer hoffnungslos erscheinenden Liebesbeziehung. Zu diesem Gespräch hatte ich mich auch bereit erklärt – und das umso mehr, als es sich bei dieser Notsituation um eine Studentin aus unserer Abteilung gehandelt hatte.

Wie sich herausstellte, war der junge Mann so sehr in Nevin verliebt, dass es für ihn auf dieser Welt nur noch sie und keine andere gab! Er wusste aber inzwischen, dass dieses Begehren nicht erwidert wurde, alle Versuche, Nevin zu gewinnen, bis dahin vergeblich gewesen waren und auch weiterhin umsonst sein würden. Unser Gespräch (auf Französisch vor ein paar Tagen, im Ton freundlich, in der Sache aber eindeutig) hatte mir eines klar gezeigt: ich hatte ihn in keiner Weise dazu überreden – geschweige denn überzeugen – können, nachzudenken über die Vergeblichkeit, Unsinnigkeit und Strafbarkeit seiner Bemühungen um Nevin. Er folgte meinem Rat nicht, sondern entführte sogar Nevin.

Er wollte, wie sich erwies, nach wie vor Nevins eindeutige Ablehnung dieser Beziehung nicht anerkennen, sie immer noch weiter unter Druck setzen und auf Gedeih oder Verderb eine schnelle, endgültige Entscheidung in seinem Sinn herbeiführen, selbst wenn es bedeutete, Nevin zu töten – und auch sich selbst!

Und jetzt war er tatsächlich da, um mit dem Revolver in der Hand offenbar blindlings die eine, die ein für alle Male endgültige, Lösung zu erzwingen! Es schien mir aber auch – zu meinem Schreck – klar, dass Nevin es auf eine finale Entscheidung ankommen lassen wollte. Vielleicht war sie aber auch „einfach nur" vor Angst und Ratlosigkeit in diesem Augenblick zu keiner Abwehr mehr in der Lage.

Der junge Mann warf mit theatralischer Handbewegung eine Zigarette vor Nevin auf den Tisch und forderte sie auf, ihr Testament zu schreiben und ihre letzte Zigarette zu rauchen. Um etwas schreiben zu können, lagen genügend leere Blätter und auch Stifte auf den Tischen im Lehrerzimmer.

Für ein paar Momente herrschte eine unheimliche Stille.

Plötzlich kam ein türkischer Kollege nichtsahnend ins Lehrerzimmer. Er stand, blitzartig verunsichert, wie gelähmt da, schaute hilflos nach links und rechts und wusste nicht, wie er sich in dieser bedrohlichen Situation verhalten sollte. Ihn forderte der junge Mann auf, sich in eine Ecke zu begeben, sich nur ja nicht zu bewegen und weder etwas zu sagen noch gar um Hilfe zu rufen. Der Kollege tat das auch – es war wohl das einzig richtige Verhalten für einen Vater von vier kleinen Kindern.

Nevin machte ein-, zweimal Anstalten, etwas aufs Papier zu bringen. Das erkannte ich als meine große Chance, einzugreifen. Ich bedeutete dem jungen Mann, ich wolle Nevin beim Formulieren helfen, da sie selbst aus Verzweiflung und Angst zu nervös dazu sei.

So gelang es mir, hinter sie kommen und mich über sie zu beugen. Ich tat so, als wollte ich quasi ihren Stift führen, konnte ihr aber zuflüstern, das zu tun, was ich ihr sagen würde. Ich merkte, dass der junge Mann immer unruhiger wurde, weil die Sache nicht so lief, wie er sich das wohl vorgestellt hatte. Schließlich hob er den Arm und richtete seine Waffe auf Nevin. (Die ganze Schießerei, die dann erfolgte, war in viel weniger Zeit zu Ende, als man braucht, um diese wenigen Sätze hier zu lesen.) Er begann, von zehn an rückwärts zu zählen und ich sah, wie sein Finger den Abzug spannte. Ich rechnete damit, dass er Bruchteile von Sekunden später abdrücken würde. Er wartete mit dem Schießen auch nicht bis null, sondern schon bei fünf knallte der erste Schuss. In absolut genau dem Augenblick, wo er den ersten Schuss auslöste, stieß ich instinktiv Nevin nach unten und bekam die Kugel, die Nevins Brust hatte treffen sollen, in den rechten Oberarm, wo sie stecken blieb.

Buchstäblich einen Lidschlag später hatte ich Nevin ganz unter den Tisch gestoßen und war selber auch abgetaucht unter die Tischplatte. Dort waren wir aber auch nicht völlig geschützt, obwohl ich zwei Stühle umriss, um ihre Sitzflächen als Barrieren zu nutzen. Es knallte noch zweimal; eine der Kugeln streifte Nevin an der Brust, eine weitere traf sie im Gesäß, wie sich später herausstellte. Nachdem wir so „erwischt" worden waren, fingen wir auf mein „Kommando" hin an zu röcheln, als ginge es mit uns zu Ende, und dann verstummten wir ganz mit einem letzten, schmerzerfüllten Stöhnen. Ich beobachtete den Schützen durch meine fast geschlossenen Lider. Er schaute zur Vergewisserung, ob seine Schüsse ihr Ziel erreicht und uns ausgeschaltet hatten, zu uns unter den Tisch, trat einen Schritt zurück, setzte sich die Pistole auf die Herzgegend, drückte ab und sank nach dem Schuss mit einem Schlag zu Boden. Mein Kollege war gerettet – und wir auch!

Schon den ersten oder zweiten Knall muss man draußen im Treppenhaus gehört haben, denn in dem Augenblick, als der junge Mann nach dem Schuss auf sich selbst zu Boden stürzte, stürmten vom Flur her schon die ersten Freunde ins Lehrerzimmer. Sie ergriffen den Schützen, Nevin und mich und schleppten uns hastig, ehe wir selbst es richtig verstanden, zu Autos auf dem Parkplatz und brachten uns ins nahe gelegene Eisenbahner-Krankenhaus. Kein Mensch dachte in dieser völlig kopflosen Hast und dieser panischen Eile auch nur einen Moment daran, zu schauen, ob wir (ver)bluteten oder den Transport überhaupt aushalten konnten.

Als ich nach der Operation an meinem Arm aus der Betäubung erwachte, hörte ich vom Bett, das neben dem meinigen stand, ein andauerndes Röcheln und Stöhnen. Ein Blick genügte mir, um zu wissen, wer es war – der junge Mann, der Nevin, mich und sich fast getötet hätte. Nach fortgesetzter so enger Nachbarschaft mit ihm war mir in dem Moment nicht zumute. Mir gelang mithilfe einiger Freunde die Verlegung in ein anderes Zimmer. Von unserer Studentin Nevin wurde mir am Nachmittag berichtet, dass sie wohlauf sei und nach Hause entlassen werden könne. Die Ärzte waren zu dem Schluss gekommen, die Kugel zu einem späteren Zeitpunkt zu entfernen. Nevins Verletzung konnte auch zu Hause behandelt werden. Die Kugel in der Hüftgegend, sehr dicht an ihrem Ischiasnerv, sollte sich in der Zwischenzeit abkapseln. Nevins Vater entschied, sie im Gülhane-Militärkrankenhaus in Ankara operieren zu lassen, da man dort bessere Bedingungen und mehr Erfahrung hatte für Eingriffe nahe der Wirbelsäule.

Die Zeitung Hürriyet des Tages berichtete über den Vorfall (olay), das schönste Mädchen der Deutschen Abteilung des Gazi habe sogar auf dem Weg zum Krankenhaus auf der Trage gelacht...

Über den Schützen erfuhr ich, dass er in einer Notoperation an der Hacettepe-Klinik gerettet werden konnte. Die Irrsinnstat dieses jungen, liebeskranken Machos hatte zum Glück keine Todesopfer gefordert.

Ich war, das will ich gern zugeben, einigermaßen froh, mit nur der Kugel im Arm davongekommen zu sein. Es wäre schrecklich gewesen, wenn meine Familie zu Hause, besonders meine Eltern bei der Rückkehr von ihrer Türkeireise, ein Telegramm hätten lesen müssen mit der Nachricht meines Todes infolge einer Schießerei zwischen Studenten. (Man wusste in Deutschland, dass es in der Türkei im März 1971 einen Putsch gegeben hatte, die Studentenschaft ständig demonstrierte, vor allem gegen das Militär, und dass wegen der allgemeinen politischen Unruhe im Lande der Ausnahmezustand herrschte.)

Eine unmittelbare Folge dieses filmreifen Vormittags-Events am Gazi war, dass man dort in der Deutschen Abteilung der PH für eine gewisse Zeit zum einen auf die Mitwirkung von Herrn Lutz bei der Gestaltung des Deutschunterrichts und zum anderen auf die Beteiligung von Fräulein Nevin am Erwerb neuer Bildungsstoffe verzichtete. Die Leitung der PH entschied sogar, dass die besagte Studentin wegen ihres ablehnenden Verhaltens gegenüber dem jungen Mann die Schießerei verursacht habe und belegte sie mit einer Woche Unterrichtsverbot! Ihre Teilnahme an einem Sommerkurs des Goethe-Instituts in München wurde ebenfalls abgesagt.

Wie hätte sich dieses Ereignis, das ja in der Personalakte festgehalten wurde, auf die Prüfungen am Ende ihres Studiums und auf eine Anstellung im Staatsdienst ausgewirkt?

Ein Glück, Nevin musste nicht die Probe auf dieses Exempel machen!

Für den Vorschlag, das dramatische Ereignis des 3. Mai 1973 noch einmal in einem Film nachzuspielen (solch eine Idee geisterte herum), fehlt mir bis heute sowohl die Vorstellungskraft wie auch die Begeisterung. Pistolen in den falschen Händen haben zu oft so etwas Gewisses, bisweilen sogar Unbekömmliches nicht nur an sich, sondern in sich...

Mensch, war das 'ne Rennerei!

Aus der Schießerei im Gazi am 3. Mai 1973 entwickelte sich in den Wochen danach etwas, von dem man vielleicht anfangs geneigt war, es als ein Techtelmechtel (spielerische, kleine Liebelei) zu bezeichnen. Ob das nur so etwas Alltägliches gewesen ist oder ob sich da nicht etwas ganz Anderes zugetragen hat? Was mag wohl hinter einer so vieldeutigen Formulierung wie Techtelmechtel stecken?

Ich will mit einer Erklärung nicht hinter dem Berg halten. Es mag schon sein, dass unterwegs aus dem verliebten, kurzen Augenzwinkern ein langer, tiefer Blick, aus den Augenblicken eines Techtelmechtels zu guter Letzt eine lebenslange Liebesbindung hervorging.

Meine Steckschusswunde im Arm verheilte schnell und auch Nevin, die ja hauptsächlich das Opfer dieses Ereignisses war, durfte sich vorher ein paar Tage in Istanbul bei ihrer Familie frei bewegen, bis sich die Kugel in ihrem Gesäß abgekapselt hatte und damit leichter herausnehmbar geworden war. Ihr Vater brachte sie zur Operation nach Ankara.

Nach dem geglückten Eingriff war Nevins Vater der Einzige aus der Familie, der sie dort besuchen konnte. Er musste dafür aber jedes Mal die weite Reise aus Istanbul auf sich nehmen.

Nevins StudienfreundInnen vom Gazi hielten von ihr angesichts dieses Vorfalls Abstand – das Klügste, was sie tun konnten. Außerdem wollte Nevin nicht, dass ihr Aufenthaltsort bekannt wurde, da sie immer noch Angst hatte, getötet zu werden.

Ich fand es wichtig und auch richtig, Nevin in dieser sie seelisch schwer belastenden Situation im Krankenhaus nicht ohne heilsamen Zuspruch allein zu lassen. Den Weg dorthin zu finden, war mir ein Vergnügen und ein Bedürfnis. Es freute mich zu merken, wie es ihr zusehends besser ging und wie gut ihr unser täglicher Gedankenaustausch, unsere gegenseitige Nähe und die Extraportion Fruchtsalat von mir bekam. Jeden Tag fand sie davon eine kleine Schale auf ihrem Nachttisch vor. Vielleicht bewirkten auch die berühmten, besonders energiereichen Frühjahrsregungen oder die wohlbekannt verführerischen Düfte des Blumenmonats Mai, dass Nevin und ich nicht nur über studienbezogene Inhalte sprachen. Je öfters wir uns sahen, desto mehr offenbarten wir uns gegenseitig *die* Dinge, die unsere Herzen bewegten: wir hatten uns, sozusagen in leichter Abänderung der Redensart, auf den Knall hin, der uns im Gazi in den Ohren gedröhnt hatte, im gemeinsamen Fall schwer (hier passt sogar das Wort „unsterblich") in einander verliebt. (An den Ausdrücken „sich verknallen" und „Knall auf Fall" ist also offenbar doch mehr dran, als man so im ersten Augenblick meint!)

Was sollten wir beide da tun? Gemeinsames Handeln war angezeigt. Meine Frage, ob Nevin sich mit mir verheiraten wollte, wurde bejaht!

Beim nächsten Besuch ihres Vaters offenbarte Nevin ihm die neue Sachlage. Er bat sich verständlicherweise Bedenkzeit aus und regte einen Familienrat an.

Die Woche darauf war es dann soweit. Nevins Vater teilte uns mit, dass der Familienrat sich entschieden hatte und ich in Istanbul offiziell um Nevins Hand bitten sollte. Der Familienrat würde dann endgültig entscheiden!

Am Tage dieses meines ersten (und alles entscheidenden) Besuchs bei Nevins Familie entstand eine bemerkenswerte Konstellation:

Am Steuer meines Autos saß ich, der nur aus Erzählungen bekannte fremde Mann aus Deutschland, der Nevins Lehrer an der PH war und jetzt seine Studentin zur Ehefrau nehmen wollte.

Neben mir saß Nevins Vater. Ihn und seine Frau sollte (und wollte) ich um die Hand ihrer Tochter und um ihre Zustimmung zu einer Ehe Nevins mit mir bitten. Rechts hinter ihm war Nevins Platz. Sie dolmetschte zwischen uns auf dieser Fahrt ins Ungewisse, bei der das Ende nicht abzusehen war.

Wir kamen heil in Istanbul an und wurden von Nevins Mutter und Nuran, Nevins älterer Schwester, freudig und erwartungsvoll, wenn auch mit Zurückhaltung begrüßt. Beim Essen legten wir unsere erste Scheu voreinander ein wenig ab. Danach wurden sorgfältig die Gesichtspunkte ein letztes Mal erwogen, die über Nevins und meine Zukunft, über ein Ja oder Nein der Eltern und Familie entscheiden sollten.

Noch einmal versicherte ich, dass ich meinen Eheantrag ernst meinte, wir beide, Nevin und ich, unserer Sache ganz sicher waren und Nevin und ich alles tun würden, um zum Glück aller in unseren Familien beizutragen. Und feierlich gelobte ich Nevins Mutter auf ihren eigens und ganz dringlich geäußerten Wunsch hin, jedes Jahr mit Nevin die Eltern in der Türkei besuchen zu wollen. Wir haben dieses Versprechen getreulich und sehr gerne eingehalten!

Und dann kam der kritische Moment. Das schreibt sich mal eben so leicht dahin: der kritische Moment! Wie angespannt waren wir … alle! Auf welchen Weg hatten sich Nevin und ich begeben! Konnte sich die Familie Kiper darauf einlassen, ihre Tochter an mich, den sie doch vorher noch nie gesehen hatten und nicht kannten, so schnell wegzugeben? Für uns alle entschied *dieses* Gespräch über unser aller weitere Lebensgeschichte! Und zu alle dem noch welch kuriose Situation:

Weil meine Türkischkenntnisse damals dazu nicht genügten, bat ich Vater und Mutter auf Deutsch um die Hand ihrer Tochter. Nevin übersetzte für mich – überzeugend! Alles Wenn und Aber, Ob oder Ob-Nicht wurde noch ein letztes Mal bedacht, auf der Waage des Gewissens abgewogen. Nevins Mutter wurde von Nuran zu einem Ja zu dieser Verbindung ermutigt. Sie erinnerte Mahire daran, dass Nevin höchstwahrscheinlich den Tod gefunden hätte, wenn Bay Lutz sie nicht gerettet hätte. Allah hätte ihn geschickt! Hellmut habe sich dieses Einverständnis zur Ehe mit ihrer Schwester Nevin quasi verdient!

Und dann kam auch ein paar tiefe Atemzüge später das erlösende Ja.

Nevins Eltern stimmten der Bitte von uns beiden zu dieser Ehe gerne zu, und so wurde ich als willkommener Schwiegersohn herzlich aufgenommen in den Schoß der Familie. Welch glücklicher Tag für uns alle!

Nachdem wir diesen großen, mit so viel Erwartung und Hoffnung erfüllten Schritt in unsere gemeinsame Zukunft so gutgetan hatten, stellten wir uns die Erledigung des Rests der bürokratischen Vorgänge als ziemlich leicht vor.

Von wegen! Es erwies sich bald als eine unerwartet schwierige Angelegenheit.

Nevin fühlte sich in der Türkei, insbesondere in Ankara, seit Mai so bedroht, dass sie dort auf keinen Fall mehr bleiben wollte. Sie drängte darauf, nach Deutschland zu gehen. Ihre Furcht war durchaus berechtigt. Es gab – um es mal bewusst untertrieben auszudrücken – von der Seite jenes „jungen Mannes" und seiner Eltern aus nach wie vor starke Bestrebungen, Nevin am Ende doch noch zur Schwiegertochter zu machen. Vor allem materielle Anreize (etwa eine Tankstelle an der Fernstraße Ankara-Istanbul) sollten dazu beitragen, Nevin für ihn als Frau zu gewinnen – den jungen Mann, der sie hatte töten wollen! In der Hacettepe Klinik hatte man sein Leben retten können. Er befand sich – dank einflussreicher Leute an juristisch entscheidenden Stellen – in Ankara ohne Strafe für seinen mörderischen Anschlag auf freiem Fuß. Somit war er wieder eine echte Bedrohung!

Was musste am dringlichsten vor dem Umzug nach Deutschland getan werden? In Ankara musste der Mietvertrag gekündigt werden. Über die Botschaft musste ich eine vorzeitige Beendigung meines Arbeitsverhältnisses an der PH in Ankara und die Wiederbeschäftigung in NRW einleiten sowie den Transport unseres Hausrats vorbereiten. Zugleich musste die weiterlaufende Rechtmäßigkeit meines für die Türkei gültigen Aufenthaltsstatus bestätigt werden. Bei der Türkischen Nationalbank waren schon lange für mich fällige Gehaltszahlungen noch einzufordern. Zudem galt es, für Nevin etwa 5.000 DM als Ablösesumme einzuzahlen, so dass sie an der Pädagogischen Hochschule in Ankara vorzeitig ihre Ausbildung abbrechen konnte. Eine Teilverpflichtung ihres Stipendiums war gewesen, nach ihrem Studium ein paar Jahre in der Osttürkei als Lehrerin diesen staatlichen Kredit abzuarbeiten.

In Istanbul gab es für uns eine Riesenmenge von Dingen zu klären. Eigentlich hätten wir gemäß Gesetz in Ankara, dem Wohnsitz des Ehemanns, heiraten müssen. Da Nevins ganze Familie in Istanbul wohnte, setzten wir nach erheblichem Hin und Her das Standesamt in Kadıköy durch. Von der Antragstellung bis zur Genehmigung eines Eheaufgebots musste man im Normalfall mehrere Wochen, gar Monate rechnen. Um einen Termin für eine „Blitzheirat" zu erhalten, wurde – dank entsprechend hilfreicher Beziehungen – der „todkranken" Braut Nevin offiziell und amtlich bescheinigt, sie dürfe sich vor ihrem bald zu erwartenden Ableben ihren letzten Wunsch erfüllen und eine Ehe eingehen.

Als Ausländer mit deutschem Pass wurde mir, dem zukünftigen Ehemann, auferlegt, mich im Deutschen Krankenhaus in Istanbul auf Geschlechtskrankheiten und meine Ehefähigkeit hin untersuchen zu lassen. Nachdem ich die Zunge herausgestreckt und ein Holzstäbchen mit etwas Spucke zur Verfügung gestellt hatte, wurden ehewidrige Befunde nicht festgestellt. Anschließend bezahlte ich gewinnend (oder als Gewinner) lächelnd die auch hier fälligen Verwaltungsgebühren. Damit waren alle zur Eheschließung notwendigen Tauglichkeits- und Tüchtigkeitserweise erbracht, und ich erhielt die Bescheinigungen darüber ausgehändigt.

Von anderen bürokratischen, lebenserschwerenden, aber immer der Sache, das heißt der Heirat, dienenden Erfindungen soll hier weiter nicht die Rede sein. Ich will nur noch schnell erzählen, dass man mich auf einem Amt in Ankara in einer Rubrik auf einem offiziellen Papier zum Christen machte, weil außer dem moslemischen, jüdischen oder christlichen kein anderes religiöses Bekenntnis vorgesehen war. Es war einfach amtlich nicht vorstellbar und gesetzlich nicht statthaft, statt eines religiösen Bekenntnisses „nur" eine Weltanschauung zu haben oder etwa diese Stelle auf dem Papier offen zu lassen. Ich spielte schließlich die mir verordnete Rolle mit, weil ich inzwischen kapiert hatte, dass – um mit Bertolt Brecht zu sprechen – „der wichtigste Teil am Menschen der Pass" ist (mit Stempel und Unterschrift).

Jedenfalls veränderte unsere Aktenmappe jeden Tag ihren Umfang, ihre Farbe und ihr Gewicht, kamen täglich neue Papiere zu den alten hinzu, lernten wir neue Amtsstuben kennen und sahen wir beinahe stündlich Gesichter von anderen heiratswilligen LeidensgenossInnen, für die es noch viel beschwerlicher und umständlicher war als für uns, von Amt zu Amt zu hetzen, treppauf treppab zu laufen, Gebühr nach Gebühr zu zahlen, Steuermarke um Steuermarke zu erwerben sowie Stempel auf Stempel zu ergattern, eine Unterschrift und noch 'ne Unterschrift zu bekommen, Schrittchen für Schrittchen vorwärts zu tun und dem ersehnten Ziel langsam, ganz langsam, aber doch sicher näher und näher zu kommen. Uff – das war ein langer Satz!!! Aaaber soooo langwiiierig und schwiiierig war das Vereeehelichen daaamals!

Wir hatten wenigstens ein Auto, mit dem wir von Amtsstelle zu Amtsstelle, mit der Fähre zwischen den asiatischen und europäischen Stadtteilen, zwischen Istanbul und Ankara hin- und herjagen konnten. Schnellbusse und die Marmaray (U-Bahn) gab es damals noch nicht, und Fahren mit dem Taxi oder Dolmuş (Sammeltaxi) dauerte ewig lang und war umständlich.

Für den Zeitaufwand und die Mühen, die wir hinnehmen mussten,. winkte der freudige Stand der Ehe am Horizont! Ich, geübte Rheinländer, ertrug dieses Übel tagsüber mit der Erkenntnis: „Ät jitt keyn jrößer leyd alls watt de mensch sich sélefs andeyt." und belohnte mich am Abend mit der befriedigenden Feststellung: „Esúu, dat hätte mer jezz óoch jeschafft!"

Der leckerste Kirschsaft meines Lebens!

Inzwischen waren gut sieben Wochen seit jenem bewegten Vormittag im Gazi ins Land gezogen. Am 23. Juni 1973, einem Samstag, waren wir, Nevin, Nuran und ich, zum Großen Basar, dem Kapalı Çarşı von Istanbul gefahren, um uns ein wenig zu erholen von der Rennerei der vergangenen Tage und Wochen. Vor allem aber wollten wir die antiken Achat-Siegel-Ringe abholen, die wir uns aus Anlass und zur Bestätigung unserer Verbindung bestellt hatten. Fertig lagen sie da und warteten auf uns!

Wir nahmen die rot-golden glänzenden Prachtstücke in einem Kästchen mit nach draußen und bestellten uns an einem Imbissbude drei große Becher herrlich-frischen Schattenmorellenkirschsaft. Und dann konnten wir der Versuchung nicht widerstehen: Wir öffneten den kleinen Kasten wieder und nahmen die Ringe heraus. Im Licht der Sonne leuchteten sie noch einmal ganz anders – natürlich viel schöner und intensiver! Wir waren richtig kribbelig! Irgend etwas in uns flüsterte uns zu: „Hallo, ihr zwei! Wie viele Wochen wollt ihr denn noch warten? Na los, verlobt euch doch endlich!" Und wir steckten uns, mit Nuran als überraschter Zeugin, glücklich die Ringe an die Finger. Auf dem weiten Beyazıt-Platz geschah das, ganz nah am Beyazıttor zum Großen Bazar inmitten von hunderten von eilig hastenden Erwachsenen und schwitzenden, schwer beladenen Lastenträgern (hamals), Maiskolbenröstern und Mandelverkäufern, Studierenden der Istanbul Üniversitesi und Touristen aus aller Welt, Zeitungsständen und mobilen Eisbuden, Wasseranbietern und fliegenden Händlern, blitzschnell herumschwirrenden Schwalben und unzähligen Tauben, die flatternd, gurrend oder eifrig mit ihren Köpfen nickend darauf warteten, gefüttert zu werden!

Das hätten wir uns eine halbe Stunde früher selbst nicht träumen lassen! Zum Abendessen waren wir drei wieder pünktlich zu Hause in Erenköy. Nevins Eltern waren einigermaßen erstaunt, als Nuran ihr Geheimnis nicht länger bei sich behalten konnte und uns beide als das frisch verlobte Paar vorstellte ...

Schinéll schämmen!!!

Nerede o güzel günler? – Wo nur sind sie geblieben, diese schönen Tage?

An einem der letzten Tage im Juni 1973 kamen, wie verabredet, mein Bruder Jochen und seine Verlobte Jutta sowie Udo und seine Freundin nach Istanbul. Nevin und ich fuhren von Erenköy rüber auf die europäische Seite und trafen uns mit den Vieren auf dem Campingplatz an der Florya Uferstraße. Da saßen wir dann inmitten all der Zelte und Menschen und machten uns einen lustigen Tag.

Leider musste Nevin aber schon mit Anbruch der Dunkelheit über den Bosporus nach Hause fahren, denn, obwohl Nevin und ich schon verlobt waren, hätte es sich nicht gehört, dass sie ohne Aufsicht die Nacht mit uns verbracht hätte.

Am nächsten Tag fuhren wir fünf (Nevin durfte als nur Verlobte bedauerlicherweise nicht mitkommen) quer durch die Türkei bis Side und schlugen unsere Zelte in der Nähe dieser schönen altgriechischen Stadt im Soğanlı Kampı (Zwiebelfeld) auf. Dieser Campingplatz lag in einem lichten, mit großen Pinien bestandenen Waldstück nicht weit vom Mittelmeer. Um uns herum sahen wir viele Autos mit deutschen Nummernschildern. Es gab aber keine deutschen Touristen!

Nachdem wir uns häuslich niedergelassen hatten, war für uns eine Bade- und Verschnaufpause angesagt, und so zogen wir uns in unsere Zelte oder Eckchen zurück.

Jochen und Jutta machten es sich etwas abseits hinter einer dicken Pinie bequem und genossen wohlig die ersten Augenblicke der redlich verdienten Entspannung, als sie plötzlich beim „Schnäbeln" aufgeschreckt wurden. „Schinéll schämmen! Schinéll schämmen!" („Schämt euch ganz schnell!") ertönte da die aufgeregte, laute Stimme eines Mannes nicht weit von ihnen.

Die beiden hatten sich sozusagen der Lust des Küsschengebens hingegeben, ohne dabei an die allgegenwärtigen, neugierig-wachsamen, um das leibliche Wohl, den sittlichen Anstand und die öffentliche Tugendhaftigkeit, um persönliche Unversehrtheit und moralische Ehrenhaftigkeit besorgten männlichen Beschützer der Familien zu denken!

So etwas tat man doch nicht – jedenfalls nicht in den Ferien und in der Türkei, und schon gar nicht auf einem Campingplatz! Sich in der Öffentlichkeit küssen, und das am helllichten Tag – und dazu auch noch heimlich hinterm Busch! Nein! Nein! Wo kämen wir denn da hin?

Diesen schönen Platz im Pinienwald gibt es heute schon längst nicht mehr; er musste modernen Hotelanlagen weichen. Aber bis heute ist es unter uns Türkeiliebhabern ein geflügeltes Wort: „Schinéll schämmen! Schinéll schämmen!"

Kadıköy Evlenme İşleri Memurluğu – 31 Ağustos 1973
Standesamt Kadıköy – 31. August 1973

Heiratsurkunde Hellmut und Nevin

Nevin und Hellmut, Hochzeit, Istanbul-Kadıköy 31.8.73

Irgendwie war im August 1973 unser Sommersemester an der Deutschen Abteilung der PH zu Ende! Alles war für uns so völlig anders verlaufen, als wir je gedacht und geplant hatten! Zudem, alles war so schnell gekommen!

Wir bereiteten unsere Hochzeit vor und auch den Umzug nach Deutschland.

Am Freitagvormittag, dem 31. August 1973, fanden wir uns mit Nevins Eltern Yakup und Mahire Kiper, Ebeanne (Hebamme von Nevins Bruder Nejdet) und Nevins Cousin Suphi als Trauzeugen im Standesamt von Kadıköy (Stadtteil am Südostostufer des Bosporus) ein. Der Beamte hatte etwas Mühe, diese für ihn ein wenig ungewohnte „gemischte" Zeremonie sachgerecht zu vollziehen.

Aber schließlich und endlich hielten wir doch das kleine Heft, das hellgrüne Evlenme Cüzdanı (Heiratsurkunde) mit Unterschrift und Stempel in unseren Händen, auf der uns bescheinigt wurde, dass Nevin und ich ein Ehepaar (geworden) waren!

Ich glaube, wir alle haben da mal ganz tief und erleichtert Luft geholt.

Ob wir glücklich waren? Aber ja doch! Wie kann man so etwas an einem solchen Tag und einem solchen Ereignis überhaupt bezweifeln? Ja, wir waren sehr glücklich!

Wie auf den Fotos gut zu sehen ist, verzichteten wir an unserem Hochzeitstag auf den nagelneuen schwarzen Anzug ebenso wie auf das weiß-wallende Brautkleid mit langer Schleppe.

In Kartal, einem Stadtteil mit einem kleinen Fischereihafen südlich des asiatischen Teils von Istanbul am Marmarameer (heute längst ein großer Stadtteil der Metropole mit Industrieanlagen und Handelshafen) aßen wir mit Vater, Mutter, Nuran und Nejdet zu Abend – es gab natürlich wunderbaren, frischen Fisch!

Bei unserer Familie in Deutschland kam am 31. August 1973 folgendes Telegramm an:

„Eugen Lutz – Gut Pralinenhof – 5672 Leichlingen – Weir Haben Geheiratet – Eure Gelücklichen Nevin Helimit"
Da wird man auf dem Paulinenhof und anderen Orts sicher mächtig gestaunt haben!

Mal eben zum Paulinenhof

Es war sehr zeitaufwändig und umständlich, von der Türkei aus den Umzug nach Deutschland und den Übergang in den Schuldienst in NRW termingerecht und meinen Vorstellungen entsprechend in die Wege zu leiten.

Um alles besser vor Ort zu klären, fuhr ich am 27. Juli 1973 mit meinem 17m-Combi von Ankara aus los zum Paulinenhof, wo ich drei Tage später wohlbehalten eintraf. In den folgenden zwei Wochen konnte ich das Meiste für den Umzug im September regeln. Ich bekam beim Kultusministerium die Zusage, dass ich in Strümp-Meerbusch (einem Stadtteil von Düsseldorf) an einem Gymnasium im Entstehen (G.i.E.) unterrichten würde. Obwohl ich wusste, dass dort die Klassen alle 40+X Kinder stark waren, war mir das immer noch lieber, als in Wasum (bei Duisburg) arbeiten zu sollen. Das gesamte Ruhrgebiet war damals noch sehr belastet von den kaum gefilterten Abgasen der Stahlproduktion auf Kohlebasis. Deshalb lag mir viel daran, nicht in „einer solchen Gegend" arbeiten und wohnen zu müssen, wo die Luft eben nicht blau, sondern immer noch staubig und grau war. Die von Willy Brandt geführte SPD warb später im Wahlkampf für blaue Luft über dem Ruhrgebiet!

Am 15. August 1973 machte ich mich auf die Rückreise – am 16. August fuhr ich über den Loibl-Pass und war schon am Abend des 17. August 1973 wieder bei Nevin und Familie in Istanbul-Erenköy. Das war eine Rekordzeit; die Straßen waren um die Zeit Richtung Süden nicht stark belastet.

Diese Kleinigkeit mag hier am Rande interessieren: bis 1976 fuhr man ohne (!!!) Sicherheitsgurt!

Als Gepäck hatte ich für die türkische Verwandtschaft zwei Vega-Universum Fernsehgeräte, die ich mit Stempel und Unterschrift des Zolls von Edirne-Kapıkule einführen durfte! Ein „TV" war seinerzeit für die meisten in der Türkei noch ein absoluter Luxusartikel!

Genauso übrigens wie 47 Jahre später Toilettenpapierrollen hier! Ja, ja diese Rollen (nicht etwa die Covid-Erreger) mutierten in Deutschland im April/Mai 2020 während der ersten Welle der Corona-Pandemie zeitweise zur begehrten Mangelware! Es schien so, als könne man in diesem Frühjahr seinen Bedarf daran nicht mehr ausreichend decken. So wurde der Besitz des aufgerollten Massenartikels zum Ausdruck für Wohlbefinden und höchsten Luxus in schwierigen Zeiten! Im November 2020 war man auf die zweite Corona-Welle bestens vorbereitet: Fast jeder Deutsche verfügte über viele Kilometer aufgewickelten Papiers für den Notfall – Felix Germania! (Glückliches Deutschland!)

Eine Wild-West-Nacht in den Rila-Bergen

Die ersten drei Wochen im September gingen wie im Fluge vorbei, und dann war der Tag gekommen: Wir machten uns auf die Reise nach Deutschland! Sie sollte auch unsere Hochzeitsreise sein und daher nicht, wie sonst üblich, nur drei Tage dauern. Ich wollte Nevin die schönen Landschaften und Städte (des damaligen) Jugoslawiens zeigen und sie ein wenig von ihrer starken seelischen Belastung befreien.

Am Samstag, dem 24. September 1973, so sagen es Stempel in unseren Pässen, überquerten wir in Edirne / Kapıkule die türkische Grenze.

Gegen Abend erreichten wir in Bulgarien unser Tagesziel, einen Campingplatz mitten im Wald in den Rila-Bergen, nicht weit entfernt vom berühmten Rila-Kloster.

Wir hatten fest geplant, diese architektonisch und kulturgeschichtlich wunderschöne Anlage am nächsten Morgen zu besichtigen. Aber dann kam alles doch wieder ganz anders: Der Platz war gut belegt und es ging hoch her. Je später es am Abend wurde, desto lauter wurde es um uns, allen Campingplatzordnungen zum Trotz. Die Männer tranken Unmengen von Bier und Wein, saßen an offenen Feuern, grillten dicke Portionen Fleisch, füllten Schüsseln mit Krautsalat, klirrten mit den Gläsern und Flaschen und grölten Lieder – nicht schön, dafür aber laut. Sie redeten und lachten, lärmten und fluchten durcheinander, liefen und krochen überall im Unterholz herum und ballerten und knallten mit ihren Pistolen. Für die bulgarischen Campingfreunde war es eine wahnsinnig tolle Nacht im Walde, ein Fest ohne staatliche Vorschriften und Kontrollen, der reinste Wilde Westen mit rauchenden Colts und pfeifenden Kugeln, nur eben nicht im Monument Valley in Arizona, sondern im Rila-Gebirge. Für uns war das irrsinnige Treiben dort kaum noch auszuhalten. Wir empfanden es als eine für uns wirklich gefährliche Situation! An Schlafen war gar nicht zu denken; und was viel schlimmer war: Nevin fühlte sich durch die Nähe dieser Männer und ihr Brüllen, ihr Rumoren so nah am Zelt und ihr Gefuchtel mit den Revolvern unmittelbar bedroht! So taten wir die ganze Nacht kein Auge zu. Wie erlöst waren wir, als die Männer in ihren Zelten verschwunden waren und endlich der Sonntagmorgen zwischen den Bäumen graute!

Wir hatten nicht gewusst, dass der 22. September (1973 ein Donnerstag) der wichtige nationale Unabhängigkeits-Feiertag Bulgariens ist. Viele Leute hatten sich da wohl ein großzügig verlängertes Wochenende von Donnerstag (22.9.) bis Sonntag (25.9.) gegönnt und waren zum Feiern ins schöne Rila-Gebirge gefahren. Man konnte sich ja ab Montag (26.9.) zu Hause von den Strapazen des verlängerten Wochenendes erholen... Wir erlebten also ganz hautnah und echt, welch ungebremsten, wilden Spaß die Männer hatten in diesen Nachtstunden von Samstag auf Sonntag – ich blicke heute ohne Ärgerlichkeit zurück auf jenen lauten Abend ganz nah beim stillen Rila-Kloster.

Für Nevin gab es an diesem frühen Sonntagmorgen nur eins: keinen Klosterbesuch, kein andächtiges Betrachten der Ikonen und der anderen Jahrhunderte alten Kunstschätze, keine ästhetische Bewunderung der gesamten Anlage inmitten der Rila-Berge! Keinen Genuss der reinen Gebirgsluft! Wir hatten zu viel Unruhe und Bedrohung erlebt in dieser Nacht!

Es galt nur eine einzige Devise: Fort, fort von diesem unheimlichen Ort! Und das so schnell wie möglich! Also, das alles dauerte im ersten Morgengrauen nur wenige Minuten. Klamotten ins Auto packen, das Zelt abbauen und verstauen, unauffällig das kleine Geschäft erledigen, auf Waschen und Frühstück verzichten und verschwinden ... und schon waren wir unterwegs Richtung Serbien. Der Rheinländer an sich (also auch ich), seit zweitausend Jahren an widrige Umstände aller Art gewöhnt, ertrug die Lage, zwar „leischt resinjíert, doch júuten Muuts."

„Aa, bunlar Türkçe konuşuyor!"
„Na so was, die sprechen ja hier Türkisch!"

Unser Weg führte uns in westlicher Richtung durch Südserbien und über Skopje durch den nördlichen Teil Makedoniens nach Prizren im heutigen Staat Kosovo. (Damals galt dieses Land noch als ein Teil Serbiens.)

Heute ist Prizren eine Großstadt in der Region östlich von Albanien. Damals war es noch mehr oder weniger eine Mischung aus mittelmeerischer und orientalischer Kleinstadt. Wir parkten in einer Nebenstraße in der Stadtmitte vor einem kleinen Lebensmittelladen, um ein wenig einzukaufen. Wir versuchten uns beim Kaufen mit Deutsch, Englisch, Französisch und Gesten zu verständigen – vergebens!

Plötzlich zuckte Nevin zusammen! Hatte sie da nicht die Stimme Zeki Mürens gehört? (Er war in den 1970er-Jahren einer der beliebtesten Sänger der Türkei.) Doch – es war so! Sie kam aus dem hinteren Teil des Ladens. Nevin sprach den Verkäufer hinter der Theke auf Türkisch an und fragte vorsichtshalber noch, ob das die Stimme von Zeki Müren sei. Der Mann war erstaunt, dass wir Türkisch sprachen, und wir lachten plötzlich alle über die komische Situation. Vom einen Augenblick zum nächsten waren wir unter Menschen, mit denen wir uns wunderbar unterhalten konnten. In Skopje waren uns an etlichen Stellen schon die vielen Wörter türkischen Ursprungs auf Speisekarten, Reklamen, Straßenschildern und Warenbezeichnungen aufgefallen. Aber wir hatten überhaupt nicht damit gerechnet, dass wir uns so lange Zeit nach dem Ende der osmanischen Herrschaft in einem kleinen Obst- und Gemüseladen in Prizren mit dem Verkäufer auf Türkisch unterhalten konnten!

Dass man dort in Prizren aber damals noch so verbreitet Türkisch sprach, obwohl die regionalen Hauptsprachen längst Serbisch und Albanisch waren, erstaunte, erfreute und berührte uns damals sehr.

Gern denken wir an den Sonntag in Prizren im Jahr 1973 zurück, als wir so unverhofft auf Menschen trafen, die noch einen lebendigen Teil der osmanischen Geschichte Südosteuropas in sich trugen.

Die ungeheuren Spannungen, die damals schon im von Marschall Tito geführten Jugoslawien (Südslawien) herrschten, waren für uns noch nicht so offenbar. Für uns wurde aber im Verlauf der Reise doch deutlich, dass die nördlichen Landesteile (insbesondere Kroatien und Slowenien) in jeder Hinsicht weiter entwickelt waren. Daher blickten die südlichen Provinzen Jugoslawiens neidvoll auf ihre nördlichen Nachbarn.

Uns begegnete daher auf der Fahrt auch bisweilen ein von vielen Mythen schwer belastetes Wort: Amselfeld (kosovo polje). Dieser Landstrich ist seit Jahrhunderten schon von vielen Ethnien (wie z. B. Albanern, Griechen, Kroaten, Serben und Ungarn) bewohnt worden. Osmanische Truppen eroberten ihn in den Schlachten von 1389 und 1448. Erst 1878 endete die 430jährige osmanische Herrschaft und wurde Serbien unabhängig (auf Grund der Festlegungen des Berliner Kongresses). Das trügerische Bild des friedlichen Zusammenlebens von Völkern und Religionen zerbrach kurz nach dem Tod General Titos. Die mühsam überdeckten ethnischen, religiösen und historischen Rivalitäten brachen wieder auf und wuchsen sich unter den Bewohnern des ehemaligen Jugoslawiens zu Kriegen aus, die Tausende Menschenleben kosteten.

Nach dem Zusammenbruch des sogenannten Ostblocks und der Föderativen Republik Jugoslawien entstand 2006 u.a. die Republik Serbien, von der sich 2008 die Provinz Kosovo als eigenständige Republik Kosovo trennte. Nur mühsam können die KFOR-Truppen der UNO dort einen Frieden bewahren, zu dessen Erhaltung der Anbau des berühmten Amselfelder Rotweins leider auch nicht (mehr) viel beiträgt.

Der Zerfall Jugoslawiens in politisch selbständige Republiken begann 1991 und dauerte bis etwa 2008. Während des Bosnienkrieges von 1993 bis 1995 trieben die Armee der Serbischen Republik, die Polizei und paramilitärische Verbände unter der Führung von Ratko Mladic im Juli 1995 tausende von muslemischen Bosniaken systematisch zusammen und töteten über 8.000 von ihnen im sogenannten Massaker von Srebrenica. Niederländische Soldaten, die von der UNO zur Erhaltung des Friedens nach Bosnien geschickt worden waren, erwiesen sich den serbischen Truppen gegenüber in jeder Hinsicht weit unterlegen. Sie durften nicht eingreifen und mussten tatenlos und völlig ohnmächtig vor ihren Augen diesen Völkermord geschehen lassen, der die ganze Welt mit Entsetzen erfüllte.

Zwar wurden General Mladic und sechs weitere Männer, die Haupttäter, 2007 vom Internationalen Gerichtshof in Den Haag wegen Völkermordes schuldig gesprochen, aber Russland erkannte das Urteil lange nicht an. Seit Mitte 2021 gilt das Urteil "Lebenslängliche Haft" uneingeschränkt!

Im Gegensatz zu Jugoslawien, dessen Existenz 1991 aufhörte und (wieder) in einzelne Republiken zerfiel, feierte Deutschland am 3. Oktober 1990 seine Wiedervereinigung.

Das ersparte unserem Land aber nicht das Anwachsen von Fremdenhass und die Zunahme von rassistischen Untaten; im Gegenteil, sie wurden mehr!

Nur drei Jahre nach dem Fall der Mauer und der Wiedervereinigung Deutschlands erschütterten schwerste Verbrechen auch unser Land. 1992 starben im westdeutschen Mölln und im ostdeutschen Rostock-Lichtenhagen zugewanderte Menschen, 1993 in Solingen viele Mitglieder einer türkischen Familie durch die Hände von Neo-Nazi-Mördern.

2018 endete der sogenannte NSU-Prozess mit der Verurteilung von Beate Zschäpe zu lebenslänglicher Haft. Den Mördern des NSU (Nationalsozialistischer Untergrund) fielen neun Migranten und eine Polizistin zum Opfer. Die Gerichte konnten nur Beate Zschäpes habhaft werden, alle anderen Mitglieder des NSU begingen Selbstmord oder konnten (sollten ?) nicht entdeckt werden. Der aufwändige Prozess ließ viele Fragen offen. Vermutlich hat die Staatsraison, also das unmittelbare Interesse der Bundesregierung an der Nicht-Preisgabe von sogenannten Staatsgeheimnissen – insbesondere bezüglich der Rolle des Verfassugsschutzes und der Geheimdienste sowie deren V-Leute (Informanten und Spione) – eine vollständige Aufklärung der Verbrechen nicht zugelassen, um es einmal mit einer gewissen Zurückhaltung zu formulieren.

Durchs wilde Montenegro nach Dubrovnik

Unser Weg führte uns, frei nach Karl Mays Roman, nicht „Durchs wilde Kurdistan", sondern ins ebenso wilde Montenegro, in das eindrucksvolle Land der Schwarzen Berge.

Wir wären seinerzeit gerne von Prizren aus direkt über Shkodra nach Ulcinj an der Adriaküste gefahren. Aber damals war Albanien unter Enver Hoxhas Führung ein militärisch festungsartig verschlossenes Land. In seiner kommunistischen Ideologie war es total erstarrt – fast kein Mensch durfte dort ein- oder ausreisen. Wir hatten uns deswegen auch gar nicht um eine Durchreisegenehmigung bemüht, sondern nahmen den großartigen und so eindrucksvollen Umweg über Gjakova und Peja durch die Landschaften von Orjan und Lovcen (im heutigen Kosovo) und das Karsthochgebirge von Kolevi, Podgorica, Cetinj und Budva in Montenegro.

Wir umrundeten die (für uns damals und auch jetzt immer noch) atemberaubend schöne Bucht von Kotor. Heutzutage sind die hohen, grauen Felsflanken der Berge bestenfalls mit stacheligem Gebüsch, niedrigen sturmfesten Steineichen und den Pflanzen bewachsen, welche von den ewig hungrigen Ziegen am Leben gelassen werden. Wie grün und klimatisch angenehm muss es hier gewesen sein, ehe die Wälder dem Jahrhunderte dauernden Raubeinschlag zum Bau von Siedlungen und Schiffen zum Opfer fielen!

Schließlich erreichten wir Montagabend eines der Hauptziele entlang unserer Reiseroute: Dubrovnik in Kroatien. Wahrscheinlich verdankt die Stadt ihren heutigen Namen dem slawischen Wort dubrava, was etwa so viel wie mit Steineichen bewachsenes Land bedeutet und über die einstige slawische Siedlung an dieser Stelle viel vermuten lässt. Die historische Altstadt von Dubrovnik bot sich uns allerdings so gut wie ohne jeden Baum und Strauch entlang der Straßen dar. Die unaufdringliche, natürliche, farblich so vielfältige Harmonie des in den Straßenpflasterungen und Häuserwänden verbauten Kalkgesteins machte für uns vieles von diesem Verlust an Grün wett. (Am Rande bemerkt: Dieser Verzicht auf Bäume im Inneren der historischen Städte, also vor allem in ihren eng bebauten Ortskernen, ist ja – aus vielerlei wirklich guten Gründen – ebenso praktisch wie charakteristisch für die meisten Städte rund ums Mittelmeer.)

Bei einer reizenden älteren Dame fanden wir ein gemütliches Zimmer in einer kleinen, herrlich originell eingerichteten Pension direkt oberhalb der Stadtmauer. Unser Auto ließen wir natürlich vor der Tür unserer Bleibe stehen und machten uns zu Fuß auf den Weg in diese schon damals autofreie, sehr behutsam restaurierte architektonische Perle der Adria. (Da hat die Werbung mal Recht!) Wir bummelten den Stradun entlang, diese lange, von Läden und Wohnhäusern so schön gesäumte Straße mit ihrem Pflaster aus großen Kalksteinplatten, im Laufe vieler Hunderte von Jahren glänzend und glatt getreten von Millionen von Füßen. Er führte uns vom Hafen direkt zum Rektorenpalast aus der Zeit der Herrschaft Venedigs im Ragusa des 13./14. Jahrhunderts. (Vielleicht gaben Menschen aus dem sizilianischen Ragusa, die sich hier an der Adria einstmals ansiedelten, der Stadt für eine Zeitlang diesen Namen.) Gegenüber diesem Haus der Ratsherren überragte die barocke Kathedrale des

Stadtheiligen Sveti Vlaho (Sankt Blasius) die dicht an dicht stehenden Häuser der Altstadt. Während des Rundgangs hoch oben entlang der türmebewehrten, sehr imposanten, überall gut gepflegten Stadtmauer konnten wir gut nachempfinden, welch verlässlichen Schutz sie über viele Jahrhunderte ihren Bewohnern gegen Räuber und Eroberer geboten hatte. Im 15. Jahrhundert wurde Ragusa dennoch dem Osmanischen Reich einverleibt, blieb aber weiterhin bis auf den heutigen Tag eine blühende Hafen- und Handelsstadt.

Vom höchsten Punkt der Stadtmauer aus konnten wir einem herrlichen Untergang der Sonne im adriatischen Meer zuschauen. Es hatte etwas Märchenhaftes an sich, wie sich nach dem Verebben der Besucherwelle des Tages in der abendlichen Ruhe die Farben des Landes, des Himmels und des Wassers änderten. In der ruhigen Dünung des Meeres und der welligen Fläche der roten Ziegeldächer der Stadt gingen sie sanft und leise, fast unmerklich, ineinander über und verwandelten sich in einen warmen, nachtdunklen Blauton. Im leichten Wellengang des Hafens glitzerten, flirrten und flimmerten die unzähligen Lichter der Stadt. Sie hüpften gleichsam übers Wasser und erfüllten mit ihrem Leuchten die Neumond-Schwärze der Nacht hoch über den Booten in der großen Bucht.

Split – Abendplausch im Kaiserpalast

Wir waren am Nachmittag (27.9.) von Dubrovnik her in Split angekommen und hatten unseren Wagen in einer ruhigen Seitenstraße im Stadtteil Riva, dem weiten Hafengelände der Bucht von Split, abgestellt. Die breite, mit hohen Palmen prachtvoll gesäumte Uferpromenade beeindruckte uns mächtig. Erst auf einen genaueren zweiten Blick hin wurde uns klar, an welchem historisch enorm bedeutsamen Ort wir uns befanden: nämlich unmittelbar vor der südlichen Mauer des Diokletian-Palastes. Kaiser Diokletian, der aus Dalmatien stammte, ließ sich an dieser Stelle der Bucht einen großen Altersruhesitz errichten. Die Südmauer wurde seinerzeit direkt am Ufer des Meeres erbaut. Erst in späteren Jahrhunderten gewann man durch Aufschüttung das Gelände, welches heute einen bedeutenden Teil der Promenaden-, Park- und Erholungsanlagen Splits darstellt.

Diokletian regierte von 285 bis 305. Dann verzichtete er als einziger Herrscher der römischen Geschichte noch zu seinen Lebzeiten auf seine Kaiserwürde, nicht aber auf seine Macht und seinen Reichtum. Er starb 313 in Split. Der Teil des Palastes, den Diokletian als sein Mausoleum bestimmt hatte, wurde im 7. Jahrhundert zu einer Kathedrale umgebaut. Ihr Turm aus dem 13. Jahrhundert überragt den gewaltigen Palast. Ausgerechnet dieses Mausoleum, das sich Diokletian, einer der schärfsten Verfolger des jungen Christentums Ende des 3. Jahrhunderts, bauen ließ, birgt als Kirche die Gebeine des Heiligen Domnius (Sveti Dujam) und des Heiligen Anastasius (Sveti Staz), die für ihren christlichen Glauben starben.

Während Nevin und ich im beginnenden Abendlicht über die Flaniermeile schlenderten, erschienen, je später es wurde, desto mehr Menschen in den Straßen rund um den Palast. Viele von ihnen schienen direkt von der Arbeit zum Spazieren hierher zu kommen. Viele andere, so hatten wir den Eindruck, kamen zur Promenade, um speziell in den Fisch-, Lebensmittel- und Weinläden und bei den Händlern auf den Booten, die im Hafen lagen, einzukaufen.

Nach unserer Beobachtung eilten aber längst nicht alle Leute nach ihrem Bummel oder Einkauf nach Hause. Vielmehr lenkten sie ihre Schritte durch verschiedene Eingänge in das Innere des großen Gebäudes. Wir folgten den Leuten, ahnten aber nicht, was uns erwartete! Nach wenigen Schritten gelangten wir in eine Welt, die uns den Atem verschlug: Wir hatten das sogenannte Peristyl des einstigen Kaiserpalastes betreten!. Was hatte uns dort den Atem geraubt und ließ uns ungläubig-verstört umherblicken? Nein, es war nicht die Größe oder Schönheit der antiken Mauern! Es war einfach die schiere Menge von Leuten – hunderte von Menschen! Unzählig viele standen in kleinen oder größeren Gruppierungen; zu zweit, zu dritt, zu mehreren an runden, hohen Stehtischen. Sie hielten eine Bierflasche oder ein Weinglas, eine Zigarette oder eine Kaffeetasse in der Hand und sprachen miteinander, leise oder laut, eindringlich-knapp dem Gegenüber zugewandt oder mit großem Gestus um Aufmerksamkeit bemüht bei allen Umstehenden. Die Vielzahl der gleichzeitigen Gespräche erfüllte den ganzen großen Hof mit einem dumpf brausenden Grundton, dem dröhnenden Basso continuo einer großen Orgel ähnlich. Er schwoll beunruhigend an oder ab, waberte irgendwie geradezu durch die rauchige Luft und traf immer wieder anders unsere Ohren mit großer Intensität.

Wir waren uns anfangs nicht so ganz sicher, ob wir unter lauter friedlichen Menschen waren, die sich einfach mit einander wohl fühlten, ihren Feierabend bei einem Gläschen oder einer Zigarette genossen und denen es Erholung und Freude bereitete, ihre Gedanken mit ihren Nachbarn, wer immer das auch gerade sein mochte, auszutauschen. Wir sahen zwar, dass die Gesichter freundlich waren, die Menschen mit einander lachten, friedlich und entspannt zusammenstanden. Nevin und ich hatten noch nie eine solch große Anzahl von Menschen so lautstark und intensiv, so gestenreich und erregt, teilweise sogar (scheinbar) angriffslustig oder bedrohlich mit einander reden und diskutieren gehört. Wir hatten das Gefühl, die Gespräche könnten jeden Augenblick zu hitzigem, unkontrolliertem Geschrei werden, sogar in Tätlichkeiten oder handfesten Streit umschlagen. Wir waren uns in unseren Empfindungen nicht mehr sicher. Unterstellten wir in unserer Unerfahrenheit angesichts dieser Situation den Bürgern Splits böse Absichten? War es ein durch westliche Propaganda geprägtes Bild der Menschen des sogenannten Ostblocks, das bei uns durchschlug? Hatten wir den harmlosen Feierabendplausch der BürgerInnen Splits ungerechterweise missverstanden als bedrohliche Stimme des unzufriedenen Volkes im Lande Titos?

Welche Vorurteile überlagerten bei uns die in Wahrheit friedfertige Situation, die wir in unserer Voreingenommenheit so falsch eingeschätzt hatten?

Unser Fazit: Da gab's an diesem spätsommerlichen Septemberabend einfach eine Menge Leute, die sich freundschaftlich austauschten. Es war eben nicht eine von uns so empfundene angriffsbereite Masse, nicht der von uns befürchtete rebellische Mob, nicht die Plebejer, die sich da zusammenrotteten und gleich loszuschlagen drohten!

Wir hätten uns lediglich vergegenwärtigen sollen, dass wir uns hier in Split unter den lebensfrohen, mitteilsamen Menschen der Mittelmeerwelt bewegten! Jugoslawien, von 1945 bis 1980 mit starker Hand durch Tito regiert, wurde von anhaltenden ökonomischen Schwierigkeiten und ständigen politischen Unruhen nicht verschont. Trotzdem (vielleicht aber auch gerade deswegen) tat man auch an diesem Dienstagabend (ein Arbeitstag) das, was man schon seit vielen Jahrhunderten so in Split machte: Die BürgerInnen erholten sich friedlich, fröhlich und normal von des Tages Last und Frust beim üblichen Schwatz im kaiserlichen Palast in eben der großen Halle, die Kaiser Diokletian vor 1.700 Jahren seinem Volk hinterlassen hatte.

Es tat uns gut, unsere törichten Gedanken, die sich als klägliche Vorurteile erwiesen hatten, an diesem Abend noch auf den Müllhaufen werfen zu können.

Die Erinnerungen an diesen ungewöhnlichen und bedeutsamen Abend, diese befreiende und lehrreiche Erfahrung, die in unserem Unterbewusstsein ihren festen Platz gefunden hat, verdanken wir der schönen Stadt Split!

Hajoo mer Schwoobe kennet elles, bloos koi Hochdeitsch!

Auf unserer Fahrt gen Norden entlang der dalmatinischen Küste luden uns die hochragenden Karstlandschaften und wunderbaren Buchten an der Adria zum längeren Verweilen ein. Wir nahmen uns zu wenig Zeit, um den fast unwiderstehlichen Charme der reizvoll-uralten Städtchen Šibenik, Trogir und Zadar zu genießen. Im Rückblick wird deutlich, was wir in unserer Eile versäumten und um was wir uns damals selber emotional betrogen mit dem Gedanken, später nochmal eigens für längere Zeit in diese Gegend Dalmatiens zu fahren. Groß war auch unsere Neugier darauf, die Feriengebiete im nordkroatischen Istrien und in der slowenischen Kraina kennenzulernen, die für die ferienhungrigen Urlauber aus dem Norden Europas inzwischen verführerischer erschienen als die Strände Italiens oder Spaniens. (Auch dies Vergnügen hoben wir uns für die Zukunft auf.)

Der Weg führte uns weiter zu den malerischen Plitvizer Wasserfällen. In der Nähe der wundervollen, so phantastisch ausgeleuchteten Glitzerwelt der Tropfsteinhöhlen von Postonja machten wir Station am 28.9.1973.

Über Ljubljana und den herrlich kurvigen, steilen Loibl-Pass mit seinen grandiosen Aussichten über die Karawanken erreichten wir Österreich. Aber – je mehr das wundervolle Land alle Verführungskunst einsetzte, um uns für mehr Tage in seinen Grenzen zu halten, desto mehr drängte uns trotz all dieser Schönheiten eine innere Stimme dazu, möglichst bald Deutschland zu erreichen.

Eigentlich hätte Nevin in den Sommerferien 1973 an einem Sommerkurs des Goethe-Instituts in München teilnehmen sollen. Nach der Schießerei im Gazi wurde Nevin aber mit zwei Strafen belegt: Für eine Woche wurde ihr die Teilnahme an den Lehrveranstaltungen der Deutschen Abteilung verboten. Zudem wurde sie von der Liste der TeilnehmerInnen des Sommerkurses gestrichen, ohne ihr das mitzuteilen.

Diese Reaktion auf besagtes Ereignis und seine Beurteilung war für uns deutsche Kollegen nur schwer verständlich, weil es einer Verurteilung zu empfindlichen Strafen gleichkam in einem Fall ohne Verfahren. Wir mögen uns selbst ein Urteil bilden darüber, welche Rolle man ziemlich allgemein (das waren vor allem Männer, aber auch Frauen) im Ankara jener Tage der Frau zudachte und welche Bedeutung man der Gleichberechtigung, der Emanzipation (trotz vieler gegenteiliger Behauptungen), wirklich zumaß.

Dieses Kapitel des Buches entstand am 8. März 2021, dem Welttag der Frauen. Am 21. März 2021 musste ich folgenden Nachtrag verfassen: Gestern, in den Nachtstunden des 20. März 2021, ließ Präsident Erdoğan im Staatsanzeiger veröffentlichen, die Türkei trete von der „Istanbul Konvention" zurück. Er selbst hatte 2011 an der Erstellung dieses Vertrages mitgewirkt und ihn als einer der ersten Vertragspartner unterzeichnet. Seit 2014 ist die Konvention in Kraft und soll dazu beitragen, verbindliche Regeln und Rechte zum Schutz der Frauen in aller Welt durchzusetzen. 45 Länder bekennen sich bisher zu diesem Vertrag.

Um es diplomatisch auszudrücken: Entwicklungen in der Türkei seit dem Jahr 2020 legen nahe, dass grundsätzliche Änderungen im Sinne einer umfassenderen, gerechten Verwirklichung der menschlichen Grundrechte von den jetzt die Türkei Regierenden nicht beabsichtigt werden. Die Rolle und die Rechte der Frauen in der Gesellschaft werden immer einschränkender und enger festgelegt. Es gibt, so gesehen, seit 1970 in diesem Land – wie mit großem Bedauern gesagt werden muss – keinen Fortschritt, sondern eine sehr beunruhigende Zurückdrängung nahezu aller emanzipatorischen Bestrebungen für Frauen.

Wir befanden uns also in der letzten Woche des Septembers 1973 auf unserer großen Reise in das Land, das Nevin nur vom Hörensagen kannte. Es war der Aufbruch in eines der größten Abenteuer unseres Lebens, das da entlang der dalmatinischen Küste Gestalt annahm.

Wir beendeten am Donnerstag die erste sechstägige Etappe

des Übergangs von der Türkei nach Deutschland. Wir langten am 29.9. ohne jeden Kratzer in Ulm an. Onkel Walter, Eugens jüngerer Bruder, und Tante Georgine Lutz in der Steinhövelstraße 18 waren nicht schlecht erstaunt, uns zu sehen! Wir hatten unser Kommen bei ihnen nicht angemeldet. In Istanbul waren wir zuvor so sehr mit den Vorbereitungen unserer Reise beschäftigt gewesen, dass wir nicht auch noch auf den Tag genau die Etappen festgelegt hatten. Es kam uns aber auch auf unserer Hochzeitsreise, da wird man mir zustimmen, auf ein, zwei Tage mehr oder weniger nicht an. Und anrufen – wie wir wissen, war das in jener Zeit noch sehr umständlich, vor allem bei Auslandsgesprächen. Mal eben sich über das Handy oder e-mail zu melden, war noch nicht drin! Weder waren damals die Geräte noch die Wörter für diese Art von Kommunikation erfunden! (Wie schön man an den englischen, erst recht aber an den denglischen Wörtern wie etwa Handy und Smartphone, App und Podcast oder surfen und hosten den gewaltigen Fortschritt der Zivilisation – zumindest den sprachlichen – festmachen kann!)

So standen wir also mitten in der Woche einfach vor ihrer Tür, mit schlechtem Gewissen, dass wir ohne Ankündigung erschienen waren, mit frohem Herzen, dass wir die Anreise bis dahin glücklich geschafft hatten.

Alles in allem war es aber viel, viel mehr als nur eine heile Ankunft. Für Nevin bedeutete es den Eintritt in ein fremdes Land, das für sie eine neue Heimat werden sollte. Für mich war es wie die Rückkehr in die alte Heimat, in die Sprache und die Erinnerungen meiner Kindheit in den Jahren 1944/45.

Tante Georgine und Onkel Walter hießen uns mit aller Herzlichkeit willkommen und ließen es sich sehr angelegen sein, dass wir uns wohl fühlten.

Für Nevin und mich begann in Ulm unversehens eine erste Probe auf uns selbst. Das war tatsächlich mehr oder weniger so, weil Tante Georgine und Onkel Walter sich mit uns in ihrem doch deutlich schwäbisch gefärbten Alltagsdeutsch unterhielten. Sie waren sich natürlich dessen nicht bewusst, dass die forsche, selbstbewusste und nur scheinbar bescheidene Formulierung Hajó, mer Schwóobe kénnet élles, blóos koi Hochdéitsch. (Wir Schwaben können alles, nur kein Hochdeutsch) eine besondere Herausforderung für Nevin bedeutete.

Sie empfand unsere Situation völlig anders als ich. Sie war zum ersten Mal in ihrem Leben ohne jede Vorbereitung gefordert, die durch Dialekt gefärbte, für sie noch nicht vertraute deutsche Sprache zu verstehen und sich an der Unterhaltung zu beteiligen, ohne richtig mitzubekommen, um was es ging. Sie hielt sich gut! Aber am Abend, als wir auf unserem Zimmer waren, brach sich ihr Frust, ihr Ärger, ihre Enttäuschung Bahn. Schwäbisches Deutsch hatte sie natürlich im Gazi nie gehört (Wir deutschen Kollegen hatten höchstens einen ganz leichten Dialekt-Zungenschlag.) Sie war total aufgelöst und mit Zweifeln an ihrem Selbstbewusstsein geplagt. Sie verstand so wenig und fragte sich, was sie in Ankara gelernt hatte und was wir deutschen Lehrer, was speziell ‚ich' den Studierenden eigentlich beigebracht hatten.

In dieser Nacht jedenfalls konnte ich sie nicht davon abbringen zu glauben, sie habe in Ankara entweder überhaupt nichts gelernt oder aber sie sei in eine große Falle getappt – und ich sei der Bärenjäger gewesen!

Nevin und ich gingen in Ulm auch auf einen Innenstadtbummel. Ich wollte ihr einen ersten Eindruck von dem Ulm vermitteln, das mir von meiner Jugend her vertraut war und mir auch heute noch sehr viel bedeutet.

Auch bei dieser Gelegenheit überraschte mich Nevins Verhalten. An den Kreuzungen, wo der Auto- und der Fußgängerverkehr durch Ampeln geregelt wurde, empfand sie die Phasen, die man für die Fußgänger geschaltet hatte, als viel zu kurz. Alte oder behinderte Menschen, überhaupt Leute, die nur langsam gehen konnten oder Frauen mit Kinderwagen, schafften kaum die Hälfte des Überwegs bei „Grün". Nevin konnte nicht verstehen, warum alles so viel schneller als in Istanbul oder Ankara gehen musste. Der erste Spaziergang mit Nevin in Ulm hatte mich auf emotionale Probleme, auf seelische Konflikte, auf praktische Schwierigkeiten des Alltagslebens aufmerksam gemacht, denen ich bis dahin zu wenig Aufmerksamkeit geschenkt hatte. Welche täglichen Anforderungen – neben unzähligen anderen, von denen wir hier nicht sprechen wollen – mussten seinerzeit die Menschen aus Anatolien meistern, die per Anwerbung ohne große Umwege nach Deutschland kamen und sich hier nach geschriebenen Gesetzen und ungeschriebenen Regeln im Straßenverkehr richtig zu verhalten hatten!

WURZELN SCHLAGEN
DEUTSCHLAND

Kaarst 1973–1975

Am Samstag, dem 24. September 1973 waren Nevin und ich von Istanbul losgefahren. Genauer gesagt, wir hatten die Türkei zurückgelassen, ich etwas früher, als ich mir 1971 noch vorgestellt hatte, Nevin auf immer (das soll nicht pathetisch klingen), weil wir beide uns ja entschieden hatten, auf Dauer in Deutschland wohnen und arbeiten zu wollen. Unsere Lieben hatten uns mit weinenden und lachenden Augen gehen sehen; weinend wegen des Abschiedsschmerzes, lachend, weil wir (vor allem Nevins Mutter Mahire) versprochen hatten, jedes Jahr zu Besuch zu kommen.

Bei unseren lieben Verwandten Onkel Walter und Tante Georgine hatten wir uns ein, zwei Tage von der langen Autofahrt erholen und uns an Deutschland gewöhnen dürfen.

Am Samstag, dem 1. Oktober 1973, kamen Nevin und ich auf dem elterlichen „Paulinenhof" an. Wir durften im ersten Stock des Wohnhauses das vordere Zimmer mit Blick auf die Hofeinfahrt beziehen. Das sagt sich so einfach – wir durften das Zimmer beziehen. Es bedeutete so viel Neues!

Vom einen Tag auf den nächsten war die Familie auf dem Hof um zwei Menschen gewachsen!

Den einen kannte man ja... Aber wie würde Nevin, die junge Schwiegertochter aus der Türkei, die man ja noch gar nicht zu Gesicht bekommen hatte, aufgenommen werden von den Eltern und den Geschwistern? Zu unser aller Glück, zu meiner tiefen Beruhigung und zu Nevins größter Freude und Erleichterung gewann sie als neues Mitglied unserer Familie deren Herzen im Nu. Die Anpassung aneinander und die Gewöhnung an den Arbeits- und Lebensrhythmus auf dem Hof gelang uns in kurzer Zeit.

Ich gebe hier gern Nevin das Wort:

„Mutti und Vati haben mir sofort zu verstehen gegeben, dass ich herzlich willkommen war. Ich habe mich vom ersten Tag an angenommen gefühlt. Ich wollte, wenn Mutti ihre sehr schmackhaften Speisen zubereitete, immer helfen, fand mich aber dermaßen lahm und ungeübt sogar beim Kartoffelschälen, dass es lächerlich aussah. Mutti hatte schon den Topf voller geschälter Kartoffeln, und ich hatte gerade mal zwei fertig geschält! Erstens hatte ich bis dahin nie in meinem Leben Kartoffeln geschält, da ich zu Hause das jüngste der Kinder war und nie zum Helfen rangelassen wurde. Zweitens, als 15-Jährige wohnte ich schon bei meiner ältesten Schwester Nesrin und meinem Schwager Hüseyin in Eskişehir. Auch da gab's für mich kein Kartoffelschälen. Als ich etwa 17–18 Jahre alt war, studierte ich am Gazi in Ankara. Im Internat dort gab es auch keine Gelegenheit, geschweige denn die Notwendigkeit, Kartoffeln selber zu schälen! Außerdem aß man in der Türkei viel weniger Kartoffeln als in Deutschland. Alles andere war genauso! Es klappte nicht so richtig. Na ja, niemand sagte mir deswegen etwas, aber ich konnte es ja selber sehen. Schließlich kam die Vorweihnachtszeit. Es wurden Gänse auf dem Hof geschlachtet und zum Verkauf und für uns für Weihnachten vorbereitet. Da sah ich meine Chance! Ich bot mich an, die Weihnachtsgans für die Familie auszunehmen. Dies hatte ich schließlich bei meiner Mutter in der Osttürkei gesehen und gelernt. Sie hatte immer die Hühner und Puten geschlachtet, ausgenommen und wunderbares Essen für uns zubereitet. Da machte Mutti aber Augen, als sie mir dabei zusah! Ich fühlte mich doch wenigstens ein bisschen nützlich in diesem Haus.

Hellmut hatte mich sogar alleine dort gelassen, um den Umzug von Ankara nach Deutschland zu organisieren.

Leider gab es hier für uns in der ersten Zeit auch negative Erlebnisse.

Als Hellmut wieder bei uns war, begannen wir sofort mit der Wohnungssuche. Hellmut schickte mich zum Kiosk, um eine Zeitung mit vielen Wohnungsanzeigen zu kaufen. Er hatte mir auch den Satz vorformuliert, damit ich die richtige Zeitung brachte. Ich bat die Verkäuferin, mir eine Zeitung mit vielen Wohnungsanzeigen zu geben. Sie gab mir die Zeitung, ich bezahlte und ging zum Auto. Hellmut stellte aber fest, dass gerade der Anzeigenteil fehlte. Ich ging noch einmal zu der Verkäuferin und sagte das. Sie winkte mich mit ihrer Hand weg und sagte „gibt's nicht!". Ich ging weinend zu Hellmut. Als er zum Kiosk ging und sich beschwerte, gab es doch den Anzeigenteil! Ich konnte es nicht fassen, warum ich so unfreundlich behandelt wurde und war sehr irritiert und traurig."

Leider konnte ich Nevin diese unangenehmen Erfahrungen nicht ersparen. Sie musste im Lauf der Jahre einige derartige ausländerfeindliche Situationen erleben. Je flüssiger Nevin Deutsch sprechen lernte, desto besser konnte sie sich zur Wehr setzen. Leider war es so.

Diese schlimmen Erfahrungen bewirkten in uns beiden ein tiefes emotionales Verständnis für die Einwanderer (sie sind schon längst keine Gastarbeiter mehr!) und kamen uns in unserem Beruf sehr zu Gute.

Es dauerte ungefähr fünf Wochen, bis wir eine geeignete Wohnung gefunden hatten. So lange fuhr ich vom Paulinenhof aus nach Strümp. In Düsseldorf selbst und in den nahen Vororten konnten wir kein erschwingliches Angebot finden. So landeten wir schließlich laut Melderegister am 13. November 1973 im Elbinger Weg 3 in Kaarst (zwischen Neuss und Düsseldorf). Von dort aus war es nicht sonderlich lästig oder übermäßig zeitraubend, zur Arbeit zu fahren.

Nevin erzählt noch ein wenig:

„Wir hatten eine schöne Wohnung gefunden! Wie ich mich freute! Leider wartete ich jeden Tag auf Hellmut, da ich mich nicht traute, allein einkaufen zu gehen. Im Nachhinein kann ich sagen, dass ich durch das „Ereignis" (olay) leider traumatisiert war, und damals hatte man das nicht erkannt! Nicht einmal der Psychiater, zu dem wir gingen, konnte mir helfen und meinte, mit der Zeit und durch Beschäftigung und Ablenkung würde ich die Traumata vergessen. Hellmut seinerseits war durch den krassen Unterschied zwischen dem Unterricht als Dozent am Gazi und im Gymnasium in Strümp mit sehr vielen SchülerInnen in den Klassen und mit zwei Korrekturfächern sowohl kräftemäßig als auch zeitlich überfordert. Eine entspannte Zweisamkeit war, wenn überhaupt, nur kurz möglich. In der übrigen Zeit saß ich wie gelähmt und wartete und wartete auf meinen geliebten Mann ...

Nach ein paar Wochen klingelte jemand an der Tür. Zaghaft öffnete ich und sah nur zwei große, wunderschön blaue Augen einer Frau! Sie sagte, ihre Freundin habe erzählt, dass ein neuer Lehrer an der Schule ihres Mannes angekommen sei. Er habe eine junge

Türkin als Frau, die ganz allein zu Hause sitze, da sie hier niemanden kenne.

Ich hieß sie natürlich willkommen, und sie erzählte von ihrer Familie und fragte, ob wir sie mal besuchen wollten. Dankbar nahm ich die Einladung an und sagte, ich wolle mich melden, nachdem ich mit meinem Mann gesprochen hätte.

Durch Heidi, Dieter, Sohn Ralf und Tochter Karen hatten wir eine sehr nette, liebevolle Familie kennengelernt, die uns, besonders aber mir, das Leben in Deutschland erleichterte und liebenswert machte. Heidi nahm mich mit zu Volkshochschulkursen wie Ikebana, Ölmalerei und zu Ostern in der Gemeinde zum Basteln. Später ging ich sogar allein zum Schreibmaschinenkurs mit Zertifikat und gar – von Kindheit an mein Wunsch – zum Akkordeonkurs im nächsten Ort Korschenbroich. So verbrachte ich meine Tage voller Anregungen und mit neuen Bekanntschaften. Dieter und Heidi Ebeling halfen uns dankenswerter Weise von Anfang an mit ihrer freundschaftlichen Unterstützung und offenen, von Herzen kommenden Teilnahme sehr bei unserer Eingewöhnung in deutsche Verhältnisse. Wir sind mit Familie Ebeling immer noch in Freundschaft verbunden.

Zum ersten Mal waren wir Weihnachten auf dem Paulinenhof. Alle Geschwister und deren Familien mit Kindern hatten sich bei meinen Schwiegereltern versammelt. Es gab ein leckeres Süppchen vorne weg, dann knusprig gebratene Gans, Rotkohl, Kartoffeln, selbstgemachten Nachtisch, einfach super lecker! Es war ein neugieriges und nettes Kennenlernen mit allen aus der großen Lutz-Familie und aus der Kappus-Familie.

Und Silvester sollte besonders toll sein. Zu diesem besonderen Ereignis sollten wir auch unbedingt mitgehen, da Barbaras Bruder Uli dies in Solingen, im Bergischen Land veranstaltete. Siegfried hatte sich gerade mit Barbara zusammengetan. Das Silvesterfeiern, wie ich es bis dahin in dieser Form nicht kannte, geschah mit Kanonen und Knallern, mit allerlei furchtbar lautem Getöse, in der eisigen Kälte auf dem Lande. Es war nett bis Mitternacht, danach erlebte ich die Knallerei zur Begrüßung des neuen Jahres mit solcher Furcht, dass ich zitterte – ob vor Kälte oder Angst, war nicht ganz klar. Aber leider ist dieses Erlebnis bis heute wie ein Albtraum in mir geblieben. Am nächsten Tag besuchten wir den jüngsten

Bruder Jochen und seine Frau Jutta in Bonn. Jochen sollte von uns nachträglich Hochzeitsbilder machen. Wir konnten in Istanbul keine Hochzeit mit Brautkleid feiern, da wir ja ganz schnell das Land hatten verlassen müssen. Wir hatten uns aber schon in Şişli / Istanbul in einer schicken Boutique ein elfenbeinfarbenes Brautkleid und einen eleganten Anzug gekauft. Die Kleider zogen wir uns an und setzten uns vor einer angemessenen Kulisse in Pose. Auf den ersten Fotos waren wir ernsthaft, glücklich lächelnd, auf den späteren albern und ausgelassen. Wir hatten zusammen viel Spaß."

Unser Kind Tom Engin   1975

Nevin erzählt noch ein bisschen mehr aus dieser ersten Zeit in Deutschland.

„Unsere Liebe war so groß, dass wir uns unbedingt ein Kind wünschten. Als ich nach einigen Monaten merkte, dass ich schwanger sein könnte, fuhr ich mit dem Fahrrad zum Frauenarzt. Ich fühlte mich unterwegs plötzlich nicht gut. Obwohl ich beim Arzt über starke Bauchschmerzen klagte, musste ich trotzdem noch lange warten. Der Arzt stellte dann ziemlich unbeteiligt fest, dass ich gerade eine Fehlgeburt gehabt hatte. Er behandelte mich sehr distanziert und hatte kein tröstendes Wort für mich übrig. Hellmut durfte mich dort abholen! Wir waren beide sehr traurig über unseren Verlust! Ich kann bis heute nicht verstehen, dass ich trotz starker Schmerzen nicht vorgezogen wurde und dass der Arzt mich so gefühllos-dienstlich behandelte.

Es mussten einige heilende Monate vergehen, sowohl für die Seele als auch für meinen Körper. Ich hatte wegen der Schießerei in Ankara sehr stark abgenommen. Außerdem hatte ich Ängste entwickelt. Bei jedem kleinen Geräusch zuckte ich zusammen, da ich befürchtete, dass der Schütze seinen missglückten Anschlag vollenden wollte. Inzwischen hätte er erfahren können, dass wir geheiratet hatten und wo wir jetzt wohnten. Um unsere Spuren zu verwischen, hatten wir vorsichtshalber nicht einmal unseren engsten Freunden unsere Adresse hinterlassen. Auch darunter litt ich sehr.

Nur mit meiner Familie in der Türkei hatten wir durch Briefe engen Kontakt. Hellmut lernte fleißig Türkisch, da er jeden Brief genau verstehen wollte. Wir lasen und schrieben die Briefe zusammen, er lernte dabei Vokabeln und Grammatik von mir: ich entwickelte meine Deutschkenntnisse weiter.

Endlich war es soweit! Ich war wieder schwanger! Am 27. Januar 1975 brachte mich Hellmut vor seinem Unterricht ins Krankenhaus am Hasenberg in Neuss und bat den Arzt darum, bei der Entbindung dabei sein zu dürfen und rechtzeitig benachrichtigt zu werden, um schnell kommen zu können. Um 10:25 Uhr war es dann soweit! Wir hatten Namen für beide Geschlechter überlegt: Wenn es ein Mädchen wäre, sollte es Funda Milena, wenn es ein Junge wäre, Tom Engin heißen! Sowohl die Aussprache als auch die Bedeutung der Namen waren uns wichtig. („Engin" bedeutet „weit wie das Meer, grenzenlos, unendlich".)

Auch die Geburtsanzeige sollte etwas Besonderes sein! Daher schnitten wir aus verschieden gemustertem Papier die Umrisse beider Länder aus und klebten sie in der Form eines Kinderwagens zusammen. Das Foto unseres Sohnes setzten wir hinein. Diese Anzeige haben aber nur unsere beiden Familien von uns bekommen.

Unser Kind sollte in beiden Kulturen zu Hause sein. So sprachen wir mit ihm von Anfang an Türkisch. In den Sommerferien fuhren wir immer in die Türkei zu meinen Eltern und Geschwistern. Wie froh und glücklich meine Lieben und wir zusammen waren! Tom Engin war besonders mit seinem Dede (Opa) überglücklich! Die beiden hatten immer viel Spaß mit einander und verständigten sich natürlich auf Türkisch. Deutsch lernte Tom Engin ab dem 3. Lebensjahr ganz schnell durch die Begegnung mit Kindern deutscher Muttersprache und natürlich zu Hause von uns. Meine Eltern und Geschwister waren begeistert, dass Tom Engin Türkisch verstehen und sprechen konnte. Hellmuts Eltern hatten am Anfang Befürchtungen, dass ihr Enkelkind nicht Deutsch lernen und sich nicht mit ihnen verständigen könnte. Zum Glück brauchten sie nicht lange bangen. Sie erlebten mit Freude, wie schnell er Deutsch sprechen konnte.

Wir hätten gern noch ein Kind gehabt, leider hatte ich aber gleich zu Beginn der Schwangerschaft wieder eine Fehlgeburt. Daher beschloss ich, kein weiteres Kind mehr haben zu wollen, mein abgebrochenes Studium wieder aufzunehmen und meine Berufsausbildung abzuschließen. Das war die richtige Entscheidung damals, wie sich später herausstellte."

Tom Engins Geburtsanzeige, Neuss 25.1.1975

„Datt Tsijeunerkend"

Zwei, drei Tage nach der Geburt Tom Engins standen wir wieder einmal vor der großen Scheibe des Babyraums. Drinnen lagen, ordentlich Bettchen neben Bettchen, die neugeborenen Kinderchen. Einige der Winzlinge quakten so vor sich hin. Das konnten wir zwar nicht hören, aber gut an den vor Anstrengung roten Gesichtern und offenen Mündern ablesen. Andere Kinderkens (so hätte sie unser bergischer Opa Gustav genannt), ganz rosig-entspannt, schliefen da selig mit ihren klitzekleinen, geballten Fäustchen und waren's wohl auf Erden zufrieden. Ganz nah vor dem Schaufenster lag unser Liebling – wir erblickten einen kleinen, runden Kopf mit rosa Bäckchen und einem dichten Schopf schwarzer Haare. Das war uns schon recht so (später wurden die Haare dunkelblond).

Auch andere Leute kamen, um ihre Kinder zu besuchen. Eine ältere Dame, wohl eine Oma, stellte sich neben uns und sagte dann nach einem langen Blick auf unseren Tom Engin, das erste Kind in der Reihe ganz dicht am Fenster: „Wem hürt dann datt Tsijéunerkend?" („Wem gehört denn das Zigeunerkind?") Wir waren zwar einen Augenblick richtig verdattert, sagten dann aber doch laut und deutlich „Uns! Das ist unser Kind!" Die Dame guckte uns mit großen Augen an, drehte sich wortlos um – und weg war sie!

Dies Erlebnis hatten wir vor 47 Jahren! Worüber man sich damals noch gestritten hat, ist heute eindeutig entschieden: Deutschland ist längst ein Einwanderungsziel für Zehntausende von Menschen. Da kommen Fragen auf wie etwa diese: Hat sich unser Land im Umgang mit Migranten grundsätzlich gewandelt, sind sie inzwischen willkommen? Oder: Wenn ja, wo kann die Einstellung zu Menschen, die bei uns leben möchten, noch nachhaltig verbessert werden? Des Weiteren: Ist Einwanderung überhaupt nötig? Wird die überall sichtbare Veränderung unserer Gesellschaft durch die EinwanderInnen als Bereicherung empfunden? Und nicht zuletzt: Wenn Zuwanderung unerwünscht ist, woran liegt das?

Düsseldorf – Strümp, Gymnasium im Entstehen   1973–1975

Ich hatte seit meinen vorbereitenden Gesprächen in den Sommermonaten 1973 mit dem Kultusministerium von Nordrhein-Westfalen (NRW) gewusst, dass ich im Schuljahr 1973/74 ab Mitte Oktober in Meerbusch-Strümp (bei Düsseldorf) meine Arbeit am dortigen „Gymnasium im Entstehen" (G.i.E.) aufnehmen würde. Ich hatte aber keine genaue Vorstellung, was das in Wirklichkeit hieß. Dieser Schule hatte 1973 nur Klassen der Unter- und Mittelstufe. An diesem neuen Gymnasium gab es fast nur SchülerInnen aus sozio-ökonomisch relativ gut gestellten Kreisen. Ich kann mich nicht daran erinnern, dass wir an dieser Schule in dieser Gegend Düsseldorf viele gesellschaftlich benachteiligte und/oder ausländische Kinder mit geringen Sprachkenntnissen und/oder größeren Lernproblemen gehabt hätten.

Die Klassenstärke war theoretisch 40 ± 10 %, real 44 (!) SchülerInnen, denn die geburtenstarken Jahrgänge drängten in die Schulen. Klassen mit so vielen Kindern waren zwar nicht leicht zu unterrichten, aber man meisterte die Situation irgendwie in der Hoffnung auf bessere Zeiten. (In Ankara hatte ich bei Lehrproben unserer Studierenden Klassen mit 60 SchülerInnen erlebt!) Von praktischen Fortschritten in Lehr- und Lernmethoden konnte da aber am G.i.E. nicht die Rede sein – es herrschte der alte Zustand, der mich schon ab den 1960er-Jahren so unzufrieden mit dem System traditioneller gymnasialer Bildung gemacht hatte.

Die eigentliche und viel weitergehende Frustration ergab sich aber aus der damals in den Hauptfächern pro Halbjahr noch vorgeschriebenen hohen Zahl von acht (alle zwei Wochen eine) Klassenarbeiten. Für mich bedeutete das mit meinen Fächern Deutsch und Englisch ständige intensivste Vorbereitung für den Unterricht in fünf Klassen und das Korrigieren von buchstäblich Tausenden (!) von Klassenarbeiten (und ihren Berichtigungen). Zwangsläufige Folge war, dass ich täglich, selbst (eigentlich gerade) an den Wochenenden, bis in die Nächte Stoff vorbereiten und an den Klassenarbeiten sitzen musste. Ich fühlte mich (und war auch in der Tat) ausgebeutet – es gab für mich keine Erholung mehr von der Arbeit und kaum noch Zeit für meine junge Frau. Wir waren gerade erst ein paar Monate verheiratet – von einem wirklich glücklichen Familienleben konnten wir da bei dieser Belastung, die von Strümp ausging, nicht sprechen. Für Fortbildung oder das Nachdenken über und Umsetzen von ergiebigeren, nützlicheren und befriedigenderen Arbeitsweisen gab es erst recht keinen Spielraum. Nach meiner Rückkehr aus Ankara waren diese enormen Arbeits- und Zeitbelastungen sehr bitter! Es fiel mir schwer, mich mit dieser meiner neuen Schule zu identifizieren. Dabei hätte dieses junge Gymnasium, das sich gerade in der Entwicklung befand, für Neuerungen offener sein müssen. Stattdessen war die Schule gezwungen, die zu große Menge an SchülerInnen mit viel zu wenig Personal zu unterrichten.

Im Schuljahr 1974/75 wurde ich zudem Klassenlehrer in einer 8. Klasse. Die fällige Klassenfahrt ging im April 1975 in die DJH (Deutsche Jugendherberge) von Gummersbach. Die eigentlich rechtlich notwendige zweite Lehrkraft konnte (trotz über 40 Achtklässlern auf Reisen) von der Schulleitung nicht abgestellt werden, und einen Bonus für ein junges Ehepaar mit einem Baby gab es auch nicht! Ich wollte aber die Kinder meiner Klasse nicht um ihre ersehnte Fahrt zu den Tropfsteinhöhlen im Sauerland bringen und gewann die Mutter einer Schülerin, zur Unterstützung mitzufahren. Außerdem waren Nevin und Tom Engin mit von der Partie.

Um nachts in den Schlafsälen einigermaßen für Erholung und Schlaf, Ruhe und Ordnung unter den pubertierenden Jugendlichen zu sorgen, machte ich mit ihnen außer den Gängen durch die Tropfsteinhöhlen lange, erschöpfende Märsche durchs Bergische Land, buchstäblich durch die Wälder und über die Felder, über Stock und Stein. Das sorgte wenigstens für mehr Müdigkeit bei den Kindern. Ich war mit unserem drei Monate alten Sohn Tom Engin im Kinderwagen immer vorne weg – das war nicht gerade das, was man ein Vergnügen nennt! In der Nacht hatten Nevin und ich unser Baby in einer großen Tragetasche zwischen unseren Betten stehen.

Aufs Ganze gesehen gehört diese Klassenreise dennoch zu den eher angenehmen und sogar lustigen Erinnerungen an die zwei Jahre in Strümp.

Mit Ende des Schuljahres 1974/75 hörte meine Zeit am G.i.E. auf. Meinem Wunsch einer Versetzung nach Bremen, die ich ab 1974 systematisch betrieben hatte, war von beiden Bundesländern entsprochen worden.

Übergang nach Bremen 1975

Auch mein Kollege Heribert Radlicki war mit seiner Frau Waltraud und den Töchtern Eva und Sabine von Ankara nach Deutschland zurückgekehrt. Sie wohnten wieder in Konz bei Trier. Im Frühjahr 1974 besuchten wir sie. Natürlich sprachen wir auch – wie hätte es anders sein können – über unsere gemeinsame Zeit in Ankara und über unsere weitere Arbeit hier. Und da erzählte Heribert, er sei von Herrn Dr. Herfurth aus Bremen angesprochen worden, ob er nicht beim Senator für Bildung und Wissenschaft im Bereich Beschulung ausländischer Kinder arbeiten wolle.

Warum gerade er? Weil er in Ankara an der Pädagogischen Hochschule unterrichtet habe, Land und Leute und insbesondere das Bildungswesen kenne und mit Sprache und Mentalität der Türken vertraut sei. Heribert erklärte mir, dass er die Einladung nicht annehmen werde, da er auf jeden Fall wieder in seiner Heimat leben und arbeiten wolle.

Mich interessierte dafür das Angebot umso mehr. Ich erkannte darin sofort eine Chance, von der Schule in Strümp loszukommen und an meine Ankaraner Erfahrungen anzuknüpfen. Außerdem reizte mich die Idee, in dem neuen Feld der Unterrichtung und Betreuung ausländischer Kinder zu wirken.

Ich verabredete mit Oberschulrat Dr. Herfurth ein Gespräch und bekam eine Einladung nach Bremen. Die Begegnung in der senatorischen Behörde endete mit der Zusage per hanseatischem Handschlag, dass ich zum nächstmöglichen Termin, dem Schuljahr 1975/76, mit der Übernahme rechnen könne.

Es galt aber erneut, wie schon 1961, ein besonderes Hindernis zu nehmen: eine Lehrkraft aus Bremen musste im Tausch für mich nach NRW ziehen wollen. Die Verhandlungen über diesen Tausch endeten noch 1974 glücklich mit dem Bescheid, dass ich in der

Stadtgemeinde Bremen einem Gymnasium zugewiesen und, wie gewünscht und vereinbart, vom Senator für Bildung und Wissenschaft (SfBW) im immer wichtiger werdenden Ausländerbereich eingesetzt würde.

Hellmut mit den Stadtmusikanten, 2021

DIE BREMER STADTMUSIKANTEN
BREMEN

Von Kaarst über Brinkum nach Oyten   1975–1978

Ich hatte 1952 den Esel und seine Freunde nicht streicheln und ihnen nicht das Versprechen geben können, mich noch einmal mit ihnen treffen zu wollen. Sie standen zu der Zeit nämlich noch gar nicht neben dem Rathaus. Das Märchen erzählt uns aber, dass die vier Musikanten sich auf der Wanderung nach Bremen befanden. Denn sie wussten ja, dass sie (schon auf dem Weg) etwas Besseres finden würden als den Tod.

Im August 1975 – zogen wir, meine Frau Nevin und ich mit unserem Sohn Tom Engin, von Kaarst nach Brinkum in der Nähe Bremens.

Den Wunsch, so richtig mitten in Bremen zu wohnen, haben wir uns letztlich nicht erfüllen können. Aber, haben wir den Brüdern Grimm denn richtig zugehört? Sind die märchenhaften Musiker denn wirklich bis nach Bremen gelangt? Ich meine, sie haben, wenn wir dem Märchen glauben dürfen, mit ihren schönen Stimmen zusammen in einem Wald musiziert. Wir alle können dem Märchen unseren eigenen Schluss hinzufügen – wie reizvoll!

Wir ließen uns in Oyten ein Haus bauen und zogen im Jahr 1978 dorthin.

Mahire, Yakup, Tom Engin, 1978

Tom Engin lädt mit der Drehorgel zum Richt-
fest ein, Oyten August 1978

Nevins Eltern kamen aus der Türkei und halfen uns beim Umzug ins neue, eigene Heim. Wir hatten einen großen Garten, in dem unser Kind spielen konnte, und einen Bauernhof nahebei, wo Tom Engin jeden Tag seine frische Milch in der Kanne abholen durfte.

Das tat er besonders gern mit seinem Dede (Opa) Yakup. Die beiden warfen dann auch ab und zu mal einen Blick in den Stall, wo die Rinder leise schnaufend ihr Heu wiederkäuten und mit dem Schwanz die Fliegen verscheuchten.

Wir freuen uns immer noch jeden Tag darüber, dass wir unseren bewegten Ruhestand in unserem schönen Haus in Oyten erleben können.

Tom Engin hat längst seine eigene Familie und sein eigenes Haus! Mit seiner geliebten Frau und mit zwei wunderbaren Kindern lebt er glücklich auf dem Lande nahe Bremen.

Tom Engin wurde 1985 beim Wettbewerb „Goldene 1" der ARD zum Thema „Der Bremer Roland" mit seiner Holzfigur Landesbester und nahm als Auszeichnung für diesen Sieg mit Nevin in Berlin an der Live-Sendung der ARD zu Ehren aller Gewinner des Wettbewerbs teil.

Tom Engin Gewinner bei der „Goldenen 1" der ARD, Bremen 1985,
Foto: Ingo Wagner

Tom Engin, Feuerwehr Bursa 1987

Tom Engin hat sich seinen Kindheitswunsch, Feuerwehrmann
zu werden, erfüllt. Nach dem Besuch mit seinem Dede bei einer
großen Feuerwehrwache in Istanbul und den Hauptwachen der
Feuerwehr in Akçay und Bursa äußerte er schon als Fünfjähriger
diesen Wunsch. Und er blieb dabei – aber wie! Als kleiner Junge
schon legte er seine Feuerwehrkleidung und stellte er seine Stiefel
so zurecht, dass er in Sekunden hineinschlüpfen konnte. Immer und
immer wieder übte er alle Vorgänge, bis es ihm schnell genug ging.

Im Garten versuchte er ständig neue Möglichkeiten, um kleine, von ihm angelegte Brände zu löschen. Er las schon als Kind dazu auch fachspezifische Bücher für Erwachsene!

Tom Engin wollte unbedingt zum frühestmöglichen Zeitpunkt Mitglied bei der Jugendfeuerwehr werden, die es zwar in Oyten nicht, dafür aber in Ottersberg gab. Dazu brauchte er jedoch eine Sondergenehmigung vom Regierungsbezirksamt in Lüneburg. Wir erwirkten dort einen Besuchstermin bei dem zuständigen Beamten. Am Ende des Gesprächs, das er ohne mich ganz alleine führte, erhielt Tom Engin eine Sondergenehmigung, so dass er sofort im 11 km entferntem Ort Ottersberg in die Jugendfeuerwehr aufgenommen wurde. Nevin und ich fuhren ihn immer dorthin, um ihm seinen innigsten Wunsch zu erfüllen.

Er absolvierte zielstrebig alle Stufen, die Voraussetzungen für die Aufnahme in die Feuerwehr waren. Er erlernte den handwerklichen Beruf des Industriemechanikers und arbeitete das vorgeschriebene Jahr bei einer Firma in Oyten. Während seiner Zeit bei der Bundeswehr im Schwanewede lernte er das Fahren des Leopard-Panzers.

Tom Engin bestand die sehr schwierige Aufnahmeprüfung für die Ausbildung zum Feuerwehrmann. Von damals 117 Bewerbern blieben am Ende sechs übrig. Nach bestandener Abschlussprüfung in Bremerhaven wurde unser Sohn in die Berufsfeuerwehr Bremen übernommen. Sein hochmotivierter Einsatz bei der Brandbekämpfung und im täglichen Ambulanz- und Rettungsdienst waren unverzichtbar für die ganze Gesellschaft des Landes Bremen! Nach 25 Jahren im Lösch- und Rettungsdienst arbeitet er jetzt als Lehrbeauftragter an der Feuerwehrschule Bremen.

Wir sind stolz darauf und glücklich darüber, dass er immer noch gern in dem Beruf arbeitet, von dem er schon vor über vierzig Jahren räumte!

Gymnasium am Leibnizplatz (G.a.L.) in Bremen
1975–1977

Zu Beginn des Schuljahres 1975/76 begann ich meine Arbeit in bremischen Diensten am G.a.L. (Gymnasium am Leibnizplatz). Mit einem bestimmten Anteil an Stunden war ich in dieser Übergangsphase auch in die Arbeit des Referats 30-4 des SfBW eingebunden.

Am Schluss des Schuljahrs 1976/77 endete meine Teiltätigkeit im G.a.L.

Das G.a.L. gehörte zu den renommierten Bildungsanstalten der Freien Hansestadt Bremen.

Das Unterrichten an dieser Schule mit ihren motivierten, gut erzogenen SchülerInnen machte mir viel Freude. Ich hätte eigentlich froh und stolz sein müssen, gerade dort arbeiten zu können.

Die Einschränkung „Ich hätte eigentlich froh und stolz sein müssen" bedarf einer Erklärung. Denn vom ersten Tag an verliefen die Dinge völlig anders, als ich es am G.a.L. erwartet hatte:

Während des auf Kürze – wie ich später merkte – angelegten Vorstellungsgesprächs beim Schulleiter kam die Rede auf meine Fakultas für Deutsch, die kommentiert wurde mit: „So, so, Brecht – zum Brechen, nicht wahr?" Weder kam mir diese Bemerkung von der Ansprache her nett gemeint noch vom Ton her lustig vor. Ich empfand sie nicht als ein freundliches Willkommen oder gar als Ausdruck besonders witzigen und trockenen norddeutschen Humors. Diese, wie ich finde, schnöde Einschätzung Bertolt Brechts, die auch das Ende unseres ersten und einzigen Kennenlerngesprächs war, zeigte mir, dass der hanseatische Wind in dieser Schule der Neustadt aus einer Richtung blies, die für mich nicht viel mit persönlicher Wertschätzung oder Interesse an mir zu tun hatte.

Wegen der wachsenden Schülerzahl wurden auch dem G.a.L neue KollegInnen zugewiesen. Schnell stellte sich heraus, dass es am G.a.L. faktisch zwei Kollegien gab. Mir missfiel von Anfang an diese Zweiteilung: Die „jungen" (neuen) KollegInnen hatten sich einen ehemaligen Kartenraum als ihre Bleibe auswählen müssen; das alte Stammkollegium beanspruchte das eigentliche Lehrerzimmer für sich. Von dort hörte ich kein einladendes, freundliches Wort. Folglich fühlte ich mich nicht sonderlich dorthin gezogen. Zu den Kriterien, die unter anderem darüber entschieden, ob man im alten Lehrerzimmer akzeptiert wurde, gehörte – zu meinem Erstaunen – für einige aus diesem Kollegium, wie man sprach. Das „verriet" (neben anderen Merkmalen) nämlich, ob man im (schulpolitisch und sozial) richtigen (!) Stadtteil wohnte. Man diskutierte also, und das erschreckte mich ordentlich, auf dem Niveau eifriger Ernsthaftigkeit, Themen wie ob jemand „s-tändig s-tolpernd sich an s-pitzen S-teinen s-tieß" oder „schtändig schtolpernd sich an eben diesen schpitzen Schteinen schtieß"! Das kam mir lächerlich vor. Hatte man da noch eine Chance? Ja, doch – im Kartenraum kamen wir „jungen" KollegInnen gut und solidarisch miteinander aus – so, wie ich das von NRW her kannte.

Die Betriebsstruktur mit diesen zwei Kollegien empfand ich aber so abträglich für eine gedeihliche Zusammenarbeit, dass ich mich zur ersten sich bietenden Gelegenheit einer anderen Schule, die den Reformen im bremischen Bildungswesen offen gegenüberstand, zuweisen lassen wollte. Außerdem sah ich meine Arbeit am G.a.L. deswegen nur als Zwischenlösung an, weil ich gemäß Zusage des SfBW nach kurzer Übergangszeit mit voller Stundenzahl in die Behörde am Rembertiring übernommen werden sollte.

Meine Arbeit für die Behörde des SfBW bestand im Rahmen der Abordnung anfänglich zu einem Teil darin, dass ich im Auftrag des LASL (Landesamt für Schulpraxis und Lehrerbildung) zusammen mit meiner Kollegin Erika Rein türkische „KonsulatslehrerInnen" bei ihrer Arbeit in Bremen unterstützte. Aufgabe dieser LehrerInnen war es, „Unterricht in Türkischer Muttersprache und Kultur" („Türkçe Anadil ve Türk Kültürü Dersi") zu erteilen. Sie wurden vom Türkischen Erziehungsministerium nach Bremen vermittelt und vom Erziehungsattaché in Hannover betreut. Wir unterrichteten sie in Deutsch, Landes-, Rechts- und Institutionenkunde, im bremischen Bildungs- und Erziehungswesen und in der hier erwünschten und gültigen methodisch-didaktischen Praxis.

Diese Lehrkräfte hier wurden von Ankara fast ausnahmslos mit bestenfalls geringen Deutsch- und Landeskenntnissen nach Bremen geschickt; sie hatten beinahe keine Vorstellung über die schwierige Situation, welche sie hier erwartete. Kontakte zu den deutschen. Der Türkischunterricht fand nachmittags außerhalb des normalen Stundenplanes statt. Die LehrerInnen waren dann meist alleine in der Schule und hatten häufig wenig Kontakt und Unterstützung von den deutschen KollegInnen. Es gab natürlich auch Schulen, wo beide Seiten offen waren und in denen die Zusammenarbeit gut funktionierte. Die LehrerInnen aus der Türkei wussten im Allgemeinen zu wenig, wie ihre SchülerInnen in Bremen lebten, in den Kitas und Schulen sozialisiert wurden und welche kulturellen Wertvorstellungen und (auch disziplinarischen) Verhaltensregeln dort galten. Sie konnten zum großen Teil auch nicht die Materialien einsetzen, die sie aus der Türkei mitgebracht hatten oder zur Verfügung gestellt bekamen, an die sie gewöhnt waren und die ihren Erziehungsvorstellungen entsprachen. Diese Lehr- und Lernmittel erwiesen sich für die hiesigen Kinder als wenig geeignet oder entsprachen teilweise nicht den bremischen Zulassungsbedingungen für Schulbücher. In der Unterrichtspraxis erwartete das türkische Erziehungsministerium von ihnen, den drohenden Verlust der von den Familien mitgebrachten türkischen Sprache, Identitäts-, Werte- und Erziehungsvorstellungen und Verhaltensmaßstäbe möglichst zu verhindern ..., die Kinder vor Assimilation zu schützen und in ihrem Türkentum zu bestärken. Von anderen in Anatolien gesprochenen Sprachen, kulturellen Traditionen, emotionalen Befindlichkeiten oder ethnischen Identitäten war nicht die Rede.

Diese durchaus politische Aufgabe und patriotische Pflicht war damals für die oben genannten LehrerInnen (aber auch für türkische LehrerInnen im Dienst des SfBW) über Erwarten schwierig. Ursprünglich sollten die türkischen Familien wieder in die Türkei zurückkehren (Rotationsprinzip). Die Kinder sollten daher ihre Muttersprache Türkisch richtig lernen, um den Anschluss dort wieder finden zu können. Später änderte sich die deutsche Politik. Wie wichtig die Muttersprache fürs Erlernen einer Zweitsprache ist, wurde international anerkannt. Aber Vorbehalte gab es trotzdem in manchen Schulen. Viele Lehrkräfte, manchmal sogar selbst türkische Eltern, befürchteten, dass die Kinder nicht mehr genug Deutsch lernen würden, wenn sie auch noch Türkisch lernten. Diese Verunsicherung und Ablehnung mussten die türkischen KollegInnen oft spüren.

In Bremen gab es gleichzeitig viele gewerkschaftlich organisierte Lehrkräfte, zu denen Nevin und ich auch gehörten, die den Muttersprachlichen Unterricht als Menschenrecht forderten und notwendig für die Identitätsbildung und Sprachentwicklung fanden. Sie kritisierten jedoch die Inhalte und die Methoden des Unterrichts, die von den LehrerInnen vermittelt wurden, welche das türkische Erziehungsministerium entsandte.

Das politische Klima in der Türkei unterschied sich in vielerlei Hinsicht sehr deutlich von der bremischen Politik und erschwerte die soziale und berufliche Integration erheblich.

Die unterschiedlichen Einstellungen und Erwartungshaltungen beiderseits erwiesen sich in der Gesellschaft und der Erwerbswelt des Landes Bremen, das einmal (auch politisch) auf Dauer zur neuen Heimat der Kinder werden sollte,– um es zurückhaltend zu formulieren – als schwierig und sehr belastend.

Immer wieder waren intensivste Anstrengungen erforderlich, um diese belastenden Interessenkonflikte zu beenden, die unterschiedlichen Auffassungen über das Gesellschafts-, Erziehungs- und Rechtswesen zwischen dem SfBW und den konsularischen Vertretungen in Bremen und Hannover auf einander abzustimmen und für eine gedeihliche Zusammenarbeit weiterzuentwickeln. Werner Willker erwies sich bei der Bewältigung der vielfältigen, schwierigen Anforderungen seines Ressorts als ein einfallsreicher, kompetenter Leiter und im Umgang mit seinen türkischen Verhandlungspartnern als ein wahrer Brückenbauer.

Die Universität Bremen bildete in Kompaktkursen durch Vermittlung spezieller, zusätzlicher Qualifikationen LehrerInnen weiter, die eigens für die Unterrichtung der Kinder von Ausländern und Umsiedlern eingesetzt wurden. In diesem Rahmen hatte ich die wesentliche Aufgabe unterrichtsbegleitender Fortbildung deutscher KollegInnen in Landes-, Rechts- und Institutionenkunde über wichtige Entsendeländer (insbesondere die Türkei). Ich denke gern an Herrn Wacker zurück, mit dem es immer ein freundliches Gespräch gab, wenn ich in seiner Schule an der Schmidtstraße meine KompaktkurskollegInnen unterrichtete.

Schulzentrum an der Drebberstraße (SZD) – Orientierungsstufe (OS)   1977–1979

In der Freien Hansestadt Bremen wehten Mitte der 1970er-Jahre die Winde politischer und sozialer Reformen weseraufwärts und -abwärts zum Glück aus vielen Richtungen! Überall waren die Zeichen des Wandels zu spüren. Die Angehörigen der erwachsen und mutig gewordenen 68er-Generation verdrängten die Jahrgänge der Adenauer-Erhardt-Kiesinger-Ära. Die Wirtschaft boomte und warb in großer Zahl Arbeitskräfte an, welche als sogenannte Gastarbeiter das herkömmliche soziale Gefüge zu verändern und zu bereichern begannen.

In allen Stadtteilen des Landes Bremen wurden in dieser Zeit Schulzentren der Sekundarstufe I gegründet, welche die drei Schularten Hauptschule, Realschule und Gymnasium (mehr oder weniger kooperativ) umfassten.

Ich ließ mich sofort zum Schuljahr 1977/78 vom Gymnasium am Leibnizplatz an das Schulzentrum an der Drebberstraße versetzen. Das SZD sagte mir von den sechs Schulen, an denen ich bis dahin gearbeitet hatte, am meisten zu. Die Schülerschaft dieser Schule in Hemelingen kam aus allen Schichten der Bevölkerung und hatte einen hohen Anteil an ausländischen Kindern.

Im SZD gab es besonders viele KollegInnen, welche die zwar parallele, aber dennoch separierte Arbeitsweise und die soziale Zusammensetzung der drei Schularten grundsätzlich in Frage stellten und ihre Überwindung anstrebten. Daraus entwickelte sich im Laufe der Jahre das Modell der „Häuser" unter dem Dach dieser einen Schule. Mit der Arbeitsweise dieser Schulart konnte ich mich identifizieren. Ich unterrichtete von 1977 bis 1979 gern gymnasiale Klassen, mir war aber das Unterrichten in Klassen der OS noch wichtiger. Es kam mir gerade dort sehr an auf eine für die weitere Schulkarriere entscheidende Grundlegung in meinen Fächern und auf die rechtzeitige, umfassende Förderung und Integration der SchülerInnen, vor allem derer mit Migrationshintergrund.

Meine persönliche emotionale Bindung an die Türkei und meine enge Kooperation mit unseren türkischen KollegInnen und unseren sogenannten KompaktkurslehrerInnen erwiesen sich als sehr erfolgreich im Umgang mit schwierigen Elternhäusern und verschafften uns allen größere Nähe zu den Eltern unserer ausländischen, speziell türkischen, Kinder. Für die Arbeit in den Häusern erwies sich unsere gemeinsame Arbeit in der OS als äußerst hilfreich. Ab 1979 konnte ich mich nach meiner vollen Abordnung an die Behörde in meiner Tätigkeit, insbesondere bei der Beratung von LeiterInnen und Kollegien bremischer Schulen, umfassend auf die zwei wertvollen Jahre Erfahrung im OS-Unterricht stützen.

Senator für Bildung und Wissenschaft (SfBW) – Referat 30-4   1979–1982

Zum Beginn des Schuljahres 1979/80 wurde ich gemäß meinem Abkommen mit der Behörde vom Schulzentrum an der Drebberstraße mit voller Stundenzahl als Pädagogischer Mitarbeiter ins Haus des SfBW übernommen. Ich bekam dort im Ressort 30-4 „Beschulung von Kindern ausländischer Arbeitnehmer und von Aussiedlerkindern" meine Stelle (30-4/13).

Seit dem Ende der 1960er Jahre nahm (auch in Bremen) die Zahl der schulpflichtigen Kinder mit Migrationsgeschichte derartig zu, dass sich der Senat gezwungen sah, vor allem im Erziehungs- und Bildungswesen darauf zu reagieren und politisch neue Wege zu gehen. Der Bildungsetat und der Personalbestand beim SfBW mussten drastisch erhöht werden; die nötigen Mehrausgaben schlugen in dem schon seit Langem überbelasteten Staatshaushalt schwer zu Buche und machten sich in der Arbeit des Ressorts 30-4 an vielen Orten durch rigide Sparvorgaben bemerkbar.

In der Öffentlichkeit kreidete man pauschal nicht selten den Ausländern die Mängel und Sparmaßnahmen in den Ressorts für Soziales und Bildung an und „übersah" (!), dass die neuen BürgerInnen im Lande als ArbeitnehmerInnen Steuern zahlten, durch ihren Fleiß und ihre Zuverlässigkeit zum enormen Erfolg der bundesdeutschen Volkswirtschaft (namentlich durch die gute Qualität und den weltweiten Export) maßgeblich beitrugen und ihre Kinder aller Voraussicht nach einen Teil der unverzichtbaren Sicherung der Altersversorgung der jetzt noch arbeitenden Bevölkerung darstellten.

Beim SfBW wurden die Aktivitäten im Referat 30-4 gebündelt. Sowohl die Vielfalt der Probleme und ihre unterschiedliche Wahrnehmung als auch die Zuständigkeit und Verantwortlichkeit für die Problemfelder beschäftigte viele Personen und Abteilungen im Hause des SfBW. Das erzeugte bei der (von der Sache unausweichlich gebotenen) Zusammenarbeit während der langwierigen Entscheidungsprozesse oft große Reibungs- und Zeitverluste.

Immer spielten die Aspekte der persönlichen Kompetenz und des individuellen Interesses, der jeweiligen Referatszugehörigkeit und Entscheidungsbefugnis der Mitarbeiter, der technischen und verwaltungsmäßigen Möglichkeiten im Hause und des finanziellen Spielraums im (stets zu knappen) Etat des SfBW eine sehr große Rolle. Genauso erheblich waren im Bundesland die geografische Lage und Bevölkerungsstruktur der Stadtteile Bremens und Bremerhavens. Auch und nicht zuletzt spielten sogar bundespolitische Interessen und Vorgaben, etwa der KMK (Konferenz der Kultusminister), eine bedeutende Rolle. Werner Willker führte als Chef das Referat

30-4   mit bestimmender Freundlichkeit und sehr zielorientierter Kompetenz.

Die durch Migration veränderte Situation erforderte in den bremischen Schulen entsprechende Richtlinien für den Unterricht und geeignete Rahmenbedingungen für den Personaleinsatz. Bei ihrer Entwicklung ergaben sich auf den verschiedenen Entscheidungsebenen immense Schwierigkeiten sowohl im Haus des SfBW selbst als auch von außen kommend. (z. B. wirkten daran mit: der Senator für Soziales/SfS, die Hochschulen, der Schulpsychologische Dienst, Religionsgemeinschaften, Gewerkschaften (speziell die GEW), Wohlfahrtsverbände, Arbeitsamt, Sportvereine, Konsulate, Freizeiteinrichtungen, Elternvereinigungen, Türk Danış (Türkische Beratungsstelle bei der AWO/Arbeiterwohlfahrt), LIS (Landesinstitut für Schule), etc. Es bedurfte vieler Besprechungen auf mancher Ebene im Haus des SfBW, ungezählter Fassungen von Anträgen und Beschlüssen und eines beträchtlichen Aufwands an Zeit, Geduld, gutem Willen und politischer Überzeugungskraft, bis die Richtlinien, Vorschriften und Vorstellungen zum Personaleinsatz alle notwendigen Unterschriften hatten und dann ihre Wirkung entfalten konnten.

Fördermaßnahmen umfassten Deutschunterricht in den Kitas (SfS), in besonderen Kleinklassen, Lerngruppen und/oder in Vorbereitungskursen an Grundschulen und an den Schulen der Sek. I und Sek. II (dort besonders in den Berufsschulen). Zudem gab es Deutschkurse für ältere Seiteneinsteiger, die in kurzer Zeit in die Lage versetzt werden mussten, einen Übergang in höhere Jahrgangsklassen und Schularten oder ins Ausbildungs- und Berufsleben zu bewältigen.

Förderunterricht (weniger umfangreich) wurde auch angeboten, um Lernrückstände in anderen Kernfächern (z.B. Mathematik, Englisch, u.a.) aufzufangen.

Einen ganz besonders hohen Stellenwert hatten alle Bemühungen, namentlich die der GEW (Gewerkschaft für Erziehung und Wissenschaft), dass zugewanderte Kinder sowohl in Deutsch Förderunterricht bekamen als auch in der Muttersprache Türkisch, später auch Kurdisch. Für die Aussiedlerkinder gab es schon länger Russisch- und Polnischunterricht. Ein anderes großes Problem, welches die GEW ins Licht der Öffentlichkeit rückte, war, dass immer mehr ausländische Kinder, die Schwierigkeiten in der Schule hatten, zunehmend in die Sonderschulen für Lernbehinderte überwiesen wurden. Zu einer solchen Praxis verleitete, mit Zurückhaltung formuliert, die nicht immer gerechtfertigte Annahme und/oder Begründung der Schwererziehbarkeit und/oder mangelnder Konzentrations- oder Lernfähigkeit bei manchen ausländischen Schülern und Schülerinnen. In Wahrheit litten sie aber vielfach eher an mangelnder persönlicher Zuwendung und fehlendem individuellen Verständnis und hatten häufig nur zu geringe Deutschkenntnisse, um dem Unterricht verständig und ohne Langeweile folgen zu können.

Nach zähen Verhandlungen (wiederum vor allem durch die GEW und die Universität Bremen) konnte der SfBW zwingend davon überzeugt werden, das Angebot von muttersprachlichem Unterricht (auch) im Lande Bremen zu realisieren, weil es ebenso sinnvoll wie richtig und notwendig war: Für viele SchülerInnen trug die Teilnahme am muttersprachlichen Unterricht anstelle einer traditionell obligaten Fremdsprache und die Prüfung in der Muttersprache anstelle einer anderen Fremdsprache dazu bei, dass sie ihre Schullaufbahn in der Realschule oder im Gymnasium (sogar in Sek. II) statt in der Hauptschule beenden und einen qualifizierten Abschluss mit (!) Zeugnis erreichen konnten. Diese neue Möglichkeit wurde schließlich an vielen bremischen Schulen (etwa am SZD) erfolgreich und zum großen Nutzen und Vorteil der SchülerInnen wahrgenommen. Der muttersprachliche Unterricht Türkisch anstelle einer oder zusätzlich zu einer der üblichen Fremdsprachen (je nach Schulart Latein, Englisch, Französisch, Spanisch) wurde als ordentliches, gleichwertiges Fach von muttersprachlichen (zumeist türkischen) FachlehrerInnen im Dienst des SfBW erteilt.

Nicht damit verglichen werden darf der durch die von der Türkei entsandten LehrerInnen vermittelte muttersprachliche Unterricht an dem die Teilnahme freiwillig und der im Zeugnis nicht notenrelevant war.

Beim damaligen Stand der Entwicklung von Unterrichtsformen und -materialien für SchülerInnen mit Migrationsgeschichte gelang es nicht, neben Türkisch auch Russisch, Kurdisch oder Arabisch zu etablieren. An einer Schule im Bremer Westen wurde aber Nordkurdisch (Kurmanci) probeweise auf der Grundlage selbstentwickelten Materials angeboten. Dieser Unterricht wurde trotz Protesten von türkischer Seite auf weitere Schulen ausgedehnt.

An dieser Stelle sollte ich noch einmal an eine Auseinandersetzung erinnern, die auch in Bremen durchaus heftig ausgefochten wurde: der Streit ging darum, ob die ausländischen Kinder unter sich, besonders in den Pausen auf dem Schulhof (und in ihren Ecken, wo sie nach Herzenslust auch ihre Sonnenblumenkerne knacken konnten) sich in ihrer Muttersprache unterhalten durften oder nicht. Es ist kaum zu glauben, dass ernsthaft und bitter darum gekämpft werden musste, den Kindern dieses Recht auf den Gebrauch ihrer Muttersprache zu erhalten. Man glaubte in bestimmten Kreisen, Deutschland schaffe sich ab gemäß den Worten eines ehemaligen SPD-Mitglieds aus Berlin. Der Uni Bremen, der hiesigen GEW – in ihr an vorderster Front der Arbeitsgemeinschaft Interkulturelles Lernen (AGIL) – und anderen Verbündeten gelang es schließlich, den Streit zu gewinnen um dieses menschliche Grundrecht, die Muttersprache (wenigstens) in der Freizeit auf dem Pausenhof sprechen zu dürfen. Es war damals schon und ist auch heute immer noch sehr schwierig, sich vorstellen zu sollen, man könne diesen jungen Menschen, die in unsere demokratische Gesellschaft hineinwachsen und sich in ihr willkommen fühlen sollten, einen wahrhaft wesentlichen Teil ihrer Identität, die Muttersprache, vorenthalten.

Zum Glück haben sich die Zeiten und die Vorstellungen über den Umgang mit den Menschen, die in unser Land kommen, geändert.

Im Zuge der Globalisierung begegnen sich in unserer Welt immer mehr Menschen aus immer mehr Ländern häufiger denn jemals zuvor in der Menschheitsgeschichte. Unser aller Gewinn durch diese Völker verbindende, Frieden stiftende, hoch willkommene Bereicherung unseres Landes ist uns erst im Ablauf der vergangenen Jahrzehnte langsam klar(er) geworden.

Bremens Schulen waren natürlich der Ort für die Umsetzung der Richtlinien und der Lehrpläne, der Unterstützungsmaßnahmen und des Einsatzes von BetreuerInnen und LehrerInnen für Deutsch als Fremd- bzw. Zweitsprache für ausländische SchülerInnen in der täglichen Praxis. Viele Kollegien und Schulleitungen in unserem Bundesland waren dem Umgang mit der zunehmenden Zahl zugewanderter Kinder kaum noch gewachsen und erwarteten Hilfe von der Behörde (des SfBW). Oft mangelte es an den Räumlichkeiten und ihrer Ausstattung, an Spiel-, Sport-, Lehr- und Lernmaterialien, an genügend LehrerInnen und/oder BetreuerInnen. Vielfach fehlte es den KollegInnen an Erfahrung oder Übung, Fantasie oder Offenheit, Mut oder Geduld im Umgang mit ihren neuen SchülerInnen. Bisweilen verursachten aber auch zu starker Leistungsdruck, mangelnde innere Bereitschaft, körperliche Erschöpfung und Resignation (angesichts der Aufgabenfülle) oder sogar Vorurteile bei ihnen Schwierigkeiten. Es fiel dann schwer, sich der neuen Generation von Schulkindern gegenüber positiv einzustellen, ihre Probleme, aber auch ihre mitgebrachten Talente und Werte richtig wahrzunehmen und sie als willkommenen Teil unserer Bevölkerung anzusehen. Die Zusammenarbeit zwischen Behörde und Schule auf diesem weiten und schwierigen Feld war zwar für alle Beteiligten sehr herausfordernd, aber auch sehr lohnend.

Einerseits gab es im ganzen Bundesland Bremen eine Situation, die überall ähnlich war: immer mehr Kinder mit Migrationshintergrund wurden in den Kitas und Schulen angemeldet. Man hatte, wie etwa Max Frisch es einmal prägnant formulierte, „Arbeitskräfte gerufen, aber es waren Menschen gekommen".

Andererseits war zugleich die Lage in den Stadtgemeinden Bremen und Bremerhaven je nach Stadtteil bzw. Schulbezirk sehr ungleich! Aus den unterschiedlichsten Gründen, auf die hier nicht eingegangen werden soll, ließen sich in bestimmten Gegenden der Stadtteile viele Neubürger mit ihren Familien nieder, während andere Stadtteile von diesem Strukturwandel wenig oder gar nicht betroffen wurden. Folglich kamen auch je nach Lage der Schulen wenige oder viele Hilferufe beim SfBW im Referat 30-4 an.

Wir entwickelten dort gemeinsam Strategien, wie wir die Schulen unterstützen konnten: Der jeweils für die Schule zuständige Schulrat, andere SachbearbeiterInnen und ich besprachen in der Regel in eigens zu diesem Zweck anberaumten Treffen mit der Schulleitung die Situation und die Möglichkeiten zur Hilfe vor Ort. In einer Reihe von Schulen diskutierten wir die Probleme auch in größeren Kreisen (Förderunterrichts-, Jahrgangs- oder Schulartenbesprechungen, u.a.) und erarbeiteten wir Lösungen.

Wesentliche Themen waren immer:
Wo und wie können zusätzliche Räume für Kleingruppen- und Förderunterricht, für Einzelbetreuung und Hausaufgabenhilfe

gewonnen werden? Von welchen Stellen außerhalb der Schule (Kirche, Moschee, Ortsamt, Sportverein, Arbeiterwohlfahrt, Gewerkschaften, Konsulat, Elternverein, Schulelternschaft, Arbeitgeberverbände, o.ä.) kann Unterstützung kommen? Welche Änderungen im Stundenplan bringen mehr Zeit für Förderung, für besondere Spiel-, Sport- und Lernmöglichkeiten und Entlastung der Lehrkräfte? Wo und wie kann mehr intensive Kooperation zwischen Kitas, Sonder-, Grund- und weiterführenden Schulen herbeigeführt werden? Welche Informationen und Regelungen gibt es zu Übergangs- oder Zuweisungsverfahren für die verschiedenen Schularten, vor allem zur Überführung in eine Sonderschule? Wie steht es um das Ausräumen von Vorurteilen gegen die Sonderschulen, Formen besonderer Förderung, den Besuch der Sonderschule von vorne herein, die Rückführung aus der Sonderschule in andere Schularten? Wird Schullaufbahn- und Berufsberatung betrieben? Welche Informationen werden speziell über die Schule, generell über das Bildungs- und Ausbildungswesen in Bremen, den ausländischen Eltern vermittelt? Welche wesentlichen Sachverhalte und Zielvorstellungen über das bremische Erziehungs- und Bildungswesen werden in wichtige Sprachen der Zugewanderten übersetzt? Welche vertrauensbildenden Maßnahmen werden praktiziert seitens der KollegInnen (Hausbesuche, Vermittlerdienste, Beratung vor Klassenfahrten, Regelungen für Feiertage und bei Ferienbeginn und -ende, Vermeidung von Lernausfällen durch unregelmäßigen Schulbesuch oder gezielte Umgehung der Ferienregelungen, Aufklärung und sogar persönliche Unterstützung bei schwierigen Sachverhalten oder Erziehungskonflikten? Welche Möglichkeiten zur Begegnung werden geschaffen, um die Probleme, die Rechte und Pflichten, die Vorstellungen und Wünsche der Schulen (der Lehrkräfte) einerseits und der ausländischen Eltern andererseits zu vermitteln und kennenzulernen? Wie werden die zugewanderten Eltern (und ihre Kinder) in das nicht-unterrichtliche Schulleben einbezogen, etwa in die Vorbereitung und Durchführung von Klassenreisen oder Schulfesten?

Wie und wo kann Muttersprachenunterricht angeboten werden; welche Berechtigung, Bedeutung und schulische Auswirkungen hat dieser Unterricht?

Zu diesen für alle Schulen relevanten Fragestellungen kam immer noch die besondere Situation der jeweiligen Schule hinzu. Eine meiner Aufgaben war es daher, mit den SchulleiterInnen und Kollegien in vielen weiteren Beratungen vor Ort Lösungen für bestimmte Probleme einzelner Schulen zu entwickeln. Bei manchen der Gespräche vor Ort kam es darauf an, die Ziele der Ausländerpolitik des Landes und der Bundesrepublik Deutschand zu diskutieren, um mehr Verständnis, Zustimmung und Bereitschaft für die Umsetzung landespolitischer Förderinitiativen des SfBW zu wecken.

Es stellte sich oft heraus, dass die Vorstellungen über Sozialisierungsprozesse und traditionelles Rollenverhalten der Kinder von zugewanderten Familien nicht genau genug gekannt oder falsch interpretiert wurden, so dass es zu Missverständnissen kam. Individuelle oder Team-Fortbildung, Einzelgespräche oder „Elternabende" für die ausländischen Eltern (eventuell mit Übersetzung) in der Schule und/oder Hausbesuche waren beispielsweise Wege zur Problemlösung.

Einer der erwünschten Nebeneffekte der Gespräche mit Eingewanderten war, einen differenzierteren Blick für die Stimmung gegenüber AusländerInnen im eigenen Stadtviertel und ein genaueres Bild ihrer Verteilung, ihrer Wohn-, Einkommens- und Lebensverhältnisse und des Verhaltens der eingesessenen Bevölkerung gegenüber den NeubürgerInnen zu erhalten und Vorurteile abzubauen.

Feiertags- und Ferienregelungen bedurften auch häufig der Klärung. Die oft sehr unterschiedlichen Preise für Eisenbahn- und Flugzeugtickets vor, während und nach der Ferienzeit ließen den Familien mit geringem Einkommen vielfach keine andere Wahl, als die Besuche in ihren Heimatländern (zumindest) teilweise in die Unterrichtszeit zu legen, weil sie sich nur so die (emotional hier wie dort) so wichtigen Reisen leisten konnten. Einerseits war flexible und tolerante Handhabung der Regelungen da angeraten und löste manche Spannungen. Andererseits verloren die Kinder auch wertvolle Zeit zum Lernen, so dass diese entgegenkommende Praxis im Laufe der Zeit strenger gehandhabt werden musste. In diesen Zusammenhängen hatte es sich immer als sehr vorteilhaft erwiesen, die ausländischen KollegInnen (für Erziehungshilfe, Elternberatung, Hausbesuche, Förder- und Sprachunterricht) mit ihren besonderen Erfahrungen, Beziehungen und Kompetenzen in die Arbeit mit den Migrantenkindern und ihren Eltern einzubeziehen. Sie waren in vielen Fällen die eigentlichen „Brückenbauer".

In mehreren Bereichen spielte Nevin Lutz von Anfang an in Bremen eine besondere und wichtige Rolle. Sie hatte inzwischen ihr Studium an der Bremer Universität beendet und arbeitete als Grund- und Sonderschullehrerin. Sie leistete anfänglich Dolmetscherdienste, später fachliche Beratung in Schulen, wirkte maßgeblich mit an der Entwicklung von Sprachtests und war tätig als Beraterin für SchülerInnen, Eltern und Lehrkräfte beim SfBW. In der GEW wirkte sie im Bereich Förderung ausländischer Kinder und Interkulturelles Lernen bundesweit und im GEW-Vorstand und Arbeitskreisen wie AGIL in Bremen mit.

Die meisten der vielen Anstrengungen vor Ort bei der Gestaltung der Beschulung der zugewanderten Kinder hingen aufs engste mit der Zuweisung von Extrastunden für dieses weite Aufgabenfeld zusammen. Im Haushalt des SfBW war dafür ein genau nach Verwendungszweck und Höhe definierter Betrag vorgesehen. Eine der Grundlagen dafür waren die statistisch erfassten Zahlen von zugewanderten Kindern, die dem Ressort 30-4 vom Statistischen Landesamt, von der Bremer Einwanderungsbehörde, den Kitas und den Schulen gemeldet wurden. Hinzugerechnet wurde eine Prognose der zusätzlich zu erwartenden ausländischen Kinder und eine gewisse Toleranz wegen möglicher (unabsichtlich) ungenauer Zahlenangaben.

Eine andere Basisgröße war der auf Grund von Tests gemeldete reale und der auf Erfahrungswerten beruhende vermutete Bedarf an allgemeiner Förderung und Unterricht in der deutschen Sprache. Weitere Faktoren waren Stunden für den Unterricht in bestimmten Kernfächern, in anderen (obligaten) Fremdsprachen, im muttersprachlichen Unterricht und in speziell schulinternen Fördermaßnahmen. In unseren Beratungen an den Schulstandorten spielte sowohl die geografische Lage als auch das soziale Einzugsfeld der Schulen und ihre Möglichkeiten zur lokalen Kooperation (z.B. Sonderschule<–>Grundschule/Sek.I oder Grundschule<–>Sek.I oder Schulen der Sek.I und der Sek.II) eine bedeutende Rolle). Wesentlich war auch, wie gut die jeweilige Schule mit Lehrkräften versorgt war, wie viele davon im Förderunterricht eingesetzt werden konnten (und/oder wollten) und wie hoch der reale Bedarf an Neueinstellungen war und befriedigt werden konnte. Nicht zuletzt floss die Vorrangigkeit bestimmter Förderprojekte (oder politischer Setzungen) in die Berechnung und Zuweisung der Stunden mit ein.

Mindestens all diese genannten Faktoren (und noch andere, hier nicht erwähnte) ergaben für die Schulen nach dem „Modell der Eineinhalb-Zählung von zugewanderten SchülerInnen" eine gesonderte Stundenzuweisung für alle Arten von Förderunterricht. Bei Zuweisung der Extrastunden musste ihre zweckgebundene, kontrollierbare Verwendung aus den Stundenplänen ersichtlich werden. Es musste zudem sichergestellt werden, dass der Förderunterricht (etwa durch ständige Randlage im Unterrichtsplan o.ä.) keine unzumutbaren (Mehr)Belastungen für Lehrkräfte und Kinder nach sich zog.

Meine Beratungstätigkeit vermittelte mir insgesamt einen sehr breiten Überblick über und einen wirklich detaillierten Einblick in viele Schulen in allen Stadtteilen Bremens. Ich gewann viele relevante Einsichten und Kenntnisse, weil die Schulen natürlich von der Basis her die Probleme angingen. Ich konnte dementsprechend ihre Rückmeldungen im Referat 30-4 an den SfBW vermitteln.

Dazu gehörten beispielsweise die unmittelbare Betroffenheit der Schulen, ihre Schwierigkeiten oder Erfolge im Umgang mit den durch Einwanderung erzeugten Problemen, ihre Reaktionen auf Mittelzuweisungen oder -kürzungen, die Erhöhung der Zahl von Lehrkräften und von Stunden für Sprach- und Förderunterricht. Auch Ermutigung, Anerkennung und Motivation für die geleistete Arbeit waren wesentlich. Sie spiegelten im Grunde direkt wider, welche Zufriedenheit, welches Engagement und welchen Erfolg die politischen, finanziellen und pädagogischen Entscheidungen und Zielsetzungen des SfBW, letztendlich der Regierung des Landes Bremen, zeitigten bei der Bewältigung der großen Aufgabe der Beschulung von Kindern ausländischer Arbeitnehmer und von Aussiedlerkindern.

Boat People –Vietnamesische Flüchtlinge   1979

Der Vietnamkrieg endete am 1.5.1975 nach 20 Jahren mit der militärischen Niederlage der USA. Im Gefolge flohen in den 1970er-Jahren Tausende VietnamesInnen in Länder der westlichen Welt. Ich erinnere mich noch sehr gut daran, als die ersten sogenannten boat people nach Bremen kamen. Diese vietnamesischen Bootsflüchtlinge waren von der „Cap Anamur"* aufgenommen worden.

* Cap Anamur - Rettungsschiff für Geflüchtete der deutschen Not-Ärzte in den 1970er-Jahren

Endlich, nach Wochen auf See, hatten sie ihren rettenden Hafen erreicht und waren in Sicherheit. Sie konnten daran denken, ihre neue Zukunft in Deutschland aufzubauen.

Dazu gehörte in vorderster Linie, dass ihre Kinder beschult werden mussten., wie man das damals nannte, Die jungen VietnamesInnen fanden ihre erste schulische Heimat in einer Grundschule in Schwachhausen.

Ich hatte 1979 den Auftrag, mich nach der Aufnahme der Kinder in diese Schule speziell ihrer Belange anzunehmen. Die Bremer Vietnamesen (ob jung oder alt) hatten sogleich eine Art (eine Kunst) des Überlebens in unserer, d. h. in ihrer neuen Gesellschaft, gelernt und entwickeln können, die mich in Erstaunen, ja, in Bewunderung versetzte. Ihre Erfahrungen hatten sie stark gemacht. Die Kinder waren, für mein Empfinden, so unglaublich leise und unauffällig, eifrig und belastbar, kontaktfreudig und anpassungsfähig, dass der Umgang mit ihnen leicht war trotz anfänglicher sprachlicher Schwierigkeiten. Wie ich beobachtete, waren sie im Unterricht äußerst diszipliniert, aufmerksam und lernwillig. Sie stellten – trotz ihrer dramatischen Flucht aus ihrer Heimat und ihrer bedrückenden Erlebnisse auf der langen Reise, vielleicht aber auch gerade deswegen – für uns in der Behörde des SfBW kaum das dar, was man auch damals schon generell als „soziales Problem" zu bezeichnen pflegte. (Was lässt sich nicht alles in dieser schwammigen Formulierung verstecken!)

Den vietnamesischen Eltern gelang es – nach meinen Feststellungen weitgehend aus eigener Kraft –in erstaunlichem Maß, mit ihren eigenen traumatischen Erfahrungen und denen ihrer Kinder umzugehen und sie bei ihrer schulischen und beruflichen Integration zu begleiten. Die vietnamesischen Eltern waren sehr kooperationswillig und -fähig in ihrem Umgang mit unserer Behörde, was die Zusammenarbeit sehr förderte und sehr hilfreich für die Kinder war.

Im bremischen Schulalltag bereiteten uns die Kinder keinen wesentlichen Kummer, dennoch kümmerten wir uns gern um das Wohlergehen der vietnamesischen Kinder in ihrer neuen Heimat Bremen.

Die Geflüchteten erfuhren in Schwachhausen viel Zuneigung und Hilfe. Ich frage mich, ob das allseitige, empathische Wohlwollen, welches man „den Vietnamesen" entgegenbrachte, ein Ausdruck der Erleichterung war darüber, dass diese Menschen der staatlichen Verfolgung, der politischen Hölle in ihrer Heimat entkommen waren. Oder war es eine Äußerung des schlechten Gewissens und zugleich des Zorns darüber, so lange toleriert zu haben, dass Millionen unschuldiger Menschen in Vietnam (und nicht nur da) Jahrzehnte unter dem Vormachtstreben der westlichen Großmächte leiden und sogar ihr Land verlassen mussten. Erst Jahrzehnte nach Ende des Zweiten Weltkriegs beendeten Frankreich, andere europäische Mächte und die USA ihre Kolonialkriege.

SZD – Leitung der Gymnasialen Abteilung   1982–1990

Im Herbst 1981 gab es unverhofft ein Ereignis, das meinen Lebensweg entscheidend beeinflusste und veränderte: Mir wurde vom Senator für Bildung und Wissenschaft (SfBW) die Leitung der gymnasialen Abteilung des Schulzentrums an der Drebberstraße in Bremen angetragen. Die Stelle musste wegen des plötzlichen Todes des damaligen Abteilungsleiters neu besetzt werden. Diese Einladung kam für mich völlig überraschend. Ich hatte als „Butenbremer" (kein geborener Bremer) weder privat noch gewerkschaftlich oder behördlich „hilfreiche" Beziehungen. Dieses Angebot, so meine ich sagen zu dürfen, konnte ich als einen Beweis für das Vertrauen betrachten, das man mir für meine Arbeit in Bremens Bildungseinrichtungen entgegenbrachte.

Auf die Ausschreibung vom Oktober 1981 hin bewarb ich mich auf die Funktionsstelle am SZD. Beim SfBW wurde ich als Pädagogischer Mitarbeiter wieder freigestellt. In den folgenden Wochen durchlief ich alle amtlichen und schulischen Gremien und erhielt bei den damit verbundenen Wahlen breite Zustimmung. Mir wurde ab dem 1.2.1982 die Funktionsstelle am SZD übertragen, die ich bis zum 31.1.1990 gemäß der damals geltenden Ausschreibung innehatte.

Die Mitarbeit in der Schulleitung und die Mitverantwortung für das Wohl und Wehe dieser großen Schule und ihres dynamischen Kollegiums war eine enorme Aufgabe und eine ständige, sehr reizvolle Herausforderung.

Wie die Brüder Grimm uns so glaubhaft erzählen, sagte einstmals der Esel zum Hahn: „Ei was, zieh' lieber mit uns fort, wir gehen nach Bremen. Etwas Besseres als den Tod findest du überall. Du hast eine gute Stimme, und wenn wir zusammen musizieren, so muss es eine Art haben."

Es erfüllt mich mit Genugtuung, dass ich in meiner Wahlheimat Bremen nahezu zwei Jahrzehnte meine Kräfte und Fähigkeiten am SZD einsetzen durfte und meine „gute Stimme" im Chor meiner KollegInnen" erheben konnte. Es hatte schon so „eine Art" – für Bremen fast einzigartig – dort in den „Häusern" mitzuarbeiten an der zeitgemäßen Realisierung kooperierenden Unterrichtens, integrierenden Einsatzes der Lehrkräfte und kollegialen Umgangs miteinander.

Wie weit die von mir geleistete Arbeit für das SZD und den Stadtteil erfolgreich, wie weit das in mich gesetzte Vertrauen gerechtfertigt war, lasse ich meinen ehemaligen Schulleiter und Kollegen Klaus Schomacker sagen. Kurz nach seiner Pensionierung verstarb er – leider zu unser aller Bedauern viel zu früh! Ich habe ihm viel zu verdanken!

1990 schrieb Klaus Schomacker:

„Wichtiger Schwerpunkt in der Arbeit von Herrn Lutz, die sich speziell aus seiner Funktion als Gymnasialabteilungsleiter ergab, waren alle Aspekte des Übergangs aus der Sekundarstufe I in die Oberstufe. Nicht zuletzt dank ausgezeichneter Kontakte zu den verantwortlichen Kollegen der für uns hauptsächlich zuständigen Schulzentren Im Holter Feld und An der Walliser Straße wurden erfolgreiche Formen der Zusammenarbeit entwickelt. Dies gilt zum einen für das Beratungsverfahren beim Übergang, für das mit Schülerhospitationen, Informationsveranstaltungen für Schüler und Eltern sowie individuelle Gesprächstermine vielfältige Möglichkeiten geschaffen wurden. Die Zusammenarbeit wurde zum anderen durch wechselseitigen Lehrereinsatz vertieft, der sich nicht allein aus der Über- bzw. Unterversorgung der beiden Schulen ergab, sondern zum besseren gegenseitigen Wissen voneinander auch gezielt organisiert wurde.

Die Arbeit im Leitungsteam unserer Schule wird seit der Einrichtung von Schulzentren von dem Grundsatz geprägt, Angelegenheiten der Abteilungen nur dann zu betonen, wenn dies aus pädagogischen und inhaltlichen Gründen notwendig ist. Alle darüber hinaus anfallenden Aufgaben werden schulartenübergreifend bearbeitet und ergeben sich aus dem jeweiligen Sachzusammenhang bei entsprechender Aufgabenverteilung unter den Schulleitungsmitgliedern. Diese Prioritätensetzung gilt auch für den Unterrichtseinsatz der Lehrkräfte. Es war darum auch für Herrn Lutz immer selbstverständlich, Unterricht in anderen Abteilungen zu erteilen. Dabei fand seine Arbeit sowohl in der Orientierungsstufe als auch in der Realschule bei Schülern, Eltern und Kollegen große Anerkennung.

Im Rahmen der schulleitungsinternen Geschäftsverteilung ist Herr Lutz u. a. für die Betreuung der Referendarinnen und Referendare zuständig. Dank eigener Unterrichtskompetenz und freundlich-bestimmter Ansprache wird Herr Lutz gern als Gesprächspartner für die in der Ausbildung stehenden Kolleginnen und Kollegen akzeptiert. Seine Fähigkeiten in der Lehrerausbildung werden darüber hinaus durch mehrjährige Tätigkeit als Prüfungsausschussmitglied des Landeamtes für Schulpraxis und Lehrerprüfung anerkannt.

Die mehrjährige Tätigkeit in der Türkei prädestinierten Herrn Lutz für die Zuständigkeit bei ausländischen Schülern sowie Aus- und Übersiedlerkindern. Sein umfangreiches Wissen um die grundsätzlichen Voraussetzungen und die speziellen schulischen Bedingungen in einem anderen Kulturkreis war nicht nur für die Organisation von Fördermaßnahmen hilfreich. Dank sprachlicher Kompetenz und besonderen Verständnisses für die Situation von Mitbürgern aus anderen Ländern ist Herr Lutz immer wieder wichtiger und anerkannter Gesprächspartner für Schüler, Eltern und Kollegen.

Die Verabschiedung durch Klaus Schomacker, SZD Bremen 1997

Ein wichtiges Aufgabenfeld für Herrn Lutz sind alle Bereiche, in denen es um die Gestaltung der Schule und des Schullebens geht. Herr Lutz war unverzichtbarer Initiator und aktiver Mitarbeiter bei gelungenen Gestaltungsmaßnahmen im Schulgebäude und führte erfolgreich Studienfahrten und Schüleraustauschprogramme durch.

Herr Lutz ist ein hochmotivierter, fleißiger und sachkompetenter Kollege, der sich besonders der Gemeinsamkeit in Schulleitung, Kollegium und Schule insgesamt verpflichtet sieht. Er ist freundlich und bescheiden, ohne jedoch Konflikte zu scheuen."

Ausschüsse 1975–1994

Jahrelang gehörte ich Gutachterausschüssen zur Prüfung von Lehr- und Lernbüchern für die Unterrichtsfächer DaF/Deutsch als Fremdsprache, DaZ/Deutsch als Zweitsprache und Muttersprachlicher Unterricht Türkisch an. (Materialien von Schulbuchverlagen in der Türkei und in der Bundesrepublik Deutschland) Es galt immer, abzuwägen, wie weit und in welcher Form sie nationalistische türkische Denkweisen und Ideologien enthielten, kulturelle Eigenheiten und Traditionen berücksichtigten, ethnische und religiöse Probleme thematisierten und politischen Fragestellungen auf der Grundlage demokratischer Bewertungen nachgingen (zum Beispiel Grenzen und Landesflächen, Staatsflagge, historische Ereignisse, wissenschaftliche Richtigkeit des Stoffes, wichtige Traditionen, ethnische Differenzen, die türkische Sprache und Staatsangehörigkeit im Vielvölkerland Anatolien, usw.)

Umgekehrt war aber auch immer zu bedenken, wie weit diese Materialien die hiesigen Lebensbedingungen der zugewanderten SchülerInnen berücksichtigten, wie weit sie sprachlich und inhaltlich ansprechend, friedenstiftend und vorurteilsfrei, wahr und nachprüfbar waren, den bremischen Bildungszielen und Lehrplänen, demokratischen Prinzipien und dem Gedanken der Integration der Zugewanderten in unsere Gesellschaft entsprachen.

Zu meinem Aufgabenbereich gehörte viele Jahre lang an der Universität Bremen die Tätigkeit als Begutachter von Prüfungsarbeiten und als Beisitzer oder Vorsitzender in den Ausschüssen für die Ersten Staatsprüfungen in DaF/Deutsch als Fremdsprache – DaZ/Deutsch als Zweitsprache. Ebenso war ich am Studienkolleg von 1976 bis 1984 (Auflösung des Kollegs) beteiligt als Prüfer bei der Feststellung der Hochschulreife ausländischer StudienbewerberInnen und bei der Beurteilung von Vorschlägen für die mündlichen Abschlussprüfungen bzw. schriftlichen Abschlussarbeiten im Fach Türkisch von BerufsschulabsolventInnen und/oder AbiturientInnen.

Im Jahr 2003 wurde ich zusammen mit anderen MitstreiterInnen wegen unserer jahrelangen Unterstützung bei der Etablierung des muttersprachlichen Unterrichts in Türkisch als reguläres Fach in Schulen auf einem Symposion am Heinrich-Böll-Gymnasium in Bochum geehrt.

Hellmuts Ehrung im Heinrich-Böll-Gymnasium, Bochum 2003

WAS SUCHT DER ELEFANT DENN IN BREMEN?
VOM 20. INS 21. JAHRHUNDERT

Im (Un)Ruhestand

Ich zähle mich zu den Glücklichen, die ihren Ruhestand mitsamt altersbedingten Zipperlein genießen und am Leben immer noch Spaß haben. In das berüchtigte Loch bin ich nicht gefallen, so habe ich die Muße und die Lust, das eine oder andere aus meiner Lebensgeschichte zu erzählen.

Zu ihr gehört Bremen unbedingt dazu. Es ist für mich immer eine besondere Stadt gewesen. Sie gefiel mir einfach, ohne dass ich den Grund dafür genau beschreiben kann. (Ähnlich soll das ja auch sein, wenn man sich in einen Menschen verliebt, heißt es.) Und weil Bremen mich innerlich schon beim ersten Sehen so stark angesprochen hatte, ist es nur recht, dass ich, ein wenig stolz auf sie, über die Stadt schreibe.

Ich erinnere mich noch gut an die vielen Ruinen und Baulücken der von Bomben zerstörten Häuser, die ich 1952 bei meinem ersten Besuch sah und die mich ahnen ließen, wie schön Bremen früher gewesen sein musste. Im Laufe der vielen Jahre hat Bremen die meisten seiner Kriegswunden geheilt und viele auch architektonisch gelungene Gebäude, ja, ganze Stadtviertel, dazubekommen. Als große Stadt bietet Bremen einerseits nahezu alles, was man sich wünscht und was zu einer Metropole dazugehört. Das wird uns jetzt erst richtig klar, weil wir wegen der Corona-Pandemie so viel von Bremens materiellem, geistigem und kreativem Reichtum nicht mehr genießen und nutzen können. Andererseits ist die Hansestadt klein und übersichtlich, gemütlich und vielgesichtig genug, sodass man hier daheim ist und sich auskennt, sich das Gefühl dieser Stadt fast wie einen angenehm passenden, wohligen Kittel überstreift, sich gut fühlt. Für mich ist Bremen durchaus so etwas wie eine Heimat geworden, vielleicht trotz seiner Macken, vielleicht gerade wegen seiner eigenen Art. Der Stadt und dem Land Bremen geht es nicht gut in dieser Zeit der weltweiten Krisen und der Covid-19-Seuche, die immer öfter dazu zwingt, in die Geldkiste zu langen, in der sowieso zu wenig ist. Die Stadt wird oft und deutlich (aber nicht immer hilfreich) kritisiert. Unzufriedenheit und Tadel sind leicht zu formulieren, Worte der Anerkennung für Bremen höre und lese ich zu selten!

Bremen ist wirklich gebeutelt – man schlägt den Esel und meint den Sack! Ja, ja, ich weiß, da ließe sich noch vieles sagen. Aber eins darf man den Bremern sicher nicht nachsagen: sie sitzen gewiss nicht bequem auf ihren Pfeffersäcken und lassen der Weser ihren Lauf. Schon ein flüchtiger Blick rund um uns her genügt da.

Was hat die Hansestadt seit Jahrhunderten doch an Großartigem hervorgebracht! Hinter jedem Namen, den man nennt, stehen zwei drei andere, die auch eine Erwähnung verdient hätten. Bedeutende Firmen und hervorragende Bürgermeister, weitsichtige Unternehmer und zuverlässige Arbeitende, ideenreiche Erfinder und großherzige Mäzene, reformerisch aktive PädagogInnen und gegen Rassismus und Kolonialismus kämpfende Bürger und Bürgerinnen gehören dazu. Welche Produkte und Ideen, was alles nahm und nimmt noch immer von hier seinen Weg: wagemutige Flieger und Millionen von ebenso wagemutigen Auswanderern, Kaffee und Tee, Pfeffer und Salz, Fisch und Bananen, Bier und Cornflakes, Baumwolle und Edelhölzer, Automobile und Flugzeuge, Schiffe und Schokolade und Edelstahl, Satelliten und Weltraumraketen und noch soviel mehr.

Eine Anmerkung am Rande: Wenn es den 2. Weltkrieg nicht gegeben hätte und mein Vater in einem freien Land Tansania weitergelebt hätte, wäre wohl auf „Nashallo" alles anders gelaufen. (Wie reizvoll solch eine Spekulation ist!) Mein Vater hätte seinen Arabica-Kaffee sehr wahrscheinlich über Bremen, auch damals schon Deutschlands größter Importhafen für Kaffee, eingeführt. Im Jahr 2022 sind immerhin 600.000 Tonnen dieser beliebten Bohnen in einer Million Säcken in Bremens Speichern eingelagert.

Die Universität Bremen – auch unsere Uni

Ich empfinde es als eine große Ehre und persönliche Erfüllung, dass ich über zwanzig Jahre bis zu meiner Pensionierung im Jahre

1997 im schönen Bremen meinem Beruf nachgehen, ja, vielleicht sogar meiner Berufung folgen konnte– das ist wohl weit mehr, als die Bremer Stadtmusikanten sich je erhofft hatten!

Rede ich von der Freien Hansestadt Bremen, sollte ich gleich zu Anfang davon sprechen, dass sich hier schon in der noch jungen Weimarer Republik bremische Schulen an die Spitze pädagogischer Reformbewegungen setzten und damit Lehren und Lernen in Deutschland für immer zum Besseren veränderten. In unserer Zeit ist Bremen das erste Bundesland, welches entschlossen begonnen hat, in den Erziehungs- und Bildungseinrichtungen das schwierige Vorhaben (der von der UNO geforderten) Inklusion der Inklusion zu verwirklichen.

Die bremische Offenheit für soziale und politische Veränderungen führte 1971 zur Gründung einer Reform-Universität, die in ihrer kurzen Geschichte immerhin den Status einer Elite-Universität erreichte. (Am Rande bemerkt: Mit dem Sozialwissenschaftler Thomas von der Vring, ihrem Gründungsrektor, traf ich mich 1960/61 öfters mit Löffel und Schürze am gemeinsamen Kochtopf in der Küche des Studentenheims an der Bockenheimer Warte in Frankfurt.)

Uns, Nevin und mich, verbindet ein Gutteil unserer Arbeit mit der Uni: Nevin bestand 1984 ihr Staatsexamen an der Uni Bremen; ich war dort jahrelang Mitglied in Ausschüssen für Staatsprüfungen in Deutsch-DaF/DaZ und Türkisch.

Dank Professor Dr. Klaus Liebe-Harkort begegneten wir in der Universität Bremen Aziz Nesin, dem großen Dichter und Schriftsteller (von dem ich an anderer Stelle des Buches spreche).

Der Elefant

Seit weit über hundert Jahren spielen Handelsbeziehungen von Bremer Unternehmern und Kaufleuten zu Ländern in Übersee eine enorme Rolle. Im Pazifikraum unterhielten schon seit 1855 norddeutsche Kaufleute Handelsstützpunkte. „Am 1. Mai 1883 erwirbt", wie immer auch dieser Kauf zustande gekommen sein mag, „der Bremer Kaufmann Adolf Lüderitz die Angra-Pequena-Bucht im Südwesten Afrikas. In den folgenden Wochen kauft er weitere Gebiete dazu, aus denen später die Kolonie Deutsch-Südwestafrika entsteht."[150]

Geradezu im Handumdrehen wurden schon wenige Jahre später – als eines der Ergebnisse der Berliner Konferenz 1884/85 – aus den zu Handelszwecken erworbenen Gebieten in Afrika, einem Teil von Neuguinea, Neuguinea, im Gebiet von Tsingtau/China und aus einigen in China und auf einigen Pazifikinseln Schutzgebiete des Deutschen Reiches und damit faktisch Kolonien. Die Hafenbetreiber, Lagerhausbesitzer und Kaufleute in Bremen und Hamburg waren also von Anfang an in den Kolonien mit dabei. Es ist eine bemerkenswerte Koinzidenz, dass 1881 die Planungen für die Erbauung zweier Hafenbecken in Bremen und für die Begradigung und Vertiefung der Weser abgeschlossen waren. Mitte der 1880er-Jahre war auch schon der Bau des großen Beckens I des Freihafens vollendet. Ich verweise auf die riesigen Speicher, seinerzeit die größten der Welt, die in Hamburg und Bremen noch heute an jene Zeiten vor etwa 130 Jahren erinnern und immer noch wirtschaftlich (und touristisch-Weltkulturerbe) für beide Städte von großer Bedeutung sind! Unter der Leitung des Bremer Wasserbauingenieurs Ludwig Franzius[149] wurde 1887 der Ausbau der Fahrrinne zwischen Bremerhaven und Bremen für Schiffe bis zu fünf Meter Tiefgang angefangen (1884 Beginn des wilhelminischen Kolonialismus). 1895 war die Weserkorrektur im Wesentlichen abgeschlossen und war Bremen (60 km im Inland) erstmals für alle damals gängigen Frachtschiffe des internationalen Handels erreichbar geworden.

Frau Wiebke Arndt, die Direktorin des so eng mit der deutschen Kolonialgeschichte verbundenen Bremer Überseemuseums, ist im Mai 2022 zur Leiterin des Deutschen Museumsbundes gewählt worden. Eines ihrer Hauptziele ist es, mit den Museen der BRD die Kolonialgeschichte so intensiv wie möglich aufzuarbeiten und die ehemaligen Kolonien bei ihrer Entwicklung zu unterstützen. Das Überseemuseum nimmt, dank Frau Arndt, in Deutschland eine führende Rolle ein. Sie will dafür sorgen, dass den Bewohnern dieser Länder, wo es möglich und sinnvoll ist, die Kunstschätze und Kultgegenstände zurückgegeben werden, die ihnen von den Kolonialherren geraubt wurden. Erfreulicherweise wird die BRD ab 2022 die sogenannten „Benin-Bronzen" (über 400 davon sind in Berlin, einige davon auch in Bremen) an Nigeria zurückgeben. Etwa 4.000 dieser Kunstwerke wurden 1897 von Großbritannien im Königreich Benin geraubt und kamen in europäische Museen.

Die Vernichtung der Herero und der Nama gilt heute unbestritten als Völkermord. Die Regierung der BRD hat 2021 zwar anerkannt, dass in Südwestafrika damals diese Untat begangen worden ist und hat offiziell um Entschuldigung gebeten. Aber von einer angemessenen Entschädigung ist bisher in Berlin nicht die Rede!

Zu einem Teil erklärlich wird dies, weil jede Art von finanzieller Entschädigung (im politischen Sinne von Wiedergutmachung) für die ehemals deutschen Kolonien von den Regierungen anderer ehemaliger Kolonialmächte mit argwöhnischen, scharfen Augen beobachtet wird. Es wird befürchtet, dass solche deutschen Leistungen an ehemalige Kolonien als Präzedenzfälle gelten könnten für Wiedergutmachungsansprüche an andere einstige Kolonialmächte.

In Bremen haben sich schon vor etlichen Jahren historisch und politisch bewusste BürgerInnen an die praktische, politisch wirksame Aufarbeitung (wenigstens) von Teilen der jüngeren bremischen Kolonialgeschichte gemacht.

Die Stadt begann schon Ende der 1970er-Jahre mit dem Aufbau eines heute sehr umfangreich bestückten Schulmuseums. Es rettete viele wertvolle Dinge, die sonst bei der Schließung vieler Schulgebäude in den 1970er- und 1980er-Jahren verloren gegangen wären. So präsentiert es die Geschichte des Bremer Schulwesens von 1880 bis heute (Reformschulen, Schullandheime, Erziehung zur Nazi-Zeit, Neubeginn nach 1945, heutige Schullandschaft, etc.) und lässt sie sogar in original eingerichteten Klassenzimmern nacherlebbar werden. In Ausstellungsstücken, Schulbüchern und Kartenwerken sowie auf den Atlanten und Globen, die dort zu sehen sind, werden die Zusammenhänge Bremens mit den Kolonien dankenswerterweise sehr klar präsentiert. (Horst Massmann wirkte an all diesem an entscheidender Stelle mit.)

Hans Koschnik war 18 Jahre lang als Bürgermeister verantwortlich für das ökonomische Wohl und Wehe und für die demokratische Weiterentwicklung Bremens. Von 1994 bis 1996 war er als EU-Administrator zur Wiederherstellung des Friedens in Bosnien-Herzegowina berufen. Ihm gelang es, die Versöhnung der moslemischen und der christlichen BewohnerInnen Mostars einzuleiten. Eine bleibende kolonialgeschichtliche Erinnerung und ein symbolisches Zeichen der Mahnung und Dankbarkeit für seine Arbeit im Sinne der Völkerverständigung ist in Mostar die osmanische Brücke von 1562. Sie wurde im Krieg 1993 gesprengt und 2004 wieder aufgebaut. (Um einem Irrtum vorzubeugen: „Die Brücke über die Drina" (berühmter Roman von I. Andric) befindet sich in Visegrad. Auch sie wurde mehrfach zerstört und wiederhergestellt.)

In den 1990er-Jahren setzte sich der Bürgermeister Henning Scherf in seinem Amt für eine, wenn so etwas überhaupt jemals möglich ist, ehrliche Wiedergutmachung und wirkliche Aussöhnung mit den Völkern Afrikas (vor allem Namibias) und Lateinamerikas ein. Auf seine politisch so wirksame und sehr persönliche Weise war er ein Vorbild dafür, wie Wege gefunden werden können, die aus der Verstrickung in die unselige Kolonialzeit zur Versöhnung der Völker und einer neuen Beurteilung des Kolonialismus führen. Dank sei ihm dafür!

Der Elefant / Anti-Kolonialismus-Denk-Mal und Steine aus der Omaheke-Wüste, Bremen 2021 (Foto: Nevin Lutz)

Seit 90 Jahren hat Bremen einen Elefanten. Er hat keinen Namen, heißt einfach „der Elefant" und hat sich noch nie von der Stelle gerührt, an die er damals platziert wurde. Trotz seines Alters sieht er immer noch recht ordentlich aus, weil man ihn gut pflegt. Aber er hat neun Jahrzehnte die Gemüter und Herzen vieler engagierter Menschen, von den tagenbaren (frei geboren) Bremer BürgerInnen bis zu den BesucherInnen aus aller Welt, immer wieder heftig bewegt. Mit der Eindrücklichkeit, die von ihm ausgeht, veranlasst er uns zum Nachdenken über uns und unsere Geschichte sowie die wichtige Botschaft und Aufgabe zur Aussöhnung und des Friedens mit den Völkern der Erde.

Und hier ist die Geschichte des Elefanten:

„1908 wurde in Berlin ein Kolonialkriegerdenkmal geplant, das den auf außereuropäischem Boden gefallenen 1.490 Deutschen gewidmet werden sollte."[151]

Man findet den Elefanten „im Nelson-Mandela-Park im Stadtteil Schwachhausen, Ortsteil Bürgerweide-Barkhof in der Nähe des Hauptbahnhofs."[152] „Das ... aus dunkelroten Oldenburger Klinkern in der Form eines Elefanten gemauerte Monument" zu Ehren der Gefallenen „wurde 1932 nach einem Entwurf des Bildhauers Fritz Behn durch den Architekten Otto Blendermann errichtet."[153] 1932 übte die NSDAP ihren Einfluss im öffentlichen Bewusstsein schon überall deutlich aus. Wir können heute nur mit ungläubigem Entsetzen nachlesen, was man bei der Einweihung des Denkmals seinerzeit ausposaunte.

Den ideologischen Grundton schlug E. Achelis an mit den Sätzen: „Fort mit dem Geschehen der Vergangenheit, mit Lüge und Verleumdung; wir Deutsche verlangen unser Recht. Die Anerkennung notwendiger Lebensbedingungen. Unverzügliche Rückgabe unseres eigenen Landes, ehrlich erworbenes und ehrlich verwaltetes Gut, von unseren Vätern uns hinterlassenes teures Erbe: die deutschen Kolonien [154]."

General Lettow-von-Vorbeck tönte in Bremen in der Uniform der Kaiserlichen Schutztruppe: „Ein großes Volk muss Kolonien haben, um leben zu können. Ein großes Volk treibt Kolonialpolitik nicht nur, um Kultur zu verbreiten, ein großes Volk treibt Kolonialpolitik in erster Linie (um/A.d.V.) seiner selbst willen. Nicht eine Weltmission ist die Hauptsache, es gilt eine nationale Notwendigkeit.

Ohne Kolonien muss ein blühendes Volk ersticken. Kolonien sind der Ausdruck der Kraft einer Nation."[155]

Der „Zusammenhang zwischen dem deutschen Kolonialismus, seinen rücksichtslosen Kolonialkriegen und Hitlers späterem Vernichtungsfeldzug im Osten ist in der Geschichtswissenschaft ein ... umstrittenes Thema."[156] „In einer Entschließung der Bremer Bürgerschaft vom 19. September 1989 folgte man der in Den Haag gestarteten europäischen Aktion *Städte gegen Apartheid*. In der Entschließung heißt es: „Die Stadtbürgerschaft begrüßt … die laufende Renovierung und Umwidmung des Kolonialdenkmals (der Elefant an der Bürgerweide) zu einem Antikolonialdenkmal."[157]

„Am 18. Mai 1990 wurde der Elefant beim Namibia-Freiheitsfest in „Anti-Kolonial-Denk-Mal" umbenannt."[158] „Im Juni 1996 besuchte der namibische Staatspräsident Sam Nujoma die Hansestadt und enthüllte zusammen mit Bürgermeister Henning Scherf eine … Bronzetafel mit der Aufschrift: Zum Gedenken an die Opfer der deutschen Kolonialherrschaft in Namibia 1884–1914, S. E. Dr. Sam Nujoma, Präsident der Republik Namibia, Dr. Henning Scherf, Präsident des Senats der Freien Hansestadt Bremen, Eingeweiht 21. Juni 1996"[159]

„2009 wurde ein Erinnerungsort für die Opfer der Nama und Ovaherero während des Kolonialkrieges in Namibia (1904–1908) in unmittelbarem Dialog mit dem Elefanten angelegt. Dabei wurden Steine aus der Omaheke-Wüste in Namibia, in der viele Herero nach der Schlacht am Waterberg verdursteten, nach Bremen geschafft, um dort zum kreisförmigen Erinnerungsort gestaltet zu werden."[160] Eine andere Tafel sagt uns: „Unsere Gesellschaft hat begonnen, aus dieser Entwicklung" (d.h. aus dem Antikolonialismus /A.d.V.) „zu lernen."[161]

Diesen Worten fügte ich als jemand, der in der ehemaligen Kolonie Deutsch-Ostafrika geboren wurde, hinzu:

Außenminister Maas verkündete am 28.5.2021, dass die Bundesrepublik Deutschland die Vernichtung der Herero und Nama im Krieg von 1904 bis 1908 als Völkermord anerkenne und Namibia für diese Verbrechen um Vergebung bitte. Mit 1,1 Mrd. € werde die BRD durch besondere Projekte die Entwicklung Namibias fördern. Reparationszahlungen werde es nicht geben.

Diese „Einigung" zwischen den Regierungen Namibias und Deutschlands stößt auf großes Unverständnis und wiederholt heftigen Protest (zuletzt im Januar 2022) bei den SprecherInnen der Ovaherero und Nama. Im Hinblick auf die begangenen Verbrechen und angesichts der heute immer noch herrschenden großen Benachteiligungen, unter denen die Nama und Ovaherero zu leiden haben, kritisieren sie (und der Autor dieses Buches), dass diese Völker mit 1,1 Mrd. Euro regelrecht abgespeist werden sollen.

Ich frage mich, ob die Einstellung der SprecherInnen der eingesessenen namibischen Völker berechtigt ist. Das Angebot der BRD bedeutet, auf die Laufzeit von 30 Jahren umgerechnet, etwa 37 Mio. € an Leistungen pro Jahr. Das sieht nach viel Geld aus. Es mag für namibische Verhältnisse sogar sehr viel Geld sein. Ich meine aber dennoch, dass das Angebot völlig unangemessen ist angesichts der Entwicklungsaufgaben, vor denen Namibia steht. Widerspricht es nicht dem Geist der Versöhnung zwischen den Völkern, den Präsident Sam Nujoma und Bürgermeister Henning Scherf 1996 bei der Einweihung der Bronzetafel (am Elefanten) „Zum Gedenken an die Opfer der deutschen Kolonialherrschaft in Namibia 1884–1914" beschworen? In der BRD kostet ein (1) km Autobahnneubau (billigster Ausführung) durchschnittlich mindestens genauso viel wie eine der geplanten Jahresraten für Namibia!!! Der Ausbau der Berliner Stadtautobahn um weitere drei (3) km wird 500 Mio. € kosten. Der Preis jeder einzelnen der vier von der Bundesmarine bestellten Fregatten soll bei über 1,1 Mrd. € liegen. (Dies sind öffentlich bekannte, von jedermann nachprüfbare Zahlen!) Erst im Vergleich wird (mir) deutlich, wie beschämend dieses Angebot der BRD an die Menschen Namibias ist!

Aziz Nesin und sein „Paradies für Kinder" / „Çocuk Cenneti"

In den späten 1980er-Jahren lernten wir Aziz Nesin, den großen türkischen Dichter, Satiriker, Romane- und Theaterstückeschreiber, Erzieher, Gewerkschafter und Kämpfer für die Menschenrechte persönlich kennen. Er kam auf Einladung von Klaus-Liebe Harkort, Nevins Lehrer an der Uni Bremen, öfters auf seinen Vortragsreisen nach Bremen. Wir waren von seiner Persönlichkeit und seinem Lebenswerk sehr beeindruckt. Vor allem hatte es uns seine Stiftung „Çocuk Cenneti" („Kinderparadies") in Çatalca bei Istanbul angetan. Professor Dr. Klaus Liebe-Harkort hatte 1998 (drei Jahre nach Aziz Nesins Tod) zusammen mit Professor Dr. Ali Nesin (Sohn Aziz Nesins) „FöNeS", den Förderverein der Nesin-Stiftung zur Unterstützung des Kinderparadieses, gegründet. Als wir gefragt wurden, ob wir Mitglieder der Stiftung werden wollten, waren wir mit ganzem Herzen dabei. Auch heute noch unterstützen wir gern die Kinder in ihrem „Paradies".

Çatalca Kinderparadies Nesin Stiftung 2009

Çatalca Kinderparadies Nesin Stiftung 2009

Im Juni 2009 besuchten Nevin und ich das Kinderparadies, um es näher kennenzulernen und um dort zu arbeiten. Im September 2009 wurde das Haus und das ganze Gelände mit seinen Gemüsegärten und Obstbäumen bei einer großen Überschwemmung schwer beschädigt. Die Untergeschosse des Hauses standen im meterhohen Schlammwasser!

Im September reiste ich erneut dorthin, um bei den Aufräum- und Reparaturarbeiten zu helfen.

Im Oktober kam ich mit meinem Freund Franz Hämmerle noch einmal nach Çatalca. Wir konnten zusammen vieles wieder in Ordnung bringen, für das niemand sonst bis dahin Zeit gehabt hatte. Heute ist das Kinderdorf schöner denn je.

Nevin und ich fuhren im Juli 2010 noch einmal ins Kinderparadies und suchten diesmal in erster Linie in der Bibliothek nach geeigneten Texten für unser Schulprojekt „Aziz Nesin in der Schule".

... und dann wurde 2016 daraus unser Buch „Çocuklarıma – An meine Kinder –To my Children"

Wir beide, Nevin und ich, fühlten uns aufgefordert, Aziz Nesins literarisches Werk, seine großen Gedanken und sein lebendiges Kinderparadies, seine immer noch aktuelle und stets wieder herausfordernde Botschaft unter mehr Menschen bekannt zu machen. Deswegen begannen wir etwa um das Jahr 2007 herum damit, Prosatexte und Gedichte auszusuchen, in denen sich Aziz Nesin auseinandersetzte mit vielen Aspekten unseres Tuns, Fühlens und Denkens, mit Gott, mit uns Menschen, mit der Welt, kurzum, mit allem, was die Vielgestaltigkeit unseres Lebens ausmacht. Wir übersetzten sie aus dem Türkischen ins Deutsche und Englische und bereiteten sie für eine Publikation in Buchform vor. Zu allen Texten schrieben wir jeweils in den drei Sprachen Anmerkungen und zehn weiterführende Fragen. Nevin zeichnete zu jedem Text ein thematisch passendes Bild.

Am Schulzentrum an der Drebberstraße (heute heißt es Wilhelm-Olbers-Schule zu Ehren des Bremer Astronomen) probierten wir im Mai 2012 in einer 9. Gymnasialklasse im Rahmen eines Projekts „Lyrik im Fremdsprachenunterricht" die Vorstellungen über unser Buch aus. Herr Carl Böhm von der Schulleitung und meine geschätzte Kollegin Hannelore Schmidt-Schuhmacher waren mir eine große, engagierte Hilfe bei der gelungenen Umsetzung dieses Projektes, das uns nützliche Anregungen für das geplante Buch vermittelte.

Im Oktober 2012 boten wir an der Neuen Oberschule Gröpelingen (NOG) das Vorhaben „Aziz Nesin im Unterricht" in einer 7. Klasse im Rahmen einer Projektwoche zum Fremdsprachenunterricht an. Die sehr wohlwollende Unterstützung durch Frau Jakobsen (Schulleiterin), Herrn Neidhardt (Fachsprecher für Deutsch) und

534

Herrn Sinan Erdoğan (der interkulturelle Lehrer und „Brückenbauer" an der NOG) machte unser Vorhaben zu einem großen Erfolg und brachte uns wertvolle Erkenntnisse. Ich danke allen KollegInnen und beteiligten SchülerInnen dieser beiden Schulen von dieser Stelle aus noch einmal für ihr Engagement!

Im November 2015 brachten wir auf der Insel Wangerooge unser Buch mit der Fertigstellung der Fragen zu den Texten in die endgültige Form. Ein Jahr später, Ende November 2016, erschien unser Werk „Aziz Nesin – Çocuklarıma – An meine Kinder – To my children". Wir hatten uns bei seiner Konzeption auch leiten lassen von der türkischen Redensart „Bir lisan – bir insan, iki lisan – iki insan", wir fügten die Erweiterung „üç lisan – üç insan" (drei Sprachen – drei Menschen).

Çocuklarıma /An meine Kinder /
To my children, Oyten 2016

Die Anthologie „Yürekten Yüreğe" /
„Von Herz zu Herz " - 2017

Nevin und ich sind Mitglieder in der ATYG (Avrupa Türkiyeli Yazarlar Grubu – Gemeinschaft türkischsprachiger AutorInnen in Europa). 2018 erhielten wir von der ATYG eine ebenso reizvolle wie ehrenvolle Aufgabe: Wir überarbeiteten die Übersetzungen von 118 Gedichten, die von 18 AutorInnen der ATYG für eine Gedichtsammlung vorgelegt worden waren, oder übersetzten sie teilweise neu.

Wir gaben uns alle Mühe, den Menschen, deren Gedichte wir übersetzten und mit denen zusammen wir sie für die Herausgabe überarbeiteten, gerecht zu werden.

Die gesamte zweisprachige Anthologie „Yürekten Yüreğe / Von Herz zu Herz" stellten wir für die Herausgabe redaktionell fertig. Im Jahre 2017 kam als Frucht unserer vereinten Anstrengungen diese Anthologie auf den Buchmarkt.

Die Anthologie „Yürekten Yüreğe / Von Herz zu Herz" – 2017

Die Anthologie „60 Uzun Yıl / 60 lange Jahre" - 2022

Anfang 2022 veröffentlichte die ATYG zum 60. Jahrestag des deutsch-türkischen Abkommens zur Regelung der Einwanderung von Arbeitskräften die Anthologie „60 Uzun Yıl / 60 lange Jahre". Neben 22 anderen AutorInnen trugen auch wir, Hellmut und Nevin Lutz (ATYG-Vorstand), mit unseren vier Beiträgen zum Gelingen des Buches bei. Necmettin Yalçınkaya ve Nevin machten die Endredaktion.

„60 Uzun Yıl / 60 lange Jahre" –
Kemal Yalçın (ATYG-Vorstand)
/ Bochum 2022

Rund um die Welt

Während unseres Berufslebens nutzten Nevin und ich viele Möglichkeiten zu Reisen in die Welt.

Wir hatten uns vorgenommen, nach meiner Pensionierung noch mehr Länder und Menschen der Erde besser kennenzulernen und zwischen 2000 und 2020 einige wirklich große Reisen zu machen. (Um unsere Pläne leichter verwirklichen zu können, nahm Nevin 2008/2009 ein sogenanntes Sabbatjahr, eine berufliche Auszeit, die sie vorher angespart hatte.)

In den ersten zwei Jahrzehnten des neuen Jahrtausends sind wir in vielen wunderbaren Reisen wirklich um die ganze Welt gefahren! Bis zu den eisigen Polen führten unsere Reisewege uns zwar nicht, aber den Äquator kreuzten wir viele Male. Von allen Reisen kehrten wir gesund, bereichert, zufrieden und glücklich zurück!

WIE RUFT DER ESEL WIRKLICH?
UNSER GROSSER SCHATZ – UNSERE SPRACHEN

Kisuaheli

Wie traute ich mir zu, zusammen mit Nevin Gedichte von Aziz Nesin und einer Reihe von DichterInnen der ATYG aus dem Türkischen zu übersetzen oder vorhandene Übersetzungen in der Anthologie sprachlich zu überarbeiten? Ich versuche, auf diese schwierige Frage eine hinreichende, wenn auch sicher nicht genügende Antwort zu geben.

Die erste Sprache, die wir (sogar) schon im Mutterleib hören, die Sprache unserer Mutter, gibt uns unsere erste Identität. In ihr beginnen wir zu denken und zu fühlen, mit der Welt zu kommunizieren.

Jede weitere Sprache bringt uns neue Teile dieser Welt und macht uns reicher, denn jede Sprache benennt die Welt um uns auf ihre eigene Weise. In den Sprachen, die wir (neu) hinzulernen, hören, erfahren und erfühlen wir die Welt anders, ordnen wir unsere Gedanken anders, halten wir unsere Erinnerung anders fest. Durch unsere Sprachen können wir uns an vielen Stellen dieser Welt zu Hause fühlen.

Lutz-Kinder mit Hilde und „boy", Nashallo 1939

Schon in frühester Kindheit begegnete ich in Tansania nicht nur Menschen einer anderen Ethnie, sondern ich spielte auf „Nashallo" mit gleichaltrigen afrikanischen Kindern, deren Sprache – Kisuaheli – ich „spielend" so nebenbei lernte. Lotti notierte im September 1936 (ich war zwei Jahre alt) im Tagebuch etliche Wörter, die ich vom Spielen mit nach Hause gebracht hatte: tupa – Zimmer, simama! – halt!, ngoy..!– geh nach ..!, la kula – dort schlafen, wende – lass uns gehen!, kimbia – renn weg!, lete – bring!, nenda und ondoka – gehen. Im Oktober 1936 berichtet meine Mutter: „Helli nahm meine Leica (in den 1930er-Jahren die beste Fotokamera auf dem Markt/A.d.V.) und als ich ihn rufe, sagt er ‚Mali yangu' (Das ist mein Besitz / Das gehört mir.)"

Oft sagt er auch ‚Haki ya mungo' (Es ziemt sich nicht, dass wir Allah gegenüber irgendetwas Unwürdiges treiben.) Ich glaube aber nicht, dass er weiß, was dieser Ausspruch bedeutet. Will ihm etwas nicht gleich gelingen oder ist er erstaunt, so ruft er ‚Ala'(Allah) oder ‚Nanu'."

Zwei andere Einträge auf derselben Seite des Tagebuchs im August 1936 sprechen für sich. Ich lasse sie hier im „Originalton" folgen: „August (1936) Helli macht große Fortschritte im Sprechen. Er spricht sehr deutlich in Sätzen. Leider wacht auch schon das Böse in ihm auf. Er hat mich zum 1. Mal belogen. Er hatte Tomaten auf den Boden gespuckt. Ich frage, wer hat das getan? Da sagt er nach einigem Zögern ‚Pussy'. Die war auch gerade in der Küche."

Weiter erzählt Lotti: „Am 20.8. feierte er sehr nett seinen (2.) Geburtstag. Sein Hauptgeschenk war ein Hammer. Wieviel Nägel hat er doch sicher und gerade an dem Tag eingeschlagen. Er ist sehr sehr geschickt. Trifft nie auf seine Fingerchen ..." Wie dankbar bin ich, dass meine Mutter all diese Dinge aufgeschrieben hat!

Kisuaheli ist (inzwischen noch vor Englisch) die am häufigsten benutzte Verkehrssprache mehrerer Staaten der Sahelzone und Ostafrikas. In Tansania, einem Staat mit über 300 Sprachen und Dialekten, wurde Kisuaheli als politisch einigende, intertribale (über die Stammes- und Völkersprachen hinausgehend) Landessprache eingeführt und durchgesetzt von Julius Nyerere, dem ersten Präsidenten Tansanias. Das war eine große, wegweisende Tat!

Mit meinem Vater assoziiere ich die Wörter „bwana fundi" (großer Meister / Herr) und „Shamba" (Hausgarten für Obst und Gemüse und zugleich das Gebäude, wo auf „Nashallo" viele unserer Haustiere ihre Stallungen hatten). Vielleicht hat mein Vater, gewiss haben einige seiner angestellten Feldarbeiter, mit mir, dem „bwana ntoto" (kleiner Herr – wie man mich nannte) in jenen Jahren auch Kisuaheli gesprochen. Die (üblicherweise, leider) „boy" genannten Männer, die uns Kinder hüteten, haben sicher mit mir Kisuaheli geredet.

In Kisuaheli ‚mali' steckt Arabisch ‚mal' = ‚Besitz, Vermögen'; ‚haki' leitet sich her von 'hak' = Recht, Ordnung; in ‚ala' ist unschwer das Wort ‚Allah' = Gott, Herr zu erkennen.

Ich selbst kann mich mit einiger Sicherheit an eine Reihe von Wörtern wie „karibu" = Herzlich willkommen oder „kibogo" = Flusspferd (es gab in unserem Hause eine Peitsche aus Rhino-Leder mit der Bezeichnung kibogo erinnern). Ein anderes Wort wird fast immer verdoppelt gesprochen: „Pole pole!" = Langsam, langsam! Wer mag das seinerzeit zu mir, dem ungestümen Jungen, gesagt haben? Ich finde, dieses Wort ist heute eine wichtige und richtige Ermahnung, unsere – auch meine – Art zu leben zu überdenken und uns nicht durch das Leben zu hetzen. Im Verlauf unserer Reise in Tansania lernten wir ein wenig von der ungeahnt wohltuenden Wirkung der „afrikanischen Langsamkeit". Ich wünschte, ich könnte diese Sprache, der ich 2004 bei unserer Reise in das Land meiner Geburt wieder begegnete, auch heute noch verstehen oder gar sprechen und lesen. Ich habe sie fast völlig vergessen. Das empfinde ich als sehr bedauerlich, weil ich in meinem Leben die Erfahrung machen konnte, um wie viel reicher mich die Kenntnis jeder weiteren Sprache und der mit ihr verbundenen Kultur machte.

Latein, Englisch, Französisch, Spanisch

Die erste Fremdsprache in Honnef auf dem Gymnasium war Latein. Dem Erbe der kulturellen, architektonischen Welt der Römer begegnete ich auf vielen Reisen, etwa im Teatro romano in Mérida, im Tempel des Augustus in Ankara, in den großartigen Ruinen Palmyras in Syrien, in Thermalbad der Stadt Bath in Somerset oder in den Verteidigungsanlagen an der Nordgrenze des Imperiums, am Hadrianswall. Er bildete einmal dort die Grenze zwischen England und Schottland und könnte nach dem Brexit eines Tages sogar eine der Außengrenzen GB's zur EU werden!

Latein als Schlüsselsprache öffnete mir den Weg zu anderen Sprachen romanischer Herkunft, die ich kennen- und gebrauchen lernte. (Französisch, Italienisch und Spanisch).

Englisch war meine zweite Fremdsprache am Siebengebirgsgymnasium in Honnef. Es fiel mir von Anfang an leicht. Ich nahm davon, wie sich 1949 zeigte, einen kleinen Vorsprung mit bei unserem Umzug auf den Hunsrück. Englisch war mir in Simmern ein Vergnügen, und ich hatte so die notwendige Zeit, um für Französisch zu büffeln. Die englische Sprache wurde schließlich meine große Liebe: aus der Fremden wurde meine Vertraute. Ich studierte sie, schrieb in ihr Liebesbriefe und Gedichte und fühle mich in ihr ganz und gar daheim. Noch immer kenne ich aber längst nicht alle Räume in ihrem wunderbaren Haus.

Einmal war ich in der großartigen Royal Albert Hall bei der „Last Night of the Proms" dabei. Dicht bei dicht saßen und standen sie da, Tausende von Besuchern in froher, fast karnevalistisch ausgelassener Stimmung. Das Konzert näherte sich seinen musikalischen und auch theatralischen Höhepunkten. Der Dirigent erhob wieder seinen Stab und es erklang Edward Elgars Marsch Nr. 1. „Pomp and Circumstances" (Große Pracht und glänzende Rüstung). Er entstand 1904, sang vom „Land der Hoffnung und des Ruhms" (Land of Hope and Glory) und war die perfekte Umsetzung dessen, was 1904 das British Empire (Britisches Kaiserreich) ausmachte. Das Publikum des Abends war ein einziger Jubelruf des Stolzes darüber, ein Brite zu sein oder ein Sehnsuchtsschrei danach, in der Welt wieder ein bedeutendes Volk zu werden.

Und dann, nachdem der Beifall verrauscht war, sich Dirigent und Orchester erholt und die aufgedrehten Menschen ein wenig Atem geholt hatten, ertönte die Melodie, die in Sekundenschnelle eine für mich unfassbare Verwandlung bewirkte: „Rule Britannia, Britannia rule the waves ..." (Britannien, beherrsche die Wogen) Diese Melodie von Thomas Arne, entstanden schon mehr als einhundert Jahre, bevor Indien (1857) Kronkolonie des Vereinigten Königreichs wurde, riss die Musizierenden und die Zuhörenden einfach hin!

Es gab nicht nur das übliche Händeklatschen und Bravorufen, das grelle Pfeifen und wuchtige, erdbebenähnliche Füßegetrampel der begeisterten Menge. Nein, aus Tausenden und Abertausenden von Kehlen entlud sich an diesem Abend die (An)Spannung des musikalischen und theatralischen Erlebnisses in einer letzten, vereinten Entfesselung angestauter Gefühle. Geradezu im Zustand eines Frenzy (Ekstase, Außersichsein), in einer befreienden Sichtbarmachung ihrer britischen Seele, in alles umfassender Einbeziehung ihrer imperialen Geschichte vereinigten sich die Menschen! Sie erschufen sich, so kam es mir vor, in diesem Hymnus auf Großbritannien in englischer Sprache eine vollkommen unzeitgemäße Identität. Sie war der Ausdruck der unstillbaren Sehnsucht, des immerwährenden Verlangens nach und der tief verinnerlichten Trauer um vergangene Größe und Bedeutung, um verlorene Geltung in Industrie, Handel und im Bankwesen, um bestimmenden Einfluss und politische Macht im Kreis der Völker. Als sich der emotionale Sturm beruhigt hatte, ertönte zum Abschluss des Abends die Nationalhymne „God save the Queen!"(Gott schütze die Königin!). Immer noch freudig erregt, aber dennoch andächtig, lauschte die Menge den Klängen und begab sich – dann schon wieder in alter britischer Ordentlichkeit – auf den Heimweg. (Über zwei Millionen BritInnen erwiesen Mitte September 2022 der verstorbenen Königin die letzte Ehre.)

Ich war in diesen emotionalen Vulkanausbruch der Begeisterung hineingerissen worden. Noch nie hatte ich die Gewalt des laut gesprochenen Wortes, die Identität schaffende Macht gesungener Sprache als auf mich zugleich von außen und von innen kommende, buchstäblich körperlich einwirkende Kraft so intensiv an/in mir erlebt. Niemals zuvor hatte ich mehr Gänsehaut als an diesem Abend in London! Das will schon was heißen, wenn ich mich daran erinnere, wie wir raubeinigen Freunde in unseren alten Pfadfinderzeiten am Ende eines langen Pfingstlagers zum Abschied alle beieinander standen und zu Tränen gerührt Auld Lang Syne (In längst vergangenen Zeiten) sangen! (Text und Melodie dieses Liedes halten als ein unsichtbares, enorm starkes emotionales Band Millionen von anglophonen Menschen all überall auf der Welt zusammen.)

Den Text über diese Last Night of the Proms schrieb ich, als in Brüssel die Verhandlungen zum Brexit sich dem Ende näherten. PM Boris Johnson paukte im Parlament das Gesetz durch, welches den endgültigen Austritt des UK aus der EU besiegelte. Auch die 27 Staaten der EU „billigten" den Vertrag, wie man das so nennt. Großbritannien errang „seine Souveränität nach drei Jahrzehnten versklavender Fremdbestimmung" durch den Kontinent wieder, „herrscht endlich wieder über seine Meereswogen", ist endgültig der „Kontrolle durch Brüssel" entzogen und kann fortan „der beste Freund" und engste Partner Europas sein! Ob diese geradezu märchenhaften Vorstellungen B. Johnsons, des ehemaligen britischen Premierministers, wahr werden ...?

Französisch (meine dritte Fremdsprache, in Simmern aber Fremdsprache Nr. 1) musste ich mir hart erkämpfen, weil ich wegen des Umzugs in die französische Zone in einem Jahr vier Jahre Französischunterricht nachzuholen hatte.

Heute verbinde ich mit dieser Sprache unauslöschliche Landschaftsbilder und Stimmungen, welche in mir Grundgefühle meines Wesens berühren. Verspürt nicht jeder die schäumenden Wellen des Atlantiks oder den gleißenden Glanz der Mittelmeersonne, wenn Charles Trenet das Meer seines Landes beschwört? Könnte jemand gefühlvoller als Juliette Greco von den lieblichen Landschaften ihrer Heimat, von la „Douce France", singen oder eindringlicher das Bild dessen heraufbeschwören, den sie „Mon Homme" nennt? Charles Aznavour – lausche ich ihm, schon höre ich in seinen Liedern die ganze Sehnsucht nach Verlorenem! Wer kann einfühlsamer in einem Chanson das Leiden um eine verlorene Liebe im regennassen Nantes beschreiben als Barbara? Wer außer ihr kann im tief berührenden „Göttingen" so von der Liebe zwischen den Menschen, von der Versöhnung und dem Frieden zwischen den Völkern singen? Diese Klänge machen mich reicher.

Die Lebensfreude, das Temperament und die Musik der Menschen in Kuba überzeugten mich vor ein paar Jahren davon, die spanische Sprache lernen zu sollen. Es ist außerdem etwas ganz Besonderes, beim Kampf des edelmütigen Ritters Don Quixote mit den Windmühlenflügeln in der Sprache des Miguel de Cervantes dabei zu sein! Ob ich beim Sprechen je das Tempo erreiche, mit dem die Menschen Kubas miteinander kommunizieren, ist wieder eine andere Geschichte. Die Mojitos, Musik und Menschen in Hemingways Lieblingsbar „La Floridita " in Havannas Altstadt jedenfalls bleiben unvergesslich...

Türkisch

Als ich im Sommer 1971 in der Türkei ankam, war ich nicht gut genug vorbereitet. Über Land und Leute wusste ich zwar einiges, von der Geschichte aber nur das, was man von Westeuropa aus wahrnahm. Es fehlten vor allem verlässliche Informationen neuen Datums über die politische Lage und das Bildungswesen, die der DAAD mir eigentlich hätte vermitteln müssen. Dennoch – ich war neugierig auf meine Arbeit und freute mich auf die Herausforderungen und das Abenteuer, in ein Land zu gehen, dessen Sprache ich nicht kannte und von dessen Kultur ich nur ungenaue Vorstellungen hatte.

Bei Galip Oruz hatte ich zwar etwas Türkisch gelernt, aber nicht genug. Am besten konnte ich den einen Satz sagen, den ich in der Türkei nie benutzte: „Ich bin verliebt in dich!" – „Sana aşık oldum!" In Ankara konnte ich anfangs gut ohne Türkischkenntnisse zurechtkommen. Wenn es mit Deutsch, Englisch oder Französisch nicht klappte, genügte auch Tschatt-patt und Gestik. Ein großer Teil der Ausländer wohnte in einem bestimmten Teil der Stadt, in dem man auch ohne Türkischkenntnisse gut kommunizieren konnte.

In der Deutschen Abteilung des Gazi benutzten wir alle fast immer die deutsche Sprache. Wir deutschen Lehrer sollten (und wollten) sie unseren Studentinnen und Studenten beibringen. Deshalb war Deutsch im Umgang mit ihnen stets angesagt. Unsere türkischen Kolleginnen und Kollegen legten großen Wert darauf, mit uns Deutsch zu sprechen, um so ihre Kenntnisse zu erweitern.

Ich nahm am Ankaraner Goethe-Institut an mehreren Türkischkursen teil und konnte nach gebührender Zeit beispielsweise in unserer Abteilung gut den auf Türkisch geführten Fachkonferenzen folgen, Zeitungen lesen, mich mit meinem Freund Ali im Saman Pazarı oder mit den Nachbarn im Haus unterhalten.

Mit Tom Engin sprachen wir von seiner Geburt an lange Zeit nur Türkisch. Diese Sprache sollte im wahren Sinne des Wortes als seine Muttersprache zu einem Teil seiner Identität werden; seine türkische und seine deutsche Herkunft sollten sich (auch sprachlich) in ihm finden. Der regelmäßige Briefwechsel verband uns mit unserer Familie in der Türkei. (Damals konnte man noch nicht stundenlang gebührenfrei telefonieren, e-mailen, faxen, simsen, simsalabimsen, whattsappen und chatten, und was es heute noch so an blitzschneller Kommunikation rund um den Erdball gibt.)

Nachdem wir Aziz Nesin und sein Kinderparadies kennengelernt hatten, fassten wir Mut und machten uns daran, unsere selbstgestellte Aufgabe zu verwirklichen, Gedichte von Aziz Nesin zu übersetzen. Je mehr ich in seiner Gedankenwelt vordrang, desto vertrauter wurde ich mit den so andersartigen und überraschenden, ja, einzig zum Türkischen gehörenden Möglichkeiten des Ausdrucks und Denkens. Desto mehr bewundere ich aber auch Aziz Nesins Kunstfertigkeit und Feinsinnigkeit im Umgang mit dieser Sprache und seinen Reichtum an Gedanken und Fantasie beim Ausschöpfen der Schönheit und der Nuanciertheit, welche seine Sprache bietet. Robert Frost sagte einmal (guardedly - mit Zurückhaltung): „Poetry is that which gets lost out of both prose and verse in translation." Nicht zuletzt darin lag auch ein besonderer Reiz, die große Herausforderung, der wir uns bei der Übersetzung stellen mussten und stellen wollten. Zurückhaltend und einschränkend sage ich: Es galt zu zeigen, dass es nicht so sein muss, wie Frost sagt - dass auch/sogar Poesie in zufriedenstellender und (ihr) angemessener Weise übersetzbar ist und das ihr Eigene nicht verlieren muss.

In der Türkei kann man seinem Ärger wunderschön Luft machen mit einem lauten, deutlichen „Eschóleschéck!" (Du Sohn eines Esels! – Eşşek oğlu eşşek!)

Wie schön kann man sich da den Esel vorstellen, der sich lauthals mit „i-ah" bzw."a-ii" hören lässt! So ganz nebenbei bemerkt: Die Esel in der Türkei sind etwas Besonderes – sie rufen nämlich immer ganz klar „a-íi – a-íi" – niemals „i-áa – i-áa"!

Nevin und ich besuchten mit unseren guten Freunden Franz und Inge an einem sonnigen Tag in der Türkei die hübsche Stadt Şirince (schiríndje). Die Grundbedeutung des Namens hat tatsächlich etwas zu tun mit şirín = schön, hübsch. Früher hatte diese nette Stadt ganz unverdientermaßen einmal „Çirkince" (tschirkín = hässlich) gehießen). Wir saßen in einem Çay bahçesi (Teegartenlokal) im Schatten eines Baumes. Vor uns standen die Gläser mit kühlem, leicht salzigem Ayran (Yoghurtgetränk). Auf den flachen Tellern lagen frisch gemachte Gözleme (gefaltete Teigfladen mit Käsefüllung). Plötzlich erklang wie eine Aufforderung zum Essen das typische, etwas raukehlige, unverkennbare Rufen eines Esels. Er wünschte uns in seiner Sprache vermutlich gerade „Guten Appetit!" Für Nevin und mich hörte sich das natürlich zweifelsfrei an wie „a-ii – a-ii"

Franz und Inge beharrten aber steif und fest darauf, der Esel habe ganz eindeutig „i-aa i-aa" gerufen. Wir wurden uns in dieser Angelegenheit nicht einig, stimmten aber uneingeschränkt der Tatsache zu, dass Gözleme und Ayran köstliche Speisen waren in Şirince. Was einem doch nicht so alles zu Ohren kommt, wenn man nur genau genug hinhört!

Bei der Auseinandersetzung mit und beim Lernen der türkischen Sprache hätte ich oft gern jemanden an meiner Seite, der zu mir „kolay gelsin!" (Es möge dir leicht fallen!) sagt. Wünscht man jemandem „Viel Erfolg!", so hat man wohl eher das Ende der Bemühungen vor Augen. Ob da auch an die Mühen auf dem Weg zum Erfolg gedacht wird? Manchmal könnte dieser Wunsch auch nicht so ganz ehrlich gemeint sein. Mit einem etwas ironischen „Viel Erfolg!" ist das dann schon so 'ne Sache!

Sagt man aber, und sei's auch nur beim Vorbeigehen, zu jemandem „kolay gelsin", so ist darin unmittelbare Interessiertheit, Anteilnahme an der augenblicklichen Tätigkeit des Menschen zu erkennen, der angesprochen wird. Man sieht an Ort und Stelle die Schwierigkeiten, die Mühen, den Spaß oder auch die Erfüllung, die der Mensch jetzt und hier hat, man wünscht den guten Ausgang schon (noch) während der Tätigkeit.

Ganz ähnlich verhält es sich bei dem Ausdruck „geçmiş olsun! (Möge es vorüber / vergangen sein!) Sagt man dies zu jemandem, so meint man wirklich, dass die unangenehme Lage, die schwierige Situation, die augenblickliche Krankheit überstanden sein und (schon) der Vergangenheit angehören solle und nicht wiederkehren möge. Bei „Gute Besserung! hat man wohl eher nur den aktuellen Zustand im Blick, der sich ändern sollte.

Diese türkischen Wünsche sind für mich ein sehr schöner Ausdruck der Menschlichkeit, die in der türkischen Sprache zu Hause ist. Ich habe „kolay gelsin!" und „geçmiş olsun!" in mich aufgenommen und wünsche es inzwischen Menschen bei passendem Anlass auch dann, wenn sie die Sprache, in der ich es sage, nicht verstehen.

Welche uralten literarischen und religiösen Überlieferungen werden transportiert, wenn aus dem Wort „yazı" (Schriftstück, Text, Schreiben) durch ein hinzugefügtes „m" das Wort „yazım" entsteht. Es bedeutet nicht nur, einfach übersetzt, „mein Schreiben", „mein Schriftsatz" (oder auch „mein Sommer"). Nein, da steht für den gläubigen türkischen Moslem auf der Stirn zu lesen, welches Schicksal Gott für ihn vorgesehen hat. Diese Vorstellung des Gezeichnetseins ist ähnlich der vom bekannten Mal auf der Stirn des als Brudermörder genannten Kain. Dieses Zeichen göttlicher Vorbestimmung (Auserlesung/Bestrafung/Gnade) ist sowohl in der jüdischen Thora, im Alten Testament (als Teil der christlichen Bibel) als auch im islamischen Koran bekannt.

Und dann lese ich in türkischen Gedichten und Geschichten oder höre ich im Gespräch mit meinen türkischen Freundinnen und Freunden immer wieder die Wörter „gurbet" und „hasret".

Welche Gefühle und Gedanken, Erfahrungen und Geschichte(n) von Vergeblichkeit und Erfolg, von Trauer und Frohsinn, Auswanderung und Vertreibung, von Hoffnung und Enttäuschung, Freude und Leid, von Niederlage und Neuanfang, von Fernweh und Sehnsucht, von gewaltsamem Losgerissen-werden und verzweifeltem Sich-festhalten, Zugehörigkeit und Entwurzelung, vom Verlust der eigenen (Mutter)Sprache und nicht endender Heimatlosigkeit, vom geglücktem Ankommen in einer neuen Heimat und dem Finden einer neuen persönlichen Identität verbinden sich mit diesen zwei Wörtern „gurbet" und „hasret"! Unendlich viele Menschen leben als „gurbetçiler" unter uns. Im „gurbet", auf ihnen unbekanntem Boden "in der Fremde", sind die Herzen dieser Menschen erfüllt von diesem unstillbaren „hasret", dem „Verlangen" (nach der Heimat, dem ‚Zuhause' – dazu empfehle ich die Lektüre der ergreifenden Gedichte von Agop Yıldız).

Die schöne Schmiegsamkeit, die Vielgesichtigkeit der türkischen Sprache – so ganz anders als die Flexibilität des Deutschen – überrascht mich so oft durch ihre feinfühligen Nuancierungen und ihre Welthaltigkeit. Die nur ihr eigenen Möglichkeiten setzen mich immer wieder in Erstaunen. (Erkenntnisse dieser Art machen mir aber auch im Vergleich der beiden Sprachen immer wieder klar, welche enormen, oft einzigartig schönen Möglichkeiten die deutsche Sprache bietet. Das sind, neben vielem anderen, die Freuden, die ich beim Übersetzen erleben und genießen kann.)

Der tägliche Umgang und die ständige Auseinandersetzung mit dem Türkischen (und anderen Sprachen) bringt mir immer aufs neue Anstoß und Spaß, tiefere Einsichten und Erkenntnisse, ein umfassenderes Verhältnis zur Welt. Bis zum Gipfel des Ararat in der türkischen Sprache ist es noch ein langer, steiler Weg. Aber ich bin auf meinen Reisen ganz nah an den Ararat herangekommen und weiß, warum ich weiterklettern will.

Alles in allem genommen mögen meine Gedanken zu den Sprachen und den Welten, die sich in ihnen auftun, dazu dienen oder taugen, ein wenig zu erklären, woher wir den Mut, das Selbstbewusstsein und die Kraft nahmen, Gedichte und Prosatexte vom Türkischen ins Deutsche und Englische oder umgekehrt zu übertragen. Diese Arbeit – es ist eine anstrengende Herausforderung – brachte uns Zufriedenheit und Bereicherung. Der schönste Preis und unsere große Hoffnung ist: Mögen unsere Übersetzungen dazu beitragen, dass sich die Menschen durch die Schönheit und den Reichtum der Sprachen und Gedanken, denen sie in den Gedichten und Geschichten begegnen, angesprochen und bewegt fühlen.

AUCH DAS IST MIR WICHTIG
MEINE LIEBEN

In der Generation meiner Großeltern erlebten wir noch bis in die Mitte der 1950er-Jahre die enge Verbundenheit der Großfamilien. Aufs Ganze gesehen, wussten wir auch von den meisten, wo sie lebten, was sie taten, von manchen sogar, was sie dachten und glaubten. Fast alle Verwandten dieser Generation teilten und trugen auch Freud und Leid gemeinsam. Die traditionellen, noch gut überblickbaren Familienverbände lösten sich in dem Maße auf, wie ihre Mitglieder in den letzten Jahrzehnten nach und nach verstarben oder sich über ganz Deutschland (und darüber hinaus in der Welt) verbreiteten und die Beziehungen unter einander aufgaben. Die Zeit der großen gemeinsamen Familien ist bei uns, bis auf wenige Ausnahmen, zu Ende gegangen. Sie alle sind schon lange von uns gegangen und nur noch die Namen bleiben in der Erinnerung zurück.

Auch meine Eltern und die Angehörigen ihrer Generation sind seit dem Ende des letzten Jahrhunderts nicht mehr unter uns.

In meiner eigenen Generation (Etwa die Jahrgänge 1930-1945) bin ich zurzeit der Älteste. Meine jüngeren Brüder Harald, Siegfried und auch Jochen haben uns leider schon verlassen müssen.

Gemeinsam durchlebten wir alle noch die schweren Zeiten des 2. Weltkriegs und der Nachkriegszeit. Seit den 1950er-Jahren wurde deutlich, dass sich unsere traditionelle Gesellschaftsstruktur rasch änderte in Richtung Kernfamilie, Restfamilie, Vereinzelung und Alleinsein (auch und gerade) im Alter.

Die Erwachsenen der jungen Generation im sogenannten besten Alter, also unsere Kinder, stehen mitten in ihrem Berufsleben und bereiten unsere Nachkommenschaft (unsere Enkelkinder) auf Leben und Arbeit in den kommenden Jahrzehnten vor.

Siegfried, Hellmut, Anne, Jochen, Harald, Paulinenhof 2013

Neue Umgangsweisen, neue Auffassungen von Individualität und Gemeinsamkeit, neue Medien und Kommunikationsmöglichkeiten prägen unser gesellschaftliches Dasein. Mit ihnen treten neue Arbeitsfelder und Berufe, neue Formen von Zusammenarbeit, von Gestaltung persönlicher Beziehungen und von gemeinschaftlichem Leben neben die herkömmlichen und/oder lösen sie ab. Viele bisherige Denk- und Verhaltensweisen verlieren ihre Gültigkeit. Die fortschreitende, unausweichliche Auflösung alter Bindungen verändert ebenso wie bisher nicht gekannte Arten von persönlichen Bindungen an Familie, Schule und Beruf unsere ökonomische Entwicklung, unser soziales und politisches Zusammenwirken.

Diese Prozesse sind augenscheinlich unumkehrbar. Man mag das als Verlust von bewährten gesellschaftlichen (familiären) Bindungen beklagen und als Wendung betrachten hin zu (noch) mehr sozialer (verwandtschaftlicher) Isolation und persönlicher Vereinsamung.

Aber gerade die Entwicklung neuer Formen von Tätigkeit in Beruf, Gestaltung von Freizeit und von menschlicher Begegnung bietet heute in unserer so rasch sich ändernden Welt auch viele bisher noch nicht realisierte Möglichkeiten des individuellen Wohlbefindens, des persönlichem Sich-glücklich-fühlens, der beruflichen und familiären Selbstverwirklichung. Mögen unsere Kinder und Enkelkinder an diesem gesellschaftlichen Wandel erfolgreich und glücklich teilnehmen und ihn in friedlichen Zeiten genießen können!

2007 heirateten Tom Engin und Sandra. Sie besitzen inzwischen ein Haus nahe Bremen. Unsere Enkelin Merle Aylin kam im Juli 2008, unser Enkel Hennes Yakup (nach seinem Uropa genannt) im Februar 2011 zur Welt. Nevin und ich waren zugleich sehr überrascht und glücklich, dass Tom Engin und Sandra ihre Kinder mit diesen schönen norddeutschen und türkischen Namen bedachten. Den Vieren geht es gut und sie leben glücklich mit einander.

h.v.l: Jochen, Auke m: Gerlinde, Hellmut, Corinn, Barbara,
v: Siegfried und Anne am Roland, Bremen 2018,

Nevin, Tom Engin, Hennes Yakup, Uropa Yakup, Sandra, Merle Aylin, Leeste 2011

Merle Aylin, Hellmut, Hennes Yakup, Verden 2018

Die drei Lutz- Männer im Alten Krug, Hellmut, Eugen, Tom Engin, Hellmut, Hennes Yakup, Tom Engin, Oyten 2018

Drei Generationen: Hellmut, Eugen, Tom Engin, Terrassenbau
Oyten 1979

Familie Kiper

Der Büyükdede (Uropa) Yakup verstarb 2015 mit 90 Jahren. Er fand neben Mahire (Behiye) und Sevgül in Istanbul seine letzte Ruhe. Von Uroma Mahire, der Büyükanneanne unserer Enkelkinder, mussten wir uns schon 1980 verabschieden. Kurz vor ihrem Tod konnte ich sie noch einmal in Istanbul im Krankenhaus besuchen und ihr von Nevin und ihrem Enkel Tom Engin erzählen. Sie durfte – einmal mehr – die Gewissheit haben, dass ihre Tochter im fernen Deutschland in guten Händen war.

Wie die vier Kinder der Familie Lutz 1939 auf der Terrasse in „Nashallo" (Bild 37), stehen hier die vier Kinder der Familie Kiper 1954 in Malatya und zeigen, wie hübsch die sind.

Mahire und Yakup Kiper, Istanbul 31.8.1973

Nejdet, Nuran, Nevin, Nesrin, Hüseyin, Mahire, Yakup, Bülent, Istanbul 1971

Nejat, Banu, İrem, Nilgün, Nejdet Kiper, İstanbul 2022

Nesrin, Nuran, Nejdet, Nevin, Malatya 1954

Ezgi, Ece, Nesrin, Yakup, Başak,Hellmut, Nuran, Kiper-Gedenkwald, Bozdağ-/
İzmir 2014, (Nesrin ist Başaks Mutter, Ezgi und Ece sind Başaks Töchter)

Ertuğrul und Nuran (Kiper) Oğulbulan, Nesrin Levent Batmazoğlu, İzmir 2018

Familien Lutz und Kappus

Goldene Hochzeit von Eugen und Hilde, St. Heribert 15.9.1989
v.l.n.r. unten: Janna, Florian, Harald, Anne, Hilde, Eugen, Joachim, Jochen, Nevin, Hellmut, Barbara, Lotti, Corinn, Krista, Tom Engin, Raschad, Heidi, Anja, Jutta

556

Meinen Eltern (und auch uns) war es vergönnt, 1989 auf dem Paulinenhof ihre Goldene Hochzeit zu feiern. Welch schöner Abschluss zur Krönung ihres ereignisreichen Lebens!

Im November 2016 starb mein Bruder Harald an Krebs. Er ruht neben unseren Eltern auf dem Friedhof in Honnef.

Harald, Corinn, Arndt und Krista, Leichlingen

Arndt wohnt mit seiner Frau Sonja und den Töchtern Emilia und Helena in San Francisco. Krista lebt in Seattle. Corinn ist inzwischen eine echte Kölnerin geworden, die ihren FreundInnen gern begeistert und sachkundig die romanischen Kirchen der Stadt zeigt.

Mein Bruder Siegfried verließ uns im März 2020. Auch er wollte sich nicht unterkriegen lassen, doch seine schweren Erkrankungen obsiegten. Raschad und Katrin führen mit Erfolg den Paulinenhof. Ihre Kinder Felix und Paulina haben das große Glück, dort aufzuwachsen.

Ihre Cousine Linda kommt auch oft und gern zu den beiden auf den Paulinenhof. Sie wohnt mit ihrem Vater Lars und ihrer Mutter Lotti, Barbaras und Siegfrieds Tochter, im nahen Witzhelden.

Mein Bruder Jochen hatte sich zusammen mit Gerlinde „mein" Ulm, diese mit so vielen Erinnerungen verbundene Stadt, als Alterssitz ausgesucht. Sein (und Juttas) Sohn Florian wohnt in Bonn; seine Tochter Janna realisiert in Atlanta in den USA den Traum ihres Lebens.

Bei Jochen wurde – für alle völlig überraschend – unheilbarer Krebs festgestellt. Er verließ uns Ende Mai 2022, wenige Wochen nach seinem 76. Geburtstag.

Mögen alle unsere Lieben in Frieden ruhen!

Hellmut, Nevin, Tom Engin, Raschad, Barbara, Siegfried Lutz,
Paulinenhof ca. 2009

13 Jahre später: noch einmal der Paulinenhof: Barbara, Lotti, Lars
und Linda Hennig, Raschad, Katrin, Felix und Paulina Lutz, 2022

Meine Schwester Anne, verheiratet mit Auke, lebt glücklich in
den Niederlanden in Onderdendam. Ihre (und Sieghards) Kinder
und Enkelkinder erfreuen sich alle ihres Lebens.

Joachim genießt mit Steffi seinen Ruhestand. Seine (und Chris-
tianes) Kinder Finn und Svea studieren. Anja arbeitet in Frankfurt,
ihre (und Thomas') Söhne Ben und Moritz sind Studenten.

Heidi hat ihr Zuhause in Seligenstadt, wo ihr Mann Harald arbeitet und ihr Sohn Alain zur Schule geht.

Annes 70. Geburtstag, Rolandseck 2008 (im Hintergrund: Das Siebengebirge)
v.l.n.r.: Barbara, Harald und Heidi Rosellen, Anja Kappus, Siegfried, Itte Dissmann, Ben
Gutberlet, Nevin, Anne Lutz-Holvast, Moritz Gutberlet, Gabi und Dietmar Bach, Gerlinde, Harald, Hellmut und Jochen Lutz, Joachim Kappus, Auke Holvast, Alain Rosellen
(Baby)

1998 feierten wir das Fest unserer Silbernen Hochzeit im großen Festsaal des Alten Kruges in Oyten! Wir holten damit auch die
Hochzeitsfeier nach, die 1973 ausfallen musste.

Von nah und fern waren unsere Freunde und Familienangehö-
rigen erschienen. Aus der Türkei waren Nevins Vater Yakup mit seiner zweiten Frau Sevgül, Nevins älteste Schwester Nesrin mit ihrem
Mann Ibrahim und unsere Schwägerin Nilgün mit ihrem Sohn Nejat
gekommen. Leider konnte Nevins Bruder Nejdet trotz schriftlicher
Einladung nicht dabei sein. Die deutschen Behörden erteilten ihm
kein Visum! Wie enttäuschend, wie ärgerlich!

Deutsche und türkische Musiker, Speisen aus der deutschen
und der türkischen Küche, Tanzen und fröhliches Miteinander ver-
schönerten das Fest für uns alle! An diesem letzten Wochenende
im August 1998 hatten wir, wie man bei uns hier im Norden sagt,
Danz op de deel mit allem Drum und Dran.

An unserem 39. Hochzeitstag gönnten wir uns im Pera-Viertel in
Istanbul ein Festessen im Galata-Turm, von wo wir diesen schönen
Blick auf die Galata-Brücke, „unsere Brücke", hatten. (Im Buch gibt
es eine Stelle, die verrät, warum sie uns so viel bedeutet ...)

559

Vom Galata-Turm aus Blick auf die Galata-Brücke Istanbul, 39. Hoch-zeitstag 2012

Im Frühling des Jahres 2022 wage ich einen vor-sichtigen Blick in die Zukunft und hoffe dabei zuversichtlich auf das Fest der Golde-nen Hochzeit im Jahre 2023!

DANKE!

Jetzt ist das Buch auf der Welt. Ich bin gespannt und neugierig darauf, wie sie es begrüßt.

Das Buch kam nicht so einfach daher, viele haben dazu beigetragen.

Es ist mir eine große Freude, allen in Deutschland, Tansania und der Türkei zu danken, die an der Entstehung mitgewirkt haben.

Vielen Dank sage ich all denen, die mir in den Archiven, Museen und Verwaltungen, in der GEW, in den Schulen und Behörden Auskunft gaben.

Großen Dank schulde ich unserer Freundin Barbara Goetz aus Bremen für ihr geduldiges, gründliches und kreatives Lektorat.

Ich danke Anne-Marie Kasper aus Frankfurt sehr herzlich für ihre sorgsam-eingehende Arbeit und kenntnisreich-teilnehmenden Anregungen!

Unser vielseitiger Freund, der Schriftsteller Molla Demirel aus Münster, ermutigte uns mit seinem klugen Rat, dieses Buch zu schreiben. Ich danke ihm herzlich dafür!

Von Herzen danke ich meinem Sohn Tom Engin, meinen Geschwistern, insbesondere meiner Schwester Anne, Freunden und Freundinnen, Kolleginnen und Kollegen für ihre Unterstützung und Anteilnahme.

Unser Bochumer Freund, der Schriftsteller Kemal Yalçın, der in seinen Büchern verfolgten Minderheiten eine Stimme gibt und durch seine mutigen Nachforschungen die türkische und die deutsche Geschichte neu schreibt, begleitete mich von Anfang bis Ende beharrlich und engagiert bei der Abfassung dieses Buches. Ihm gilt mein besonderer Dank!

Allen Menschen, deren liebevolle Zuwendung und unerschöpfliche Gastfreundschaft wir in Machame erfuhren, danke ich von Herzen. Wir fühlten uns bei ihnen herzlich angenommen.

Ich danke Şakir Bilgin, Osman Derya, dem Team des Dünya-Verlags und Mehmet Nazmi Demir für die gelungene Gestaltung und Veröffentlichung meines Buches.

Mein größter Dank von ganzem Herzen gilt meiner lieben Frau Nevin! Mit ihrer starken inneren Anteilnahme und tatkräftige Unterstützung hat alles im Buch seinen richtigen Ton und Platz gefunden. Ohne sie wäre dieses Buch nicht entstanden!

Vielleicht bietet das Buch mehr als nur ein paar zufällige Blicke über die Schulter in die Vergangenheit. Möge „Der Kleine Herr / Bwana Ntoto" allen Leserinnen und Lesern Freude bereiten!

SCHLUSSWORT

GESCHENK

Vom leuchtenden Schneefeld des Kilimanjaro
hinüber zum Drachenfels am Rhein,

vom Snowdon hinunter bis Good Old Bristol,
zur Galata-Brücke Istanbuls und dem Blau der Ägäis,

von Memphis, wo King den Traum Amerikas beschwor,
zu Kultur und der endlos gewaltigen Mauer Chinas,

von Robben Island, Mandelas Gefängnis,
hinüber zu Kubas Musik, zu Ché und Fidél,

vom riesigen Amazonas, den Strom aller Ströme,
nach Machu Picchu, dem Wunder Perus in den Anden,

von Oświęcim erschüttert, dem Ort unsäglichen Leidens,
bis Yad Vashem, zur Menschlichkeit immerdar mahnender Ort,

vom Stromboli, wo den glühenden Atem der Erde ich spürte,
bis hin zum Bruch, wo in Island der Erdball sich spaltet,

von Vietnam, wiedererstanden aus Napalm und Feuer,
zum Rio de la Plata, bezaubert vom Rhythmus des Tango,

vom Ghetto in Warschau, wo Willy Brandt kniete,
bis zur Wolfsschanze, den Trümmern des Irrsinns von Hitler,

vom donnernden Halbrund der Fälle des Iguaçu
nach Abu Simbel zum Tempel des Pharaos Ramses,

vom Schwarzen Meer, wo Atatürk seinen Kampf begann
in Anatolien, so reich an Kulturen, Völkern und Sprachen,

von den Aborigines am Roten Fels des heiligen Uluru
bis zu Neuseelands Maoris, Geysiren und Kiwis,

auf Wangerooge, der schönen Insel der Nordsee,
wo der Seewind Gedanken fürs Buch uns herwehte,

vom Beruf gefordert, belohnt auch, in Ankara und Bremen,
vom Übersetzen bereichert, der neuen Erfahrung in Oyten,

von der geliebten Familie und guten Freunden
begleitet in leidvollen Zeiten und Tagen der Freude,

mit Liebe und Glück reich beschenkt von Nevin, der Liebsten
– jeden Augenblick teile ich dankbar mit ihr –
verbracht' auf der Welt ich ein volles Leben,
Geschenk dieser Erde – ich weiß es zu schätzen!

QUELLEN (Literatur)

1. A. Kecke / Die aufgegangene Saat, S. 57,143, weltweit Neuer Verlag, Leipzig, 2020
2. Reiseführer Ostafrika / Kenia / Tansania, S. 26, Deutsche Afrika Gesellschaft, Bonn, 1973
3. The Standard Bank of South Africa Limited, 1932, S. 2/3
4. Bretschneider, Hans, Als Pflanzer in Ostafrika, Ostafrika-Nachrichten, zit. Nach. P. H. Kuntze, Das Volksbuch unserer Kolonien, S. 167 – 169, Georg Dohlheimer Verlag Leipzig, 1938
5. KCU / Kaffeekooperativen-Verband / Bukoba, Tansania
6. KNCU (Kilimanjaro Native Co-operative Union) Einheimische Vereinigung der Kooperativen
7. Dr. Somo M. L. Seimu, May 2016 International Journal of Research Granthaalayah The Colonial Coffee Compulsion Marketing Policies in Kilimanjaro, Tansania
8. Blixen-Fenecke, Karn von, Den afrikanse farm, Dolheimer Verlag Leipzig, 1938
9. Kuntze, S. 192
10. Barch (Bundesarchiv Berlin), 1940
11. ebd. Spandau, 1942/43
12. ebd. Verwundung, Frontbewährung, 1944
13. Christus-Kirche in Windhoek, https://www.deutschlandfunk.de/namibias-kirchen und die-kolonialzeit-teil-1-wir-sind-keine.886.de.html?dram:article_id=434371
14. ebd. EKD / DELK, Erklärungen
15. Kuntze, S. 155-157
16. ebd. S 192
17. ebd. S. 158-160
18. Marshall Plan https://de.wikipedia.org/wiki/Marshallplan
19. Vertrag von Tordesillas, https://de.wikipedia.org/wiki/tordesillas
20. Portugiesische Kolonialgeschichte, Portugiesische_Kolonialgeschichte&oldid=206543662
21. East India Company, https://de.wikipedia.org/wiki/Britische_Ostindien-Kompanie
22. Portugiesische Handelsniederlassungen https://de.wikipedia.org/w/index.php?title=Portugiesische_Kolonialgeschichte&oldid=221429770
23. Friedrichs, Hauke, Aufbruch an die Goldküste, S. 25/26, ZEITGeschichte 4/19, Zeitverlag Hamburg 2019
24. Grill, Bartholomäus, Herrenmenschen, S. 255, Siedler Verlag, 2003 Random House, 2005, 2. Auflage
25. Grill, Ach, Afrika, S. 84-85, Goldmann Verlag, Random House 2005, 4. Auflage
26. Molitor, Andreas, Heute schon einen Neger geschossen? S. 37, ZEITGeschichte Verlag
27. Die Schlacht bei Tanga, httpsd:/de.wikipedia.org/wiki/Schlacht bei Tanga

28. Grill, Bartholomäus, Ach, Afrika, S. 258
29. ebd. S. 255
30. Eckert, Andreas, Schatzsuche in Afrika, S. 49/50 ZEITGeschichte 4/19, Hamburg
31. Dieckmann, Christoph, S. 106, Heia Hamburg, ZEITGeschichte 4/19
32. ebd. S. 106
33. Townsend, M. E., Macht und Ende des deutschen Kolonialreiches, S. 217, Günther Schulz Verlag Leipzig, o. J
34. Fläche der europäischen Union https://de.wikipedia.org/wiki/Europ%C3%A4ische_Union
35. Grill, Ach, Afrika, S. 280
36. Townsend, S. 313
37. ebd. S. 313
38. Kuntze, S. 177
39. ebd. S. 183
40. ebd. S. 183
41. Wiese und Kaiserswaldau, Walther von, Großdeutschlands Lebensrecht in Afrika, S. 94-95, Das koloniale Jahrbuch 1940, Süßerott Verlag Berlin
42. Rohrbach, P. & J., Afrika heute und morgen, S. 282, R. Hobbing Verlag, Berlin, 1939
43. Wiese und Kaiserswaldau, S. 94-95
44. Townsend, S. 198/199 + S. 221/222
45. ebd. S.196-199
46. ebd. S. 225
47. Die Leipziger Missionsgesellschaft im Kilimanjaro-Gebiet – In fremden Weinbergen, Hinweis: Die Zitate und textlichen Anlehnungen (47-54 und 56-58) sind dem obigen Beitrag entnommen. Es wird jeweils der Autor/die Autorin und die Zahl genannt, mit welcher er/sie in der Literaturliste aufgeführt ist. Diese Aufstellung enthält 1! Zitate und/oder Anlehnungen. Altena, Thorsten, 18 und Gründer, Horst, 20 siehe Hinweis
48. Gründer, Horst, 9   "
49. ebd. /5   "
50. Altena, Thorsten/8   "
51. Gründer, Horst/30   "
52. Seemann, Elisabeth/Leipziger Missionswerk   "
53. Altena, Thorsten/10   "
54. Gründer, Horst/26   "
55. Habermas, Rebekka, Fromm, fleißig und unfrei, S. 61 ZEITGeschichte 4/19, Hamburg
56. Gründer, Horst/24   Hinweis (Fortsetzung)
57. ebd. /25   "
58. ebd. /27   "
59. Habermas, S. 61
60. LMG (Leipziger Missionsgesellschaft)
61. Grill, Herrenmenschen, S. 258
62. Kuntze, S. 148

63. ebd. S. 139
64. Geulen, Christian, Edle und gefährliche Wilde, S. 45, ZEITGeschichte 4/19, Hamburg
65. Molitor, S. 38
66. Kuntze, S. 52
67. ebd. S. 52
68. Terkessides, Das postkoloniale Klassenzimmer, S. 25, Aktion Courage e. V, Berlin, 2021, 1. Auflage
69. Kuntze, S.52
70. ebd. S. 52
71. Molitor, S. 40
72. Gründer, Horst, Die Safari geht weiter, S. 86-88
73. Molitor, S. 37-38
74. Böhm, Andrea, Rebellion auf den Plantagen, S. 82, ZEITVerlag 4/19, Hamburg
75. ebd. S. 82
76. ebd. S. 85
77. ebd. S. 85
78. Kuss, Susanne, In Strömen von Blut, S. 74-75, ZEITVerlag 4/19, Hamburg
79. ebd. S. 75
80. ebd. S. 74
81. WER; Brief des Generals von Trotha, S. 79, ZEITVerlag 4/19, Hamburg
82. Kuss, S. 75
83. ebd.
84. Gründer, Horst, Die Safari geht weiter, S. 86-88
85. Eckert, S. 51
86. von Epp, Franz. Afrika braucht Großdeutschland, Das koloniale Jahrbuch 1940, S.9
87. von Epp, Franz, zitiert in Kuntze, S. 187
88. Reichstagswahl 31. Juli 1932 https://de.wikipedia.org/w/index.php?title=Reichstagswahl_Juli_1932&oldid=206362441
89. Kuntze, S. 192
90. Reichstagswahl 5. März 1933 https://de.wikipedia.org/w/index.php?title=Reichstagswahl_M%C3%A4rz_1933&oldid=205672812
91. Gründer, S. 88
92. Goebbels, Joseph. Rede im Sportpalast Berlin 1942 https://de.wikipedia.org/w/index.php?title=Sportpalastrede&oldid=221487437
93. Körner, Theodor, https://www.gedichte-lyrik-online.de/theodor-koerner.html
94. Alliierte Luftangriffe auf Deutschland https://de.wikipedia.org/w/index.php?title=Liste_von_Luftangriffen_der_Alliierten_auf_das_Deutsche_Reich(1939%E2%80%931945)&oldid=226694645 (2.10.22)
95. Kellerhoff, Sven Felix, Baedeker Blitz https://de.wikipedia.org/wiki/Baede-

ker_Blitz

96. Der Flüsterwitz! https://de.wikipedia.org/wiki/Fl%C3%Bcsterwitz
97. Luftangriff auf Wuppertal https://de.wikipedia.org/wiki/Luftangriffe_auf_Wuppertal
98. Enigma https://de.wikipedia.org/wiki/Enigma_(Maschine)
99. Luftangriffe_der_Alliierten_auf_Berlin https://de.wikipedia.org/w/index.php?title=Luftangriffe_der_Alliierten_auf_Berlin&oldid=207429550&oldid=207429550
100. Schlacht um Berlin https://dewiki.de/Lexikon/Schlacht_um_Berlin
101. Nürnberger Prozesse, vgl. https://de.wikipedia.org/wiki/N%C3%BCrnberger_Prozesse (10.3.2022)
102. Schwarz, Die Gedächtnislosen, S. 94
103. ebd. S. 92
104. ebd. S. 93
105. ebd. S. 101
106. ebd. S. 102
107. Alexander und Margarete Mitscherlich, Die Unfähigkeit zu trauern, http://de.wikipedia.org/w/index.php?title=Die_Unf%C3%A4higkeit_zu_traueen&oldid=211720253 (10.03.2022)
108. Schwarz, G., S. 255
109. ebd. S.257
110. ebd. S.268
111. ebd. Titel
112. SA (Sturmabteilung), http://www.historisches-lexikbayerns.de/Lexikon/Sturmabteilung_(SA)
113. Mao tse dong, https://de.wikipedia.org/wiki/Mao_Zedong (10.01.2020)
114. HIV, https://de.wikipedia.org/wiki/HIV
115. Grill, Ach, Afrika, S. 313, Mokaba
116. Frankfurter Rundschau; 13.3.2021, Magufuli
117. Frankfurter Rundschau, 18.3.2021, Magufuli
141. Die Bibel, Kleine Taschenausgabe, S. 5, Privilegierte Bibelanstalt Stuttgart, o. J.
118. Horst-Wessel-Lied + Kanonisierung / Ritualisierung https://de.wikipedia.org/w/index.php?= Horst-Wessel-Lied& oldid=20880718094
119. Flächenbombardierung, https://de.wikipedia.org/wiki/Fl%C3%A4chenbombardement
120. Die Gottbegnadeten https://de.wikipedia.org/w/index.php?title=Totaler_Kriegseinsatz_der_Kulturschaffenden&oldid=207513500
121. Die Kulturschaffenden, ebd.
122. Quax, der Bruchpilot, https://de. https://de.wikipedia.org/wiki/Heinz_R%C3%Bchmann
123. Heinz Rühmann, Entnazifizierung wikipedia.org/wiki/Heinz_R%C3%Bchmann
124. Ulm in Trümmern, Neubronner, S. 26
125. Entnazifizierung, Schwarz, S. 93

126. Winterhilfswerk (WHW) https://de.wikipedia.org/wiki/Winterhilfswerk_des_Deutschen_Volkes

127. HJ, https://de.wikipedia.org/wiki/Hitlerjugend

127. BdM, https://de.wikipedia.org/wiki/Hitlerjugend

128. BdM, https://de.wikipedia.org/wiki/Hitlerjugen

129. Wuppertaler Zeitung, 24.1.1934

130. Bundesarchiv Berlin, Pg. Antrag vom 1.11.1934

131. gedichtet 1841 von A. H. Hoffmann von Fallersleben auf Helgoland, das damals noch britisch war. Die erste Strophe lautete (heute verboten)

132. Kopisch, August, Die Heinzelmännchen zu Köln https://www.heinzels-wintermaerchen.de heinzelmaennchen.html

133. ebd., S. 174. Zitat über die Metzger, Link, s.o.

134. ebd., S. 186 Zitat über die Zimmerleute, Link s.o.

135. Tagesbefehl Hitlers, http://www.zweiter-weltkrieg.eu/verzeichnisse/personenregister/erwin-rommel/

136. Trauerrede – General von Rundstedt, https://www.friedenskooperative.de/ friedensforum/artikel/rommel-der-schmutzig

137. Grundgesetz der BRD, https://www.bundestag.de/parlament/aufgaben/rechtsgrundlagen/grundgesetz

138. Neubronner, Eberhard, Ulm in Trümmern, S. 10, S.86 Endres Verlag Pfaffenhofen, 1. Auflage, 1991, Herausgeber: Aegis, Hofmann, Kerler

139. Invader, https://de.wikipedia.org/wiki/Douglas_A-26

140. Kuntze, S. 192

141. Die Bibel, Kleine Taschenausgabe, 1. Buch Moses, S.5, Priviliegierte Bibelanstalt Stuttgart, o.J

142. Helgoland, https://de.wikipedia.org/wiki/Helgoland

143. Geschichte des Saarlandes, https://de.wikipedia.org/wiki/Geschichte_des_Saarlandes

144. Goethe, Johan Wolfgang von, Faust I., S.2, Goethes Werke, Gutenberg-Verlag Hamburg, o. J.

145. Brecht, Bertolt, Geschichten vom Herrn B., S.78, Kindler Verlag München, Berlin, 1968

146. Goethe, Faust I, Vor dem Tor, Osterspaziergang, S. 29f

147. Cumhuriyet, 1. Bosporus-Brücke, cumhuriyet.com.tr.   15 Temmuz 2020

148. Brecht, Bertolt, Fragen eines lesenden Arbeiters Gedichte 1916 bis 1956 / Eine Auswahl, S.196/19, Büchergilde Gutenberg, Frankfurt, o. J.

149. https/de./wikipedia.org/Weserkorrektion

150-161. Der Elefant, https://de.wikipedia.org/wiki/Antikolonialdenkmal

162. Geothe, Faust I, Kerker, Mephisto, S. 133

QUELLEN (Abbildungen)

B 1 Kaffeebohnenernte
https://p.dw.com/p/3IPkL

B 2 Kolonien in Afrika 1914
https://de.wikipedia.org/w/index.php?title=Wettlauf_um_Afri&oldid=211529187

B 3 P.H. Kuntze, Kaiserlicher Schutzbrief 1885
Volksbuch unserer Kolonien, 1938, S.53

B 4 Brief von Trotha / WER, Brief des Generals von Trotha, S. 79
ZEITGeschichte 4/19 Zeit Verlag Hamburg, 2019

B 5 Schuldverschreibung
https://commons.wikimedia.org/wiki/File:Deutsche_Schutzgebietsanleihe_1914.jpg

B 6 Briefmarke
https://de.wikipedia.org/w/index.php?title=Deutsche_Kolonien&oldid=212384639

B 7 Passasgierschiff Mainz
https://commons.wikimedia.org/w/index.php?curid=20191687 (www.wellerinfo.de)

B 8 Raddampfschlepper Honnef ca. 1947/48 vor dem Drachenfels https://images.app.goo.gl/WNHpNtsUMsEXX3gA8

B 9 100 Billionen Reichsmark 1924
https://commons.wikimedia.org/wiki/File:100_Billionen_Mark_1924-0
15.jpg#/media/Datei:100_Billionen_Mark_1924-02-15.jpg#

B 10 20.- DM-Banknote
https://commons.wikimedia.org/w/index.php?curid=3823374

B 11 Trauerrede im Ulmer Rathaus am 18.10.1944 Bundesarchiv Berlin (Barch)
http://www.bild.bundesarchiv.de/dba/de/search/?query=Bild+183-J30702

B 12 Lafette auf dem Weg zum Friedhof Bundesarchiv Berlin (Barch)
http://www.bild.bundesarchiv.de/dba/de/search/?query=Bild+183-J30704

B 13 Ulm in Trümmern, Neubronner, Eberhard,, S. 26 Parole
Endres Verlag Pfaffenhofen, 1. Auflage, 1991 / Herausgeber Aegis, Hofmann, Kerl

B 14 Ulm in Trümmern, Neubronner, Eberhard, S. 116 Münster

B 15 Biberach / Luftangriff am 12.4.1945, Trümmerräumung
Heimatkundliche Blätter 8. Jahsgang / Sonderheft 11.4.1945 Gesellschaft für Heimatpflege

B 16 Biberach / Luftangriff am 12.4.1945, US-Bomber Douglas A26 Klassiker der Luftfahrt, Ausgabe 045/2009

BILDER aus dem Privatarchiv des Autors

**Çocuklarıma
An meine Kinder
To my children**

Aziz Nesin

Verlegt vom:
Hellmut & Nevin Lutz

zu beziehen über
Dünya Verlag, Köln

ISBN: 978-3-00-054830-7

Preis: 19,90 €

Çocuklarıma / An meine Kinder / To my children başlıklı bu kitap, Aziz Nesin'in beş öyküsü ile on üç şiirini, eğitim konusundaki vasiyetnamesinin kısa şeklini, yaşam öyküsünü, metinler hakkında genel bilgileri, açıklamaları ve soruları Türkçe, Almanca ve İngilizce olarak sunmaktadır.

Das Buch Çocuklarıma / An meine Kinder / To my children enthält auf Türkisch, Deutsch und Englisch fünf Geschichten und dreizehn Gedichte von Aziz Nesin, eine Kurzfassung seiner Erziehungsgrundsätze, seinen Lebenslauf, eine allgemeine Einführung in die Texte und zu jedem der Texte Hinweise und Erschließungsfragen.

The book Çocuklarıma / An meine Kinder / To my children in Turkish, German and English contains five stories and thirteen poems by Aziz Nesin, a short version of his educational principles, his life story, a general introduction to the texts and annotations and questions on the texts.

Hellmut & Nevin Lutz

**Deutschland und
seine Menschen**
Sinan Öztürk

Dünya Verlag, Köln
1. Auflage: Juni 2022
ISBN: 978-3-9823877-3-4
Preis: 9,90 €

„In einem Land wie Deutschland, in dem Menschen oft alleine leben, wird das Bedürfnis nach einem Nachbarn noch wichtiger. Ich denke, um gut miteinander auszukommen, spielt der Wille mehr eine Rolle als die gemeinsame Sprache. Ich erinnere mich, als meine Mutter vor Jahren aus der Türkei nach Deutschland gekommen ist. Sie hatte mich besucht und blieb mehrere Tage. Sie konnte kein Wort Deutsch. Damals hatten wir eine deutsche Nachbarin, die wir sehr liebten und die uns oft besuchte. Sie war ebenso wie meine Mutter eine ältere Frau. Immer wenn ich zur Arbeit ging, ging meine Mutter direkt zu unserer Nachbarin oder unsere Nachbarin kam zu uns nach Hause. Obwohl meine Mutter nur Türkisch und sie nur Deutsch sprach, konnten sie sich trotz alledem sehr gut verstehen. Sie haben zusammen gekocht und Kuchen und Gebäck gebacken. Sie sprachen über sich und ihre Familien. Obwohl sie sich in unterschiedlichen Sprachen unterhielten, wurden sie sehr vertraut miteinander."

Integration reicht nicht!
Anerkennung und Chancengerechtigkeit
in der postmigrantischen Gesellschaft
Tayfun Keltek
Silvio Vallecoccia
Thomas Jaitner

Dünya Verlag, Köln
1. Auflage: November 2021
ISBN: 978-3-9823877-2-7
Preis: 9,90 €

(…) In den letzten Jahren haben wir konzeptionell einen Paradigmenwechsel vollzogen, indem wir endlich anerkannt haben, dass Deutschland eine Einwanderungsgesellschaft ist. Das ist schon ein Quantensprung. Vielfalt wird nicht mehr nur als ein Unheil gesehen, sondern als ein Faktum, das es zu gestalten gilt. Aber in der Umsetzung stehen wir noch am Anfang.

Wir brauchen mehr Öffnung im Miteinander. Das bedeutet auch, dass die Migrantinnen und Migranten selber sich zu Wort melden und ihre Sicht der Dinge darlegen, um sich untereinander zu verständigen und um den gesellschaftlichen Dialog mitzugestalten.

Prof. Dr. Rita Süssmuth

Alte Hoffnungen Neue Träume

MIGRATIONSGESCHICHTEN
und -GEDICHTE

Dünya Verlag, Köln
1. Auflage: Januar 2022
ISBN: 978-3-9823877-1-0
Preis: 12,90 €

Mit einem Koffer voller Hoffnungen brachen sie in eine neue Welt auf, nahmen Trennung und Sehnsucht in Kauf und änderten damit nicht nur ihre persönliche Geschichte, sondern gestalteten auch die einer Gesellschaft mit.

Trotz aller Enttäuschungen, trotz Entwurzelung, Zerrissenheit, Ablehnung und Wehmut wurden sie mit ihrem Schweiß, ihrer Schaffenskraft und ihren Erfolgen zu Helden des Neuen, zu Helden einer Geschichte, die kommenden Generationen erzählt werden wird.

Sie haben Deutschlands Schicksal verändert und Deutschlands Träume bereichert... Und gestalten sie nun auch die Zukunft Deutschlands mit.

Sie kamen, sie blieben und sie schrieben... Im vorliegenden Buch sind Geschichten und Gedichte versammelt, die zu unserem anlässlich des 60. Jahrestages der Migration aus der Türkei ausgelobten Literaturwettbewerb eingeschickt wurden. Wir hoffen, Ihnen mit diesen literarischen Beiträgen zur Migrationsgeschichte ein Buch präsentieren zu können, das Sie mit Interesse lesen werden.

**Eski Umutlar
Yeni Düşler**
Göç Öyküleri ve Şiirleri

Dünya Verlag, Köln
1. Auflage: November 2021
ISBN: 978-3-9823877-0-3
Preis: 11,90 €

Bavul dolusu umutlarla ayrılığı ve hasreti yüklenerek yepyeni bir dünyaya yola çıkanlar, yalnız kendi bireysel tarihlerinin değil, toplumsal tarihin de özneleri olmuşlardır.

Onlar yaşadıkları tüm hayal kırıklıklarına, travmalara ve hüzünlere karşın alın teriyle, ürettikleriyle, başardıklarıyla yeni'nin ve gelecek kuşaklara övgüyle anlatılacak bir hikâyenin kahramanıdırlar. Onlar, Almanya'nın kaderini değiştirdiler ve hayallerini zenginleştirdiler.

Onlar, çok kültürlü ve bu anlamda rengarenk bir Almanya'nın kurulmasına katkılarıyla tarihteki yerlerini şimdiden almışlardır. Geleceğin Almanya'sının onlarla birlikte ve daha da güzel olacağı artık tartışılmaz bir gerçeğe dönüşmüştür.

ARÎMAZIN BÜYÜK ATEŞ
Asaf Demirhan

- Yakın Tarih -
Dünya Verlag, Köln
1. Auflage: Juli 2022

ISBN: 978-3-9823877-4-1
Preis: 14,90 €

Arîmazın'ın yüreğine dokunursanız Osmanlı İmparatorlu-ğu'ndan bu yana idam ve katliamlarla kaybettiğimiz, işkence görmüş, hapis yatmış binlerce kişiyi; evleri yıkılmış, köyleri ve ormanları yakılmış çıplak dağları görürsünüz.

Bu gerçekliğe yerini, yurdunu, sevdiklerini terk etmek zorun-da kalan binlerce aileyi de eklersek ödenen bedelin büyüklüğü-nü, tarihin derinliklerinde hisseder ve siz de yaşar, siz de birlikte yanarsınız... Arîmazın, uçurumlarında hüzünlü bir övünçle yol aldığınız canlı bir tarihtir; insanlığın yıldız gibi parlayan destanı, ağıdı, direnişi, aklı ve vicdanıdır... Bu kitapta anlatılan devrimcile-rin öyküleri, bu yola dikilen yüce birer anıttır.